Pascal Wokan

PASCAL WOKAN

DIE PALADINE
Druiden der Dämmerung

Fantasy-Roman

Impressum

Bibliografische Information der Deutschen
Nationalbibliothek: Die Deutsche Nationalbibliothek verzeichnet
diese Publikation in der Deutschen Nationalbibliografie; detaillierte
bibliografische Daten sind im Internet über http://dnb.d-nb.de ab-
rufbar.

© 2024 Pascal Wokan
Lektorat/Korrektorat: Katrin Gönnewig
Covergestaltung: AstroSheep Art
Karte: Nerdy Maps
Besonderer Dank: Podcast Duo Jessica & Jason
Herstellung und Verlag:
BoD – Books on Demand, Norderstedt
ISBN: 9783757885953

www.pwokan.com

Inhalt

»Hoffnung ist die letzte Flamme, die niemals erlischt.«

Vorwort

Willkommen zum zweiten Band der Paladin-Saga! Ich bin mit Spannung und Erwartung an die Fortsetzung herangegangen, denn die Saga ist mein Herzensprojekt. Außerdem unterscheidet sich der Aufbau dieser Geschichte deutlich von meinen bisherigen. Als Autor wagt man sich stets an neue Herausforderung. Die Paladine sind eine solche! Das Abenteuer schreitet voran und nachdem der Paladin Pablo und die Assassine Valeria eingeführt worden sind, erwarten dich in »Druiden der Dämmerung« drei weitere Klassen, aus deren Perspektive die fortschreitenden Ereignisse beleuchtet werden. Natürlich sind bisherige Figuren weiterhin von Bedeutung und genießen gelegentlich einen Auftritt. Diese Vorgehensweise setzt sich mit Band drei fort, bis ab Band vier die Figuren allmählich zusammengeführt werden.

Ich muss es erneut betonen: Die Geschichte ist sehr groß. Deshalb gibt es auch viele Handlungsstränge und Handlungsorte, die nach und nach miteinander verknüpft werden. Aus diesem Grund wird die Saga auch mindestens acht Bände umfassen – vielleicht sogar mehr. Ich weiß es noch nicht. Dabei wirst du feststellen, dass ich auf einige Ereignisse anderer Fantasyreihen von mir eingehe, darunter z. B. die Calindor-Saga, die Sandmagier-Saga oder der Nekromanten-Zyklus. Es ist nicht essenziell, diese Reihen gelesen zu haben, denn ich schreibe alle meine Abenteuer so, dass du ganz ohne Vorwissen einsteigen kannst. Aber es ist bestimmt interessanter, wenn du bestimmte Zusammenhänge besser verstehst und hier und da Verknüpfungen entdeckst. Denn es gibt wiederkehrende Figuren und besondere Ereignisse, die Einfluss auf andere Geschichten nehmen. Falls du es noch nicht bemerkt hast: Alle meine Reihen spielen in der derselben Welt.

Jetzt wünsche ich dir ganz viel Spaß mit den Paladinen!

Herzliche Grüße,
Dein Pascal Wokan

Was bisher geschah …

Als die Verheerung im Weltenrund tobt und die Menschheit verschlingt, entsteht ein neuer Gott: das Palindrom. Er erwählt besondere Menschen zu Paladinen, mächtige Streiter des Lichts. Dank ihrer Hilfe wird die Verheerung besiegt und um das Palindrom bildet sich eine Kirche, deren einziger Zweck es ist, das Böse aus der Welt zu bannen. Vierzig Jahre später weitet die Kirche dank der Paladine ihren Einfluss über das gesamte Weltenrund aus. Völker werden unterworfen, Länder erobert und Kolonien werden gegründet. Méridor befindet sich auf dem Höhepunkt seiner Macht, als der König tot aufgefunden wird. Es geht das Gerücht, dass er von jenen Attentätern ermordet wurde, die lange Zeit in Vergessenheit gerieten: die Gilde der Assassinen.

Valeria verdingt sich als Diebin auf den Straßen von Candaloz, der Hauptstadt Méridors. Seit sie in jungen Jahren mitansehen musste, wie ihre Familie von Paladinen ausgelöscht wurde, brennt ein Feuer der Rache in ihr. Außerdem hütet Valeria ein Geheimnis: Sie ist in der Lage, sich mit ihrem Schatten zu verbergen. Als sie im Auftrag des zwielichtigen Kaufmanns José einer führenden Familie einen Gegenstand entwendet, ahnt sie noch nicht, dass sie damit Ereignisse lostritt, die Méridor für immer verändern sollen.

José hat sich lange vorbereitet, seinen Einfluss auf die Geschicke des Reiches auszuweiten. Als er die Überführung eines verurteilten Häretikers einfädelt, rücken seine Pläne in greifbarer Nähe. Denn der junge Mann ist niemand Geringeres als der Sohn des verstorbenen Königs von Méridor.

Als der Bildhauer Pablo zu seiner Hinrichtung geführt wird, hat er mit seinem Leben abgeschlossen. Paladine, grausame Streiter der Kirche, führen ihn zum Galgen, damit er für seine Blasphemie gerichtet wird. Doch es kommt anders als gedacht, denn wie schon in den Jahren zuvor, erscheint ihm ein Licht. Wie durch ein Wunder überlebt Pablo die Hinrichtung und gelangt an der Schwelle des

Todes zu einem Mann namens José, der ihm eröffnet, dass er der rechtmäßige König Méridors ist und dass er ihm auf den Thron verhelfen will. Dafür verlangt José seine Treue. Pablo willigt ein, ohne zu wissen, dass auf ihn ein Abenteuer wartet, das weitaus größer ist als gedacht. Denn in Méridor ringen die hohen Familien um Macht und Einfluss auf die Krone und sind nicht einverstanden damit, dass er sich als Erbe des Throns zu erkennen gibt. Außerdem trachtet die Kirche seit je her danach, die Kontrolle über das Weltreich zu erlangen.

Während Pablo auf einer Finca außerhalb von Candaloz zum König ausgebildet wird, führt Valerias Weg sie tief in den Süden jenseits der Sandmeere. José entsendet sie dorthin, damit sie das Versteck der Gilde findet, um in den Künsten des Tötens ausgebildet zu werden. Als sie halb tot aufgefunden wird, beginnt für sie ein Pfad des Schmerzes, aber auch der Hoffnung. Je mehr sie über die Gilde erfährt, je besser sie ihre neuen Gefährten und ihre Meisterin kennenlernt, desto mehr versteht sie sich selbst. In den Kreisen der Erleuchtung soll sie ihre Fähigkeiten erproben, um immer weiter hinaufzugelangen. Aber nach und nach begreift sie, dass die Bewältigung dieser Herausforderungen eine Reise zu sich selbst ist. Denn die Gilde wandelt in den Schatten, um dem Licht zu dienen. Sie tötet, um zu beschützen.

Valeria versucht ihre Schattengabe zu verbergen, da sie fürchtet, aufgrund ihres Andersseins und ihrer schrecklichen Gabe verstoßen zu werden. Als ihre Meisterin Zira hinter das Geheimnis kommt, zeigt sich jedoch, dass die Gilde lange auf einen Menschen wie sie gewartet hat. Zira bringt sie zu einem Artefakt, das es ihr erlaubt, das Reich der Albträume zu betreten, wo sie dem höheren Schattenwesen Bal begegnet. Er zeigt ihr, dass ihre Rolle weitaus größer ist als gedacht. Sie ist die *Assassine*, deren Aufgabe weit über Rache hinausgeht.

Pablo wird in das Leben der Hohen und Mächtigen eingeführt, findet sich dort allerdings nur schwer zurecht. Immer wieder erscheint ihm ein Licht in Gestalt einer geflügelten Frau, die nach und nach ein stärkeres Bewusstsein erlangt. Als Pablo der Tochter der einflussreichsten Familie von Candaloz begegnet, ist er von ihr verzaubert. Doch Josés Pläne sehen anderes für ihn vor.

Immer wieder vernimmt Pablo Gerüchte zu Rebellen in den äußeren Kolonien, die gegen Méridors Gesetze und Herrschaft aufbegehren wollen. Bei einem nächtlichen Ball kommt es zu einem ersten Zwischenfall, als Rebellen im Namen von *Silberhand* den Saal stürmen und Elle als Druckmittel gefangen nehmen. In einem Anflug von Mut stellt Pablo die Rebellen und rettet Elle mithilfe einer Lichtgabe. Berauscht von diesem Erlebnis will Pablo mehr über die Engelsgestalt und seine Gabe herausfinden und konfrontiert José damit. Dabei begreift er allmählich, dass der Don mehr Einfluss auf sein Leben hatte, als er bisher dachte. Er findet heraus, dass José für seine Verurteilung gesorgt hat, um Macht über ihn zu erlangen. Aber er begreift auch, dass er José braucht, um das zu erlangen, was er schon immer wollte: ein Denkmal zu errichten und etwas Besonderes zu sein.

Als der Tag der Toten anbricht und die Sonnenfinsternis heraufzieht, findet in Candaloz das alljährliche Totenfest als Triumph über die Verheerung statt. Im Königsschloss wird deshalb das traditionelle Bankett ausgerichtet, zu dem auch Pablo und José eingeladen sind. Valeria begibt sich ebenfalls auf den Weg nach Candaloz, um sich ihrer größten Prüfung zu stellen: der Begegnung mit dem Mörder ihrer Eltern.

Das Bankett verläuft allerdings anders als geplant, als Rebellen aus Tirnanog den Saal betreten und die Hohen und Mächtigen mit ihren grausamen Taten in der Kolonie konfrontieren. Im Namen ihres Anführers Silberhand verwandeln sie sich in rasende Bestien und wüten unter den Gästen mit Mord und Totschlag. Sie sind Druiden, die über die besondere Gabe verfügen, mit dem Funken eines Tieres zu verschmelzen.

Gleichzeitig gibt Elle sich als Pablos Widersacherin zu erkennen. Ihr Auftrag sah vor, ihn zu prüfen und notfalls zu vergiften, falls er sich dafür entscheidet, sein Erbe antreten zu wollen. Dadurch soll sie ihrer Familie auf den Thron verhelfen. Doch sie entscheidet sich, ihn zu retten. Um die Menschen im Saal zu beschützen, begreift Pablo endlich seine wahre Bestimmung und damit auch seine Gabe. Er ist ein Paladin, ein Hüter des Lichts, dessen Aufgabe es ist, zu führen und zu inspirieren. Und die Engelsgestalt, die er immer sieht, ist sein Funke der Inspiration, der ihm seine Gabe vermacht.

In einer mächtigen Explosion aus Licht entfesselt er zum ersten Mal seine Gabe und nutzt sie, um die Bestien niederzuringen und die Menschen zu beschützen. Unterstützung bekommt er dabei von Valeria, die sich gegen ihren Pfad der Rache entscheidet und den Mörder ihrer Eltern verschont. Sie bekämpft mit ihrer Schattengabe die Druiden und hilft Pablo, bevor sie Candaloz verlässt und zur Gilde zurückkehrt.

Unter vielen Opfern gelingt es ihnen, die Widersacher zu bezwingen. Pablo gibt sich als Paladin zu erkennen, der einzige, der nicht den Gesetzen der Kirche unterworfen ist. Um Krone und Kirche zu vereinen und den Zwist beider Institutionen zu beseitigen, wird er zum König gekrönt – obwohl er sich in diesem Moment nicht sicher ist, dass er dies auch will. Auf Drängen seiner Berater und der Kirche hin ruft er eine Armada aus, um die abtrünnige Kolonie für ihre Verbrechen an der Krone zu bestrafen und wieder unter Kontrolle zu bringen. Der Krieg hat begonnen.

José ist mit dem Ausgang der Ereignisse zufrieden. All das diente bloß, um zwei *wahre* Paladine zu finden, nicht jene Streiter des Lichts, die der Kirche unterworfen sind. Valeria ist die Assassine und Pablo der Paladin – zwei der insgesamt Neun, die gegen eine Bedrohung kämpfen sollen, die allmählich auf das Weltenrund zusteuert. Doch damit ist es nicht genug, denn er selbst war auf der Suche nach wahrer Macht und fand sie in den Gaben dieser Menschen und der Druiden. Er zerbricht einen Seelenstein, in dem eine mächtige Seele gefangen ist, und begegnet wahrhaftig dem Palindrom. Dabei nimmt er die Seele auf und wird zu etwas, von dem er selbst noch nicht weiß, was genau es ist.

Erster Teil

Recht und Ordnung

Es regnete in Strömen.

Dicke, kalte Tropfen trommelten auf Artios Helm und gegen ihr Visier, weichten den Boden auf und verwandelten ihn allmählich in Morast. Der beißende Wind fegte hoch aufgetürmte Wolken über die wilde Landschaft; die Wolken drehten sich und warfen fließende Schatten auf die bedrohlichen Bäume, als wollten sie das Land mit sintflutartigen Schauern ertränken.

Artio drängte sich durch eine schlammbespritzte Gruppe von Soldaten, die wie herrenlose Schafe im Dreck hin und her staksten. Die braune Brühe lief wie Dünnschiss an ihren leichten Panzern herunter, färbte den blauen Stoff darunter schwarz, durchweichte ihre Stiefel und verschmierte die geschulterten Speere, die lebensbedrohlich in alle Richtungen zuckten. Die Kolonne hatte sich völlig aufgelöst und die Truppen steckten fest. Zweitausend Soldaten und das war nur die Vorhut – eine Armee, die in der Kolonie für Recht und Ordnung sorgen sollte. Ein Rachepakt, nachdem in Candaloz die herrschende Riege während eines feigen Attentats beinahe vollständig ausgelöscht worden war. Sie nannten es *Reconquista*, die Ausdehnung und Rückeroberung des méridorischen Reiches.

Und Artio befand sich mittendrin.

Sie überragte jeden Mann um fast einen Kopf und erntete ehrfürchtige Blicke, wenn sie sich an den Konquistadoren vorbeischob: Soldaten, Abenteurer, Entdecker und Eroberer. Doch im Grunde waren sie nicht besser als Söldner, mittellose Landsmänner, die ihre Chance hierin sahen, um gesellschaftlichen Aufstieg zu erlangen. Außerdem durften sie alles behalten, was sie erbeuteten. Wer wäre da nicht geneigt, mit Glanz und Gloria eine Kolonie zu überfallen?

Die Männer wichen zur Seite und nicht wenige neigten den Kopf. So sollte es sein, auch wenn sie sich noch nicht daran gewöhnt hatte, seit sie zur Paladin erhoben worden war. Ihre gepanzerten Stiefel schmatzten im Schlamm, der dreckig goldene Wappenrock flatterte zwischen ihren Beinen und die weiße Paladiumrüstung glänzte vor Nässe und klapperte bei jedem Schritt. Das Wetter wurde mit jedem Augenblick schlimmer, als hätte es sich zur Aufgabe gemacht, die Armada mit aller Macht am Vorankommen zu hindern. Nach allem, was sie über die Kolonie wusste, wunderte sie das überhaupt nicht.

Weiter vorne verengte sich der Weg zu einer engen Kluft. Die schwarzen Felsen waren verwaschen vom Regen, die zahllosen Soldaten, die hier bereits entlangmarschiert waren, hatten den Boden aufgewühlt und in der Kluft herrschte bedrückendes Zwielicht.

»Tír na nÓg«, murmelte sie. Ein gesetzloses Land. Ein Land, das nichts als Leid und Schmerz hervorbrachte, um der Verheerung zu dienen. Wilde, die ihr Volk gegen die Kirche des Palindroms aufhetzten und dabei einen Krieg heraufbeschworen, der zahllose Opfer fordern würde. Es war Zeit, dass das Licht ihnen wieder den Weg wies.

Vor Artio waren die Männer stehen geblieben und beinahe wäre sie mit einem von ihnen zusammengestoßen. Dahinter gab es kein Durchkommen. Die Soldaten saßen fest wie geronnene Milch im Flaschenhals. Dennoch kamen von hinten ständig weitere nach, verstärkten das Gedränge mit ihrer schlechten Laune, verstopften den schlammigen Pfad, der hier als Straße durchging, und zwangen andere, in Gräben oder zwischen Bäume auszuweichen. Das Heer hätte bereits vor Tagen den Zielort erreichen müssen, aber das schlechte Wetter hatte die Überfahrt auf See und die Reise durch das wilde Land erschwert und aus einer geschlossenen Ordnung war ein chaotischer Haufen dreckiger Gestalten geworden.

Artio schob ihren Vordermann beiseite und überblickte das Geschehen. Sie konnte sich ungefähr hundert andere Orte vorstellen, als sich weit im Nordosten durch Schlamm, Regen und Felsen zu wühlen, um einige verstreute Verheerungssplitter zu bannen. Aber dies war ihre Bewährungsprobe. Hiermit konnte sie ihren Wert unter Beweis stellen.

Sie schob die Soldaten beiseite, die sich erst beschwerten und dann schön die Klappe hielten, als sie bemerkten, wer an ihnen vorbeimarschierte. Doch es wurde zunehmend anstrengender, sich einen Weg durch die immer dichter werdende Menge zu bahnen.

»Palindrom, gib mir Kraft«, murmelte sie und sandte ein Gebet an ihn, in der Hoffnung, bald erlöst zu werden. Von der Kälte, dem Regen, dem rauen Wind und dem Gewicht der Ausrüstung, von dem ihr bereits jeder Knochen wehtat.

»Macht Platz!«, bellte jemand hinter ihr.

Fluchend taumelten die Soldaten zur Seite und stießen gegen andere. Ein Dutzend Paladine marschierte durch das Gedränge. Genau wie Artio waren sie in den Ornat gehüllt: eine weiße Paladiumrüstung mit wuchtigen Schulterpanzern und der Sonne des Palindroms auf dem Wappenrock.

»Aus dem Weg!«, brüllte der für Tirnanog eingesetzte Hochpaladin, dessen weißer Wappenrock golden umrandet war. Eine ebenfalls goldene Sonne zierte seine Brust. Er nahm etwas vom Licht in der Umgebung auf, wodurch er von einer gleißenden Mandorla umgeben war und sich alles rings um ihn dunkel und grau färbte. Erst als er vorüber war, kehrten zögerlich ein wenig Helligkeit und Farbe an jenen Ort zurück, den er passiert hatte.

Gerassel und Geklapper hallten durch die verregnete Luft, als die Männer zur Seite geschoben wurden, gegeneinanderstießen und fluchend in den Schlamm rutschten.

»Was ist da los?«, fragte der Hochpaladin.

Artio verbeugte sich. »Ich werde nachsehen, Hochpaladin Rafael.«

Sie drängte weiter nach vorne, um zu sehen, was für die Unruhe verantwortlich war. Ein Karren war aus dem knietiefen Schlamm auf dem Weg in das wesentlich tiefere Moor daneben gerutscht, bevor er die Kluft erreicht hatte. Wie es der Zufall wollte und getreu dem übergeordneten Gesetz, dass Scheiße – wenn man in sie geriet – noch größere Scheiße nach sich zog, hatte sich das Gefährt auf wundersame Weise quer gestellt und die Räder steckten bis zu den Achsen im Boden. Eine Gruppe durchnässter Soldaten machte sich erfolglos am Heck des Wagens zu schaffen, während der Kutscher die Pferde mit der Peitsche zur Panik trieb. Ein Hauptmann stand vor dem Gefährt und bellte wie ein räudiger Köter, aber seine Befehle fanden kein Gehör. Eine bessere Blockade hätte der Feind selbst mit tausend ausgewählten Wilden nicht errichten können.

Als Artio auf das Chaos zuhielt und das Gewicht ihres Ornats sie bei jedem Schritt aufkeuchen ließ, wünschte sie sich an irgendeinen anderen Ort. Sie könnte zu Hause sein, um sich mit einem Buch hinters Haus zu hocken, und in der Gewissheit, ihr Tagewerk erledigt zu haben, lächelnd aufs Wasser blicken, während die Sonne unterging. Nicht dass sie Bücher hätte. Oder ein Haus. Oder ein Zuhause. Oder irgendetwas von weltlichem Besitz. Nur der ewige Dienst an der Kirche. Als Paladin wurde sie an Orte geschickt, um das Weltenrund vor den Verheerungssplittern zu schützen, die törichte Menschen in noch törichtere Menschen verwandelten. Um zu dienen. Um eine Heldin zu sein.

Es war seltsam. Je mehr man die hässlichen Seiten der Welt erblickte, desto mehr lernte man, das zu schätzen, was man besaß. Und sie besaß die Gabe des Lichts als treue Streiterin Gottes. Das war das Einzige, was zählte.

Die Männer wurden unruhig. Die schlechte Laune schwebte wie Insektenwolken über ihnen. Wenn es nicht bald ein Weiterkommen gab und sie ihr Ziel erreichten, um dort ein Lager zu errichten, würden die Wilden ihnen eine weitere Falle stellen – und das wäre fatal für ihre Unternehmung.

»Der Versorgungskarren sollte gar nicht hier sein«, sagte sie.

»Unsinn!«, erwiderte der Soldat vor ihr, ohne sie anzusehen. »Welche Straße hätte er denn sonst nehmen sollen?«

Artio trat neben ihn und wies mit der ausgestreckten Hand nach Norden. »Auf den Karten waren die Routen eingezeichnet. Eine davon war für die Versorgungszüge vorgesehen und sah nicht die Kluft vor.«

»Dann mal viel Glück damit, das den Paladinen zu erklären.« Der Soldat wandte sich ihr zu. »Diese verd…« Er verschluckte sich und wollte sich rasch verbeugen, aber sie ging wortlos weiter.

Es war verwirrend, mit welcher Ehrfurcht sie behandelt wurde. Natürlich wusste sie, wie die Konquistadoren hinter vorgehaltener Hand über die Paladine sprachen. Sie fürchteten das, was sie nicht verstanden. Dabei hatte Artio sich dieses Leben nicht ausgesucht. Das Palindrom hatte sie erwählt.

Die Soldaten sprangen zur Seite, während sie auf den Wagen zu-hielt. Einige von ihnen schoben sich auf beiden Seiten der Straße durch das feuchte Unterholz am Wagen vorbei und schimpften, als dornige Büsche ihre Ausrüstung zerrissen, Speere zwischen Ästen hängen blieben und Zweige in ihre Gesichter peitschten. Das ver-schaffte den Nachzüglern zumindest ein wenig Luft zum Atmen, aber bei schätzungsweise weiteren fünftausend Soldaten, die von hinten nachdrängten, machte das kaum einen Unterschied.

Die Marschordnung war zerfallen und der Vormarsch endgültig zum Erliegen gekommen. Sogar die Hauptmänner konnten keine Bresche schlagen und mussten sich unter die Meute mischen, die sonst weit unter ihnen stand.

Als Artio den Wagen erreichte, standen drei Soldaten daneben und diskutierten wild miteinander, während der Kutscher auf die Pferde einhieb.

»Anpacken!«, rief sie und trat neben die Soldaten.

»Verzeiht, Paladin«, erwiderte einer von ihnen. »Aber wir ...«

»Anpacken!« Sie stapfte zum Heck des Wagens, suchte mit den Stiefeln nach einem festen Stand im Schlamm und packte zu. Die Soldaten wirkten unschlüssig, gehorchten aber schließlich und grif-fen von allen Seiten zu.

»Los!« Sie schob, stemmte sich mit aller Kraft dagegen, biss die Zähne zusammen und atmete zischend. Doch das Gefährt ließ sich nicht bewegen. Es hatte sich im Morast festgesaugt und sank immer tiefer ein.

Artio ließ los, machte eine harsche Handbewegung und schickte die Männer fort. Trotz der Düsternis suchte sie nach ein wenig Licht und hielt an ihrem Glaubensfunken fest. Konzentriert schöpfte sie nach ihrer Willenskraft und fokussierte sie auf die Wärme in ihr, die sie mit dem Palindrom verband.

Und atmete tief ein.

Das Licht kräuselte sich um sie wie Dampf, der sich langsam ver-flüssigte. Ein wirbelndes Weiß floss wellengleich über ihre Rüstung, entzog der Umgebung alle Helligkeit. Die wenigen Büschel Gras wurden grau, der Schlamm wurde zu Schleim und sogar das Blau der Soldatenuniformen verlor jegliche Farbe.

Das verwirbelte Weiß verfestigte sich auf Artios Panzerung, drang tief in sie ein, und erschuf eine Aureole aus Licht, die sie vollständig einhüllte, während die Umgebung, der sie es entzogen hatte, in Düsternis versank.

Es gab verschiedene Wege, die Gabe zu nutzen. Artio beherrschte sie noch nicht sehr lange und hatte deshalb nur wenige Techniken gemeistert. Eine davon waren die *Ketten der Wahrheit*.

Sie stapfte um das Gefährt herum und hinterließ bei jedem Schritt glühende Fußabdrücke im Morast, der wie ein verängstigtes Tier wegkroch. Als sie an der Vorderseite angelangt war, nickte sie mit dem Kinn zur Seite. Der Kutscher verstand sofort und sprang vom Bock. Sie griff nach dem Licht, das sie in brennenden Wogen durchfuhr, und streckte die Hand nach vorn.

Mit einem Glockenschlag schossen golden schimmernde Kettenglieder daraus hervor, wickelten sich um die Vorderradachse und zurrten sich fest.

Artio zog.

Mit einem protestierenden Kreischen gaben die Räder nach und rutschten aus der Versenkung. Artio zog weiter, ignorierte die ausscherenden Pferde, bis das Gefährt ausgerichtet war. Dann ließ sie los und die Kettenglieder zerfielen zu glitzerndem Lichtstaub.

»Abmarsch!«, rief sie.

Der Kutscher verneigte sich mehrmals, bevor er auf den Bock kletterte und die Pferde mit den Zügeln unter Kontrolle brachte. Als er davonratterte, setzte sich auch der Soldatenzug endlich wieder in Bewegung und allmählich löste sich das Chaos auf. Die jungen Männer hingegen, die ihr geholfen hatten, starrten sie gebannt an.

»Habe ich gesagt, ihr sollt gaffen?«

Ein Ruck ging durch die Soldaten und mit eingezogenen Köpfen marschierten sie davon. Artio ließ das Licht los, das in Wellen aus ihr herausströmte und ein wenig Helligkeit und Farbe an die Umgebung zurückgab. Dann ging sie weiter, passierte die uralten Bäume, die schartigen Klippen und die vernarbten Felsen, die wie stumme Riesen auf die vorüberziehenden Truppen herabsahen, und dachte nicht darüber nach, was sie am Ende der Reise erwarten würde: der Kampf gegen äußerst mächtige Verheerungssplitter: Die Druiden.

*

Generalkapitän Julliau, Oberbefehlshaber der Konquistadoren in Tirnanog, hatte das größte Gebäude im Umkreis von zehn Meilen als Hauptquartier requiriert. Eine kleine Kate, die so mit Moos bewachsen war, dass sie wie ein verlassener Misthaufen wirkte. Wenigstens musste der Oberbefehlshaber dieses ungeordneten Truppenverbandes nicht im Regen stehen, wenn er wieder einmal eine seiner großartigen Ansprachen hielt. Zwei Konquistadoren in schwarzen Galauniformen mit Bändern und Wimpeln, die vor Nässe tropften, flankierten die schief hängende Tür vor dem überdachten Eingang, während Wind und Regen sie ordentlich durchpeitschten. Es wunderte Artio daher keineswegs, dass die Männer sie angesäuert musterten, als sie sich dem Übergangshauptquartier näherte. Unaufgefordert traten sie zur Seite und öffneten ihr die Tür, wobei sie zwei Versuche brauchten, da sie sich im Schloss verkeilt hatte.

Dumpfige und schwere Luft schlug ihr entgegen. Durchfeuchtete Hauptmänner bevölkerten die niedrige Wohnstube. Daran grenzte ein kleiner Raum, in dem geballte militärische Rangentfaltung zur Schau gestellt wurde. Der untersetzte Generalkapitän beugte sich über eine riesige Karte, die auf dem angeschimmelten Tisch in der Mitte des Raumes ausgebreitet lag. Er ließ den Blick aus seinen Habichtsaugen über das Pergament gleiten, die Backen leicht gerötet, Schweiß perlte von seiner kahlen Stirn und die Hautlappen, die aus seiner Rüstung quollen, zeugten von einstiger Beleibtheit, die Stress, Druck und andauernde Anspannung ihm weggebrannt hatten.

Umringt war er von einigen Hauptmännern und zwei Stabsoffizieren, die nach dem Oberbefehlshaber den höchsten Rang bekleideten. Auf der linken Tischseite stand der Vertreter der Kirche des Palindroms. Ein Missionar, kerzengerade aufgerichtet, jedes eisengraue Haar auf dem Kopf in korrekter Habachtstellung, die Augen kühl und berechnend, die blassen Lippen eine schmale Linie unter der riesigen Hakennase und das fliehende Kinn einprägsam wie seine sandfarbene Gewandung mit der Sonne auf der Brust. Tomás hielt einen schweren Folianten vor dem Bauch und nickte Artio zu, als sie sich dem Tisch näherte.

Wie ein Geier, der auf einen Kadaver wartet. Das waren gefährliche Gedanken, vielleicht sogar ketzerische, die dem Wetter, dem Land und dem langsamen Vorankommen der Armada geschuldet waren. Inzwischen machte die schlechte Stimmung auch vor Artio nicht mehr halt.

Als Missionar war Tomás mit allen Befugnissen der Kirche ausgestattet. Es war seine Aufgabe, die Wilden von Tirnanog zu bekehren und ihre Seelen zu erretten, damit sie sich nicht in der Dunkelheit der Verheerung verloren. Längst hatte sich einer von ihnen zu einem Anführer aufgeschwungen, der ihre Herzen mit Gift und Falschheit tränkte. Man nannte ihn *Silberhand*.

Auf der anderen Tischseite verharrte Stabsoffizier Gonzalo, der ohne Zweifel für die Wilden eine ordentliche Mahlzeit abgegeben hätte. Sein dicker Wanst und das flächige Gesicht, dessen Nase, Brauen, Lippen und Wangen übergroß wirkten, als wollten sie um den Platz an der Vorderseite des Kopfes ringen, übertrafen selbst die Fettleibigkeit des Oberbefehlshabers. Seine Rüstung sollte schlachterprobt wirken, allerdings ging das Gerücht, er habe dem Panzer die Scharten und Dellen eigenmächtig beigebracht.

Und dann war da noch Hochpaladin Rafael, der höchste Paladin im Heereszug, ein Berg von einem Mann, dessen Gesicht eine grimmige Festung war. Kräftiges Kinn, vernarbtes Gesicht, kurz geschorenes Haar und Augen wie Nägel. Er hielt seinen Helm mit dem spiegelglatten Visier unter dem Arm und wirkte in dem drückenden Raum seltsam fehl am Platz.

»Paladin Artio!«, schnarrte Generalkapitän Julliau. Seine Stimme schwang in einer Tonlage wie eine Peitsche, die nur darauf wartete, einem Hauptmann den Rücken aufzureißen.

»Generalkapitän.« Sie nahm ihren Visierhelm vom Kopf, klemmte ihn sich wie Rafael unter den Arm und trat näher. Dabei war sie sich sehr wohl bewusst, dass sie in den Kreis der bedeutendsten Wichtigtuer des gesamten Kriegszuges geriet. Lieber hätte sie sich tausend Wilden oder eintausend Barbaren aus dem Hochland in den Weg gestellt, als die höhnischen Blicke über sich ergehen zu lassen. Frauen hatten an der Front nichts zu suchen. Aber Erniedrigungen war sie gewohnt.

»Danke, dass Ihr für ein wenig Ordnung gesorgt habt, Paladin.«

Sie schwieg. Obwohl die Paladine Bestandteil des Heereszuges waren, unterstanden sie nicht dessen Oberbefehlshaber und kämpften auch nicht an vorderster Front. Erst wenn sich ein Verheerungssplitter zeigte oder ein Mensch mit dem Talent zum Paladin zum Vorschein trat, handelten sie.

Julliau beugte sich tiefer über die Landkarte, eine Hand auf dem Tisch, und trommelte mit den Fingerspitzen. Ein finsterer Blick über die waldigen Gebiete von Tirnanog. Über das Labyrinth der Höhen und Senken, der Moore und Sümpfe, der Hügel und Berge, das Gewirr der Bäche und Flüsse, das scheinbare Chaos der versprengten Truppen des Feindes, mit denen sie bereits aneinandergeraten waren. »Wie weit noch?«

»Höchstens zwei Tagesmärsche«, sagte Stabsoffizier Gonzalo.

Drei, wenn überhaupt. Aber in dieser erlauchten Runde war Artios Wort so viel wert wie ein feuchter Furz beim königlichen Bankett.

»Ich bin anderer Meinung«, erwiderte Stabsoffizier Agustín, was nicht verwunderlich war, fochten die beiden doch einen allgemein bekannten Kampf aus. Wo Gonzalo fett war, war er dürr. »Wenn wir noch im Morgengrauen aufbrechen und Ihr, Generalkapitän, mir die Verantwortung übertragt, sollten wir es in weniger als zwei Tagesmärschen schaffen.«

»Weniger als zwei Tagesmärsche?«, fragte Gonzalo mit zitternden Hängebacken. »Vielleicht solltet Ihr einen Tagesmarsch zu Fuß anstatt zu Ross zurücklegen?«

Agustín verzog das Gesicht. »Diese Worte ausgerechnet aus Eurem Mund?«

»Was wollt Ihr damit andeuten?«

Artio überblickte die Truppenordnung auf dem Tisch. Sie erkannte sofort, dass der Feldzug nicht ganz so verlief wie erwartet — und das auch noch, bevor der eigentliche Kontakt mit Silberhand begonnen hatte. Den Aufstellungen nach hatten die Späher bereits einige Aufständische ausfindig machen können und die waren alles andere als untätig geblieben, denn sie kannten ihr wildes Land. Einige

Stellungen befanden sich inmitten der Senke eines weiten Tals, umfasst von dichten Wäldern und tiefen Mooren. Weit und breit keine Schluchten oder Hügel. Der perfekte Ort für einen Hinterhalt.

»Nichts, was nicht ohnehin alle wissen, Stabsoffizier Gonzalo«, entgegnete Agustín.

Gonzalos Backen zitterten stärker. »Dann erleuchtet uns doch!«

»Gern!« Agustín fuhr mit dem skelettartigen Finger die Linien auf der Karte entlang. »Das sind doch nur vierzig Meilen. Ich sage, wir schaffen das in weniger als zwei Tagesmärschen.«

»Wenn man Euch zuhört, gewinnt man fast den Eindruck, Eure Schreiber würden Euch falsch beraten.«

»Ich versichere Euch, dass meine Schreiber Eure um ...«

»Meilen übertreffen?« Gonzalo lächelte überheblich. »Bildet Euch das ruhig ein. Aber das dort sind fünfundzwanzig Meilen und keine weniger.«

»Wie wäre es mit einem kleinen Wettstreit? Meine Wenigkeit übernimmt für einen Tag die Verantwortung und Ihr ...«

Der Hochpaladin räusperte sich. Sofort standen die Männer stramm.

»Meine Herren.« Der Generalkapitän sah kurz auf. »Wie weit bis zum Zielort?«

»Vierzig Meilen«, sagte Agustín.

»Sechsundvierzig Meilen und keine weniger«, erwiderte Gonzalo.

»Siebenundfünfzig Meilen«, brummte Artio.

Stille.

Alle schwenken mit den Köpfen zu ihr. Sofort wünschte sie sich wieder in den Regen hinaus.

Gonzalo musterte sie irritiert. »Bitte?«

Sie tippte mit einem gepanzerten Finger auf eine Markierung auf der Karte. »Siebenundfünfzig Meilen, Stabsoffizier. Das allerdings nur, wenn wir von einer konstanten Höhenlage ausgehen. Die Karte lässt jedoch darauf schließen, dass es weitere Abweichungen gibt, die die Genauigkeit einschränken.« Sie strich die Linien entlang, die für Straßen und Wege standen. »Bei durchschnittlich zwanzig Meilen pro Tag würde das bedeuten, dass wir es mit knapp drei

Tagesmärschen schaffen, vorausgesetzt, dass das Wetter nicht schlechter wird und die Versorgungszüge die Marschordnung nicht weiter stören.«

Rafael nickte ihr anerkennend zu und sie bemerkte, wie sehr ihr das Lob gefiel. Aber dann erinnerte sie sich, dass solcherlei Gefühle einem Paladin nicht erlaubt waren, und sie verschloss ihr Herz davor. Ihr Wille war der des Palindroms. Dies war ihr Opfer.

Julliau überblickte die Stellungen. »Man könnte kaum meinen, dass es sich hierbei um eine Kolonie handelt. Zur Verheerung, wir haben nicht einmal eine richtige Karte!«

»Die Verheerung«, sagte Gonzalo gewichtig.

Einst war das Land Tirnanog befriedet und an die méridorischen Gesetze angeschlossen worden. Doch als die Verheerung ausgebrochen war, hatte es lange gedauert, bis die Armada wieder seetauglich gewesen war, um in den Kolonien nach dem Rechten zu sehen. Nach allem, was in Candaloz geschehen war, als eine Handvoll der Wilden viele Unschuldige ermordet hatte, hatte der neu ernannte König Pablo de Aguilar die Armada ausgesandt, um die Situation in den Griff zu bekommen. Und hier waren sie nun.

Artio wies auf einen Punkt fern der eingezeichneten Grenzen. »Berichten zufolge befindet sich Silberhand in *Mag Mell*, der Hauptstadt dieses Landes.«

Julliau runzelte die Stirn. »Wo?«

»Mag Mell. In unserer Sprache bedeutet das *Lichte Ebene*. Die Stadt befindet sich in einem Tal, eingefasst von schroffen Felshängen, Wäldern und Flüssen.«

»Man unterwies mich bereits, dass Ihr viel über Tirnanog wisst, Paladin Artio.«

Sie zögerte und bemerkte Rafaels Nicken. Da sie der Wahrheit verpflichtet war, brachte es nichts, diese weiter aufzuschieben. »Ich wurde hier geboren und stamme aus einer Stadt an der Küste.« Sie tippte auf eine Stelle am Rand. »*Hy na Beatha*. Das bedeutet *Insel des Lebens*, obwohl dieser Ort keine Insel ist. Unter den Menschen von Méridor geht das Gerücht, dass alle Pflanzen dort Blüten trügen und alle Bäume, Früchte und Steine Edelsteine seien.«

Der Generalkapitän hob die Braunen. »Stimmt es?«

»Seht Ihr Früchte oder Edelsteine?«

Er lachte leise. »Wohl kaum. Ihr kennt also dieses Land.«

»Es wäre vermessen zu behaupten, dass ich Tirnanog kenne.«

»Mir ist bewusst, dass ich Euch nichts befehlen kann. Aber wenn Ihr gewillt seid, könntet Ihr uns dabei helfen, unsere Karten auf Vordermann zu bringen.«

Sie straffte sich und überragte die Versammelten nun um mehr als einen Kopf. In ihren Blicken erkannte sie Respekt, gepaart mit Furcht. »Ich bin Paladin des Palindroms.«

Julliau schluckte schwer und sogar der fettleibige Gonzalo betupfte sich nervös die Stirn. Der Missionar hingegen musterte sie mit seinen Adleraugen. Stolz war verführerisch. Er ebnete den Pfad in die Verheerung.

»Aber«, sie beugte sich wieder über die Karte und fuhr eine Linie entlang, »ich kann die Truppenverbände geordneter führen.«

»Wie lange von hier bis zu diesem Mag Mell?«

»Die Stadt liegt weit vom eigentlichen Zielort entfernt. Wenn alles so bleibt, dann mindestens sieben, eher zehn Tagesmärsche.«

Rafael trat näher an den Tisch und schob den Generalkapitän zur Seite. »Warum zehn?« Seine Stimme war tief und sehr männlich.

»Seht Ihr die Einteilung der Routen, Hochpaladin?« Sie zeigte die Stelle, an der sie sich kreuzten. »Als die Routen der Verbände eingeteilt wurden, hat man nicht bedacht, dass die Versorgungszüge an dieser Stelle mit der Marschordnung kollidieren. Das schlechte Wetter, genau wie die anschwellenden Bäche, wurden ebenfalls nicht miteinberechnet. Selbst wenn wir im Eilmarsch zweiundzwanzig Meilen pro Tag zurücklegen, ist das ein illusorisches Unterfangen. Außerdem steht der Wintereinbruch bevor, das heißt, in den Höhenlagen ist mit Schnee, Eis und Kälte zu rechnen, was die Marschordnung zusätzlich aufhalten wird. In der derzeitigen Lage schaffen wir fünfzehn, höchstens sechzehn Meilen. Auf keinen Fall mehr. Wir können uns glücklich schätzen, wenn wir es in zehn Tagen dorthin schaffen.«

Rafael nickte. »Wenn wir eine andere Route nehmen?«

Sie dachte kurz nach. »Das Gebiet ist an dieser Stelle schlecht überschaubar. Es gibt überall Schluchten und weitere Hindernisse, die für einen Heereszug wie unseren eine Herausforderung sind, aber für den Aufständischen ein Vorteil. Wir müssten die Marschordnung auflösen und das Heer splitten. Das macht uns ...«

»... langsam und anfällig für Angriffe.«

»Hungrige Männer sind unzufriedene Männer, Hochpaladin.« Eine Aussage, die ihr anerkennende, aber auch berechnende Blicke einbrachte. Rafaels goldene Augen brannten sich in sie hinein. Sie wehrte sich, kämpfte mit jeder Faser dagegen an und verschloss ihr Herz. Doch sie konnte ihm nicht widerstehen. Ein Hochpaladin konnte jede Lüge offenbaren, als könnte er ihre Gedanken lesen. Dabei war es keine Lüge. Es war vielmehr das Bedürfnis nach Anerkennung und einem Lob, das sie einfach nicht unterbinden konnte.

Der Missionar trat neben sie. Aus irgendeinem Grund wussten die Priester stets, was in anderen Menschen vorging – selbst in einem Paladin. Ehrfürchtig ging sie auf ein Knie und senkte das Haupt. Zur Verwirrung der anderen legte er eine Hand an ihre Stirn und zeichnete eine Sonne.

»Verzeiht mir, Vater«, raunte sie. »Die Sünde verführt mein Herz.«

»Dir sei vergeben, mein Kind«, sagte er warm.

»*Sirvo a la luz y honro al palíndromo.* Ich diene dem Licht und ehre das Palindrom.«

»*Y el palíndromo te oirá.* Und das Palindrom wird dich erhören.« Der Missionar ließ sie wieder los. Artio verharrte noch einen Moment in demütiger Haltung, ehe sie sich wieder erhob und ihren Helm aufsetzte. Als das Visier kühl und vertraut ihr Gesicht verbarg, konnten die irdischen Einflüsse sie nicht länger treffen. Sie wurde eins mit ihrem Glauben.

Der Generalkapitän hämmerte auf den Tisch. »Wir brauchen eine Karte!«

Brummende Zustimmung.

»Ich fürchte, eine Karte wird längst nicht ausreichen, Generalkapitän«, erwiderte Gonzalo und schickte einen theatralischen Seufzer hinterher. »Unsere Späher berichten, dass die Wilden sich im Norden zusammenziehen. Etwas geschieht dort. Und damit meine ich keinen herzlichen Empfang.« Er lachte gekünstelt, aber als niemand einfiel, erstarb es sogleich wieder.

»Das Thing«, sagte Artio und überblickte noch einmal die Karte, bis sie an einem Punkt haften blieb. »Silberhand ruft die Stämme in Mag Mell zusammen.«

Julliau bückte sich neben sie. »Was ist dieses Thing?«

»Eine Versammlung der Stammesvertreter.« Sie tippte nachdenklich auf die Karte. »Es dauert drei Tage und dient dazu, die Zukunft von Tirnanog zu beraten. Der Thingfriede ist den Stämmen heilig, deshalb sind dort keine Waffen gestattet.«

»Könnten wir sie dort …?«

»Nein.« Sie erhob sich wieder. »Die Gegend ist gut geschützt. Außerdem würde ein Angriff genau das Gegenteil von dem bewirken, was Ihr beabsichtigt. Es würde die verfeindeten Stämme in Blut vereinen. Dass sie nicht mit einer Stimme sprechen, ist ein Vorteil, den wir nicht leichtfertig aus der Hand geben sollten.«

Schweigen. Es dehnte sich aus, erfüllte den ganzen Raum und lastete schwer auf Artios Herzen. Die Wahrheit war: Die Armee war völlig unvorbereitet hierhergekommen und das dämmerte offenbar auch allmählich den Befehlshabern.

»Silberhand wird dort sein?«, fragte der Hochpaladin. Hier und da hörte sie ein Aufseufzen, das die Stille endlich durchbrach.

»Wenn er tatsächlich existiert, dann wird er dort sein, Hochpaladin.«

»Wir müssen erfahren, was der Feind plant.«

»Paladin Artio.« Der Generalkapitän atmete scharf ein. »Ich erhielt kürzlich eine Nachricht aus Candaloz. Eine Nachricht, die Euch betrifft.«

Sie stutzte. »Mich?«

»In der Tat. Ihr kennt die Gebiete der Wilden. Ihr kennt ihre Städte, ihre Bräuche, ihre ganze Art zu leben. Wenn es der Hochpaladin gestattet, möchte ich Euch mit einem ausgewählten Trupp ausschicken, um an diesem Thing teilzunehmen.«

»Mein Platz ist an der Seite der Armee.«

Julliau und Rafael tauschten einen langen Blick. »Ich halte dies für einen guten Vorschlag«, sagte der Hochpaladin schließlich. »Gewinnt ihr Vertrauen. Seid unsere Augen und Ohren, während das Heer in Stellung gebracht wird, um die Sünder zur Rechenschaft zu ziehen.«

Sie schluckte schwer. Das war ganz und gar nicht das, was sie sich vorgestellt hatte. »Ihr missversteht, Hochpaladin«, erwiderte sie steif. »Ich bin zwar hier geboren, habe aber die meiste Zeit meines Lebens in Candaloz verbracht.« Der Priester nickte ihr langsam zu. »Ich habe kaum Erinnerungen an meine Kindheit und das wenige, was ich noch weiß, taugt nicht dazu, um mich dem Leben der Menschen hier anzupassen.«

Rafael fasste sie an der Schulter. Er sagte nichts, tat nichts anderes, als sie zu berühren. Doch das spendete ihr Mut. Als er sie wieder losließ, bröckelte ihr Widerstand.

»Mein Glaube ist der Schild der Rechtschaffenheit. Mein Wille das Schwert der Vergeltung. Und mein Zorn das Feuer der Reinigung.« Unbewusst nahm sie etwas davon auf und leuchtete – die Kerzen im Raum flackerten und kalter Dämmer zog herauf. »Ich werde zum Thing reisen. Ich werde Silberhand finden. Ich werde seinen Verheerungssplitter läuten. Und ich werde Tirnanog in die Arme Méridors zurückführen. Das schwöre ich im Namen des Palindroms!«

Der Berserker

Das Deck ächzte und schwankte bei jedem Wellenschlag. Weiße Gischt spritzte über den Bug. Das Segeltuch flatterte im Wind und in der salzigen Luft krächzten die Seevögel. Wagrim stand an der Reling, eine Hand um ein Tau gewickelt, und blickte dem Hafen entgegen. Hätte ihm jemand vorher erzählt, dass Candaloz von einer Meerenge zur anderen reichte, er hätte es nicht geglaubt. Die Stadt war gewaltiger als die Feuermeere des Schlächters!

Wagrim schirmte sich das Gesicht gegen die Sonne ab und versuchte so viel von den Eindrücken aufzuschnappen wie möglich. Das Königreich Méridors. Die Wiege der Zivilisation, in der Recht, Ordnung und Gesetz einen Menschen vor Ungerechtigkeit schützte – solange er sich dem Glauben des Palindroms unterwarf. Ein Land des Zusammenhalts und unbegrenzter Möglichkeiten.

Hier erhoffte Wagrim sich die Rettung seiner Heimat.

Halte immer nach den Sternen Ausschau, hatte Vater zu ihm gesagt.

Candaloz war wie ein riesiges Halbrund, das sich um die große blaue Bucht und bis zum Horizont erstreckte. Ein Meer aus cremefarbenen, mehrstöckigen Gebäuden mit roten Ziegeldächern, dicht aneinandergedrängt und sauber angeordnet, sodass die Straßen und Gassen dazwischen aussahen, wie mit einem Lineal gezogen. Hier und da waren grüne Parks und die grauen Linien der Flüsse und Kanäle auszumachen, die im Sonnenlicht glitzerten. Eine Stadtmauer umgab den riesigen Häuserwald, zog sich kühn durch das endlose Gewirr und wurde von hoch aufstrebenden Türmen gekrönt. Candaloz war so unbeschreiblich groß, dass die Städte des Hochlands dagegen eine Zusammenstellung schäbiger Hütten waren.

»An die Arbeit!«, bellte der Kapitän.

Wagrim riss sich von dem Anblick los und schloss sich den anderen Seemännern an, die die Leinen einholten, die Taue festmachten und das Schiff für die Ankunft vorbereiteten. Ein Mann ohne Besitz musste sich schließlich so eine weite Überfahrt von den Hochlanden in den Süden verdienen. Solange ihn niemand erkannte, sollte das auch so bleiben.

Eine graue Mauer, verwaschen vom Salz und von der Brandung, umgab das Hafenbecken, und zwei große Tore versperrten den Zugang. Als Wagrim neben einem missgelaunten Seemann an einem Tau zog, die Füße für einen festen Stand auseinanderschob, während der andere Kerl es festband, zählte er die Schiffe in dem gewaltigen Becken. Dutzende. Hunderte! Und alle waren sie nach méridorischer Bauweise errichtet, mit Überwassersporn, riesigen Segeln in unterschiedlichen Farben und mit den verschiedensten wundersamen Tieren bemalt. Goldene Greifen, schwarze Stiere, weiße Vögel oder sogar silberne geflügelte Schlangen. Galeeren und Galeassen – Berge aus Holz. Nein, schwimmende Festungen!

»Kannst loslassen«, grummelte der Seemann und ging weiter, während andere in der Takelung herumkletterten oder geschäftig über Deck eilten. Anfänglich hatte Wagrim nicht viel Ahnung von der Schiffsfahrt gehabt, aber inzwischen hatte er einiges gelernt und war deshalb verwundert, wie unorganisiert die Männer vorgingen. Hätte der Kapitän nicht ständig herumgebrüllt, wäre das Schiff wohl nicht einmal seetauglich gewesen.

Halte den Mund. Vaters Worte, als sie am Feuer gesessen hatten und ihnen kalte Böen um die Nüsse gepeitscht waren. *Wenn du ihn aufmachst, wäge deine Worte gut ab.*

Die Segel blähten sich im Wind, die Besatzungen riefen sich über das Tosen der Brandung etwas zu und ein schlecht gelaunter Kapitän riss am Ruder. Ein gewaltiges Schiff, größer noch als ihres, pflügte in ihre Richtung durch das Wasser. Als es an ihnen vorüberfuhr, ließ es ihr Schiff im Kielwasser schaukeln.

»Mach schon!« Der Seemann hielt ihm das andere Tau entgegen. In den Hochlanden hätte Wagrim dem Kerl längst das Maul gestopft, aber hier, wo wahre Macht herrschte und Menschen Bündnisse schmiedeten, um das zerbrechliche Weltenrund zusammenzuhalten, galten andere Regeln.

Gib ihnen das Gefühl, Macht über dich zu haben, hallten Vaters Worte in seinem Kopf. *Ein vorsichtiger Mann ist ein unterschätzter Mann. Einem unterschätzten Mann steht die Welt offen.*

Warum musste er ausgerechnet jetzt an den Mann denken, den seine eigenen Ratschläge nicht vor einem Messer im Bauch gewarnt hatten? Es war wohl dem Umstand geschuldet, dass Wagrim alles zurückgelassen hatte: seine Heimat. Seine Stadt. Seine Verantwortung. Die Menschen, die ihm etwas bedeuteten, weshalb er nach Candaloz aufgebrochen war.

Um meinen Traum zu erfüllen ...

Das hier war einfache und ehrliche Arbeit. Arbeit, bei der nicht über das Leben anderer Menschen entschieden wurde. Arbeit, bei der ein Mann nicht um sein Leben fürchten musste. Der einzige Feind war die hohe See. Und die war so tückisch und hungrig, dass sie gut und gerne eine ganze Besatzung fraß, wenn der Kapitän nicht lange genug herumschrie.

Wagrim blinzelte zur ausgedehnten Hafenanlage hinüber und entdeckte, dass dort viele Menschen unterwegs waren. Nun hörte er sie auch, ein leises Dröhnen von Stimmen, polternden Wagen und Ladungen, die an Land geschafft wurden. Hunderte winziger Figuren wimmelten wie schwarze Ameisen zwischen den Schiffen und Gebäuden umher. Wie viele lebten dort? Hunderte? Tausende? Zehntausende? Mehr Menschen, als irgendjemand zählen konnte. Sie lebten, starben, arbeiteten, vermehrten sich und kletterten aufeinander herum, ohne sich im Blutrausch die Köpfe abzuhacken, Dörfer zu brandschatzen und Frauen zu schänden. Sie waren zivilisiert, verfolgten einen großen Traum, um die Macht des Weltreichs zu mehren.

Beobachte. Lausche. Lerne.

Als sie das Wassertor erreichten, ratterte der Anker aus der Ankerklüse und platschte unter lautem Getöse ins Wasser. Eine Abordnung Soldaten betrat das Schiff, stolz und aufrecht wie Brettfiguren. Sie hatten diese schmalen Blicke von Männern, die nach Ärger Ausschau hielten und hofften, auch welchen zu finden. Ihre blauen Uniformen saßen wie angegossen und waren mit Reihen goldener Knöpfe besetzt, sodass sie alle aussahen, als wären sie ein einziges Wesen, das einem übergeordneten Willen folgte. Kein Pelz und keine

Tierhäute, um sich gegen die Witterungen zu behaupten. Hier war es so elendig warm, dass Wagrims Hemd auf seiner Brust klebte und ihm unentwegt der Schweiß vom Kinn tropfte. Er rasselte wie ein sterbender Ochse und glaubte, kaum Luft zu bekommen. Als andere Hochländer von Candaloz gesprochen hatten, hatten sie wohl vergessen zu erwähnen, wie feucht und schwül es hier war. Ihm blieb nur die Hoffnung, dass es in der Stadt besser war.

Als die Soldaten auf dem Schiff umherstapften, regte er sich unruhig. Er versuchte sich kleiner zu machen, da er aber jeden Anwesenden um einen Kopf überragte, war das nicht so einfach. Wenigstens hatte er sich den Bart gestutzt und das Haar bis auf die Kopfhaut geschoren – was zur Folge hatte, dass seine Glatze rot wie der geprügelte Arsch eines Jünglings war.

Einer von ihnen musterte Wagrim einen Tick zu lange. Wären sie in den Hochlanden gewesen, hätte er das als Herausforderung auf Leben und Tod nehmen müssen. Der Soldat baute sich vor ihm auf, bemerkte aber rasch seinen Irrtum, als er erst auf Wagrims Bauch schaute, dann den Kopf hob und weit in den Nacken legte, um sein Gesicht betrachten zu können.

»Was bist du denn für ein Prachtexemplar?«

»Der versteht dich nicht!«, bemerkte ein anderer, der Wagrim nur einen knappen Blick schenkte. »Scheißhochländer!«

Der Soldat musterte weiter Wagrim. »Dürfen diese Wilden denn an Land?«

Wagrim rang sich ein höfliches Lächeln ab. »Mir ist bewusst, dass Ihr die Bedeutung des Wortes nicht kennt, aber Wilder ist ein beleidigender Ausdruck für alle, die anders sind.«

Der Soldat furchte die Stirn. »Hä?«

»Wilder. Ein Wort, das Ihr zwar gebräuchlich verwendet, aber über das Ihr Euch nicht im Klaren seid, wie sehr es Hochländer wie mich verletzt. Ich versichere Euch jedoch, dass ich keine finsteren Absichten hege.« Wagrim verdammte sich für seine Taktlosigkeit. Zu viele Worte. *Erfülle die Erwartungen anderer, damit sie dich übersehen.*

Offenbar befanden die Soldaten, dass alles in bester Ordnung war, und verließen wieder das Schiff, wobei der Kerl, der ihn eben angesprochen hatte, ihm noch einmal einen langen Blick zuwarf. Der

Kapitän brüllte irgendwelches sinnloses Zeug, die Seemänner machten anderes sinnloses Zeug und dann setzte sich das Schiff in Bewegung.

»Was machste, wenn du da bist?«

Er sah zur Seite. Der Kerl, der ihn eben noch angeblafft hatte, kaute auf einem braunen Zeug herum, das er dann über Bord spuckte. Getrocknete Stechwurzel. In den Hochlanden wusste man, dass man dadurch schlimmere Kopfschmerzen bekam als nach einem Besäufnis. Aber vielleicht überstand man ein Leben auf hoher See nur, wenn man sich gelegentlich die Sinne betäubte.

»Arbeit«, brummte er. Wenige Worte waren gut; sie reizten andere, nicht nachzufragen, verrieten nicht, dass er die Sprache Méridors akzentfrei beherrschte. Ein Barbar, der sich nicht mit grunzenden Lauten verständigte, passte nicht in ihr Weltbild und machte sie misstrauisch. Und Misstrauen war das Letzte, was er jetzt gebrauchen konnte.

»Was für Arbeit, he?«

Wagrim hob die Hände.

Der Kerl musterte ihn von den ausgetretenen Stiefeln bis zur Glatze. Wie alle Méridorer war er klein, dürr, wettergegerbt, hatte sich das dunkle Haar zurückgebunden und besaß diesen überheblichen Blick, der sich ihm wohl eingebrannt hatte. »Schon mal jemanden verprügelt?«

Ein Bild jagte durch seinen Verstand, riss alte Wunden auf, bohrte sich in Erinnerungen, die er begraben hatte, um nie wieder daran denken zu müssen. Auf einmal war ein metallisch salziger Geschmack in seinem Mund. Schreie gellten um ihn. Seine eigenen Hände, die um einen dürren Hals verkrampft waren und zudrückten, während die schreckgeweiteten Augen ihn verständnislos anstarrten. Drücken und drücken und drücken …

»He!«

Wagrim schreckte hoch. »Das ein oder andere Mal.«

Der Kerl grinste. »Wenn du Arbeit brauchst, dann frag nach Cino. Der Glücksritter hat immer Arbeit.«

Wagrim hielt ihm den Unterarm hin. »Danke, Freund.«

Der Kerl kniff die Augen zusammen und musterte ihn noch einen Moment, als wäre er unschlüssig, was er von ihm halten sollte. Dann stapfte er grummelnd davon. Die Regeln hatte Wagrim noch nicht ganz verstanden, aber er war lernbegierig. Wie sonst sollte er einen Weg finden, ein Land zu einen, das in seinem eigenen Blut ertrank?

*

Nur im Schlachtgetümmel war Wagrim bisher so gestoßen worden. Schreie, Wut, Gedränge, Angst und Verwirrung – auf der Hauptstraße von Candaloz tobte eine Schlacht, in der es weder Gnade noch Gewinner gab. Aus irgendeinem Grund wussten alle anderen, wie sie sich zu bewegen hatten, während er umhertorkelte wie ein Betrunkener, an Schultern aneckte, angebrüllt oder finster angesehen wurde.

Als er einen älteren Mann beinahe umgerannt hätte, blieb er stehen, um sich ein Überblick zu verschaffen. Allerdings drängte die Menge von hinten nach und schubste ihn nach vorn. Er war an den freien Himmel und die frische Luft gewöhnt. Wenn man in den Hochlanden aufwuchs, war man viel allein. Und wenn man nicht allein war, musste man aufpassen, wem man den Rücken zudrehte. Hier fand er keine Gelegenheit, auf seinen Rücken zu achten, denn die Menschen waren auf jeder Seite. So sahen also Abertausende Menschen aus. Und über alldem, über dem Hafen, den Kais, den Gebäuden und den engen Gassen lastete die Sonne wie ein schweres Gewicht auf ihm und zwang ihn mit quälender Hitze nieder. Jeder Schritt kostete ihn Kraft, jeder Atemzug stach in der ausgedörrten Kehle. Vor seinen Augen drehte sich alles. Das musste die Hölle des Schlächters sein. Zwar verdiente er es, dort hinzukommen, aber er erinnerte sich nicht, gestorben zu sein.

Er blieb an einem überdachten Stand stehen, an dem Leuchtkristalle in allen Formen und Farben feilgeboten wurden, und war dankbar, als die kühlen Schatten ihn umfingen. Der Händler musterte ihn mit zusammengekniffenen Augen. Wagrim kannte diesen Blick von seinen Feinden. Der Mann schätzte ihn ab und suchte bestimmt nach einem Weg, ihn loszuwerden.

»*Hola, buen hombre*«, sagte Wagrim freundlich. »Hallo, guter Mann. Darf ich mich in deinem Schatten ausruhen?«

Aus Vorsicht wurde Verwirrung. »Hier gibt's keine Almosen!« Dem Händler war deutlich der Akzent anzuhören.

Wagrim zwang sich zu einem Lächeln. »*Lo comprendo. Por favor, perdóname si te he molestado.* Das verstehe ich. Verzeiht, wenn ich Euch gestört habe.«

Der Mann wusste offenbar nicht, was er sagen sollte, und begnügte sich deshalb mit einem finsteren Blick. Wagrim begriff, dass das Verständnis von Gastfreundschaft sich an einem von Menschen überfüllten Ort wie diesen deutlich von dem in den Hochlanden unterschied, und legte einen Dukat, den er für seine Dienste auf dem Schiff erhalten hatte, auf den Tresen. Die Münze war vergoldet und zeigte das Profil eines jungen, stolzen Mannes mit mittellangem Haar und vorspringendem Kinn. König Pablo de Aguilar. Ein großartiger und stolzer Mann, von dem man allerorts Gerüchte vernahm.

»*¿Tienes agua?*«, fragte Wagrim. »Habt Ihr Wasser?«

Der Dukat verschwand blitzschnell und der Händler legte Wagrim einen Trinkschlauch auf den Tresen. Wagrim nickte dankbar, spritzte sich etwas kühlendes Nass ins Gesicht und trank einen Schluck. Wichtig war, das Wasser nicht direkt aufzubrauchen, denn in dieser Hitze schwitzte er es ohnehin gleich wieder aus. Dabei beobachtete er die vorbeiströmenden Menschen, die alle Gewänder in gedeckten Farben trugen, wesentlich kleiner und drahtiger waren als er, aber dennoch so aussahen, als kämen sie aus vielen Ecken des Weltenrunds. Einige waren hellhäutig, andere so schwarz wie Tinte. Konnten sie wirklich alle Menschen sein? So wie er, mit Gedanken und Träumen?

Die Frauen allerdings wirkten gar nicht wie richtige Menschen – knochig und dürr, in schimmernde Stoffe gewickelt, wedelten mit Tuchfetzen vor ihrem Gesicht herum und lachten und schwatzten wie Gänse.

Ein Anführer zu sein, bedeutet zu führen. Zu führen bedeutet, Verantwortung zu übernehmen. Verantwortung zu übernehmen, bedeutet, für eine gerechte Sache einzustehen. Vaters Worte, als sein Gesicht von flackernden Flammen in tiefe Schatten getaucht war, während ihnen der Wind um die Ohren pfiff und die letzte Wärme raubte. Vater, der ihn auf die Bürde hatte vorbereiten wollen, bevor alles, woran sie geglaubt hatten, in Blut ertränkt worden war. Es waren seine letzten Worte gewesen, bevor seine Stimme für immer verklungen war.

Wagrim trank langsam und ließ sich vom Stimmgewirr, dem dröhnenden Lärm und dem beißenden Gestank durchströmen. Es roch nach altem Fisch, süßlichen Gewürzen, verrottendem Obst, frischem Pferdemist und schwitzenden Menschen und all das vermischte sich unter der heißen Sonne zu einem Geruch, der sich wie ein Nagel in seine Stirn bohrte.

»Woher kommt Ihr?«, fragte der Händler. Offenbar hatte er entschieden, dass Wagrim nicht vorhatte, seinen Stand zu Kleinholz zu verarbeiten. Der Mann war etwas kräftiger, hatte ein wettergegerbtes Gesicht und buschige Brauen. Und natürlich hoffte er, Wagrim auszunehmen wie alle leichtgläubigen Fremden, die auf der Suche nach etwas Unterstützung waren. Trotz seiner unbeholfenen Art kannte Wagrim Männer wie ihn aus dem hohen Norden.

Er ließ ein wenig Wasser im Schlauch und legte ihn auf den Tresen zurück. »Von weit her, Freund.« Er erinnerte sich an die Worte des Seemanns. »Ich suche Arbeit. Man sagte mir, ich soll am Hafen nach Cino fragen.«

»Cino?« Der Händler hob die Brauen. »Der war lange nicht hier. Ich hörte, er habe sich dem Heereszug nach Tirnanog angeschlossen.« Der Händler beugte sich über den Tresen und blickte sich rasch um. »Es heißt, sie wollen die Wilden an die kurze Leine nehmen.«

»*Tír na nÓg*«, sagte Wagrim mit Nachdruck. »Ich denke nicht, dass sie Wilde sind, nur weil ihre Art zu leben sich von der in Méridor unterscheidet. Sie pflegen Rituale.« Er brummte leise. »Sie ehren den Kreislauf aus Leben und Tod.«

Der Mann zog die Stirn kraus. »Sie haben viele Unschuldige im Königspalast kaltblütig abgeschlachtet. Einflussreiche Dons! Berater des Königs!«

»Warum wurden sie dann umgebracht, wenn sie unschuldig waren?«

Der Mann stutzte kurz. »Das waren schreckliche Bestien, die über uns herfallen wollten! Bestien waren das!«

Wagrim nickte langsam. »Das ist der Fluch des freien Willens, Freund.« Er betrachtete seine Hände, öffnete und schloss sie. Sie trieften vor Blut – auch wenn nur er es sehen konnte. »Menschen haben stets die Wahl, sich für einen Weg zu entscheiden.«

»Sie haben sich entschieden, einen Krieg anzuzetteln.«

Es wäre unsinnig, weiterzudiskutieren. Man musste schon aus dem Hochland kommen, um zu wissen, zu welch grausamen Taten Menschen fähig waren, wenn sie Macht erlangten. »Weißt du, wo Cino ist?«

Der Mann beugte sich über den Tresen. »Das kostet was.«

Kurz erwog Wagrim, den Kerl für die Information zu bezahlen, aber das wenige Geld, das ihm zur Verfügung stand, musste er schlau einteilen. Also nickte er dem Mann höflich zu, bevor er wieder in der Menge untertauchte. Dabei beobachtete er die Menschen ganz genau und passte sich ihren Bewegungen an. Es war wie in einem Wechselstrom, in dem es zwei Richtungen gab. Wenn er ausscherte, musste er genau wissen, wohin er wollte.

Er reckte den Kopf und blinzelte zu dem gewaltigen Gebäude in der Ferne empor, einem Wald aus Türmen, der sich schwarz gegen die Sonne abhob. Ein Gebäude, so hoch und mächtig, dass es nur für den einen Gott erbaut worden sein konnte, der Méridor seine Gunst schenkte. Niemals hätte er gedacht, dass es etwas von Menschenhand Errichtetes gab, das so urgewaltig, zeitlich und monumental war wie die Kathedrale.

Gong …

Selbst aus dieser Entfernung hörte er die Glocken, wie sie im Wind schwangen. Mit jedem Schritt, den er sich tiefer in das Gewirr begab, spürte er, dass er sich am richtigen Ort befand. Hier lag das Machtzentrum von allem. Er musste die Anführer ausfindig machen und einen Pakt erzwingen. Denn allein konnte niemand dem Sturm standhalten, der auf sie alle zukam.

Wagrim passte den richtigen Moment ab. Dann schlüpfte er aus der Menge in eine schmale Gasse, die in Dunkelheit versank. Die Gebäude reichten so hoch, dass sie sich an den Spitzen beinahe berührten und nur einen Streifen Sonnenlicht hindurchließen. Er war dankbar für die Schatten und seufzte erleichtert, als die Kühle den Schweiß auf seiner Haut trocknete.

»He!«

Wagrim sah auf. Nur drei Schritt entfernt stand ein Mann in Lumpen. Wie hatte er sich ihm unbemerkt nähern können?

»Du suchst Cino?«, fragte der Fremde.

Wagrim ging zu ihm und hielt ihm höflich die Hand hin. Der Kerl – sein Gesicht war mit Geschwüren übersät – schaute sie verwirrt an, also ließ Wagrim sie wieder sinken. Er hatte noch nicht ganz verstanden, wie man sich hier begrüßte.

»Ich möchte dieses Land kennenlernen und verstehen. Deshalb suche ich Arbeit.«

Der Kerl grinste zahnlückig. »Dann bist du bei mir richtig. Folge mir!« Er marschierte los und winkte eifrig. »Auf, auf! Ich bring dich zu ihm.«

Also stapfte Wagrim hinter ihm her, tiefer in die dunkle Gasse hinein, und hielt die Augen offen und die Ohren noch offener. *Sorge dafür, dass sie dich unterschätzen. Wirke schwach und hilflos.*

Sein Führer bog um die Ecke und in die nächste Gasse, die alles andere als vertrauenerweckend war. Wagrim wunderte es deshalb keineswegs, als der Kerl plötzlich losrannte und sich eine Gruppe gedrungener Gestalten aus niedrigen Türöffnungen löste. Als er sich umdrehte, kamen ihm auch von dort einige Gestalten entgegen. Insgesamt waren es sechs und sie wirkten so heruntergekommen wie Männer, die garantiert nichts Gutes im Sinn hatten. Anscheinend war er der dumme Barbar, den sie in die Falle locken wollten.

Dabei wussten sie nicht, dass sie diejenigen waren, die nun in der Falle saßen.

»*Hola*«, sagte Wagrim und zückte den Beutel an seiner Hüfte. »Das und die Kleider am Leib, sind alles, was ich habe. Mein ganzer Verdienst.«

Der Anführer galt unter seinesgleichen bestimmt als groß und kräftig, aber er war immer noch einen Kopf kleiner als er. Der Mann schnappte ihm den Beutel aus der Hand und nickte zu Wagrims Stiefeln. »Und die?«

Er hob den Fuß. »Glaubt mir, die wollt ihr nicht. Ich habe keinen Zwist mit euch. Ihr habt mein Geld. Nun zieht eurer Wege. Bitte.«

»Er bittet.« Der Kerl lachte und die anderen stimmten ein. Als Wagrim ebenfalls lachte – tief, dröhnend und gefährlich –, verging es ihnen.

»Die Stiefel, Barbar!«

»Das ist der Stoff für jedes schlechte Heldenabenteuer«, brummte er. »Der Protagonist, der ein fremdes Land betritt und dann überfallen wird, um zuerst zu leiden.« Er ließ die Schultern kreisen und bewegte den Kopf, bis es knackte. »Um zu beweisen, was für ein guter Mann er ist, damit er zum Helden heranwachsen kann. Ihr seid die Bösen. Und ich bin der Gute.«

»Dann werden wir den Guten ein letztes Mal auffordern, seine Stiefel auszuziehen, bevor's knallt!«

Wagrim ballte die Fäuste, bis die Knöchel weiß hervortraten. »Leider bin ich nicht der Gute.« Er machte einen Schritt auf den Anführer zu, der einen zurücktrat. Auf einmal wirkte der Kerl nicht mehr so mutig und selbstbewusst. »Ich habe unvorstellbare Dinge getan. Der *Schlächter* ist mein Zeuge, dass ich aus Tod gemacht bin. Wenn er zurückkehrt, wird er alles daransetzen, mich in die Feuer der Hölle zu verbannen. Doch bis dahin habe ich noch eine wichtige Aufgabe vor mir, Freund.« Wagrim ließ seine Pranke auf die Schulter des Mannes fallen. »Ich bin hier, um einen Weg zu finden, meine Heimat zu retten. Geh und lebe.« Langsam beugte er sich zu dessen Ohr. »Bitte.«

Der Kerl schüttelte die Hand ab und nickte den anderen zu. Sie packten Wagrim von hinten, traten ihm in die Kniekehlen und verdrehten seine Arme. Wagrim sank auf die Knie und gab keinen Laut von sich. Zwei Männer hielten ihn fest, die anderen näherten sich von den Seiten und griffen ebenfalls seine Schultern.

Der Anführer trat vor ihn und schlug ihm ins Gesicht. Wagrims Kopf flog herum. Aber im Vergleich zu den Schlägen, die er bislang erlitten hatte, war es bloß ein Streicheln.

Wieder schlug der Kerl zu. Wieder und wieder. Jeder Hieb wurde kraftloser, bis der Mann zurücktrat, sich die schmerzende Hand hielt und ihn verwirrt musterte. Wagrim spuckte blutigen Rotz aus. Er verzog die Lippen und schenkte dem Mann ein Grinsen, das so manchen Hochländer das Fürchten gelehrt hatte.

»War das schon alles?«, fragte er leise und rau. »Ich weiß, du kannst das besser!«

Der Anführer nickte zwei anderen zu. Sie stellten sich vor Wagrim und schlugen ihm in die Magengrube. Eins. Zwei. Drei. Beim vierten Schlag spie er aus. Beim fünften begrüßte ihn ein langsames, kaltes Brennen in seinen Eingeweiden. Es kroch empor wie Getier, stach in seiner Kehle, benebelte seinen Verstand und entzündete den Funken in ihm, wie eine Flamme, die stets auf schwacher Glut loderte. Sie wallte auf, aber noch brannte sie nicht.

»Mehr!«, zischte er.

Sie traten und schlugen auf ihn ein, bis sie völlig außer Atem waren. Dabei bemerkten sie nicht, dass sie ihr eigenes Todesurteil unterschrieben. Durch ihre Taten nährten sie seinen Funken, stärkten ihn, kitzelten ihn heraus wie einen Fisch am Ufer. Ihr Gott musste es ihnen verzeihen. Sie wussten es nicht besser.

»Nehmt mein Gold und geht!«, rasselte er wie der Tod.

In der Hand eines Mannes blitzte ein Messer auf. Er hatte ein Gesicht wie ein Schlachtfeld und einen struppigen Bart. Der Mann hielt ihm die zitternde Klinge an die Kehle. »Deine Schuhe!«

»Nein.«

Ohne Vorwarnung rammte der Mann ihm das Messer in die Brust und zog den kalten Stahl wieder heraus. Wagrim bäumte sich auf und das Blut quoll in dickem Strom hervor. Das Brennen gesellte sich zu der Kälte in ihm und die Kälte verstärkte das Brennen. Allmählich wurden seine Glieder taub.

Der Mann trat zurück und auch die anderen ließen ihn los.

Wagrim fiel vornüber auf die Hände.

Und lachte.

Es war ein grausames, wahnsinniges Lachen voller Schmerz und Freude, voller Sehnsucht nach diesem Gefühl, das nur wenigen Menschen vorbehalten war. Ein irres, wahnsinniges Lachen aus den verzehrten Mündern Hunderter Opfer. Manche nannten es eine Gabe, die ihm der Schlächter vermacht hatte. Damit er sich ihm bei seiner

Rückkehr anschloss, um das gesamte Weltenrund mit Blut und Tod zu überziehen.

Wagrim nannte es einen Fluch.

Weiße Sehnen buckelten unter seiner zerkratzten Haut, als er die Finger öffnen wollte, doch sie verkrallten sich nur noch mehr im brüchigen Stein.

»Mehr …«, raunte er und verzog den Mund zu einem grausamen Lächeln. Die Flamme loderte auf, breitete sich von seinem Bauch bis in seine Fingerspitzen aus und betäubte alles in ihm. Er wollte das nicht – hatte es nie gewollt. Aber es war gut.

Es war höchste Zeit.

»Mehr …« Wagrim lachte immer noch. Beißende, trockene, atemlose Geräusche wie zuschnappende Kiefer. Er lachte und die Raserei lachte mit ihm.

Sein Atem ging jetzt wieder schneller als der Blasebalg eines Schmiedeofens. Die Glut entfachte, brachte die Luft um ihn zum Flimmern. Rote Farbe überzog seine Haut wie Blutspritzer, senkte sich über seinen Verstand wie ein Schleier.

Bis die gesamte Welt in Blut versank.

Der Funke gedieh, brannte heller, wurde zu Öl für die Raserei, die in kranken Wellen aus ihm herausströmte. Seine Muskeln schwollen an, seine Adern und Sehnen traten dick wie Baumwurzeln hervor. Und er *wuchs*.

Wagrim stand auf, erhob sich wie ein Berg über den Männern, die erschaudernd zurückwichen. Waren sie schon die ganze Zeit so klein gewesen?

Die Stichverletzung blutete nicht länger. Nun war sie nur noch lästig und Wut quoll aus ihr heraus wie Eiter aus einer Wunde. Er war noch nicht fertig. Er fing gerade erst an.

Wagrim schloss die Augen …

… und der Berserker öffnete sie.

Der Kerl mit dem struppigen Bart nahm seinen Mut zusammen und stieß mit dem Messer zu. Der Berserker fing die Hand so mühelos ab, als hielte er einen morschen Zweig fest. Der Mann brüllte, zerrte wie verrückt, um sich zu befreien. Aber eher konnte er dem Griff des Todes entkommen.

Der Berserker lächelte. Und zog. Als pflückte er einen Grashalm aus der Erde, riss er dem Mann den Arm ab. Verständnislos starrte der Kerl sein Glied an. Dann, ganz langsam, wurde aus dem Unverständnis in den Zügen des Mannes Begreifen und Bestürzung. Er klappte zusammen, schrie wie im Wahn, während Blut die Gasse tränkte.

Er ließ das Glied fallen und wandte sich den anderen zu. Zwei rannten davon.

Der Berserker drückte sich ab und schoss durch die Gasse. Mit einem Riesensatz landete er vor ihnen, zertrümmerte das Kopfsteinpflaster unter seinem Knie und erhob sich zu voller Größe. Mit der Faust durchschlug er den Brustkorb eines Mannes – Rippenbögen splitterten, Fleisch und roter Saft flogen umher. Mühelos zog er die Hand heraus, packte den Sterbenden am Arm und schleuderte ihn quer durch die Gasse den anderen entgegen, die unter ihm zu Boden gingen. Der zweite wollte sich wieder umdrehen, aber der Berserker war schnell wie eine Schlange, umfasste seinen Kopf und zerdrückte ihn. Gehirnmasse, Knochensplitter und Blut spritzten in alle Richtungen. Er ließ die Leiche los und stapfte auf die anderen zu, während Körperflüssigkeiten überall an ihm heruntertropften.

Einer sank auf die Knie, faltete die Hände zum Gebet und wimmerte. Gnade? Hier gab es keine Gnade. Nur den Kampf.

Der Berserker schlug so fest zu, dass der Kopf des Mannes glatt vom Hals gerissen wurde, gegen die Wand klatschte und dort zerbarst.

Wieder versuchten sie zu fliehen.

Der Berserker sprang. Er überwand spielend leicht einen Abstand von zehn Schritt, landete hinter ihnen und fegte die Männer unter dem Aufprall zur Seite. Sie schrien – ihr Gebrüll war wie eine wohlig klingende Melodie, die seinen Funken nährte. Mehr Rot verhärtete an ihm, ließ ihn tiefer in die Raserei versinken. Ihre Schreie, ihre Qual, ihr Leid gesellten sich zu jenem, was ihn tief in seinem Herz plagte.

Der Tod.

Die Schuld.

Das Versagen.

Ein Teil der Raserei verflog und der Berserker schnappte wie ein Ertrinkender nach Luft. Er hatte das nicht gewollt! Er war hierhergekommen, um seine Heimat zu retten … sein Volk zu einen … der wahren Bedrohung gegenüberzutreten.

Kraftlos sackte er auf die Knie und starrte seine Hände an, die vor fremdem Blut trieften, während die Männer von ihm wegstolperten. Die Raserei war ein Fluch. Die Gabe seines Funkens das Verderben. Der Kontrollverlust der Grund, weshalb sein Volk starb.

»Nein!«, knurrte er und kämpfte gegen die Raserei an. Er versuchte den lodernden Funken zu beruhigen, indem er sich an all die schönen Momente seines Lebens erinnerte. Leider gab es davon nicht viele.

Ein Mann, der sich nicht kontrollieren kann, ist schwach. Du hast eine Gabe, mein Sohn. Eine Gabe mit einer großen Verantwortung.

Doch das Schicksal war ihm einmal mehr nicht hold, als der Anführer der Halunken vor ihn trat und ein Messer in der Hand hielt. Er war ein verdammter Narr, als er damit zustieß. Die Klinge schrammte an Wagrims Hals entlang, als hätte sie Stein getroffen, und der Mann verletzte sich selbst.

Ein Kriegsschrei entfuhr dem Berserker – ein Gebrüll, das in der Gasse, an den Wänden, selbst am klaren Himmel abprallte und um ihn widerhallte. Das war kein Laut eines Menschen. Das war das besessene Geheul eines Ungeheuers.

Der Kerl hielt sich die Ohren zu und schrie wie im Wahn.

Wagrim packte ihn am Bein und schleuderte ihn wie eine Stoffpuppe gegen die Wand. Der Körper zerplatzte wie eine überreife Frucht, verteilte Innereien und Knochenstücke über ihn. Dann hockte er dort in einer Blutlache, umgeben von geschundenen Leichen und Tod. Er war wahrhaft ein Barbar. Warum hatten sie nicht auf ihn gehört? Warum war er verflucht? Warum? Warum?

»WARUM?«, brüllte er und warf den Kopf zurück.

Der Berserker schloss die Augen …

… und Wagrim öffnete sie.

Die Jagd

Wie zerstoßene Knochen knirschten die vertrockneten Wurzeln unter Cuchulains Stiefeln, als er durch das Unterholz rannte. Pfeifend schoss der Atem aus seinem Mund und das Blut dröhnte in seinem Kopf. Er duckte sich unter einem gewundenen Ast und schlitterte über den lehmartigen Boden. Eben hatte er die Fährte noch gehabt, doch jetzt war sie fort. Hatte er den falschen Weg gewählt?

Er verharrte kurz still, schloss die Augen und lauschte den Geräuschen des Waldes; wie der Wind sich drehte, durch die hohen Zweige fuhr und an dem Bärenpelz auf seinen Schultern zehrte.

Es war bloß ein Gefühl – ein Eindruck von etwas, das tief mit diesem Land verwurzelt war. Wie eine Präsenz, die er gelegentlich spürte wie einen zweiten Herzschlag in seiner Brust. Eine Präsenz voller Zorn. Eine Schwingung in der Luft, die nur jene deuten konnten, die in *Tír na nÓg* aufgewachsen waren. Doch diese Gebiete, in die er sich begeben hatte, wurden schon lange von seinem Volk gemieden. Über diesem Teil des Waldes lag ein Fluch. Es war ein Wagnis. Aber es war eines, das er zum Schutz der *Túatha Dé Danann* eingehen wollte.

Da!

Cuchulain riss die Augen auf, packte seinen Speer und stürmte weiter. Er wusste, wie er sich zu bewegen hatte, ohne das geringste Geräusch zu verursachen. Die Wälder waren mit ihm verbunden, als wäre er ein Fluss, der die Gebiete wie eine alte Narbe trennte.

Nichts regte sich. Weder Gras noch Büsche wuchsen an diesem Ort. Die Bäume waren grau und tot. Der Boden war tot. Selbst die Luft roch abgestanden und tot. Dicke Wurzeln brachen überall aus der Erde, schlängelten sich umeinander, zogen sich entlang der Pfade wie Adern. Und ein roter Schleier lag über alldem, als wäre das gesamte Gebiet mit Rost überzogen.

Er war noch zu jung, um sich daran zu erinnern, wie der Wald einst in sattem Grün und Leben erstrahlt war, obwohl er der Hüter seines Stammes war. Doch er kannte den Grund für den Verfall. Der Grund, weshalb er die Jagd auf sich genommen hatte.

Die Fäulnis.

Aus der Ferne erklang das Gurgeln eines Flusses. Dahinter begann die Grenze zu den *Denvyd*. Entweder stellte er jetzt die Beute, oder er musste die Jagd abbrechen. Seine Gesichtszüge verkrampften sich. Das durfte er auf keinen Fall zulassen!

Cuchulain brach aus dem Geäst, wurde langsamer und setzte jeden Schritt mit Bedacht. Noch konnte er den Fluss nicht sehen, aber der Geruch hatte sich verändert. Es roch metallischer, mit einer Spur von etwas Uraltem, als hätte er ein unbewachtes Grab geöffnet.

Er duckte sich und kroch durch den Schlamm, während er flach durch den Mund atmete. Geduldig und voller Erwartung krümmte er die Finger um seinen Speer, dessen blattförmige Spitze mit Knotenmustern verziert war. Der Speer war ein Teil von ihm und bewies die Zugehörigkeit zu seinem Stamm.

Vorsichtig schob er vertrocknetes Gestrüpp zur Seite und spähte hindurch. Unter der Böschung, inmitten des blutroten Flusses, stand das Wesen, das er die ganze Zeit verfolgt hatte.

Ein Pferd.

Es war aber nicht irgendeines, sondern ein ganz außergewöhnliches Exemplar. Anstelle von Fell besaß es ledrige, schwarze Haut, die bläulich schimmerte wie Wasser im Mondlicht.

Cuchulain hielt den Atem an. Die Anspannung ließ ihn bis in die Fingerspitzen erschaudern. Sein Herz schlug schnell und ein Verlangen, tief wie Schmerz, erfasste sein Inneres. Drei Tage und drei Nächte hatte er es verfolgt, Spuren gelesen, sich durch das Unterholz gekämpft und den Göttern ein Opfer dargeboten, damit er die Fährte nicht verlor. Er hatte sogar die verbotenen Gebiete betreten, um das Pferd zu stellen. Hier sollte die Jagd ihr Ende finden.

Es gab Geschichten von diesen Wesen. Einige behaupteten, sie seien die Diener des Meeresgottes Manannan und zögen ihn auf einem Wagen über das Meer. Andere erzählten, sie könnten sich in wunderschöne Frauen verwandeln, um Männer in die Falle zu locken. Dann gab es wiederum jene Geschichten, in denen sie Gestaltwandler waren, eine Illusion eines anderen Wesens, das im Wasser lauerte.

Cuchulain hatte vor, die Wahrheit herauszufinden.

Ein Ast knackte und er fuhr zusammen.

Das Pferd reckte den Hals und blickte sich mit überraschend intelligenten Augen um. Bestimmt hatte es ihn längst gerochen, aber falls das der Fall war, ließ es sich nicht von seiner Gegenwart stören.

Cuchulain blieb still und starr liegen, beobachtete, achtete auf die Gerüche nach feuchter Erde und dumpfigem Moder, hörte der schwachen Brise zu, die den Blutfluss zernarbte. Er ließ sich davon durchströmen, blendete alles andere aus, um sich auf den einen Moment vorzubereiten – wie es ihn gelehrt worden war. Es gab Herausforderungen, die ein Druide bewältigen musste.

Ein *Kelpie* zu zähmen, war seine.

Langsam stand er auf, machte keine hastigen Bewegungen und hielt den Blick gesenkt, während er den Speer fest umfasst hielt. Sein ganzer Körper war angespannt. Er konzentrierte sich auf seine Atmung. Ein und aus. Immer wieder. Vorsichtig tastete er sich vor, ein Schritt nach dem anderen. Wenn die Legenden stimmten, dann war er die Beute und das Kelpie der Jäger, der ihn in die Tiefe ziehen wollte, um ihn zu verspeisen. In *Tír na nÓg* war alles gefährlich, selbst der Wald nahm sich, was ihm zustand.

Eine Bö fegte Cuchulain entgegen; sie blies das Haar aus seiner Stirn, zerrte an seinem Pelz und spielte mit seinem grünen Gewand, das schräg über eine Schulter gebunden war und den rechten Arm freiließ, der mit blauen Schriftzeichen tätowiert war. Ein jedes davon beschrieb einen Abschnitt seines Lebens. Sein Handrücken, sein Arm und sogar ein Teil seiner Schulter waren bereits damit versehen. Es würde dauern, bis auch sein Hals, Kinn, Kopf, seine Rippenbögen hinab bis zu den Füßen als Zeuge dienten. Hier war die Möglichkeit zum Greifen nahe, weitere Schriftzeichen mit einer großen Tat zu erlangen.

Wie bei Vater …

Cuchulain verdrängte den Gedanken. Jetzt war nicht der richtige Zeitpunkt dafür. Er ging leicht gebückt, schaute auf seine schlammverkrusteten Füße und wagte nicht, das Kelpie anzusehen. Man sagte, die Augen seien das Fenster zur Seele. Durch sie könnten andere Wesen Macht über ihn erlangen. Wenn er eines am meisten fürchtete, dann war es Gefangenschaft. Als Sklave der Kirche des Palindroms von Méridor.

Mit jedem Schritt kam er dem Pferd näher. Es bewegte sich nicht von der Stelle. Er trat mit dem Fuß in den Fluss. Das kalte, rostige Wasser umspielte seine Wade. Kurz verharrte er so, ehe er weiterging und bis zur Hüfte einsackte. Behutsam zog er den Pelz von seinen Schultern und legte ihn am Ufer ab. Finger um Finger schmiegte er um seinen Speer und blickte schließlich auf.

Das Kelpie beobachtete.

Wartete.

Lauerte.

»Geister, gebt mir Kraft«, flüsterte er.

Jeder Druide musste eine Prüfung ablegen. Es gab ältere, die bei Mondschein in die Wildnis zogen, um einen Bären zu erlegen oder Teil eines Wolfsrudels zu werden. Einige von ihnen behaupteten sogar, die Göttin Danu habe sie aufgesucht, um sie mit einer wichtigen Aufgabe zu betrauen.

Wie Vater. Sein Atem ging schneller. Wenn er an ihn dachte, kochte die Wut wieder in ihm wie geschmolzenes Eisen. Cuchulain schüttelte den Kopf und ließ die Gedanken fallen. Sein Meister behauptete stets, man könne die Prüfung weder suchen noch heraufbeschwören. Aber Cuchulain hatte sie gefunden.

Ein hohes Krächzen hallte über den Fluss. Mit gerunzelter Stirn blickte er auf und entdeckte weit über den Baumwipfeln einen Falken. Dem Glauben seines Volkes nach galten sie als Warnung vor drohender Gefahr oder als Bote, denn dem Blick eines Falken entging nichts.

Die Geister sprechen zu mir!

Verstohlen wie ein Wolf glitt er weiter. Vier Schritte trennten ihn noch von dem Pferd. Der bläuliche Schimmer war jetzt deutlicher. Die ledrige Haut war feucht.

Weißer Dampf stieg aus den Nüstern, umwölkte den länglichen Kopf. Es stieß einen Laut aus wie fließendes Wasser, leise und schnell, durchdringend und schwer, etwas, das Cuchulain nicht beschreiben konnte.

Das Tier näherte sich. Kurz blickte er dem Kelpie in die Augen und erkannte Verständnis darin. Aber auch etwas anderes, das ihm eine Gänsehaut bescherte.

Instinktiv trat er einen Schritt zurück.

Das Kelpie stapfte weiter, wurde größer und größer, als hätte es sich bislang bloß als verirrtes Pferd getarnt. Die Mähne triefte vor Nässe. Das Wasser rann von dem Körper, hinterließ Pfützen auf der Erhöhung.

Cuchulain ging weiter rückwärts, den Speer dem Pferd entgegengereckt, und sank bis zur Hüfte ein. Auf einmal war es nicht nur kalt – es war kälter als Eis. Wie Gift kroch es ihm in die Knochen, ließ das Blut in seinen Adern gefrieren und griff mit klauenartigen Fingern nach seinem Herz.

Geister!

Er stieß mit dem Speer zu und verfehlte das Kelpie um Haaresbreite. »Zurück!«

Es blieb stehen.

»Keinen Schritt näher!«

Es scharrte mit den Hufen, bevor es ihn weiter in den Fluss drängte. Inzwischen war es doppelt so groß wie er und das Schimmern wurde kräftiger.

Cuchulain schluckte schwer. Das Kelpie war nicht das erste mythische Wesen, dem er begegnete. Die Wälder waren voller Geheimnisse und Gefahren. Sein Meister hatte ihn mit einigen vertraut gemacht, denn in Tír na nÓg zu leben, hieß, das Land mit anderen Wesen zu teilen, die ihren Platz in einer Welt suchten, die von einer skrupellosen Kirche beherrscht wurde; einer Kirche, die nur einen einzigen Glauben zuließ. Die Lichttrinker, die über alle Stämme geboten und von ihnen ewige Unterwerfung verlangten.

Die Paladine.

Vater hat immer gesagt, dass eine Zeit der Verachtung kommen wird. Eine Zeit, in der wir aufstehen und sagen, dass es genug ist.

Cuchulain blieb stehen, stemmte die Füße in den Untergrund und starrte das Kelpie herausfordernd an. Vielleicht war auch für ihn diese Zeit gekommen. Er stand hier, trotzte seiner Furcht und bewies, dass er sich nicht beugte. Er stellte sich der Gefahr und seiner Prüfung ...

Das Kelpie stieß ein Geheul aus, das ihm durch Mark und Knochen fuhr.

Cuchulain rutschte im Schlamm aus und platschte rücklings in den Fluss. Wasser schloss sich über seinen Kopf, Luftblasen stiegen um sein Gesicht auf. Er war so geschockt von der Kälte, dass er beinahe die Waffe verlor.

Das Wesen stürzte sich auf ihn. Instinktiv packte er den Speer mit beiden Händen und fing das zuschnappende Maul mit der Stange ab. Reihen pfeilspitzer Zähne verbissen sich darin. Holz knirschte und splitterte.

Der Speer zerbrach.

Nein!

Cuchulain öffnete den Mund für einen Schrei und ein Schwall Wasser drang in seine Lungen. Er bäumte sich auf, brach aus dem Fluss und holte keuchend Luft.

Eine Hufe traf ihn auf der Brust, drückte ihn in das kalte Nass und in die Dunkelheit. Dann prallte die Hufe gegen seine Schulter, die sofort taub wurde, eine andere an der Stirn und Licht füllte seinen Kopf.

Wieder schnappte das Kelpie zu. Gerade noch rechtzeitig konnte er die Überreste seiner Waffe hochreißen und gegen das Maul schlagen. Das Kelpie stieß ein bedrohliches, widerhallendes Schnauben aus, trat ihm gegen den Brustkorb und nagelte ihn unter Wasser fest. Über ihm hing der verschwommene Kelpiekopf. Es musterte ihn seelenruhig und kalt.

Geister ... warum verlasst ihr mich?

Der Fluss schwoll an. Das Wasser staute sich über ihnen auf, zog das Kelpie und ihn in eine schwarze, dämmrige Leere. Das Wesen nahm ihn mit und wirkte viel lebendiger, als hätte es bislang seine wahre Natur verborgen. Schuppen wuchsen über den ledrigen Leib und schimmerten in den Farben des Regenbogens. Die Mähne trieb im Wasser umher und erinnerte nun an die Rückenflossen eines Fischs.

Das Kelpie war atemberaubend und schrecklich zugleich. Cuchulain zappelte, trat um sich und riss die Augen vor Schreck und Angst weit auf, bis ihm die Lungen zu platzen drohten. Sein Magen zog sich zusammen und seine Rippen hoben sich in dem verzweifelten Bemühen, Luft zu bekommen. Eigentlich hatte er seine Idee, ein Kelpie zu verfolgen, für ziemlich clever gehalten. Die Prüfung herauszufordern. Sich zu beweisen. Größer zu sein als alle anderen Druiden. Jetzt erschien ihm dieser Einfall nur noch halb so gut.

Das Kelpie bewegte sich blitzschnell um ihn herum. Die Kiefer schnappten zu und die Zähne versenkten sich in seiner Schulter.

Cuchulain öffnete den Mund zu einem Schrei, schloss ihn aber sofort wieder. Das Wasser um ihn färbte sich rot vor Blut. Er zuckte, sein ganzer Körper bäumte sich auf, kämpfte darum, am Leben zu bleiben. Ungeschickt tastete er nach seinem Gürtel, wickelte den Beutel auf, umfasste die Kanten eines Kristalls darin.

Seine Sichtränder füllten sich mit Schwärze. Er wurde ertränkt. Erstickt.

Getötet.

Mit letzter Kraft riss er den Kristall aus dem Beutel und drückte ihn gegen das Bein des Kelpies.

Nichts geschah.

Er hatte auch nicht damit gerechnet, dass es ihm gelingen würde. Es war vorbei. Er hatte versagt. Das war der Tod.

Nicht atmen! Nicht atmen! Nicht ...

Ein schwarzer, verschwommener Schatten schoss wie ein Pfeil weit über ihm aus dem Himmel. Das Kelpie reckte den Hals.

Mit einem Donnerschlag wurde das Wasser auseinandergesprengt. Das Pferd wurde herumgeworfen und verschwand aus seinem Sichtfeld. Cuchulain tauchte auf, sein Kopf brach durch die Oberfläche, und er hustete, würgte und übergab sich. Auf einmal war das Flussbett nicht mehr so tief wie zuvor, als wäre der Bann des Kelpies gebrochen.

Es richtete sich auf und blickte zu einem Punkt hinter ihm.

Cuchulain wirbelte herum. Am Flussufer saß ein Falke, die Flügel leicht angelegt und den Kopf gesenkt. Noch während er hinsah, geriet ein Wabern über die Gestalt.

Und dann *wuchs* der Falke.

Er wurde größer und breiter, die Flügel wurden zu Armen, die Falkenhände zu Beinen und Füßen. Der Kopf verwandelte sich zu dem eines älteren Mannes mit braunem Haar, das von grauen Strähnen durchzogen war. Das Gesicht war schmal und die dunklen, uralten Augen lagen tief in den Höhlen. Sie wirkten traurig und einsam, als hätte der Mann etwas verloren und nie wiedergefunden. Das Gefieder hingegen wurde zu einem federbesetzten Mantel. Langsam erhob sich der Mann und stampfte einen knorrigen Stab auf.

Myrddin, der Großdruide von Tirnanog.

Cuchulain verzog das Gesicht, als er den missbilligenden Ausdruck auf dem Gesicht seines Meisters sah.

»Cuchulain!« Von Myrddin ging eine Aura aus, die in Wellen über ihm einbrach. Sie drückte Cuchulain nieder, raubte ihm seinen Willen, bis er vor Ehrfurcht den unbändigen Drang verspürte, niederzuknien – was im Flussbett keine gute Idee war.

Offenbar erging es nicht nur ihm so. Auch das Kelpie, eben noch angriffslustig und voller Zorn, zog sich auf die Erhöhung zurück und beobachtete von dort den Neuankömmling.

Cuchulain schleppte sich aus dem Wasser. Triefend, keuchend und geschwächt ließ er sich auf einem Knie vor seinem Meister nieder. In seiner Rechten hielt er noch immer den Kristall. Es war, als bohrte sich Myrddins strenger Blick tief in ihn hinein, um die Abgründe seiner Seele zu durchdringen. Dann, ganz langsam, erfüllte ein Anflug von Wärme und Zuneigung die Züge des alten Mannes.

»Verantwortung kann eine schwere Last sein, Cuchulain. Jetzt noch fürchtest du, das Licht am Ende des Tunnels nicht zu sehen. Aber wenn du in Bewegung bleibst und erkennst, dass alles Leben wichtig ist, wirst du es irgendwann erreichen.«

Cuchulain neigte den Kopf. »Ich verstehe, Großdruide.«

»Dies ist die Grenze zur Dämmerung. Als Hüter bist du zu wichtig, um dich zu verlieren. *Du* bist zu wichtig!«

Er blickte zurück. Das Kelpie verharrte reglos. »Ich habe es bis hierher verfolgt. Noch nie ist es jemandem gelungen, eines zu reiten.«

»Du willst es aber nicht reiten.«

Ihm entrang sich ein leises Seufzen. Myrddin konnte er nichts vormachen. »Ich will es verstehen. Sein Wesen. Seinen Geist. Alles an ihm.«

»Du willst seinen Funken beherrschen.«

Vorsichtig öffnete er die Hand. Die grünen Kristallkanten hatten sich in sein Fleisch gebohrt und waren nun so rot wie der Fluss. Etwas so Kleines und Unbedeutendes, das in fahlem Licht glühte. Das Mittel, um die wahre Macht eines Druiden zu erwecken.

»Welchen Vorwurf willst du mir machen?« Er ballte die Faust, atmete scharf ein, als der süße Schmerz ihn durchströmte. »Die Lichttrinker kommen in unsere Heimat, brennen unsere Dörfer nieder, vergewaltigen unsere Frauen und nehmen uns unsere Heimat. Vater ...«

Myrddin legte ihm tröstend die Hand auf. »Mir ist bewusst, dass du einen Kampf gegen dich ausfechtest, Cuchulain. Aber bedenke, dass wir nicht die Last unserer Eltern tragen. Was dein Vater tat, tat er aus freien Stücken.«

Cuchulains Augen brannten und seine Kehle schnürte sich zu, bis er kaum noch Luft bekam. »Seinetwegen stirbt unser Volk!«, zischte er zwischen zusammengebissenen Zähnen. »Seinetwegen sind Druiden in einem fremden Land auf fremder Erde einen sinnlosen Tod gestorben!«

»Kein Tod ist sinnlos, Cuchulain. Auf dem Weg, den du einschlägst, werde ich dir nicht folgen können.«

»Ich ... will mein Volk retten, Myrddin.«

»Durch den Funken eines Kelpies?«

Er atmete tief durch. »Vielleicht. Wir müssen neue Wege gehen. *Ich* muss neue Wege gehen.«

Myrddin lächelte sanft. »Du suchst nach Macht und Schutz. Aber irgendwann wirst du feststellen, dass Liebe und Fürsorge viel mächtiger sind.«

Cuchulain lag eine spitze Erwiderung auf der Zunge. Aber er wusste auch, dass man den alten Mann nicht bedrängen durfte. Es war eine große Ehre, ausgerechnet von ihm unterwiesen zu werden; eine Ehre, die seit Generationen niemandem mehr zuteilgeworden war. Als Myrddin vor Jahren im Dorf erschienen war, um ihn auszubilden, ein Verrückter, der behauptete, *der* Myrddin aus den Legenden seines Volkes zu sein, hatte niemand ihm geglaubt. Cuchulain war inzwischen anderer Meinung. Sein Meister wusste Dinge, die das Wissen jedes anderen Druiden in den Schatten stellten.

»Dein Vater hat an das geglaubt, was er getan hat, Cuchulain.« Myrddins Stimme war tief und warm, wie die eines Großvaters, der sich um sein Erbe sorgte. Wie stets steckte eine tief verborgene Moral in seinen Worten. Aber Cuchulain wollte das jetzt nicht hören. Er hatte versagt. Besser wäre es gewesen, das Kelpie hätte ihn ertränkt.

Besser, er wäre tot.

»Tu das nicht.« Myrddin führte Cuchulain an der Schulter herum. Obwohl er mit achtzehn Wintern in seinem Stamm schon lange als Mann galt, kam er sich in der Nähe des Großdruiden wie weicher Ton vor, der noch lange nicht ausgehärtet war.

»Wir existieren im Einklang mit der Natur.« Myrddins Stimme nahm einen wehmütigen Klang an, während er ihn ins Wasser führte. »Wir respektieren den Kreislauf aus Leben und Tod. Warum tun wir das?«

»Wissen«, knurrte Cuchulain.

»Wissen.« Myrddin nickte und schob ihn durch das Flussbett auf die Erhebung, wo das Kelpie immer noch stand wie eine eingefrorene Salzsäule. »Verständnis.« Langsam führte er ihn zu dem Wesen, das nun nicht mehr riesig und bedrohlich wirkte. Auch der bläuliche Schimmer war nicht länger deutlich erkennbar. »Den Geistern vertrauen. Eins sein mit der Natur und ihren Wesen. Gleichgewicht!«

»Gleichgewicht«, raunte Cuchulain.

»Darum geht es. Alles muss sich im Gleichgewicht befinden. Irgendwann wirst du verstehen, was ich damit meine.«

Myrddin ließ ihn los und ging auf das Kelpie zu. Zwei Schritte davor blieb er stehen und verbeugte sich tief. Dabei behielt er das Wesen die ganze Zeit im Blick; er blinzelte nicht einmal und wirkte nicht länger wie der weise Führer der Druiden. Sondern wie ein ganz gewöhnlicher … Mann.

Das Kelpie senkte den Kopf.

Myrddin erhob sich und trat näher. Während er über die Flanke strich, sprach er beruhigende Worte, die Cuchulain nicht verstand. Schließlich blieb Myrddin stehen und winkte ihn heran. Mit angehaltenem Atem trat Cuchulain auf das Wesen zu, das ihn eben noch hatte umbringen wollen. Als er die Flanke berührte, war es, als berührte er den Tod. Kalt und glatt, ohne jegliche Wärme.

»Ein Kelpie zu zähmen, ist, als wolltest du das Wasser am Fließen hindern«, flüsterte Myrddin. »Es muss frei sein wie ein Fluss.«

»Wie kann es frei sein, wenn die Lichttrinker unser Land überfallen?«

Ein Lächeln umspielte Myrddins Lippen. »Wir werden es verhindern.«

»Wie?«

»Durch Verhandlungen.«

»Verhandlungen?«, rief Cuchulain. »Sie rauben unser Paladium, knechten unser Volk und zwingen uns ihren Glauben auf!«

»Dies war der Pakt, den deine Vorfahren einst mit Méridor schlossen. Paladium im Austausch für Frieden.«

»Sie haben Vater getötet! Sie haben …«

»Cormag kannte die Konsequenzen seiner Taten.« Myrddin ließ das Kelpie los, das die Erhöhung verließ und ins Wasser trottete. Je weiter es sich entfernte, desto mehr verblasste und verschwamm es, bis es nicht mehr zu sehen war. Als wäre es ein Teil des Flusses.

»Und die Derwyd?«

Die Worte versetzten dem Großdruiden offenbar einen Stich, denn ein Ausdruck des Bedauerns zeichnete nun seine Züge. »Die Derwyd sind verloren.«

Cuchulain wies auf die Gebiete jenseits des Flusses, in denen alles tot war. Er hatte bislang nur Gerüchte darüber gehört, aber der rote Nebel, der Blutfluss, die vertrockneten Bäume und der leblose Boden – all das erschütterte ihn bis ins Mark. »Wir können nicht länger so tun, als wären sie keine Gefahr!«

»Auch darauf werden wir eine Antwort finden, Cuchulain. Du bist bereit, für dein Volk Opfer zu bringen.« Myrddin berührte ihn an der Schulter. Seine Stimme klang jetzt müde und traurig. »Ich fürchte, das größte Opfer wird früher von dir gefordert werden, als du glaubst. Doch zuerst musst du als Druide wachsen.«

Cuchulain knurrte leise. »Behandelt mich nicht wie ein Kind!«

Myrddin ließ ihn los und marschierte an ihm vorbei. »Ich behandle dich wie alle, die Mut mit Torheit verwechseln, und versuche lediglich, dich davor zu bewahren«, sein Blick wurde schärfer und durchdringender, »dich in deiner Gabe zu verlieren.«

Cuchulain atmete tief aus. Sein Zorn galt nicht seinem Meister. Sondern seinem eigenen Versagen. »Ich bitte um Verzeihung.«

Myrddin lächelte. »Ich kenne deine Seele, Cuchulain. Ein Druide zu sein, bedeutet, dass wir stets auf einem schmalen Grat wandern und unsere Gefühle beherrschen müssen. Du musst aufpassen, sonst verlierst du dich in deinem Zorn.«

Cuchulain zögerte. Dann brach sein Widerstand endgültig und er begriff, dass es unsinnig war, Myrddins Lehren infrage zu stellen. »Ich verstehe.«

»Gut. Dann sollten wir gehen, bevor die …«

»Derwyd.« Er sprach das Wort wie einen Fluch und glaubte zu spüren, wie es sich mit dem allseits vorherrschenden Tod verwob.

Myrddin nickte langsam. »Sie sind zu einer Gefahr für jene geworden, denen sie einst geschworen haben, sie zu beschützen. Macht ist deshalb so verführerisch, Cuchulain, weil sie zunächst als eine Kraft empfunden wird, die ein trügerisches Gefühl von Sicherheit vermittelt. Doch das Gegenteil ist der Fall. Sie lässt uns blind werden, bis es nichts anderes mehr gibt als den Durst nach noch mehr Macht.«

Cuchulain neigte den Kopf.

Myrddin hob die Hand und stieß ein schrilles Zwitschern aus – es klang wie der Ruf eines Vogels.

Einen Moment später schoss ein Rabe aus dem Himmel und landete auf seiner Hand. Der Druide übergab ihm das Tier. Cuchulain wusste, was zu tun war und drückte den Kristall an das Gefieder. Dabei sah er dem Raben in die Knopfaugen, blickte tief hinein, bis er dessen Wesen wie ein aufgeschlagenes Buch vor sich ausgebreitet sah. Er konnte darin blättern, jede einzelne Seite begutachten und verstehen, um die Seele des Raben zu ergründen. Dieses Verständnis existierte auf beiden Seiten. Auch Cuchulain öffnete dem Vogel sein wahres Wesen und schenkte ihm damit Vertrauen. Denn alles, was ein Druide tat, geschah im Gleichgewicht. Wenn er etwas nahm, musste er auch etwas geben.

In einem Augenblick der Erkenntnis war ihr Geist miteinander verbunden. Nicht länger waren sie voneinander getrennt, sondern handelten, dachten und lebten in einer einzigen Seele. Der Rabe wusste, was geschehen würde. Cuchulain verstand ihn, spürte seinen Schmerz und seine Furcht, aber auch die Hoffnung, in ihm *gelebt* zu werden.

Für einen Außenstehenden geschah dies innerhalb eines Wimpernschlages, doch für Cuchulain fühlte es sich wie die Ewigkeit an.

Schließlich zog er sich aus dem tierischen Geist zurück, als sich aus dem Raben etwas löste; es war ein Funke, umgeben von flirrendem Licht, das ihn durchströmte und umgab. Der Funke schoss in den grünen Kristall und ließ ihn auflodern wie die Geburt einer winzigen Sonne.

Der Rabe erschlaffte. Sanft und zärtlich, voller Vertrauen und Hingabe legte Cuchulain ihn auf dem Boden ab, hob eine Kuhle aus, legte ihn hinein und häufte Erde darüber. Dann erhob er sich wieder und führte den Kristall nahe an sein Herz heran.

Myrddin nickte ihm nun verständnisvoll zu.

Cuchulain ballte die Faust um den glimmenden Kristall und drückte fest zu. Dabei konzentrierte er sich auf den Funken darin und ließ sich von dessen Wesen umfangen.

Ein Knacken ertönte und der Kristall zerbrach. Der Funke drang in Cuchulain ein, breitete sich in ihm aus, durchströmte ihn bis in die Fingerspitzen.

Die Verwandlung setzte ein.

Sein Körper schrumpfte. Arme wurden zu Flügeln, Beine zu Greiffüßen, die Nase zu einem Schnabel und Federn brachen aus seiner Haut, wuchsen über seinen Leib und hüllten ihn ein. Er hätte geschrien, hätte er noch eine Stimme gehabt. So entrang sich ihm nicht mehr als ein schmerzerfülltes Krächzen. Es war, als bärste jeder Knochen in seinem Leib und verformte sich anschließend.

Nicht nur sein Körper veränderte sich, sondern auch seine Art zu denken. Ein Teil des Raben, der ihm seinen Lebensfunken anvertraut hatte, wurde zu *ihm*. Die Scham und Wut über sein Versagen vergingen in einem Sturm an Eindrücken. Es war nicht mehr wichtig, bloß der Drang, die Flügel auszubreiten und sich in die Lüfte zu erheben. Seine Sinne waren viel schärfer – er sah jeden Tropfen auf den Grashalmen, das Rauschen des Windes klang wie Donnerschläge und die Luft war voller unterschiedlichster Gerüche, die er alle zuordnen konnte. Er war wacher. Aufmerksamer. Lebendiger.

Doch dieser Zustand war auch gefährlich. Nicht wenige Druiden hatten sich in ihren Verwandlungen verloren, bis sie zu dem Tier wurden, dessen Wesen sie so gut kannten wie sich selbst. Deshalb brauchte es viel Übung und Vertrauen, um die Macht eines Druiden zu meistern. Ohne Myrddins Hilfe hätte er sich längst dem Strom an Eindrücken hingegeben.

Geister leitet mich!

Der Großdruide zog einen Kristall und verwandelte sich ebenfalls. Er wurde zu einem Falken, spreizte die Flügel und flog in den Abendhimmel hinauf. Cuchulain breitete die Schwingen aus. Dann *hob* er ab.

Er schoss an den verkrüppelten Bäumen vorbei, während der tote Wald unter ihm wegsackte, und genoss den Ruf der Wildnis, der ihn im Rausch umtoste.

Seite an Seite flogen sie zurück zu seinem Stamm.

Göttliche Gerechtigkeit

D as Beerdigungslicht, das noch vor Sonnenaufgang hinter den Hügeln erschien, hatte keinerlei Farbe. Das Morgengrauen war neblig, durchsetzt von feinen Tröpfchen, die bald in dicken, schweren Regen umschlugen. Die wenigen Menschen, die im méridorischen Lager unterwegs waren, wirkten beinahe geisterhaft. Kein Geräusch erklang, gelegentlich das Scharren von Stiefeln im Schlamm oder das Bellen eines Hundes. Davon abgesehen Stille. Die verlassene Umgebung verwandelte sich in einen Ort der Toten.

Dies war Artios liebste Tageszeit.

Seit mehr als einer Stunde kämpfte sie sich durch die Spuren im aufgeweichten Boden. In langen, schmalen, Pfützen, die von den Wagenrädern stammten, spiegelten sich die schwarzen Äste der Bäume, das vertrocknete Laub der Zweige und der farblose Himmel. Eine umgekehrte Welt in einer anderen.

Die Spiegelwelt zerplatzte, sobald sie ihren Fuß hineinversenkte und ihre Unterschenkel mit dreckigem Wasser bespritzte. Sie atmete tief durch, nahm die aufsteigende Feuchtigkeit auf und fühlte sich in eine längst vergangene Zeit zurückversetzt. Das Wetter in Tirnanog war so wechselhaft, rau und trügerisch wie das Land. Alles hier war tiefgründig, als läge eine Melancholie über allem und darunter eine zweite, geheimnisvolle Welt, die nur jenen zugedacht war, die fähig dazu waren, sie zu erkennen. Sie wusste von den Menschen, die an alten Bräuchen und Traditionen festhielten, lange bevor Méridor das wilde Tirnanog erobert und bekehrt hatte. Es gab Geschichten von Ungeheuern und rachsüchtigen Geistern, von blutsaugenden Wesen und Pferden in verschiedenen Gestalten. Splitter der Verheerung, welche die Herzen der Menschen zur Sünde verführten.

In diese Welt sollte Artio sich wieder hineinbegeben.

Sie ging schneller. Es wäre verrückt gewesen, die Mission in voller Montur anzutreten, daher trug sie unter dem Lederpanzer nur ein

Hemd und eine Hose und einen dicken Fellmantel über den Schultern, der bereits vom Nieselregen vollgesogen war. Sie hätte ihren Helm mitnehmen können, um zumindest ihren Kopf vor der Nässe zu schützen, aber da ihr Auftrag nicht in ihrem Ornat zu bewältigen war und sie ohnehin bald pitschnass sein würde, verzichtete sie darauf. Außerdem trug sie noch einen Sack auf dem Rücken, der nur mit dem Nötigsten gefüllt war: Topf, Zunderstein und Buchse, Trinkschlauch, gepökeltes Fleisch und altbackenes Brot und eine eingerollte Decke. Alles andere bedeutete zusätzliches Gewicht.

Artio wusste nicht, was sie auf ihrer langen Reise ins Herz des Feindes erwartete. Jedes Mal, wenn sie daran dachte, wie viel Verantwortung auf ihr lastete, verspürte sie einen Stich der Panik in der Brust. Dennoch genoss sie, wie der Wind mit ihrem kurzen Haar spielte, wie er ihr Gesicht küsste und an ihr vorbeirauschte. Es war wie ein geheimer Sog in der Ferne.

Irgendetwas rief nach ihr.

Das Lager, das noch in seligem, schläfrigem Schweigen lag, war ein Labyrinth aus Zeltleinwänden. Nebel klammerte sich an das heruntergetretene Gras, wogte entlang der Zelte, die in der Nähe standen, und verwandelte die weiter entfernten in unheimliche Schattengestalten. Die angespitzten Pfähle der Palisaden waren kaum zu erahnen und sie wusste genau, dass sie sich irgendwo dort im Dunst befanden, um das Lager zu begrenzen.

Einige Pferde, die Mäuler tief in Futtersäcken, sahen schlecht gelaunt zu ihr herüber. Dazwischen ein paar streunende Hunde, die in herumliegenden Abfällen wühlten. Artio war so sehr in Gedanken, dass sie fast die Gestalten übersehen hätte, die sich vor ihr aus dem Nebel schälten und ein wahres Ungetüm zu bändigen versuchten. Ein Pferd, dessen Beine, Maul und Hals mit Seilen umwickelt war und das in wild schäumender Panik auskeilte. Selbst vier Männer hatten Mühe, es unter Kontrolle bringen.

Rasch wollte sie einen anderen Weg einschlagen, als ihr auffiel, dass das Pferd keineswegs gewöhnlich war. Das lag nicht nur an der schieren Größe, sondern auch an der Haut, die bläulichen schimmerte, glatt wie Leder war und vor Nässe tropfte. Es war mythisch.

Ein Paladin wies die Männer an, das Pferd an einem Pfosten festzumachen. Er trug seinen goldenen Ornat, verzichtete aber auf den Visierhelm, da er wollte, dass seine Feinde sein Antlitz sahen, bevor sie gerichtet wurden. Mikele war ein hagerer, älterer Mann mit einem Gesicht wie ein aufgewühlter Acker. Außerdem war er von Gabriel, dem Hochpaladin von Candaloz, ausgebildet worden, was er nicht müde war zu betonen.

Und er war ein Arschloch.

»Was habt Ihr mit dem Kelpie vor?«, fragte sie.

Mikele schenkte ihr einen knappen Blick. »Kelpie?«

Richtig. Mit den Mythen von Tirnanog war der Rest der Armada nicht vertraut. »So nennt man diese Wesen. Es heißt, dass sie …«

»Ein verfluchtes Pferd, das einem falschen Gott dient.«

Sie biss sich auf die Lippen. »Was geschieht mit dem Tier?«

»Studieren.« Mikele nickte zu einem großen, mit Gittern verstärkten Gehege, das sich in einer langen Reihe mit anderen befand, in denen unterschiedliche Wesen gefangen waren. In einem Käfig befanden sich kleine, gebeugte Wesen mit dürren Armen, denen das Fleisch von den Knochen hing. Eine lange rote Mütze war über den Kopf bis zum viel zu breiten Mund runtergezogen, in dem Reißzähne aufblitzten.

»Ihr solltet die Rotkappen besser füttern«, sagte Artio.

Mikele zog die Brauen zusammen. »Weshalb?«

»Das Blut in ihren blassroten Mützen ist fast ausgetrocknet.«

»Wir haben ihnen Essen gegeben.«

»Rotkappen sind Jäger.« Als er nicht antwortete, sah sie dies als Aufforderung, mehr zu erklären. »Sie trinken das Blut ihrer Opfer. Je kräftiger das Rot ihrer Mütze, desto satter sind sie. Die hier sind am Verhungern.«

Der Paladin verzog angewidert das Gesicht. »Hier wimmelt es offenbar nur so von teuflischen Kreaturen. Es wird Zeit, dass die Kirche sie wieder ins Licht führt!« Er machte eine Armbewegung zum Pferd. »Und das hier?«

Artio betrachtete das wunderschöne Tier. »Ein Flusswesen.«

»Kann es uns gefährlich werden?«

»Alles ist in diesem Land gefährlich. Wollt Ihr, dass es überlebt?«

Mikele kräuselte die Lippen. »Eine klare Antwort, Paladin!«

Sie zuckte mit den Schultern. »Wenn es sich zu lange von einem Fluss entfernt, stirbt es.«

»Wie ein Fisch.« Er blickte zu dem Pferd. »Der Fluss ist die Quelle. Interessant.«

Die Männer fluchten und glitten im Schlamm aus, als das Wesen sich wieder aufbäumte. Einer ließ das Seil los und klatschte zu Boden.

Artio packte zu, schlang das Seil um ihren Arm, schob die Füße auseinander und suchte im matschigen Untergrund nach einem festen Stand.

Plötzlich scherte das Wesen aus. Es trat einen Mann mit den Hinterbeinen gegen die Brust, woraufhin er abhob und fünf Schritt weit in ein Zelt krachte. Dann versenkte es seine spitzen Zähne in der Schulter eines anderen und riss einen Brocken heraus.

»Beim Licht!«, raunte ein Arbeiter und ließ das Seil los.

»Bringt es unter Kontrolle!«, rief der Paladin. »Bringt es …« Aber das Kelpie hatte sich befreit und biss dem vierten Soldaten in den Hals. Blut spritzte, die Männer schrien und stöhnten und das Wesen tobte immer wilder.

Artio dachte nicht nach und stellte sich dem Wesen in den Weg. Sie wickelte ein weiteres Seil um die Arme und nahm dessen Blick gefangen. Langsam näherte sie sich dem Kelpie von vorn. »*Socair!*«, flüsterte sie. »Ruhig!«

Überraschenderweise beruhigte es sich und beobachtete sie. Etwas seltsam Intelligentes lag in seinen Augen. Das war nicht bloß ein Tier. Das war etwas *anderes*.

»*Cha tachair dad dhut.* Dir wird nichts geschehen.« Vorsichtig streckte sie die Hand nach dem Kelpie aus. Sie kam näher und näher …

Ein grelles Licht in ihrem Augenwinkel. Mit einem Glockenschlag durchtrennte ein goldenes Schwert den Hals und Tröpfchen klatschten ihr ins Gesicht. Ein Laut erklang, der sich wie glühende Nägel in Artios Ohren bohrte. Sie wusste sofort, dass sie diesen rasselnden, wiehernden und kreischenden Laut niemals vergessen würde.

Der kopflose Körper schwankte, erzitterte, dann klappte er zusammen und das Kelpie verendete. Aus dem Stumpf ergoss sich kein Blut. Sondern Wasser. Und noch während sie zusah, zerfloss der Körper wie flüssiges Wachs und sickerte in die Erde.

Artio brauchte einen Moment, bis sie ihre Stimme wiederfand. »Warum?«

»Es war außer Kontrolle.«

»Ich hätte es unter Kontrolle gebracht.«

Mikele trieb das Schwert mit der Spitze in den Schlamm. »Zu viel Aufwand für eine Gefangenschaft und keine Kontrolle. Es wäre ohnehin gestorben.«

»Ihr hättet es freilassen können.«

»Wir lassen keine Feinde frei.« Er stierte sie an. »Zweifelst du an meinem Urteilsvermögen, Paladin? Vergiss nicht, dass Hochpaladin Gabriel mich ausgebildet hat!«

Wie könnte sie? »Das tue ich nicht«, sagte sie und straffte sich.

»Dann diene und gehorche, Paladin!« Er wandte sich ab.

Einer der Soldaten bewegte sich nicht mehr, der zweite war schwer verwundet und wurde von zwei anderen Arbeitern gestützt. Artio schob sich an den Männern vorbei und eilte dem Paladin hinterher. »Paladin Mikele!«

Er blieb stehen und musterte sie grimmig. »Hast du nicht eine Aufgabe, Paladin Artio?«

Sie atmete tief durch. »Ich erinnere daran, dass wir nicht hier sind, um zu richten. Sondern um zu befreien.« Warum machte sie sich überhaupt die Mühe?

Ein gefährliches Lächeln umspielte seine Lippen. »Natürlich.« Wieder wandte er sich einfach ab. Nicht das erste Mal, dass ihr die kalte Schulter gezeigt wurde. Ihr war es gleich. Andere Soldaten kamen nun den Männern zu Hilfe und schafften den Kadaver weg. Artio ließ sie einfach zurück und begab sich zum Ausgang des Lagers.

Sie war immer noch mit den Gedanken bei dem Kelpie, als sie zwei einzelne Wachposten entdeckte, die sich um ein kleines Feuer scharten, die Hände zum orangefarbenen Glühen ausgestreckt, und in der Morgenkälte zitterten. Artio spürte davon nichts; in Candaloz war es ihr stets zu warm gewesen, hier jedoch hatte sie den Eindruck, einmal richtig durchatmen zu können.

Die Wachposten sahen kurz auf, als Artio an ihnen vorbeilief und schon wieder verschwunden war. Schließlich gelangte sie zum Tor, das in dunstigem Nebel versank, wo eine Gruppe aus sechs Männern herumlungerte. Sie waren ebenfalls in hartes Leder über dunklem Stoff gekleidet, über ihren Schultern lagen dicke Pelze und ihre Gesichter waren unrasiert und mit Dreck beschmiert. Ihr Reiseproviant war sorgsam ausgewählt, damit niemand die Gruppe aufhielt.

Artio nickte den Männern zu, die zuerst verwirrt waren, einer Frau gegenüberzustehen, zu der sie hochsehen mussten. Erst dann dämmerte ihnen, wer vor ihnen stand, und sie gingen ehrfürchtig auf ein Knie. Bis auf einen.

Ihr Herz schlug schneller, als sie den Mann erkannte. »Hochpaladin Rafael?«

»Artio.« Er nickte ihr zu. »Ich hoffe, ich falle Euch nicht zur Last.«

»Keineswegs. Ich rechnete nicht damit, dass Ihr mitkommt.«

»Der Missionar hielt es für eine gute Idee. Zumal«, er trat näher, »der Verheerungssplitter, dem wir gegenübertreten, äußerst mächtig zu sein scheint. Falls Ihr Euch allerdings an meiner Anwesenheit stört, werde ich Euren Wunsch respektieren.«

»Die Reise wird beschwerlich und uns drohen große Gefahren.«

»Ihr führt diese Mission und ich werde Eure Anweisungen nicht infrage stellen. Denn ich bin sehr begierig, mehr über dieses wilde Land zu erfahren.«

»Dann begleitet uns.«

Er neigte leicht den Kopf. »Das Palindrom wird uns leiten.«

Das hier stank nach einer Anordnung von Tomás. Ihr Ziehvater traute ihr selbst nach all den Jahren nicht die Mission an und wollte sie unter Beobachtung stellen. Es sollte ihr egal sein, aber der Dorn des Zweifels steckte tief in ihrer Brust.

Sie nickte den Männern zu, verdrängte die Erinnerung an das Kelpie und marschierte ohne ein weiteres Wort los. Die Wachposten am Tor bedienten die Seilwinde. Langsam eröffnete es den Weg in eine Welt, die Artio fremd und vertraut zugleich war. In ihrem

Herzen hielt sie an ihrem Glauben fest. Welche Finsternis sie auch erwartete, sie kämpfte als Paladin für das Gute.

*

Der Regen klatschte Artio ins Gesicht, tropfte von ihrem Kinn und durchtränkte Pelz, Leder und Hemd. Während der Morgen sie wieder mit Unwohlsein begrüßte, die Sonne sich hinter den Wolken verkroch und die Konquistadoren im zurückgelassenen Lager bestimmt noch darüber nachdachten, ob sie vor dem Frühstück pinkeln gehen sollten, stapfte Artio bereits durch den Morast. Die Männer, die sie einkesselten, hielten ihre schlechte Laune inzwischen kaum noch zurück. Sie fluchten und brummten, verdammten das Wetter, das Land und ihre Stiefel, die vollgesogen waren mit Wasser. Artio hatte es nach der dritten Überquerung eines Bachs aufgegeben, ihre Füße trocken halten. Der abschüssige Hang vor ihnen verlor sich im Immergrün. Es roch nach Erde, Gräsern und Geheimnissen – ein Duft, der Erinnerungen in ihr weckte.

Ein ganzes Stück entfernt, fern der hoch aufragenden Baumkronen, hoben sich die Umrisse der Berge gegen den verregneten Himmel ab, eine scharfe, gezackte Kante wie ein altes Schlachtermesser. Nicht zum ersten Mal fragte sie sich, wie Méridor es einst geschafft hatte, diese Wildnis zu zähmen, die Stämme unter sein Banner zu zwingen und eine Kolonie daraus zu machen – im Austausch für Gesetze, Schutz und Frieden.

Jetzt lehnen sich die Menschen wieder gegen uns auf, anstatt zu akzeptieren, dass sie nur so von den Einflüssen der Verheerungssplitter befreit bleiben.

Sie gelangten zu einem Fluss. Das Wasser gurgelte und schäumte tief unter ihnen zwischen schwarzen Felsen, die wie Zähne aus der weißen Gischt ragten. Da es weder ein Durchkommen noch eine Brücke gab, mussten sie dem Flusslauf folgen, bis sie eine Böschung erreichten, von der aus sie hindurchwaten konnten.

»Wir wollen wirklich da durch?«, fragte einer der Männer. Er hatte ein spitzes Gesicht wie ein Adler und sein Knebelbart war mit Stoppeln umrandet.

»Wollen wir!« Artio holte Luft und trat hinein. Das Wasser lief in ihre Stiefel und umschloss ihre Wade. Ihr ganzes Bein war plötzlich mit Eis gefüllt. Vorsichtig machte sie einen Schritt nach vorn, und ihr anderes Bein sank bis zum Oberschenkel ein. Sie machte einen weiteren Schritt und versank bis zur Hüfte. Das Wasser war eiskalt, aber sie biss die Zähne zusammen, kämpfte sich an die Uferböschung und kletterte auf der anderen Seite den Hang empor. Ihr Atem ging in flachen, zischenden Stößen und ihre Haut war taub und prickelte.

Endlich waren alle da und sie konnten die Reise wieder aufnehmen. Während ihre kleine Gemeinschaft durch die Wildnis zog, der mit Moos und Schlingpflanzen bewachsene Weg sich im Unterholz verlor und sich immer wieder dorniges Gestrüpp und Zweige in ihrer Ausrüstung verfingen, stellte Artio fest, dass sie zufrieden war. Sie vermisste das vertraute Gewicht ihres Ornats. Außerdem wurde ihr bei dem Gedanken daran, dass sie zu jenem Volk zurückkehren sollte, mit dem sie nichts verband, ein wenig mulmig in der Magengrube. Allerdings war es eine gute Gelegenheit, ihren Dienst an der Kirche unter Beweis zu stellen. Dies war ihre Chance zu zeigen, dass sie zu Recht eine göttliche Streiterin war.

Rafael schloss zu ihr auf. Die Anstrengung des Marsches war ihm genauso anzusehen wie den anderen: Seine Augen lagen tief in den Höhlen, ein Bart wucherte in seinem Gesicht und seine Kleider waren dreckig und feucht.

»Wie schafft Ihr das?«, fragte er.

Sie wischte sich das Regenwasser aus dem Gesicht. »Was meint Ihr?«

»Die Art, wie Ihr Euch bewegt.« Er nahm seinen Schlauch aus dem Gepäck und trank einen Schluck. »Ihr wirkt nicht erschöpft.«

Sie brummte leise. »Meine Muskeln brennen, meine Knie zittern und bei jedem Schritt frage ich mich, was ich hier soll.«

»Das merkt man Euch nicht an.«

»Sucht den richtigen Weg.« Sie bückte sich und zeigte auf die Spuren der Männer, die bereits ein Stück vor ihnen waren. »Der Schlamm weist Unebenheiten auf. Mit der Zeit lernt man, diese zu deuten.« Nun wies sie auf eine Versenkung. »Erkennt die

Beschaffenheit und wie sie sich verhält. Dann werdet Ihr schneller vorankommen. Außerdem solltet Ihr darauf achtgeben, bei jeder Rast Eure Füße trocken zu halten.«

»Weshalb?«

»Ihr werdet es wissen, wenn es so weit ist.«

Er warf ihr einen hochachtungsvollen Blick zu. »Ihr wisst wirklich viel über all das. Ich dachte, Ihr wärt lediglich in Tirnanog geboren?«

Sie stand auf und marschierte weiter. Rafael war dicht neben ihr und es fiel ihr schwer, in ihm den stolzen und distanzierten Hochpaladin zu sehen, den sie in Candaloz kennengelernt hatte, während sie dieses Abenteuer wagten und sich aufeinander verlassen mussten. Wie Kampfgefährten. Ihr Ziehvater hätte sie für diesen Gedanken sofort gemaßregelt, aber er war nicht hier. Niemand war hier niemand außer dem Wald, seinen Bewohnern und ihrer kleinen Truppe, die unter ihrem Kommando stand.

»Als ich sechs Jahre alt war, wurde mein Dorf angegriffen.« Sie stockte, musste sich zu den Worten zwingen. »Ich verlor an diesem Tag alles.«

»Das wusste ich nicht.«

Kurz schloss sie die Augen, als die Erinnerungen sie übermannten. »Wir sollten auf einem Altar geopfert werden.«

Der Weg endete am Eingang einer tiefen Schlucht, die sich durch zwei schroffe Steilhänge wand, teils mit Gestein und Geröll übersät. Unkraut wuchs in Flechten auf den schwarzen Felsen, die in unmöglichen Formen gewunden waren. Die Männer waren schon darin verschwunden und als Artio eintrat, umfing sie gedämpftes Zwielicht. Sie sog etwas Licht auf, bloß ein wenig, um den Weg vor ihnen zu erhellen. Es war wie ein sechster Sinn, auf den sie sich nur konzentrieren musste.

»Ich hörte von den Opferritualen dieses verteufelten Landes«, sagte Rafael. »Ein Verheerungssplitter?«

»Meine erste Begegnung mit einem.« Ihre Stimme hallte wie ein Echo an den Wänden um sie wider. »Ein Teufel in Menschengestalt.«

»Wie sah er aus?«

Ein Bild war in ihrem Kopf. »Man nennt sie *Derwyd*. Das bedeutet *Druiden der Dämmerung*. Sie haben sich völlig in ihren Trieben, ihrem Zorn und ihrem Hass verloren.«

Rafael zog die Stirn kraus. »Druiden?«

»Die geistige und rechtliche Elite in Tirnanog. Ihre Tradition reicht viele Jahrhunderte zurück. Die Wesen, die uns den Krieg erklärt haben«, sie zögerte, »das waren Druiden.«

Der Paladin nickte gedankenverloren. »Verfluchte der Verheerung. Wir werden sie retten. Bitte, ich will mehr über Eure Begegnung mit ihnen erfahren.«

Der Weg zog steil an und sie musste sich eine Weile den Atem sparen, bis er sich wieder durch das Dickicht wand. »Es ging alles sehr schnell. Meine Brüder ...« Sie stockte wieder.

»Zorn ist der Weg der Verheerung.«

Artio atmete tief durch. »Vergebt mir, Hochpaladin.«

»Es gibt nichts zu vergeben.« Ein Lächeln huschte über sein bärtiges Gesicht. »Und bitte, nenn mich Rafael.«

Sie nickte dankbar und machte eine knappe Geste über den Wald. »Es ist dieses Land. Es macht etwas mit mir. Etwas ...« Sie griff in die Luft, fand dort aber keine Antwort. »Seltsames.«

»Beschreib es!«

Es half ihr, offen über ihre Vergangenheit zu sprechen. »Die Erinnerungen sind verschwommen, allerdings weiß ich noch, wie ein Paladin auf der Lichtung erschien und den Derwyd niederstreckte. Er war in Begleitung eines Missionars.«

»Tomás. Dein Ziehvater.«

»Ja. Er entdeckte, dass ich auserwählt war, und brachte mich nach Candaloz, wo ich in der Kathedrale aufwuchs. Mein ganzes Leben lang gab es für mich nur das Ziel, Paladin zu werden. Der erste weibliche Paladin.«

Kurz befand sie sich an einem anderen Ort; in den heiligen Hallen der Kirche im Herzen von Candaloz. Das Orgelspiel und die sonoren Stimmen der Priester umfingen sie, während sie um die Vergebung ihrer Sünden bat.

»Du hattest es bestimmt nicht leicht, Artio.«

Rasch tauchte sie aus ihren Gedanken auf. »Ich wurde in *Tír na nÓg* geboren, doch ich bin ein Kind Méridors.« Sie legte sich die nächsten Worte zurecht, damit sie im Einklang des Glaubens argumentierte. »Dennoch gibt es allerorts Menschen, die sich dem Vorurteil verpflichtet fühlen und …«

Rafael berührte sie an der Schulter. »Fülle deinen Schmerz mit Glauben. Lass nicht zu, dass er dein Herz mit Sünde vergiftet. Du bist eine Paladin.«

Nun fühlte sie sich bestärkt. Rafael hatte recht. Die Vergangenheit sollte sie nicht länger belasten. »Als ich meine Gabe zum ersten Mal einsetzte, war das der schönste Tag meines Lebens. Es war ein Gefühl von *Bestätigung*, dass mein Leben wertvoll ist und einem höheren Zweck dient.«

Er ließ sie wieder los. »Das kann ich nachempfinden.«

Sie passierten eine Kluft und dahinter empfing sie ein neuerlicher Schwung Regen. Artio wickelte den Pelz um sich und suchte ihren Weg durch den Schlamm, in den sie knietief einsackte. Die Männer waren weiter vorne stehen geblieben, wo der Pfad endete. Dahinter erhob sich eine Wand aus hohen Gräsern, dichten Brombeersträuchern, dornigen Büschen, gewaltigen Bäumen, von denen die Rinde in Schichten abplatzte.

»Warum bleibt ihr stehen, Männer?«, fragte Rafael.

Einer von ihnen, ein dürrer Kerl mit einem Bart wie eine Schaufel, blickte sich unsicher um. »Wir können nicht weiter.«

Wortlos stapfte Artio an ihnen vorbei und kämpfte sich durch das Gebüsch. Nicht lange und schmatzende Schritte und Flüche waren ihr auf dichten Fersen. Wieder schloss Rafael zu ihr auf und nickte ihr grimmig zu.

»Ich möchte mehr über dieses wilde Land erfahren, Artio.«

Sie zog das Gestrüpp zur Seite, duckte sich unter eine dicke Wurzel, die aus der Erde herausbrach und über ihrem Kopf schwebte, und kämpfte sich weiter. »Da gibt es viel zu erzählen.«

»Momentan haben wir nichts zu tun, oder?«

»Wie du wünschst. In *Tír na nÓg* gebieten die Stämme, die alle untereinander verfeindet sind, aber tief mit dem Land verwurzelt sind.«

»Es gibt keinen König?«

»Nein.« Sie blieb stehen, wischte sich über die Stirn und suchte einen Pfad durch das endlose Wirrwarr. Schließlich marschierte sie weiter und die anderen folgten ihr. »Deshalb das Thing, um zumindest miteinander zu reden, bevor man sich die Köpfe einschlägt. Dies ist ein Land der Mythen und Legenden. Jeder Stein, jeder Stock und jeder Kiesel ist Teil davon.« Sie wies zu den Bergen. »Jeder Hügel trägt eine Geschichte, jede Stadt und jeder Ort besitzt ein Heldenepos. Sogar über die Bäume gibt es Geschichten. Angeblich leben sie und wachen über uns. Baumgeister, die tief verwurzelt sind mit der geheimnisvollen Magie, die diese Welt durchdringt. Und es gibt Geschichten von Göttern und einem Mann, der die Schöpfung einst veränderte.«

»Schöpfung?«, fragte Rafael mit sichtlicher Verwunderung.

Artio ging zu einer Esche, deren Blätterdach so hoch reichte, dass es kaum zu erkennen war, und legte ihre Hand auf die aufgeplatzte Borke. Sie schloss die Augen, senkte ihre Stimme und erinnerte sich an die Geschichten, die Vater einst am Lagerfeuer erzählt hatte. »Stellt Euch die gesamte Schöpfung als Baum vor, dessen Wurzeln bis tief in die Erde dringen und dessen Krone den Himmel stützt. Ein Baum, der Himmel, Erde und Unterwelt miteinander verbindet. Ein Baum, der Welten mit seinen Ästen und Zweigen verknüpft. Sie existieren um uns herum, doch wir können sie weder sehen, hören noch spüren. Wir können sie auch nicht erreichen, denn es gibt keine Brücken zu ihnen.«

Rafael trat neben sie und furchte die Stirn. »Das ist Blasphemie.«

»Vielleicht. Aber es ist das, woran die Menschen dieser Wälder glauben.« Artio ließ den Baum los. »Viele von ihnen verfolgen die Vorstellung, dass sie durch mythische Kräfte vor allen Gefahren gefeit sind.«

Sie schüttelte den Kopf. »Daher muss es für das Volk von Tirnanog eine große Überraschung gewesen sein, als die méridorischen Streitkräfte es befreit haben.«

»Wer herrscht?«

»Niemand und das ist der Grund für Jahrhunderte blutiger Kriege. Es gibt Legenden über einen König. Die *Túatha dé Danann*, so bezeichnet sich das Volk von Tirnanog, was so viel wie *Stamm der*

Göttin Danu bedeutet, glauben, dass es vier magische Schätze des Dagda gibt, die eines Tages den wahren König offenbaren werden.« Er winkte auffordernd. »Dagda?«

»Der älteste und höchste Gott, der in Tirnanog verehrt wird und die Túatha dé Danann mit Recht, Gesetz und Ordnung anführt. Man nennt ihn auch *Ruadh Rhofessa*, das bedeutet ›der Mächtige‹. Andere nennen ihn *Eochaid Ollathair*, was ›der große Vater‹ bedeutet. Und dann gibt es wiederum jene, die ihn einfach nur als Allvater bezeichnen. Es gibt viele Geschichten von ihm, die Jahrhunderte zurückreichen und man sagt, dass er stets dann auftaucht, wenn das Volk in größter Not ist.«

»Allvater.« Rafael zog die Stirn kraus. »Es gibt nur einen Vater.«

»Du hast gefragt. Verzeih, wenn ich ...«

Er hob die Hand. »Welche Schätze?«

Artio strich sich über den rasierten Schädel, als sie sich Großmutters Geschichte in Erinnerung rief. Das raspelkurze Haar fühlte sich ungewohnt an. »Der Stein des Schicksals, *Lia Fáil*, der jedes Mal vor Freude aufschreit, wenn der wahre König ihn berührt.«

»Demnach ein Thron?«

Sie zuckte mit den Schultern. »Das weiß ich nicht. Der zweite Schatz ist *claiomh solais*, das bindende Lichtschwert, dessen Träger unbesiegbar ist. *sleg*, der Speer des Lugh, der niemals sein Ziel verfehlt und stets zurückkehrt. Und *undry*«, sie schlug Zweige und Blätter zur Seite, »der Bronzekessel des Dagda, gefüllt mit Nahrungsmitteln. Er wird niemals leer und stillt den Hunger eines jeden, der daraus isst. Ausgenommen sind Feiglinge und Eidbrecher.«

Rafael wirkte tief in sich gekehrt. »Sie halten weiterhin an diesem Irrglauben fest?«

»Bräuche und Traditionen. Etwas Wichtigeres gibt es für sie nicht. Deshalb können die Verheerungssplitter sie so leicht verführen. Sie *wollen* an Wunder glauben. Ein Volk, das seinen Göttern zu jeder Wintersonnenwende Tiere opfert, anstatt sich dem Licht des Glaubens zuzuwenden.«

»Ich vernahm Gerüchte von diesem Lichtschwert.«

»*claiomh solais*. Auch das Schwert des Gleichgewichts.« Sie rief sich die Worte ihres Vaters in Erinnerung, wie er an einem Feuer saß, tief in die Schatten zurückgelehnt, aber ein sanftes Lächeln auf den Lippen. »Es heißt, ein großer König habe es einst getragen. Geschmiedet in den Tiefen, erschaffen aus dem Herz einer sterbenden Welt, geborgen von einer Legende. Angeblich dient es auch als Schlüssel, um geheime Pfade in andere Welten zu öffnen. Man nannte es auch …« Instinktiv packte Artio ihn an der Schulter und sie klatschten in die braune Brühe.

»Was zum …?« Rafaels jäher Ausruf wurde unterbrochen, als es scharf surrte und ihnen Pfeile um die Ohren flogen.

Der Schrei eines Mannes endete in einem atemlosen Blubbern, als ihm ein Pfeil quer durch den Hals jagte und Blut in hohem Bogen spritzte. Die anderen warfen sich flach auf den Bauch.

»Sie wissen, dass wir hier sind!« Hastig blickte Artio sich um. Nichts regte sich im Wald. Dennoch roch es verräterisch nach nassem Pelz.

Weitere Pfeile zischten aus dem Unterholz, klapperten um sie in den Schlamm. Artio schloss die Augen und ließ sich von den Eindrücken durchströmen. Sie lauschte dem Wind – wie er sich drehte, durch die Zweige fuhr und das Laub zum Rascheln brachte.

Eine weitere Pfeilsalve. Ein Mann schrie, als er getroffen wurde. Artio achtete nicht auf ihn, robbte zur Seite, um aus der Schusslinie zu gelangen.

Als die nächste Pfeilsalve niederging, sprang sie hoch und stürmte ins Dickicht. Sie achtete kaum auf den Beschuss oder die Äste, die ihr ins Gesicht peitschten, und versenkte ihr Herz in jenen Zustand, in dem es nur noch ihren Glaubensfunken gab.

Links, rechts, im Zickzack schoss sie weiter, bewegte sich mit dem Wind, um ihre Geräusche und ihren Geruch zu verbergen, schoss weiter und gelangte hinter die Linie ihrer Angreifer. Dann schwenkte sie herum und rief nach Licht.

Und atmete tief ein.

Verwirbelndes Weiß löste sich in schlierenden Bahnen aus der Umgebung, trieb von den Bäumen, Pflanzen und selbst der Erde ab und hinterließ nichts als Grau. Das Licht drang durch ihre Haut in sie ein. Wie ein Schwamm sog sie sich damit voll.

Als sie das gesamte Licht aufgenommen hatte, umgab sie ein zwanzig Schritt breiter Kreis kalter, farbloser Dämmerung. Jetzt war sie erfüllt von brennender Energie und konnte kaum dem Drang widerstehen, sie zu nutzen.

Artio drückte sich ab, machte einen Riesensatz durch die Luft, und landete im Rücken eines Angreifers, der sich hinter einem Baum versteckte.

Er wirbelte herum und starrte sie mit schreckgeweiteten Augen an, das Gesicht mit Dreck beschmiert, der wirre Bart mit Blättern und Zweigen durchsetzt.

»*En el nombre del luz*«, sagte Artio und streckte den Arm zur Seite.

Ein Glockenschlag.

In dem Augenblick, als sie zuschlug, landete ein goldener Hammer in ihrer Hand, von dem Morgentau abperlte, als wäre er feuchtem Nebel entstiegen.

Sie schlug die flache Kante auf den Kopf des Angreifers und zerschmetterte ihn. Der Mann starb noch im Fallen.

Das scharfe Surren warnte sie.

Artio wirbelte herum, ließ den Hammer fallen, der zu Lichtstaub zerplatzte, und umhüllte ihren Körper mit einer glatten Schicht aus Licht, als wäre sie mit Gold übergossen worden.

Der Pfeil zersplitterte an ihrer *Eisenhaut*, aber der Aufprall ließ sie dennoch ein Stück im Schlamm zurückschlittern. Krampfhaft biss sie die Zähne zusammen und rief die *Ketten der Wahrheit*.

Schimmernde Kettenglieder schossen aus ihrer Hand und peitschten durch die Luft; Bäume zerbarsten auf ihrem Weg, Äste splitterten und der Boden wurde aufgewühlt, als die Ketten wie angriffslustige Schlangen die Bogenschützen erreichten und sich um ihre Beine wickelten. Unter wildem Geschrei wurden sie von den Füßen gerissen und auf Artios Befehl hin durch den Wald geschleift. Die Männer krachten vor ihr auf den Boden und warfen sich wimmernd hin und her. Artio löste die Kettenglieder auf. Wie ihr erster Feind waren die vier Männer in Felle und gegerbte Tierhäute gekleidet, die Gesichter bemalt und einige trugen außerdem ausgestopfte Tierköpfe – Wölfe, Bären, sogar ein Hirschgeweih.

Einer hatte sich die Beine beim Aufprall gebrochen und er kroch wimmernd davon. Bei einem anderen ragte der Unterarmknochen seitlich aus dem Fleisch. Der dritte rührte sich nicht mehr. Der vierte jedoch – es war jener mit dem Hirschgeweih – riss einen Dolch aus dem Gürtel und griff sie an.

Artio reckte die Faust. Mit einem dröhnenden Glockenschlag breitete sich eine Aura der Reinigung um sie aus – lechzendes Licht, das wellengleich über den Boden waberte und ringsum alles wegbrannte; es erfasste den Pelz des Mannes und setzte ihn in Brand. Er schrie, warf ihn weg und stand nun mit nacktem Oberkörper vor ihr. Blaue Schriftzeichen kringelten sich über seine Schultern, seine Brust und sogar über eine Gesichtshälfte.

Artio versenkte sich tiefer in ihrem Glauben und intonierte ein Gebet an das Palindrom. »*Tuyo es el Reino, el Poder!*« Dabei ließ sie die Aura wachsen, die nun einen großen Bereich des Waldes einnahm, den Regen und das Zwielicht durchbrach und alles in gleißend helles Licht tauchte.

Die Männer am Boden warfen sich kreischend herum, während sie von den Flammen verzehrt wurden. Ihr Widersacher hingegen wich zurück, umging den Kreis und hielt ihr die Speerspitze entgegen.

»*Gèilleadh!*«, blaffte sie. »Ergib dich!«

Er blinzelte und ließ den Speer sinken.

Wie eine sich windende Schlange hielt Artio die Aura gepackt und hinderte sie daran, zu wachsen. »*Thurt mi, gèilleadh!* Ich sagte, ergib dich!«

»*Tha thu a' bruidhinn cànan na Túatha dé Danann?*« Er klang erstaunt. »Du sprichst die Sprache der Túatha dé Danann?«

»*Cuir sìos an gunna!* Runter mit der Waffe!«

»Ich beherrsche deine Sprache, Lichttrinkerin.« Er hob den Speer wieder. »Wer bist du?«

Artio ließ das Licht los. Die Aura verpuffte zu glitzerndem Staub und ein wenig Farbe und Helligkeit, die sie aufgenommen hatte, kehrte in die Umgebung zurück. Dort, wo das geißelnde Feuer gewütet hatte, war ein Kreis der Zerstörung zurückgeblieben. Der Gestank von verbranntem Fleisch und Asche bohrte sich bis hinter ihre

Stirn. Doch sie schirmte sich dagegen ab, ließ nicht zu, dass die Unsicherheit sie packte.

Bedächtig näherte sie sich dem Fremden. »Ich wurde in diesen Wäldern geboren.«

Er runzelte die Stirn. »Du bist eine Túatha dé Danann?«

Sie nickte. »Ich stamme aus *Hy na Beatha*.«

Seine Züge verzerrten sich vor Hass. »Wie konntest du nur eine von ihnen werden?«

»Ich wurde befreit.«

»Befreit?« Er spuckte vor ihr aus. »Verräterin an deinem Volk!«

Plitsch-platsch. Der Nieselregen wurde stärker, wusch Blut und Asche davon.

»Ich habe nach einem Weg gesucht, die Verheerungssplitter aufzuhalten. Die Derwyd.«

»Die Derwyd sind unser Problem und ...«

»Nein, das sind sie nicht!« Sie atmete zischend ein. »Eine Gruppe von ihnen hat Menschen in Candaloz angegriffen und einen Krieg heraufbeschworen.«

Er verzog missbilligend den Mund. »Der Krieg ist schon lange da.«

»Was?«

»Und das waren keine Derwyd. Das waren Druiden, die für das wahre Volk gesprochen haben. Helden!«

Artio blickte sich rasch um. »Ich will *Argatlám* sprechen.«

Er schob die Füße auseinander und knurrte wie ein Wolf. »Eher sterbe ich!«

»Wird er beim großen Thing in Mag Mell sprechen? Oder ...«

»Du weißt nichts über uns, Verräterin!«, brüllte er. »*Argatlám* wird dich niederstrecken, so wie jeden von euch weißen Teufeln! Dann werden wir ...«

Wie ein fallender Stern aus Licht traf Rafael hinter dem Krieger auf und verspritzte Schlamm und Asche. Er reckte die Hand gen Himmel, der sich zusammenzog, und riss sie nach unten.

»Warte!«, rief Artio.

Ein Blitz und ein Donnerschlag. Der Mann fiel in den Schlamm; sein Körper qualmte, während weißes Elmsfeuer über ihn kroch und ihn aufzehrte.

Sie hätte etwas sagen sollen, aber es war zu spät. Der Mann war bereits tot.

»Ich habe einen Feind niedergestreckt«, sagte Rafael und schob den verkohlten Leichnam mit der Stiefelspitze aus dem Weg. »Ich sehe den Vorwurf in deinen Augen, Paladin Artio. Sprich offen!«

»Er hätte uns helfen können.«

»Glaubst du das wirklich? Du hast diesen Wilden doch reden hören. Sie halten uns für weiße Teufel.«

»Weil sie nicht verstehen, dass wir kommen, um sie zu erretten.«

Rafael schüttelte den Kopf. »Mit diesen Wilden können wir nicht verhandeln. Ich habe lediglich göttliche Gerechtigkeit gebracht.«

Artio schluckte. »Er hatte Informationen! Er hat …«

»Paladin Artio!«

Ihr war der drohende Unterton nicht entgangen. Sie atmete tief durch, kniete sich in den Schlamm und senkte das Haupt. »Vergebt mir, Hochpaladin.«

»Erhebe dich!«

Artio stand auf und überblickte mit kühler Gelassenheit das Schlachtfeld, das sie hinterlassen hatten. Ein Mantel des Schweigens legte sich im strömenden Regen über das Geschehen.

»Verletzte?« Sie nahm den Weg zurück zu der Stelle, an der sie sich getrennt hatten.

»Nichts, was uns aufhalten wird«, antwortete Rafael höflich und klang nicht länger wie der stolze Paladin.

»Ich glaube, die Begegnung war reiner Zufall. Wir waren unvorsichtig.«

»Was schlägst du vor?«

Sie blieb stehen und durchdrang mit ihrem Blick das Dickicht. »Nicht weit von hier gibt es ein Dorf. Wenn von der Ausrüstung der Barbaren noch etwas übrig ist, sollten wir uns damit eindecken und uns dann dort umhören. Vielleicht weiß jemand mehr über *Argatlám*.«

Rafael furchte die Stirn.

»Silberhand. Der Wilde bestätigte, dass er wirklich existiert. Er ist ein Mann. Mit einem Mann kann man sprechen. Vielleicht sogar beim Thing.«

Rafael sah sich geduldig um. In dem geschwärzten Lederpanzer, dem dreckigen Hemd, dem nassen Pelz und den schlammigen Stiefeln wirkte er seltsam *menschlich*. Dabei hatte er gerade ohne mit der Wimper zu zucken einen Menschen getötet.

Genau wie ich …

»Wie weit ist es bis zu dem Dorf?«, fragte Rafael.

»Zwei Tagesmärsche. Nicht mehr. Es gibt eine Straße, nicht weit von hier. Dort könnten wir uns unter einen Wagenzug mischen.«

»Dann werden wir das tun.«

Sie kehrte um und suchte die Stelle ab, an der sie die Männer getötet hatten. Die Pelze waren teils verbrannt, die Kleider angesengt und die Tierköpfe mit der geschmolzenen Haut ihrer Träger verwachsen. Bei nur zweien von ihnen konnten sie reiche Beute machen. Einen Moment später waren sie in Bären- und Wolfsfell gehüllt. Artio zog sich das Hirschgeweih über, Rafael trug einen ausgestopften Bärenkopf. Bei ihm wirkte es wie eine Verkleidung, aber es würde zumindest vorläufig seinen Zweck erfüllen.

»Ich werde die Männer zurückschicken und dich begleiten«, sagte er und schmierte sich nach ihrer Anweisung etwas Dreck ins Gesicht.

»Darf ich offen sprechen?«

Er winkte auffordernd.

»Du siehst nicht aus wie ein Túatha dé Danann, du bewegst dich nicht wie sie und du beherrschst ihre Sprache nicht. Hier!« Sie zog einen Ast heran, befreite ihn von den Blättern und drückte ihn Rafael in die Hand. »Du bist mein stummer Bruder. Ein Krüppel, der kaum laufen kann, nachdem er in einer Schlacht gegen die weißen Teufel verletzt wurde.«

Unschlüssig hielt er den Ast in der Hand. »Ein Krüppel?«

»Kriegsverletzte gelten in Tirnanog als Helden.«

Er beäugte sie. »Du bist eine Frau.«

»Und du wirst feststellen, dass mir das in Tirnanog nicht zum Nachteil gereicht. Gehen wir. Auf uns wartet ein anstrengender Marsch.«

Licht und Feuer

Wagrim erwachte mit einem schmerzhaften Ruck. Er lag mit angezogenen Knien an einer windgeschützten Stelle im Dreck. Die Sonne war noch nicht aufgegangen, aber er war von irgendetwas aufgewacht. Was war geschehen? Dann hörte er es.

Stimmen ganz in der Nähe. Eine Frau und ein paar Männer. Ein Überfall?

Er rollte zur anderen Seite und reckte die Glieder, seine Schultern und sein Rücken waren ganz steif. Die Gasse, die er für die Nacht ausgewählt hatte, befand sich nicht weit von der Hauptstraße entfernt und in direkter Umgebung der Hafengebiete. Dort gab es Arbeit für Tagelöhner. Schiffe entladen, Fische ausnehmen, vielleicht beim Schleppen von Balken helfen – solche Sachen eben, damit er sich über Wasser halten konnte. Dabei kam er wenigstens nicht in die Versuchung, sich in abgelegenen Gassen zu verlaufen, um dann irgendwelchen Halunken die Schädel einzuschlagen.

Er stand auf und streckte sich. Eigentlich sollte es ihm egal sein. Wichtig war, nicht aufzufallen. Aber die Stimmen wurden immer lauter. Also zog er brummend los und suchte nach der Quelle. Seine Stiefel waren inzwischen nur noch ein loses Flickwerk, sein Gesicht von den vielen Stunden an der Sonne dunkelrot und das Hemd mit Schweißflecken übersät. Außerdem stank er wie eine Jauchegrube und fühlte sich so zerschunden wie schon lange nicht mehr. Aber wenigstens hatte er seit drei Tagen keinen Mann mehr umgebracht. Man musste die kleinen Dinge schätzen, wie Vater stets zu sagen gepflegt hatte. Allerdings rückten seine Pläne, die Herrschenden von Méridor davon zu überzeugen, dass es sich lohnte, die Hochlande zu retten, in immer weitere Ferne. Er konnte sich ja nicht einmal selbst retten.

Wagrim drückte sich in den Schatten einer Mauer und sah in die angrenzende Gasse, aus der die Stimmen erklangen. »Scheiße«, flüsterte er. Das musste ausgerechnet jetzt passieren, da er für den nächsten Tag seinen Entschluss gefasst hatte, das Schloss aufzusuchen, um den König um eine Audienz zu bitten. Wobei, so verdreckt wie er war, würde er wahrscheinlich nicht einmal durch das Tor kommen.

Eine Frau stand zwanzig Schritte entfernt, hoch aufgerichtet und mit finsterer Miene auf ihrem schneebleichen Gesicht. Ihr schwarzgrünes Gewand war an Schulter und Kragen mit Rabenfedern geschmückt und fremdartig geschnitten. Es fiel sehr weit an den Ärmeln, lag an Brust und Hüfte eng an und fiel in mehreren Stoffschichten geschlitzt bis über die Knie. Dadurch wirkte es geheimnisvoll und zeremoniell. Außerdem trug sie an ihrer Rechten einen Handschuh, der an den Knöcheln mit leuchtenden Kristallen in den Farben des Regenbogens bestückt war.

Vier Männer waren um sie herum. Soldaten in blauen Uniformen mit goldenem Greif auf der Brust und hohen Stiefeln. Die Rapiere hielten sie tief an der Seite oder hinter ihren Rücken halbwegs außer Sicht, aber Wagrim war klar, was sie vorhatten. Er konnte einen von ihnen reden hören, wie er etwas zischte, das wie ›ruhig mitkommen‹ klang. Er seufzte resigniert. Ruhig mitkommen klang so gar nicht nach etwas, was man in solch einer Situation tun sollte.

Wagrim fragte sich, ob er sich leise entfernen sollte. Was ging ihn das an? Er kannte die Frau nicht und wollte sich auch nicht von Soldaten des Königs den Kopf einschlagen lassen, oder schlimmer: den Berserker rauslassen und noch mehr Aufmerksamkeit erregen. Dann konnte er genauso gut wieder nach Hause segeln. Mit leeren Händen. Als Versager.

Es gibt Dinge, die ein Mann tun muss.

Die Soldaten drangen auf die Frau ein. Sie stieß mit dem Rücken gegen das Gemäuer, wirkte aber nicht verängstigt. In ihrem Blick lag etwas, das Wagrim nicht deuten konnte. Als wären es eher die Männer, die sich fürchten sollten.

Die Ungerechtigkeit ist des Menschen größter Feind.

Sein Verstand arbeitete langsam. Er war noch nicht ganz wach, überlegte, wie er am besten vorgehen sollte, als ein Mann ihren Kopf an den Haaren in den Nacken riss. Sie bewegte sich nicht, sah den

Kerl nur stumm an. Plötzlich schmetterte sie ihre Stirn dem Kerl auf das Nasenbein. Das knackende Geräusch war bis zu Wagrim zu hören.

»Beim Schlächter!«, knurrte er.

Die vier packten die Frau, aber sie wehrte sich und zappelte herum. Sie rangen miteinander, taumelten durch die Gasse, stießen gegen die Hausmauern, schnauften und fluchten, traten und schlugen, ein Knäuel wild herumfuchtelnder Arme und Beine. Offenbar war die Zeit für eine schlau durchdachte Attacke abgelaufen. Wagrim biss die Zähne zusammen und rannte auf die Kämpfenden zu.

Der auf dem Boden hatte sich inzwischen wieder halb aufgerichtet und schüttelte sich benommen, während die anderen drei sich abmühten, die Frau richtig zu fassen zu bekommen, die wie ein Teufel herumstrampelte. Der Soldat hob den Arm, schwang das Rapier und war offenbar drauf und dran, ihr eins über den Latz zu ziehen. Wagrim brüllte. Der Mann fuhr überrascht herum.

Wagrim krachte mit der Schulter gegen ihn und warf ihn erneut zu Boden. Jemand stach mit dem Rapier zu. Wagrim fing den Arm ab, duckte sich und schlug dem Mann die Fäuste ins Gesicht, einen kräftigen Haken mit jeder Hand. Der Soldat taumelte zurück, versuchte mit den Armen das Gleichgewicht zu halten und stürzte nach hinten. Wagrim hielt ihn am Aufschlag der Uniform fest, hob ihn in die Luft und schleuderte ihn mit dem Kopf voran gegen die Mauer. Der Mann prallte mit einem Gurgeln gegen den Stein und brach auf dem Kopfsteinpflaster zusammen.

Der Berserker öffnete schläfrig die Augen und gähnte; er reckte sich und trat aus dem Nebel seines Verstandes.

Wagrim biss krampfhaft die Zähne zusammen und hielt den lodernden Funken auf kleiner Flamme.

Er konnte gerade noch rechtzeitig zur Seite hechten, um einem zustechenden Rapier auszuweichen. Links, recht, zurück – dann warf er sich in den Angriff hinein, musste dafür einen brennenden Streifen an der Hüfte einstecken, bekam aber seinen Gegner zu fassen. Er schloss die Finger um dessen Kehle und drückte zu. Die Augen quollen dem Soldaten aus der Höhle, die Waffe rutschte aus den Fingern und er hämmerte wie wild auf Wagrims Hand ein. Doch es wäre leichter gewesen, eine Stahlfessel zu lösen.

Drücken. Drücken. Drücken …

Knackend brach das Genick.

»Schlächter …« Wagrim ließ den Mann los, der am Boden erschlaffte. Das hatte er nicht gewollt! Keine Zeit, darüber nachzudenken.

Er wirbelte herum, die Fäuste geballt, allerdings lag der letzte Gegner bereits auf dem Bauch. Die Frau bohrte ihm das Knie in den Rücken, riss seinen Kopf an den Haaren nach oben und schlug ihm dann das Gesicht auf den Boden. Dabei sagte sie nichts – ihr Gesicht war hoch konzentriert, als würde sie nicht gerade einem Soldaten den Schädel aufschlagen wie ein Ei.

Als das Gesicht des Soldaten nur noch eine blutige Masse war, ließ sie von ihm ab und stand auf. Sie starrte ihn an, während Blut von ihren Händen tropfte, und er starrte zurück.

»Geht es Euch gut?«, fragte er leise.

»Du hättest dich nicht einmischen sollen«, erwiderte sie mit leiser, rauer Stimme – genauso geheimnisvoll wie ihr Gewand. Ihr Gesicht war sehr schmal mit hohen Wangenknochen, energischem Kinn und dunkel umrandeten Augen.

Wagrim trat vorsichtig näher. »Die Männer hätten dich mitgenommen. Das konnte ich nicht zulassen.«

Sie schüttelte den Kopf. »Ich wusste, dass es ein Fehler ist, hierherzukommen. Aber was, wenn einem keine andere Wahl bleibt?«

»Ich verstehe nicht …«

Sie wischte sich mit einer Hand das Blut vom Mund und erstarrte. Wagrim warf einen Blick über die Schulter. Vier weitere Soldaten liefen durch die enge Gasse auf sie zu.

»Lauf!« Die Frau drehte sich um und stürmte davon. Wagrim folgte ihr. Was hätte er sonst tun können? Er rannte. Der schreckliche, atemlose Lauf der Gejagten, jeden Augenblick einen Schlag in den Rücken erwartend, die Luft in raschen Stößen einsaugend. Die Schritte seiner Verfolger hallten laut um ihn wider.

Hohe Gebäude schossen an beiden Seiten vorüber. Fenster, Türen, Statuen, Gärten – alles ins allmählich erwachende Licht des

Tages getaucht. Er hatte keine Ahnung, wo sie waren oder wohin sie liefen. Ein Mann trat genau vor ihm aus einer Tür; er trug einen Stapel Papiere im Arm.

Sie stießen zusammen, stürzten zu Boden und rutschten in die Gosse, während die Schriftstücke um sie herumflatterten.

Wagrim versuchte aufzustehen, aber seine Beine brannten. Er konnte nichts sehen! Da lag ein Stück Papier über seinem Gesicht. Er fegte es weg. Jemand packte ihn unter dem Arm und zog ihn hoch.

»Wenn du leben willst, dann lauf!« Die Fremde. Sie war nicht einmal außer Atem. Wagrims Lungen barsten beinahe, während er versuchte, mit ihr Schritt zu halten. Aber sie wahrte ihren Abstand, den Kopf gesenkt, mit fliegenden Füßen.

Nun rannte sie durch einen Durchgang vor ihnen. Wagrim folgte ihr; seine Stiefel rutschten beinahe unter ihm weg, als er um eine Ecke schoss. Ein großer, schattenumlagerter Platz. Gerüste ragten bis hoch in den Himmel, wie ein Wald aus viereckigen Pfosten. Befestigungen reckten sich einsam wie ein riesenhafter Brustkorb in die Höhe. Vor ihnen war helles Licht zu sehen. Ein freier Platz.

Wo, beim Schlächter, waren sie?

Er sprang darauf zu und blinzelte. Die Fremde war direkt vor ihm und drehte sich langsam. Sie standen inmitten eines Kreises aus Gras, in einem kleinen, abgesteckten Rund. Leere Bänke zogen sich um den Kreis. Zimmerleute kletterten dazwischen herum, hämmerten und sägten. Ihre Bewegungen wirkten in der Frühe ein wenig behäbig.

Wagrim stützte sich auf seine zitternden Knie und beugte sich nach vorn. Er rang verzweifelt nach Luft, spuckte auf den Boden. »Was ... jetzt?«

»Warum hilfst du mir?«

Er richtete sich mit Mühe auf und wankte auf sie zu. Sie war nicht außer Atem – nicht einmal Schweiß perlte auf ihrer Stirn. Aus der Nähe betrachtet wirkte sie so zart und geisterhaft wie ein Gespenst, das in all dem wallenden Stoff verloren ging. Ihr nachtschwarzes Haar ergoss sich wellengleich über ihre Schultern und ließ ihr Gesicht und ihre Lippen noch bleicher erscheinen.

»Gute Frage«, brummte er. »Wir sind wohl beide Fremde in diesem Land.«

Sie wanderte mit dem Blick über seinen Körper. »Ein Hochländer in Candaloz?«

»Ein Hochländer, der den König sprechen will.«

»Warum?«

»Damit er die Wahrheit erfährt.«

Sie gluckste amüsiert. »Es gibt nur eine Wahrheit, Hochländer, und das ist die der Paladine.« Nachdenklich blickte sie dem Sonnenaufgang entgegen. »Das Weltenrund hat sich verändert. Alte Bündnisse zerbrechen und altehrwürdige Gesetze gelten nicht länger.«

Die Soldaten hatten sie wieder erreicht. Sie marschierten auf den Kreis zu, schwärmten seitlich aus, um die Gejagten einzukesseln. Die Arbeiter hielten inne und verließen nach und nach die Gerüste. Schlaue Burschen.

Wagrim sah sich nach einer Waffe um, entdeckte aber nichts Geeignetes – nur leere Bänke und die Mauern dahinter. Die Fremde wich zu ihm zurück, war keine drei Schritt von ihm entfernt, und hinter ihr tauchten drei weitere Soldaten auf, die mit Rapieren den Kreis betraten. Acht insgesamt.

Und dahinter, noch ein Stück entfernt, näherte sich eine hohe Gestalt gehüllt in Weiß und Gold, umgeben von einem mandelförmigen, strahlenden Licht. Bei jedem Schritt klickte und rasselte es.

Ein Paladin.

*

»Schlächter!«, brüllte Wagrim, als ein Stock gegen seinen Arm krachte, dann noch einmal gegen seine Schulter und seine Rippen. Er taumelte zurück, sank halb auf die Knie und wehrte die Schläge ab, so gut er konnte. Von irgendwoher schrie die Frau, ob vor Schmerz oder Wut konnte er nicht sagen. Er war zu sehr damit beschäftigt, sich zusammenschlagen zu lassen.

Ein Stock traf seinen Schädel, heftig genug, um ihn gegen die Sitzreihen zu schleudern. Er fiel bäuchlings auf eine Bank, sodass ihm die Luft ausging. Von seiner Glatze rann Blut auf seine Hände und in seinen Bart. Seine Augen tränten, seit er einen Hieb auf die Nase bekommen hatte, seine Knöchel waren aufgeschürft und blutig, beinahe so zerfetzt wie seine Kleidung. Und der Berserker in ihm bäumte sich auf. Der Funke nährte sich an seiner Wut, ergötzte sich an seinem Leid. Wagrim biss die Zähne zusammen und unterdrückte ihn – doch er wusste nicht, wie lange noch.

Hinter der Bank lag ein großes Stück Bauholz. Er packte es an einem Ende. Es war lose. Mit einem Ruck zog er es zu sich heran, atmete tief ein und raffte sich noch einmal auf.

Hinter ihm knirschten Stiefel.

Wagrim wirbelte herum und schwang das Stück Bauholz über seinem Kopf. Es brach an der Schulter eines Soldaten entzwei und die eine Hälfte rutschte ein Stück weit durch das Gras. Der Mann heulte auf und sackte zusammen. Wagrim nahm die andere Hälfte des Bauholzes und zertrümmerte ihm damit den Schädel.

Hässliches, grelles Licht barst plötzlich in seinem Kopf. Er taumelte und prallte auf die Knie. Jemand hatte ihn richtig heftig auf den Hinterkopf geschlagen. Er schwankte einen Augenblick und versuchte, nicht aufs Gesicht zu fallen. Dann konnte er seine Umgebung wieder klar erkennen. Er war umgeben von Licht. Es stach in seine Augen und brannte auf seiner Haut.

Der Paladin stand über ihm, eine gerüstete Gestalt ganz in Weiß und Gold. In dem spiegelklaren Visier erkannte Wagrim sein blutbesudeltes Gesicht. Er sah aus wie der Mann, den er zurücklassen hatte, bevor er nach Candaloz aufgebrochen war.

»En el nombre del palíndromo y del luz«, sagte der Paladin und griff zur Seite. Licht manifestierte sich in seiner ausgestreckten Hand zu einem wuchtigen Hammer aus flüssigem Gold, von dem Feuchtigkeit perlte, wobei sich eine flache Seite kräuselte wie Wellen. Die Waffe war viel zu groß, als dass ein Mann sie hätte packen können, aber der Paladin hielt sie locker und federleicht fest. Wagrim hatte Geschichten von ihnen gehört, auch wenn er nie selbst einem Streiter des Palindroms gegenübergestanden hatte. Als er nun vor dem Paladin hockte, wurden selbst die Geschichten ihnen nicht gerecht.

Er konnte sich nicht bewegen, starrte diesen göttlichen Richter an, der ihm langsam eine Hand hinhielt, um die sich das Licht zusammenzog, während sich die Umgebung mit Dunkelheit füllte und seltsam farblos wurde.

»Das Feuer der Reinigung wird dich läutern, Barbar!«

Eine gleißende Welle spülte über Wagrim hinweg. Weiße Flammen hüllten ihn ein und zehrten ihn auf. Stets hatte er nach dem Licht gesucht, wenn er sich in seiner Wut verloren hatte. Doch niemals hätte er erwartet, dass es so schrecklich und grausam sein konnte.

Es war der Tod.

Der Funke in ihm loderte auf.

Und die Welt brannte.

Das Licht zog sich zurück.

Wagrim sackte nach vorn auf die Hände, krallte die Finger in das graue Gras und atmete in kurzen, heftigen Stößen. Sein ganzer Körper prickelte und dampfte. Die Haut war gerötet, seine Haare weggeschmort und seine Kleidung angesengt.

Aber er lebte.

Der Berserker wollte Wagrims Augen schließen. Er stand an der Tür, die Hand an der Klinke und lächelte ihn blutlüstern an. Wagrim hielt die Klinke fest und ließ ihn nicht raus.

»Du bestehst die Läuterung?« Der Paladin klang überrascht. »Welch teuflische Mächte sind hier am Werk?«

Plötzlich lag eine Veränderung in der Luft, wie die Spannung vor einem niedergehenden Blitz. Das Gras unter Wagrims Fingern gefror. Frostblumen breiteten sich darüber aus und überzogen alles mit einer dicken Eisschicht. Selbst die Luft brannte in seiner Lunge und dampfte um sein Gesicht.

Es zischte und Hitze wallte auf. Ein Feuerball krachte gegen die Brust des Paladins und schleuderte ihn wie eine Stoffpuppe durch den Ring, bevor er in eine Bankreihe krachte und sie unter sich zertrümmerte.

Wagrim blinzelte. Die Fremde stand inmitten eines Kreises aus schwarzer Erde, umgeben von flimmernder Luft. Die Soldaten hingegen lagen verstreut wie Blätter im Herbst; sie stöhnten und wimmerten, krochen von ihr davon, während ihre verkohlten Körper dampften und von schwärenden Brandwunden überzogen waren.

Sofort stieg Wagrim der Gestank nach verbranntem Fleisch in die Nase.

Vorsichtig löste die Frau einen roten Kristall aus ihrem Handschuh und ließ ihn fallen. Er war zerbrochen. Sie machte eine auffordernde Geste in seine Richtung. »Wenn du leben willst, folge mir.«

*

Insgesamt betrachtet war Wagrim gut aus der Sache herausgekommen. Immerhin war er am Leben, obwohl Soldaten und ein Paladin sich alle Mühe gegeben hatten, das zu ändern. Aber, beim Schlächter, warum lockte er dieses Unheil immer an?

Blaue und violette Abschürfungen zogen sich über seine Arme, an der Hüfte sog sich das Hemd mit Blut voll, der Schädel brummte wie verrückt und er war nicht mehr ganz sicher auf den Beinen. Nichts, was er nicht schon ein Dutzend Mal erlebt hatte.

Während er hinter der Fremden durch die Gassen stolperte, die allmählich zum Leben erwachten, Menschen aus dem Weg torkelte und gelegentlich einen Fluch ertragen musste, weil er einfach zu groß und breit war, kam er sich vor wie ein Idiot. Er war nach Candaloz gekommen, um mit Paladinen in die Hochlande zurückzukehren. Die mächtigsten Krieger eines Weltreichs, das sich vor Generationen dem Schutz seiner Heimat verschrieben hatte. Vor der Verheerung. Vor alldem. Jetzt wusste er nicht mehr, was er denken sollte. Von der Erfüllung seiner Mission war er so weit entfernt wie die Sonne vom Mond.

Die Fremde führte ihn abseits der Hauptstraße, ging zielstrebig voraus, sah weder zurück noch erklärte sie ihm, was da eben geschehen war. Dabei wirkte sie so zart und zerbrechlich wie feine Keramik. Als hätte sie nicht gerade etwas Unmögliches vollbracht.

Sie gelangten auf einen Platz, der von dichtem Gedränge beherrscht wurde. Perfekt geeignet, um für eine Weile unterzutauchen. Aber die Fremde nahm eine Abzweigung in eine weitere Gosse, die entlang eines träge dahinschwappenden Flusses führte. Ein einzelnes Blatt schwamm auf dem Wasser und trieb seelenruhig dahin. Wagrim sah hinterher und fragte sich, wie es wohl war, ein Blatt zu sein – sich nicht zu sorgen, keine Verantwortung übernehmen zu müssen. Nicht die Hoffnung eines ganzen Volkes zu schultern.

Er hatte kein Auge für die riesenhaften Steingebäude, die Säulen und Bögen, die Veranden und Balkone, die eindrucksvollen Statuen, Brunnen und Buntglasfenster, die sich ringsum erstreckten. Er war ganz auf die Frau fixiert. Der Schlächter hatte ihn nicht grundlos zu ihr geführt.

Schließlich nahm er seinen Mut zusammen und schloss zu ihr auf. »Warum haben die Männer dich angegriffen?«

Sie verzog den Mund. »Glaubst du, es gibt auch nur irgendein schlüssiges Argument dafür?«

Er erinnerte sich an eine Weisheit seines Vaters. »Gewalt ist die letzte Zuflucht des Unfähigen.«

Sie blieb stehen und musterte ihn neugierig. »Das ist das Schlauste, was ich seit Langem gehört habe. Und dort, wo ich herkomme, liegt das geballte Wissen eines gesamten Zeitalters verborgen.«

Er wand sich unruhig, wurde ganz klein unter ihrem Blick. Dabei reichte sie ihm gerade einmal bis zum Bauchnabel. »Was hast du eben getan? Das Feuer … und das Eis.«

»So viele Fragen? Höchst ungewöhnlich für einen Barbaren.«

»Der Unwissende hat Mut, der Wissende hat Angst.«

Ein gefährliches Lächeln blitzte in ihrem Gesicht auf. »Du bist ein äußerst bemerkenswerter Mann.«

Er hielt ihr die Hand hin. »Wagrim.«

»Wagrim.« Sie bewegte sich nicht. »Mein Name ist Morrigan.«

»Morrigan. Das ist ein interessanter Name.«

Nun reichte sie ihm doch die Hand. Selten hatte er etwas so Filigranes festgehalten. Er fürchtete, sie zu zerbrechen und ließ sie schnell wieder los. »Man hört einiges über eure Bräuche, Wagrim. Es heißt, das Blut eines Barbaren ist das Feuer seiner Wut. Doch du bist nicht wie andere Menschen des Hochlandes, oder?«

»Ein Mann sollte an seinen Taten gemessen werden«, flüsterte er.

»Das ist wohl wahr. Das Weltenrund steht vor seiner größten Veränderung.« Ihr Blick tanzte über ihn und er fühlte sich unwohl, als stünde er splitterfasernackt vor ihr. Ihre Augen waren von einem tiefen, satten Grün wie die Wälder des Hochlandes, wenn die Natur ihr Frühlingskleid anlegte. »Du suchst nach etwas. Genau wie ich. Und ...« Sie streckte die Hand nach ihm aus, berührte seine Brust. »Du trägst einen Funken.«

»Das ist richtig«, erklang eine tiefe Stimme.

Wagrim blickte sich um. Ein Fremder stand in der Gasse. Sein graues Haar war zu einem strengen Zopf nach hinten gebunden, ein gepflegter Knebelbart umspielte ein dünnes Lächeln und sein kostbares, schwarzes Brokatgewand war mit Ornamenten durchzogen. Es brauchte nicht einmal den goldenen Gehstock, den er elegant vor sich abgestellt hatte, um zu erkennen, dass er reich war. Der Mann stank so sehr nach Geld und Einfluss wie ein Kadaver nach Fäulnis.

Wagrim schob sich an Morrigan vorbei und ging zu dem Fremden, von dem keine Gefahr ausging. Aber er wäre nicht noch am Leben, wenn er nicht vorsichtig gewesen wäre.

»*Wa'grim*«, sagte der Fremde mit kehligem Klang. So weit im Süden hätte Wagrim nicht erwartet, dass jemand dazu fähig wäre. Viel wichtiger war allerdings, woher der Fremde ihn kannte.

»Bist du Cino?«

»Nein, der bin ich nicht. Aber ich weiß, wer du bist, Knes von Kor Anklam.«

Der Berserker klopfte an die Tür. Wagrim musste sie nur öffnen, um ihn herauszulassen, aber er hielt ihn im Zaum. Mit großen Schritten stapfte er auf den Mann zu und sah auf ihn hinab. Irgendetwas an ihm war falsch; etwas, bei dem sich Wagrims Nackenhaare aufstellten. Der Fremde wirkte keineswegs eingeschüchtert, ganz als wäre er Herr der Lage. Außerdem lag ein gefährliches Funkeln in seinen violetten Augen, als wüsste er Dinge, die anderen verborgen blieben.

Wagrim brauchte zwei Anläufe, bis er die Frage stellen konnte. »Wer bist du?«

»Ein Mann der Möglichkeiten. Denn ich kenne auch dich«, der Fremde spähte an ihm vorbei und neigte vor der Frau leicht den Kopf, »Morrigan aus Valanor.«

Er trat zur Seite und wies mit seinem Stock die Gasse entlang. »Begleitet mich. Dann erkläre ich es euch.«

Geister

Das Dorf der *Túr Dúin* befand sich am Fuße eines Hügels, umkränzt von steilen Felsen, tropfendem Grünzeug und gewaltigen Bäumen. Häuser aus Stein und Lehm, gedeckt mit Schilf, Rohr und Stroh, drängten sich auf dem langen Abhang aneinander, bildeten ein Rund, umgeben von einer niedrigen, überwucherten Steinmauer. Der Regen, der gerade erst aufgehört hatte, verlieh all dem einen kalten, harten Glanz.

Weiter oben, ganz auf der Spitze, erhob sich das Heiligtum des Stammes, ein Wald aus Menhiren, die in Kreisen angeordnet waren. In der Mitte erhob sich ein riesiger Baum, der mit Bändern, Tierknochen und Kerzen geschmückt war. Die Trauerweide war so groß, dass ihr Blätterdach fast das ganze Dorf überspannte, und zählte zu den ältesten Bäumen ganz Tirnanogs.

Myrddin landete als Falke im Dorfzentrum und erhob sich als Mensch. Die Verwandlung vollzog er so mühelos, dass Cuchulain sich wie ein Tölpel vorkam, als er in Rabengestalt daneben landete. Er grub die Füße in die Erde und versuchte sich an all die Lektionen zu erinnern, während die Menschen in tiefer Verbeugung den Großdruiden ehrten.

Leichter gesagt als getan.

Es kostete unglaubliche Mühen, den Geist von dem des Tieres zu trennen. Denn je länger die Verbindung bestand, desto schwieriger war es, die Eindrücke voneinander zu unterscheiden. Die Erinnerungen waren fließend. Er wusste alles, was der Rabe erlebt hatte – vom Schlüpfen aus dem Ei bis hin zu seinem letzten Atemzug, als er seinen Funken Cuchulain anvertraut hatte. Und den Tod.

Bei den Geistern! Die Gabe eines Druiden zu nutzen, hieß, den Tod des Tieres zu *erleben*.

Cuchulain spreizte das Gefieder und verdrängte die Furcht, das Leid und den Schmerz – all das durchfuhr ihn in eiskalten Wellen. Es war nicht seine erste Verwandlung, aber jede steckte ihm in den

Knochen und erinnerte ihn daran, was es kostete, mit den Geistern der Natur verbunden zu sein. So wie er Leben nahm, musste er auch Leben geben. Warum verstand er das immer erst, wenn er seine Gabe genutzt hatte?

Er griff nach dem Funken, der wie ein zweites Herz in ihm pochte.

Dann ließ er ihn los.

Der Funke verließ seinen Körper und kehrte zu den Geistern zurück, woher er ursprünglich stammte. Gleichzeitig setzte die Verwandlung ein. Wie auf einer Streckbank brach und splitterte jeder einzelne Knochen in seinem Körper und setzte sich innerhalb eines Lidschlags neu zusammen. Das Gefieder fiel ihm aus und zerfiel zu Staub, als es den Boden berührte. Flügel wurden zu Armen, Rabenfüße zu Beinen und sein Kopf verwandelte sich zu dem eines Menschen. Gesichtsknochen verschoben sich und Zähne wuchsen nach. Vor allem die Zähne waren immer das Schlimmste, als bohrten sich glühende Nägel durch seine Kiefer.

Er ging vornüber nieder, die Hände im Schlamm verkrallt, und stieß ein langes Stöhnen aus. Die Eindrücke ließen nur schwer von ihm ab, zehrten weiter an seinem Verstand. Ein gegebenes Leben, damit er ins Dorf zurückkehren konnte. Ein Leben, um die Verwandlung nutzen zu können. Die Gabe war ein Fluch.

In Cuchulains Kopf herrschte ein Durcheinander von halb formulierten Fragen und halb garen Antworten. Er war schweißgebadet, ausgelaugt und jeder Muskel brannte. Und tief in seiner Brust loderte ein unerklärlicher Zorn wie ein zu heißester Glut angefachtes Stück Kohle. Benommenheit umfing ihn, als wäre er in eine Steinmauer eingeschlossen. Es gab keinen Cuchulain mehr. Er war wie eine Fahne in einem Sturm auf hoher See, die keinen Moment fand, um innezuhalten.

Die Menge murmelte und raunte.

Myrddin legte ihm eine Decke über die Schultern. Der alte Druide half ihm am Arm auf die Füße, wickelte ihn ein, damit er nicht fror, und sah ihn ruhig an. »Erinnere dich, wer du bist.«

Cuchulain schaute ihm tief in die dunklen Augen, die ihm Halt gaben. Myrddin dämpfte den Sturm in ihm und löste den Zorn auf.

Die Benommenheit verging allmählich, doch in Cuchulains Kopf toste noch immer ein Unwetter an Bildern und Eindrücken aus dem Leben des Raben. Die Flügel spreizen, vom Boden abheben und *frei* sein. Unbelastet von allem, was ihn niederringen wollte – von der Verantwortung, der Bürde und dem Drang, für sein Volk einen aussichtslosen Krieg zu führen.

Dann wandelten sich die Erinnerungen und nun sah er sie nicht mehr an. Sondern sie sahen in ihn hinein. Anders war es nicht zu beschreiben.

Myrddin beugte sich vor und seine Lippen berührten Cuchulains Ohr. Der Atem des Großdruiden strich über seinen Nacken. Er sprach ... und der Sturm legte sich. Cuchulain hatte einen Ort gefunden, an dem er innehalten konnte.

Als wäre er aus einem drehenden Kreisel gelangt, nahm die Welt mit einem Ruck wieder ihre Gestalt an und der Schwindel packte ihn wie ein Donnerschlag. Alles geriet ins Schwimmen und der Boden kippte unter ihm weg.

Cuchulain schrie und streckte die Hände aus, um sich gegen einen Sturz zu wappnen. Myrddin fing ihn auf. Der grobe Stoff der Decke. Der kühle Wind im Gesicht. Die Menschen, das Dorf ... Heimat.

Cuchulain war wieder er selbst.

Er war dankbar für die Decke. Ein Nachteil jeder Verwandlung war, dass er sich unbekleidet wiederfand. Jetzt wollte er nicht reden. Er wollte einfach nur einen Moment der Ruhe genießen, bevor die Pflicht wieder nach ihm rief. Doch selbst das blieb ihm nicht erspart.

»Vogelverwandlungen sind schwierig zu meistern, Cuchulain«, sagte Myrddin versöhnlich. »Anders als eine Ziege oder ein Wolf sind sie nicht dem Element der Erde, sondern dem der Luft zugeordnet.«

»Ich ... verstehe.«

Inzwischen hatte sich eine Menschenmenge um sie eingefunden. In ganz Tirnanog gab es nur eine Handvoll Druiden, weshalb sie nicht nur geschätzt wurden, sondern auch die Gesetze der Geister zu befolgen hatten. Dazu gehörte der Schutz seines Dorfes. Hingegen gehörte nicht dazu, über Tage hinweg durch die Wälder zu pirschen, um ein Kelpie zu jagen.

Wir müssen neue Wege gehen ...

Als er sich umsah, konnte er die Wahrheit in ihren Gesichtern erkennen. Sie waren enttäuscht, zornig und verletzt – und sie fürchteten sich vor ihm. Cuchulain wäre nicht der erste Druide, der sich in die Wildnis aufmachte, um als Derwyd zu enden. Ein alter Mann schälte sich aus der Menge. Er war sehr dürr und ging in seinem grauen Pelz beinahe verloren. Aber die vielen Falten und Runzeln in seinem Gesicht verzogen sich zu einem warmen Lächeln, als er Myrddin entdeckte und sich vor ihm verneigte.

»Großdruide«, sagte der Than des Dorfes. »Danke, dass du den Hüter wohlbehütet zurückgeführt hast.«

Myrddin nickte freundlich. »Than Rònan.« Dann wandte er sich der Menge zu und hob die Hände. »Geht! Der Hüter wird bald zu euch sprechen.«

Gemurmel. Nicht wenige musterten Cuchulain noch einen Moment, bevor sie sich abwandten und wieder ihrem Tagewerk nachgingen. Karren wurden mit Fässern beladen, Netze und Taue geknüpft, Suppen köchelten in großen Kesseln vor den Häusern. Das helle *Pling* eines Schmiedehammers hallte um sie und vermengte sich mit dem Gebell streunender Köter oder lachender Kinder, die durch die Straßen huschten.

»Sie fürchten mich«, flüsterte Cuchulain. »Sie fürchten, dass ich wie Vater werde.«

Myrddin fasste ihn an der Schulter und führte ihn die große Straße hinauf zur Esche, die mit ihrer mächtigen Krone ein Dach über dem Hügel bildete. Der Than begleitete sie. In jedem Dorf gab es einen Ahnenbaum, der mit den Geistern verbunden war, um ihrem Willen zu lauschen. Doch nur die wenigsten waren in der Lage, ihn zu empfangen – selbst unter den Druiden. Bald würde es niemanden mehr geben.

»Die Menschen fürchten das, was sie nicht verstehen«, erwiderte Myrddin. »In diesem Moment ist es der Gedanke, ihr neuer Hüter könnte sie in diesen unruhigen Zeiten im Stich lassen.«

Daraufhin schwieg der Cuchulain eine Weile, während Menschen, an denen sie vorüberkamen, stehen blieben und sich vor ihnen verbeugten. Nein, nicht vor ihm, sondern vor dem Großdruiden. Er war bloß Cormags Sohn. Der Sohn des Verräters, der ein

Attentat auf die Lichttrinker verübt hatte. Cuchulain knirschte mit den Zähnen. Der Sohn, der nun in dessen Fußstapfen trat und mit der Schande seines Vaters leben musste.

»Unsere Späher berichten, dass sie die Küste nahe *Tír na mBeo* erreicht haben«, sagte der Than. »Nicht weit von hier haben sie ein Lager aufgeschlagen und stecken seitdem in den Mooren fest. Aber es ist nur eine Frage der Zeit, bis sie tiefer in unsere Heimat vordringen.«

Cuchulain spitzte die Ohren. Er hatte nicht gewusst, dass die Lichttrinker bereits so weit ins Landesinnere vorgedrungen waren.

»Der Stamm der *Mór Scader* hat Boten entsendet. Keiner von ihnen ist zurückgekehrt.«

»Nun«, sagte Myrddin betont langsam. »Méridors Armada hat bewiesen, dass sie zu allem entschlossen ist. Sie sehen Cormags Angriff als einen Kriegsakt, der mit aller Härte beantwortet wird.«

»Rache«, raunte Cuchulain.

Myrddin nickte ihm zu. »Rache kann ein mächtiger Verbündeter sein, aber auch ein gnadenloser Feind.«

»Großdruide«, bemerkte der Than eine Spur nachdenklicher. Er konnte kaum mit ihnen Schritt halten. »Wir wussten immer, dass dieser Tag kommen wird. Während die Angriffe der Derwyd immer wagemutiger werden, haben wir die Paladiumfuhren vernachlässigt. Die Verheerung ...«

»... ist vorüber.« Ein *besorgter* Ausdruck glitt über Myrddins Züge. »Wir müssen nach vorn blicken, Than Rònan.«

Drückende Stille breitete sich zwischen ihnen aus, während sie der Trauerweide näher kamen und sich im Westen bereits die ersten Vorboten der Abenddämmerung über die Berge ergossen und die Wälder und Täler fluteten. Cuchulain mochte dieses rote Ahnen, das Sterben des Lichtes, um der Nacht zu weichen. Es war ein Kreislauf wie die Gabe eines Druiden. Vom Erwachen zum Vergehen.

»Ich fürchte, wir werden nicht an zwei Fronten bestehen können, Großdruide.« Der Than hustete rasselnd und feucht. Er zählte inzwischen weit mehr als sechzig Winter und es hieß, er würde bald einen Nachfolger bestimmen, der beim großen Thing aller Stämme für das Dorf sprechen sollte.

»Wir sollten die Lichttrinker um Hilfe gegen die Derwyd ersuchen«, sagte Cuchulain. »Wir sollten ihnen zeigen, was in der Dämmerung geschieht.«

Dafür erntete er ein anerkennendes Nicken von Myrddin. »Leben vor Tod.« Seine Stimme nahm einen seltsamen Klang an. »Ich fühle es in der Erde.« Er bückte sich und legte seine Hand auf den Boden. »Tirnanog stehen große Veränderungen bevor.«

»Und wenn wir Valanor um Hilfe ersuchen? Es heißt, die Tore wurden geöffnet und ...«

»Nein!« Myrddin klang entschieden. »Wir dürfen sie nicht hineinziehen.«

»Aber es gehen Gerüchte von Menschen, die über die Elemente ...«

Der Großdruide blieb stehen. Ein tiefes, bedrohliches Glimmen loderte in seinen Augen, als lauerte dahinter unsäglicher Schmerz.

Cuchulain blinzelte. Es war fort und dieselbe Wärme kehrte wieder in Myrddins Blick zurück.

»Wir werden darüber ein anderes Mal sprechen. Jetzt werden wir die Geister befragen.«

»Ich bin allein ...«, murmelte Cuchulain.

Myrddin lächelte milde. »Nicht ganz. Die Geister werden die Antwort wissen.«

*

Ein Feuer knackte und prasselte vor der Trauerweide und schickte flackernde Schatten auf die Menhire am Rand des kleinen Kreises. Cuchulain hockte im Gras, konzentrierte sich auf seine Atmung und blendete alles um sich aus. Die Nacht war längst heraufgezogen. Ein beißender Wind blies über den Hügel und ließ ihn frösteln. Er wickelte sich enger in seine Decke und seufzte zufrieden, als die Wärme ihn umfing.

Myrddin saß neben ihm und starrte konzentriert in die Flammen. Sie waren allein, denn außer einem Druiden war es niemandem gestattet, das Heiligtum zu betreten. Es war eine Weile her, seit der Großdruide die Geister gerufen hatte. Damals war Cormag noch der

Hüter gewesen und Cuchulain hatte sich nichts sehnlicher gewünscht, als irgendwann an seiner Stelle die Geister um Rat zu bitten. Nie hätte er erwartet, dass es unter diesen Umständen geschehen würde.

»Du bist wütend.« Die Stimme des Großdruiden war leise und nachdenklich.

»Ist das verwerflich nach allem, was geschehen ist?«, erwiderte Cuchulain.

»Nein. Wut ist wie ein Feuer, das man schüren kann. Man kann es als Waffe benutzen, doch sich auch sehr leicht daran verbrennen, wenn man seine Grenzen nicht kennt.«

»Wisst Ihr, was mein wahrer Name bedeutet?«

Der Großdruide schwieg.

»*Cú Chulainn.*« Er hob die verkrampfte weiße Faust. »Schuld ist mein ewiger Begleiter. Schuld, weil ich der Sohn eines Verräters bin. Schuld, weil ich mit sechs Wintern ein mythisches Wesen umbrachte. Ich trage die Schuld sogar in meinem Namen, nachdem Cathbad mich brandmarkte: Hund des Culann.«

»Die Absichten des Druiden Cathbad blieben bis zu seinem Tod undurchsichtig wie beschlagenes Glas. Aber ich gebe zu, dass er dich früher in seine Lehren hätte einführen sollen.«

»Wie soll ich jemals all diese Schuld sühnen? Oder bin ich auf ewig dazu verdammt, sie zu schultern?«

»Niemand erwartet das von dir.« Myrddin sagte dies, als wartete er auf etwas.

Cuchulain zog einen grünen Kristall hervor und drehte ihn in der Hand. »Es ist nicht nur die Schuld, die mich leitet. In mir lebt der Drang, das Unmögliche zu vollbringen.« Er sah auf. »Als Hüter obliegt mir der Schutz der Menschen in diesem Dorf. Um dies zu erreichen, muss ich stärker werden.«

»Was ist Stärke? Eine Kraft? Eine Macht, um den eigenen Willen durchzusetzen?« Myrddin schüttelte langsam den Kopf. »Ein Druide bezieht seine Gabe nicht aus Stärke. Sondern aus Wissen, Verständnis und Vertrauen. Wir vertrauen uns der Natur an und lassen uns von den Geistern leiten.«

»Wenn die Lichttrinker oder die Derwyd beschließen, über unser Dorf herzufallen, werde ich sie nicht mit Wissen aufhalten können.« Myrddins Augen blitzten belustigt. »Aber durch die Gabe eines Kelpie?«

Cuchulain legte sich die Worte zurecht. »Ich wollte nicht nur darauf warten, dass der Krieg zu uns kommt. Weil …«

»Weil?«

»Weil ich mir so machtlos vorkomme!« Er atmete zischend aus. »Vögel? Ziegen? Vielleicht ein Kaninchen?« Um einen Halt zu haben, presste er den Kristall so fest zusammen, dass die Kanten in sein Fleisch bohrten. Es war ein süßer Schmerz, den er jetzt brauchte wie einen Schluck Met. »Hat ein Druide niemals versucht, eine Bindung mit dem Funken eines mächtigeren Tieres einzugehen?«

»Zum Beispiel mit einem Kelpie?« Myrddin seufzte schwer. »Das sind gefährliche Gedanken. Gedanken, in denen du dich verlieren könntest.«

»Aber wichtige Gedanken!« Bedächtig schob Cuchulain den Stein in den Beutel an seinem Gürtel, wo er sich zu einem Dutzend anderer gesellte. »Was, wenn die Barbaren aus dem Hochland ebenfalls entscheiden, wieder in die Täler zu kommen, um uns alle abzuschlachten? Dann stehen wir drei Fronten gegenüber, die über uns wie ein Sturm hinwegfegen werden.«

»Die Menschen der Hochlande haben ihre eigenen Probleme zu bewältigen.«

»Ich mahne doch nur zur Vernunft. Wir müssen uns vorbereiten! Wir müssen …« Er biss sich auf die Zunge.

Die Geister waren da.

Sie waren zu dritt. Ohne ein Geräusch lösten sie sich aus den tanzenden Schatten zwischen den Menhiren, bewegten sich langsam auf das Feuer zu und nahmen Gestalt an, als sie sich ins Licht begaben. Ihre Körper waren durchscheinend, verblasst und verschwommen wie ein Nachbild oder ein Abdruck von Wesen, die längst in Vergessenheit geraten waren.

Ein zierliches Mädchen.

Eine elfengleiche Frau.

Eine runzlige Greisin.

»Myrddin«, sagte das Mädchen glockenhell.

»Cuchulain«, flüsterte die Frau geheimnisvoll.

»Sie suchen nach Antworten«, krächzte die Greisin. Ihre Stimmen waren wie Abertausende Geräusche des Waldes, wie Wind, der durch die Zweige fuhr und das Laub zum Rascheln brachte, bevor er verschwand.

Cuchulain fühlte sich nicht ganz wohl in seiner Haut und rückte näher an die Flammen heran. Mit den Geistern zu sprechen, war, wie mit einem Echo der Zukunft zu reden. Man war im Anschluss nicht schlauer, sondern hatte nur noch mehr Fragen.

»Myrddin spricht zuerst«, sagte das Mädchen, noch während der Großdruide freundlich nickte und zu seiner Begrüßung ansetzte.

»Seid willkommen an unserem Feuer, Geister. Wir …«

»… haben Fragen!«, rief das Mädchen.

Er schwieg kurz. »Es ist viel geschehen, seit ich über diese Erde wandle.«

»Du siehst müde aus, Myrddin.« Kichernd tanzte sie um das Feuer. »Du sorgst dich. Du suchst. Doch wonach suchst du? Nach Fragen? Nach Gründen?«

»Nach Antworten«, krächzte die Greisin.

»Ja, das tue ich«, sagte er mit schwerer Stimme. »Ich …«

»… erbitte Rat«, sagten die Geister mit einer Stimme.

Die mittlere, hochgewachsene Frau trat näher zu ihm und hielt ihm die Hand hin. In der Geste lag Vertrautheit, als würden sie sich schon lange kennen. Cuchulain wusste nicht viel über die Geister, nur das, was der Großdruide ihm anvertraut hatte. Angeblich waren sie ein und dasselbe Wesen, das in verschiedenen Zeiten existierte und deshalb alles wusste, was gewesen war, was in diesem Moment geschah und was irgendwann sein würde. Ein beängstigender Gedanke.

»Ich weiß, ihr dürft euch nicht einmischen«, sagte Myrddin. »Jeder Schicksalsfaden vermag Einfluss auf die anderen zu nehmen. Eine Entscheidung, ein gekappter Faden, und die Auswirkungen könnten verheerend sein. Das Gleichgewicht darf nicht beeinflusst werden.«

Der Geist lächelte sanft. »Du kennst die Antworten auf deine Fragen bereits. Aber du willst sie dir nicht eingestehen.«

Myrddin sah auf. Die sorgenvolle Furche auf seiner Stirn war tiefer geworden, als wohnte den Worten des Geistes eine tiefere Bedeutung inne. Er wies auf Cuchulain, der sich ein wenig aufrichtete. »Cormags Sohn. Cuchulain. Der neue Hüter des Dorfes, mein Schützling und Träger eines Druidenfunkens.« Die Alte trat vor und schenkte ihm ein zahnlückiges Grinsen. »Auch er sucht das, was alle suchen.«

»Cuchulain runzelt verwirrt die Stirn«, sagte das Mädchen, ehe er die Stirn runzelte.

»Das Ende seiner Geschichte.« Die Alte umrundete das Feuer und stützte sich dabei schwer auf ihren Stab. »Er schnaubt.«

Cuchulain schnaubte und hielt verwundert inne. »Was soll das?«, sagte er im Chor mit ihnen.

Myrddin legte ihm beruhigend eine Hand auf und nickte in sich hinein.

»Ihr glaubt, eure Zeilen umschreiben zu können«, krächzte die Alte und sah mit zusammengekniffenen Augen auf Cuchulain herab.

»Was heißt das?«, fragte das Mädchen und kam ihm wieder zuvor. Dabei drehte sie eine Pirouette auf einem Bein und huschte lachend davon.

Myrddin schüttelte langsam den Kopf und blickte in die Flammen. »Das Weltenrund steht vor seiner größten Zerreißprobe. Die Verheerung ist zwar besiegt …«

»… aber das Böse wuchert in den Herzen der Sterblichen«, sagte die wunderschöne Frau. »Alles läuft auf den freien Willen hinaus.«

»Ihr habt die Sterblichen vor langer Zeit gewarnt.« Myrddin seufzte erschöpft, als lastete auch auf ihm eine schwere Bürde. »Ihr habt Prophezeiungen ausgesprochen, sie über Generationen hinweg bewahrt, und doch vermag niemand das Schicksal aufzuhalten.« Er zögerte, als müsste er sich zu einem Eingeständnis zwingen. »Auch ich nicht.«

»Es gibt kein Schicksal«, erwiderte sie. »Nur Entscheidungen.«

»Entscheidungen«, murmelte er und sah wieder auf, als schöpfte er nach neuer Kraft. »Ich spüre in der Erde, der Luft, dem Wasser und im Feuer, dass etwas geschehen wird. Etwas, das alles verändern wird.«

Das Mädchen tanzte und tanzte um das Feuer, als wäre das alles nur ein Spiel für sie. »Alle Bemühungen um Gerechtigkeit entstehen aus der Dunkelheit.«

Myrddin nickte traurig. »Ich verstehe.«

»Ich nicht«, erwiderte Cuchulain.

Die Alte trat vor, während sich das Mädchen entfernte und verblasste. »Die wahren Paladine treten ins Licht. Tränen vergossen in Blut.« Ihre Stimme nahm einen hallenden Klang an wie ein Echo. »Blut vergossen in Schmerz. Schmerz vergossen in Tod.«

Myrddin war auf einmal kreidebleich. Er richtete sich auf und blickte Cuchulain nicht an. »Im Westen geht das Gerücht, Silberhand beanspruche das Recht, die Stämme zu einen. Er trachtet nach dem Stein des Schicksals.«

»*Lia Fáil*, der Stein des wahren Königs«, murmelte Cuchulain.

»Das Blut der Stämme kann nur vereint werden, wenn es nicht nach Herrschaft, sondern nach Zusammenhalt strebt«, antwortete der elfengleiche Geist.

»Also sollen wir einer Legende nacheifern?«

»Die Handlungen der Sterblichen sind so vorhersehbar, dass wir allwissend entscheiden«, sagte sie so blass und dünn wie ein Windhauch. »Doch wir alle sind bloß die Summe unserer Entscheidungen.«

»Mein Vater ...« Er zögerte, als das Mädchen sich wieder näherte. »Mein Vater ist ... SEI STILL!«, schrien sie gleichzeitig. Kichernd flitzte der Geist wieder davon.

Myrddin richtete sich etwas auf. »Ich brauche euren Rat, Geister. Das Schicksal des jungen Druiden ist wichtig. Ich glaube, er wird Einfluss auf das nehmen, was geschehen wird.«

»Und weil du das glaubst«, sagte die Frau und griff nach etwas, das wie aus dem Nichts erschien, »wirst du dieselben Entscheidungen wie stets treffen. Dabei waren es deine Entscheidungen, die zu allem geführt haben und die *ihn* erschaffen haben.« Das Etwas war ein goldener Faden, den sie prüfend musterte und dann mit einem anderen zusammenspann. »Wo etwas endet, wird etwas beginnen. Und mit dem Beginn wird sich die Vergangenheit erheben, um das, was getrennt wurde, zu verbinden.« Die Frau hielt kurz inne, als wäre sie selbst unsicher. »Sie verstehen nicht. Noch nicht.«

Sie ließ den Faden los, der wieder verschwand. Dann wandten sich alle drei langsam ab.

»Wartet!«, rief Cuchulain und sprang hoch. »Wie kann ich mein Volk beschützen?«

Die Alte stieß ein krächzendes Lachen aus. »Er begreift nicht, weil er sich zu sehr auf das versteift, was kommt, anstatt das Vergangene zu ergründen. Ein geläufiger Fehler in Geschichten.«

»Aber was kann ich tun?«

Sie lächelte traurig. »Ich mag deine Geschichte. Ich schaue sie mir gerne an. Vor allem ihr Ende.«

Er schluckte schwer. »Was heißt das? Bitte, was …?«

»… muss ich tun?«, rief das Mädchen und grinste ihn frech an.

»Alles endet, Kindchen«, krächzte die Alte und ihre Stimme verhallte, während alle drei sich vom Feuer entfernten und mit der Dunkelheit verschmolzen.

Cuchulain war verwirrt, konnte keinen richtigen Gedanken fassen, und Myrddins bedrücktes Schweigen half ihm nicht, sich besser zu fühlen. Aber in all den kryptischen Worten gab es etwas, an dem er sich entlanghangelte wie an einem roten Faden. Etwas Wichtiges. Etwas Beständiges.

Etwas, das seinem Volk helfen könnte.

Myrddin starrte tief in sich gekehrt in die Flammen, als weilte er an einem anderen Ort. Er sah nicht einmal auf, als Cuchulain die Feuerstelle verließ, in die Schatten der Menhire eintauchte und den Weg hinab in das Dorf nahm. Der orangefarbene Schein der Fackeln vertrieb ein wenig den aufziehenden Nebel, aber Cuchulain achtete kaum auf sie. Seit Generationen waren die Stämme der Túatha Dé Danann verfeindet. Es hatte Annäherungen gegeben, die in der Auslöschung ganzer Dörfer geendet hatten. Doch es hatte stets das Thing gegeben, damit die Thans miteinander sprachen.

»Silberhand«, murmelte er und löste einen Kristall aus dem Beutel. In ihm glomm ein tiefes Licht. »*Lia Fáil.*« Vorsichtig drückte er den Kristall an seine Brust, spürte den Puls, der davon ausging. »Lichttrinker. Barbaren. Derwyd …« Er atmete scharf ein. »Vater.«

Auch wenn er die Worte der Geister den Legenden nach erst verstehen würde, wenn es so weit war, hatten sie ihm ein Ziel gegeben. Er würde einen Weg finden, sein Volk zu beschützen und *Tír na nÓg* zu befreien. Und wenn das hieß, dass er das größte Opfer bringen müsste.

Der Mond stand voll und hell am sternbestäubten Himmelszelt. Keine Wolke zeigte sich dort und ein frischer Wind blies zwischen den Straßen und um die Häuser, riss Fenster auf und ließ Türen erzittern.

Cuchulain zerbrach den Stein und befreite den grünen Funken, der wie ein Irrlicht um seinen Kopf schwirrte. Wie ein Pfeil rammte der Funke in seine Brust und verschmolz mit seinem eigenen – erfüllte und durchströmte Cuchulain, um ihm die Gabe eines Druiden zu vermachen. Er warf den Kopf zurück und stieß wildes Geheul in die klare Nacht hinaus. Jetzt wollte er frei sein und nicht mehr über alles nachdenken.

Es war eine gute Nacht für die Jagd.

Die Trauerweide

Weicher Niederschlag überzog alles mit einem kaltfeuchten Schleier, der sich auf den Zweigen, auf den Blättern, auf den Nadeln sammelte und in großen, dicken Tropfen herunterfiel; Tropfen, die durch Artios nasse Kleidung bis auf ihre nasse Haut drangen.

Die Straße war nicht mehr als ein ausgetretener Pfad. Er führte nach einem mehrtägigen Marsch zu einem Dorf rund um einen Hügel, von dem bereits aus der Ferne die Geräusche von polternden Wagen, wiehernden Pferde und rufenden Menschen herüberdrang.

Die wuchtigen Tore standen offen. Auf dem Wehrgang der niedrigen Steinmauer hielten zwei Männer Wache, die ihre geschmückten Speere gepackt hielten. Ihre Kleidung war ein Wirrwarr aus dunklen Stoffen, Leder und Röcken und über ihren Rücken war ein bunt bemalter Schild gespannt.

Karren ratterten über die Straße durch das Tor, beladen mit Stroh oder Fässern. Artio und Rafael folgten ihnen, wobei er sich auf den Stock stützte und seinen Fuß nachzog. Das schlechte Wetter kam ihnen dabei gelegen und offenbar taugte ihre Verkleidung zumindest für den Augenblick.

»He, du!«, rief ihr einer der Wächter zu.

Artio blieb stehen. »Was ist?«

»Du gefällst mir nicht! Du bist doch nicht auf Ärger aus, oder?«

»Eigentlich hatte ich vor, das gesamte Dorf kurz und klein zu hauen.«

Er trat einen Schritt vor und beäugte sie misstrauisch. »Bist wohl eine ganz Witzige, was?«

»Ich geb mir Mühe.«

Er nickte ins Dorf. »Rein mit euch!«

Sie trat hindurch und atmete erleichtert auf.

»Musste das sein?«, flüsterte Rafael ihr zu.

»Ja. Es wäre auffällig gewesen, wenn wir ohne einen Streit reinge-
gangen wären.«

»Was habt ihr besprochen? Die Worte, die du genutzt hast ...«

»Nichts Wichtiges. Nur sinnloses Gerede. Komm!« Hinter den
Toren blieb sie stehen und wusste einen Moment nicht, was sie denken sollte. Es war seltsam, nach all der Zeit wieder hier zu sein, als
wäre sie in ein altes, vergangenes Leben zurückgekehrt. Bekannte
Gerüche stiegen ihr in die Nase: Wildblumen, Kräuter, Misteln und
geräuchertes Fleisch. Eine Vielzahl schlammiger Wege führte durch
das gesamte Dorf. Die runden Gebäude waren von primitiver Machart: Anstelle von Stein bestanden sie aus Holz, teils mit geflochtenem
Stroh verstärkt, und die Dächer waren mit Schilf und Baumrinde bedeckt. An jeder Weggabelung reckten sich Steine wie Schiffsmasten
in den Himmel. Sie waren mit Bändern und Federn geschmückt,
Symbole waren kreuz und quer eingemeißelt und davor waren Op-
fergaben aufgebaut.

Artio legte ihre Hand auf die raue Oberfläche und brummte leise.

»Was ist das?«, flüsterte Rafael.

»Menhir. Ein *Langer Stein*. Manchmal sind sie Wegweiser. Dann
auch Mahnmale für das Wirken der Götter.«

Sie atmete tief durch und ging weiter. Menschen strömten aus den
Häusern. Alte Männer, Frauen, Kinder. Die Krieger trugen wilde
Bärte und Tierfelle, Gewänder, die eine nackte Schulter freiließen,
die mit Narben und blauen Schriftzeichen überzogen waren. Schafe
waren in Gehegen zusammengepfercht, Gäule an Masten festgebun-
den, daneben kämpften Schweine um einen Trog. Vor jedem Haus
stand ein köchelnder Kessel, der herzhafte Düfte verströmte.

»Ein Brauch?«, raunte Rafael ihr zu.

»Der Kessel muss mindestens zur Hälfte gefüllt sein. Damit stets
ein warmes Essen auf dem Feuer brodelt, an dem sich die Krieger
sättigen können. Es heißt, Dagdas Bronzekessel hätte sogar die Gefallenen zum Leben erweckt.«

Er zog ein nachdenkliches Gesicht. »Wiedergeburt.«

»Ein wiederkehrendes Element aller Glaubensrichtungen, die
weit zurückreichen. Die Túatha dé Danann sehen in allem Wunder.«

Artio wies knapp über das Dorf. »Jedes Leben, selbst jedes noch so scheinbar unbedeutende Ding, wird verehrt.«

Er sah sich sorgsam um. »Wäre die Verheerung nicht gewesen, hätten wir diesem Land Kultur bringen können. Sie müssten nicht länger in Hütten leben und wären nicht den Einflüsterungen der Verheerung ausgeliefert.«

»Sie wissen nicht von den Opfern. Und nun …«

»… können ihre Herzen leicht verführt werden. Artio«, er schaute sie innig an, »wir müssen die Seelen dieser Menschen retten. Die Verheerung kann niemals gänzlich gebannt werden, wenn der Unglaube an diesem Ort wuchert.«

Artio musste dem Drang widerstehen, ein wenig Licht aufzunehmen. Die vertrauten Gerüche, der Lärm, die Menschen – all das verunsicherte sie und rief Erinnerungen in ihr wach, die sie nur mühsam unterdrücken konnte. Sie sollte sich hier nicht geborgen fühlen, aber sie konnte nicht verhehlen, dass zumindest ein Teil von ihr mehr von dem Dorf erkunden wollte.

Rafael legte ihr versöhnlich eine Hand auf den Arm. Eigentlich eine unsittliche Berührung, welche die Kirche nicht gestattete. Doch so weit draußen schien selbst der Hochpaladin nicht er selbst zu sein. »Wir werden dieses Volk retten. Gemeinsam.«

»Gemeinsam!«

Er lächelte und ließ sie wieder los. »Wie gehen wir jetzt weiter vor?«

Artio sah sich um. Noch zogen alle Menschen ihrer Wege und niemand schenkte ihnen Beachtung. Allerdings wäre es nur eine Frage der Zeit, bis sie jemand ansprach. »Dieses Volk bleibt unter sich.«

»Das heißt?«

»Wir werden gleich gefangen genommen.« Sie sah ihn eindringlich an. »Wehre dich nicht. Tu nichts, dass sie zu einem Angriff verleiten könnte. Verstanden?«

Er erstarrte. »Du wusstest, dass unsere Tarnung auffliegt?«

»Es gab keine andere Möglichkeit.«

»Paladin Artio! Du hast wissentlich …«

Nun fasste sie ihn am Arm. »Vertraust du mir?«

»Ja … beim Palindrom! Ja, das tue ich!«

Plötzlich umringten sie mehrere Krieger und richteten ihre Speere auf sie. Sie trugen ausnahmslos Wolfsköpfe und wiesen schräge Narben über dem Gesicht auf.

Ein tiefes Horn dröhnte. Die Tore rumpelten und wurden geschlossen. Wie auf ein Zeichen zogen sich alle umherstreifenden Menschen in ihre Häuser zurück. Als die letzte Tür ins Schloss schnappte, standen Artio, Rafael und die Wolfskrieger allein auf einer verwaisten Straße. Sie ließ ihn los und entspannte sich. Aus irgendeinem Grund wusste sie, dass ihnen keine Gefahr drohte. Sorgsam behielt sie die Männer im Blick, die völlig ruhig waren, als hätten diese sie längst erwartet. Langsam legte sie die gespreizte Hand auf die Höhe ihres Herzens und neigte den Kopf.

»*Beannachd leat.* Seid gegrüßt.«

Die Wolfskrieger nahmen die Speere weg. Der größte unter ihnen, der Artio in nichts nachstand und dessen Vollbart ebenso nachtschwarz wie sein Pelz war, zeigte den Hügel hinauf, auf dessen Spitze ein Steinkreis thronte, der einen Baum umsäumte. Alle Wege führten dort hinauf.

»*Tha an than ag iarraidh bruidhinn rinn?*«, fragte sie. »Der Than will uns sprechen?«

»Ja, weißer Teufel«, sagte der Hüne mit starkem Akzent und wies nun zu einem Langhaus, das am Fuße des Hügels lag. »Dort.«

Artio lag eine Erwiderung auf der Zunge, aber ihr heiliger Schwur besagte, dass sie nicht lügen durfte. Daher neigte sie bloß den Kopf und begab sich auf den Weg zum Langhaus. Die Wolfskrieger folgten ihnen und die Wächter traten aus dem Weg, als sie den torlosen Eingang erreichten. Als Artio eintrat, umfing sie schwüle Wärme und der Geruch von verbrannten Kräutern.

Sie gelangten in eine weite Halle, in der Tischreihen u-förmig um eine Feuerstelle aufgebaut waren. Auf den Flammen köchelte Eintopf, der den schweren Geruch verströmte. Am anderen Ende führten breite Treppenstufen zu einer Erhebung, wo der Than des Stammes auf einem Thron saß, der aus Knochen zusammengesetzt war – große und kleine, dicke und dünne, lange und kurze, mehr Knochen, als sie zählen konnte. Der ältere Mann war über und über in Pelz gekleidet und auf seinem wirren Kopf lag eine gewundene Krone ebenfalls aus Knochen. Auf einer Thronlehne hockte ein Falke und dahinter, leicht versetzt im Schatten, stand ein junger, drahtiger Mann mit flachsblondem Haar, wachsamem Blick und grüner Tunika, die eine blau tätowierte Schulter freiließ.

Mühsam richtete sich der Than in seinem Thron auf. Er war so dürr, dass er in seinen Pelzen verloren ging, und sein runzliges Gesicht besaß eine ungesunde graue Färbung. »Tretet näher!«

Die Wolfskrieger schlossen die Tore. Artio nahm ihren Mut zusammen und legte den Wolfskopf ab. Dann durchquerte sie die Halle, blieb vor den Stufen zum Thron stehen, tippte sich erst gegen die Stirn und legte anschließend eine Hand auf ihr Herz. »*Beannaichidh na spioradan thu, Than.* Die Geister segnen dich, Than.«

Ein leichtes Lächeln umspielte die Lippen des alten Mannes. »*Tha thu nad leanabh don bahn-dia.* Du bist ein Kind der Göttin.«

»*Tha mi nam leanabh aig Méridor*«, erwiderte sie. »Ich bin ein Kind Méridors.«

Er richtete seinen Blick auf Rafael. »*Agus esan?* Und er?«

»Dies ist Hochpaladin Rafael.« Sie tippte sich an die Brust. »Mein Name ist Paladin Artio. Wir sind im Auftrag des Königs von Méridor hier.«

Sein Nicken war so langsam, dass es kaum zu deuten war. »Wir wissen von dem Heer. Und wir kennen auch den Grund, weshalb es in unserer Heimat ist.«

»Dann verstehst du bestimmt auch, dass wir in guter Absicht gekommen sind, Than. Wir wollen reden.«

»Und was ist mit den Kriegern, deren Pelze ihr tragt?«

Sie hielt seinem durchdringenden Blick stand. »Wir haben uns verteidigt.«

»Sie sind tot.«

Artio neigte den Kopf. »Ich machte von meinem Recht der Herausforderung Gebrauch.«

Seine Augen funkelten belustigt, als wartete er auf etwas. »Du sagtest, du bist ein Kind Méridors.«

»Dennoch bin ich in diesen Wäldern geboren.«

Rafael schaute sie verwundert an, aber sie hatte diesen Trumpf ausspielen müssen, um die Situation nicht zu verschlimmern. Der Than gewann anscheinend etwas von seiner Kraft zurück.

»Dann stand es dir als Kind der Göttin zu, die Herausforderung anzunehmen.«

»Sie fielen ehrenhaft im Kampf. Ihr Tod hatte Bedeutung.«

»Das hatte er. Mein Name ist Rònan, Than von *Túr Dúin.*« Er hustete dicken Schleim und verzog schmerzhaft das Gesicht. »Ihr seid hier, weil ihr jenen sprechen wollt, der sich gegen euch auflehnt.«

Sie nickte. »*Argatlám.* Wir wollen im Thing sprechen, um ein größeres Blutvergießen zwischen unseren Völkern zu verhindern.«

»Ihr seid hier«, er blickte sie abwechselnd an, »weil ihr fürchtet, die Stämme könnten sich unter einem Banner vereinen.«

Artio versteifte sich. Sie durfte nicht lügen! Sie durfte nicht …

»Unser Interesse gilt allein dem Wohl ganz Méridors und dessen Kolonien«, sagte Rafael an ihrer statt. Sie war so schockiert, dass sie instinktiv dem Feuer etwas Licht und Farbe entzog, woraufhin es einen Moment abflaute und grau wurde, bis es wieder an Kraft gewann. Rafael hatte nicht gelogen. Aber er hatte auch nicht die Wahrheit gesagt.

Der Than schaute sie eine gefühlte Ewigkeit an, ehe er sich vorbeugte. »Das Blutvergießen wird kommen.«

»Wenn ich im Thing sprechen darf«, erwiderte sie bestimmt.

»Wenn ich die Stämme überzeugen kann. Dann schwöre ich, dass ich …«

Er hob die Hand und gebot ihr zu schweigen. »Sprich keinen Schwur, den du nicht halten kannst.« Er hustete wieder und fiel beinahe vom Thron. Der junge Mann wollte zu ihm eilen, aber der Than hielt ihn zurück. »Ich fürchte, mein Volk wird sich nicht erneut unterwerfen. Es tut mir leid.«

Rafael trat neben sie und straffte sich. »Das bedeutet Krieg.«

»Ihr wärt nicht hier, wenn der Krieg nicht längst begonnen hätte. In diesen Wäldern lauern andere Gefahren, die ihr mit eurer Anwesenheit herausfordern werdet. Tír na nÓg wird in dem Sturm, den wir heraufbeschwören, brennen.«

»Wir hegen keinen Groll gegen dein Dorf, Than. Wir wollen lediglich dieses Land von den Verheerungssplittern befreien.«

»Die Verheerung. Ah, ja, ich befürchtete es. Auch hier hat sie Spuren hinterlassen.« Rònan klang müde und traurig. »Wir alle haben jemand verloren, der uns wichtig war. Doch die Geister haben unsere Gebete erhört.«

»Das Palindrom hat euch erhört.«

Rònan lächelte bedauernd. »Ich bin mit eurem Glauben vertraut. Doch hier ehren wir nicht euren Gott.«

Rafael sog etwas Licht aus der Umgebung und loderte auf. Gleichzeitig erloschen die Flammen und Dunkelheit senkte sich über die Halle. »Gestatte uns, im Thing mit Silberhand zu sprechen und wir können den Tod vieler Menschen verhindern.«

Rònan machte eine Geste über die Halle. »Wenn es nach den anderen Stämmen geht, sind wir alle *Argatlám*.«

»Was bedeutet das?«

Der Than schüttelte den Kopf. »Méridor fürchtet den Kontrollverlust. Jetzt, da die Verheerung gebannt ist, ist der verlockende Gedanken nach Freiheit wie ein Leuchtfeuer entfacht. Wir werden ihn nicht mehr ersticken können, auch wenn niemand von uns jemals frei sein wird.«

»Solange die Splitter der Verheerung nicht gebannt sind«, sagte Artio und legte all ihre Überzeugung in die Stimme. »Wenn du sehen könntest, was Méridor und die Kirche des Palindroms bewirkt haben, dann wüsstest du, dass wir hier sind, um zu *helfen*, Than.«

Der junge Krieger löste sich aus dem Hintergrund und trat neben den Thron. Irgendetwas an ihm jagte ihr einen eiskalten Schauder über den Rücken, als wären sie für ihn bloß Beute. »Weißt du, was ein *Derwyd* ist?«

»Ich verlor durch einen meine Familie.«

Sein Blick sprach von Intelligenz, aber auch von unverhohlenem Zorn. »Der Wald stirbt. Wer wird dann noch euer Paladium abbauen? Wer wird euren Wohlstand sichern? Wen könnt ihr noch unterwerfen?«

Rafael loderte in gleißender Helligkeit auf. »Hüte deine Zunge, Wilder!«

Der Krieger nahm einen grün leuchtenden Kristall aus seinem Beutel und hielt ihn mit zwei Fingern hoch. »Ja, ich bin einer dieser *Wilden*. Aber ich habe geschworen, eher zu sterben, als zuzulassen, dass du unser Licht trinkst!«

Artio tauschte einen raschen Blick mit Rafael. Er verstand, was sie sagen wollte, und dämpfte sein Licht. Schließlich trat sie einen Schritt vor und sah den Than fest an. »Lass mich nach Mag Mell zum Thing reisen und gestatte mir eine Unterredung mit Silberhand.«

»Ich kann dir nichts verbieten, was nicht in meiner Macht steht«, sagte er müde. »*Argatlám* trachtet danach, alle Stämme auch ohne den Stein des Schicksals zu vereinen, um die Invasoren aus Méridor zu vertreiben, und es scheint, dass ihm das gelingt, was lange niemandem mehr gelungen ist. Geh und sprich beim Thing.«

Alle Stämme unter einem Banner … »Werden die anderen Stämme mich anhören?«

Der Than nickte dem jungen Mann zu. Er nahm etwas aus seiner Tasche, stieg die Treppe zu Artio herab und hielt es ihr hin. Es war ein schwerer Anhänger an einer Kette. In die Metallscheibe waren hauchdünne Knotenmuster eingearbeitet, die im Zentrum ein geflochtenes Kreuz bildeten, ähnlich einer Triskele.

»Ein Symbol meines Volkes, Lichttrinkerin. Drei Arme für drei Wege, die alle im Kern miteinander verbunden sind. Hiermit erhältst du eine Stimme.« Er grinste sie wölfisch an, dann machte er auf dem Absatz kehrt und reihte sich wieder bei den anderen ein.

»Nimm dieses Medaillon als Zeichen dafür, dass du beim Thing sprechen darfst, Kind der Göttin«, sagte Rònan. »Doch wisse, dass sich kein Túatha dé Danann dem Glauben des Palindroms unterwerfen wird. Unser Wunsch nach Freiheit kann nicht mehr beseitigt werden.«

»Than Rònan«, sagte Rafael bestimmt. »Muss ich dich daran erinnern, dass dein Volk der Krone von Méridor die Treue geschworen hat?«

»Wo war die Krone, als die Verheerung unsere Wälder überfiel?«, knurrte der Krieger. »Wo war die Krone, als die Druiden Tír na nÓgs gegen die Teufel starben? Wo war die Krone«, er trat noch einen Schritt näher »als sie zu *Derwyd* wurden, um uns zu retten?«

Schweigen breitete sich in der Halle aus, die Artio auf einmal viel kälter und drückender vorkam. Sie suchte nach irgendeiner Erklärung, dass auch Méridor beinahe durch die Verheerung gefallen wäre und die Rettung allein dem Palindrom und dessen Paladinen zu verdanken war. Doch sie bekam den Mund nicht auf, denn sie konnte den Vorwurf in den Augen des jungen Mannes nicht ertragen. Sie wusste tief in ihrem Herzen, dass er recht hatte. Méridor hatte den Kolonien Schutz geschworen. Diesen Schwur hatten sie gebrochen.

Rafael erhob schließlich die Stimme, um das drückende Schweigen zwischen ihnen zu durchbrechen:»Dir muss bewusst sein, dass die Verheerung wieder erstarken wird, Than. Sie wird euch alle verschlingen und dann über Méridor herfallen.« Er griff zur Seite. Mit einem Glockenschlag landete darin ein goldenes Schwert, das so breit und lang wie er selbst war. Obwohl es tonnenschwer sein musste, wies er damit federleicht auf den Than.»Wer wird euch beschützen?«

Der Than blieb erstaunlich gelassen.»Wir vertrauen auf die Geister.«

»Die Geister werden euch nicht retten können.«

»Das ist wohl wahr. Aber mein Vertrauen in sie ist stark.«

»Damit bereitet ihr den Weg eures Untergangs.«

»So wird es sein.« Er ließ sich erschöpft gegen die Lehne sinken. »Bevor ihr nun geht, möchte der Großdruide noch mit euch sprechen.«

Artio stutzte.»Der Großdruide ist hier?«

Rònan lächelte milde.»Ja, in der Tat.«

Der Falke auf der Thronlehne krächzte. Er hob ab und landete vor den Stufen mit gespreizten Flügeln. Dann verwandelte er sich.

Er *wuchs!*

Arme und Beine brachen aus dem Körper hervor, ein Kopf mit wirrem grau durchzogenem Haar brach hervor, das Federkleid wurde zu einem gefiederten Mantel, der mit einer Kapuze das bärtige Gesicht bedeckte.

Ein Mann richtete sich vor ihnen auf und hielt einen geschnitzten Stab in der Hand, dessen Spitze ein Falke bildete. Alles an ihm war *geheimnisvoll* – als gestattete er ihnen einen kurzen Blick in eine verborgene Welt, die ihre Vorstellungen bei Weitem überstiegen.

Artios Mund war plötzlich trocken. Ihre Nackenhaare richteten sich auf, als hätte sie sich in Gefilde vorgewagt, die ihr nicht zustanden. Sie hatte Gerüchte über die Gabe der Druiden gehört. Die Kirche lehrte stets, dass die Heiden einen Pakt mit der Verheerung eingegangen waren. Aber falls dem so war, konnte sie nichts Teuflisches daran erkennen.

»Mein Name ist Myrddin«, sagte der Großdruide mit warmer Stimme. »Ich habe euch bereits erwartet. Bitte folgt mir!«

Er ging an ihnen vorbei. Als er auf Artios Höhe war, lächelte er sie kurz an, bevor er die Halle verließ. Der junge Krieger folgte ihm und erst dann brachte Artio den Mut auf, sich ihnen anzuschließen.

*

Der Großdruide führte sie durch das Dorf und nicht wenige Menschen waren dort versammelt. Stumm, starr und leblos wie Statuen flankierten sie den schlammigen Pfad – selbst die Kinder unter ihnen blieben erstaunlich ruhig, als ihre kleine Gemeinschaft an ihnen vorüberzog. Vor Myrddin und dem Hüter neigten sie den Kopf. Rafael und Artio hingegen sahen sie an, als wären sie Teufel in Menschengestalt.

Vielleicht waren sie das für sie auch.

Myrddin führte sie den Hügel hinauf zu dem Heiligtum mit der Trauerweide und sprach währenddessen kein einziges Wort. Der Hochpaladin warf ihr immer wieder fragende Blicke zu und sie schüttelte genauso oft den Kopf. Bislang war ihr Abenteuer überraschend gut verlaufen. Um das Thing zu erreichen und damit vor Silberhand sprechen zu können, mussten sie einstweilen dem Großdruiden vertrauen. Das war ein Opfer, das sie bereit war, einzugehen.

Bald hatten sie den Hügel erklommen. Hinter den Menhiren war ein Licht auszumachen, das heller und heller wurde, je näher sie kamen.

Das Erste, was Artio verspürte, als sie das Heiligtum betrat, war Frieden. Eine seltene Ruhe umfing sie, wie sie sie zuletzt als Kind an der Türschwelle der Kathedrale von Candaloz erlebt hatte. Sie wagte nicht zu atmen, als sie eintrat. Das Dämmerlicht warf seinen blutroten Schatten über die uralten Steine, die einen Kreis um eine grüne Fläche schlossen, und ließ den Baum im Zentrum seltsam lebendig erscheinen. Die Trauerweide wirkte uralt; ihre Borke platzte schichtenweise ab und dicke Wurzeln rangen oberhalb der Erde miteinander.

Artio ehrte das Palindrom, hatte sich schon in jungen Jahren dem Glauben der Kirche verschrieben und war nie davon abgewichen. Auch hier stellte sie die Kirche nicht infrage, denn sie hatte gesehen, wie viel Gutes sie bewirken konnte. Doch sie musste zugeben, dass dieser Ort etwas Heiliges besaß, das nicht in Worte zu fassen war. Selbst der Wind, der über die Lichtung jagte und an ihrem Pelz zupfte, wollte sie necken. All das war *echt*.

»Erstaunlich.« Rafael sah sich aufmerksam um. »Wirklich erstaunlich.«

»Fühlst du es?« Sie traute sich kaum, die Stimme zu heben.

»Wenn es in meiner Macht läge, diesen Ort zu beschützen … ich würde es tun, Artio. Doch ich fürchte …«

»… er wird dem Krieg zum Opfer fallen.«

»*El camino de la luz*. Der Weg des Lichtes.« Rafael wies auf ihren Führer, der sich vor den Baum stellte und sich ihnen dann zuwandte. Der junge Krieger stellte sich neben ihn. »Traust du ihm?«

»Bislang hat er uns keinen Grund gegeben, es nicht zu tun«, sagte Artio. »Es gibt Legenden über ihn, allerdings wusste ich nicht, dass er tatsächlich existiert.«

»Etwas, das wir wissen müssen?«

»Man nennt ihn auch den Falken und er soll der erste Druide sein.«

Rafael furchte die Stirn. »Wie lange gibt es Druiden in Tirnanog?«

»Den Legenden nach …« Sie zögerte kurz. »Seit zweitausend Jahren.«

»*Por favor, acércate!*«, sagte Myrddin in akzentfreiem méridorisch. »Bitte, tretet näher!«

In diesem Moment war sie dankbar für die Anwesenheit des Hochpaladins. Ohne ihn wüsste sie nicht, ob sie den Mut aufgebracht hätte, sich auf dieses Spiel einzulassen. Sie wehrte sich dagegen, aber sie konnte nicht verhindern, dass sie ein Gefühl von Zufriedenheit übermannte.

Myrddin legte eine Hand auf die Schulter des jungen Mannes, der wieder dieses wölfische Grinsen auflegte. »Cuchulain ist mein Schüler und der Hüter von *Túr Dúin*. Ich habe ihn in der Gabe der Druiden unterwiesen.«

Artio neigte leicht den Kopf. »Warum sind wir hier?«

»Der Than beweist große Voraussicht, in dem er euch gestattet, das Thing in Mag Mell aufzusuchen, zu dem nur den *Túatha dé Danann* Zutritt gestattet ist.«

»Eine nicht ganz uneigennützige Geste.«

Myrddin lächelte väterlich. »Alte Männer neigen dazu, sich Sorgen über ihr Erbe zu machen.«

Artio gestattete sich ebenfalls ein Lächeln. »Er weiß, dass es immer besser ist, miteinander zu reden, als sich die Köpfe einzuschlagen.«

»Ein Mensch zu sein, ist kompliziert, Paladin Artio.« Myrddin drehte sich dem Baum zu und strich mit einer Hand darüber. »Wir haben einen gemeinsamen Ursprung und zum Teil dieselben Mythen. Aber geleitet werden wir von unserem Verstand, dessen rationales Denken sich den Platz mit unseren Gefühlen teilen muss.« Er wandte sich ihnen wieder zu und sein Lächeln wirkte nun traurig. »Häufig übertönen diese Gefühle die Logik. Deshalb haben manche Menschen das beharrliche Gefühl, dass andere ihnen Unrecht tun.«

Sie nickte. »Das gilt für alle Völker des Weltenrunds.«

Der Großdruide sah sie an. Nein, er sah *in* sie hinein. Plötzlich kam sie sich schwach und verletzlich vor. Sie wollte sich wegducken, aber es war, als unterläge sie einem Bann. Er blickte ihr bis tief in die Seele, untersuchte den Glaubensfunken in ihr und gab ihr auf irgendeine Weise, die sie weder erklären noch begreifen konnte, zu verstehen, dass er mehr über sie wusste als sie selbst. Und dann überkam sie ein unbändiges Gefühl von Vertrauen – so einfach und doch voller Logik. Als bestünde ein untrennbares Band zwischen ihr und diesen Wäldern.

Als wäre sie ein Teil davon.

Sie murmelte ein Gebet, redete lauter und lauter. Instinktiv rief sie Licht zu sich – sie sog es in sich auf, raubte dem Gras, den Blumen und sogar den Bäumen die Farbe und legte einen dunklen Mantel über die gesamte Lichtung, während sie selbst wie ein Leuchtfeuer aufloderte.

»Genug!«, knurrte sie und ließ eine Aura der Reinigung um sich wachsen. Gras verdorrte, Blätter verwelkten und verbrannte Erde weitete sich rings um sie.

»*Kind des Lichts*«, wisperte jemand.

Artio zog die Aura zurück, aber sie leuchtete immer noch. »Wer spricht da?«

»*Sieh hin!*«

Sie drehte sich im Kreis. »Wo?«

»Mach einfach mal die Äuglein richtig auf!«, ertönte eine ferne, blasse Stimme wie eine geborstene Kiefer, durch die der Wind fuhr. Aber sie klang auch fröhlich, wie jemand, der sich an ihrer Anwesenheit und allen Dingen in der Welt erfreute.

Es knackte und splitterte, als die Rinde am Baum abplatzte und zu beiden Seiten wegrollte. Das Holz knarzte und stöhnte; die gesamte Trauerweide erwachte. Ein knochiger, dürrer Leib kam zum Vorschein, halb mit dem Stamm verwachsen. Als steckte darin ein … Mensch? Gütiges Palindrom, ja, darin steckte ein Mensch!

Artio sog scharf den Atem ein. Die beiden Druiden wirkten nicht überrascht, als sie zur Seite traten und den Mann preisgaben, dessen nackter, mit Moos, Efeu und Pilzen überwachsener Oberkörper zum Vorschein kam. Aus seinem Kopf ragten verdrehte Hörner wie das Geweih eines Hirschs, seine Haut jedoch wirkte seltsam rau und fest wie die Borke des Baums.

Artio bemerkte, dass sie immer noch das Licht aufgenommen hatte und ließ es los. Zögerlich sickerte es in die Erde zurück, füllte das Waldgebiet mit Helligkeit und Farbe und vertrieb die Dunkelheit. Sie wollte dieses seltene Ereignis nicht durch eine unbedachte Tat stören.

»Eine gesegnete Träne«, sagte das Wesen blass und fern. Ein runzliges, uraltes Lächeln glitt auf die rindigen Lippen. »Warum so furchtsam? Tritt näher, damit ich dich fressen kann!«

»Was?«

»Weißt du nicht, was ein Witz ist?«

Artio schluckte schwer. Sie nickte Rafael zu, obwohl es ihr widerstrebte, noch länger hierzubleiben, und stapfte zu dem Baum. Oder dem Wesen. Oder ... Es war verwirrend.

Das Wesen befreite einen Arm, der ein Zweig war, und streckte ihn nach ihr aus. Die Blätter raschelten und das, was wohl Finger darstellen sollte, spreizte sich. Sie wollte zurückweichen, aber sie überwand ihre Scheu und ließ zu, dass die Äste ihr Gesicht berührten; sanft und vorsichtig, bis der Arm wieder verschwand.

Das Wesen seufzte lang gezogen, woraufhin überall Blätter raschelten und sich die Kronen der umstehenden Bäume wiegten. »In dir lebt so viel Schmerz, Tochter der Wälder. Du bist innerlich zerrissen wie ein klitzekleines Blatt.«

»Ihr Name ist Artio«, sagte Myrddin.

»Artio?« Das Wesen zog ein überraschtes Gesicht. Es reckte sich aus dem Baum zu ihr, während immer mehr Rinde abplatzte. »Ein sehr alter Name. Weißt du, was er bedeutet?«

Artio zögerte. »Die Bärin. Die Strahlende. Oder auch ...«

»Die Streiterin. Bist du denn eine Streiterin?«

Sie reckte das Kinn. »Ja.«

»Wandel.« Er tippte sich mit einem Rankenfinger gegen das Kinn. »Der Name steht für die *Veränderung*. Ich frage mich ...« Er hielt inne, kippte den Kopf von einer Seite auf die andere. »Aha! So muss es sein.« Das Wesen schüttelte sich und der ganze Baum bewegte sich mit. »Aber es ist so lange her ... so lange ... so lange ...« Es sank zurück und verschwand im Stamm.

»Artio wird beim Thing in Mag Mell sprechen«, sagte Myrddin.

»Thing?«, rief das Wesen und reckte sich wieder hervor. »Oho! Es kommt zusammen. Ja, das wird ein herrlicher Spaß. Aber die Wälder ... Sie *sterben*. Die Dämmerung zieht herauf. Bald werden wir alle schlafen ...«

»Noch ist es nicht Zeit, alter Freund.«

Das wenige Leben kehrte in das Wesen zurück, als es sich abermals schüttelte wie ein nasser Hund. »Du hast dich seit unserer letzten Begegnung kaum verändert.«

Myrddin lächelte. »Du auch nicht.«

»Die Last der Götter, wie?«

»Schließt du dich uns an?«

»Ein Abenteuer wie in alten Tagen? Oh, ich werde über den Boden dieser Wälder wandeln! Ich werde hinausziehen, die Welt verändern und in allem ... *leben*!«

Myrddin berührte den Stamm, als würden sie sich schon seit Ewigkeiten kennen. »Auf uns wartet eine Reise voller Gefahren. Die Derwyd dringen in unsere Wälder vor und werden nicht zulassen, dass die Stämme beim Thing mit einer Stimme sprechen.«

»Silberhand wird sie überzeugen«, sagte Artio, die wieder etwas Mut fand. »Es sei denn, ich spreche dort und erinnere die *Túatha dé Danann* daran, dass es im Krieg nur Verlierer gibt.«

Das Wesen grinste über das ganze Gesicht, als hätte sie ihm gerade ein Geschenk bereitet. »Dann sollten wir dort sein, was? Oh ja, das sollten wir!«

»Viele Dryaden haben sich den Derwyd angeschlossen«, bemerkte Myrddin. »Du müsstest gegen deinesgleichen ziehen. Du könntest sterben.«

»Sterben?« Das Wesen befreite sich aus dem Stamm. Es trat hervor, während Äste und Zweige an ihm kleben blieben und ihn langsam einhüllten. Sein Körper veränderte sich und nahm die mannshohe Gestalt eines Wesens an, das gänzlich aus Ranken und Wurzelsträngen zusammengesetzt war, überzogen mit Grünzeug; die Stränge verzweigten sich, bis sie die Züge eines grinsenden Gesichtes bildeten. Ein Wurzelwesen, das aussah wie ein schrulliger Mensch.

Beim Palindrom!

Es reckte und streckte die Glieder, beugte den Rücken und drehte den Oberkörper hin und her. »Das wird wohl mein letzter Marsch. Schauen wir, ob noch ein wenig Grün in diesen alten Wurzeln steckt!«

Es marschierte an ihnen vorbei und dort, wo es auftraf, schmiegte sich das Gras um seine Beine und sprossen Blumen aus dem Boden. So etwas hatte Artio nie zuvor gesehen. Rafael hingegen betrachtete das Wurzelwesen mit zusammengekniffenen Augen und wirkte keineswegs erfreut.

»Auf, auf, ihr wackeren Helden!«, rief es und winkte sie gut gelaunt heran. »Wir haben doch nicht den ganzen Tag Zeit.«

Cuchulain folgte ihm. Als er auf gleicher Höhe mit Artio war, beugte er sich zu ihr, ehe er weiterging. »Du solltest aufpassen, was du dir wünschst, Lichttrinkerin.«

»Ich glaube nicht, dass es ein Verheerungssplitter ist«, flüsterte sie Rafael zu.

»Wohl nicht. Aber mir gefällt nicht, wie sich alles entwickelt.«

»Welche andere Wahl haben wir, wenn wir vor dem Thing sprechen wollen?«

»Keine.« Rafael atmete hörbar aus. »Ich hoffe, du weißt, was du tust, Artio.« Er wandte sich ab und gesellte sich in gebührendem Abstand zu den beiden anderen.

»Cernunnos«, erklang Myrddins Stimme hinter ihr. »Das ist sein Name.«

»*Cernunnos*«, murmelte sie. »Der Gehörnte. Was ist er?«

»Er?« Der Großdruide trat neben sie und wieder überzog ein Anflug von Traurigkeit seine Züge, als lastete das Schicksal der gesamten Welt auf seinen Schultern. »Ein Dryade und Baumgeist aus längst vergessener Zeit.« Myrddin beugte sich zu ihr. »Ein Gott.«

Alte und neue Bündnisse

Es war eine wunderschöne Herbstnacht in Candaloz – eine der letzten, bevor die Flüsse im Hochland zufroren und die Pässe zu den höchsten Gipfeln unpassierbar wurden. Diese Nächte mochte Wagrim besonders, denn sie erinnerten ihn stets daran, dass alles im Leben einem Kreislauf unterlag. Frühling und Herbst. Leben und Tod. Anfang und Ende. In gewisser Weise beschrieb es sein Leben. Derzeit hatte er allerdings den Eindruck, wieder einmal an einem Ende angelangt zu sein.

Ein Streifen Mondlicht fiel in das Labyrinth schummriger Gassen, denen er seit einer gefühlten Stundenkerze folgte; das Silber beleuchtete die dreistöckigen Fassaden, die glänzenden Regenrinnen und die rot verschmierten Hände eines Barbaren, der keiner sein wollte. Aber wie so vieles hatte er sich auch das nicht ausgesucht. Gern hätte er den Berserker herausgelassen und sich von seinem Funken der Wut beherrschen lassen. Aber es war viel leichter, etwas zu zerstören, als etwas aufzubauen. Schließlich hatte er die Verantwortung nicht grundlos angenommen.

Ein Dutzend Mal hatte Wagrim schon versucht, seine Hände sauber zu wischen. Doch da viel von dem Blut sein eigenes war, gestaltete sich das als schwierig. Die Stiefel taugten auch nicht mehr zum Laufen. Seltsame Sache das. Die Handvoll Männer war schlussendlich für nichts gestorben.

Das helle *Klick* des Gehstocks hallte bei jedem Aufprall in der Gasse um sie wider. Seit der Edelmann ihn und Morrigan aufgesucht hatte, hatte er nicht mehr gesprochen. Aber das wenige, das er gesagt hatte, hatte Wagrim genügt.

»Wohin bringst du uns?«, fragte er und wischte abermals vergeblich seine Hände an der Fassade ab.

»Nachdem ihr beide eine lange Reise auf euch genommen habt, sollte man meinen, dass ihr euch noch ein wenig in Geduld üben könnt.«

»Du kennst meinen Namen«, bemerkte Morrigan, die mit einigem Abstand zu ihnen ging, als wäre sie ein ruheloser Geist, der ihnen auflauerte. »Was willst du von mir?«

»Die Frage ist doch wohl eher, was du willst, Morrigan von Valanor.«

»Niemand weiß von Valanor! Der Turm …«

»… in den Verlorenen Bergen, dessen Pforten seit langer Zeit geschlossen sind? Dazu kommen wir später.« Der Edelmann verfiel wieder in drückendes Schweigen, das Wagrim nicht lange aushielt – auch darin unterschied er sich sehr von den Menschen in seiner Heimat.

»Candaloz ist anders als erwartet.«

»Wie ist es denn?«, fragte der Fremde.

Wagrim dachte kurz nach. »Viel Licht. Dafür umso mehr Schatten.«

Der Mann blieb kurz stehen und neigte den Kopf vor ihm, ehe er wieder weitermarschierte. »Im Hochland kannst du einem Mann die Hand reichen und davon ausgehen, dass er sein Wort hält. Hier reichst du ihm die Hand, während er überlegt, wie er dir eine Klinge in den Bauch rammen kann.«

Wagrim brummte leise. Das hatte er schon festgestellt.

Der Edelmann bog in die nächste Gasse ein, in der es so dunkel war, dass man kaum die Hand vor Augen sehen konnte. Er blieb vor einem Fallgitter stehen und tippte auffordernd mit dem Stock dagegen.

Wagrim fragte nicht, zog das Gitter auf und wartete, ehe die beiden anderen hinunterkletterten und eine tiefere Ebene erreicht hatten. Dann folgte er ihnen. Er hatte von den Abwasserkanälen gehört und war nicht überrascht, als ihm ein so stechender Gestank nach Scheiße und Pisse entgegenschlug, dass er flach durch den Mund atmen musste.

Der Fremde ging unbeirrbar weiter, wobei er seinen Stock mit Schwung aufsetzte, als wollte er den Abfall im Dreckwasser, das ihre Stiefel umspielte, aufspießen.

»Du bist kein gewöhnlicher Don, oder?«, fragte Wagrim.

Der Fremde wandte sich ihm zu. Trotz der Düsternis erkannte man das gefährliche Lächeln in seinen aristokratischen Zügen. »Wir alle sind wohl alles andere als gewöhnlich.«

»Du sagst viel. Doch sagst du nichts.«

»Du wirst mir wohl oder übel vertrauen müssen.«

Vertrauen. Das war das falsche Wort. Wagrim wandte sich ab und stapfte davon. Genug von falschen Versprechungen und Frauen mit fürchterlichen Mächten. Er war nicht hierhergekommen, um sich benutzen zu lassen. Was auch immer der Mann zu sagen hatte, es war ihm gleich.

»Es ist kein Fluch.« Der Don hatte leise und mit rasiermesserscharfer Stimme gesprochen.

Wagrim blieb stehen, betrachtete das Blut an seinen Händen, das inzwischen abblätterte. Darunter kamen Schwielen und Narben in allen Dicken und Längen zum Vorschein. »Wenn der Schlächter erwacht, wird er mich zwingen, ihm zu folgen. Dann wird das gesamte Weltenrund brennen.«

Klick. Klick. Klick …

Das Wasser um Wagrims Stiefel wurde aufgewühlt und dann trat der Fremde hinter ihn. »Was, wenn du über deine Wut gebieten könntest?«

Langsam wandte Wagrim sich um, blickte grimmig auf den kleinen Mann hinab, der ohne Furcht war. »Du weißt nicht, was ich getan habe.«

Der Fremde blieb ruhig, legte beide Hände auf den Stock und lächelte blass. »Ich sah, wie ein Mann sich einer Übermacht stellte und siegte.«

Ein tiefes Grollen entstieg Wagrims Kehle. »Wecke ihn nicht.« Er beugte sich tiefer. »Bitte.«

»Was, wenn ich dir einen Weg zeige, wie du ihn kontrollieren kannst?«

Wie von selbst umschloss Wagrim die dürre Kehle, beugte sich tiefer und schnupperte wie ein wildes Tier an dem Fremden, der immer noch lächelte. »Du riechst nicht nach Furcht.«

»Was willst du, Wagrim?«

Der Atem zischte durch seine Kehle. Die Wut brodelte in ihm wie ein Teich aus Bosheit; sie stieg seine Kehle empor und wollte ihn verschlingen. Die ganze Zeit hatte er sie zurückgehalten. Jetzt wollte sie ausbrechen. »Die Hochlande ertrinken im Blut.«

Der Fremde hob eine Braue. »Läufst du deshalb vor deiner Verantwortung davon? Weil du fürchtest, was du anrichten könntest, wenn du dich dem Berserker stellst? Wenn du die Vergangenheit loslassen musst?«

Wagrim musste sich zwingen, Finger für Finger zu lösen. Der Berserker war da. Er schrie: *TÖTEN! TÖTEN! TÖTEN!*

»Was ich dir biete, ist ein neuer Anfang, Knes von Kor Anklam. Einen Ausweg aus dem immerwährenden Kreislauf, in dem du gefangen bist.«

»Woher?«, knurrte er.

Das Lächeln des Fremden wurde gefährlich. »Ich wusste, dass ihr beide kommt, noch bevor ihr es wusstet. Denn euer beider Leben sind miteinander verbunden und Teil von etwas Größerem. Wie ein unsichtbares Netz, das allmählich gesponnen wird, um auf den entscheidenden Moment vorbereitet zu sein.«

In einem hilflosen Ausbruch von Wut schlug Wagrim mit der Faust gegen das Gemäuer. Splitter und Bruchstücke klatschten ins Wasser und stinkende Brühe spritzte ihm bis über die Knie auf. »WOHER?«

Die Fremde trat näher. Ein Flimmern umgab sie, wie Luft in der Sommerhitze. Es wurde mit jedem Lidschlag intensiver und drückte gegen Wagrims Brust. »Antworte ihm, alter Mann!«

Der Fremde strich sich den Knebelbart glatt, während in seinen Augen ein geheimes Feuer aufloderte. »Ein Anführer, der nach Führung sucht. Eine Verzweifelte, die nach Macht dürstet. Doch es wird euch nicht gelungen. Nicht so. Denn ihr seid beide verloren.«

Verloren … Verloren … Verloren … Wieder und wieder hallte das Wort in seinem Kopf. Der Fremde sprach ihm aus tiefster Seele und führte ihm das scheußliche Bild seiner selbst vor Augen, damit er nicht wegsehen konnte.

»Mein Name ist Don José de la Fuego.« Der Fremde neigte den Kopf. »Ich biete euch die Möglichkeit, eure Gabe nicht nur zu verstehen, sondern auch das zu erlangen, wonach ihr strebt.«

Zitternd holte Wagrim Luft. »Was willst du von uns?«

José kehrte ihm den Rücken zu und ging weiter. »Zuerst werde ich euch zeigen, was *ihr* wollt. Dann werden wir darauf zurückkommen, was *ich* will.«

*

Der Mann wirkte in der gestriegelten blauen Uniform, den glänzenden Kavalleriestiefel und dem breitkrempigen Hut mit der lächerlichen Feder wie ein Bettler in Verkleidung. Er kippelte auf einem Stuhl mit den überkreuzten Stiefeln auf einem fleckigen Tisch, die Hände hinter dem Kopf verschränkt und ein verwegenes Grinsen im unrasierten Gesicht, als amüsiere er sich über einen Witz. Das Zimmer, in das Wagrim geführt wurde, war nicht weniger schmuddelig – eher eine Kammer, in der es durchdringend nach Schimmel und Muff stank. Offenbar zog er solche Orte an.

Er musste den Kopf einziehen, als er durch die Tür trat und bemerkte sehr wohl, wie die Männer, die sich darin versammelt hatten, sich vor ihm wegduckten. Es waren vier und sie waren ganz anders als ihr Herr, der wie eine Made im Speck dort saß. Eben waschechte méridorische Soldaten.

»Amigo!«, rief der Mann, nahm die Füße vom Tisch und sprang auf. Er packte Wagrims Hand und schüttelte sie kräftig, als wären sie beste Freunde. »Amiga!« Er umfasste den Saum seiner Uniformjacke und knickste vor Morrigan. »Schön, dass ihr endlich da seid!«

José nickte den Soldaten zu, die das Zimmer verließen und die Tür hinter sich zuzogen.

»Lasst euch ansehen!« Der Fremde trat zurück. »Oh! Ah! Ih! Welch reizende Gesellschaft erblicken meine Augen!«

»Cino?«, fragte Wagrim.

»Wie er leibt und lebt!« Der Mann zog einen silbernen Flachmann aus seiner Brusttasche, an dem er kräftig nuckelte. »Also«, er rülpste,

»der Fleischberg und die Kratzbürste.« Er riss die Hand hoch. »War nur 'n Witz! Wie schön. Dann können wir ja jetzt loslegen, wie?« Morrigan presste die Lippen zu einer blassen Linie zusammen. »Womit?«

Cino machte eine wegwerfende Handbewegung. »Man schlürft erst die würzige Paste aus dem Crema-Brot heraus, bevor man den Fladen isst.«

Wagrim blinzelte. »Hä?«

»Du wolltest doch Arbeit!« Cino ging zu einer Kommode, die sich in eine Ecke drückte und zog die Schublade auf. »Ich habe Arbeit für dich. Oh ja! Sehr viel Arbeit! Arbeit für einen Mann deines Formats.« Es klirrte, als er eine Steingutflasche und fünf Krüge herausnahm und auf den Tisch in der Mitte stellte. Mit einem Ploppen löste er den Verschluss, füllte die Krüge mit einer honigfarbenen Flüssigkeit und drückte erst Morrigan, dann Wagrim einen in die Hand, bevor er sich selbst einen randvoll goss. Der vertraute süßliche Geruch ließ ihn verwundert innehalten.

Cino hob seinen Krug. »Worauf wartet ihr? Kostet! Kostet schon!«

Wagrim trank. Und seufzte. »Met?«

»Frisch eingetroffen aus dem Hochland! Ich habe da einen Cousin dritten Grades, der jemanden kennt, der …« Cino machte eine nachlässige Geste. »Jedenfalls hat es mich einiges gekostet, an dieses süße Gesöff der Götter zu kommen.«

Wieder trank Wagrim. Erinnerungen jagten wie Pfeile durch seinen Kopf. Karge Felsen inmitten weißer Schneelandschaften. Beißend kalte Winde, die über Höhen und Senken bliesen und den Geruch von Freiheit mit sich brachten. Lagerfeuer, an denen sich schlachterprobte Männer wärmten. Der Duft von gut abgehangenem Fleisch über den Flammen. Melancholische Lieder aus zahllosen Kehlen, die von Vergangenheit, Verlust und Hoffnung sprachen. Das Lachen eines Kindes, das in seinen Armen lag. Das liebevolle Lächeln einer Frau, die sich an ihn lehnte und von Frieden und einem anderen Leben erzählte.

Unwillkürlich schreckte sein Unterbewusstsein davor zurück. Dort lauerte *Schmerz*. Er ließ den Krug sinken und atmete erschaudernd aus. »Das Leben ist eine Reise«, raunte er und konnte kaum den Eindrücken bestehen, die in aufeinanderfolgenden Wellen über ihm hereinbrachen, Narben aufrissen und ihm einmal mehr zeigten, warum er so viel auf sich genommen hatte.

Cino stieß mit seinem Krug an. »Und was für eine! Jetzt wäre es Zeit für einen Trinkspruch. Wie sagt man im Hochland?«

Wagrim betrachtete sein verschwommenes Gesicht in dem Met. Wie Vater stets betont hatte: *Jede Narbe erzählt eine Geschichte.* Doch er hatte viel zu viele. »Wir stoßen nicht auf das Leben an. Wir wissen, dass jeder Atemzug der letzte sein kann.« Er hob den Blick und betrachtete die Fremden im Raum. »Deshalb schweigen wir.«

»Etwas langweilig, aber dann werden wir so sehr schweigen, dass es uns aus dem Arsch wächst!« Cino lachte und es war ihm offenbar völlig egal, dass es weder lustig war noch dass jemand einstimmte.

Wagrim leerte den Krug, knallte ihn anschließend auf den Tisch und wandte sich den Männern zu. »Was wollt Ihr von mir?«

»Diese Frage wollte ich gerade stellen«, ertönte eine männliche Stimme hinter ihm.

Wagrim wirbelte herum. Ein junger Mann trat ein und schloss leise die Tür hinter sich. Er war nicht sehr groß, aber sein Auftreten zeugte von jener einnehmenden Art, die bedeutsamen Menschen zu eigen war. Sein haselnussbraunes Haar war ordentlich frisiert und seine aristokratischen Züge zierte ein sorgsam gestutzter Bart. Das weiße Gewand war golden verbrämt und mit ebenfalls goldenen Ornamenten durchzogen; es gab Wagrim das ungute Gefühl, einem äußerst wichtigen Mann gegenüberzustehen.

Der Neuankömmling war allein und unbewaffnet, aber er wirkte nicht verängstigt, als er sich in ihre Mitte begab. Wagrim wunderte sich, warum er ihm so bekannt vorkam. Er fischte einen Dukat aus seiner Tasche und hielt ihn verdattert hoch. Es war dasselbe Profil.

Beim Schlächter, dieser Mann war der König!

»Pablo, alter Amigo!«, rief Cino und schüttelte dem König von Méridor überschwänglich die Hand. »Schön, schön, dass du uns Gesellschaft leistest, wie? Immerhin wird hier Geschichte geschrieben! Oh ja!«

Der König lächelte. »Ich wusste nicht, dass du noch in Candaloz bist.«

Cino nickte schwermütig. »Ja, ich wusste es ja selbst nicht. Erst, als ich in meiner eigenen Kotze aufgewacht bin, dachte ich: Scheiße, ich bin ja immer noch in diesem stinkenden ...«

»Cino?«

Der Mann salutierte nachlässig. »Anwesend!«

»Wollte sich der Glücksritter nicht der Armada anschließen?«

»Wollte er! Wird er! Aber alles zu seiner Zeit.«

Das Lächeln des Königs verblasste immer mehr, als sein Blick erst Morrigan, dann Wagrim und zuletzt den Don streifte, der so ruhig am anderen Ende der Kammer stand, als hätte er all das vorausgesehen. »José.« Ein zurückhaltender Ausdruck glitt über die Züge des Königs. »Ich wollte mich nach den zermürbenden Gesprächen mit der Kirche endlich der Befragung eines ungebetenen Gastes in den Verliesen des Schlosses widmen, als ich eine Nachricht erhielt. Stell dir vor, wie überrascht ich war, als es eine Einladung eines alten Bekannten war.«

José nickte knapp. »Cormag schweigt?«

»Wie ein Grab. Der Druide weigert sich, mit jemand anderem zu sprechen als mit mir. Wenn ich mich recht entsinne, schuldest du mir ein paar Antworten, angefangen damit, warum du mir die ganze Zeit die Wahrheit vorenthalten hast, endend damit, warum du wie vom Erdboden verschluckt warst.«

Der Don lächelte schmal. »Ich hatte zu tun.«

»Sicher. Und so schmiedest du wieder deine Pläne, nicht wahr?«

»Habe ich nicht aus dir das größte aller Kunstwerke geschaffen? Habe ich dir nicht den Weg zu deiner Erhebung geebnet?« Er stampfte den Stock auf. »Ich habe meine Versprechen gehalten!«

»Das hast du.« Der König nickte langsam. »Und doch komme ich mir benutzt vor wie ein Lappen, den du nicht mehr brauchst.«

»Oh, ich brauche dich noch. Aber das Weltenrund dreht sich nicht nur um dich.«

»Wofür?«

»Du wirst eine Entscheidung treffen, die wegweisend für den Krieg ist.«

»Wie immer spielst du mit dem Leben anderer wie bei einer Partie Schach.« Der König zögerte. »Hast du etwas von Val gehört?«

»Valeria ist dort, wo sie sein muss. Genau wie du. Wir werden früher von ihr hören, als du glaubst.«

Morrigan stellte ihren Krug ab und verbeugte sich knapp vor dem König. »Ich komme im Auftrag meiner Herrin und …«

Der König unterbrach sie mit erhobener Hand. »Alles zu seiner Zeit.«

Wagrim hatte keine Ahnung, worüber die anderen sprachen, und es war ihm auch egal. Viel mehr war er von dem kleinen, lichten Wesen abgelenkt, das auf die Schulter des Königs huschte. Es war so groß wie eine geschlossene Faust, besaß Flügel wie ein Adler, trug ein langes Kleid und ähnelte einer hübschen Frau. Außerdem leuchtete sie wie eine winzige weiße Sonne.

Ein Engel.

Das Wesen flitzte als Lichtband durch die Luft, kam knapp vor seinem Gesicht zum Stillstand und stemmte die Hände in die Hüften.

Wagrim war so erschüttert, dass sein Kopf für einen Augenblick völlig leer war. Dann, ganz langsam, ging er auf ein Knie und senkte das Haupt. »Ehrwürdige«, sagte er ergeben.

»Er ist lustig«, sagte das Wesen mit hoher, weicher Stimme. »Ich mag ihn.«

»Du magst doch niemanden«, erwiderte der König.

»Ihn schon!«

Der König trat vor ihn und machte eine auffordernde Geste. Wagrim erhob sich und war immer noch ganz gebannt. »Ihr seid ein Paladin?«

Wagrim blinzelte. »Bitte?«

»Ihr könnt Sola sehen.« Der König wies auf das Wesen. »Meinen Funken.«

»Euer Funke ist eine Frau?«

»Nein … Ja.« Er rieb sich die Stirn. »Ich weiß es nicht. Aber das ist auch egal. Wenn Ihr Sola sehen könnt, seid Ihr demnach ein Paladin.«

Wagrim warf den Kopf zurück. Und lachte. Sein dröhnendes und bebendes Lachen erfüllte die Kammer und schmerzte selbst in seinen Ohren. »Nein.« Er wischte sich die Tränen aus den Augen. »Ich bin ein Barbar.«

Der König blickte zu José, der weiter wie eine Salzsäure verharrte. Dann sah er wieder Wagrim an. »Nur Paladine sind in der Lage, Sola zu sehen.«

»Damit unterliegt Ihr einem Trugschluss, König von Méridor«, bemerkte Morrigan mit rauchiger Stimme. »Ich kann ebenfalls Euren Funken sehen, obgleich ich kein Paladin bin. Ich bin nicht dem Palindrom verschrieben.«

»Sondern?«

Ein geisterhaftes, gefährliches Lächeln verzehrte ihre blassen Lippen. »Ich diene keinem Gott. Sondern den Elementen und mir selbst.«

Der Engel machte einen Knicks in der Luft. Dann drehte sie eine Pirouette und kicherte dabei wie ein freches Kind. »Ich bin besonders. Warum behandelst du mich nicht mit dem gleichen Respekt, Pablo?«

»Weil du ein Teil von mir bist«, erwiderte der König.

Sie flitzte vor seine Nase und tippte dagegen. »Du respektierst mich nicht!«

»Nein, das meinte ich nicht! Ich …« Der König atmete tief durch. »Lassen wir das.« Er wandte sich wieder Wagrim zu. »Du weißt mehr über Sola?«

»Dort, wo ich herkomme, nennen wir sie Engel, ausgesandt vom Licht, um uns in der Schlacht gegen die Armeen der Teufel zu führen.«

»Ohhhhhh!«, rief sie und wurde wieder zu einem Lichtband, das um die Versammelten herumwirbelte. »Hast du gehört, Pablo? Ich bin ein Engel!«

Der König rieb sich genervt die Schläfen. »Dann seid ihr beide«, er blickte Morrigan an, »keine Paladine?«

»Beide tragen einen Funken, aber er ist anders als deiner, Pablo«, sagte José mit leiser, melancholischer Stimme, als entschlüsselte er ein Geheimnis. »Der Funke des Barbaren nährt sich von Wut. Und Morrigans Funke … Er hat eine gänzlich andere Quelle.«

»Ihr spielt also wieder Eure Spielchen.« Der König stierte José an. »Was wird dieses Mal geschehen? Ein Massengrab auf dem *Plaza Mayor*? Ein Abschlachten in der Kathedrale? Oder fordert Ihr das Palindrom selbst heraus?«

»Warst nicht du es, der den Heereszug nach Tirnanog befahl?« Der König seufzte verhalten. »Selbst innerhalb der Königslande gibt es Gerede über Silberhand. Mir blieb keine andere Wahl, nachdem der Druck von allen Seiten zu groß wurde.«

»Man hat immer eine Wahl. Wagrim hat eine weite Reise auf sich genommen, um dich zu sprechen.« José nickte ihm zu. »Du solltest ihn anhören. Denn vor dir steht der Knes von Kor Anklam.«

»Sollte mir das etwas sagen?«, fragte der König gelangweilt.

»Dieser Mann«, José wies mit dem Stock auf Wagrim, »ist der Herrscher der Hochlande.«

Cino lachte lauthals und bekam sich überhaupt nicht mehr ein. Morrigan wirkte völlig vor den Kopf gestoßen und blinzelte Wagrim an. Der König wandte sich ihm zu und betrachtete ihn, als würde er ihn zum ersten Mal richtig wahrnehmen. Wagrim wusste, was der wichtigste Mann Méridors sah: einen ungewaschenen, blutverkrusteten, muskelbepackten und grobschlächtigen Barbaren, der von einer Krone so weit entfernt war wie das Weltenrund vom Frieden.

»Seit wann haben Kolonien einen Herrscher?« Der König wirkte keineswegs eingeschüchtert.

»Die Hochlande haben einen Knes«, murmelte Wagrim und fühlte sich unter all den Blicken nicht ganz wohl in der Haut. »Das bedeutet Kriegsfürst.«

Der König hob die Brauen. »Krieg gegen wen?«

Auf einmal wünschte Wagrim sich zurück in seine Heimat. Er war weit weg, hatte seinen Berserker rausgelassen und irgendwelchen Fremden vertraut, die keine Ahnung hatten, was im Weltenrund passierte. Und dann hatte er eine Frau mit Feuerkräften beschützt, war beinahe von einem Paladin getötet worden und stand nun in einer schmuddeligen Kammer mit zwielichtigen Menschen, darunter der mächtigste Mann des Weltenrunds, ohne seinem Ziel auch nur ein Stück näher gekommen zu sein. Was machte er überhaupt hier? Warum war er …?

Der Engel flitzte vor ihn und berührte ihn an der Wange. Wagrim hielt den Atem an, obwohl er es nicht spüren konnte, als bestünde sie aus Luft. »Du armer, armer Mann«, flüsterte sie liebevoll. »All dieser Schmerz ... Du hast so viel durchgemacht.«

»Was ich erlebt habe, hat mich hierhergeführt, Engel.«

»Sola?«, fragte Pablo.

»Tschhh!«, machte sie und winkte eifrig. »Höre ihm zu! Es ist wichtig, was er zu sagen hat.«

Wagrim nahm all seinen Mut zusammen und fühlte sich durch den Segen des Engels bestärkt, als er sich vor den König kniete und das Haupt senkte. Sie waren immer noch auf Augenhöhe. »Mein Name ist Wagrim und ich habe eine weite Reise hinter mir, um Euch in aller Demut um einen Gefallen zu bitten, Euer Majestät.«

»Welchen Gefallen, Wagrim?«

»Eure Vorfahren und die Paladine der Kirche haben meine Heimat einst unterworfen. Doch seitdem ist viel geschehen und dem Hochland droht eine Gefahr, die mein Volk allmählich zermürbt. Ich wurde deshalb zum Knes ernannt, ein Kriegsfürst und Herrscher, der im Namen der Krone Meridors das Hochland verwaltet. Doch ich erkannte, dass wir der Bedrohung durch einen grausamen Feind nicht länger allein standhalten können. Deshalb bin ich hier. Ich ...« « Plötzlich waren all die Worte, die er sich für seine Reise zurechtgelegt hatte, wie weggeblasen. Er suchte nach ihnen, rang verzweifelt mit sich, doch er konnte sie nicht finden. Also ließ er sein Herz sprechen, das ihm immer den Weg gewiesen hatte.

»Die Hochlande sind eine Kolonie Méridors und waren Euren Vorfahren stets treu ergeben«, sagte er voller Inbrunst. »Wir haben Erze abgebaut, seltene Hölzer verschifft und dem Königreich bei seinen lange zurückliegenden Eroberungszügen in Tirnanog unterstützt. Generationen von Barbarenfürsten haben das Knie vor der Krone gebeugt, weil wir Méridor zur Treue verpflichtet waren. Für uns zählt nichts mehr als Stärke.«

Er ließ die Worte fließen. Ein Mann, der seine Gefühle nicht ausdrücken konnte, war nur ein halber Mann. »Es ist eine Zeit der Verachtung angebrochen.« Zögerlich blickte er zu dem König empor, der völlig vor den Kopf gestoßen wirkte. »Das Königreich blutet.

Hier, im Herzen von Méridor, und in den Hochlanden. Stimmen werden laut, die sich von Eurer Herrschaft lossagen wollen. Denn wir stehen einem Feind gegenüber, den selbst die Barbaren nicht allein niederringen können.«

Bilder der Vergangenheit brandeten über ihn hinweg und plagten ihn. So viel Tod und Verderben. Blutige Schlachten. Und Leichen, die sich wieder erhoben. Er ballte die Faust, atmete zischend durch zusammengebissene Zähne und rang den Berserker nieder. Der Gestank von Blut, Gedärm und Verwesung bohrte sich durch seine Nase bis hinter seine Stirn. Der Lärm von schepperndem Metall, brüllenden Männern, berstenden Knochen und rasselnden Toten dröhnte in seinen Ohren.

Die Luft flimmerte um ihn, zuckte und bebte. Dicke Adern brachen aus seinem Arm. Sein Atem ging schneller und schneller. »König von Méridor, vor Euch kniet ein verzweifelter Mann, der um die Zukunft seiner Heimat fürchtet. Ich bin hier, um Euch um Beistand zu bitten und an Eure Pflichten als König zu erinnern. Entsendet Eure Paladine in die Hochlande. Bannt die Gefahr, die uns alle dort verschlingt mit ihrem Licht, und beweist, dass unser Vertrauen in Euch gerechtfertigt ist.«

Stille.

Sie lastete wie ein tonnenschweres Gewicht auf Wagrims Schultern. Es waren Worte tief aus seiner Seele gewesen. Für sein Weib. Für seine Tochter. Für sein Volk.

Der Engel hielt sich eine Hand vor den Mund. Der Don nickte immer wieder. Cino hatte mit der Flasche auf dem halben Weg zum Mund innegehalten, als wäre er unschlüssig, ob er sich jetzt oder erst später besaufen sollte. Morrigan wirkte ebenfalls gebannt. Und der König? Er zog solch ein entschlossenes Gesicht, dass Wagrim zum allerersten Mal seit sehr langer Zeit hoffte. Ja, er konnte wieder hoffen. Jetzt würde alles gut werden.

»Es tut mir leid«, sagte der König. »Ich kann dir nicht helfen.«

Die Hoffnung verrauchte wie eine ausgeblasene Kerze und ließ nichts als erkaltete Asche zurück. »Ich verstehe.«

»Alle verfügbaren Streitkräfte befinden sich in Tirnanog. Ich kann niemanden entbehren. Es … Ich habe das nie gewollt!« Der König ging unruhig umher. »Als ich die Bürde annahm, wusste ich nicht, was das eigentlich bedeutet. Alle verlangen von mir, dass ich Entscheidungen treffe!« In drohender Ohnmacht warf er die Hände in die Luft. »Aber egal, welche Entscheidung ich auch treffe, es ist immer die falsche. Ich bin ein Künstler und kein Herrscher!«

»Du bist ein Anführer«, erwiderte der Engel.

»Woher soll ich wissen, was ich tun muss?«

Wagrim stand auf, trat nahe an den jungen Mann heran und legte ihm eine Hand auf die Schulter, während er sich väterlich zu ihm herabbeugte. »Wer wollt Ihr sein?«

»Ein ... Anführer. Ich will anführen und inspirieren. Auch jene, die es nicht verdienen.«

»Unsere Entscheidungen zeigen, wer wir wirklich sind.«

Der König starrte ihn an. Dann, ganz langsam, erwachte etwas in ihm. Auf einmal wirkte er nicht mehr wie ein Herrscher, sondern wie ein junger Mann, der sich genau wie Wagrim nach jenem winzigen Funken sehnte, dass das Leben nicht so schlecht war, wie es stets bewies. Ein Mann, der die Welt ändern wollte.

»Elle wird mich dafür verfluchen, dass ich es nicht vorher mit ihr abgesprochen habe«, murmelte der König. »Aber ich muss diese Entscheidung treffen.« Er straffte sich und sagte nun betont langsam: »Wagrim, Knes des Hochlandes, ich werde alles in meiner Macht Stehende tun, um deinem Volk zu helfen. Das schwöre ich beim Licht!«

Die Kerze flammte auf und Zuversicht durchströmte Wagrim, als hätte er ein Fenster in einen sonnigen Himmel hinein geöffnet. »Ich wusste, dass Ihr ein guter Mensch seid, König.«

Der junge Mann lächelte scheu. »Pablo.«

Wagrim neigte das Haupt. »Pablo.«

»Ich habe einen Vorschlag«, bemerkte José.

Das Lächeln des Königs wich, als hätte ihm jemand zwischen die Beine getreten. »Alles andere hätte mich auch überrascht.«

Das helle *Klick* des Stocks hallte an den Wänden um sie wider wie ein göttliches Omen. »Morrigan sucht jemanden.«

Morrigan nickte.

»Dieser Jemand befindet sich Tirnanog.«

»Woher wisst Ihr das?«

Josés Augen blitzten auf.»Ich weiß es. Du und Wagrim werdet euch dem Heereszug nach Tirnanog anschließen, um dort den Frieden wiederherzustellen. Durch euch werden die alten Bündnisse mit Feuer, Eisen und Blut erneuert. Außerdem verfügt Wagrim als Heeresführer über Fähigkeiten, die der Armada bei ihrem Bestreben, die Kolonie wieder in die Arme Meridors zurückzuführen, von entscheidendem Vorteil sein werden.« Der Don machte eine Pause. Als er weiterredete, klang seine Stimme anders – tiefer, dunkler, schwerer, als entstiege ihm ein Teil von ihm, den er bislang zurückgehalten hatte.»Im Gegenzug werden ihr das erlangen, wonach ihr sucht.« Er nickte Wagrim zu.»Unterstützung im Kampf für die Rettung der Hochlande.« Nun blickte er wieder Morrigan an.»Die Person, die du suchst.«

Morrigan neigte respektvoll den Kopf.»Diesem Vorschlag kann ich zustimmen.«

»Wenn Wagrim tatsächlich ein so großer Vorteil für die Armada ist, um den Krieg in Tirnanog zu einem vorzeitigen Ende zu bringen«, sagte der König bedächtig,»dann kann ich diesem Vorschlag zustimmen. Die Hochlande werden nach der Reconquista die geballte Schlagkraft der méridorischen Heere als Unterstützung erhalten.«

Ein Teil von Wagrim hatte geahnt, dass es dazu kommen würde. Wenigstens hatte er das erreicht, weshalb er hierhergekommen war. Ein Bündnis, um seine Heimat zu retten. Doch bis dahin würde er kämpfen müssen. Wieder einmal.

In Gedanken stellte er sich vor, wie der Berserker in ihm mit einem blutlüsternen Grinsen zurücksank. Er hatte keine Eile, denn er wusste, dass seine Zeit kommen würde.

Bald.

Der Hüter des Waldes

Die Luft fühlte sich frisch, klar und vertraut in Artios Kehle an. Vögel zwitscherten in den Zweigen und kümmerten sich einen feuchten Dreck um das Thing oder die Paladine oder überhaupt um die Angelegenheiten der Menschen. Kein Ort hatte je friedlicher gewirkt, und das verwunderte sie sehr. Sollte dies nicht ein Land der Wilden sein, in dem überall Gefahren lauerten? Jedenfalls waren alle Erinnerungen, die sie daran hatte, verschwommen. Doch nun klärten sie sich allmählich.

Ihr Marsch hatte sanft begonnen, als sie durch die Wälder gezogen waren und sich von dem Dorf entfernt hatten, mit nichts anderem bepackt als den Dingen, die sie zuvor mitgenommen hatten. Den Pelz hatte sie inzwischen Rafael überlassen, der das kühle Wetter nicht gewohnt war, während ihr so warm war, dass sie sogar schwitzte. Was sie allerdings deutlich mehr ins Schwitzen brachte, war der Gedanke, dass sie einem Gott folgten.

»Auf, auf meine wackeren Gefährten!«, rief das Wurzelwesen von weiter vorn. Es marschierte so fröhlich und unbekümmert durch den Wald, als wäre es bloß auf einem Spaziergang unterwegs – oder als gäbe es keinen Zweifel am Ausgang ihres Abenteuers.

Gelegentlich blieb Cernunnos stehen, wenn etwas seine kindliche Neugierde erweckte – das konnte eine Blume, ein Vogel oder ein Insekt sein. Das war ein Gott Tirnanogs? Daran konnte Artio nicht glauben. Doch ein verräterischer Teil in ihr, der lauter wurde, je länger sie sich hier befand, *wollte* daran glauben!

Die ganze Nacht hindurch wanderten sie. Die Bäume wurden spärlicher und der Pfad führte sie durch ein tiefes Tal. Sie marschierten zwischen grasbewachsenen Hängen dahin, die von glucksenden Bächen durchzogen und mit Riedgras und Ginster bewachsen waren. Schließlich verengte sich das Tal zu einer Schlucht, seitlich von nacktem Fels und Geröll eingefasst. Zwei schroffe Bergspitzen erhoben sich zu beiden Seiten. Dahinter waren im Dunst die Umrisse hoher

Gebirge zu erahnen, die in weiter Entfernung mit dem sternbestäubten Himmel verschmolzen. Und schon tauchten sie wieder in einen Wald ein, dessen Bäume so gewaltig waren, dass sie kaum noch Sternlicht hereinfallen ließen.

Kurz vor Sonnenaufgang legten sie eine Rast an einer kleinen Lichtung ein, die von zwei hohen Statuen flankiert waren. Obwohl sie völlig verwittert und überwuchert waren, erkannte man schlanke Gestalten in kunstvollen Rüstungen, die blattförmige Schwerter reckten.

Während die anderen ein Lagerfeuer vorbereiteten, zogen Rafael und Artio sich zurück, um dem Palindrom für dessen Gunst zu danken. Sie gingen auf ein Knie, die Hände zum Gebet gefaltet, und den Kopf ehrfürchtig geneigt.

»*Hágase tu voluntad en la tierra como en el cielo*«, sprach Rafael. »Dein Wille geschehe, wie im Himmel so auf Erden.« Er trat vor sie und legte ihr zwei Finger an die Stirn. »*Bendito seas.*«

Sie wartete kurz, dann erhob sie sich schweigend.

»Dich belastet etwas, Artio. Sprich frei heraus!«

»Dein Vertrauen ist mehr, als ich verdiene, Rafael. Während der bisherigen Reise habe ich nicht immer im Sinne der Kirche gehandelt. Ich habe dir verschwiegen …«

Er hob die Hand, um ihr Einhalt zu gebieten. »Zumeist sind die Wege des Palindroms unergründlich. Doch hier sind sie so klar erkennbar wie ein Stern am Himmel. Du bist gesegnet, Artio. Das Palindrom hält seine schützende Hand über dich.«

»Du ehrst mich, Hochpaladin.«

»Wir haben die Gelegenheit, Silberhand zu stellen.« Sein männlicher Duft, vermischt mit dem von Kräutern, stieg ihr in die Nase. »Wir werden Tirnanog wieder in den Schoß Méridors geleiten. Dank dir.«

Ihr Herz schlug schnell. Sein Lob war Balsam für ihre Seele. Aber das war falsch! Sie konnte ihren Glaubensfunken nur nutzen, wenn sie mit sich im Reinen war, sich nicht von Stolz und Hochmut leiten ließ und die Gesetze der Paladine befolgte. Aber wie konnten Gefühle falsch sein?

Die Stille der Nacht umfing sie. Der Mond leuchtete zwar hell, aber es war sehr dunkel in dem Waldstück. Sie begaben sich wieder zurück zum Lager, wo Cuchulain gerade ein Feuer anzündete. Rafael zog ein gequältes Gesicht, als er sich hinsetzte, und zog seine Stiefel aus. Die Füße waren geschwollen und mit aufgeplatzten Blasen übersät.

»Halte die Füße trocken«, sagte Artio und hielt ihm ein Stück von ihrem Verbandszeug hin. »Bei jeder Rast musst du Luft dranlassen.«

»Ich werde deinen Rat beherzigen.«

»Es wird schmerzen, aber du musst den Fuß fest bandagieren. Der Druck fixiert den Knöchel und entlastet die entzündete Haut am Fuß.«

»Ich bin derlei Reisen nicht gewohnt.«

»Wer ist das schon.«

Er wickelte den Verband um seinen Fuß und seufzte erleichtert.

»Ich habe dem Generalkapitän eine Nachricht übermittelt und ihn über unsere Fortschritte in Kenntnis gesetzt.«

Sie blinzelte überrascht. »Wann?«

»Bevor wir hier angekommen sind.«

»Ich verstehe nicht …«

»Alle Paladine sind miteinander verbunden, Artio. Ich werde dir bald zeigen, wie du auch über weite Entfernung kommunizieren kannst. Jedenfalls begibt sich das Heer weiter nach Norden in Richtung Mag Mell, nachdem es einige Zusammenstöße mit Wilden gab.«

»Verluste?«

Er schüttelte den Kopf. »Kaum. Die Versorgungszüge wurden überfallen, deshalb haben sie die Route geändert und sich an deine Vorgaben gehalten.«

Sie nickte.

»Wenn das Palindrom uns gewogen ist, wird die Armada zum Beginn des Things die Stadt erreicht haben.«

»Hast du vor, die Armee einzusetzen?«

Er lächelte beschwichtigend. »Wir kommen als Befreier, nicht als Eroberer. Dank deiner Taten werden wir schon bald nach Hause zurückkehren können.«

Stolz war eine Sünde. Jedoch kam sie nicht umhin, sich ein wenig davon zu gestatten. Vielleicht würde der Feldzug schneller vorbei sein als gedacht. Dann könnte sie endlich wieder in die heiligen Hallen von Candaloz zurückkehren, sich im Licht des Palindroms sonnen und ihn um Vergebung für ihre Sünden bitten.

Sie wäre nicht länger außer Gleichgewicht.

*

Die Druiden lehrten, dass alles sich im Gleichgewicht befinden musste. Leben und Tod. Licht und Dunkelheit. Anfang und Ende. Doch die beiden Paladine, die sich um das Feuer scharten, bargen eindeutig zu viel Licht. Es war so viel, dass Cuchulain sich anfangs nicht traute, sie anzusehen.

Er schnitzte an einem Knochen und ließ das Messer beinahe von selbst arbeiten. *Ritsch-ratsch.* Ein vertrautes Geräusch. Es zähmte die Gabe in ihm, die danach dürstete, in die klare Mondnacht hinauszuziehen, um seinem unterdrückten Zorn eine Richtung zu geben. Er war mit dieser Reise nicht einverstanden, aber er kam nicht umhin, darin auch eine Chance zu sehen. So konnte er wenigstens von den Lichttrinkern lernen und mehr über ihre Gabe herausfinden.

Und über ihre Ziele ...

Die beiden Lichttrinker wirkten tief in sich gekehrt. Er behielt sie im Blick, beobachtete sie, lauerte, wartete, bis sich ihm ein Schwachpunkt eröffnete. Auch wenn er es sich nicht anmerken ließ, traute er ihnen noch weniger als einem Derwyd. Ein Druide der Dämmerung hatte Gründe für seine Taten. Er war ehrlich. Aber diese beiden waren so undurchsichtig wie beschlagenes Glas.

Cernunnos lehnte neben ihm, mit dem Rücken an einem großen Felsen, die Hände hinter dem Rücken verschränkt und die Füße überkreuzt, während Ranken und Zweige aus seinem Körper wie Maden über den Stein krochen. Er wirkte gut gelaunt, als hätte er Freude an ihrer Reise.

Wie lange war es her, seit Cuchulain den Baumgeist gesehen hatte? Jahre? Jahrzehnte? Es war bestimmt ein Schock für die beiden Fremden gewesen, als er sich ihnen offen gezeigt hatte. Dabei war der Gehörnte nicht der einzige Dryade in Tirnanog. Allerdings war er der einzige, der sich der Dämmerung verwehrte.

Ritsch-ratsch. Eine gleichmäßige Bewegung, die ihm in Fleisch und Blut übergegangen war. Zwar hatte das Kelpie seine Waffe zerstört, aber die nächste würde alle anderen übertreffen. Ein Speer aus dem Knochen eines erlegten mythischen Tieres. Der gekerbte Speer.

Er hielt ihn ins Licht und lauschte dem Klang der Worte. »Gae Bolga.«

Myrddin saß ein Stück weit entfernt, den gefiederten Mantel eng um sich geschlungen und das Gesicht unter der Kapuze verborgen. »Es ist Zeit für Fragen«, sagte er, ohne aufzusehen.

Artio nahm die Hände runter. Sie war groß und breit wie eine Bärin, aber sie sprach stets mit Bedacht, als fürchtete sie, einen Fehler zu machen. So viel ungezügelte Kraft. Cuchulain musste den Kopf schütteln. Er war gespannt, was passieren würde, wenn sie ihre Ketten sprengte.

»Warum hilfst du uns, Großdruide?«, fragte sie.

Ein schmales Lächeln blitzte in Myrddins bärtigem Gesicht auf. »Die Sterne raunen. Der Wind flüstert. Selbst die Erde wispert. Weißt du, wovon sie sprechen?«

»Nein.«

Cuchulain hielt inne. »Weil du verlernt hast, zuzuhören, Lichttrinkerin.« Er legte das Knochenstück beiseite. »Hol das Amulett heraus.«

Sie folgte der Anweisung und hielt die Metallscheibe mit dem verschlungenen Kreuz zwischen zwei Fingern hoch.

»Jetzt schließe deine Augen.«

Der Lichttrinker beobachtete sie, während sie wieder seiner Anweisung nachkam. Cuchulain konnte sich nicht ganz festlegen, was er von ihr halten sollte. Aber Myrddin hatte von ihr gesprochen, ehe sie das Dorf überhaupt betreten hatten. Sie war wichtig. Ob zum Guten oder Schlechten würde sich erst noch zeigen.

»Alles ist miteinander verflochten«, wiederholte er Myrddins Worte, die der Großdruide ihn einst gelehrt hatte. »Der Wind, wie er sich hebt. Die Erde, wie sie sich windet. Die Tiere, wie sie durch das

Unterholz pirschen. Der Wald, wie er sich im Rhythmus wiegt. Lausche. Rieche. Fühle. Alles, was dich umgibt, erzählt eine Geschichte.« Artio bewegte sich nicht, hielt die Augen geschlossen und tatsächlich sah es ganz danach aus, dass sie sich bemühte. Als sie ihn schließlich ansah, ahnte er bereits, dass sie nicht imstande war, den Geist der Natur zu spüren.

»Du fühlst nichts«, sagte er.

Sie saß da, so ausdruckslos und reglos wie ein Felsen. »Nein.«

Er verzog die Lippen zu einem finsteren Grinsen und nahm ein weißes, glänzendes Stück Metall aus seinem Beutel, das er näher an das Feuer hielt. Das Material spiegelte im Widerschein der flackernden Flammen. »Weißt du, was das ist?«

»Paladium.«

Cuchulain ballte die Hand darum. »Weißt du, wie es geborgen wird?«

»Dein Volk baut es ab.«

»Ja. Aber weißt du, *wie* es geborgen wird?«

Ihr Gesicht blieb weiterhin ausdruckslos. »Nein.«

»Das habe ich mir gedacht. Es wird dem Fleisch meiner Heimat entrissen. Dann wird es nach Méridor verschifft, aufbereitet und an eure Gotteshäuser geklatscht, damit ihr euch daran erfreuen könnt. Und wenn noch etwas übrig bleibt«, er knurrte leise, »kleiden sich die Paladine darin!«

»Cuchulain, das reicht!«, sagte Myrddin drohend.

»Er hat recht«, sagte Artio leise. »Wir nutzen Paladium, ohne etwas darüber zu wissen.«

Der Lichttrinker hörte auf, seine Füße zu massieren, und beugte sich näher zu den Flammen. »Dieser Pakt besteht seit Jahrzehnten, Druide. Ein Pakt, den deine Vorfahren geschlossen haben.«

»Sie haben einen Fehler begangen, aber ich begreife, weshalb sie dieses Opfer gebracht haben. Ein Opfer, damit mein Volk überleben kann.«

»Willst du den Paladinen unterstellen, einen Genozid angestrebt zu haben?«

»Ich unterstelle gar nichts.« Cuchulain lächelte wölfisch. »Ich spreche das aus, was ich sehe.«

Der Lichttrinker wollte zu einer Entgegnung ansetzen, aber Artio hob die Hand und schüttelte den Kopf. »Wir alle sind hier, weil andere vor uns entschieden haben. Können wir uns darauf einigen?«

»Sag mir, warum seid ihr hier?«

»Hier in der Wildnis?«, fragte sie.

»Hier in *Tír na nÓg*.«

»Méridors führende Riege wurde durch ein feiges Attentat hingerichtet. König Pablo de Aguilar hat den Rachepakt ausgerufen und die Armada nach Tirnanog entsandt, um die hier wütenden Verheerungssplitter zu bannen und die Kolonie wieder …«

»Nein.«

Sie zog die Brauen zusammen. »Worauf willst du hinaus?«

Mit großer Geste warf er das Stück Metall vor ihre Füße. Es war verschmiert mit seinem Blut. »So sieht Paladium aus, wenn es geborgen wird. Blutgold.«

Artio nahm das Stück vorsichtig auf und machte irgendetwas damit. Ein Hauch Licht verwirbelte in der Luft darum, senkte sich darauf und befreite es von dem Blut. »Der Druide, der jene anführte, die ein Massaker im Königsschloss anrichteten …« Geduldig untersuchte sie das Paladium. »Er hat dasselbe behauptet. Ist das der Grund, weshalb die Derwyd euch angreifen?«

Ein kalter Wind blies über die Lichtung, brachte die Flamme zum Flackern und schickte tanzende Schatten über die Anwesenden. Cuchulain fröstelte ein wenig und er nahm das Knochenstück wieder auf, um sich abzulenken.

»Unter anderem«, sagte Myrddin. »Auch in Tirnanog starben viele Menschen während der Verheerung. Die Druiden waren das letzte Bollwerk. Bevor die Lichtsäule am Himmel erschien …« Myrddin machte eine Pause. Fast hatte es den Anschein, er würde den Satz nicht zu Ende bringen, als er schließlich mit schwerer Stimme weiterredete. »Ihr Opfer hat uns alle gerettet. Geleitet von einem unbändigen Zorn auf alle Menschen, die Schuld an der Entfesselung der Verheerung tragen, existiert nichts Menschliches mehr in ihnen. Ein Zorn auf alle Menschen, die Tirnanog ausbeuten und das Mythische aus der Welt tilgen.«

»Paladine«, sagte Artio steif.

Der Lichttrinker richtete sich auf, während ein Schatten über sein stoppliges Gesicht glitt. »Wollt ihr damit behaupten, dass die Paladine die Verheerung entfesselt haben?«

Myrddin hob beschwichtigend eine Hand. »Keineswegs! Bitte versteht mich nicht falsch. Ich möchte euch lediglich über die Absichten der Derwyd aufklären. Aber ich sehe, dass wir es euch zeigen müssen, damit ihr versteht.«

»Damit wir was verstehen, Druide?«

Myrddin nickte Cuchulain zu. Er wickelte sich enger in seinen Pelz und stand auf. Seine Muskeln protestierten und seine Glieder waren schwer wie Blei.

»Ihr wisst es offenbar wirklich nicht.« Er löschte das Feuer und stapfte davon. »Kommt, wir zeigen es euch!«

*

Ein Teil von Artio wollte nicht sehen, was die Druiden ihnen zeigen wollten. Dieser Teil hielt verbissen an der Vorstellung fest, dass es für alles einen ehrbaren Grund gab. Alles, was geschah, passierte im Sinne des Palindroms – selbst ihre Reise nach Tirnanog und ihr innerer Zwist zwischen Herkunft und Glaube. Doch der andere Teil, den sie als Kind tief vergraben hatte, wagte sich zögerlich hervor. Er wollte erleben, sehen, riechen, schmecken und *fühlen*.

Obwohl ihre Muskeln brannten und sie ein paar Stunden Schlaf gebrauchen konnte, folgte sie den Druiden durch den düsteren Wald und achtete genau darauf, wohin sie ihre Füße setzte. Die verschlungenen Pfade waren tückisch – es gab hier viele Moore oder Erdlöcher. Früher hatten ihre Brüder und sie sich ein Spiel daraus gemacht, Wege durch die Sümpfe von *Hy na Beatha* zu finden. Sie erinnerte sich noch daran, wie ihr älterer Bruder stecken geblieben war und wie ein Kind um Hilfe gefleht hatte. Artio hatte ihn gerettet; sie hatte alle immer gerettet, sogar die Älteren.

Sie atmete schneller, als die Erinnerungen sie übermannten. *Doch dann habe ich sie nicht retten können.*

»Stimmt etwas nicht?«

Sie schreckte hoch. Rafael war an ihrer Seite. Der verräterische Teil in ihr sehnte sich danach, dass sich das niemals ändern sollte. Unbewusst nahm sie etwas Licht auf und leuchtete.

Irrlichter lösten sich aus dem Wald; sie huschten an den hohen Zweigen und den Blättern entlang, wirbelten in Spiralen über den Boden und flitzten zu ihr. Wie in einem Tanz umgaben sie Artio, wurden schneller und schneller. Sie hielt eine Hand hoch und fing ein Irrlicht auf. Es leuchtete so grell, dass sie nicht mehr als einen Lichtpunkt ausmachen konnte. Doch darunter ... War das ein Wesen?

Das Irrlicht hob ab und flitzte mit den anderen in einem Schwarm davon.

Sie blickte noch eine Weile hinterher, ehe sie sich wieder zur Ordnung rief. »Ich war in Erinnerung.«

Rafael nickte verständnisvoll. »Es muss schwer sein, nach all der Zeit wieder hier zu sein.«

»Ich habe vieles vergessen und auf einmal ist es wieder da.«

Der Pfad stieg steil an und wand sich an zerklüfteten, moosbewachsenen Felsen entlang. Überwucherte Findlinge lagen am Wegesrand und dazwischen reckten sich Brombeersträucher und dorniges Gebüsch. Jeder Schritt schickte brennende Stiche in Artios Beine und der Atem schoss pfeifend durch ihren Mund. Schließlich tauchten sie in eine Kluft ein, über die sich die Wurzeln zwei riesiger Eschen wölbten, und das wenige Mondlicht reichte kaum aus, um etwas zu erkennen. Artio ließ Rafael den Vortritt. Er war ein großer Mann, beinahe so groß wie sie, und bestimmt zehn Jahre älter. Tomás hätte sie allein dafür gemaßregelt, dass sie den Hochpaladin so unverhohlen musterte, aber hier, fernab jeglicher Zivilisation, wo andere Regeln herrschen, konnte sie nicht verhindern, wie ihre Gedanken abdrifteten.

Schließlich wurde die Kluft breiter und sie gelangten zu einem Vorsprung, der sich über einem tiefen Tal erhob. Die anderen waren weiter vorne stehen geblieben – darunter auch der Baumgeist – und als Artio zu ihnen aufschloss, kannte sie den Grund.

Und staunte.

Wie eine schwärende Wunde teilte ein riesiger Spalt den gesamten Wald in zwei Hälften. Verwahrloste Holzgerüste, zerborstene Türme, verfallene Treppen und umgerissene Lastkräne waren entlang der schroffen Kanten aufgebaut, reichten tief hinab, wo sich die Schlucht in unendlicher Tiefe verlor. Die Seile waren aus den Winden gerutscht und hatten die Plattformen seitlich an die Ausbuchtungen geschleudert. Dazwischen häuften sich Werkzeuge, Kisten, Fässer und andere Dinge, auf die Entfernung kaum zu erkennen. All das wirkte zurückgelassen, als wären die Arbeiter überstürzt geflohen. Einige Karren waren noch halb beladen, andere seitlich auf die Erde gestürzt und hatten ihren Inhalt verschüttet. Und daneben lagen die Gerippe der Menschen, die ihren Verfolgern nicht entkommen waren. Es waren Hunderte.

»Beim Palindrom«, murmelte Artio. Das war nicht das Einzige, was sie zugleich in den Bann zog und abstieß. Der Wald unter ihnen, der zu der Schlucht führte, war grün und dicht. Doch jenseits davon erstreckte sich eine tote Landschaft. Ein düsterer, verfluchter Ort. Ein Ort, der zu endloser Dunkelheit und Trauer passte. Das Land war kaum bewachsen, voller dornigem Gestrüpp und blätterloser, verkrüppelter Bäume, die sich duckten, als fürchteten sie sich vor dem Himmel. Dazwischen wanden sich lehmartige Pfade, die von einer dicken roten Schicht überzogen waren, wie Rost an einem alten Werkzeug.

»Wir nennen es die Narbe«, sagte Cuchulain.

»Eine treffende Bezeichnung«, sagte Rafael.

»Wenn man davon ausgeht, dass die Wunde verheilt ist.«

Artio trat näher an die Kante. Erst jetzt entdeckte sie die angedeutete Form gewaltiger, hornüberzogener und staubbedeckter Finger, die sich seitlich am Schluchtrand festkrallten. Die Finger gehörten zu einer Hand. Und die Hand zu einem Arm, der sich aus der Tiefe reckte.

»Du siehst richtig«, raunte Cuchulain in ihr Ohr. Er stand ganz nahe bei ihr, als wollte er ihre Reaktion abschätzen. »Ein gefallener Riese der Verheerung.«

»Ich habe einige von ihnen außerhalb von Candaloz gesehen. Aber das hier … Wie groß war dieses Wesen?«

Er grinste, wobei er die Zähne fletschte wie ein Wolf. »*Sehr* groß.«

»Warum zeigst du uns das?«

»Das«, der Druide verzog das Gesicht voller Trauer, »ist der Grund, weshalb ihr hier seid, Lichttrinkerin.«

Sie brauchte einen Moment, um zu verstehen. »Paladium?«

Er nickte. »Dort wurde es dem Fleisch der Erde entrissen, bis nichts mehr übrig war. Dann wurden neue Löcher gegraben, tiefer und immer tiefer, ohne darüber nachzudenken, was es mit den Arbeitern macht. Was es mit *uns* macht.«

»Falls du von Ungerechtigkeit sprichst, Druide«, bemerkte Rafael, »dann muss ich dich daran erinnern, dass dein Volk diesen Pakt bereitwillig geschlossen hat.«

»Mit der Klinge über dem Hals.«

»Dennoch habt ihr den Pakt geschlossen.«

»Meine Urahnen«, knurrte Cuchulain. »Paladium im Austausch für Frieden zwischen unseren Völkern, nachdem ihr in unsere Heimat eingefallen seid. *Frieden.*« Er spuckte das Wort förmlich aus. »Wir waren wohl nur allzu bereitwillig, das Paladium zu fördern. Was sollten wir schon damit anfangen?«

Er schaute Artio beschwörend an, aber das war nicht notwendig. Sie hatte bereits begriffen, worauf er hinauswollte. Dennoch … Sie stemmte sich gegen die Botschaft, die dahinter verborgen lag. Daran konnte sie nicht glauben!

»König Pablo de Aguilar sandte die Armada nach Tirnanog, um es vom Einfluss der Verheerungssplitter zu befreien«, erwiderte sie.

»Ein Paladin muss stets die Wahrheit sagen, oder?«

Sie nickte steif.

Er sah Rafael an und fletschte die Zähne. »Warum ist die Armada hier?«

Der Hochpaladin richtete sich auf. »Dafür gibt es viele Gründe.«

Myrddin stampfte seinen Stab auf. »Ich denke, das sollte vorerst …«

»Nein, Meister!«, knurrte Cuchulain. »Sie muss den wahren Zweck ihrer Mission erfahren.«

»Rafael?«, fragte Artio leise.

Ein Moment der Stille entstand. »Sag es!« Cuchulain beugte sich zu Rafael. »Sag ihr die Wahrheit!«

»Der Druide hat recht«, entgegnete der Paladin steif. »Der Hauptzweck dieses Heereszuges dient dazu, den Abbau von Paladium sicherzustellen und wieder aufzunehmen.«

Es dauerte einen Moment, bis sie das Gehörte verarbeitet hatte. Schwäche erfasste ihre Glieder. Ihre Knie zitterten und sie taumelte. Jemand wollte sie auffangen, aber sie wischte die Hand fort. »Rafael«, sagte sie beherrscht und schaffte es, wieder aus eigener Kraft zu stehen. »Ich kam mit der Annahme hierher, dass Méridors Heereszug Tirnanogs Befreiung dient. Schutz gegen die Verheerungssplitter. Verhandlungen mit Silberhand, um einen dauerhaften Frieden zu gewährleisten.«

»Das ist *ein* Zweck unserer Mission. Doch es gibt viele Faktoren, die Einfluss hierauf hatten. Nur dank der Kirche, des Staates, einflussreicher Familien, der Stählernen Bank konnte …«

»Was hat die Stählerne Bank von Amdra damit zu tun?«

Er seufzte – ein ungewöhnlicher Laut bei ihm. »In Tirnanog befinden sich die einzigen Vorkommen an Paladium. Das macht es kostbar und äußerst wertvoll. Um diesen Heereszug überhaupt zu ermöglichen, mussten Zugeständnisse gemacht werden.« Er schaute sie fest an. »Wir alle dienen irgendjemanden. Sogar die Krone.«

In einem langen Atemzug fand sie etwas von ihrer Überzeugung wieder. »Ich diene der Kirche. Ich ehre das Palindrom. Ich folge mit Demut dem mir vorgeschriebenen Pfad. Aber das muss nicht bedeuten, dass ich es gutheiße.«

Rafael beobachtete sie noch einen Moment, dann war er anscheinend überzeugt und nickte ihr auffordernd zu.

»Also, Druide«, sagte sie. »Derwyd haben die Narbe überfallen?«

Cuchulain hatte sie die ganze Zeit beobachtet. Sie hielt verwundert inne, als sie darin etwas entdeckte, womit sie nicht gerechnet hätte.

Verständnis.

*

Cuchulain verstand, was Artio durchlitt. Auch er hatte irgendwann feststellen müssen, dass sie alle an Eide, Bürden und Versprechungen gebunden waren. Eide, die sie zu Entscheidungen zwangen, die unumkehrbar waren. Er richtete seine Aufmerksamkeit auf die Narbe, die eine Vielzahl von Gefühlen in ihm weckte, die er nicht zuordnen konnte. Wie ein großer Kessel mit zu vielen Zutaten. Er konnte kaum stillhalten, wollte den Ruf der Wildnis spüren. Aber hier und jetzt war es wichtig, dass die Lichttrinker verstanden. Vielleicht wäre es ihm so möglich, ihnen für das Thing die Augen zu öffnen.

»Hier«, er wies knapp über die Schlucht, »krochen die Wesen der Verheerung heraus wie Eiter aus einer offenen Wunde. Am ersten Tag starben Hunderte Menschen, bis ihnen die umliegenden Dörfer zu Hilfe eilten. Am zweiten Tag waren es Tausende. Am dritten Tag wurden daraus Zehntausende. Viele Druiden sind in der Schlacht zu *Derwyd* geworden. Das sind Druiden der Dämmerung. Mein Vater …« Er sammelte sich kurz. »Er sagte immer, wenn man einen Gott zum Bluten bringt, verlieren die Menschen das Vertrauen.«

Er nahm einen Kristall aus dem Beutel und betrachtete den grün glimmenden Funken darin. »Er starb den Kriegertod und wir müssen nun die Konsequenzen seiner Taten sühnen. Du hast gefragt, warum wir euch helfen, Lichttrinkerin.« Er presste den Kristall zusammen. »Wenn die Stämme vereint gegen Méridor ziehen, werden wir alle sterben. Nicht nur durch den Krieg. Nicht nur durch unsere eigene Gier. Sondern auch durch eine Macht, die durch unsere eigene Schuld entstand. Die Derwyd. Ich helfe *euch*, damit ihr *uns* helfen könnt. Tirnanog muss vereint stehen.«

In ihrem Blick lag Anerkennung, womit er nicht gerechnet hätte. Überhaupt war die Lichttrinkerin ganz anders als der Mann an ihrer Seite. Aber Cuchulain würde sich hüten, ihr blind zu vertrauen. Trotz allem war sie der Feind.

»Wie war der Name deines Vaters?«, fragte sie.

Er kniff die Augen zusammen. »Was interessiert es dich?«

»Bitte beantworte die Frage.«

Cuchulain sog scharf den Atem ein. »Cormag.«

Sie tauschte einen knappen Blick mit Rafael, dann sah sie ihn wieder an. »Cormag lebt.«

Cuchulain erstarrte. »*Was?*«

»Nach dem Attentat ergab er sich unserem König. Durch ihn erfuhren wir einiges über Tirnanog.«

Jeder Muskel in ihm spannte sich an. Wut kochte in seinen Adern, als wäre sie direkt hineingespritzt worden. »Das ist eine Lüge!«

»Als Paladin ist es mir verboten zu lügen«, erwiderte sie ruhig.

Myrddin warf ihm einen mahnenden Blick zu, aber er konnte seinen Zorn kaum zügeln. Wenn Vater noch lebte … Wenn er sich freiwillig ergeben hatte … dann war alles, was in den vergangenen Monaten geschehen war, bedeutungslos.

Ihm wurde schwindelig. Das Feuer, die Lichttrinker, sein Meister, der Wald – alles drehte sich verschwommen um ihn. Was machte er hier? Warum half er dem Feind, zum Thing zu gelangen? Vielleicht wäre es besser, wenn der Krieg sie alle verschlang?

»Cuchulain!« Myrddin näherte sich ihm behutsam. »Lass nicht zu, dass deine Gefühle dich übermannen. Was wir tun, ist wichtig.«

»Ist es das wirklich, Großdruide?« Cuchulain hob die Faust. Es lockte ihn, den Funken in dem Kristall zu befreien. Jetzt! »Mein Vater wusste, dass die Derwyd immer mutiger werden. Die Geister haben es ihm vor Jahren anvertraut!«, brüllte er nun. »Aber anstatt sein Volk zu beschützen, hat er einen Krieg heraufbeschworen!«

»Und wir haben die Möglichkeit, alles zu einem Besseren zu wenden. Wenn wir lernen, unsere Vorbehalte zu überwinden. Cuchulain, du darfst nicht versuchen, die Worte der Geister für Wahrheiten zu halten.«

»Aber ich kann sie nicht vergessen! Sie sagten, dass alles endet.«

»Natürlich. Sie sagten aber auch, dass es kein Schicksal gibt. Nur Entscheidungen.«

»Warum ich?« Inzwischen war es ihm egal, dass die Lichttrinker seinen Wutausbruch mitbekamen. Viel zu lange hatte er seine Enttäuschung und Wut unterdrückt. »Warum habt Ihr nicht jemand anderen ausgewählt?«

Myrddin legte ihm väterlich die Hand auf die Schulter. »Weil ich etwas in dir sehe. Du wirst groß sein und eine Entscheidung treffen. Du wirst …« Er ruckte mit dem Kopf zur Seite.

Cuchulain hatte es ebenfalls gespürt. Es war kein Geräusch, nicht einmal ein Geruch. Sondern ein Instinkt von Gefahr. Wenn man in Tirnanog lebte, lernte man, darauf zu vertrauen.

Cernunnos erwachte aus seiner Starre – fast hatte Cuchulain vergessen, dass er noch da war. »Na so was, wir sind aufgeflogen.«

»Aufgeflogen?«, fragte Artio.

»Sie sind hier.«

»Wer?«

»Das ist unmöglich«, sagte Cuchulain. Er reckte den Kopf und schnupperte wie ein Wolf. Dabei ließ er die Luft über seine Zunge gleiten und durch seine Nase strömen. Es lag eine Veränderung darin, die nun so dick und schwer war wie Nebel.

»Aber sie sind es«, erwiderte der Baumgeist leise. »Und der Wald schließt sich ihnen an. Die Fäulnis durchdringt ihre Stämme bis in die Wurzeln.«

Nun roch Cuchulain es – ein süßlich-beißender Gestank, der sich wie ein verwesendes Geschwür überall ausbreitete. »Derwyd«, raunte er.

Myrddin stampfte seinen Stab auf. »Es ist hier nicht mehr sicher. Kommt, wir sollten weitergehen. Denn bis zum Ziel unserer Reise haben wir noch einen langen und beschwerlichen Weg voller Wunder und Geheimnisse vor uns. Und vielleicht, wenn wir Glück haben, werden wir an ihnen teilhaben können.«

Zweiter Teil

Ein Schritt nach dem anderen

Artio biss die Zähne zusammen und schleppte sich den ge-frorenen Abhang hinauf. Ihre Finger waren taub, schwach und zitterten, weil sie ständig nach Halt in der nackten Erde, an den eisigen Baumwurzeln oder im Schnee suchte. Ihre Lippen waren gesprungen, ihre Nase hörte nicht auf zu laufen und bei jedem Atemzug brannte die eisige Luft in der Kehle und zerrte an ihren Lungen.

Selbst in ihren ersten Tagen der Ausbildung zum Paladin war sie nicht so müde gewesen. Neben den beiden Druiden erschien ihr Hochpaladin Gabriel ein geradezu sanftmütiger Zuchtmeister. Die beiden waren keine Menschen. Wesen, aus Holz geschnitzt, die nie ermüdeten, die keine Schmerzen spürten und nicht aufgaben. Auf den Waldgeist traf das wahrscheinlich sogar zu.

Aber sie machte weiter. Immer einen Fuß vor den anderen. So hatte sie es immer getan und sich durch nichts aufhalten lassen. Manchmal kam sie sich wie ein Felsen vor, der vom Salzwasser zer-fressen, vom Wind zurechtgestutzt und von den ewigen Gezeiten verwaschen war. Aber sie war immer noch hier. Sie war immer noch … sie.

Ihr entfuhr ein schwerer Seufzer. Seit sie vor einigen Tagen einen Pfad hinauf zum Gebirgspass genommen hatten, war es stetig kälter geworden, bis der erste Schnee gefallen war. Weiße, flauschige Flo-cken, wie ein Meer aus Watte, die sie im Gesicht kitzelte. Zuerst hatte sie sich kaum daran sattsehen können. In Candaloz war es selbst in der kältesten Jahreszeit warm. Doch für Tirnanog galten diese Regeln offenbar nicht. Hier besaß der Wintereinbruch eine Kraft, die sie fast in die Knie zwang. Jeder Muskel tat bei diesem gnadenlosen Marsch weh. Zahllose Stürze und Rutschpartien hatten ihr überall blaue Fle-cken und Kratzer eingebracht. Ihre Füße waren wund und voller Bla-sen in den nassen Stiefeln. Dann war da noch der Zweifel in ihrem Herzen, der inzwischen Wurzeln gefasst hatte. Eine winzige Saat –

doch eine, die sie nicht länger übersehen konnte. Auf irgendeine Weise, die sie sich nicht erklären konnte, war sie mit diesem Land verbunden.

Das machte ihr Angst.

Jeden Tag rüttelte Cuchulain sie vor dem Morgengrauen wach, der bereits Wild für ihre Tagesration erlegt hatte. Je höher sie allerdings gelangten, desto weniger gab es davon. Mittlerweile beließen sie es bei eingekochten Wurzeln. Eine Nacht war sie wach geblieben, um mitzubekommen, wie er sich von ihrem Lagerplatz davonstahl. Aber irgendwann war sie in jenen dämmrigen Zustand verfallen, der hinter der völligen Erschöpfung lauerte, und hatte es aufgegeben, sein Geheimnis ergründen zu wollen.

Die Kälte, die Schmerzen von der Reise und die Erschöpfung waren schon schlimm genug, aber dazu kam noch ihre überwältigende Enttäuschung, die sich mit jedem Schritt steigerte. Man hatte ihr die Wahrheit über ihre Mission vorenthalten. Der Zweck der Armada war es, Paladium wieder abzubauen. Geld. Reichtum. Macht. Es sollte sie nicht stören, denn als Paladin war sie zuallererst der Kirche verpflichtet. Doch der Stachel des Zweifels in ihrem Herzen drang zunehmend tiefer ein und sie fürchtete, ihn am Ende ihrer Reise nicht mehr herausziehen zu können.

Ihr keuchender Atem war das einzige Geräusch in der endlos bitterkalten Stille, die sie umgab. Einzig Rafaels Schnaufen und Rasseln konnte ihres übertönen. Inzwischen wucherte sein Bart, seine tiefen Augenringe leuchteten wie blaue Flecken und er hatte eindeutig an Gewicht verloren. Seine Farbe im Gesicht hatte irgendetwas zwischen einem zornesrosa und einem leichengrau und er hustete gelegentlich feucht und schwer. Er fluchte nicht, er beschwerte sich nicht, aber sie konnte seine Unzufriedenheit spüren, die mit jedem Tag stärker wurde. Um seine Füße stand es allerdings besonders schlimm. Jede Rast verband er sie neu, doch allmählich ging ihnen das Verbandsmaterial aus.

»Immer einen Schritt nach dem anderen«, raunte sie ihm zu, als sie sich den Abhang hinaufkämpften. Nur so konnte man es angehen. Wenn man die Zähne fest genug zusammenbiss und genug Schritte machte, konnte man überall hingelangen. Ein schmerzvoller, müder, kräftezehrender Schritt nach dem anderen. So hatte sie den Makel ihrer Herkunft überwunden. So war sie eine Paladin geworden. So hatte sie überlebt.

Der Hochpaladin hüllte sich in Schweigen. Es sollte sie nicht interessieren, was er dachte. Aber sie konnte nicht anders, denn es war wie ein Drang in ihr.

Sie blieb neben ihm stehen. »Wir haben es fast geschafft.«

Er sah an ihr vorbei zu den beiden Druiden, die den kniehohen Schnee aufpflügten und unnachgiebig voranstapften. Cernunnos schlängelte sich als Ranke über den Boden und wuchs, wann immer er mochte, zu einer menschenähnlichen Gestalt.

»Wie schaffen sie das?«, fragte Rafael.

Artio gönnte sich einen Schluck aus ihrem Schlauch, den sie unter ihrem Hemd nahe an der Brust trug, damit das Wasser nicht gefror. Durch Körperwärme geschmolzener Schnee – seit Tagen tranken sie nichts anderes. Das hatte aber den Nachteil, dass ihre Brust die ganze Zeit kalt war. Es war ein Verheerungskreis.

»Die Menschen hier sind das Wetter gewohnt.« Sie füllte etwas Schnee in den Schlauch und steckte ihn zurück.

»Das sind keine Menschen. Sondern Tiere.« Er sagte das ohne Vorwurf.

»Dann bin ich ebenfalls ein Tier.«

Er runzelte die Stirn. »Was?«

»Ich bin hier aufgewachsen. Die Luft, der Wind, die Erde, die Wälder … All das fühlt sich anders an. Wilder. Ungezähmter.« Sie betrachtete die verkrüppelten Sträucher, die aus dem Immerweiß ragten, die Nadelbäume, deren Äste sich unter dem Schnee bogen und die gewundenen Pfade, die von vereisten Erhebungen und Säulen flankiert waren, wie ausgemergelte Riesen, die stumm zu ihnen herabsahen. »Freier.«

»Das schwache Herz ist leicht zu verführen, Artio.«

»Wäre es nicht Sünde, sich selbst zu verleugnen?«

»Inwiefern?«

Ihr Atem hinterließ weiße Wölkchen in der Luft. »Ich bin ein Kind Méridors. Doch ein winziger Teil von mir, den ich stets unterdrückt habe, gehört nach Tír na nÓg.«

Rafael nickte verständnisvoll. »Selbst ein Paladin ist vor Zweifeln nicht gefeit. Auch ich bin dieser Tage außer Gleichgewicht und hinterfrage meine Taten, meine Absichten und unsere Mission.« Er nahm ihre Hand und drückte sie. »Zweifel sind keine Schande, solange wir fähig sind, sie zu überwinden.«

Die Wärme seiner Berührung war wie ein Schluck warmer Tee vor einem gemütlichen Kamin, während draußen die Welt vor die Hunde ging. Sie sehnte sich danach, doch vielleicht war genau das ihre Prüfung. Sie musste widerstehen und den Dorn des Zweifels aus ihrer Brust ziehen, ehe er eine Entzündung hervorrief. Das, was sie hier taten, war von Bedeutung. Selbst wenn es bedeutete, dass sie sich von kalter Suppe und gefrorenem Schnee ernährten.

*

Ein elendes Mahl aus einer Schale kalter Suppe. Das war alles, was es gab. Myrddin ließ sie wie in den Tagen zuvor wieder kein Feuer anzünden, trotz Rafaels Widerspruch. Die Gefahr, gesehen zu werden – von wem auch immer –, war zu groß. Also saßen sie da und redeten leise in der heraufziehenden Dunkelheit. Die Druiden saßen ein kleines Stück entfernt und Cernunnos war in der Bewegung erstarrt, während Ranken von ihm, die sich in die Erde gebohrt hatten, pulsierten. Er spähte die Umgebung aus und sorgte dafür, dass sich kein ungebetener Gast ihrer Gruppe näherte. Wie auch immer er das machte, es war ihr nicht ganz geheuer.

Reden war gut, schon allein, um nicht ständig an die Kälte, die Schmerzen, die unbequeme Lage und die Zweifel zu denken. Schon allein, um die klappernden Zähne ein wenig im Zaum zu halten.

»Ich kann mir kaum noch vorstellen, wie es ist, in der Sonne von Candaloz zu stehen«, sagte Rafael und rührte lustlos mit dem Finger in der Schale herum.

Artio gab ein bedauerndes Stöhnen von sich. Es war so nahe an einem Lachen, wie ihr im Augenblick möglich war. »Mir war es in Candaloz immer zu warm.«

Er lächelte verträumt. »Erinnerst du dich noch an den Anblick der Kathedrale? Wenn die Sonne hinter ihr aufgeht und den großen Platz in Licht taucht?«

Sie stellte sich das Bild vor und musste ebenfalls lächeln. Als sie jedoch die Schale in ihren Händen betrachtete, verblasste es wieder. »Daran erinnere ich mich noch sehr gut.«

Cuchulain tauchte zwischen den Bäumen auf und warf zwei Karnickel auf den Boden. »Das sind die letzten.« Er setzte sich zu ihnen und häutete die Tiere mit geübten Handgriffen.

»Wir machen ein Feuer?«, fragte Rafael und ein Hoffnungsschimmer schwang in seiner Stimme mit.

»Nein.« Der Druide riss die Gedärme heraus und verteilte sie im Schnee.

»Wie wollen wir das Fleisch dann zubereiten?«

»Gar nicht.« Er schnitt fein säuberlich ein paar blutige Streifen vom Knochen und hielt sie ihnen hin. Rafael zog ein angewidertes Gesicht, aber Artio griff zu.

»Du wirst das doch wohl nicht essen wollen?«

»Wer hungrig ist, sollte nicht meckern.«

Cuchulain nickte ihr zu, ehe er sich einen tropfenden Brocken in den Mund schob. Sie biss ebenfalls in das sehnige Fleisch, sammelte das Blut und spuckte es aus, während sie kräftig kaute. Tatsache war, dass rohes Fleisch kaum Geschmack besaß. Ein feines Aroma nach Karnickel ohne Zweifel, aber Geschmack … Der kam erst durch das brutzelnde Fett oder eine ordentliche Portion Salz zustande. So war es, als kaute sie auf einem alten Lappen herum. Besser als gar nichts.

»Widerspricht es eurer Religion …?« Der Druide schmatzte, kaute und würgte. »Widerspricht es ihr, rohes Fleisch zu essen?«

»Die Sitte«, erwiderte Rafael angesäuert.

»Für die interessiert sich die Wildnis nicht.«

Der Paladin zögerte. Dann nahm er einen Streifen Fleisch entgegen und schob ihn sich in den Mund, wobei er eher zögerlich kaute.

»Was ist mit ihm?« Er nickte zu Myrddin, der in einiger Entfernung mit dem Rücken zu ihnen saß, tief in seinen gefiederten Mantel gehüllt.

»Er isst kein Fleisch«, antwortete Cuchulain. *Schmatz. Schlürf. Sabber.* Er fraß wie ein Tier, versenkte seine Zähne tief in das Fleisch und riss es heraus, als besäße er Fangzähne. Der Druide hatte recht: Hier draußen war das egal.

»Niemals?«, fragte Artio.

»Niemals. Hat mit einer alten Tradition zu tun. In meinem Volk heißt es, dass Myrddin nur in größter Not in Erscheinung tritt, um dem Gleichgewicht im Weltenrund zu dienen.«

»Also ist er so etwas wie eine Legende?«

»Könnte man sagen. Es heißt, er lebte schon zu der Zeit der *sídhe*.«

»Sidhe?«

»Vom Licht Berührte. Gibt eine Menge Geschichten über sie.« Cuchulain hielt inne, als müsste er die Worte erst überdenken. »Lichte Gestalten, die nicht alterten, den hohen Künsten verschrieben waren und sich irgendwann in die Anderswelt zurückzogen, einem Ort der Sagen und Mythen. Sie ehrten alles Leben und deshalb«, er zeigte mit einem triefenden Schenkel auf sie, »aßen sie niemals Fleisch.«

Artio dachte über das Gehörte nach, während sie den Großdruiden beobachtete, der einsam und verloren dasaß. »Wie alt ist er?«

»Alt«, murmelte Cuchulain, die Zähne im Fleisch versenkt.

»Wie alt?«

Er buddelte ein Loch, vergrub die Knochen, zog die Innereien heran und untersuchte sie, die Hände klitschnass vor Blut und Fett. »Er hat das Licht getragen, noch bevor es die Verheerung gab oder irgendjemand an die Lichttrinker oder euren falschen Gott gedacht hat. Als die Schatten ...«

»Das reicht!«, rief Rafael und sprang hoch. Innerhalb eines Lidschlags nahm er all das Licht in der Umgebung auf und sog sich damit voll, während sich ein Kreis farbloser Dunkelheit um sie ausbreitete. Er erstrahlte in berstender Helligkeit und streckte die Hand zur Seite. Mit einem Glockenschlag landete darin ein goldener Hammer, so lang und groß wie er selbst, von dem die Feuchtigkeit abperlte.

»Hab ich was Falsches gesagt?« Der Druide ließ Verwunderung anklingen.

Rafael schwang den Hammer in Cuchulains Richtung, der regungslos dasaß. »Ich dulde diese Verunglimpfung Gottes nicht länger! Du bist ein Wilder! Nicht besser als die Barbaren des Hochlandes!« Die Luft um sie summte und bebte. Der Hammer kräuselte sich wie Wellen an einer Oberseite, als Rafael ihn anhob.

Cuchulain stand auf und packte den Knochenspeer, an dem er die ganze Zeit geschnitzt hatte. Er lehnte ihn gegen eine Schulter, senkte leicht den Kopf und lächelte finster. »Willst du es drauf ankommen lassen, Lichttrinker?«

»Fordere mich nicht heraus, Wilder!«

»Du glaubst, es macht euch stark, euch diesem Gott zu unterwerfen, aber stattdessen legt ihr euch selbst Fesseln an. Doch fängt man einmal an zu knien und zu beten, fällt es einem schwer, wieder aufzustehen und zu denken.« Er wies mit dem Knochenspeer auf Rafael. »In der echten Welt gibt es eine natürliche Ordnung, die schon vor deinem Gott existiert hat, schon bevor überhaupt jemand an ihn gedacht hat.«

Artio richtete sich auf. »Hochpaladin!«

Rafael funkelte sie an. »Vergiss nicht, wo dein Platz ist!«

»Beruhige dich! Wir sind auf ihre Führung angewiesen.«

»Wie kannst du dasitzen und zulassen, dass er offene Ketzerei begeht?«

»Ist es denn Ketzerei?« Sie seufzte leise. »Wir wissen, dass es eine Zeit vor der Verheerung gab. Und wir wissen, dass auch in Méridor andere Götter angebetet wurden, die längst vergessen sind. So ungerne ich dir auch widerspreche, aber der Druide hat keine Ketzerei begangen.« Hatte sie das gerade wirklich gesagt? Solch offener Mut passte nicht zu ihr, aber sie hatte nicht anders gekonnt.

»Also?«, fragte Cuchulain, als Rafael immer noch mit dem Hammer auf ihn wies. »Was soll's sein?«

Rafael warf die Waffe weg, die zu Lichtstaub zerplatzte, und entließ die aufgenommene Helligkeit. Dann setzte er sich wieder. »Ich bitte um Verzeihung. Ich weiß auch nicht, was über mich gekommen ist.«

Der Druide knurrte leise. »Keine Schande, sich menschlich zu verhalten.«

»Als Paladin sollte ich über derlei Gefühlen stehen.«

Artio ließ sich ebenfalls nieder und behielt Rafael im Blick.

»Also hast du nie gefickt?«, fragte Cuchulain.

Sie war nicht die Einzige, die den Druiden mit offenem Mund anstarrte.

»Was? Er sagte, dass er keine Gefühle haben darf. Meine Frage ist, ob Ficken auch dazugehört?«

»Mein Körper ist ein Tempel!«, blaffte Rafael und zog ein finsteres Gesicht. »Meine Seele ist rein. Mein Geist ist …«

»Also nicht.« Cuchulain machte eine wegwerfende Geste und blickte Artio an. »Und du?«

Die Hitze schoss ihr in den Kopf. »Ich bin eine Paladin.«

»Hab ich nicht gefragt. Wir alle haben einen Schwanz oder eine Möse. Das ist eine Tatsache, oder nicht?«

Betretenes Schweigen.

Cuchulain zuckte die Schultern. »Warum so verkrampft?«

»Ich folge dem Zölibat.«

»Zöliwas?«

»Eine Norm, die auf der frei gewählten Lebensform der Ehelosigkeit und sexuellen Enthaltsamkeit um des Himmelreiches willen beruht.«

Er warf den Kopf zurück und lachte schallend. »Bei den Geistern! Ihr tötet, ohne zu zögern, aber wenn's um etwas Schönes geht, dann …«

»Der Ausdruck, den du verwendest«, erwiderte Rafael barsch, »entwertet das höchste Gut der Menschen. Das Spenden des Samens des Lebens, um zu …«

»Ficken.«

Artio prustete los. Selbst Rafaels Blick trug nicht dazu bei, dass sie ihr Lachen in den Griff bekam. Irgendwann stimmte Cuchulain ein und selbst der Hochpaladin erlaubte sich ein Schmunzeln. Es löste die Anspannung zwischen ihnen und von der bedrohlichen Situation, die eben noch wie Insektenwolken über ihnen geschwebt war, war nichts mehr zu spüren. Vielleicht waren sie gar nicht so verschieden, einmal davon abgesehen, dass sie anderen gesellschaftlichen Normen unterworfen waren, andere Götter anbeteten, aus anderen Ländern stammten und …

Dennoch sind wir Kinder des Weltenrunds.

*

Ob Kinder oder nicht, jeder Mensch musste irgendwann schlafen, um sich zu erholen. Artio lag auf dem Rücken, unter ihr der gefrorene Boden und das grobe Leinen über ihrem Gesicht, das lediglich die Augen frei ließ. Sie sah zu, wie der Schnee sanft hinter ihren aufragenden Stiefeln zu Boden rieselte. Rafael drängte sich auf einer Seite gegen sie. Cuchulain lag auf der anderen, ganz nahe bei ihr, um die Körperwärme zu teilen. Eine solche Kälte machte Menschen erstaunlich schnell miteinander vertraut. Myrddin schlief ganz in der Nähe, unter einer großen, muffigen Decke. Alle außer Cernunnos schliefen, der kaum von einem Baum zu unterscheiden war und Wache hielt.

Von der einen Seite drang ein tiefes, durchdringendes Schnarchen. Cuchulain. Er pflegte auch im Schlaf zu zucken, zusammenzuschrecken, sich wieder auszustrecken und sinnlose Laute von sich zu geben. Rafaels Atem kam rasselnd von rechts und klang erkältet und schwach. Alle waren eingeschlafen, mehr oder weniger, kaum dass sie sich hingelegt hatten.

Aber Artio konnte nicht schlafen. Sie musste viel zu sehr über die Reise nachdenken und über die Gefahren, die noch auf sie lauerten. Über Silberhand, Myrddin, ihren Glaubensfunken. Und Méridors Armee, die vermutlich irgendwo in den Wäldern südlich von ihnen gelegen durch die Wildnis zog und ebenfalls mit dem Wintereinbruch zu kämpfen hatte. Sie wussten nicht, was sie erwartete.

Die Situation war ernst, aber obwohl es keinen Grund dafür gab, war Artio leicht ums Herz. Hier draußen war das Leben einfach. Es gab keine Vorurteile zu überwinden und man musste nicht stets einige Stunden vorausplanen. Essen, schlafen, marschieren, wieder essen, zusammensitzen und der Natur lauschen. Zum ersten Mal seit Jahren war sie befreit und verspürte nicht länger die drückende Enge in ihrer Brust.

Sie verzog das Gesicht, zog die knackenden Knie ein wenig an und streckte dann wieder die schmerzenden Beine aus. Dabei bemerkte sie, wie Rafael sich im Schlaf rührte und seinen Kopf an ihre Schulter legte, die bärtige Wange an ihre dreckige Brust gedrückt. Sein Atem strich über ihr Gesicht, die Wärme seines Körpers drang durch ihre Kleidung. Eine angenehme Wärme. Die Wirkung wurde nur ein wenig von dem Gestank nach Schweiß und feuchter Erde verdorben, und davon, dass Cuchulain ihr von der anderen Seite ins Ohr knurrte.

Über ihr bog sich ein sternbestäubter, klarer Himmel, wie sie ihn selten erlebt hatte. Auf einmal kam ihr die Mission nicht länger unerfüllbar vor. Es war, als könnte sie in diesem Moment alles erreichen und noch viel mehr. Und ehe sie sichs versah, schlief sie ein.

*

Cuchulain ruckte aus dem Schlaf. Er hatte etwas gehört. Ein knackender Ast. Ein Rascheln im Unterholz.

Behutsam schob er die Lichttrinkerin zur Seite, kroch unter der Decke hervor und reckte die Nase. Ein Geruch nach nassem Fell und Erde hing in der Luft, aber nichts Verräterisches. Oder vielmehr nichts, was ihnen ans Leder wollte.

Da er nun wach war, konnte er auch genauso gut aufstehen. Er reckte und streckte sich, wartete einen Moment, bis sich seine Augen an die Dunkelheit gewöhnt hatten, und huschte dann lautlos los. Myrddin lag unter der Decke vergraben. Auch die beiden Lichttrinker rührten sich nicht.

Cernunnos befand sich ein Stück vom Lager entfernt. Seine Gestalt war immer noch ansatzweise menschlich, aber der größte Teil von ihm war mit dem Felsen verwachsen, an dem er lehnte. Seine Ranken pochten in einem steten Rhythmus.

Wie Adern …

Konnte der Baumgeist schlafen? War er überhaupt mit menschlichen Maßstäben zu vergleichen? Cuchulain wusste viel zu wenig über ihn, was seine Neugierde weckte. Er schlich zu dem Dryade und umrundete den Stein.

»Warum du?«

Ertappt fuhr er zusammen. Eine einzelne Wurzel reckte sich aus dem Untergrund, verästelte sich vor ihm und bildete nach und nach den Kopf des Gehörnten, dem passenderweise ein Geweih wie das eines Hirsches aus der Stirn spross.

Cuchulain bewegte sich nicht.

»Nicht so schüchtern, Junge.« Ein Arm bildete sich aus dem Geäst und klopfte auffordernd auf den Stein. »Setz dich! Ich beiße nicht. Vielleicht ein bisschen.«

»Du bist der merkwürdigste Gott, von dem ich je gehört habe, Cernunnos.«

Der Baumgeist zwinkerte ihm zu. »Aber du hast von mir gehört.«

Zögerlich setzte Cuchulain sich.

»Zurück zu meiner Frage. Warum hat er dich erwählt?«

Er blickte zu der Decke, unter der Myrddin lag. »Er sagte, das Gleichgewicht habe so entschieden.«

»Das Gleichgewicht?« Cernunnos klang erstaunt. »Hörst du es?«

»Höre ich was?«

»Den Ruf.«

Cuchulain runzelte die Stirn. Das war das seltsamste Gespräch, das er jemals geführt hatte. Um sich abzulenken, nahm er einen grünen Kristall aus der Tasche und ließ ihn durch die Finger gleiten. »Manchmal. Es ist wie ein Rhythmus. Etwas, das etwas von mir will.«

Zahllose kleine Wurzeln krochen wie Insekten über den Felsen und verzweigten zu schwarzen Blumen, die einen schweren Duft verströmten; der Duft umschwirrte Cuchulains Verstand und benebelte ihn.

»Wenn du die Möglichkeit hättest, etwas zu ändern, was würdest du tun?«, fragte Cernunnos.

»*Was* zu ändern?«

»Alles«, raunte Cernunnos rauchig und schwer.

Darüber musste Cuchulain erst kurz nachdenken. »Ich würde Tirnanog einen.«

»Und sonst?«

»Befreien.«

»Also auf nach Méridor, was?«

»Die Lichttrinker sollten bestraft werden. Die Kirche«, er ballte die Fäuste, bis es knackte, »das Palindrom. Alle.«

»Das sind viele. Willst du die ganze Welt büßen lassen?«

»Vielleicht nicht die Ganze. Das Weltenrund ist groß.«

»Groß?« Der Baumgeist lachte leise, während er eine winzige, handgroße Figur formte, die sich neben ihn auf den Stein setzte. »Du hast keine Vorstellung, wie groß die Welt ist, Junge. Was hättest du getan, wenn du das Kelpie besiegt hättest?«

Wieder überraschte der Baumgeist ihn und er musste einmal mehr innehalten, bevor er antwortete. »Woher weißt du davon?«

»Ich bin ein Gott. Schon vergessen?« Cernunnos wackelte mit den Brauen. »Also, was hättest du getan? Das Kelpie getötet? Die Seele für deinen Funken aufgenommen? Es gegessen?«

»Ich hätte versucht, es zu verstehen.«

»Und wenn du es verstanden hättest?«

Er zuckte mit den Schultern. »Keine Ahnung. Ist das wichtig?«

Die Figur sprang hoch, formte sich blitzschnell zu einem Pferd, dem erst der Kopf wegklappte und es dann zu unzähligen Ranken zerfloss. »Es ist tot.«

»Wer hat es getötet? Wer …?« Cuchulain knurrte leise. »Die Lichttrinker.«

»Ja.«

»Konntest du sie nicht davon abhalten?«

Zehn Ranken schlangen sich umeinander und formten seine menschliche Gestalt aus. »Ich könnte vieles tun. Unter ihnen wüten. Tausende töten. Aber würde es einen Unterschied machen?«

»Nein«, flüsterte Cuchulain. »Dieser Kampf wäre ausweglos.«

»Was würdest du tun?«

»Einen Weg finden, zu verhindern, dass so etwas jemals wieder geschieht.«

»Wie?«

»Das weiß ich nicht. Vielleicht durch …«

»Kontrolle?«

»Vielleicht.«

»Das Palindrom hat die Verheerung gebannt, indem es den freien Willen zurückbrachte und den Menschen all ihre«, Cernunnos seufzte gedehnt, »*schrecklichen* Sünden vergab. Keine Schatten mehr, nur noch heller Glanz und Licht. Und alle sind glücklich. Friede, Freude, Eierkuchen, was?«

»Was willst du hören?«, zischte Cuchulain.

»Nichts als die Wahrheit, Junge. Warum du?«

»Ich weiß es nicht. Warum ist das wichtig?«

»Es ist sogar sehr wichtig.« Die Pferdefigur zerfiel zu Wurzelsträngen, die sich langsam wieder zu einer menschenähnlichen Gestalt verästelten. »Ich würde sogar behaupten, es ist die wichtigste aller wichtigen Fragen. Warum hat Myrddin den Druiden Cuchulain auserwählt? Ich finde das sehr spannend. Du nicht auch?«

»Ich denke …«

Ein Ast knackte.

*

Artio reckte leicht den Kopf und blickte in den düsteren Wald, als ein Knacken sie weckte.

Wieder ein Knacken, so leise, dass sie es beinahe nicht bemerkt hätte.

Sie regte sich, schob Rafael zur Seite, der irgendetwas Unverständliches murmelte, und wollte Cuchulain ebenfalls wegschieben. Aber er war nicht an ihrer Seite, sondern hockte vor ihr. Sein Gesicht war ganz nahe bei ihrem, die Augen so unergründlich wie die Nacht. Langsam legte er einen Finger vor seine Lippen. Sie stand auf, wickelte das Tuch von ihrem Gesicht und wartete, bis er ebenfalls neben ihr stand. Mit wachsamem Blick sah er sich um.

»Wo?«, flüsterte sie.

»Ganz in der Nähe. Vermutlich Wild.«

»Kein Wild«, erklang eine fröhliche Stimme, ehe ein Rankenwust aus dem Boden schoss und sich zu einer Gestalt verästelte. »So ein Pech aber auch. Sie haben uns gefunden.«

»Wer?«, fragte sie.

Cernunnos lächelte, was so gar nicht zu der Situation passte. »Sie.«

Myrddin war plötzlich neben ihnen – er war ebenso hellwach. »Wir müssen jetzt rasch handeln. Cuchulain, bring sie sicher nach Mag Mell. Ich werde ...«

»Nein.« Der Druide zerbrach einen Kristall in seiner Hand. Ein Funke flitzte heraus und umkreiste ihn.

»Wir haben jetzt keine Zeit dafür!«

»Du sprachst von einer Prüfung, Myrddin. Dies ...«

*

»... ist meine!« Cuchulain nahm den Funken auf, der ihn in pulsierenden Wogen erfüllte.

Mit der Seele des Wolfes.

»Geht ...« Die Luft zischte und rauschte, aber es kam kein Ton aus seiner Kehle. Es war nicht mehr seine Stimme. Ein unerträgliches Ziehen breitete sich von seiner Brust bis in seine Fingerspitzen aus. Seine Haut platzte auf, Risse zogen sich wie Gräben hindurch, und tiefschwarzes Fell brach heraus wie Blut aus einer frischen Wunde. Knochen splitterten, setzten sich neu zusammen und wuchsen. Krallen schossen aus seinen Fingern, Fangzähne gruben sich durch seine Kiefer und sein Gesicht verformte sich – es wurde länger und schmaler. Wie brennende Widerhaken, die ihn durchbohrten und ihm das Fleisch von den Rippen schälten, kam der Schmerz in Wellen – wieder und wieder.

Mit einem Rauschen durchströmte ihn ein zweites Bewusstsein und er durchlebte alles, was der Wolf erfahren hatte, von der Geburt bis zum Tod.

Dann ereilte ihn der Ruf der Wildnis; süß und lockend und freiheitsversprechend, damit er seine Fesseln abstreifen und ins Mondlicht hinaustreten konnte.

Cuchulain warf den Kopf zurück und stieß ein lang gezogenes Heulen aus.

Plötzlich war die Nacht hell und klar. Er strotzte vor geballter Kraft und musste gegen den Trieb ankämpfen, sich einfach fallen zu lassen. Die unterschiedlichsten Gerüche drangen in seine Nase und verrieten ihm, wer und wie viele Feinde sich ihnen näherten. Es waren viele Derwyd. Eine ganze Armee.

Beute demnach.

Cuchulain wandte sich den anderen zu. Furchtsam blickten sie zu ihm empor. Er roch ihren Angstschweiß, sah das Zittern ihrer Hände und hörte, wie das Blut durch ihre Adern rauschte.

Poch. Poch. Poch.

Der Lichttrinker regte sich und fuhr zusammen, als er ihn entdeckte. Er nahm Helligkeit, Wärme und Farbe aus der Umgebung in sich auf und erstrahlte; das Licht stach in Cuchulains empfindliche Augen. *Feind!*, schrie es in ihm und der Wolf wollte ihn zerfetzen. Es kostete ihn all seine Willenskraft, die Kontrolle zu behalten. Er war der Druide und gebot über die Gabe der Verwandlung.

»Cuchulain ...«, sagte Myrddin.

»Ich muss das tun, Meister.«

»Du bist zu wichtig. Verstehst du das nicht? Das Schicksal hat etwas viel Größeres für dich vorgesehen!«

Cuchulain blickte zu Cernunnos, der ihm fröhlich zuwinkte. Das Gespräch und die Fragen, die der Waldgott ihm gestellt hatte, hallten in seinem Kopf wie ein Echo.

Warum ich?

Waren es nun seine Entscheidungen, die über das Kommende geboten, oder waren es die Entscheidungen anderer, die über ihn verfügten?

»Ich finde euch!« Er sank auf alle viere und überragte die anderen immer noch. Dann stürmte er in den Wald davon.

Fremdes Land

Der Rumpf kratzte über das Ufer und kam mit einem Ruck zum Stillstand. Wagrim sprang aus dem Boot und versank knietief im Sand. Der Sand war pechschwarz wie verbrannte Erde, der Himmel von einem tiefen Weiß und die Uferkante dicht bewachsen mit sattem Grün.

Wagrim hielt sein Gesicht in den Wind und lächelte. Eine frische Brise blies ihm entgegen, spielte mit seinem Bart, zehrte an seiner méridorischen Uniform und brachte Gerüche nach Kiefernadeln, Erde und Schnee mit sich. Nach einer zweiwöchigen Schiffsreise waren sie endlich in Tirnanog angekommen. Ein wildes Land voller versteckter Gefahren. Ein Land, um das sich mehr Sagen und Legenden rankten, als irgendwer festhalten konnte.

Kleine, unregelmäßige Flocken fielen herab, landeten auf seiner Hand und schmolzen. So weit unten im Tal an der Küste hatte der Winter noch keine Kraft, aber er vermutete, dass es weiter nördlich ganz anders aussehen würde.

Tief sog er die salzige Luft ein und genoss die Kälte, die ihn durchströmte. Seit er aus dem Hochland nach Candaloz aufgebrochen war, der schwülen Hitze standgehalten und sich mit Edelmännern, Verbrechern und anderen Gestalten herumgeschlagen hatte, war ihm überhaupt nicht bewusst gewesen, wie sehr er den Norden vermisst hatte. Zum ersten Mal seit Langem hatte er das Gefühl, wieder richtig durchatmen zu können. Wären da nicht die zu enge Uniform, die ihm die Luft abschnürte, und die Knoten und Bänder an der Brust, die seine Rangordnung zeigen sollten. Offenbar konnten sich die méridorischen Soldaten nicht merken, wer die Befehlsgewalt besaß. Allerdings sollte er als Hauptmann seiner Gnaden einen gewissen Eifer an den Tag legen – und wenn es nur die herausgeputzte Uniform betraf.

»Ein seltsames Land, nicht wahr?«

Wagrim blickte nicht zur Seite. Der Don trat neben ihn, stellte den goldenen Stock elegant vor sich ab und überblickte die Uferkante. Die Bucht war von einer zerklüfteten Linie aus gewundenen Felsspitzen, waldigen Hängen und verwaschenen Kieseln umkränzt. Winde fegten und heulten über das Ufer, brachten das Meer in Aufruhr und brausten entlang der Felsstürze bis zu den steilen Klippen, die sich endlos weit erstreckten.

»Ein Land voller Wunder und Geheimnisse«, redete José weiter. Er trug einen weißen Pelzmantel über einem schwarzen, verbrämten Gewand. Außerdem gefütterte Stiefel und Handschuhe. Anscheinend war er der Einzige, der sich auf das Wetter vorbereitet hatte.

»Fremdes Land«, murmelte Wagrim. Er versuchte sich vorzustellen, wie es wohl sein musste, hier zu leben. In den Hochlanden richtete man stets den Blick in die Ferne, weil man endlos weit hinabsehen konnte. Vielleicht waren deshalb auch alle Menschen dort so groß. Doch in Tirnanog, dem Land der Mythen und Legenden, richtete man seine Aufmerksamkeit in alle Richtungen. Denn hier lauerte überall Gefahr.

»Ah, ich erinnere mich, wie ich das erste Mal hier war. Damals war ich Konquistador und sollte nach dem Rechten sehen, nachdem durch die Verheerung die Kolonie lange nichts von sich hatte hören lassen. Eine Woche irrten wir in den tiefsten Wäldern bei Kälte, Regen und schlechtem Essen umher, bis unser Hauptmann schließlich den Rückweg anordnete und uns befahl, über den Ausgang der Mission Stillschweigen zu bewahren.«

Offenbar hörte sich der Don gerne selbst reden. Es war Wagrim egal. Er hielt Morrigan die Hand hin, als sie aus dem Boot klettern wollte. Dankbar nahm sie an. Ihre Finger waren zart und warm, wie ein Engel, der unter Sterblichen wandelte. Es hätte ihn nicht gewundert, wenn sie davongeflogen wäre.

Er geleitete sie hinaus und als sie sicher neben ihm am Strand stand, ihr tiefschwarzes Haar ihre schneebleichen Züge umrahmte und ein leichtes Lächeln auf ihren blassen Lippen lag, sah er schüchtern weg. Es geziemte sich nicht, eine Frau so anzustarren. Auch wenn von ihm als Barbar anderes behauptet wurde.

Ein gesitteter Mann hat seine Gefühle im Griff, echoten Vaters Worte in seinem Geist. *Ein Mann, der seine Gefühle im Griff hat, lebt für die Zukunft.*

Weitere Boote schrammten über Kies und Sand. Stiefel trappelten, Männer riefen, fluchten und brüllten einander zu; es wimmelte von Soldaten, die Luft erzitterte und bebte vor Lärm. Inzwischen brummte der gesamte Strandabschnitt vor Geschäftigkeit. Ausrüstung wurde aus den Booten geschleppt, Dutzende Pferde wurden unter viel Aufbäumen mit schäumenden Mäulern aus den größeren Booten gezerrt. Männer schnauften und stöhnten, zogen an nassen Seilen, schwitzten und schrien und liefen hier und dorthin. Einhundert Soldaten – mehr hatte der König von Méridor für diese Mission nicht bereitstellen können. Einhundert, die eine bedeutende Fracht verluden, um sich der Armada anzuschließen, die bereits durch die Wildnis von Tirnanog zog.

Uns.

Wagrim sog tief die salzige Luft ein, die unterschiedlichsten Gerüche und das Geheimnisvolle, das dieses Land durchströmte. »Du solltest eins wissen, Don José. Die Menschen Tirnanogs verabscheuen das Hochland.«

Der Don nickte. »Das Hochland hat Méridor geholfen, Tirnanog zu erobern.«

»Zu befreien.«

Der Mann lächelte wissend. »Die Fehler alter Zeiten sollten nicht unser zukünftiges Handeln bestimmen. Denn Erfolg ist nun einmal von Voraussicht und Planung gekrönt. Du, Knes von Kor Anklam, hast viel davon bewiesen, als du dich gegen die Sitte deines Volkes entschieden hast, um Méridors Beistand zu erbitten. Dein Stolz stand dir dabei nicht im Weg. Ich bin sicher, du hast einen interessanten Weg hinter dir.«

Wagrim schnaubte. *Wenn überhaupt einen blutigen.* »Du bist viel herumgekommen.«

»Ich habe mich vorbereitet, ganz wie unsere geheimnisvolle Begleiterin.« José wies elegant auf Morrigan, die ein Stück von ihnen entfernt etwas Sand aufnahm und mit nachdenklicher Miene zwischen den Fingern zerrieb. »Ich bin sicher, ihr beide könnt viel voneinander lernen. Auch sie hadert mit ihrer Vergangenheit und läuft vor etwas davon.«

Wagrim erinnerte sich an das, was sie getan hatte. Die Luft, die unter Spannung gestanden hatte. Die Eiseskälte. Und dann das Feuer, das die Soldaten verzehrt hatte. »Eis und Feuer.«

»Elemente.«

»Was heißt das?«

»Wir haben noch genügend Zeit, darüber zu sprechen. Vorerst ist nur wichtig, dass wir uns möglichst schnell nach Mag Mell begeben.«

»Weshalb?«, rief Morrigan, die sie offenbar belauscht hatte und nun zu ihnen kam.

»Weil dort das Thing stattfindet, bei dem alle Stämme zusammenkommen, um über den Krieg zu entscheiden. Unter ihnen wird sich auch *Argatlám* befinden. Seit Generationen sind die Stämme verfeindet und eine Legende besagt, dass jener, der sich auf den Stein des Schicksals setzt und das Lichtschwert trägt, zum König von Tirnanog ernannt wird. Es ist entscheidend, dass wir dort sind, wenn es geschieht.«

»Um Einfluss zu nehmen.«

»Unter anderem.«

Wagrim wunderte sich keineswegs, dass der Don nicht mit der ganzen Wahrheit herausrückte. »Mein Vater sagte immer, es gibt keine Zufälle.«

»Du solltest mir irgendwann mehr über ihn erzählen.« José wandte sich ab und ging zu den Soldaten, die in ihren steifen blaugoldenen Uniformen eindeutig nicht für das Wetter gewappnet waren. Er sprach mit einem zuständigen Hauptmann, während überall weitere Boote anlegten und Ausrüstung herausgeschleppt wurde. Weiter draußen auf dem Meer, das vom Schnee und einigen eisigen Tropfen zernarbt wurde, schwankten zwei Schiffe auf dem unruhigen Wasser.

Unter den nächsten Männern, die an Land gingen, befand sich auch der Glücksritter, den alle mochten – Wagrim eingeschlossen. Der Mann mit dem gewachsten Schnurrbart verströmte immer gute Laune und hatte stets einen lockeren Spruch auf den Lippen. Er war jemand, in dessen Nähe man sein wollte.

»Du traust José nicht.« Morrigans raue Stimme bescherte ihm eine Gänsehaut. In ihrem Rabenfedergewand wirkte sie wie ein Rachegeist des Schlächters.

»Im Hochland sagt man: Kehre niemandem den Rücken zu.« Sie blickte zu dem Don, der wie ein König inmitten des Chaos wirkte. »Ihm würde ich niemals den Rücken zukehren.«

Er hob eine Braue und sah sie an. »Ich möchte nicht respektlos erscheinen, aber auch du hast mir bislang keinen Grund zu geben, dir zu vertrauen.«

»Ich habe dir das Leben gerettet.«

»Nachdem ich es dir gerettet habe.«

Sie machte eine beschwichtigende Geste. »Was muss ich über Tirnanog wissen?«

»*Tír na nÓg*«, sagte er betont. »Das bedeutet *Land der ewigen Jugend*. Man nennt es auch ein Teil der Anderswelt, um die sich viele Mythen ranken. Einige davon besagen, dass dort elfengleiche Wesen leben, die einst im Weltenrund existiert haben.«

Überrascht hob sie die Brauen. »Du bist ein sehr belesener Mann, Wagrim.«

Er wies den Strand entlang, dann gingen sie gemeinsam los, um die Gegend zu erkunden. Selbst für eine Frau war sie überraschend klein; so zierlich und zerbrechlich wie Porzellan. Er bemerkte, dass er sie angaffte, und rief sich schnell zur Ordnung.

»Es wird viel Unsinn über das Hochland erzählt.« Er kletterte auf eine Reihe flacher Felsen, half Morrigan an der Hand hinauf und ging weiter. »Einiges stimmt. Wir sind Barbaren, die sich dem Ruf der Schlacht ergeben, um noch stärker, größer, gewalttätiger zu werden.«

»Durst nach Macht.«

Er seufzte. »Ja. Es ist unser Blut.«

»Nicht alles ist so, wie es scheint.«

»Mein Vater sagte stets, ein Mann sollte sich im Spiegel anschauen können.«

»Und? Kannst du es?«

Er zögerte, wollte verneinen, doch dann fiel ihm ein, dass es keinen Unterschied machen würde. »Dort blickt er mich an.«

Sie hielt ihn an der Hand fest und musterte ihn mit einem unergründlichen Blick. »Wer?«

»*Er*.« Wagrim setzte sich auf einen Stein, rang die Hände und blickte über das Ufer hinaus. Das Rauschen des Meeres, der heulende Wind, das verkrustende Salz auf seiner Haut und die kühle Frische – all das erfüllte ihn mit einer tiefen Ruhe, die ihn an Vergangenes denken ließ.

»Dich umgibt eine tiefe Traurigkeit, Wagrim«, flüsterte Morrigan. »Hast du dich jemals gefragt, ob ein Mensch irgendwann für seine Taten büßen muss?«

»Du meinst übergeordnete Gerechtigkeit wie das Palindrom?«

Er hielt kurz inne. »Nein. Nein, das denke ich nicht. Wenn es diese Gerechtigkeit geben würde, wäre ich schon lange tot. Ich glaube, dass meine Seele am Ende gewogen wird. Wenn ich Glück habe, schmore ich nicht allzu lange in der Hölle.«

»Diese Gabe … Was genau passiert in diesem Moment?«

»Über diesen Fluch möchte ich lieber nicht sprechen.«

»Es ist kein Fluch. Wenn du …«

»NEIN!«, brüllte er und schnappte nach Luft. Er sprang hoch und baute sich vor ihr auf, doch seltsamerweise wirkte sie nicht verängstigt. Ganz im Gegenteil, sie starrte ihn herausfordernd an. Er beruhigte sich wieder, kämpfte das Feuer nieder und sank wie ein Häufchen Elend auf den Stein zurück. »Bitte verzeih.«

»Du solltest dich deiner Wut stellen.«

Er stieß ein kehliges Lachen aus. »Ich bin hier, um zu kämpfen, und empfehle dir, besser nicht in meiner Nähe zu sein, wenn es so weit ist. Der Berserker kennt weder Freund noch Feind. Für ihn gibt es nur den Drang zu töten. Alles.« Er atmete tief ein. »Jeden.«

»Du sprichst von ihm, als wäre er ein Wesen.«

»Der Berserker *ist* ich.«

»Dort, wo ich herkomme, gibt es ein Gesetz.« Sie hob die behandschuhte Rechte und spreizte die Finger. Ein blauer Kristall leuchtete heller und es wurde schlagartig kälter. »Alles existiert im Gleichgewicht. Das eine kann nicht ohne das andere existieren.«

»Du willst damit also sagen, dass ich mich dem Berserker annähern soll, um ihn zu verstehen. Und dadurch kann ich ihn kontrollieren, was?«

Das Leuchten wurde wieder schwächer und die Kälte verging.

»Ja.«

»Das habe ich versucht.« Er betrachtete seine Hände, die rot vor Blut waren. Nur er konnte es sehen. »Beim Schlächter, ich habe es *versucht!*«

Eine Weile schwiegen sie, sahen zu, wie die Soldaten ihr Gepäck schulterten, die Boote vertäuten und sich allmählich zu einer geordneten Marschkolonne zusammenfanden, angeleitet von José, der mehr von der Führung einer Armee verstand, als Wagrim erwartet hätte. Aber er wusste jetzt schon, dass es nicht lange dauern würde, bis die Marschordnung auseinanderbrach. Méridors ganzer Stolz war zahlreich. Er wollte lieber nicht dabei sein, wenn die Männer feststellen, dass sie auf diese Reise nicht vorbereitet waren.

Unruhig zupfte er an seinem breiten Ärmelumschlag, von dessen Knöpfen das aufgemalte Gold bereits abgeplatzt war, schob die Füße in den drückenden Stiefeln umher und weitete seinen Kragen – selbst das half nicht, um sich besser zu fühlen. Wie bekamen die Soldaten in dem verdammten Ding Luft?

»Irgendetwas stimmt nicht mit ihm.«

Wagrim schreckte hoch. »Hm?«

»Josés Umgebung verhält sich seltsam. Als wäre er nicht nur … hier.« Mit schmalen Augen betrachtete sie den Don, der zwischen den Männern einherschritt. Man erkannte es darin, wie sie ihn ansahen, ihm auswichen und vor ihm buckelten, als wäre er mehr als ein Mensch.

»Er hilft uns«, brummte Wagrim. »Das ist für den Moment alles, was zählt.«

Morrigan warf ihm einen scharfen Blick zu, an dem sich bestimmt so mancher Mann hätte schneiden können. »Erwähntest du nicht einen Spruch aus deiner Heimat?«

»Das hat mit Vertrauen nichts zu tun. Ich hinterfrage bloß nicht die Handlungen eines Mannes, der mir hilft, meinen Zielen näher zu kommen.«

»Und ich hielt dich für belesen.«

»Es gibt viele Wege zum Ziel. Dies ist meiner.«

»Hilft José dir denn? Du trägst die Uniform Méridors. Du kämpfst für Menschen, die dich nicht interessieren, in einem fremden Land. Du stehst für ein Ideal ein, das nicht deines ist. Du bist so weit von deiner Heimat entfernt, wie es nur möglich ist.«

»Ein Schritt nach dem anderen. José hilft mir dabei.«

»José hilft vor allem sich selbst.«

Wagrim grunzte. »Wenn ich mich recht entsinne, bist du auch hier, weil er beim König etwas für dich ausgehandelt hat.«

»Ja«, hauchte und zupfte unruhig an einer Rabenfeder an ihrem Kragen. »Ja, das hat er.«

»Nur raus damit«, brummte er.

»Unsere Begegnung war kein Zufall.«

»Klar. Und jetzt willst du mir sagen, dass die Männer, die dich überfallen haben, ebenfalls zu dem Schauspiel gehörten.«

Sie schaute zu José, der gut gelaunt über das Ufer marschierte. »Er hat uns wie einen Fisch an der Angel aus dem Gewässer herausgezogen.« Sie beugte sich zu ihm und es roch merkwürdig nach Kräutern und Salben, die etwas anderes zu überdecken versuchten.

»Wähle deine Worte mit Bedacht.«

Sein Kopf war erfüllt von ihrem Duft. Die schlanke Linie ihres Halses, die leicht geöffneten Lippen, die Andeutung ihrer Brüste – all das benebelte ihn. Es war lange her, seit ihm eine Frau so nahe gewesen war. »Willst du ficken?«

Sie sah ihn an, als hätte er ihr anstelle einer vielversprechenden Idee, einen Kackhaufen präsentiert. Ehe sie den Schock seiner törichten Worte überwinden konnten, kam ein Soldat zu ihnen, der Wagrim während der Überfahrt auf hoher See kaum von der Seite gewichen war. Nicolás, ein junger Mann, kaum älter als sein Sohn jetzt wäre, mit stolzen Zügen, blondem Flaum rund um Oberlippe und Kinn, den man kaum als Bart bezeichnen konnte, den er sich allerdings sorgsam heranzüchtete, und diesen großen, unschuldigen Augen voller Abenteuerlust. Wagrim fürchtete den Anblick, wenn sie erst einmal die Gräuel des Krieges erlebt hatten. Er hatte schon so manchen gebrochenen Mann erlebt.

»Hauptmann Wagrim!« Der junge Soldat salutierte zackig vor ihm. »Don José de la Fuego verlangt nach Euch!«

»Und warum kann er mir das nicht selbst sagen?«, brummte Wagrim.

»Er wies mich an, Euch auszurichten, dass Ihr als Hauptmann Seiner Gnaden die Männer anführen sollt.«

Das kam ihm nur recht, auch wenn er nicht wusste, was denn genau ein Hauptmann Seiner Gnaden so zu tun hatte. Ein Titel wie Fürst in den Hochlanden? Jedenfalls kam ihm die Unterbrechung gerade recht. Er wuchtete sich hoch und stapfte mit Nicolás im Schlepptau zu José, der ihn freundlich empfing, wie ein Vater den Sohn, der zu einem langen Abenteuer aufbrach. Neben ihm stand Cino, nuckelte an einem silbernen Flachmann und rülpste, als er sich den Mund abwischte.

»Bereit, Hauptmann Wagrim?«, fragte José.

»Wie bereit kann man schon für den Krieg sein?«

Cino zwinkerte ihm zu. »Das ist die richtige Einstellung, Amigo! Und jetzt auf ins Gefecht!«

José nickte den Hang zwischen den grasbewachsenen Steilklippen hinauf, wo ihnen ein Meldereiter entgegengepreschte. »Generalkapitän Julliau wurde bereits über unsere Ankunft unterrichtet. Und da kommt auch schon unsere Eskorte.«

Der Soldat zog hart an den Zügeln, das Pferd bäumte sich auf, und dann sprang er aus dem Sattel, wobei er beinahe zusammenklappte, als er in den Sand sackte. Unsicher wankte er zu ihnen. Seine Augen blickten fiebrig, die schlammbespritzte Uniform war mehrfach geflickt worden und er wirkte so heruntergekommen, als wäre er monatelang durch den Wald geirrt.

Der Soldat salutierte nachlässig und hantierte in seiner Brusttasche herum, bis ihm auffiel, dass er ein Futteral auf dem Rücken trug. Er brauchte drei Versuche, um den Deckel abzuschrauben, die zerknickte Schriftrolle hervorzuholen, die offenbar in Hast geschrieben worden war, und sie José hinzuhalten, der all das völlig ausdruckslos verfolgt hatte.

»Der Heereszug verläuft wohl nicht ganz so wie geplant«, brummte Wagrim.

Erst jetzt bemerkte der Bote ihn und blickte mit offenem Mund zu ihm empor.

»Die Meldung!«, blaffte José.

»Jawohl, Don José!«, piepste der Soldat, rollte das Papier auf und räusperte sich. »Generalkapitän Julliau lässt Euch ausrichten, dass die Armada seiner königlichen …«

»Die Kurzfassung!«

»Nun, ähm, der Generalkapitän drückt seine Verwunderung darüber aus …«

»Ja, ja, ja!« José schnappte dem Mann das Papier aus der Hand, überflog es und steckte es dann ein. »Ein halber Tagesmarsch von hier entfernt. Er hat sich also an die Befehle gehalten. Hätte ich diesem Schwachkopf gar nicht zugetraut.« José stierte den Soldaten an. »Was hat die Armada die ganze Zeit getrieben?«

Der Soldat wischte sich nervös über die Stirn. »Wir sind an der Südseite an Land gegangen, viele Tagesmärsche von dieser Küste entfernt. Und … wir hatten mehrfach Feindkontakt.«

»Verluste?«

»Viele tapfere Männer. Unsere Versorgungszüge haben erst festgesteckt, dann wurden sie überfallen und wir haben wieder viele gute Männer verloren. Es war … schrecklich. Die Menschen hier … Das sind Tiere!«

»Weiter!«

»Das Wetter hat uns zusätzlich aufgehalten. Erst hat es ununterbrochen geregnet, dann hat uns der Wintereinbruch völlig unvorbereitet erwischt.« Das glaubte Wagrim ihm aufs Wort. »Der Generalkapitän hat Hochpaladin Rafael, Paladin Artio und eine ausgewählte Gruppe Soldaten auf geheimer Mission geschickt.«

José nickte immer wieder, als wüsste er das längst. »Wann erfolgte ihre letzte Meldung?«

Der Soldat runzelte die Stirn, offenbar ebenfalls überrascht, wie gut der Don informiert war. »Vor vier Tagen. Hochpaladin Rafael ließ ausrichten, dass sie in Begleitung zweier Druiden seien. Ein Krieger namens Cuchulain und ein älterer Mann namens …«

»Myrddin.« Ein gefährliches Lächeln umspielte Josés Lippen. »Ausgezeichnet. Gab es Meldung zu ihrer Ankunft in Mag Mell?«

»Ich … Nun …« Der Bote verlagerte unruhig das Gewicht. »Wir kennen den genauen Standort nicht und die Paladine im Lager …« Der Mann stand stramm, als er Josés Blick bemerkte. »Nein, Don José! Laut Missionar Tomás sollten sie noch vor Beginn des Things die Stadt erreichen. Außerdem …«

»Ja?«

Der Soldat druckste herum. »Beim letzten Überfall haben wir Gefangene gemacht. Die Stabsoffiziere haben sie verhören lassen, aber die Wilden erweisen sich als widerspenstiger als gedacht.«

»Harte Hunde, was?«, fragte Wagrim.

José schaute ihn an und wieder lag darin eine Botschaft, als wüsste er mehr über die Geschehnisse, als er durchblicken ließ. »Hauptmann Wagrim wird sich um die Befragungen kümmern, sobald wir zur Armada gestoßen sind.«

»Verzeiht«, erwiderte der Soldat nervös. »Aber Stabsoffizier Gonzalo …«

»Ist genauso ein Schwachkopf wie Agustín. Hauptmann Wagrim beherrscht die Sprache Tirnanogs. Wenn sie etwas über Silberhands Pläne und das Thing wissen, wird er es erfahren.«

Der Meldebote und Nicolás blickten ihn völlig verblüfft an, was Wagrim mit einem Schulterzucken überging. Cino hingegen zwinkerte ihm zu. Woher, zum Schlächter, wusste José das?

»Nun denn!« José zeigte auf den jungen Soldaten an Wagrims Seite. »Konquistador Nicolás wird dir ausreichend Verpflegung für die Übersendung einer Nachricht geben.«

»Eine weitere Botschaft?« Der Bote sackte ein wenig zusammen. »Ich bin froh, dass ich es überhaupt bis hier …«

Cino schlang einen Arm um die Schulter des Mannes. »Hoffnung ist wie ein guter Schnaps, Amigo! Halte ihn fest und genieße ihn, denn er ist viel schneller aufgebraucht, als du denkst. Vor Mag Mell gibt es einen Hügel, den man *Oilean na mBeo* nennt. Schon mal gehört?«

Der Bote schüttelte schüchtern den Kopf.

Cino wies ergriffen in die Ferne, als erwartete sie dort Ruhm und Reichtum. »Nordöstlich von hier, kannst ihn gar nicht verfehlen!

Dort werden wir uns in fünf Tagesmärschen mit der Armada zusammenschließen. Klar so weit?«

Fünf Tagesmärsche? Wagrim konnte sich kaum vorstellen, dass die Soldaten auch nur einen durchhielten, aber da er nicht gefragt wurde, hielt er die Klappe.

Der Bote löste sich aus Cinos Arm, verneigte sich vor José und wurde dann von dem enthusiastischen Soldaten weggeführt. Cino verabschiedete sich ebenfalls mit den Worten, dass er um seine Kiste Tresterbrand fürchtete, die gerade an Land gebracht wurde. Schließlich waren José und Wagrim allein.

»Was denkst du?«, fragte der Don.

»Ehrliche Antwort?«

»Wenn ich keine ehrlichen Antworten von dir verlangen würde, wärst du kein Hauptmann, sondern würdest noch durch die Gossen Candaloz taumeln, das Blut Dutzender Männer an deinen Händen, bevor du von einem Paladin erschlagen wirst.«

»Eins kann man über Don José sagen: Er hält mit seiner Meinung nicht hinterm Berg.«

»Wir haben keine Zeit für leeres Geschwätz.« José blickte ihn an und in seinen Augen lag eine Härte, als könnte er damit selbst Gestein zertrümmern. »Damit du eines begreifst, Knes von Kor Anklam. Du bist hier, weil ich es will. Du tust das, was und wie ich es dir sage. Im Gegenzug erhältst du das, wonach du dich sehnst. Unterstützung. Und dein Ideal.«

Wagrim stieß ein tiefes Brummen aus. Nein, er war über Josés Absichten nicht verwundert – lieber offene Worte, als im Dunkeln zu tappen. Überrascht hingegen war er über die Offenheit dieses Mannes, der ihn besser kannte, als ihm lieb war. »Ideal?«

»Das einzige und wichtige für den Barbaren.« Irgendwie wirkte José auf einmal größer, als wäre er gewachsen. Sein Gesicht war in tiefe Schatten gehüllt und jegliche Wärme war daraus gebannt. »Das Ideal, das dich lehrt, deinen Funken zu beherrschen und deine Heimat zu befreien. Dann endlich wirst du mit dem, was du getan hast, Frieden finden.«

Ein Aufflackern in Wagrims Brust. Der Berserker blinzelte, gähnte und reckte sich. Langsam, ganz langsam stapfte er zu der Tür und packte die Klinke. Wagrim war geneigt, ihn herauszulassen. Aber nicht hier. Nicht jetzt.

»Ich habe schon Männer für weniger getötet«, grollte er mit einer Stimme, die nicht seine war. Sie klang tiefer, kälter, schärfer – als wäre sie dem Höllenabgrund des Schlächters entstiegen.

»Oh, nicht nur Männer wie wir beide wissen«, entgegnete José ohne irgendein Anzeichen von Furcht. »Ich versichere dir, am Ende wirst du genau das erhalten, was du dir immer gewünscht hast.«

Blätter auf dem Wasser

Artio hörte Gebrüll, nur schwach und sehr weit weg. Ein geistloses, unmenschliches Geheul, das über den Pass hallte und ihr das Blut in den Adern gefrieren ließ.

»Was war das?«, fragte Rafael gehetzt.

Am Rande des kleinen Lagers regte sich etwas. Zahllose Gestalten waberten als formlose Masse inmitten des Dickichts, grunzten, knurrten und grollten. Es klang wie das Nahen der Verheerung. Myrddin sah traurig in den umliegenden Wald, in dem es knackte und splitterte. »Druiden der Dämmerung.«

»Was, wenn das Palindrom …«

»Nein.« Er richtete sich auf und die Trauer in seinem Blick wich grimmiger Entschlossenheit. »Sie sind verloren. Es gibt Dinge, die sind unumkehrbar. Das musste auch ich einst lernen.«

»Auf, auf, meine wackeren Gefährten!«, sagte Cernunnos mit abenteuerlustiger Stimme. Er wies auf einen Pfad durch das Dickicht den Pass hinauf. »Oder wollt ihr warten, bis sie euch holen?«

Sie hetzten den Weg entlang. Äste und Zweige peitschten auf sie ein, verfingen sich in ihrem Hemd, hinterließen blutige Kratzer im Gesicht und an den Armen. Schließlich verließen sie den Wald. Hier oben war die Nacht allzu klar und der Schnee glänzte so hell, dass sie meilenweit sehen konnten. Die gefrorene Luft brannte in Artios Kehle, dampfte um ihr Gesicht und schmerzte bei jedem Atemzug. Immer wieder rutschte sie aus, musste sich anstrengen, um mit den anderen Schritt zu halten. Vom Gipfel bis nach Mag Mell waren es nur noch ein paar Tagesmärsche. Sie hatten es fast geschafft.

Rafael keuchte, hielt sich die Seite und zog ein schmerzverzerrtes Gesicht. Zwei schimmernde Rotzspuren wie bei einem Kleinkind zierten seine blasse Oberlippe. »Ich kann nicht mehr … Artio, ich kann einfach nicht mehr!«

»Du musst! Ein Schritt …«

»Um Himmels willen, ich bin am Ende!«

»Spar dir den Atem!«

Er beäugte sie unwirsch. »Wie hältst du das durch? Ich spüre meine Finger nicht mehr. Meine Zehen sind abgefroren und … Beim Palindrom! Ich schwöre, dass ich … dass ich …« Er klappte zusammen und landete im Schnee. Hustend krallte er die Finger in die gefrorene Erde und stemmte sich hoch. Artio half ihm auf die Füße, stützte ihn mit einer Schulter und zog ihn halb laufend, halb stolpernd den Hang hinauf. Dabei rutschte sie im Schnee aus und fand selbst kaum die Kraft weiterzurennen. Als er abermals aus ihrem Arm glitt und zu Boden ging, beging sie den Fehler, zurückzublicken.

Gestalten ergossen sich wie eine Flut über das gesamte Waldgebiet, pflügten die Erde auf, schmetterten Bäume nieder und brüllten. Dort unten wimmelte es nur so von Derwyd. Und sie waren die Beute.

Als das erste Wesen aus dem Wald brach, hielt sie zischend die Luft an. Struppiges Fell zog sich über den gesamten Körper, gewundene Hörner sprossen aus der Stirn, an den Händen funkelten Klauen und die Beine … Sie waren bocksfüßig. Das Wesen ging aufrecht und hielt einen Speer mit Widerhaken gepackt, der rot vor Blut im Mondschein glänzte.

»Beim Palindrom!«, hauchte Rafael. »Was ist das?«

»Noch nie ein Werwesen aus Mensch und Ziege gesehen?«, flötete Cernunnos.

»Also ein … Ziegenmensch?«

Mit einem lauten Grunzen holte das Wesen aus und schleuderte den Speer. Sirrend schoss die Waffe den Hang hinauf, überwand Aberhunderte Schritt und bohrte sich knapp unter ihnen in den Schnee. Verheerungsverdammt, kein Mensch war dazu in der Lage, einen Speer derart weit zu werfen!

Der Ziegenmensch stieß ein kehliges Gebrüll aus. Neben ihm brachen drei massive Gestalten aus dem Wald und schmetterten zwei Bäume nieder. Werbären, wie sie in Candaloz gesehen worden waren.

Artio schüttelte die Starre ab. »Wir hatten ja keine Ahnung.«

»Die Früchte menschlichen Versagens«, sagte Myrddin. »Der Wald ergibt sich dem Hass, der im Fleisch dieser Welt gärt.«

Der Baumgeist reckte sich neben ihr als Rankenwust über den Boden. »Und dieser Hass wird uns alle vernichten, wenn wir nicht die Ärsche hochkriegen!«

Bäume rissen ihre Wurzeln aus dem Boden und traten zur Seite, um den Derwyd Platz zu machen. Einige von ihnen schüttelten ihre mächtigen Kronen und verloren dabei all ihre Blätter. Dann schlossen sie sich dem Heer an, das allmählich zum Vorschein trat. Wandelnde Bäume. Träumte sie?

»Es ist schlimmer, als wir dachten.« Rafael wischte sich den Rotz vom Mund. »Die Verheerung …« Er hustete schwer, würgte dicken Rotz hoch und spuckte aus. »Sie wuchert in diesem Land wie ein Geschwür.«

Myrddin rammte seinen Stab in den Schnee. »Mit der Verheerung hat das nichts zu tun, Paladin. Das hier«, er wies zu den Derwyd hinab, »sind die Konsequenzen unserer Entscheidungen. Die Gier der Menschen ist unersättlich und was bleibt, wenn eine Welt ausgebeutet wurde, ist das, was wir hier sehen.«

»Wahnsinn«, murmelte Artio.

»Wahnsinn, in der Tat. Die Welt wendet sich gegen uns.«

Sie suchte den bewaldeten Pass nach Cuchulain ab, den sie nicht finden konnte. »Er wird sich ebenfalls verlieren.«

»Cuchulain steht für seine Überzeugung ein und lockt die Derwyd auf eine falsche Fährte. Nun kommt, bevor sie weiter unsere Spur verfolgen.«

»Wartet!« Sie atmete scharf ein. »Die Derwyd sind *unseretwegen* hier?«

Ein bedauerndes Lächeln zierte seine Züge. »Ihr seid das, was die Dämmerung am meisten hasst.«

»Das Licht.«

»Ja, in der Tat.«

Artio musste sich zwingen, wieder loszurennen. Ihre Beine zitterten und dabei half es nicht gerade, dass sie Rafael mit einem Arm über ihrer Schulter stützte.

»Schritt …« Sie keuchte und biss die Zähne zusammen. »Schritt um Schritt.« Bislang hatte sie angenommen, dass Cuchulains Erzählungen von einigen Dutzend Derwyd handelten. Aber das hier war etwas ganz anderes. Tirnanogs Stämme hatten allen Grund, sich unter Silberhand zusammenzuschließen – auch ohne die Erfüllung einer Prophezeiung. Sie standen buchstäblich vor der totalen Vernichtung durch Méridor und die Derwyd.

Ein Stich des Grauens durchfuhr sie. Warum ausgerechnet sie? In diesem Augenblick könnte sie in der Kathedrale von Candaloz auf einer Bank sitzen, ein Gebet an das Palindrom richten und sich im Licht sonnen. Stattdessen stapfte sie durch die Wildnis, musste in ein altes Leben zurückkehren und stand mit dem Rücken zur Wand.

Der Aufstieg wurde leichter. Myrddin führte sie durch eine tiefe Kluft, die sich leicht neigte, und dahinter gelangten sie zu eisverkrusteten Felsen, zwischen deren Windungen, Höhen und Senken man sich leicht verirren konnte.

Es sollte sie nicht interessieren; all das sollte ihr egal sein. Doch sie konnte nicht aufhören, über die Druiden nachzudenken. Das waren nicht die Wilden, von denen erzählt worden war. Das war nicht das große Übel, das sie mit ihren verblassten Erinnerungen verband. Irgendjemand musste diesen Menschen helfen und sie in die Umarmung des Palindroms führen. Damit sie ins Licht gelangen konnten.

Artio schaute zurück, betrachtete die Gebirgskette mit ihren dramatischen Gipfeln und dem ersten Tageslicht, das allmählich darüber kroch und das Tal am Fuße mit einem goldenen Schatten bedeckte. In Gedanken war sie die ganze Zeit bei den Derwyd. Cuchulain hatte sich mit einem grünen Kristall in einen Werwolf verwandelt. Sie erinnerte sich an das Bild eines funkenhaften Wesens. Ein Irrlicht. Oder etwas anderes? In Cuchulains hasserfüllten Augen hatte sie seinen inneren Kampf gesehen.

Sie hatte den Rausch in ihm *gefühlt*.

*

Der Rausch beherrschte Cuchulain. Jetzt kannte er weder Zögern noch Zweifel. Es gab nur noch die Tat.

Der Boden bebte unter seinem Ansturm. Er reckte den Hals und sog die kalte Nachtluft ein. Nasses Fell, Schweiß, Blut und Fäulnis. Sein Kopf war erfüllt vom Gestank der Derwyd, und das war gut.

Hass war eine mächtige Waffe. Der Werwolf hasste alles. Aber sein ältester Hass mit den tiefsten Wurzeln, richtete sich gegen alle, die seine Heimat bedrohten.

Cuchulain drückte sich ab und machte einen großen Satz den Abhang hinunter. Schnee und Schlamm spritzte umher, gefrorenes Gras wurde aufgepflügt, selbst die Bäume bogen sich zur Seite, um ihm Durchlass zu gewähren. Das zornige Gebrüll der Derwyd umfing ihn. Er schwamm darin, aalte sich, saugte es ein, um den Zorn des Werwolfs zu nähren.

Die Jagd war eröffnet.

Cuchulain stieß sich ab. Seine Krallen furchten den Boden auf und hinterließen klaffende Wunden, während sein hechelnder Atem um ihn hallte. Die Nacht war für seine geschärften Augen hell und klar. Er konnte jedes Detail inmitten des Waldes so deutlich sehen wie das Fell an seinem Arm. Insekten auf den Blättern. Regentropfen an abgeplatzter Rinde. Würmer im Dreck.

Lautlos wie ein Schatten pirschte er ins Dickicht. Ein Geschöpf stapfte an ihm vorbei – ein Dämmerungsdruide in aufrechter Ziegengestalt. Cuchulain baute sich hinter dem Geschöpf auf und hob die Pranke. Er lächelte, als er sah, wie sich sein riesiger Schatten auf die Hörner legte – wie ein Versprechen, das sich gleich erfüllen würde. Blitzschnell gab seine Klaue das Geheimnis preis und der Kopf wurde vom Scheitel bis zum Kinn in der Mitte geteilt. Blut spritzte hervor, warm und beruhigend, benetzte Cuchulains Maul mit kleinen feuchten Gaben.

Bevor der Derwyd zusammenklappte, war Cuchulain bereits weiter und griff den nächsten Ziegenmenschen an. Das Geschöpf hob den Speer und sprang zurück. Nicht weit genug. Cuchulain biss ihm in die Kehle – biss und biss und biss und knurrte dabei, während salziges Blut in seinen Rachen strömte und der Ziegenmensch ein blubberndes Stöhnen ausstieß. Er zerteilte die Kehle und riss den Kehlkopf heraus, spuckte den Klumpen einem dritten Ziegenmenschen entgegen, der mit seinem Speer ausholte.

Cuchulain duckte sich. »Komm!«

Die Waffe rauschte an ihm vorbei und bohrte sich in einen Baum. Cuchulain sprang auf den dritten Widersacher zu, die Klauen nach ihm ausgestreckt, und begrub ihn unter sich. Ein Biss in den Hals, seine Zähne klackten aufeinander, und der Ziegenmensch verblutete elendig.

Cuchulain pirschte weiter. Nun hatten sie ihn entdeckt, brüllten und kreischten und nahmen seine Fährte auf. Sie waren ihm alle willkommen, denn sie waren Tiere, weniger noch als Tiere. Speere flogen auf ihn zu. Die Derwyd stachen zu und verletzten ihn an der Flanke. Doch der Werwolf war die mächtigste Verwandlung. Er war aus Feuer und Dunkelheit gemacht, aus Zorn und Verderben.

Ein Werbär versperrte ihm den Weg und stellte sich auf die Hinterbeine. Sein Gebrüll hallte über den Berg und schreckte wohl jeden Derwyd dort auf.

Cuchulain sprang auf einen Ast, drückte sich von dort ab und flog über den Werbären und die nachfolgenden Derwyd hinweg. Der Wind blies ihm entgegen, der Schnee klatschte ihm ins Gesicht und durchtränkte sein Fell mit kalter Nässe.

Und tief in ihm erklang der Ruf der Wildnis.

*

Der Ruf trommelte wie ein zweiter Herzschlag in Artios Brust. Anfänglich hatte sie sich nichts dabei gedacht. Doch je weiter sie sich von Cuchulain entfernten, desto deutlicher hörte sie ihn. Inzwischen musste sie sich zwingen, ihn zu ignorieren, während sie durch die Wildnis hetzten, stets fürchtend, einen Verfolger im Nacken zu haben.

Es schneite wieder. Dicke, schwere Flocken fielen aus dem Himmel, schluckten die aufziehende Morgendämmerung und tauchten die Welt in einen weißen Schleier. Stundenlang rannten sie den Gebirgspass hinab, bis sie an einen Fluss gelangten, der das Tal wie eine alte Narbe teilte. Tief unter ihnen schäumte und wallte das Wasser, nagte als zornige Flut rücksichtslos am Fuß der Klippen. Kaltes, schwarzes Wasser und kalte, weiße Gischt vor dem kalten, schwarzen Felsen. Winzige Formen — goldgelb, leuchtend orange, purpurrot, in allen Farben des Feuers — schwammen mit der wilden Strömung dahin, je nachdem, wohin die Flut sie trieb.

Blätter auf dem Wasser.

Artio war dankbar, als Rafael seinen Arm von ihrer Schulter löste und zumindest für einen Moment selbst stand. »Artio«, krächzte er. Atem dampfte um sein verquollenes, kränkliches Gesicht. »Warum bleiben wir stehen?«

Unwillkürlich umschloss sie das Amulett auf ihrer Brust. »Die Blätter.«

»Was ist mit ihnen?«

»Ich bin wie sie.«

Er blickte sie mit gerunzelter Stirn an.

»Ich versuche mich gegen den Fluss zu stemmen, aber ich werde wie ein Blatt mitgerissen.«

»Du bist eine Paladin.«

»Ja, aber ich komme nicht dagegen an.« Sie zwang sich, das Amulett loszulassen. »Hier wuchert mehr als nur ein Verheerungssplitter.«

Er rieb sich die rot geäderten Augen. »Worauf willst du hinaus?«

»Ich kenne einen Weg, wie wir Silberhand und die Stämme überzeugen können.« Sie ließ sich Zeit, suchte die passenden Worte, um ihm die Bedeutung klarzumachen. Aber irgendwie schien er zu wissen, was in ihr vorging, als er ihr wieder zunickte.

»Ein Bündnis«, sagte Rafael. »Sie schwören ihren Göttern ab und unterwerfen sich dem Palindrom. Im Gegenzug ...« Er hustete. »Im Gegenzug werden wir sie gegen die Derwyd beschützen.«

Immer noch hatte sie die Warnung des Thans im Ohr. Die Stämme würden sich niemals unterwerfen. Aber vielleicht gab es eine andere Möglichkeit, um beide Völker zusammenzubringen. Eine Möglichkeit, bei der alle gewinnen konnten.

*

Obwohl Cuchulain nicht gewinnen konnte, musste er kämpfen, damit die Lichttrinker zum Thing gelangten.

Wie ein Ungeheuer ging er in einer Gruppe Geschöpfe nieder und stieß sie auseinander. Mit der rechten Pranke schlitzte er die Brust eines Ziegenmenschen auf, mit der linken zerschmetterte er den Schädel eines Werbären. Er beschrieb einen Kreis um sich – ein

Kreis aus Fleisch, Knochen und Blut. Und inmitten dessen wütete der entfesselte Werwolf.

Es gab keine Grenzen für ihn. Er rollte sich weg und ließ einen Knochenschauer aufspritzen, als er den Rücken eines Geschöpfes öffnete. Ein Werbär brüllte ihm entgegen, den Schlund weit aufgerissen, eine Wolke Spucke drang daraus hervor. Cuchulain wich zurück. Er tänzelte mit den wabernden Schatten und den zuckenden Gestalten.

Als sein Augenblick gekommen war, sprang er dem Werbären an die Kehle. Ein Biss, ein Ruck, und das Geschöpf ging mit schreckgeweiteten Augen nieder, während sich ein dicker Strom aus dem klaffenden Hals ergoss.

Cuchulain lachte, riss den verstümmelten Körper hoch und schleuderte ihn weg, sodass er nach einer Umdrehung gegen eine Gruppe Ziegenmenschen stieß. Er fuhr herum, aber nur die Schatten bewegten sich, tanzten mit ihm.

Die Derwyd griffen nicht an. Dutzende waren vorgerückt und hatten ihn umstellt. Der Werwolf drängte Cuchulain weiterzumachen, aber er hielt ihn zurück. Wartete. Lauerte.

Der richtige Moment würde kommen.

Bewegung ging durch die Gestalten. Sie teilten sich in der Mitte und daraus trat eine hohe Gestalt hervor – größer als die anderen. Sie ging auf zwei Beinen, der muskulöse Oberkörper war von einem Flickwerk dicker, langer und dünner Narben verunstaltet – eine davon zerteilte sein linkes Auge. Das weiße Fell hatte die Farbe von Schnee und in dem verbliebenen Auge loderte ein tiefes Rot.

Der Werwolf ließ sich auf die Vorderbeine fallen und kam näher. Seine Bewegungen waren geschmeidig wie die eines Jägers, der seine Beute in die Enge getrieben hatte, und er stieß ein Knurren aus, das in Cuchulains Brust vibrierte. Erst dann dämmerte ihm, dass dies nicht irgendein Derwyd war. Das war der Leitwolf.

Jetzt war es Zeit, umzukehren.

*

»Wir müssen umkehren.« Artio blieb stehen. Sie konnte sich den Grund nicht erklären, aber es widerstrebte ihr, vor der Gefahr davonzulaufen, während ein junger Krieger sich für sie opferte.

»Das Thing beginnt bald«, erwiderte Myrddin bestimmt. »Dort kannst du über das sprechen, was du gesehen hast, Artio. Damit hilfst du Cuchulain mehr, als dich den Derwyd in den Weg zu stellen.«

Der Schnee war inzwischen in Eisregen übergangen. Die eiskalten Tropfen klatschten ihr ins Gesicht, durchtränkten ihre Kleider und ließen sie frösteln. »Ich kann nicht.«

Rafael musterte sie scharf. »Wir haben eine Mission!«

»Lehrt das Palindrom nicht, dass es unsere Pflicht ist, zu bewahren?«

»Das Gelingen unserer Mission ist wichtiger als das Leben eines Einzelnen.«

»Was, wenn dieser Einzelne wichtig für das Kommende ist?«

Rafael hob die Schultern. »Er ist ein Druide.«

Sie suchte in Rafaels Augen nach etwas und war enttäuscht, als sie dort nur Resignation entdeckte. Es war ihm gleich, ob Cuchulain starb. Warum war das für sie anders? War sie ein Fehler? Sollte sie nicht über alldem stehen?

»Sieh mich nicht so an, Artio! Wir haben ihn nicht dazu gezwungen. Wenn er stirbt, dann weil er es so wollte.«

»Wie kannst du nur so grausam sein?«

Rafael hustete, würgte und spie einen Klumpen in seine Hand. Roter Schleim. Er ballte die Faust und wischte den Sabber an seinem Pelz ab. »Was verlangst du von mir? Gegen die Derwyd kämpfen? Allein?«

Sie konnte nicht widersprechen. Er hatte recht, dennoch fühlte es sich falsch an, dass sich jemand um ihretwillen opferte. »Hattest du nie das Gefühl«, sie wies auf die Blätter im Fluss, »dich in einer Strömung zu befinden? Jeder sagt dir, was du zu tun hast, aber du glaubst, dass du in die entgegengesetzte Richtung schwimmen musst?«

»Ich bin Hochpaladin des Palindroms, gesegnet, gesalbt, auserkoren und auserwählt mit einem Glaubensfunken, Paladin Artio!« Er gewann etwas an Kraft in seiner Stimme zurück. »Gott ist mein Hirte, der mir den Weg weist.«

Sie sah in den weißen, schneebeherrschten Himmel. »Also ist alles, was ein Paladin tut, über allen Zweifeln erhaben?«

Rafael hustete wieder rasselnd. »Ja.«

Mit einem tiefen Atemzug schloss sie die Augen und ließ sich von diesem Gefühl des Versagens durchströmen, das sie niederzuringen versuchte. »Ich bin eine Paladin. Aber ich bin auch nicht so naiv zu glauben, dass ich Gold scheiße.«

»Bitte?«

Sie öffnete die Augen. »Ich bin nicht unfehlbar.«

Bevor Rafael antworten konnte, kehrte Myrddin zu ihnen zurück und wies hastig den Pfad entlang. »Aus der anderen Richtung marschiert uns ein zweites Heer entgegen. Bleibt im Schatten des Gebirges und begebt euch fünf Tagesmärsche entlang des Flusses tiefer ins Tal. Wenn die Geister euch gewogen sind, wird er euch direkt nach Mag Mell führen. Cernunnos!«

Eine Ranke schlängelte sich durch den Schlamm, ringelte sich umeinander und wuchs dann zu einer menschlichen Gestalt heran. »Anwesend!«, flötete er.

»Geleite sie sicher dorthin!«

»Euer Ersuch ist mir Befehl, oh Göttlicher!«

Artio wusste nicht, ob der Baumgeist wieder nur einen seiner schrulligen Scherze machte. Es war unerheblich. »Du wirst Cuchulain helfen?«

Der alte Druide betrachtete sie nachdenklich. »Mein Herz sagt mir, dass ich ihm helfen muss. Denn er ist genauso wichtig wie du, Artio.« So wie er das sagte, jagte es ihr einen eiskalten Schauder über den Rücken, als wüsste er mehr über das, was noch kommen sollte.

Ein Wabern geriet über seine Gestalt. In seinen Augen leuchtete ein gleißendes Grün wie Smaragde in einer Grotte. Er sank auf die Knie, während sein Mantel zu einem Federkleid und seine Arme zu Flügeln wurde und sein ganzer Körper schrumpfte.

Er spreizte die Schwingen und schwang sich mit einem krächzenden Ruf als Falke in den Himmel empor, wo er schließlich verschwand.

»An diesen Anblick werde ich mich erst noch gewöhnen müssen«, sagte Rafael, der dem Druiden nachdenklich hinterhersah.

»Vieles, was wir über Tirnanog zu wissen glaubten, erwies sich als falsch. Ich denke, dass Myrddin ein guter Mensch ist.«

»Ist er denn ein Mensch?«

Kurz erwog sie, zu bejahen, aber dann stellte sie fest, dass sie es nicht mit Sicherheit sagen konnte.

»Kommt, ehe wir hier noch Wurzeln schlagen«, ertönte Cernunnos fröhliche Stimme. Er hielt inne und ein Grinsen huschte über sein Gesicht. »Wurzeln schlagen. Ha! Den muss ich mir merken. Und jetzt …« Er streckte die Arme zur Seite, als wollte er sie umarmen, und sie wuchsen in die Länge, Breite und Tiefe, bildeten einen festen Boden unter ihren Füßen, bis sie Artio und Rafael in einem schützenden Kokon umgaben. »Gut festhalten! Die Reise könnte etwas holpriger werden.«

Artio und Rafael klammerten sich an den Ästen fest. Ein Ruck und der Baumgeist flitzte los; wie einen Sack Kartoffeln trug er sie huckepack auf dem Rücken.

Die Fäulnis

Artios Stiefel saugte sich im Schlamm fest. Bei jedem Schritt fuhr ihr Atem pfeifend durch ihre Kehle und sie kämpfte mit heldenhafter Willenskraft gegen die Erschöpfung. Hinzu kam der Wind, der unheimliche, gespenstische Laute verursachte. Es war wie das Jammern von lange Verstorbenen. Das hohe Geräusch wurde von einem seltsamen Geruch begleitet, den sie nicht zuordnen konnte.

Da Cernunnos sie nicht ewig tragen konnte, war die Reise inzwischen zu einer einzigen Tortur geworden. Sie konnte sich nicht erinnern, ob sie jemals etwas anderes erlebt hatte. Es gab nur noch ein Ziel, das ihr klar vor Augen stand: das Thing.

Die Waldlichtung lag in einer Senke. Überwucherte Baumwurzeln ragten seitlich aus den Hängen und wanden sich zwischen tropfenden Steinplatten, die von saftig grünen Moosflechten überzogen waren. Schmetterlinge tanzten entlang der Schlingpflanzen, ein Rabe krächzte in den hohen Kronen einer Esche und Blumen in allen Formen und Großen sprenkelten die Lichtung wie Farbtupfer auf einem Gemälde. Artio rieb sich verwundert die Augen. Die Farben waren *kräftiger*. Als hätte irgendjemand dieses Gebiet mit Leben durchtränkt.

Ihr Blick wanderte zu zwei filigranen, verwitterten Holzstatuen, völlig von Efeu bedeckt, die sich inmitten dieser Pracht erhoben. Ein Lichtstrahl erhellte sie und ließ Artio einen Moment innehalten.

Dieser Ort war schön auf eine Art und Weise, die sie sich nicht erklären konnte. Es roch nach Blüten, nach Gräsern und Tannen. Und es lag ein seltsames Gefühl von Befreiung in der Luft, wie ein Widerhall einer Erinnerung.

»Spürt ihr das?«, flüsterte sie.

Rafael hustete. »Was ist das?«

»Nicht was!« Cernunnos schlängelte sich als Ranke an ihnen vorbei und verästelte vor den beiden hölzernen Statuen. Vorsichtig befreite er sie vom Efeu. Dahinter kamen die Gesichter von zwei Frauen zum Vorschein, die so echt und lebendig wirkten, als wären sie in der Bewegung erstarrt.

Artio wagte sich näher. Die Rückseiten der Statuen waren ausgehöhlt und die Züge in den Gesichtern wirkten keineswegs stolz, hehr oder glücklich, wie man es erwartet hätte. Die Münder standen ihnen vor Qual offen, die Augen waren schreckgeweitet und die Armee ausgestreckt, wobei Teile davon abgebrochen waren. Als wären sie auf der Flucht gewesen, aber ihren Verfolgern nicht entkommen.

»Wer ist das?«, fragte sie.

Der Baumgeist berührte abwesend mit einem Zweig die Wange einer Statue. So verletzlich hatte sie ihn noch nicht erlebt.

»Cernunnos?«

Er ließ die Statue los und seine Gesichtszüge waren voller Gram.

»Dieser Ort ist ein Grab.«

»Für wen?«

»Fauna und Flora.«

Sie wagte kaum zu atmen. »Wer sind diese beiden?«

Sein Lächeln wirkte gezwungen, als er an ihr vorbeimarschierte.

»Meine Töchter.«

»Du willst damit sagen …«

»Ja. Das dort«, er machte eine nachlässige Handbewegung zu den Statuen, »waren Götter.«

»Was ist geschehen?«

»Sie wurden ermordet.«

Sie betrachtete wieder die Statuen und konnte sich kaum vorstellen, dass sie einst Götter gewesen waren. »Von wem?«

Er verbeugte sich vor Rafael. »Menschen.«

Der Paladin schwieg, aber Artio wollte nicht unausgesprochen lassen, was zwischen ihnen stand. Sie eilte dem Baumgeist hinterher und legte ihm von hinten eine Hand auf die rindige Schulter. »Das tut mir leid.«

Cernunnos streifte ihre Hand ab. »Das ist lange her. Und jetzt weiter, wackere Gefährten! Wir haben noch einen weiten Weg vor uns!«

*

Die verwitterten Steinmauern des Dorfes waren nicht sehr hoch, aber sie genügten, um jeden ungebetenen Besucher wissen zu lassen, dass er hier nichts zu suchen hatte. Hinter der Mauer befand sich ein Dorf, in dessen Zentrum sich ein riesiger Baum erhob. Doch er war *falsch* – falsch auf eine Art und Weise, die nur sehr schwer zu beschreiben war. Bäume sollten nicht so gewaltig sein und gleichzeitig ausgemergelt wirken wie ausgehungerte Ungeheuer. Außerdem trug er keine Blätter und die Äste und Zweige waren ineinander verschlungen wie Würmer im Dreck.

»Ein Dorf.« Rafael wies mit schwacher Geste dorthin. »Werden die Wilden uns aufnehmen?«

»Wohl eher nicht«, erwiderte Artio. Sie stützte ihn und ging unter seinem Gewicht fast nieder. Sein bärtiges Gesicht war nicht weniger von Erschöpfung gezeichnet, seine Augen blickten fiebrig drein und er hatte eindeutig an Gewicht verloren. Es regnete immer noch und inzwischen fanden die nasskalten Tropfen jede Stelle unter dem Stoff, raubten ihr die letzte Kraft und den letzten Willen, weiter durchzuhalten.

»Artio ... beim Palindrom! Wir *müssen* eine Rast einlegen.«

»Weiter draußen. Nicht hier.«

Cernunnos wuchs vor ihnen aus dem Boden und verzweigte zu einem grinsenden Gesicht. »Warum einen Umweg gehen? Dort hinten befindet sich ein Dorf, meine wackeren Gefährten.«

Artio rang nach Atem. »Zu gefährlich.«

»Ich habe Myrddin versprochen, dass euch nichts geschieht und was ich verspreche, passiert. Also macht euch keine Sorgen über ...«

»Wir gehen weiter!«

»Ich habe nie verstanden, wie es euch Menschen gelingt, das Weltenrund zu beherrschen. Ihr seid bloß Fleisch, Blut und Knochen.«

»Und verdammt müde. Also sparen wir unsere Kräfte und ...«

»Weißt du, was das Näschen sagt?« Er tippte sich mit einer fingerartigen Ranke an die Stelle im Gesicht, an der eine Nase sitzen sollte. »Dein werter Gefährte macht nicht mehr lange mit.« Er nickte zu Rafael, der sich noch ihre Hilfe kaum noch auf den Beinen halten konnte.

Artios ließ Rafael los, um zumindest ihre letzten Kräfte zu sparen, und schleppte sich mit zusammengebissenen Zähnen in die entgegengesetzte Richtung davon. »Wir gehen weiter!«

»Das würde ich an deiner Stelle nicht tun«, sagte der Baumgeist.

»Schön.«

Blitzschnell wuchs Cernunnos vor ihr empor, verästelte zu einer Rankenmauer mit Gesicht und versperrte ihnen den Weg. »Hast du Schlamm in den Ohren? Wir *können* nicht weitergehen!«

»Warum nicht?«

»Darum.«

»Das ist kein Grund.«

»Menschen brauchen wohl immer Beweise für alles, wie?«

Ein Streitgespräch war jetzt das Letzte, was sie brauchte. »Und zwar?«

»Und zwar«, er tippte mit einem Rankenfinger gegen ihre Brust, »bist du hier, weil du dir selbst etwas beweisen willst, was du längst weißt.«

Sie knurrte leise. »Das da wäre?«

»Das da wäre dein Herz.«

»Was ist damit?«

»Wenn du sprichst, spricht die Paladin aus dir und du verschließt dein Herz.« Er beugte sich zu ihr und in seinem Blick lagen Wärme und Mitgefühl. »Denn es schlägt für Tirnanog.«

Etwas zog sich in ihr zusammen. »Das ist nicht wahr.«

»Ist es das?« Er redete so sanft und leise, sodass nur sie ihn noch verstehen konnte. »Oder bist du einfach noch nicht bereit, dir diese Wahrheit einzugestehen, Tochter der Wälder?«

Sie spürte Rafaels brennenden Blick wie Nadelstiche im Nacken. »Du kennst mich nicht, falscher Gott.«

Er brach in schallendes Gelächter aus. »Falscher Gott? Herrlich! Ich habe schon existiert, als der Krüppel sich noch das Hemd vollgeschissen hat!«

»Was willst du damit andeuten?«

Wie eine Schlange ringelte er sich umeinander und formte dann Ranke für Ranke zu einer menschlichen Gestalt aus, die sich mit krummem Rücken auf einen Gehstock beugte. Sie war überraschend detailliert, zeigte grimmige, unnachgiebige Gesichtszüge, kurzes Haar und ein stures Kinn. Ein alter Krüppel.

»Aus dem Weg, ihr Schwachköpfe!«, blaffte der alte Mann und schwenkte wütend seinen Stock.

Artio war völlig gebannt. »Wer ist das?«

»Wer das ist?« Der Krüppel verzog das Gesicht, dann stützte er sich schwer auf seinen Stock. »Ein Mensch, bevor er zum Gott aufstieg. Na, kommst du drauf? Ich geb dir einen Tipp. Sein Name ist ein *Palindrom*.«

»Das reicht!«, knurrte Rafael und stieß sie mit der Schulter aus dem Weg. Auf einmal war er wieder sicher auf den Beinen. »Das Palindrom war kein Mensch! Es existierte von Anbeginn der Zeit und schenkte uns seine Gunst, als die Menschheit in dunkelster Stunde der Verheerung …«

Cernunnos verfiel in schallendes Gelächter, was Rafael umso mehr aufstachelte.

»Das Palindrom schenkte uns in dunkelster Stunde …«

»Hör auf!«, rief der Waldgeist und hielt sich die bebende Brust. »Nicht doch! Bitte, ich kann nicht mehr!«

Artio riss eine Hand hoch, um Rafaels Wutausbruch zuvorzukommen. »Genug davon! Wir haben keine Zeit für solche Diskussionen. Cernunnos, warum willst du unbedingt, dass wir das Dorf betreten?«

Der alte Mann reckte seinen Kopf und formte allmählich wieder Cernunnos Wurzelgestalt. »Spürst du das?«

Sie sah sich um, horchte in sich hinein und hob witternd die Nase. Ein Geruch lag in der Luft, dick und schwer wie ein ausgeklopfter Teppich. Zuerst hatte sie sich nichts dabei gedacht und es auf die Nähe zu den Derwyd geschoben. Doch jetzt begriff sie, dass der süßlich-beißende Gestank nach faulen Eiern über dem gesamten Gebiet lag.

»Was ist das?«, flüsterte sie und blickte sich um.

»Unbedeutend!«, sagte Rafael und wies knapp zu den offen stehenden Toren. »Wir nützen niemanden, wenn wir halb tot beim Thing ankommen.«

»Ja, hör auf den eitlen Sack«, sagte Cernunnos fröhlich. »Du hast uns absichtlich hierhergeführt, nicht wahr?«, Er ließ sich Wimpern wachsen und klimperte damit unschuldig.

»Unbewusst.«

»Weißt du etwas, das wir nicht wissen, Baum?«

»Erstens«, der Dryade hob einen Rankenfinger, »heißt das Waldgott. Also bitte! Zweitens bin ich nicht irgendeiner, sondern der Älteste meiner Art. Außerdem ...«

»Schluss damit!«, blaffte Artio.

»Immer die Soldatin, was? Du kommst einfach nicht dagegen an, denn insgeheim weißt du, dass alles, was geschieht, deinem eigenen Pflichtbewusstsein geschuldet ist. Und das führt dich auch immer wieder an Orte, an denen eine Veränderung geschieht. Wie hier.«

»Du willst da rein? Dann gehen wir da rein!« Sie stapfte los. Bei jedem Schritt sogen sich ihren Stiefel mit Wasser voll, schmatzten und quietschten auf der Straße, die sich in Morast verwandelt hatte. Sie versuchte sich daran zu erinnern, wo genau sie waren, aber so sehr sie sich auch bemühte, sie konnte sich nicht orientieren. Nach Mag Mell konnte es nicht mehr weit sein. Höchstens ein Tagesmarsch. Das war auch längst überfällig, denn länger hielt sie es mit den beiden Streithähnen nicht mehr aus. Und sie ertrug auch nicht länger die vorwurfsvollen Blicke des Hochpaladins, der offenbar in ihr all die Gründe für seine missliche Lage sah.

Dabei hat Rafael diese Mission erst vorgeschlagen!

»Äuglein auf!«, ertönte Cernunnos Stimme, als er im Zickzack vor ihnen als Ranke entlangschoss.

»Klappe!«, brummte sie und stützte Rafael wieder. Seit sie offen ihre Zweifel verkündet hatte, war ein Graben zwischen ihnen entstanden, der sich weitete, wie eine offene Wunde, an der sie sich nicht traute, herumzufingern. Sie wollte ihm sagen, dass der winzige Teil in ihr, der sie mit Tirnanog verband, immer größer wurde und dass die Sünde schon immer in ihr existiert hatte – sie hatte nur gelernt, wegzusehen.

In diesem Augenblick der Erkenntnis breitete sich ein Zustand der Klarheit in ihr aus, wie Morgentau, der im Sonnenlicht verdampfte.

Sie hatte sich nicht verändert. Sondern gestand sich ein, was die ganze Zeit in ihr geschlummert hatte. Unwillkürlich fragte sie sich, ob sie überhaupt noch nach Candaloz zurückkehren könnte. Wie könnte sie wieder ein Teil der Gemeinschaft der Paladine sein, wenn sie sich so weit entfernt hatte?

Zweifel sind menschlich. Wichtig ist, sie zu überwinden und die Wahrheit in allem zu finden. Sie schüttelte den Kopf und ging weiter. Es war nicht so, dass sie den Hochpaladin dafür verachtete, dass er sich den Gesetzen der Kirche unterwarf. Sie wäre gerne ebenso mit Demut erfüllt wie er. Aber sie wusste tief in sich, dass Méridor eine Veränderung brauchte, um weiter bestehen zu können. Alles, was sie bislang über Tirnanog zu wissen geglaubt hatten, hatte sich als falsch erwiesen.

Cuchulain kämpft für uns. Myrddin kämpft für uns. Cernunnos, sie betrachtete das Wurzelgeflecht, das ihr freudig zuwinkte, *kämpft für uns. Wir sollten ihnen auf Augenhöhe begegnen und sie anhören, anstatt sie wieder zu knechten.*

Als sie das Tor durchquerten, blieb Artio wie festgefroren stehen. Jetzt wusste sie wenigstens, woher der Gestank kam.

Das Dorf war ein Schlachtfeld.

Leichen mit schwärenden Wunden, aufgeplatzten Bäuchen und zerborstenen Köpfen lagen verstreut wie Blätter im Herbst. Ruinen, mit eingestürzten Dächern und eingeschlagenen Türen, erstreckten sich, so weit sie sehen konnte. Das Langhaus war völlig zerschmettert und die Dachbalken ragten in den Himmel wie der aufgebrochene Brustkorb eines Ungeheuers. Dazwischen wanden sich pulsierende, teerartige Wurzelgeflechte, umeinander, ineinanderverwickelt und verschlungen. Sie bedeckten den gesamten Boden wie die Adern eines einzigen Wesens und überwucherten sogar die Leichen. Über alldem schwebte der durchdringende Gestank nach Fäulnis wie ein Massengrab.

»Beim heiligen Licht!«, raunte Rafael.

Artio öffnete den Mund, aber es kam kein Ton heraus.

»Hab ich's euch gesagt oder hab ich's euch gesagt?«, flötete Cernunnos.

Ihr Blick fiel auf etwas, das sich in der Dorfmitte erhob. Dort hatten sich die pulsierenden Rankenflechten zusammengezogen und einen verdrehten Baum geformt. Allerdings waren Stamm, Äste und Zweige nicht aus Holz gefertigt. Sondern aus Leichen. Ineinandergesteckte Arme, Beine, Hände, Oberkörper und Köpfe, umschlungen von schwarzen Ranken. Ein Mahnmal.

Ihr Magen bäumte sich auf. Sie biss die Zähne zusammen und kämpfte damit, sich nicht zu übergeben. Vorsichtig löste sie Rafaels Arm von ihrer Schulter – er murmelte ein Gebet an das Palindrom – und ging auf den Leichenbaum zu. Dabei achtete sie darauf, die Ranken nicht zu berühren.

»Palindrom, gib mir Kraft«, murmelte sie und starrte das grausame Machwerk mit brennenden Augen an. »Das muss die Verheerung sein.«

Cernunnos wuchs an ihrer Seite zu einer menschlichen Gestalt, wobei er die Hände hinter dem Rücken verschränkte. »Keine Verheerung. Die Fäulnis. Sie wächst und gedeiht.«

»Also ist das nicht das Werk der Derwyd?«

»Die Druiden der Dämmerung sind die *Wirkung*, aber nicht die *Ursache*.« Er zwinkerte ihr zu, als wären sie zwei alte Freunde. »Glaubst du mir jetzt?«

Artio schaute den Berg zu dem Baum hinauf. »Und das?«

»Eine alte Freundin.« Nun klang Cernunnos traurig. »Wir haben uns oft unterhalten. Über die Berge, die Täler, die Flüsse und das, was vor allem war. Bei meiner Borke, sie war früher eine wahre Schönheit!«

»Ich habe die Ansprache unseres neuen Königs nicht gehört, aber man erzählte allerorts in Candaloz davon.« Sie rief sich die Worte in Erinnerung. »Er sagte, dass uns eine schwere Zeit bevorsteht. Ein Sturm, von dem niemand weiß, in welcher Form er in Erscheinung tritt.«

»Oh, es wird ein Sturm kommen, der das ganze Weltenrund erschüttert. Aber es ist kein dunkler Herrscher, der in Erscheinung tritt. Keine vergessene Gefahr, die das Dunkel beherrscht. Kein machtgieriger Halunke. Kein magisches Artefakt. Keine Verheerung.« Er zögerte. »Alles, was geschieht, sind die Konsequenzen menschlichen Versagens.« Plötzlich klang er sehr müde und uralt, als hätte er Dinge gesehen, die sie sich nicht einmal vorstellen konnte. »Alles, was geschehen wird, muss geschehen.«

Seine Worte bescherten ihr eine Gänsehaut. Sie nahm all ihren Mut zusammen und ließ das scheußliche Kunstwerk hinter sich zurück. Während sie den Hang hinaufstapfte, dabei den pulsierenden Rankenflechten folgte, die alle zum Hügel hinstrebten und dort immer dichter wurden, verschloss sie sich dem Anblick und richtete ihre Konzentration auf den Baum, der drohend über ihnen aufragte. Erst jetzt fiel ihr auf, dass die Äste und Zweige, ja sogar der Stamm ebenfalls von den teerartigen Ranken durchzogen waren und *bluteten*. Überall sickerte eine klebrige, rote Flüssigkeit aus der aufgeplatzten Rinde, aus Rissen und Spalten und tropfte zu Boden. Die Erde sog sich mit dieser Flüssigkeit voll wie ein Stück Stoff im Regen.

Rafael folgte ihr in einigem Abstand, schweigsam, verschlossen, nachdenklich. Er hinkte gelegentlich, wischte sich den Rotz vom Mund und hustete feucht.

Schließlich gelangten sie auf die Hügelspitze und betraten einen Steinkreis aus hoch aufstrebenden Menhiren, die ebenfalls wie von Spinnennetzen überwuchert war. Dieses weitmaschige Gespinst pulsierte wie ein schlagendes Herz. Artio achtete genau darauf, wo sie hintrat, und gelangte zum Stamm, der wie eine Zwiebel mehrere Schichten aufwies. Der Baum wiegte sich im selben Rhythmus.

Die Erkenntnis traf sie wie ein Schock. »Ihr seid es!«

Cernunnos schwieg.

»Euretwegen entsteht die Fäulnis.« Sie musste sich zu den Worten zwingen. »Alte Götter.«

»Ja …« Seine Stimme war wie der Wind, der den Hügel umwehte – blass, dünn und fern. »Die Paladine tilgen das Mythische aus der Welt. Wie alles Mythische vergehen auch wir. Und der Hass … die Erinnerungen … der Schmerz und das Leid, das wir in uns gesammelt haben … All das Gift sickert in die Erde und tränkt sie mit unserem Zorn.«

»Dieser Baum ist eine Dryade.«

»Eine der ersten, die in einer Zeit vor alldem hier erweckt wurden.«

Artio bückte sich und wollte eine pulsierende Wurzel berühren. Ein Zweig wickelte sich um ihr Handgelenk und hielt es fest.

»Nicht!« Cernunnos Stimme schnitt wie ein Messer in ihren Verstand. »Du würdest dich verlieren.«

»Ich will es verstehen.«

»Dafür musst du dich zuerst den Schatten deiner eigenen Vergangenheit stellen. Du musst im tiefsten Morast graben und dir selbst eingestehen, wer du bist. Erst dann bist du bereit das zu tun, was notwendig ist. Du wirst ein Schlüssel sein.«

Sie riss sich los und stand auf. »Vorsicht, Baumgeist!«

»Hast du Angst, die Wahrheit könnte dich zerbrechen?«

»Du glaubst, ich bin die Figur aus den Geschichten, die sich gegen jene stellt, die sie mitgenommen haben? Die Rebellin, die ihren Meistern trotzt?« Sie nahm etwas Licht aus der Umgebung auf, woraufhin sie leuchtete wie eine entzündete Fackel. »Und am Ende meiner Reise spreche ich für Silberhand und tue … was genau? Stelle ich mich gegen meinen Gott? Gegen mein Volk? Gegen die Menschen, denen ich alles verdanke?«

»Oh, du wirst eine Entscheidung treffen«, flötete er. »Denn du bist ein gütiger Mensch. Ein Mensch reinen Herzens.«

»Du weißt gar nichts über mich, Baumgeist!«

Er lächelte sie traurig an. »Ich weiß zum Beispiel, dass du seit vielen Jahren eine schwere Last auf dem Herzen trägst. Aus diesem Grund willst du für das Gute einstehen.«

»Das Gute?« Sie schnaubte so sehr, dass ihr der Rotz über das Kinn schoss. »Das Gute existiert nicht! Glaubst du, ich habe nicht gesehen, was die Paladine im Namen der Kirche tun? Wie sie foltern, morden, abschlachten und unterdrücken, um die Welt von den Splittern der Verheerung zu befreien? Glaubst du, ich habe nicht am eigenen Leib den Schrecken erfahren? Die Ungerechtigkeit? Die Zweifel?« Sie brauchte einen Moment, ihre Stimme unter Kontrolle zu bringen. »Weder das Gute noch das Böse existieren. Aber es gibt etwas, das dazwischen existiert. Ich bin eine Paladin, weil ich an *Gerechtigkeit* glaube!«

HRRRROOOOOOAARRRRR!
Der Boden bebte. Es ertönte donnerndes Gebrüll, uralt und voller Zorn. Äste zersplitterten, Rinde zerplatzte, Holz stöhnte und ächzte. Die Welt schwankte und drehte sich um Artio. Sie wäre gestürzt, wenn Cernunnos sie nicht festgehalten hätte.

Ausgehend vom verfallenen Baum liefen Risse durch den rüttelnden Untergrund, breiteten sich weiter aus, und Splitter flogen in wirbelnden Mustern um ihn herum auf. Dann riss der Baum seine gewaltigen Wurzeln aus der Erde, fegte Menhire um und ließ Wurzelstränge abplatzen. Blutrote Tropfen spritzten umher. Überall brachen Ranken und Wurzeln dick wie Baumstämme aus dem Boden, pflügten den Hügel und das Dorf wie einen alten Acker auf und zerschmetterten die wenigen Gebäude, die bis dahin noch gestanden hatten. Tonnen von Holz, Stein und Metall flogen wie Papierfetzen durch die Luft. Sie rissen umherliegende Leichen in Stücke, ließen Glieder durch die Gegend wirbeln und Blut hervorsprudeln und spritzen. Einige Gebäude fielen in die Spalten und Löcher, die sich daraufhin auftaten, und der Rest verwandelte sich in Schutt und Trümmer – selbst das wurde wie Spielzeug emporgeschleudert.

Artios Schrei verschmolz mit dem Lärm. Wie gebannt stand sie da, während die Trümmer um sie herumzischten und die Wurzeln des Baumes wie Tentakel eines Meeresungeheuers umherpeitschten.

Mit einem Donnerschlag krachten die Wurzeln auf die Erde, begruben das restliche Dorf, das bis dahin noch nicht zerstört worden war, und erschütterten ein letztes Mal den Boden.

Artio erzitterte. Cernunnos stand neben ihr und blickte konzentriert zu dem Baum. Dort war die Rinde zur Seite weggerollt und hatte den Oberkörper eines Wesens freigegeben. Es war größer als ein Mensch, sehr schmal und mit zernarbter Borke überdeckt. Das Gesicht war eingefallen und die Ohren überraschend spitz wie bei den sagenumwobenen Geschöpfen aus den Geschichten. Doch mit deren Anmut und Eleganz hatte es nichts gemein. Wellen an Verachtung schlugen Artio von diesem Wesen entgegen. Es wirkte wie das Kehrbild von etwas, das alles verloren hatte, was es zuvor mitfühlend gemacht hatte. Nun wurde es nur noch vom Hass auf jene beherrscht, die für sein Leid verantwortlich waren. Die Menschen. Die Auslöser der Verheerung.

Artio nahm noch etwas Licht auf, woraufhin sich ein Kreis der Dunkelheit um sie weitete, und erstrahlte in gleißender Helligkeit. Erleichtert atmete sie auf. Trotz ihrer Zweifel hatte sie ihre Gabe nicht verloren. Ihr Glaubensfunke brannte nach wie vor auf heller Flamme.

Es folgte ein Augenblick völliger Stille, während sich die Überbleibsel der Gebäude allmählich auf einer Seite des Hügels setzten. Erst dann kam Artio ein Gedanke, der ihr einen Stich versetzte.

Rafael!

Er lag am Boden, bedeckt mit zerbrochenen Ästen und dem Blut des Baumgeistes, und bewegte sich nicht mehr. Doch Artio wagte nicht, zu ihm zu gehen – sie wagte nicht einmal, sich zu rühren.

Das Wesen griff mit den Händen an beide Seiten der Rinde und drückte sich mit dem Oberkörper ein wenig aus dem Stamm. Selbst diese Bewegung schien ihm unendliche Qualen zu bereiten. Nun waren Andeutungen von Brüsten unter der Rinde erkennbar und die schmalen Züge wirkten ebenfalls weiblich. Darunter jedoch, tief im Stamm versenkt, blitzte etwas auf. Etwas, das Artio nicht richtig erkennen konnte.

»Cernunnos«, sagte die Dryade mit knarrender und uralter Stimme. »Du hättest nicht herkommen sollen.«

Der Baumgeist wirkte ungewohnt ernst. »Es ist lange her.«

»Das ist es. Die Fäulnis breitet sich aus. Ich …« Sie verzerrte das Gesicht vor Schmerz. »Ich kann sie nicht länger zurückhalten. Meine Wurzeln sind verfault und der Zorn … Er verschlingt mich wie die anderen. Einst Beschützer des Weltenrunds werden wir zur größten Gefahr.«

»Das Volk der Menschen ist entzweiter denn je. Es braucht unsere Führung.«

»Ich habe es all die Zeit bewahrt.« Eine ihrer Wurzeln reckte sich in den Himmel, groß wie ein ganzer Abschnitt des Dorfes, und trieb dort schwerelos umher. »All die Zeit, während die Welt sich immer wieder wandelte und neue Kriege die Erde erschütterten. Ich habe es verwahrt, wie *er* es mir auftrug.«

»Ich weiß, alte Freundin.«

»Eine finstere Macht trachtet danach. Ich spüre es in allem, was uns umgibt. Und hier … hier umkreist sie mich. Die *Túatha Dé Danann* … Sie sind verloren.« Ihre Stimme wurde blasser. »Nun werde ich zur Mutter der Fäulnis. Ich werde … zur Fäulnis …«

»Es ist noch nicht verloren, Danu. Du kannst lernen, die Fäulnis zu kontrollieren. Öffne dich ihr, damit du sie verstehen kannst.«

Artio hielt scharf den Atem an. »Danu?«

Cernunnos drehte ihr den Kopf zu. »Was hast du denn gedacht, wer sie ist?«

»Warte! Dieser Baumgeist ist … Danu? Danu, die Göttin der Stämme aus den Geschichten? Die Muttergöttin Tirnanogs? Die …«

»Ja, ja, ja! Und jetzt halt deinen hübschen Mund, Paladin, und lass das die Erwachsenen klären. Also, wo war ich stehen geblieben?«

»»Ich habe versucht, es aufzuhalten«, raunte Danu. »Dabei habe ich *es* so lange in mir gebannt, damit es nicht zum Schlüssel wird. Die Pfade müssen verschlossen bleiben.«

»Das hättest du nicht tun dürfen.«

»Ich spürte eine Finsternis. Etwas Dunkles, das danach trachtet. Etwas so voller Zorn und Bosheit, dass es die Fäulnis erschaffen hat.«

»Ich werde es für dich tragen und die Bürde annehmen.«

»Nein!« Danu schüttelte die Krone und Äste und abgeplatzte Rinde flogen umher. »Es ist meine Aufgabe! Meine! Es würde dich vernichten, wie es mich durchtränkt. Ich kann es nicht mehr aufhalten. Es ist zu spät. Zu spät … Zu spät …« Sie weitete die Augen und bäumte sich auf. »Es tut mir leid.«

Die Wurzel schoss nieder und drohte sie zu zerquetschen. Cernunnos zerfiel zu zahllosen Ranken und Artio warf sich zur Seite. Dann krachte die Wurzel auf den Boden und ließ den gesamten Hügel erbeben. Wieder und wieder peitschten Wurzeln umher, droschen auf Artio ein. Sie rutschte unter den Tentakeln hindurch, weitete das aufgenommene Licht zu einer Aura der Reinigung und setzte Teile der umliegenden Geflechte in Brand.

Danu schrie und brüllte und riss weitere ihrer Wurzeln aus dem Boden.

Artio packte Rafael am Arm und hievte ihn sich über eine Schulter – dank ihrer Gabe war er nicht schwerer als ein Sack Kartoffeln. In einer geschmeidigen Bewegung drehte sie sich um sich selbst, verschwand hinter einem Menhir und schöpfte nach dem Licht, das sich rasend schnell aufbrauchte.

»Willst du hier Wurzeln schlagen?«, ertönte Cernunnos Stimme. »Hau ab!«

Artio pirschte hinter dem Menhir hervor und stürmte durch die Steinkreise. Aber der Baumgeist griff nicht an. Sie drehte sich um und blickte zurück, während sie sich rückwärts langsam entfernte.

Danu schlug zu. Die Dryade sah sie an, beobachtete sie, während Teile ihres Oberkörpers wieder mit dem blutenden Stamm verwuchsen. Inzwischen war die Sonne fast vollständig untergegangen und lediglich einige feurige Streifen lechzten über die fernen Gebirge.

Artio entfernte sich weiter. Sie glühte und schöpfte nach mehr Licht, doch als Paladin war ihre Gabe dem Tag zugesprochen. Wenn die Nacht heraufzog und das Licht wich, war sie nur noch ein Mensch. Schon bemerkte sie, wie es aus ihr herausströmte. Also blieben nur zwei Optionen: wegrennen oder angreifen.

Das Schicksal nahm ihr die Entscheidung ab, als sie über eine Wurzel stolperte, die plötzlich aus dem Boden wuchs.

Danu schlug mit einem Ast zu.

Artio konnte zwar sofort das Gleichgewicht wiedererlangen, aber sie musste sich und Rafael erst zu Boden werfen, um dem Schlag zu entgehen. Äste, Zweige und Wurzeln hämmerten überall um sie herum auf den Grund, als sie aus der Rolle aufsprang und hierhin und dorthin auswich. Ihre Ohren dröhnten unter dem Lärm.

Sie drückte sich keuchend gegen einen Menhir und stand unmittelbar vor dem gewaltigen Wesen – so nahe, dass Danu nicht viel Mühe bräuchte, um sie zu zerquetschen.

Die Dryade senkte die Krone zu ihr herab, und der Stamm öffnete sich wieder so weit, dass die elfenhafte Frau darunter zum Vorschein kam. Alles an ihr wirkte grausam und hart wie ein geschliffener Kristall. Ihre Gesichtszüge waren völlig starr, als wäre der letzte Rest, der noch gegen die Fäulnis aufbegehrt hatte, endgültig gewichen.

»Mein Kind«, sagte die Dryade mit schwacher Stimme, die der kleinste Windhauch zerfasern konnte. »Ich vergehe. Die Fäulnis tritt an meine Stelle.«

»Kämpft dagegen an!«

»Ich kann nicht. Es tut mir leid.«

Wurzeln peitschten nieder.

Artio streckte den Arm zur Seite und manifestierte ihr Licht. Ein wuchtiges Breitschwert bildete sich darin, so lang und groß wie sie selbst. Sanft glühte es in einem dunklen Goldton, und einige schwache Linien waren in die Klinge graviert, wobei eine Seite sich leicht kräuselte.

Sie schwang die Waffe und durchtrennte in einer einzigen Bewegung eine Wurzel. Ein Reißen erklang, dicke, klebrige Flüssigkeit prasselte auf sie nieder und die Überreste der Wurzel zerfielen zu Staub.

Danu stieß ein schrilles Kreischen aus.

Aber es war so, als hätte Artio einem riesigen Soldaten die Spitze eines großen Zehs abgeschlagen. Beim Palindrom! Sie kämpfte nicht gegen die Dryade, sie war ihr bloß ein wenig lästig.

Nun wurde der Baumgeist rasend vor Zorn, schwang Dutzende Äste wie Peitschen nieder. Artio sprang im Zickzack hin und her, spürte jede Erschütterung bis in die Knochen und hielt verbissen ihr heraufbeschworenes Lichtschwert in der Rechten.

Ich kann nicht entkommen. Ich muss …

»Artio!«, rief Rafael. Er stand unsicher auf den Beinen und leuchtete grell.

»Lauf weg! Ich werde …«

»Nein!« In seiner Hand gerann ein riesiger Hammer, dessen Kopf groß wie ein Wagenrad war. »Ein Paladin weicht nicht!«

Sie nickte grimmig und stürmte weiter, während weiter überall Äste niedergingen. Blitzschnell warf sie sich nach vorn und sah, wie eine beängstigende Wurzel auf sie zuschoss. Wie eine Fessel wickelte sie sich um Artios Bein.

Betäubender Schmerz fuhr an der Gliedmaße entlang und sie hieb mit der Klinge zu, als die Dryade sie anhob und umherschleuderte. Artio glaubte, getroffen zu haben, aber sie war sich nicht sicher.

Die Welt drehte sich.

Artio prallte auf den Boden und rollte darüber hinweg. Sie hatte keine Zeit, benommen liegen zu bleiben. Während sich noch alles in ihr drehte, ächzte sie und warf sich herum. Sie hatte das Schwert verloren und wusste nicht, wo es war. Ihr Bein. Sie spürte es nicht mehr. Artio schaute an sich herunter und erwartete, nur noch einen zerfetzten Stumpf zu sehen. Doch ganz so schlimm war es nicht. Es war blutig und die Hose war auch zerrissen, aber sie konnte keinen Knochen erkennen. Die Betäubung rührte von dem Schock her.

Ihr Geist war völlig klar und sie konzentrierte sich jetzt nicht auf die Wunden. Und das war gut so. Keine Zweifel und kein Hadern. Keine Zurückhaltung.

Nur noch die Gabe einer Paladin.

Sie drehte sich um, mühte sich auf Hände und Knie und sprang wieder hoch. Das Bein ließ sich noch bewegen, aber ihr Fuß schmerzte, als liefe sie auf Glasscherben, während sie einige Schritte machte.

Wo war das Schwert? Da vorn. Es war weit geflogen und hatte sich in den Boden gegraben – nicht weit von Rafael entfernt, der mit seinem wuchtigen Hammer auf einen Ast einprügelte. Unwichtig. Sie konnte ein neues rufen.

Das Gebrüll des Baumgeistes hallte über den gesamten Hügel wider, als sich der Ast verkohlt zersetzte.

Gehen fiel Artio schwer und an Laufen war gar nicht mehr zu denken. Sie hatte die halbe Strecke hinter sich gebracht, als ihr verletztes Bein nachgab. Artio schlug auf dem Boden auf.

Die Dryade kreischte.

Steh auf!

Von irgendwoher schöpfte sie neue Kraft. Das Licht durchströmte sie, festigte sie, trieb sie an.

Nicht aufgeben!

Ein Ast, groß wie ein Gebäude, raste auf sie zu.

Artio riss die Linke hoch und erschuf einen Gottesschild. Der Ast krachte gegen eine golden durchscheinende Kuppel. Ein heller Blitz.

Funken sprühten und der Geruch nach verbranntem Horn und Holz durchwehte die Luft.

Artio löste die Kuppel auf und kämpfte sich auf die Beine. Schritt um Schritt ging sie auf die Dryade zu und hielt ihre Rechte zur Seite. Das Schwert gerann wie fließendes Wasser; es formte sich in ihrer Hand neu. Dann ging sie schneller und schneller, bis sie rannte.

Die Dryade ragte über ihr auf.

Artio atmete tief ein, spürte bereits, wie der letzte Rest Licht verschwand und die Nacht heraufzog. Mit aller Macht wollte sie an ihrem Glauben festhalten, sandte ein stummes Gebet in den Himmel und bat das Palindrom um Beistand.

Nein, nicht das Palindrom. Sie betete für das Gute. Das Einzige, woran sie noch glauben konnte. Keine Kirche. Keine Paladine. Kein Palindrom. Das Gute in der Welt.

Wann hatte sie ihren Glauben verloren? Wann hatte sie sich so sehr verändert, dass sie nicht mehr an ihrem Gott festhielt? Die Wahrheit war, dass es viele kleine Schritte gewesen waren, die sie hierhergeführt hatten.

Weinen.

Keine Kraft drang in sie ein.

Die Dryade erwischte Rafael und schleuderte ihn umher; sie beugte die mächtige Krone über Artio.

Das Schwert in ihrer Hand löste sich auf.

Sie erstarrte. Wo war es hin? Warum …?

Das Licht verließ sie und verging in der Luft, im Boden, in den Wurzeln, wurde aus ihr herausquetscht wie Weintrauben in einer Presse.

Was hatte sie getan? *Wie* hatte sie es getan?

Mit einem Schrei der Verzweiflung sackte sie auf die Knie. Ein letzter Streifen Licht drang aus ihr heraus und dann war alles fort. Die Helligkeit. Die Gabe. Ihr Glaube.

Alles.

Wenn man die Kontrolle verliert

Es war noch früh, als sie das Lager erreichten. Die Sonne war erst ein heller Punkt hinter dichten Wolken. Flecken halb geschmolzenen Schnees lagen kalt und schmutzig in den Senken der Hänge und eine dünne Nebelbank hing über dem Tal, in dem die Armada lagerte. Wagrim hatte Geschichten von Méridors Armee gehört – eine größer und ausgeschmückter als die andere. Das mächtigste Heer des Weltenrunds. Soldaten, die jeder Gefahr trotzten und durch nichts aufzuhalten waren.

Die Wahrheit unterschied sich von den Geschichten wie die Nacht vom Tag.

Ein chaotischer Haufen aus Zelten, zerfurchtem Schlamm, dreckigen Männern, schlaff herabhängenden Fahnen und halb entladenen Versorgungswagen lagerte im Tal. Selbst aus dieser Entfernung wirkte der ganze Stolz Méridors wie ein lahmer Haufen. Als die Armada hierhergezogen war, war es bestimmt noch ein ideales, trockenes Gebiet gewesen, das zwar unterhalb einer möglichen Feindeslinie lag, aber doch immer noch hoch genug war, um einen guten Ausblick über die umgrenzenden Gebiete zu haben. Seitdem waren Tausende von Stiefeln, Hufen und schweren Wagenrädern über ihn hinweggewalzt und hatten die nasse Erde in klebrigen, schwarzen Morast verwandelt. Wagrims Stiefel und die der Männer, die ihm folgten, waren dick damit überzogen und auch die Uniformen trugen Schlammspritzer. Selbst das makellose Weiß von Josés Pelz hatte Flecken abbekommen.

»Nun?«, fragte der Don, als sie den Hang hinabstapften.

Wagrim brummte leise. »Das ist die Armada?«

Cino – der an seiner anderen Seite ging – wies mit großer Geste hinab. »Die Reconquista, der ganze Scheißstolz von Méridor, um Tirnanog, Silberhand und all die anderen Ärsche aufzumischen! Der Rachepakt, mein gutmütiger Barbar.«

Ein paar Hundert Schritt tiefer war der Großteil des méridorischen Heeres untergebracht. Zehntausend Mann vielleicht, jeder von ihnen, so hatte man Wagrim erzählt, war versiert im Umgang mit den Rapieren, die man im größten Reich des Weltenrunds verwendete. Er zweifelte daran, ob die Männer überhaupt eine Waffe halten konnten.

»Eine Kette ist nur so stark wie ihr schwächstes Glied«, murmelte er und versuchte in all dem Chaos den Überblick zu behalten. Offenbar hatte man sie inzwischen bemerkt und nun kam Bewegung ins Lager. Metall klapperte und rasselte, Stiefel fuhren in Schlamm, Pferde wieherten und ein paar Köter wurden aus den Zelten gejagt. Einhundert Soldaten fanden sich allmählich am Eingang des Lagers zusammen, genauso dreckig, müde und heruntergekommen wie der Meldebote, der Josés Hundertschaft an der Küste aufgesucht hatte, während der Rest anscheinend noch in den Federn lag oder nach der Unterhose suchte.

»Da liegt das verdammte Haar in der Suppe«, sagte Cino gut gelaunt, was Wagrims miese Stimmung nicht gerade besserte. »Hier muss man nicht lange nach dem schwächsten Glied suchen.«

Unter seinesgleichen galt Wagrim als ein Mann, der stets zwei Schritte vorausdachte. Weil er ungewöhnlicherweise seinen Verstand gebrauchte – was man von vielen Barbaren leider nicht behaupten konnte. Diese Fähigkeit hatte ihm den Titel des Kriegsfürsten vermacht. Doch José dachte nicht nur zwei Schritte voraus, sondern Hunderte, und offenbar hatte er nicht nur ihr Zusammentreffen geplant, sondern auch das, was nun kommen sollte. Und Wagrim steckte mittendrin.

Er beobachtete aus dem Augenwinkel den Don. »Du wusstest, dass die Reconquista nicht so verläuft wie geplant.«

»Ich habe Quellen.« Mit Schwung rammte José den Stock bei jedem Schritt in den Schlamm. »Wenn ein Königreich jahrzehntelang in Macht und Ruhm schwelgt, es an nichts mangelt und der Kirche immer mehr die Oberhand lässt, dann wird es fett und faul. Es mangelt am Willen, notwendige Entscheidungen zu treffen. Was du dort siehst, ist die Konsequenz einer ganzen Reihe fataler Entscheidungen.«

Wagrim beobachtete die Soldaten, die Zelte und die Unordnung, als sie das Lager erreichten, und konnte nicht umhin, den Kopf zu schütteln. Selbst nach einer Niederlage in *Mor Dulra* hatte das Lager seiner Gefolgschaft nicht so ausgesehen. Der Gestank nach Pisse, Scheiße und Schweiß, nach schlechtem Essen und noch schlechterer Laune, nach Panik, Entsetzen und Furcht schwebte über dem Lager wie Aasfresser.

Sie kamen an einigen Versorgungswagen vorbei, die nur halb entladen waren. Anscheinend hatte man sich nicht einmal die Mühe gemacht, die Vorräte zu überprüfen. Wie sollte man eine Belagerung gegen eine Stadt führen, wenn die Versorgungskette nicht geregelt war? Wagrim schaute sich eingehend um und musste immer wieder den Kopf schütteln. Selbst in den entlegensten Regionen des Hochlandes, wo die Menschen andere Menschen fraßen, um die harten Winter zu überstehen, gab es mehr Ordnung als in diesem Lager.

»Teile deine Gedanken mit uns, Kriegsfürst«, sagte José.

Wagrim wählte seine Worte mit Bedacht, weil er inzwischen wusste, wie empfindlich Méridorer sein konnten. »Es ist etwas chaotisch hier. Es ist …«

»… der reinste Sauhaufen!« Cino zwinkerte ihm kumpelhaft zu. »Scheiße bleibt Scheiße, egal wie sie geschissen wird.«

»Ich dachte, eine strikte Rangordnung unterbindet so etwas?«, fragte Wagrim.

José schritt unbeirrbar voran. »In Méridor bemisst sich der Wert eines Mannes nicht nach seinen Fähigkeiten. Sondern danach, wie schwer seine Börse ist. Nimm einem Mann all seinen Besitz und er wird nicht mehr taugen als der Schlamm unter deinen Füßen.«

»Wie konnte Méridor dann zu solch einem Weltreich aufsteigen?«

Cino zählte die Finger seiner Hand ab. »Fünf Gründe! Es ist groß. Viele Menschen. Der richtige Zeitpunkt. Die Paladine haben vierzig Jahre lang die Macht gesichert.«

»Das sind vier.«

»Was?«

»Vier Gründe.«

Cino betrachtete seinen Mittelfinger, der als Einziger noch erhoben war. »Tatsächlich.«

Einige Soldaten salutierten lässig, andere sahen nicht einmal von ihren kleinen Feuern auf, um die sie sich wie Hungernde zusammenscharten. Der Anblick war erbärmlich. In den Hochlanden wurde beim Zusammensitzen getrunken, gelacht, gesungen und es wurden Geschichten erzählt, um sich an den Erinnerungen zu wärmen. Je länger Wagrim darüber nachdachte, desto tiefer saß der Stich in seiner Brust. Er vermisste seine Heimat, auch wenn er wusste, dass seine Mission notwendig war. Die Zukunft. Darum ging es. Das Überleben seines Volkes.

Ich bin ein Held. Ich bin ein Held. Ich bin ...

Der Berserker trat aus dem Nebel und grinste ihn blutlüstern an. »Wir wissen beide, was wir sind«, flüsterte er.

José blieb stehen und machte eine ausholende Armbewegung. »Angenommen, du bist ein feindlicher Kriegsfürst. Wie würdest du vorgehen?«

Kurz verschaffte Wagrim sich einen Überblick über das Lager und die angrenzenden Hügel. »Ein Dutzend Männer, ein paar Messer, etwas Öl und eine Fackel. Zuerst töten wir die Hauptmänner, die klar erkennbar im größten Zelt versammelt sind. Damit geben sie ein leichtes Ziel ab. Danach zurückziehen und zusehen, wie sich das Chaos ausbreitet.«

Cino klopfte ihm auf den Oberarm. »Das schafft das Heer schon ganz allein, Amigo.«

»*Hiermit* wollen sie wirklich Tirnanog zurückerobern?« Wagrim konnte es nicht ganz glauben. Méridors Armee war die größte und gefürchtetste des gesamten Weltenrunds. Um die Paladine rankten sich Schauergeschichten und es hieß, dass ihr Licht jeden Ungläubigen verbrannte. Aber das hier war ... enttäuschend.

Cino lachte leise. »Das wird ein herrlicher Spaß, diesem Sauhaufen Beine zu machen, wie?«

Wagrim musste seine Gedanken laut aussprechen. »Warum hat man keinen Außenposten in Tirnanog errichtet, um sicherzustellen, dass die Kolonie unter Kontrolle bleibt? Meine Vorfahren haben dafür Blut vergossen!«

José winkte auffordernd.

Im Augenwinkel bemerkte Wagrim Morrigan, die ihn schweigsam, aber sehr aufmerksam folgte, als wollte sie nichts von seinen Gedanken verpassen. »Siedlungen. Annäherungen an einheimische Bräuche. Gottestürme wie in Candaloz. Priester zur Bekehrung. Gesetze. Regeln. Neue Traditionen. Eine Fessel, die zunehmend enger geschnallt wird. Sie haben dieses Land erobert, die Menschen geknechtet und zum Tribut verpflichtet und sind dann einfach verschwunden? Das war kurzsichtig und dumm. Wenn das Hochland wüsste, wie sehr sich Méridor verändert hat ... Ich könnte für nichts garantieren.«

José zeigte mit dem Stock auf ihn. »So denkt jemand, der für die Zukunft lebt. Méridor lebt allerdings in der Vergangenheit.«

»Die Könige haben die Kontrolle verloren.«

»Nein, sie haben die Kontrolle an die Kirche *abgetreten*.« Zur Verdeutlichung stampfte er den Stock auf. »Pablo de Aguilar hingegen wird dem Königreich zu neuer Stärke verhelfen.«

»Durch Eure Kontrolle.«

José lächelte lediglich und wies dann zum größten Zelt, das sich im Zentrum des Lagers erhob wie ein riesiger Kackhaufen. »Morrigan?«

Wie ein Geist trat sie neben ihn. »Don José?«

»Zeit für einen kleinen Auftritt.«

Die Wachen vor dem Zelt lehnten lässig auf ihren Speeren und salutierten nicht einmal, als sie eintraten und stickige, schwüle Luft ihnen entgegenschlug. Auf dem Boden waren so viele Teppiche ausgelegt, dass man beinahe darin versank. Öllampen tauchten den Raum in warmes Dämmerlicht und eine Handvoll Männer stand um einen Tisch herum, der mit einer großen Karte bedeckt war. Der alte Mann in der sandfarbenen Priesterrobe wirkte wie ein Geier auf der Suche nach einem Kadaver. Dann gab es zwei in leichter Lederpanzerung, die sich kaum stärker unterscheiden konnten: Der eine war ein fettes Schwein und der andere ein ausgemergelter Zahnstocher. Zuletzt ein untersetzter Mann, der die Fäuste auf die Karte stützte, das eingefallene Gesicht von Schweißperlen bedeckt und die Hängebacken gerötet. Er erinnerte an jemanden, der zu schnell zu viel Gewicht verloren hatte, und sein Gesicht war sorgenvoll zerfurcht. Die

Anzahl seiner Wimpel und Knoten auf der Brust zeichnete ihn als Generalkapitän der Armada aus. Wagrim kannte solche Männer. Es waren die, die sich irgendwann selbst in eine Klinge stürzten.

»... die Lage verschlechtert«, sagte der Generalkapitän gerade. »Die Versorgungsrouten sollten noch einmal überdacht werden, solange wir ...«

Ein Knall. Ein Blitz.

Lichtflecken brannten sich weiß in Wagrims Augen. Er blinzelte und es wurde allmählich besser. Aber Morrigan war offenbar noch nicht fertig.

Jetzt fegte ein Windstoß durch das Zelt, wirbelte Blätter und die Karte auf und verschwand so schnell, wie er gekommen war.

Stille.

Wagrim blickte Morrigan an, die ihre Hand sinken ließ. Das Leuchten des weißen, tränenförmigen Kristalls verging wieder. Nein, er wollte ganz sicher mit dieser Frau nicht aneinandergeraten.

Mit finsterer Miene betrachteten die Anwesenden den Don, der seinen Stock gelassen vor sich abstellte und in die Runde lächelte. Die Miene wurde noch finsterer, als sie Morrigan entdeckten, die weder Uniform trug noch sonst irgendwie durchblicken ließ, was sie hier verloren hatte, und Cino, der ihnen fröhlich mit einem Flachmann zuprostete. Als sie jedoch Wagrim entdeckten, der sich in dem niedrigen Raum ducken musste, war ihre Miene so finster wie eine griesgrämige Trauergemeinde.

José nickte ihnen knapp zu. »Die Herren. Lasst Euch von mir nicht stören. Ich bin begierig darauf zu erfahren, wie erfolgreich die Reconquista verläuft.«

Der Generalkapitän straffte sich. »Wo war ich stehen geblieben?«

»Die nördlichen Pässe«, bemerkte der Fettsack kleinlaut.

»Ah, ja, richtig!« Er legte die Karte wieder auf den Tisch und pochte darauf. »Wir sollten die Pässe ...«

José räusperte sich.

Die Männer sahen ihn verwirrt an.

»Ich wollte Euch bei Eurer äußerst wichtigen Unterredung nicht stören. Nur zu! Offenbart uns Eure großartigen Pläne.«

Der Generalkapitän pochte mit gerunzelter Stirn auf die Karte und fuhr etwas unsicherer fort:»Hier, hier und hier hatten wir Feindkontakt. Die umliegenden Dörfer sollten ...«

»Nein.«

»Bitte?«

»Ihr habt mich schon richtig verstanden, Julliau. Nein zu Eurem Plan.« José knallte den Stock auf den Tisch.»Nein zu allem, was Ihr vorhabt, ansprechen wollt oder gar denkt.«

»Mit Verlaub, Missionar Tomás erhielt die Botschaft aus Candaloz und ...«

»Was ist geschehen?«, bellte José und unter seiner Stimme zuckten die Männer zusammen.

»Was geschehen ist?« Der Generalkapitän straffte sich mit einem Ruck und richtete die tief liegenden Augen langsam auf José.»Ich kann Euch sagen, was geschehen ist. Wir sind durch die Hölle gegangen!«

»Oh, ich kenne die Hölle und versichere Euch, dass sie nichts hiermit zu tun hat. Die Armada sollte längst die umliegenden Gebiete von Mag Mell erreicht haben. In ein paar Tagen beginnt das Thing, das unsere einzige Möglichkeit ist, Tirnanog ohne Blutvergießen unter Kontrolle zu bringen. Dort werden die Thans aller Stämme versammelt sein, ebenso der Freiheitskämpfer Silberhand.«

»Nun, Ihr meint die Befehle unseres Königs? Die habe ich erhalten. Ich habe sie auch gelesen. Ich habe sie erwogen.«

»Und?«

»Dann habe ich sie zerrissen.«

Der Don zog scharf die Luft ein.»Möchtet Ihr das näher erläutern?«

Die Augen des Generalkapitäns leuchteten nun und er wirkte mutiger und stärker.»Wir befinden uns seit Wochen hier. Wir erhielten auch die Botschaft über Eure Ankunft an der westlichen Küste und haben deshalb ...«

»Nein.«

»Wir haben ...«

»Nein.«

»Mit Verlaub, dieses Land ist ...«

»Kennt Ihr die Bedeutung des Wortes ›Nein‹ nicht?«

Julliau funkelte ihn an. »Ich bin der Generalkapitän der Königlichen Armada von Méridor …«

»Nein, das seid Ihr nicht.« José zog einen versiegelten Brief aus seiner Jackentasche und warf ihn auf den Tisch.

Zögerlich griff Julliau danach, brach das Greifensiegel und las die Botschaft. Je länger er las, desto bleicher wurde er. Wortlos gab er die Botschaft weiter und man konnte deutlich sehen, wie der letzte Rest Sicherheit, über den die Männer bis dahin verfügt hatten, verblasste wie billige Farbe in der Sonne.

»Das … Das könnt Ihr nicht tun!«, stotterte Julliau.

»Ich kann und ich werde«, erwiderte José.

Der Letzte, der die Nachricht las, war der Priester. Er zog die Stirn kraus, faltete das Papier ordentlich zusammen und legte es auf den Tisch zurück.

Die Zeltklappe wurde umgeschlagen. Es klickte leise, als eine hohe Gestalt eintrat. Unter dem verkrusteten Braun der Panzerung blitzte Weiß auf, das Gesicht war hinter einem spiegelglatten Helmvisier verborgen und ein sanftes Glühen ging von dem Neuankömmling aus. Ein Paladin. Er stellte sich hinter den Priester und erstarrte zu einer Salzsäule.

»Versteht mich nicht falsch, Don José«, sagte der Priester ruhig. »Ich respektiere den Befehl des Königs. *Allerdings*«, er machte eine Pause, »nimmt die Kirche des Palindroms keine Befehle entgegen.«

»Aber selbstverständlich werdet Ihr das, Missionar Tomás«, erwiderte José höflich. »Ein Dutzend Paladine unterstehen Eurem Befehl. Ihr seid Teil der militärischen Rangordnung dieser Armada. Somit gelten die Paladine als Teil der Reconquista. Damit unterstehen sie den Anweisungen unseres Königs. Hat er sich in seiner Anweisung etwa unklar ausgedrückt?«

Der Paladin hielt die Hand zur Seite. Die Kerzen flackerten, verloren an Farbe und Helligkeit. Ein Glockenschlag ertönte. Ein wuchtiger Hammer landete in seiner Hand, summte und vibrierte.

Ein Moment der Anspannung verging, in dem sich niemand rührte. Schließlich hob der Missionar die Hand und der Paladin ließ den Hammer fallen, der sich zu funkelnden Sternen auflöste.

»Generalkapitän Julliau, mit sofortiger Wirkung übergebt Ihr den Befehlsstab an Don José. Stabsoffiziere Gonzalo und Agustín, Ihr werdet zu Hauptmännern degradiert und übernehmt das siebzehnte und achtzehnte Regiment. Hauptmann Cino«, der Geierblick des Priesters schweifte zu dem Glücksritter, der so breit grinste, als erwartete er ein Geschenk, »und Hauptmann Wagrim«, nun schweifte der Blick zu Wagrim, »meinen verbindlichsten Glückwunsch. Hiermit seid Ihr offiziell zu Stabsoffizieren der Königlichen Armada ernannt.«

»Ah!«, rief Cino und spreizte die Arme. »Jetzt dürfen alle mal von meinem enormen Schwanz kosten!«

Wagrim neigte den Kopf, weil er nicht wusste, was er darauf antworten sollte.

»Ein höchst eigenwilliger Schachzug, einem Säufer und einem Barbaren solche Stellungen zu übergeben«, sagte der Priester. »Es scheint, dass der König Euch immer noch Gehör schenkt, Don José.«

Der Don lächelte milde. »König Pablo sorgt sich um den Zusammenhalt seines Königreiches. Da die Reconquista nicht ganz verläuft wie geplant, verlangt es nach neuen Maßnahmen. Oder möchtet Ihr das mit ihm persönlich ausdiskutieren? Wenn ich mich recht entsinne, war er zuletzt«, Josés Lächeln wurde gefährlich, »ebenfalls ein Paladin.«

Der Missionar neigte leicht den Kopf. »Das wird nicht nötig sein.«

»Ausgezeichnet!« José nahm den Stock vom Tisch. »In zwei Stunden will ich die Armada marschbereit sehen. Die Gefangenen sind noch am Leben, nehme ich an?«

»Noch«, sagte der Priester knapp.

»Stabsoffizier Wagrim, wenn du so gütig wärst, dich ihrer anzunehmen? Einer unter ihnen wird uns sicherlich bereitwillig alles erzählen, was wir wissen wollen.«

Wagrim beugte sich zu ihm. »Das war nicht abgemacht.«

»Sagt man nicht im Hochland, dass eine Hand die andere wäscht?«

»Ich weiß nicht, was ein Stabsoffizier macht.«

»Herumbrüllen. Wichtig aussehen. Den anderen sagen, was sie zu tun haben. Dir fällt bestimmt etwas ein.«

Wagrim regte sich nervös. »Und die Gefangenen?«

»Brich sie.«

Er knurrte leise. »Ich bin nicht dein Werkzeug!«

»Doch!« Josés Augen blitzten. »Genau das bist du, solange du meine Hilfe benötigst. Du bist *mein* Werkzeug.«

Wagrim schwieg.

»Wir haben nicht viel Zeit, um aus diesem Haufen ein annehmbares Heer zu formen, Stabsoffizier. Tu, was auch immer nötig ist. Und nun«, José wandte sich ab und spazierte aus dem Zelt, »weitermachen!«

Wagrim fing Morrigans Blick auf. Er musste ihn nicht deuten, um zu wissen, was sie ihm mitteilen wollte. Ja, er hatte sich auf dieses Spiel eingelassen und jetzt kam er so schnell nicht wieder heraus.

Die Hochlande. Der Gedanke war wie ein wärmendes Feuer in seinem Herzen. *Die Zukunft meines Volkes. Nur so kann ich es retten.*

*

Eine kleine Senke, umgeben von einer bröckligen Mauer, die mit Unkraut und Schlingpflanzen überwuchert war, befand sich am Rande des Lagers. Zwei Soldaten bewachten die Handvoll Gefangenen, die mit Händen und Füßen an die Steine gekettet und übel zugerichtet waren. Ihre nackten Körper waren mit violetten Schwellungen, verbrannter Haut und schwärenden Wunden überzogen. Die wilden Bärte und das verfilzte Haar bedeckten ihre Gesichter und ließen sie grimmig erscheinen. Ein Wunder, dass sie in der Kälte noch nicht erfroren waren. Es gab viele Wege, einen Geist zu brechen. Diese Männer hatten den bisherigen standgehalten. Aber sie waren ja auch noch keinem Barbaren begegnet.

Die Wächter bemerkten die Knoten und Wimpel an Wagrims Uniform und standen stramm. Erst wollte er sie wegschicken, aber dann fand er, dass es besser wäre, wenn sie dabei wären. Wie sonst sollte man ihn ernst nehmen?

Ein guter Mann wird geachtet. Ein grausamer Mann wird gefürchtet. Ein geachteter und grausamer Mann wird nicht infrage gestellt.

Wagrim nahm die Schlüssel für die Fesseln entgegen und kletterte in die Senke, rutschte auf dem schlammigen Boden beinahe aus und stapfte dann auf die Gefangenen zu. Ein Anflug von Verwunderung zeichnete ihre Züge.

Er entledigte sich seiner Uniform und des Hemds. Die kalte Luft prickelte auf seiner Haut. Tief atmete er durch, ließ sich von der feuchten Frische durchströmen. Ihm würde schon noch warm werden.

»*Tha m' ainm Wagrim*«, sagte er. »Mein Name ist Wagrim.«

Die Gefangenen regten sich. Wie es in Tirnanog Brauch war, zogen sich winzige blaue Schriftzeichen über eine Körperhälfte – Zeugen ihrer Taten, festgehalten in ihrem Fleisch. Zwar konnte er sie nicht lesen, aber er erkannte sofort, dass sie bedeutsame Krieger waren.

»*Tha e a-nis an urra riut fhèin dè cho cruaidh sa tha am peanas seo.* Es hängt jetzt von euch ab, wie hart eure Strafe ausfällt.«

Schweigen.

»*Dè tha fios agad mu dheidhinn Argatlám?* Was wisst ihr über Silberhand?«

Einer, er war groß und breit wie ein Bär und sein wirres Haar hing ihm ins Gesicht, spuckte Wagrim vor die Füße. Das war dann wohl der Mutige.

Er ging zu dem Kerl und schloss die Fesseln auf. Dann kehrte er zu seinem Platz zurück und verschränkte gelassen die Hände vor der Brust. Der Wilde bewegte sich nicht, beobachtete ihn.

»*Eirich!* Steh auf!«

Der Mann tat so, als wäre er schwach auf den Beinen. Plötzlich machte er einen Satz auf Wagrim zu und versenkte die Faust in seinem Gesicht. Wagrims Kopf flog herum und ein salziger Geschmack füllte seinen Mund. Der Berserker in ihm trat aus dem Nebel.

Wagrim lächelte den Wilden blutig an. »*A-rithist!* Noch mal!«

Wieder schlug der Mann zu, bearbeitete sein Gesicht, trat ihm in den Bauch und schleuderte ihn auf den Rücken. Wagrim klatschte in den Schlamm. Sofort war der Kerl über ihm und trat auf ihn ein. Die

Wächter stapften los, aber Wagrim hielt sie mit erhobener Hand zurück – die einen Augenblick später zur Seite geschlagen wurde.

Der Funke in Wagrim loderte auf, füllte sein Inneres mit beißender Hitze, quetschte sich in seine Adern und nährte ihn mit süßer, erfüllender Wut. Die Muskeln schwollen an, Adern und Sehnen traten dick hervor. Sein Atem ging schneller, stieß in wilden, rasselnden Lauten aus ihm hervor und dampfte in der kalten Luft wie ein frisch geschürter Schmiedeofen. Ein roter Schleier senkte sich über seinen Verstand, überzog seine Haut.

Rot.

Wagrim wuchs wie ein drohendes Gewitter über der Senke.

»Mehr …«, flüsterte er.

Der Wilde trat zu.

»Mehr …«

Ein Schlag. Wieder und wieder. Und mit jedem wurde der bevorstehende Tod des Wilden noch grausamer. Wagrim lachte und der Berserker lachte mit ihm. Er drückte die Klinke runter und trat ins Licht.

»Mehr!«

Der letzte Schlag besiegelte das Schicksal des Wilden. Wagrim sog tief die Luft ein …

… und der Berserker atmete aus.

Ein Mann hockte über ihm, setzte seine Haut in Flammen, wollte ihn herausfordern. Eher forderte man den Tod heraus!

Der Berserker fing die niedergehende Faust ab, als hielte er ein Kleinkind gepackt, und presste zu. Drücken. Drücken. Drücken. Fleisch schmatzte, Blut spritzte, Knochen splitterten. Der Feind schrie, aber was hatte er gedacht? Wer den Berserker berührte, umarmte besser ein Feuer.

Er richtete sich auf, ganz langsam, und schüttelte den Feind ab wie einen alten Mantel. Wie ein Riese über einem Zwerg ragte er über ihm auf, pulsierte vor unbändiger Kraft und Wut, die er rauslassen musste. Auf einmal kam ihm die Senke viel zu klein vor. Selbst die Männer, eben noch Hünen, strotzend vor Selbstbewusstsein und Zorn, waren unbedeutend. Sie zuckten zurück, starrten ihn mit großen Augen an. Ja, jetzt erkannten sie ihren Fehler. Jetzt erkannten sie, wen sie herausgefordert hatten.

»Mehr!«, zischte der Berserker wie Wasser auf glühenden Kohlen. Der Wilde rappelte sich auf die Füße, hielt sich das zerquetschte Handgelenk. Er schrie nicht mehr, flehte nicht, bat nicht um Gnade. Gut. Gnade war das Letzte, was er vom Berserker bekam.

»Wer bist du?«, fragte der Wilde in seiner abgehackten Sprache.

»Wagrim, Knes von Kor Anklam.«

»Ein Barbarenfürst kämpft für die weißen Teufel?«

Kurz hielt der Berserker inne, aber dann verblichen die Worte wie Farbe in der Sonne. Er machte einen großen Schritt auf den Mann zu und legte zärtlich seine Hand auf den struppigen Kopf. Mit seinen gespreizten Fingern konnte er ihn vollständig umfassen, als hielte er einen Apfel in der Hand.

Die Augen des Mannes weiteten sich. »Ein Berserker ...«

Der Berserker bückte sich auf Augenhöhe. »Ja.«

Er drückte zu, zerquetschte die Frucht, ließ Gehirnmasse und rote Flüssigkeit umherspritzen. Genüsslich leckte er sich die Lippen, lauschte dem Feind, dessen Schreie abrupt abrissen, als er ihm mit einem Ruck den Kopf abriss. Der Torso klappte zusammen und der Berserker warf die blutige Masse den anderen vor die Füße. Sie erschauderten wie verschrecktes Getier. Aber der Berserker kannte keine Gnade. Er wollte die Welt an seiner Wut teilhaben lassen.

Wie ein Ungeheuer aus Fleisch, Blut und Knochen stapfte er zu ihnen, trat Löcher in den Schlamm und baute sich vor ihnen auf.

»Was willst du?«, fragte ein Kerl, der bestimmt unter seinesgleichen als Hüne galt.

»Noch nicht.« Der Berserker umschloss die Fesseln und zerdrückte sie, als hielte er einen morschen Zweig in der Hand. Metall ächzte und stöhnte und dann zerbrachen die Kettenglieder. Er riss den Wilden auf die Füße und lächelte voller Erwartung.

Wie eine Naturgewalt rammte er seine Stirn gegen den Mund des Feindes. Bevor der Mann fiel, hielt er ihn an den Schultern fest, bog den Kopf so weit zurück, wie es ging. Wie ein Ziegenbock beim Angriff. Die zweite Kopfnuss ließ die flache Nase des Feindes aufplatzen. Die dritte zerschlug ihm den Kiefer. Der Berserker grinste, als er noch einmal seine Stirn gegen das zerschmetterte Gesicht schleuderte und die Knochen wie dürre Zweige brachen. *Tock. Tock. Tock.* Wie ein Specht, der am hohlen Baumstamm klopft. Vier. Fünf. Sechs. Die berstenden Schädelknochen hämmerten einen Rhythmus. Bei neun ließ er den Wilden fallen. Der große Mann sackte zur Seite und brach auf dem Boden zusammen.

Der andere Teil von ihm regte sich. Wagrim stand an der Tür und wollte sie öffnen. Von dort rief er dem Berserker zu: »Einer muss leben!«

»Einer?« Der Berserker lachte und der Funke, das Blut, der Tod und der Schlächter lachten mit ihm. »Einer wird leben!«

Dann verrichtete er seine grausame Tat, bis der letzte Wilde ihm alles erzählte, was er wissen musste.

*

Wagrim erwachte. Er kniete auf dem Boden, die Finger im Schlamm verkrallt. Die Welt war verschwommen. Blut, überall. In seinem Gesicht, an seinen Armen, in seinem Mund. Er heulte, bis er es in die Kehle bekam, dann hustete er, ließ es aus seinem Mund rinnen und warf den Kopf zurück. Ein Schrei entrang sich seiner Kehle – wildes, unmenschliches Geheul.

Er zitterte am ganzen, vor Kälte geplagten Körper, wollte das Blut wegwischen, aber es klebte an jeder Stelle. Um ihn herum lagen Leichenteile verstreut. Ein abgerissener Arm. Drei Finger, halb im Schlamm verborgen, abgebissen wie von einem wilden Tier. Ein zertrümmerter Schädel neben ihm, die Zunge rausgerissen, die Augen zerplatzt und ein stummer Schrei auf den zerstörten Lippen.

Galle stieg ihm in die Kehle. Er beugte sich nach vorn, während sein ganzer Körper erschauderte, und würgte ein Stück Fleisch hervor. Ein Finger. Ihm wurde kotzübel, aber es war nichts mehr in seinem Magen, was er hätte ausspucken können.

In seinem Geist sah er den Berserker, der sich zufrieden zurücklehnte und die Tür hinter sich zuschloss. Er war zu lange eingesperrt gewesen.

Mit zittriger Hand wischte sich Wagrim den Mund ab, stemmte sich hoch – erst auf einen Fuß und ein Knie, dann mit einem kräftigen Ruck auf beide Füße. Taumelnd kam er zum Stillstand. Seine Haut brannte in der beißenden Kälte. Wo war seine Uniform? Wo war ...?

»Ugh ...«

Wagrim wandte sich um. Hinter ihm, zwischen verrotteten Wurzeln und Leichenresten, kroch ein junger Mann hervor. Er wirkte so erschüttert, als hätte er dem Schlächter persönlich gegenübergestanden. Erst dann fiel Wagrim auf, dass ihm beide Beine knapp unter den Knien sowie mehrere Finger fehlten. Richtig, das war der Feigling, der erst zum Schluss *verhört* worden war. Von ihm hatte der Berserker jedes noch so kleine, schmutzige Detail erfahren.

»Bitte ...« Der Mann keuchte erneut, streckte den Arm nach ihm aus und erschlaffte allmählich. »Dagda erhöre mich ...«

»Du betest zu deinem Gott?«, raunte Wagrim und ging vor ihm auf ein Knie. Traurig sah er auf den jungen Mann hinab, der zur falschen Zeit am falschen Ort gewesen war. »Hier gibt es keine Götter. Es tut mir leid.«

Der Fremde blickte ihn an. In den glänzenden Augen erkannte Wagrim sein Spiegelbild. Das war kein Mensch, was ihm dort entgegenblickte. Das war ein Monster. Ein nimmersattes Ungeheuer, das aus Tod gemacht war. War es das, was seine Opfer gesehen hatten, bevor sie gestorben waren? War es das, was ... *sie* gesehen hatte, bevor er ihr das Leben ausgequetscht hatte?

In diesem Moment begriff er, dass, was auch immer José behauptet hatte, der Fluch immer ein Teil von ihm sein würde.

Der junge Mann erschlaffte. Wagrim stand auf, ließ die Leichen, die Senke und die Gräuel hinter sich zurück, während er sich den Hang emporkämpfte und dabei Hemd und Uniformjacke aufnahm. Es war wie damals. Auch im Hochland hatte er nichts als Elend zurückgelassen.

Weiter oben hatte sich eine Menge eingefunden. Dutzende Soldaten, die nun ängstlich zurückwichen, als er in ihre Mitte trat. Unter ihnen befanden sich auch Nicolás, dem der Mund offen stand, und Morrigan, die ihn eingehend musterte.

Er bückte sich zu ihr. »Das passiert, wenn ich mich dem Berserker stelle und die Kontrolle verliere.«

»Es gibt noch Hoffnung für dich«, erwiderte sie.

»Hoffnung?« In einem langen Atemzug sog er tief die Luft ein. »In diesem Land gibt es das nicht mehr. Richte José aus, dass ich alles über Silberhand weiß. Er ist ein Mann. Einen Mann kann man töten.«

Wagrim zog an den Soldaten vorüber. Die Welt war ein finsterer Ort. Doch es gab nichts darin, was so finster war wie er.

Muirach

Cuchulains Brust explodierte vor Schmerz. Die Pranke des Leitwolfs hinterließ drei klaffende Wunden. Er sprang zurück, sackte auf ein Knie und betastete die Wunde. Blut an seinen Klauen. Sein Blut. Der Wolf drängte ihn weiterzumachen, aber er war seinem Widersacher unterlegen. Das graue, vernarbte, zottlige Wesen mit den roten Augen war der Leitwolf der Derwyd, größer, stärker und erfahrener als er.

Cuchulain hatte keine Chance.

Ein Werbär stieß ihn von hinten zurück in die Mitte des Kreises, den die Derwyd um sie schlossen. Cuchulain fiel nach vorn und rappelte sich gerade noch rechtzeitig auf, um die Pranke auf sich zuschießen zu sehen. Er duckte sich darunter weg und hieb mit wildem Gebrüll nach dem Leitwolf, als er an ihm vorbeiwirbelte. Seine Klauen drangen in das Bein des Wesens und rissen tiefe Wunden. Das Bein gab nach und der Leitwolf prallte auf ein Knie. Es hätte ein tödlicher Schlag sein sollen, direkt durch die Hauptader, aber für Werwesen galten andere Regeln.

Die Derwyd schrien, heulten, johlten, rempelten sich an wie Schweine am Trog. Eine Armee aus Druiden der Dämmerung in Tiergestalt. So viele, die sich im Kampf gegen die Verheerung verloren hatten. Ziegenmenschen, Werbären, geflügelte Ungeheuer und viele mehr. Es gab sogar einige Stagtaur, Werwesen aus Mensch und Hirsch. Selbst der Wald ringsum war verwandelt. Bäume hatten ihre Blätter verloren, ihre mächtigen Wurzeln ausgerissen und sich dem Kreis angeschlossen. Harz tropfte aus ihrer aufgeplatzten Rinde, rot wie Blut. Die Erde war schlammig und tot. Selbst die Luft stank durchdringend nach der kriechenden Fäulnis.

»Du kämpfst wie ein junger Druide«, grollte der Leitwolf und stand wieder auf. »Rücksichtslos und voller Zorn.«

»Ich kämpfe für mein Volk!«

»Dein Volk?« Der Leitwolf richtete sich zu ganzer Größe auf, sodass er nur ein Schatten gegen den Abendhimmel war. »Was weißt du schon von unserem Volk? Was weißt du davon, was wir geopfert haben?«

Donnerndes Gebrüll.

»Nein, junger Druide, du kämpfst nur für dich selbst!«

»Und ihr?« Cuchulain schlich am Kreis entlang, möglichst viel Abstand zu den Derwyd und seinem Feind. »Ihr überzieht unsere Welt mit Fäulnis!«

»Die Welt ist krank! Die Menschen sind ein Geschwür, das die Verheerung heraufbeschworen hat.« Der Leitwolf ließ sich auf alle viere fallen. »Wir werden es herausreißen!«

Der Werwolf sprang auf ihn zu. Cuchulain tauchte seitlich weg, rollte über den Schlamm und fühlte den Luftzug, als der große Arm über ihn hinwegfuhr. Er krachte gegen zwei Derwyd, die ihm brennende Wunden am Rücken beibrachten, zerschmetterte einem Ziegenmenschen den Schädel und stieß sich ab.

Mitten in einen ausholenden Schlag hinein.

Die Pranke war nur ein silberner Blitz und prügelte Cuchulain den Verstand aus dem Kopf. Er krachte auf den Rücken und heulte auf, wollte sich herumwerfen, aber der Leitwolf rammte ihm den Fuß gegen seine Brust, presste ihm die Luft aus den Lungen und rammte ihn in den Boden. Erbrochenes brannte in Cuchulains Kehle. Er wollte zubeißen, zappelte herum, stemmte sich mit aller Macht dagegen. Aber sein Feind war zu stark. Bevor er wusste, wie ihm geschah, fiel ein großer Schatten über ihn. Klauen schnappten zu und schlossen sich um sein Handgelenk, so fest wie eine Schelle. Er wurde hochgezogen, die Beine wurden ihm weggetreten und dann lag er auf dem Bauch, den Arm hinter dem Rücken verdreht und mit Dreck zwischen den Zähnen.

Der Fuß des Leitwolfs drückte gegen seine Wange. Erst kalt, dann schmerzhaft. Cuchulains Handgelenk wurde verdreht und langsam hochgezogen. Gleichzeitig wurde sein Kopf weiter auf den feuchten Boden gedrückt.

Der Leitwolf senkte sich zu seinem Ohr – schwerer, hechelnder Atem stieg Cuchulain in die Nase. »Es gibt eine Möglichkeit, diese

Welt zu befreien. Niemals wieder eine Verheerung. Niemals wieder Menschen, die unsere Heimat überfallen. Er hat es versprochen.«

»Wer?«

»Er!« Der Leitwolf knurrte ihm ins Ohr. »Schließe dich uns an!«

»Eher sterbe ich, Derwyd!«

Der reißende Schmerz in seiner Schulter war schrecklich. Nicht lange und es wurde noch viel schlimmer. Er konnte sich dem festen Griff nicht entwinden, trotz der Macht des Werwolfs, war hilflos, ausgestreckt wie Schlachtvieh, dem die Haut abgezogen werden sollte.

Die Derwyd wurden still – das letzte Brüllen verging und selbst die knarrenden Bäume bewegten sich nicht mehr. Die einzigen Geräusche waren die Luft, die durch Cuchulains Nase pfiff, und sein rasselnder Atem. Er hätte geschrien, wenn sein Gesicht nicht so zusammengedrückt wäre.

»Wa...« Er keuchte und hechelte, kämpfte gegen den Griff an. Es war ausweglos.

Aber der Griff lockerte sich ein wenig. Wieder beugte sich der Leitwolf zu ihm. »Was?«

»Warum?« Cuchulain keuchte schwer. »Du klingst nicht verloren. Du ...«

»Verloren?« Der Leitwolf knurrte. »Wir haben die Abgründe der Welt gesehen. Wir«, er beugte sich ganz nahe zu Cuchulain, »sind die Erlösung.«

»Der Wald ... stirbt.«

»Du glaubst unseretwegen?«

Cuchulain erstarrte. Er suchte nach einer passenden Erwiderung, aber sein Verstand war zu aufgewühlt und die rasende Wut des Tieres in ihm wollte beißen, kämpfen, töten!

»Die Derwyd sind nicht schuld an der Dämmerung, junger Druide.«

»Was? Aber ...«

»Wir werden nach Mag Mell marschieren und am Thing teilnehmen. Schließlich sind alle Thans dazu geladen, um über das Schicksal Tirnanogs zu entscheiden.«

»Du bist kein Than.«

»Oh doch.« Das Grollen des Leitwolfs bebte in Cuchulains Brust. »Ich bin ein Than. Ich führe den Stamm der Derwyd, die ihr verraten habt! Du hingegen hast dich für die andere Seite entschieden und wir respektieren deinen Wunsch. Nun wirst du …«

Ein Knall in der Ferne.

Eine plötzliche Veränderung lag in der Luft, wie vor einem niedergehenden Blitz. Eine Schwingung, die Cuchulain mit geschärften Sinnen wittern konnte. Sein Nackenfell sträubte sich und er hatte einen eigenartigen Geruch in der Nase.

Die Luft roch nach Veränderung.

Der Fuß des Leitwolfs rutschte von seinem Kiefer. Cuchulain wurde wie eine Puppe in die Luft gerissen. Er blickte zum Himmel, der sich immer weiter zuzog, als wäre ein Sturm über ihnen hereingebrochen.

Die Derwyd regten sich unruhig, schnatterten, wimmerten und knurrten. Sie wichen ein wenig zurück, suchten nach der Quelle für die Veränderung. Der Leitwolf ließ Cuchulain los und richtete sich zu voller Größe auf.

Ein Blitz. Ein Donnerschlag.

Schwarze Wolken zogen sich zusammen, türmten sich in gewaltigen Spiralen am verdunkelten Himmel.

Ein Unwetter?

Wieder ein Blitz.

Es krachte. Die Luft stand unter Spannung. Das war nicht normal. Was geschah dort?

Die Luft kühlte sich rasant ab. Frostblumen krochen über den Boden, ließen den Schlamm gefrieren, überzogen Cuchulains Fell mit Eiskristallen. Es wurde auf einmal so kalt, dass jeder Atemzug in der Kehle brannte – und es wurde immer schlimmer. Als wäre innerhalb eines Lidschlags der Winter mit gnadenloser Härte über ihnen hereingebrochen.

Etwas schoss aus den drohenden Wolken hervor und zog Blitze hinter sich her, die sich immer mehr ausdehnten. Es war eine Gestalt und sie bewegte sich mit unglaublicher Geschwindigkeit über den Himmel. Die Gestalt kam rasend schnell näher. Sie schwebte, nein, sie *flog* dem Wald entgegen.

Cuchulain kniff die Augen zusammen und wagte einen Schritt nach vorn. Der Wolf in ihm beruhigte sich allmählich, verlor seine Wut und zögerte ebenfalls.

Ein Blitzgewitter umtoste die Gestalt, die immer schneller wurde. Nun waren auch die Derwyd auf sie aufmerksam geworden, regten sich, zeigten hinauf.

Wieder ein Knall und die Gestalt änderte die Richtung. Nun fiel sie wie ein Meteor aus dem Himmel.

Die Umgebung war völlig in Eis getaucht. Cuchulains Zähne klapperten und er musste sich zu jedem Atemzug zwingen. Aber er konnte sich nicht von dem fallenden Stern lösen.

Und dann schoss ein sengender Feuerball aus Funken zu Boden, fuhr in den gefrorenen Boden, ließ Eis und Frost splittern und schickte einen Ring aus kräuselnden Flammen in die Luft. In seiner Mitte stand ein alter Mann in blauem Mantel. Er stand leicht gebeugt und hielt einen gewundenen Stab gepackt. Die Augen des Mannes waren zwei lodernde Flammen und das Feuer, das er eben erzeugt hatte, verging allmählich.

»Genug!«, sagte der Mann. »Lass ihn gehen, Muirach.«

Die Derwyd knurrten und fauchten, zogen den Kreis enger, aber der Leitwolf hielt sie mit erhobener Klaue zurück.

»Myrddin!« Muirach zog die Lefzen zurück. »Tirnanogs legendärer Held erinnert sich also noch an meinen Namen?« Er spreizte die Arme. »Myrddin erinnert sich an die Namen derer, die er in der Schlacht gegen die Verheerung angeführt und dann zurückgelassen hat?«

Cuchulain durchfuhr ein Schauer des Entsetzens.

»Endlich zeigst du dich nach all der Zeit.« Muirach kam näher. »Du zeigst dich deinem alten Schüler, den du verlassen hast, nachdem du ihn nicht mehr gebraucht hast?«

»Ich war nie fort.« Myrddin stampfte den Stab auf. »Und du weißt, warum ich dich und deinesgleichen verließ. In eurem grenzenlosen Zorn und eurer Gier nach Macht habt ihr alles verraten, wofür ihr als Druiden steht!«

»Wir waren es, die verraten wurden!«

Die Derwyd brüllten, stampften mit den Hufen, klackten mit den Krallen, schwenkten Speere und Pranken. Sie waren außer Rand und Band.

»Er ist für dich keine Gefahr, Muirach«, sagte Myrddin.

Der Werwolf blickte Cuchulain hasserfüllt an. »Dein Schüler hat mich herausgefordert und verloren. Die Gesetze unseres Stammes verlangen sein Blut.«

»Was, wenn ihr wesentlich kostbareres Blut erhaltet?«, fragte der Großdruide.

Muirach zog die Lefzen zurück. »Dann kommen wir überein.«

Myrddin nickte Cuchulain zu. »Geh und sieh nicht zurück!«

»Meister ...« Er keuchte. »Was war das eben? Was ...«

»Geh!« Funken sprühten in Myrddins Augen, als wären Blitze darin gefangen. Das war nicht die Gabe eines Druiden. Das war etwas anderes.

Etwas Mächtigeres.

Cuchulain schleppte sich aus dem Kreis. Der Funke in ihm verbrannte allmählich und die Seele des Wolfes verschwand. Er verwandelte sich zurück. Sein Körper schrumpfte; die Knochen knackten und splitterten, setzten sich neu zusammen. Das Fell fiel ihm aus, die Klauen verwandelten sich in feingliedrige Finger und seine Schnauze in ein Gesicht. Vor Schwäche stolperte und taumelte er. Er fiel vornüber auf den Boden und zitterte am ganzen Leib. Kälte kroch in seine Knochen und lähmte seine Glieder. Schmerzen setzten seine Haut in Flammen. Langsam mühte er sich auf die Beine, stemmte die Füße auf den gefrorenen Boden. Aber er war zu schwach und sackte wieder zusammen.

Jemand berührte ihn an der Schulter, nahm ihn am Arm und stützte ihn. Der alte Mann stand vor ihm und seine Augen waren voller Güte.

»Es tut mir leid, Cuchulain«, flüsterte Myrddin mit trauriger Stimme. »Ich hätte dir längst die Wahrheit anvertrauen sollen.«

»Du hast die Druiden gegen die Verheerung geführt.«

»Ja ... meinetwegen sind die Derwyd entstanden. Ich sah keine andere Möglichkeit, das Weltenrund zu beschützen. Du musst verstehen, dass es ein äußerst zerbrechliches Gebilde ist. Vieles hängt davon ab, was nun geschieht. Du«, er zögerte, »besitzt *altes* Blut.«

»Was heißt das?«

»Du wirst es bald verstehen.«

»Aber ... was geschieht hier? Muirach sagt, dass die Derwyd nicht für die Fäulnis verantwortlich sind.«

Myrddin seufzte. »Ich fürchte, das sind wir alle. Das Weltenrund ...«

»Sag es ihm!«, knurrte Muirach. »Sag ihm, wie sich deinesgleichen in Valanor versteckt hat, anstatt gegen die Verheerung zu kämpfen!« Der Werwolf trat näher und reckte die klauenartige Faust. »Sag ihm, wer du bist, Zauberer!«

Cuchulain klappte der Mund auf. »*Zauberer?*«

Myrddin lächelte bedauernd. »Wir werden reden. Bald.« Er verpasste Cuchulain einen Stoß mit der Hand. Wie von einer Bö getragen, hob er ab, schoss rücklings über die kreischenden Derwyd, die ihre Köpfe einzogen, über die Wipfel der Bäume, über den Wald und das Land, das unter ihm wegsackte.

Er hatte kaum noch Luft, um einen Schrei auszustoßen, als es schon wieder abwärts ging. Der Wald und der schlammige Boden kamen rasend schnell näher. Er riss die Arme vor das Gesicht ... und kam ruckartig zum Stillstand.

Als er die Arme sinken ließ, schwebte er knapp vor dem Erdboden. Verwundert streckte er die Hand aus und der Wind, der ihn bis hierher getragen hatte, gab ihn frei.

Er klatschte zu Boden und bekam eine Handvoll Dreck in den Mund. Würgend und keuchend stemmte er sich hoch. Da blitzte etwas vor ihm auf, halb im Morast vergraben. Ein geöffneter Beutel mit Kristallen.

Sein Beutel!

Cuchulain nahm einen heraus. Kristalle mit glimmenden Funken. Es waren drei und er erinnerte sich daran, wie er sie erschaffen hatte. Jeder Einzelne von ihnen hatte ein Opfer erfordert – jeden Tod hatte er erlebt, als wäre es sein eigener gewesen.

Er drehte den Kristall und spürte das tiefe Band dazu wie eine Schwingung in der Luft. Ein Wolf – ähnlich jenem, den er während der vergangenen Stunden getragen hatte. Ein Rabe – er versprach Freiheit und Befreiung von seinen Fesseln. Und ein Hase – ein so unschuldiges und unscheinbares Tier, dass es die perfekte Tarnung war. Er konnte nur einen davon nutzen, denn alles, was er am Körper trug, ging bei einer Verwandlung verloren. Eine Entscheidung, die seinen weiteren Weg bestimmte.

Er drehte den Kristall. *Mich der Wut ergeben und weiterkämpfen? Davonfliegen und alles hinter mir lassen? Oder den Mut aufbringen und für das einstehen, woran ich glaube?*

Cuchulain blinzelte ins Abendrot. »Myrddin ... Wer bist du?«

Schließlich traf er eine Entscheidung. Er kämpfte sich hoch. Die Welt schwankte von einer Seite zur anderen, als er die ersten Schritte machte, während ihm der Atem kalt durch die heisere Kehle fuhr.

Valanor ...

Weiter. Immer weiter. Nicht nachdenken, was geschehen war. Nicht daran denken, welche Mächte Myrddin heraufbeschworen hatte. Die Worte verdrängen, die der Derwyd an ihn gerichtet hatte. Die Fäulnis, die vielleicht einen anderen Ursprung hatte.

Zauberer ...

Er krampfte die Hand so fest um den Kristall, bis sich die Kanten durch seine Haut bohrten. »Die Stämme müssen vereint werden. Ein Banner. Ein Weg. Ein Ziel.«

Du besitzt altes Blut ... Die Worte klebten wie Honig in seinem Verstand. Er konnte versuchen, sie zu übergehen, aber sie waren dort. Wenn er bloß wüsste, was sie bedeuteten.

Mühsam schleppte er sich durch den Wald, zuckte bei jedem Schritt zusammen und hielt sich die Stelle an der Brust, wo er erwischt worden war. Durch die Verwandlung war die Wunde nicht mehr ganz so schlimm, aber sie blutete immer noch.

Als er über eine Wurzel stolperte, knallte er vornüber in den Schlamm und verlor den Kristall. Er kroch dorthin und griff danach ...

Eine Wurzel surrte sich wie eine Schlinge um seinen Hals fest und riss ihn zurück. Er keuchte und gurgelte, schlitterte mit dem Rücken durch den Dreck und wurde dann in die Luft gezogen wie eine

Stoffpuppe, während seine Füße drei Schritt über dem Boden schlackerten.

Ein knorriger Baum hielt ihn mit einem Ast gepackt, zurrte Zweige immer enger um seinen Hals fest. Der Baum besaß keine Blätter, die Rinde platzte in mehreren Schichten ab und daraus sickerte tiefroter, dicker Schleim – wie blutender Harz.

»Ugh!«, keuchte Cuchulain und schlug auf die Zweige ein. Aber seine Bemühungen waren völlig umsonst. Das vor ihm war nicht bloß ein Baum. Das war etwas anderes.

Er wurde näher an den Stamm geführt, an dem die Rinde nun zu beiden Seiten wegrollte. Darunter kam ein menschliches Wesen zum Vorschein, völlig abgemagert, mit knochigem Geweih, das aus der runzligen Stirn spross. Die Augen in dem eingefallenen Gesicht waren so dunkel und leblos wie der Tod, der Mund zu einem stummen Schrei geöffnet und die dürren Finger verzweifelt nach ihm ausgestreckt.

Ein gefallener Baumgeist.

»Druide!« Die Stimme des Wesens hallte um ihn. »Druide, du wirst ...«

Cuchulain zerbrach den Stein. Ein Funke huschte heraus, umschwirrte ihn.

Der Baumgeist beobachtete den Funken verwirrt. »Eine Seele?«

Cuchulain atmete ein.

Der Funke drang in seine Brust und erfüllte ihn.

Mit einem Heulen durchströmte ihn ein zweites Bewusstsein. Es gab verschiedene Arten, die Gabe eines Druiden zu nutzen. Eine Verwandlung im Zorn vermachte ihm Stärke, rasende Wut und den Drang, jeden Feind zu vernichten. Durch das Band zum Funken eines Wolfes wurde er zu einem Werwolf, wie er es zuvor bewirkt hatte. Doch wenn er dem Funken sein Vertrauen schenkte und ihm die Überhand ließ, dann erwachte in ihm der Überlebensinstinkt.

Und er wurde wahrhaft zum Wolf.

Sein Körper erzitterte. Er schrumpfte. Knochen brachen und setzten sich neu zusammen, während braunes, graues und schwarzes Fell aus seiner Haut spross und sich über ihn warf wie ein Mantel.

Cuchulain rutschte aus der Schlinge und landete geschickt auf allen vieren. Innerhalb eines Augenblicks veränderte sich seine Wahrnehmung. Er konnte jedes Detail im Wald ausmachen, jedes Laubblatt, jeden Schlammspritzer, jeden Käfer, der durch das Unterholz kroch und durch die Fäulnis verendete. Die Luft war voller Duftspuren, die er voneinander unterscheiden konnte. Als wären sie ein Mosaik, dessen Teile er herausnehmen und neu zusammensetzen konnte. Der Dryade riss seine gewaltigen Wurzeln aus dem Boden und hieb nach ihm. Doch der Wolf hatte die Gefahr bereits erkannt und sprang zur Seite. Mühelos wich er den Angriffen aus, hechtete um den Baum herum und schlüpfte ins Dickicht. Er rannte davon, stets den Blick nach Westen gerichtet, und dachte nicht länger darüber nach, was er erlebt und erfahren hatte. Es gab nur noch den Drang zu überleben und das Rudel vor der drohenden Gefahr zu warnen.

Die Derwyd marschierten zum Thing.

Und die Fäulnis war ebenfalls auf dem Vormarsch.

Feuer des Hasses

Artio hockte auf den Knien und erwartete ihr Ende. Sie hatte keine Kraft mehr. Ein letztes Mal wollte sie nach dem sterbenden Tageslicht schöpfen. Ein letztes Gebet an das Palindrom, um zu beweisen, dass sie würdig war. Doch tief in ihrem Herzen wusste sie nun, dass sie das nicht war. Die Reise hatte sie verändert.

Nun hatte das Licht sie verlassen.

Rafael stand als leuchtende Gestalt ein paar Schritt entfernt. Er reckte trotzig einen Hammer und brüllte die Dryade an. Er war so edel und überzeugt von dem, was er tat, dass er entschlossen daran festhielt. Am Glauben der Kirche. Am Weg der Paladine.

Nicht wie ich ...

Bilder durchströmten ihren Geist und sie fand sich viele Jahre früher auf einer Lichtung wieder.

Der Dryade schüttelte seine Krone.

Ihre Brüder kauerten sich an ihrer Seite zusammen. Vater stand vor ihr und blickte ihr tief in die Augen. Darin erkannte sie Grauen und Bedauern. Dahinter erhob sich der Derwyd, ein unersättliches Ungeheuer, das sie alle opfern wollte. Ein rasendes, wütendes Wesen, das sich in seiner Gabe verloren hatte. Oder sie nicht kontrollieren konnte.

Ich bin verloren ...

Der Dryade beugte sich zu ihr herunter, die Äste peitschten durch die Luft. Hundert Schritt.

Artio krallte ihre Finger in die Erde, riss sich die Nägel blutig und atmete zitternd ein.

Achtzig Schritt.

Damals war sie genauso unfähig gewesen. Sie hatte nichts getan, während das Monster ihre Familie ausgelöscht hatte. Selbst als der Priester erschienen war, um sie zu retten, hatte sie Löcher in die Luft gestarrt.

Sechzig Schritt.

Obwohl ein Paladin zu sein alles war, was sie sich jemals erhofft hatte, konnte sie nicht mehr wie Rafael sein. Sie war eine Wilde, gerettet und herangezogen, um der Kirche zu dienen. Als Waffe. Jetzt war sie wieder hier.

Vierzig Schritt.

Sie ballte zitternd die Hände. Ihr Glaube war für sie stets ein Gemälde gewesen. Doch nun hatte es Risse bekommen. Sie nahm das Gemälde auf und entdeckte darunter das vergilbte Papier, die verblassten Striche und den gebrochenen Rahmen. Die Kirche lehrte, dass es nur Gut und Böse gab. Schwarz und Weiß. Keine Grautöne. Wer diese Ansicht nicht teilte, war ein Feind des Lichtes. Aber die Welt war wesentlich komplizierter.

Zwanzig Schritt.

Trotzig starrte sie den Baumgeist an. Die Stimme in ihr, die sie stets geleitet hatte, war verklungen. Ihr Glaube war fort.

Zehn Schritt.

Wenn sie keine Paladin mehr war, dann wollte sie nicht leben. Es war vorbei.

Der Boden vibrierte.

Hunderte Ranken brachen aus der schlammigen Erde, wickelten sich umeinander und wuchsen zu langen, spitzen Dornen. Sie peitschten durch die Luft und bohrten sich in die Baumkrone. Dabei zerbarsten sie Äste und Zweige und versenkten sich darin wie Stützbalken, ehe sie sich verfestigten.

Knackend und dröhnend kam die Dryade zum Stillstand.

Ein Rankenwust kroch aus dem Untergrund und verästelte sich zu Cernunnos.

Artio stolperte auf ihn zu. »Geh! Ich verdiene es nicht …«

»Was?« Sein Gesicht war vor Anstrengung verzerrt. »Was verdienst du nicht? Zu leben? Zu solch dummen Gedanken sind nur Menschen fähig.«

Rafael hieb und hackte auf die Dryade ein. Dort, wo sein Hammer auftraf, zerplatzten Wurzeln, spritzten klebrige Flüssigkeit und morsche Zweige umher. Mit einer Aura der Reinigung setzte er den Boden in Brand. Weiße Flammen lechzten über den Stamm, aber sie wurden sofort wieder erstickt. Er versuchte es ein weiteres Mal. Vergeblich. Rafaels Licht flackerte, dann zerfiel der Hammer und der letzte Rest seiner Macht verging.

Er prallte auf ein Knie, eine Faust beschwörend gereckt. »Ich bin ein Hochpaladin des Palindroms! Du wirst mir nicht trotzen, Verheerungswesen! Hörst du? Ich werde obsiegen!«

»Warum hilfst du mir?« Artios Stimme klang brüchig.

Cernunnos stieß einen Seufzer aus – ein eigenartig menschlicher Laut. »Du bist noch wichtig. Du *veränderst*. Jetzt lauf!«

»Aber ...«

Eine Ranke peitschte gegen ihre Brust und ließ sie zurückstolpern. Artio stemmte ihre Stiefel in den Untergrund und blieb stehen.

»Nein!« Sie war selbst verwundert, aber sie wollte nicht weichen.

»Menschen! Euer Stolz und eure Sturheit werden euer Untergang sein!«

»Das ist kein Stolz!«

»Sondern?«

Sie horchte in sich hinein. Dort schlummerte etwas, tief verborgen. Ein uralter Zorn. Wie ein anderes Wesen, das sie immer dann mit Stärke flutete, wenn sie diese am dringendsten brauchte.

Es ertönte ein tiefes Rumpeln, als ginge die Welt zu Bruch. Einige Stützbalken knickten ein und Cernunnos sackte zusammen. Unglaubliche Kräfte mussten auf ihn niederdrücken.

Mit gerunzelter Stirn blickte Artio zum Stamm der Dryade. Kein Anzeichen von der Gestalt, die sich darin verbarg. Aber sie war dort und versteckte sich. »Was kann ich tun?«

»Nichts! Hier sind Kräfte am Werk, die deine übersteigen, Paladin.«

»Ich bin keine Paladin mehr.«

Cernunnos blickte sie merkwürdig an. »Du begreifst immer noch nicht, was ein Paladin ist. Die Fäulnis befindet sich hier. Hier, an den Wurzeln einer Göttin.« Er zögerte. »Danu ist verloren.«

Artio ging an ihm vorbei.

»Was hast du vor?«

»Etwas tun.«

Was bedeutet es, eine Paladin zu sein?

Rafael sah erschöpft auf. »Artio?«

Unbeirrt kämpfte sie sich den Hang empor und hielt auf den Stamm zu. Etwas trieb sie an und ließ sie durchhalten. Selbst wenn sie gewollt hätte, wäre sie nicht in der Lage gewesen, sich dagegen zu wehren. Als eine Wurzel nach ihr peitschen wollte, versenkte Cernunnos eine weitere dornige Ranke darin und hielt sie auf. Schließlich gelangte Artio zum Stamm, kletterte hinauf, wo sie die Gestalt vermutete, und rammte ihre Finger in die aufgeplatzte Rinde. Die Nägel splitterten und tiefe Wunden zogen sich entlang ihrer Knöchel, doch Artio drückte ihre Finger so tief hinein wie möglich.

Eine Paladin zu sein, bedeutet, zu beschützen. Für die einzustehen, die sich nicht selbst verteidigen können. Es bedeutet, zu bewahren.

Artio atmete ein.

Kein Licht durchströmte sie. Kein Funken Helligkeit löste sich aus der heraufziehenden Dunkelheit. Stattdessen erwachte etwas anderes in ihr und durchflutete sie mit Stärke. Mit einem wilden Schrei riss sie die Borke zur Seite. Es ertönte ein Reißen, dann zerplatzte die Rinde mit einem Knall.

Eine elfengleiche Gestalt kam dahinter zum Vorschein. Sie war völlig reglos und erstarrt, als wäre sie lediglich eine Puppe in den Fäden eines anderen Wesens.

»Danu«, raunte Artio und zerrte weiter an der Rinde herum, bis sie einen Teil des Unterkörpers freigelegt hatte, der von pulsierenden, teerartigen Ranken umwickelt war. Dort, ein Stück unter den Füßen, steckte etwas im Stamm. Etwas, das nicht hierhergehörte.

Was war das?

Artio steckte ihre Hände in klebrige Flüssigkeit, wühlte tiefer, tauchte schon bis zu den Oberarmen ein und war schließlich vollständig in der Dryade eingedrungen. Sie kannte nur noch ein Ziel: bewahren.

Ein durchdringender Gestank nach Moder und Verwesung stieg ihr in die Nase bis hinter die Stirn. Ihr Magen bäumte sich auf. Ihre Arme protestierten. Tiefer. Noch tiefer!

Sie ächzte, schwitzte, ihr Gesicht war angespannt vor Schmerz und Erschöpfung, und ihre Finger zitterten. Endlich streifte sie etwas

Festes und Glattes. Sie reckte sich, packte zu und zog. Aber es steckte fest.

Ruckartig wandte Danu ihr den Kopf zu.

Einen Augenblick war Artio schreckerstarrt. Dann zerrte sie wieder, bleckte die Zähne, zog die Lippen zurück und keuchte.

Das Etwas ließ sich kein Stück bewegen.

»Mein Kind …« Danus Stimme klang entsetzlich blass und dünn wie Laub, in das der Wind fuhr und dann wieder verging. »Du darfst das nicht tun.«

Artio schaute auf, überall an ihr klebte die Flüssigkeit. »Warum?«

»Ich habe es sehr lange bewahrt, damit es nicht zum Schlüssel wird. Sehr, sehr lange. Wenn du es befreist, bereitest du den Weg eures Untergangs.«

»Was ist es?«

»Etwas Uraltes. Etwas, das gebraucht wird, um … um …«

»Um was?«

Ein Schleier legte sich über Danus tiefschwarze Augen. Der Rankenwust an ihrem Unterkörper entwirrte sich, kroch über Artios Arme und hielt sie fest. Sie krümmte ihre Finger um den Gegenstand und atmete tief durch. Mit einem verzweifelten Schrei zog sie.

Es ertönte ein Schmatzen, dicht gefolgt von einem weiteren Schrei. Doch dieser erklang nicht um sie. Er war in ihrem Kopf.

Das Etwas löste sich und fuhr aus dem Stamm, wie ein Spaten aus Torf. Der Rankenwust erzitterte und *zerfiel*; er löste sich einfach auf.

Artio stolperte aus dem Stamm und taumelte zwei Schritt zurück.

»Vergib uns …«, hauchte Danu so liebevoll, dass es etwas in Artio berührte, ehe sich die Gestalt der Waldgöttin zu einem Wust zersetzte.

Die mächtige Krone richtete sich auf, während Cernunnos' Ranken zu Boden fielen. Riesige Wurzeln senkten sich auf die Erde und vergruben sich darin. Äste und Zweige erstarrten. Schließlich verharrte der Baum völlig still und wirkte wie ein ganz gewöhnlicher … Baum.

Artio kniete mit hängendem Kopf im Schlamm. Sie hielt ein ledergebundenes Heft umfasst. Den Knauf zierte ein großer Bernstein und die geradlinige Parierstange war in Gold gefasst. Die Klinge war strahlend weiß, über und über mit filigranen Symbolen und Mustern bedeckt und schimmerte, als wäre sie von einer geheimen Macht beseelt.

Ein Schwert.

Erst jetzt fiel Artio auf, dass auch der Verwesungsgestank vergangen war. Überall zogen sich die spinnennetzartigen Flechten, die alles überwuchert hatten, allmählich zurück, bis kaum noch etwas darauf hinwies, welcher Schrecken an diesem Ort gewütet hatte.

»Ein Geheimnis ...«, flüsterte Artio und wagte kaum, das Schwert anzusehen.

Schritte näherten sich von hinten, knirschten auf vertrockneten Wurzeln. Rafael trat neben sie und hielt sich mit schmerzverzerrten Zügen die Seite. Eine Platzwunde zog sich über seine Schläfe und ein Auge war zugeschwollen.

»Du hast uns gerettet«, sagte er erschöpft. »Du hast den Teufel gerichtet.« Er drückte ihre Schulter. »Das Palindrom ist mit dir.«

»Danu war kein Teufel.« Artio streifte seine Hand ab und wuchtete sich auf die Füße. »Sie war eine Dryade, die von der Fäulnis befallen war und ...«

»Und was?« Er machte eine harsche Geste über das zerstörte Dorf. »Willst du behaupten, das war nicht das Werk der Verheerung?«

Kurz erwog sie, ihm zu widersprechen. Aber dann stellte sie fest, wie unsinnig das wäre. Denn sie wusste ja nicht einmal selbst, was hier genau geschehen war. Sie hob das Schwert und begutachtete es verwundert. Es schimmerte im heraufziehenden Mondlicht. »Als ich das hier aus Danus Stamm herausgezogen habe, da ist etwas geschehen.«

»Der Verheerungsfluch wurde gebannt.«

Cernunnos wuchs vor ihr und betrachtete nachdenklich das Schwert.

Artio streckte ihm die Spitze entgegen. »Du weißt, was das ist.«

»'türlich weiß ich das. Jedes Wesen in Tirnanog weiß das.«

»Wieso hat es in Danus Stamm gesteckt?«

»Woher soll ich das wissen?«

»Du bist ein Baumgeist.«

»Und du bist ein Mensch. Deshalb frage ich trotzdem nicht, warum viele von euch bescheuerte Sachen machen.«

Sie stutzte. »Ich dachte, du bist ein allwissender Gott.«

»Allwissend? Sag mir, wann ist ein Gott ein Gott?«

»Wenn andere an ihn glauben.«

Er grinste. »Ganz genau.«

Artio versuchte die Symbole auf der Klinge zu entziffern. Aber falls sie eine Sprache ergaben, musste sie uralt sein. Dort, wo sie das Heft gefasst hielt, kribbelten ihre Finger, als wären sie unter Spannung. Ein weiteres Geheimnis in einer Reihe endloser Rätsel. »Das hier hat die Fäulnis gebracht.«

»Ein Relikt«, sagte Rafael und streckte die Hand danach aus. »Wir sollten es …«

Funken sprühten

Er zuckte zurück und verzog das Gesicht vor Abscheu. »Auf dieser Waffe lastet ein Fluch! Wir sollten sie zerstören.«

Der Baumgeist verschränkte die Wurzelarme vor der Brust und gluckste amüsiert. »Ich wünsche dir viel Glück dabei, Mensch.«

»Cernunnos.« Artio ließ das Schwert sinken. »Hat es die Fäulnis bewirkt?«

»Er war die Wirkung, aber nicht die Ursache.«

»Die Wahrheit. Bitte.«

»Bist du denn bereit für die ganze, hässliche Wahrheit?«

Was hatte sie schon noch zu verlieren? »Ja.«

»Oh, Menschen sind seltsame Geschöpfe.« Er beugte sich zu ihr. Das Schwert summte und vibrierte stärker, je näher Cernunnos kam. »Ich existiere schon so lange, dass ich längst erkannt habe, wie alles einem Kreislauf folgt. Ihr Menschen könnt nicht anders, als euch selbst zu bekriegen. Immer und immer wieder.« Er kam noch näher. »Es ist eure Natur, sich gegen andere zu erheben. Eure unersättliche Gier zwingt euch dazu.« Nun schloss er seine Wurzeln um die Schwertklinge, die so laut summte, dass es in den Ohren schmerzte. Cernunnos' Wurzeln färbten sich schwarz und zerflossen. »Wir leiden darunter. Das Mythische vergeht. Die Wunder der Welt geraten in Vergessenheit.«

»In Danu befand sich etwas, das nicht dorthin gehörte«, sagte sie heiser. »Etwas Dunkles.«

»Die Fäulnis.«

Er ließ los, seine Wurzelfinger zerfielen und neue wuchsen nach. Das Summen wurde leiser, bis es verklang. »Alles, was gut war, folgt dem Gesetz des Gleichgewichts. Alles, was half, das Böse aufzuhalten, verdirbt.«

Sie hob das Schwert. Das Licht brach sich darauf wie Perlmutt. »Und das hier?«

»Der Name dieser Waffe lautet«, Ranken sprossen aus seiner Hand und kamen kurz vor dem Speer zum Stillstand, »*claiomh solais*.«

Das Vibrieren war nun so intensiv, dass Artio bis auf die Knochen durchgeschüttelt wurde. Es wurde erst wieder besser, als Cernunnos sich ein wenig entfernte.

»Lichtschwert«, sagte sie. »Einer der vier Schätze der Túatha dé Danann.« Sie drehte das Schwert, wirbelte halb um die eigene Achse und machte einen Ausfallschritt. Die Waffe war eine perfekte Verlängerung ihres Arms, summte bei jeder Bewegung und war so leicht wie eine Feder.

»Demnach ist dies ein Gegenstand der Verheerung?«, fragte Rafael.

Cernunnos schnaubte. »Hast du mir gerade nicht zugehört, Dummkopf?«

»Noch ein Wort und …«

»Und was? Was genau willst du tun, Paladin? Mich zu Kleinholz verarbeiten?« Cernunnos grinste breit. »Mich fällen, wie ihr es einst mit vielen meiner Brüder und Schwestern getan habt? Oder mich in eurem göttlichen Zorn verbrennen?«

Rafael streckte Artio fordernd die Hand entgegen. Eher widerwillig übergab sie ihm das Schwert.

Ein Funkenschlag.

Die Klinge landete im Dreck. Rafael hielt sich die qualmende, geschwärzte Hand. »Beim Licht des Palindroms! Was für eine Ausgeburt der Verheerung ist das?«

Artio nahm das Lichtschwert auf. Ihre Finger kribbelten. »Warum kann ich es tragen?«

»Weil du eine Aufgabe hast«, sagte Cernunnos. »Du trägst den Schlüssel zu allem.« Ranke für Ranke zerfiel er.

*

Der Morgen war grau, nass und kalt. Artio setzte stur einen Fuß vor den anderen, den Blick leicht gesenkt, während Regen von ihrem Kinn tropfte. *Klomp. Klomp. Klomp.* Mit feuchten Stiefeln, wunden Füßen und verschlissenen Klamotten stapfte sie den Hang hinab und versuchte nicht darüber nachzudenken, was geschehen war. Eine gefallene Dryade. Die Fäulnis. Das Schwert.

Das Leder am Griff knarzte, als sie fester zupackte. Seit sie es aus Danus Stamm gezogen hatte, hatte sie es nicht mehr losgelassen. Die anderen hielten Abstand zu ihr. Rafael stolperte hinter ihr her, stets ein flüsterndes Gebet an das Palindrom auf den Lippen. Cernunnos wuchs voraus, ließ sich nur selten blicken und schwieg in der Zeit so bedrückend wie ein Grab. Der Graben zwischen ihnen war so tief, dass sie sich nicht einmal mehr traute, ihn zu überwinden. Und darüber schwebte der unausgesprochene Gedanke, dass das Licht sich ihr widersagte.

Ich bin keine Paladin mehr ...

Gedankenverloren marschierten sie durch das wilde Land, mieden jedes Dorf, das sie in der Ferne erblickten, und machten nur Rast, wenn es nicht anders möglich war. Wann immer Artio konnte, untersuchte sie das Schwert. Es kam ihr falsch vor, dass ein solch mythischer Gegenstand, im Stamm einer verfluchten Göttin gesteckt hatte. Aber was hätte sie sonst tun sollen? Ihn zurücklassen?

Wenn du es befreist, bereitest du den Weg eures Untergangs ... Was hatte Danu mit diesen Worten gemeint?

Weder Fäulnis noch Derwyd lauerten ihnen auf und so vergingen die Tage wie im Flug. Abends saßen sie schweigend zusammen, trauten sich nicht, ein Feuer zu entzünden, und hielten sich mit Wurzeln und Pilzen bei Kräften, bis die Nacht sie umfing und Artio in dämmrige Wachzustände geriet. Sie war so erschöpft, dass sie kaum die Augen offen halten konnte, doch die Träume mieden sie, bis ein neuer Tag voller Anstrengung, schlammiger Pfade und angespannter Stille sie erwartete.

Rafael ging es mit jedem Tag schlechter, bis er nicht einmal mehr zu grimmigen Blicken fähig war. Als er wieder einmal zusammenklappte, trat sie an ihn heran und hielt ihm die Hand hin. Er schlug sie weg und stand aus eigener Kraft auf.

»Wir haben dieses Abenteuer gemeinsam begonnen und wir werden es auch gemeinsam beenden, Rafael«, sagte sie leise.

»Sag mir nicht, was ich zu tun habe, Paladin!«

»Du verhältst dich wie ein ungezogenes Kind.«

»Weil ich nicht zulasse, dass die Saat der Verheerung mein Herz verführt?«

Genervt rieb sie sich die Stirn. »Nichts verführt uns. Sieh es eher als Prüfung unserer Überzeugung.«

Er beugte sich zu ihr und musterte sie von den schlammverkrusteten Stiefeln bis zum dreckverschmierten Gesicht. »Falls es das ist, hast du versagt, Artio.«

»Sag das nicht!«, knurrte sie.

»Ich soll die Wahrheit verschweigen? Ich bin ein Auserwählter Gottes! Ich bin hier, um diese Brut endgültig zu vernichten!«

»Welche Brut?«

Er bleckte die Zähne. »Alle! Die Wilden werden schon noch sehen, was ihnen ihr feiger Angriff eingebracht hat. Wenn es nach mir ginge, würde ich sie alle in eine tiefe Schlucht werfen und darin verfaulen lassen.«

Sie schwieg.

»Nur zu, sprich es aus, Artio! Ich sehe den stummen Vorwurf in deinen Augen.« Er trat noch näher an sie heran. »Nichts, was ich auf dieser Reise erfahren habe, lässt mich daran zweifeln, dass dieses Land verseucht ist. Missionar Tomás sollte das Heer nach Mag Mell entsenden, um einem nach dem anderen die Gerechtigkeit des Palindroms zuteilwerden zu lassen.«

Ein Regentropfen klatschte auf ihren Kopf und rann über ihre Stirn. Noch einer und noch einer, bis allmählich strömender Regen einsetzte. Im gleichen Rhythmus schlug ihr Herz immer schneller.

»Du sagtest, wir kommen als Befreier und nicht als Erlöser.«

Ein schuldbewusster Gesichtsausdruck, beinahe ein Grinsen, lag auf seinem Gesicht wie bei einem Schuljungen, den man dabei erwischt hatte, wie er eine Pastete aus der Küche stahl. »Wenn es nach mir ginge … Nun, sagen wir, die Nachrichten, die ich an die Kirche in Candaloz übermittelt habe, schildern *ausgiebig* die Verdorbenheit unserer Feinde. Hochpaladin Gabriel war nicht erfreut zu hören, dass sie sich zusammenschließen, um uns zu vernichten.«

Ihr Herz trommelte und trommelte. »Das ist eine Lüge.«

»Eine Darlegung der Tatsachen zum Wohle der Zukunft des Weltenrundes.«

Artio begriff kaum, was er ihr sagen wollte. »Willst du ein sinnloses Abschlachten riskieren, Rafael?«

»Warum nicht? Dann hätten wir das endlich mit diesen Wilden geklärt und könnten …«

Artio hob ihre Hand und verpasste ihm einen Stoß. Rafael taumelte nach hinten, glitt im Schlamm aus und knallte auf den Rücken. Einen Wimpernschlag war sie wie erstarrt.

Was habe ich getan?

Rasch bückte sie sich und hielt ihm eine Hand hin, aber er schlug sie weg und sprang hoch. Wie ein Tier stürzte er sich auf sie. In einem verdrehten Knäuel prallten sie in den Morast, rollten hin und her und Artio verlor die Waffe. Rafael packte ihre Kehle und schlug mit der anderen Hand auf sie ein. Links, rechts, wieder links und rechts. Ihr Kopf flog zur Seite und sie spuckte Blut, ehe der nächste Hieb wie ein Schmiedehammer über sie kam und ihren Kopf zur anderen Seite beförderte.

Sie fing seine Faust ab. »Hör auf!«

Sein Gesicht hing knapp über ihrem, die Augen vor Wahn geweitet und die Zähne blutverschmiert. »Sag mir nicht, was ich zu tun habe!« Wieder holte er aus und abermals fing sie seinen Schlag ab. »Warum tust du das, Artio?«

Sie bog seine Hand zur Seite. »Warum tue ich was?«

»Bist du ein Teufel? Bist du hier, um mich zu prüfen?«

»Ich bin kein …«

Der Schlag machte sie kurz benommen. Wie zwei ungeschickte Liebende lagen sie da, prügelten aufeinander ein, wobei Artio versuchte, ihn nicht zu verletzen. Sie stieß die Hand hoch, erwischte seine Kehle und schrammte mit den Fingern seine Wange entlang, schob sich an dem verzerrten Mund vorbei, an der Oberlippe, bis sie die Augenhöhle fand. Dann drückte sie.

Rafael schrie und ließ sie los. Artio trat zu; sie schleuderte ihn von sich runter, drehte sich um und kroch durch den Dreck. Wo war das Schwert? Wo ...

Es krachte, als wäre der Himmel über ihr eingestürzt. Sie sackte zusammen. Alles wurde träge und blendend hell. Die Geräusche klangen dumpf und fern und ihr Schädel pochte wie wild.

Was war geschehen?

Artio kämpfte sich hoch, wankte hin und her, während die Welt sich verschwommen um sie drehte, und versuchte sich zu orientieren. Verwirrt griff sie sich an die Stirn. Ihre Finger waren rot.

Rafael rammte sie mit einem Schrei von hinten und schleuderte sie vornüber in den Schlamm. Sie bekam Erde in den Mund, keuchte und spuckte, während der Paladin seine Knie in ihren Rücken presste, ihren Kopf in den Schlamm drückte und ihr einen Arm auf den Rücken bog.

Der Regen weichte den Boden auf, bedeckte alles mit einem grauen Vorhang, damit die Welt nicht sah, wie zwei Paladine einander bekämpften.

»Du bist meine Prüfung!«, rief Rafael. »Es kann nicht anders sein. Ich muss dich aufhalten. Ich muss das Böse aus dir herausbrennen!«

»Hör ... auf!«

»Deinetwegen bin ich hier.« Er drückte fester, zerquetschte ihr den Kiefer und zehrte wie verrückt an ihrem Arm, sodass ihre Schulter schmerzhaft spannte. »Du hast mich in die Irre geführt. Du verführst mein Herz. Machst es schwach. Füllst es mit Zweifel.«

»Dein ... Herz?« Sie keuchte. »Was für ein ...?«

»Genug!«, brüllte er. »Es endet hier und jetzt! Im Namen des Palindroms werde ich dich läutern!«

Nein!

Ein Licht leuchtete hinter ihr auf. Die Erde, das Gras, selbst die entfernten Bäume am Wegesrand verloren an Farbe und Helligkeit. Weiße Flammen breiteten sich rings um sie aus, krochen über ihren

Körper, versengten ihre Haut. Das Licht … Es stach wie Abertausend Nadeln! Warum schmerzte es so sehr?

Ihr kam der Vorteil zugute, dass sie größer war als er. Unter wildem Gebrüll bäumte sie sich auf, schüttelte Rafael von sich ab und entging dem Einfluss des Lichtes. Ihre Haut war gerötet und warf Blasen. Hatte sie sich so weit von ihresgleichen entfernt, dass sich selbst das Licht nun gegen sie wandte?

Rafael rappelte sich auf. »Das Licht verletzt dich!«, rief er und wies anklagend auf sie. »Du bist vom Weg abgekommen, aber ich werde dich retten!«

Sie wischte sich Dreck aus dem Gesicht. »Versuch's doch!«

»Ja … Ja, ich werde es tun.« Er reckte die Hand und beschwor einen wuchtigen Hammer herauf. Mit einem Satz war er bei ihr, die Waffe hocherhoben …

Und zögerte.

»Warum hast du das getan?«, fragte er erstickt und ließ den Hammer langsam sinken. »Diese Gefühle … Diese Sehnsucht nach deiner Berührung … Du hast mich mit deiner verdorbenen Saat verführt!« Tränen schimmerten in seinen strahlend goldenen Augen. Rotz lief ihm über die bebenden Lippen.

Artio spuckte Blut zur Seite. »Ich habe nichts getan, Hochpaladin!«

»Oh doch!« Er atmete zischend durch zusammengebissene Zähne. »Frauen sollten keine Paladine sein. Ihr seid unrein! Ich verachte dich dafür! Ich …« Er hustete in seine Hand. Als er sie hob, war sie blutgesprenkelt. »Siehst du das? Siehst du, was du mir angetan hast, Weib?«

»Was redest du da überhaupt?«

»Ich fühle …« Er taumelte, ließ den Hammerfallen, der zerplatzte, sobald er aufschlug, und das Licht leckte aus ihm heraus wie Wasser aus einem löchrigen Fass. »Ich … verzehre mich nach dir!«

Er taumelte auf sie zu, hielt sie an den Schultern fest und beugte sich zu ihr. Artio war so erstarrt, dass sie sich nicht bewegen konnte. Als sich ihre Lippen berührten, war ihr Kopf leer. Sie respektierte Rafael. Aber das hier war falsch! Sie sehnte sich nach Freiheit, nicht nach Liebe.

Der Ruf der Wildnis.

Rafael presste seine Lippen auf ihre – fest und unangenehm. Seine Fingernägel bohrten sich durch den Stoff in ihre Haut. Es war kein süßer Schmerz nach Verlangen. Es war einfach nur Schmerz.

»Ich liebe dich, Artio!«

Alles in ihr bäumte sich auf, aber sie konnte sich immer noch nicht bewegen, als er an ihrem Kragen zerrte, den nassen Pelz von ihren Schultern schob und ihr Hemd aufriss. Dann packte er ihre Brust, quetschte sie und zehrte wie verrückt an ihrer Kleidung.

»Das ist keine Liebe, Rafael«, flüsterte sie.

»Sei unbesorgt!« Er griff fester zu. »Ich spreche für die Kirche. Ich werde dir vergeben.«

Vergeben ... Das Wort hallte in ihrem Kopf. Wofür? Sie hatte nichts Falsches getan. Rafael brach die Gesetze der Kirche. Dennoch wurde er weiterhin vom Licht umfangen, während sie davon gemieden wurde. War das gerecht? War es das, was das Palindrom gewollt hatte? Daran konnte sie nicht glauben!

Nein ...

Schmerzhaft fest drückte er seinen Mund auf ihren, hielt ihr Handgelenk fest und umschloss mit der anderen ihren Hals. Dann drückte er ihr die Luft ab.

Nein!

Sie biss ihm in die Lippen, woraufhin er zurückzuckte. Ein salziger Geschmack breitete sich in ihrem Mund aus.

Rafael starrte sie finster an. Blut tropfte von seiner Unterlippe. Plötzlich versetzte er ihr mit der flachen Hand einen Schlag, der ihr fast die Sinne raubte. Sie sackte in den Schlamm.

Ihre Welt zerbrach.

Alles, was sie zuvor für richtig und wahr gehalten hatte, lag vor ihr in Scherben. In den Bruchstücken erkannte sie sich selbst. Ihre Zweifel. Ihren Unwillen, nachzugeben. Ihre Überzeugung, das Richtige zu tun. Die Paladine taten Gutes, führten verirrte Seelen ins Licht und hielten ein Reich zusammen, das ansonsten in Chaos zerfallen wäre. Aber sie waren nicht unfehlbar.

Ich bin nicht unfehlbar.

Im Schlamm blitzte etwas auf. Das Schwert. Sie umschloss das Heft und ein Kribbeln breitete sich in ihrem ganzen Körper aus. Das Lichtschwert gehörte in ihre Hand. Sie musste es zu seinem Ort der Bestimmung bringen.

Sie hatte eine Aufgabe.

Rafael trat vor sie und grapschte in ihr kurzes Haar. Brutal riss er ihren Kopf in den Nacken, sodass sie den Wahn in seinen Augen sehen musste. Langsam streckte er den Arm zur Seite. Mit einem Glockenschlag landete ein Hammer darin.

Der Hochpaladin wollte sie richten.

Artio hasste ihn nicht. Ihre Verachtung reichte viel tiefer. Nicht Tirnanog hatte sie verändert. Sondern er. Alles, was ihr widerfahren war und was sie gemeinsam durchlebt hatten, lief in ihrem Geist ab. Und auf einmal war alles ganz klar, wie ein sonniger Frühlingsmorgen nach einem verregneten Tag.

»Wehre dich nicht, Artio. Ich werde deine Seele ins Licht führen. Ich werde dich von deinen Sünden erlösen. Ich werde …«

Artio warf sich herum und riss dabei das Schwert hoch. Schmatzend drang die Spitze durch Rafaels Brustkorb wie durch Butter. Ihm rutschte sein Hammer aus der Hand und Blut blubberte über seine halb geöffneten Lippen.

Langsam stand Artio auf und schob ihn mit der Waffe zurück. Er taumelte nach hinten, die Spitze löste sich aus seiner Brust und klatschte auf den Boden. Blut floss dick und schwer aus dem Loch. Sein Hemd sog sich voll. Das letzte Licht strömte aus ihm heraus und dann lag er schwach und hilflos vor ihr.

Er rang nach Luft. »W-was hast du getan?«

Sie trat über ihn, hob das Schwert mit beiden Händen und stach zu. Sein Schrei wurde zu einem kläglichen Wimmern. Licht löste sich überall aus der Umgebung, verwirbelte um ihn, doch es konnte nicht zu ihm gelangen. Etwas hielt es zurück.

claiomh solais.

Das Lichtschwert vibrierte. Eine Welle der Zufriedenheit überkam Artio. Vorsichtig löste sie ihre Finger vom Heft, nahm Hemd und Pelz und legte sich beides über. Sie ging neben Rafael in die Hocke, beide Arme auf die Ellenbogen gestützt, und wusste nicht, was sie mehr anwiderte: Rafaels Schwäche oder ihr eigenes Versagen, dass sie ihre Gefühle nicht unter Kontrolle hatte.

»Ich wusste es.« Panik lag in seinen totenbleichen Zügen. »I-ich wusste es die ganze Zeit!«

»Was wusstest du?« Sie erschrak beinahe selbst über ihre tonlose Stimme.

»Du bist … ein Teufel. Deshalb sind wir hier …«

Sie packte das Schwert und drückte es tiefer in die Brust, bis die Klinge ihn vollständig durchbohrte. »Du wolltest mich auf der Reise prüfen?« Keine Zurückhaltung. Keine Zweifel über ihre Tat. Tief in sich spürte sie, dass es richtig war.

»Tomás …« Er gurgelte und hustete Blut.

»Was ist mit ihm?«

»Er hat mir erzählt, was damals geschah, als du … als …«

»Was?«

»Du bist ein Teufel … Artio. Du bist …« Seine Augen klärten sich. Nun waren sie von solch einem Hass und einer Kälte erfüllt, als blickte sie ein gänzlich anderes Wesen an. Eines, das sich hinter der Hülle aus Licht, Rechtschaffenheit und Glaube verbarg. »Dafür wirst du brennen!«

Ein letztes Zucken. Dann brachen seine Augen und er blieb regungslos liegen.

Artio war überrascht, wie ruhig sie war. Sollte sie sich nicht hassen für das, was sie getan hatte? Doch als sie in sich hineinhorchte, war da nichts als Stille.

Sie schloss Rafaels Augen, zog das Schwert aus seinem Körper und rammte es vor sich in den Schlamm. Das Blut des Paladins floss an dem schimmernden Weiß der Klinge entlang und rann durch die Symbole. Stumm stand Artio da, blickte auf die Leiche, und allmählich wurde ihr klar, was sie getan hatte. Sie hatte ein hochrangiges Mitglied der Kirche getötet. Einen Hochpaladin. Einen Auserwählten des Palindroms. Sollte jemand davon erfahren, würde man sie jagen und öffentlich hinrichten. Sie hatte sich von der Kirche und allem, was ihr wichtig gewesen war, abgewandt. Und wofür?

Dennoch fühlte sie … nichts.

Äste knackten und knarrten hinter ihr. Leise Schritte näherten sich. Artio wandte sich nicht um, starrte weiter auf die Leiche, die allmählich von Blut, Regen und Morast bedeckt wurde. Die ganze Zeit über hatte sie seine Präsenz gespürt, aber aus irgendeinem Grund hatte er sich nicht eingemischt. Er hatte abgewartet, was geschehen würde.

Cernunnos trat neben sie und lächelte fröhlich. »Was für eine Sauerei. Ich habe mich schon gefragt, wann du endlich den Mumm dazu aufbringst.«

Sie riss das Schwert heraus und stapfte los. Kein Wort des Abschieds oder der Trauer. Kein Gebet an das Palindrom, damit es Rafaels Seele aufnahm. Sie war fertig damit. Mit allem.

Jetzt gab es nur noch sie, das Schwert und ihre Aufgabe.

Spiegel der Seele

Der Mann im Spiegel war ein Fremder. Ein Mann, der nichts mit dem stolzen Kriegsfürsten des Hochlandes zu tun hatte; nichts mit dem grimmigen Helden, der seine Heimat verlassen hatte, um nach etwas zu suchen, das so zerbrechlich war, dass er es kaum noch festhalten konnte: Hoffnung.

Der Mann in dem Spiegel achtete auf sein Aussehen. Kinn und Wangen waren glatt rasiert und von Schmutz befreit. Die Haare waren kurz geschoren und gepflegt. Die Uniform saß wie angegossen. Der Ausdruck im Gesicht wirkte stolz und erhaben. Wie ein waschechter und treuer Gefolgsmann der Krone Méridors.

Der Mann war ein Fremder.

Wagrim stützte die Handballen auf die Kommode und beugte sich vor. Es konnte sich nicht von dem Fremden lösen. Wie schnell konnte sich ein Mann ändern? War er vielleicht sogar in der Lage, alles, was geschehen war, hinter sich zu lassen?

Im Kerzenschein waren seine Züge in flackerndes Licht und unruhige Schatten getaucht wie zwei Wesen, die um die Vorherrschaft rangen. Zwei Wesen, die in einem existierten und unterschiedlicher nicht sein könnten.

Zwei Leben.

Ein ganzes Zelt allein für den Stabsoffizier der méridorischen Armada. Ein Anführer, der den Soldaten ein Vorbild sein sollte. Dabei hatte Wagrim immer noch keinen blassen Schimmer, was das überhaupt bedeutete. Ein ganzes Zelt zu seinem Vergnügen, während die Soldaten sich wärmesuchend um die Lagerfeuer drückten, eine Plane über dem Kopf, um sich vor dem Regen zu schützen, und trübsinnig in ihre Suppenschalen sahen. Lieber wäre er bei ihnen draußen in der Kälte, als in diesem übergroßen Zelt zu nächtigen. Den sternbestäubten Nachthimmel über dem Kopf, der flüsternde Wind und das Zirpen der Insekten im Ohr, die Nähe anderer Menschen, die um Heim und Herd kämpften. Stattdessen war er allein mit sich und seinen Gedanken.

Er drehte den Kopf. Die eine Seite war sanft und mitfühlend. Die Seite eines Mannes, der sich um seine Heimat sorgte und jede Herausforderung annahm, um seine Schandtaten zu sühnen.

»Dieser Mann hofft …« Ja, er war in der Lage zu hoffen und glaubte an das Gute in der Welt. Man durfte nur nicht aufhören, danach zu suchen.

Langsam drehte er den Kopf zur anderen Seite. Ein irres, mordlüsternes Grinsen lag auf dieser Gesichtshälfte, die so zerfurcht, zernarbt und ausgehöhlt war wie ein Herold des Todes.

Lass mich raus …

Die Stimme drang dumpf aus weiter Ferne zu ihm, als wäre sie das Echo einer Erinnerung. Wagrim beugte sich tiefer, atmete zitternd ein und wollte den Blick abwenden. Doch er konnte nicht.

Du willst es …

Der Berserker lauerte hinter dem Spiegel. Er war ganz nahe, eine Bestie, groß und stark wie ein Riese, getaucht in blutendes Rot, das er mit der Welt teilen wollte. Es lag eine Botschaft in dem, was der Berserker tat; eine Botschaft, die die Ankunft des Schlächters verkündete. Er sorgte sich nicht, kannte keine Zweifel, nur den Rausch und den Weg in eine blutige Zukunft.

»Nein«, flüsterte Wagrim.

Gelassen verschränkte der Berserker die Arme vor der Brust. »Du kannst mich nicht wegsperren.«

»Und ob ich das kann!« Wagrim atmete tief aus. »Du bist ein Monster!«

»Ich bin du.«

»Nein!« Es knackte und knirschte. Erstaunt hob Wagrim seine Hände. Er hatte die Kommode eingedrückt.

»Siehst du?« Der Berserker klang lockend wie ein Schluck Met an einem gemütlichen Feuer. »Akzeptiere, wer du bist.«

»Ich bin *nicht* du!« Wagrim beugte sich so nahe an den Spiegel, dass er ihn fast mit der Nasenspitze berührte. »Du bist aus Tod gemacht!«

»*Wir* sind aus Tod gemacht!« Der Berserker löste die Arme und stand mit hochgezogenen Schultern da. Er war größer als die Berge von Tirnanog, tückischer als die hohe See und finsterer als der tiefste Abgrund des Weltenrunds. Er war der Auserwählte des Schlächters. Er *war* der Schlächter!

Nebel wallte um den Berserker, hüllte seine Gestalt ein. »Wo wären wir ohne mich?«

»Sei still …«

»Ohne mich wären wir tot! *Ich* habe uns gerettet. Ich habe uns immer gerettet!«

»Sei still …«

»Als sie uns verraten haben, habe ich sie getötet.« Der Berserker schob den Kopf aus dem Nebel. Sein Gesicht war ein Schlachtfeld, voller Narben, langer und kurzer, gezackter und gewundener – viele, viele Narben, die mit Blut bespritzt waren. Eine dicke Flüssigkeit rann durch seine tiefen Furchen, sickerte aus seinem Mund und tropfte von seinem Kinn. »Als sie uns alles genommen haben, habe ich sie gejagt. *Ich* habe sie gefunden. Rache!«

Wagrim wandte den Blick ab. Er konnte nicht länger hinsehen. Die Worte bohrten sich wie eisige Stacheln in sein Herz. Denn sie waren wahr.

»Sieh mich an!«, grollte der Berserker.

Wagrim schaute wieder in den Spiegel. Überall tropfte Blut am Körper dieser finsteren Kreatur, als wäre sie der fleischgewordene Tod. »Ich hasse dich!«

»Du *brauchst* mich. Ich tue das, wozu du nicht bereit bist.«

»Ich wünschte, du würdest nicht existieren.« Wagrim erzitterte stärker. »Ich wünschte, ich besäße nicht den Funken. Dann wäre ich frei.«

Der Berserker beugte sich langsam zum Spiegel. Blitzschnell brach er mit der Hand hindurch und umschloss Wagrims Kehle. »Niemand ist jemals frei!«

»Was …?« Wagrim gurgelte schreckerstarrt.

»Schwach!« Mehr und mehr von dem Arm drang aus dem Spiegel. Rot verschmierte Haut, unter der geschwollene Muskeln, dicke

Sehnen und pochende Adern buckelten. Die Finger waren Klauen, die Hand die Pranke eines Riesen.

Verzweifelt hämmerte Wagrim auf die Finger ein, aber er konnte sich nicht wehren. Er war gefangen wie ein Kaninchen auf der Schlachtbank.

Der Berserker lächelte blutlüstern. »Du brauchst mich.«

»Du …« Wagrim schnappte nach Luft. »Du … hast sie getötet!« Der Griff lockerte sich.

»Du … hast all das getan.«

»Ich habe uns gerettet! Ich habe …«

»Stabsoffizier Wagrim?«, ertönte eine dünne Stimme hinter ihm. Wagrim wirbelte herum. Nicolás stand am Zelteingang und tippelte auf der Stelle. »Soldat? Was hast du hier zu suchen?«

»Mit wem sprecht Ihr?«

Zögerlich wandte Wagrim sich dem Spiegel zu. Dort blickte ihm ein trauriger, schicksalsgeplagter Barbar entgegen. Kein Blut im Gesicht. Keine Fingerabdrücke am Hals. Ein Feigling in der Uniform des Feindes. »Mit niemandem, Soldat.«

»Ich wollte Euch darüber in Kenntnis setzen, dass Generalkapitän José den Aufbruch befohlen hat. Falls Ihr lieber …«

»Nein!« Wagrim hielt kurz inne und kämpfte seine Unruhe nieder. »Entschuldige. Bitte, komm rein. Wärme dich in meinem Zelt.«

Nicolás lächelte schüchtern, als er eintrat. »Ihr seid zu freundlich, Stabsoffizier.«

»Hm«, brummte Wagrim und packte seinen Kram zusammen. Dabei wich er dem Spiegel aus, als fürchtete er, was er dort vorfinden würde. Aber er wusste, dass er sich früher oder später dem Teil in sich stellen müsste.

*

»Zwei Tagesmärsche noch?«, fragte Wagrim, während er der Armee hinterherstapfte. Der Regen trommelte auf den Boden ein und fiel so dicht, dass keine einzelnen, vom Wind geworfenen Schleier mehr im Tageslicht zu erkennen waren. Das Heer hätte schon längst Unterschlupf suchen sollen, aber sie mussten Zeit wettmachen.

»Ja, Stabsoffizier«, sagte Nicolás. »Der Generalkapitän hat eindringlich befohlen, dass wir uns keine Verzögerung mehr erlauben können. Das Thing in Mag Mell drängt zur Eile.«

»Wir wollen ja nicht zu spät kommen, was? Gut gemacht, Soldat. Danke.« Als der Soldat sich nicht rührte, erinnerte Wagrim sich daran, dass er jetzt ein wichtiger Mann war. Das bedeutete, dass er alle unter sich anbrüllen musste, um zu zeigen, *wie* wichtig er war. »Du darfst wegtreten.«

Der junge Mann salutierte zackig. Dann drängte er sich an den schlammbespritzten Soldaten vorbei und war inmitten der herumzuckenden Speerspitzen nicht mehr zu sehen. Selbst die zuvor noch geschwenkten Banner hingen schlaff und schwer vom Regenwasser herab und der goldene Greif darauf hatte ein unübersehbares Kackbraun angenommen. Mit gesenkten Köpfen, schlurfenden Schritten und tropfenden Uniformen marschierten die Soldaten dahin. Zehntausend. Zehn…tausend! Zuvor hatte Wagrim sich nicht vorstellen können, wie so viele Soldaten wohl in Marschordnung aussehen würden. Jetzt wusste er es.

Dennoch war er erstaunt, wie klar die Hierarchie der Armee geregelt war. Es gab nicht nur einen Anführer wie in den Hochlanden, sondern Stäbe, das hieß, die Armee war in verschiedene Regimenter unterteilt, die wiederum von Hauptmännern angeleitet wurden. Wer einen höheren Titel besaß, durfte getreu der Anscheißungskette alle unter sich anscheißen. Und so weiter und so fort, bis man zum höchsten gelangte, dem Generalkapitän, der alle mit Dünnschiss überhäufen durfte. In den Hochlanden war es eine Ehre, den Anführer zu einem Zweikampf herauszufordern. Der Gewinner führte, der Verlierer starb. Hier galten Regeln, die Wagrim noch nicht ganz durchschaut hatte.

Er hielt sein Gesicht in den Wind und genoss es, wie das Wasser über seine Glatze rann und sein frisch rasiertes Kinn benetzte. Kühle Nässe auf der Haut.

Wie kann ein Mann anführen, wenn er nicht selbst auf sich achtgibt? Vaters Worte, die aus den tiefen Windungen seiner Vergangenheit erklangen. Die Soldaten im Heer sahen allerdings nicht aufgrund seiner Taten zu ihm auf. Sondern wegen der Rangordnung. Verdrehte Welt.

Nicht weit von ihm, nur zwanzig Schritt entfernt, kämpften sich die Paladine durch den Wald. Ein Dutzend Männer in Weiß und Gold – die gefürchtetsten Krieger des gesamten Weltenrunds. Ein Dutzend, die bestimmt im Hochland einen Unterschied machen könnten. Es war Zeit, dass er sie für seine Sache gewann. Doch zuerst musste er die ausstehende Schuld bei José begleichen.

»Du wirkst anders.«

Er blickte zur Seite. Es gefiel ihm, dass Morrigan immer häufiger Gespräche mit ihm suchte. *Sie* gefiel ihm. »Man sollte die kleinen Errungenschaften im Leben zu schätzen wissen. Alles fügt sich.«

»Es fügt sich, dank dir.« Sie zog sich die Kapuze tiefer ins Gesicht und schlang den klitschnassen Mantel um sich. Die Rabenfedern an ihren Schultern und dem Kragen hingen traurig nach unten. »Er behandelt dich wie einen Hund.«

»José erkennt, wozu andere taugen.«

Sie warf ihm einen schmalen Seitenblick zu. »Also taugst du nur zum Töten?«

»Mein Vater hat immer gesagt, man sollte wissen, welches Handwerk man beherrscht. Ich kann gut töten.«

»Hast du jemals etwas anderes versucht?«

Weiter vorne kam die Kolonne immer langsamer voran. Wagrim reckte sich und erkannte den Grund dafür. Der Weg wurde schmaler und wand sich durchs Dickicht. Aber sie hatten keine andere Wahl, als ihm zu folgen. Der Befragte hatte davon gesprochen.

»Im Hochland blieb keine Zeit, darüber nachzudenken, was mir in die Wiege gelegt wurde«, sagte er gedankenverloren. »Ich musste kämpfen. Gegen alles und jeden. Wer den Schlächter nicht mit Blut und Tod rühmt, der hat im Tod keinen Platz an seiner Seite.«

»Du glaubst daran?«

Wagrim zuckte mit den Schultern. »Ich glaube an den Menschen und wozu er fähig ist. Vater behauptete stets, dass wenig Böses auf der Welt geschehen würde, wenn es nicht im Namen des Guten getan werden könnte.«

»Alles hängt vom Blickwinkel ab, von dem aus man die Welt betrachtet.«

Er nickte. Der Pfad war nun so schmal, dass die Männer nur noch zu zweit nacheinander gehen konnten. Die Bäume hier waren größer und wuchtiger als bisher – selbst zehn Männer, die sich an den Händen hielten, konnten die Stämme nicht umfassen, deren Wurzeln Durchgänge über dem Pfad bildeten. Dazwischen waren verfallene Steingebäude von eigentümlicher Machart erkennbar, völlig von Moos und Efeu überwuchert. Türme, die seitlich auf die Erde gefallen waren und Teile ihrer Fassade ausgespuckt hatten wie ausgehöhlte Baumstämme. Viele von ihnen waren so fein gewebt, als wären sie aus Nebel gemacht. Dazwischen reihten sich offene Arkadenhallen aneinander, deren runde Säulen mit Symbolen und Mustern durchzogen waren, alles von der Natur zurückerobert. Keine imposanten Bauten, doch je länger Wagrim hinsah, desto mehr fügten sie sich zu einem zusammenhängenden Bild zusammen. Das hier war einst eine Stadt gewesen.

»Was ist das für ein Ort?«, flüsterte er, weil er fürchtete, sonst den Traum, den sie durchwanderten, zu zerstören.

»Ein uralter Ort«, sagte Morrigan mit hallender Stimme, als erklänge sie aus weiter Ferne. »Ein Ort voller vergessenem Zorn und Hass.« Sie machte eine Geste, als wollte sie den Wald mit ihrer Hand umfassen. »Einst waren hier schreckliche Dinge geschehen. Die Bäume, die Blätter, die Wurzeln, selbst die Erde sind damit durchdrungen.«

»Hier haben Menschen gelebt?«

Sie schloss kurz die Augen, als würde sie einen Duft aufnehmen, der ihm verborgen blieb. »Etwas Älteres.«

Wagrim fragte lieber nicht nach. Zuweilen wirkte Morrigan, als wäre sie nicht nur hier, sondern auch an einem anderen Ort. Dieses Geheimnisvolle machte sie noch anziehender für ihn. Um sich von den Gedanken abzulenken, beäugte er wieder ihre Umgebung und konnte sich kaum daran sattsehen. Bäche gurgelten an ihnen vorbei, über die sich geschwungene Brücken wanden, kunstvoll für die Ewigkeit geschaffen. An einem Brückengeländer blieb er stehen und betrachtete eine Laterne, die wie eine geöffnete Tulpe geformt war. Es erfüllte keinen Zweck, eine Laterne so zu meißeln, aber sie war *schön*. Er wollte sie berühren, anfassen, darüber streichen, aber er hielt auf halbem Weg inne. Seine Pranke war viel zu groß und behäbig, um so etwas Zartes zu würdigen.

Offene Plätze und wilde Haine erstreckten sich, so weit das Auge reichte, und hier und da tanzten goldene Samen durch die Luft. Insekten zirpten und Vögel zwitscherten in den hohen Kronen mächtiger Bäume, die dichte Blätterdächer über dieser verwunschenen Welt bildeten. Vorsichtig fing er einen Samen auf, der völlig verloren in seiner Pranke wirkte. Er lächelte, hob die Hand und schickte ihn davon.

»Ein seltsames Land.« Er bückte sich zu einem Brocken, der aus der Fassade einer Ruine gefallen war. Darin waren Symbole eingelassen, die an Blüten erinnerten. Eine Sprache aus Blumen?

»Du bist ein seltsamer Mensch.«

Wagrim brummte. »Wurde schon Schlimmeres genannt.«

»Du behandelst alle mit Respekt. Du dankst ihnen sogar, obwohl du in der Rangordnung weit über ihnen stehst.«

»Es gibt nichts Ehrenvolleres als einen Mann, der Heim und Herd verteidigt.«

»Ehre wirst du unter Méridorern nicht finden.«

Er schwieg kurz, dachte über ihre Worte nach. »Sie verteidigen ihre Heimat. Das verdient Respekt.«

Wie beiläufig berührte sie seinen Arm – so sanft, dass er es kaum spürte. »Diese Männer sind nicht mehr als Söldner, die sich von der Reconquista Geld und gesellschaftlichen Aufstieg versprechen. Sie tun das nicht für ihr Land. Sondern nur für sich selbst.«

»Daran möchte ich nicht glauben.«

»Das ist die Einstellung eines naiven Kindes, Wagrim.«

»Und du?« Er musterte sie interessiert. »Was versprichst du dir hiervon?«

Kurz wirkte sie abwesend, als könnte sie Dinge sehen, die ihm verborgen blieben. »Antworten.«

»Worauf?«

Sie sah ihn wieder an und lächelte schmal. »Du bist so neugierig und vorsichtig. Wie ein sanftmütiger Riese.«

Sanftmütiger Riese. Der Ausdruck gefiel ihm. Er ging weiter. »Ich will verstehen.«

Sie kräuselte die Lippen. »Eine seltene Eigenschaft für einen Barbaren.«

Er zuckte mit den Schultern. »Zu lernen, heißt, Fragen zu stellen. Im Moment frage ich mich, was hier geschehen ist.«

Sie folgten dem Pfad und ließen sich von der Heiligkeit dieses verwunschenen Ortes umfangen. »Wie ist es?«, raunte Morrigan.

»Wie ist was?«

Sie versperrte ihm den Weg und musterte ihn aufmerksam. »*Es*.«

Wagrim senkte den Kopf. Regenwasser tropfte von seinem Kinn. »Er ist der Tod, Morrigan. Du solltest ihn nicht herauslocken.«

Sie lächelte schmal. »Ich fürchte den Tod nicht.« So wie sie das sagte, bescherte es ihm eine Gänsehaut.

»Du willst es wirklich wissen? Na gut. Wenn er die Kontrolle übernimmt, dann will ich es so. Verstehst du? Ich will töten. Töten. Töten. Töten. Es gibt keinen anderen Gedanken mehr. Töten. Der wilde Rausch. Töten. Die Freude darüber, wenn der Lebensfunke aus den Augen meiner Opfer erlischt. Töten. Das ist ...« Er atmete tief durch. »Hör zu, Morrigan. Wenn du mir im Weg stehen würdest ... ich würde dich ebenfalls in der Luft zerreißen wie Papierschnipsel.« Er betrachtete seine Handflächen, die von alten und neuen Narben zerfurcht waren. »Ich habe versucht, mich selbst zu töten. Köpfen, erhängen, ertränken ... Ich habe sogar versucht, mich von einer Klippe zu stürzen. Aber jedes Mal hält er mich auf.«

»Wer?«

»Er.« Wagrim ließ sich Zeit mit der Antwort. Sein Unterbewusstsein schreckte sofort vor den Erinnerungen zurück. Dort lauerte tiefer Schmerz. »Er lässt es nicht zu, denn er genießt es, mich leiden zu sehen. Deshalb sperre ich ihn weg.«

Stiefel schmatzten im Schlamm, Soldaten fluchten und Männer wankten die Pfade entlang. Schlechtes Essen, schlechtes Wetter und schlechte Stimmung waren keine gute Mischung für das, was ihnen noch bevorstand.

Wagrim schob sich an Morrigan vorbei und stapfte hinterher. Mittlerweile war seine Hochstimmung verflogen und er wünschte sich wieder zurück in die Hochlande. Dort wusste er wenigstens, wie die Welt funktionierte. Es war seltsam. Je weiter er sich von seiner

Heimat entfernt hatte, desto besser verstand er sich selbst. Und das, was er getan hatte.

»Gibt es noch andere mit der Gabe?«, fragte Morrigan hinter ihm.

»Jeder Barbar kennt den Blutrausch«, antwortete er knapp. »Aber niemand außer dir besitzt diese Kraft. Ich habe gesehen, wozu du fähig bist. Es ist ein Gleichgewicht.«

Ruckartig blieb er stehen. »Gleichgewicht?«

»Du bist ein guter Mensch, Wagrim. Vorsichtig«, sie berührte ihn am Arm und lächelte, »freundlich und schlau. Ein wahrer Anführer, der sich um sein Volk sorgt und dafür sogar bereit ist, für jene einen Krieg auszutragen, die seinesgleichen einst geknechtet haben.« Sie ließ ihn wieder los. »Der Berserker ist all das, was du nicht bist. Ihr solltet anfangen, euch zuzuhören.«

»Nein.« Entschieden schüttelte er den Kopf. »Das willst du ni…«

Aus der Ferne erklang Geschrei.

Wagrim prallte beinahe mit seinen Vordermännern zusammen, als sie plötzlich stehen blieben.

»Was ist da los?« Er schob sich an den Männern vorüber.

Weitere Schreie und Geheul. Unruhe kam auf. Die Männer in der ersten Reihe wollten umkehren, aber so gerieten sie mit denen hinter ihnen aneinander. Jetzt drängten sie gegeneinander, schoben sich vor und zurück, bis auf einmal völlige Enge herrschte. Doch es kamen von immer mehr nach, während weiter vorn das Chaos ausbrach.

Wagrim wurde zwischen Schultern und herumzuckenden Speeren eingequetscht. Er drückte einen Soldaten weg, schubste zwei andere aus dem Weg und stieß ein tiefes Knurren aus, das die Männer wegtaumeln ließ. Er teilte die wimmelnde Menge wie der Bug das Meer. Dann entdeckte er den Grund für die Unruhe und brauchte einen Moment, um den Anblick zu verarbeiten.

Der Wald hatte sich gegen sie verschworen.

Dutzende Wurzeln wickelten sich um Glieder, Hälse und Körper und zogen die Soldaten langsam in den tiefen Morast, während sie wie von Sinnen herumzappelten und schrien. Der Pfad, dem sie seit Tagen folgten, wand sich inmitten dieser zum Leben erwachten Bäume.

Soldaten stachen mit Speeren und Rapieren auf die Wurzeln ein, ließen rote, klebrige Flüssigkeit hervorspritzen. Aber das störte die Bäume kaum. Zwei Dutzend Männer wurden bei lebendigem Leib verschluckt. Von einigen waren nur noch die Finger zu sehen, die verzweifelt durch den Schlamm fuhren, bis auch diese verschwunden waren.

»Sie haben sie gefressen!«, rief jemand. Sie schrien durcheinander.

»Was geschieht hier?«

»Wir sollten umkehren! Wir sollten …«

»Weg hier!«

»Lasst mich durch! Lasst mich …«

Das Chaos griff um sich. Mehr und mehr Soldaten verließen den Pfad; sie wollten sich an den Nachzüglern vorbeidrängen, doch dort gab es kein Durchkommen. Schließlich versuchten sie es mit Gewalt. Speere blitzten auf und dann schlugen die Männer aufeinander ein.

»Aufhören!«, brüllte Wagrim und kämpfte sich zu ihnen nach vorn. »Hört auf!«

Niemand hörte auf ihn. Ein Soldat prallte gegen ihn und fiel in den Matsch. Andere stießen ihn mit der Schulter, rannten panisch davon, während drei weitere Männer von den Wurzeln gepackt und zurückgezogen wurden. Wagrim wurde eingeklemmt. Er glitt im Schlamm aus, musste sich an einem Soldaten festhalten und bekam einen Speerschaft gegen die Schläfe geknallt.

Der Berserker gähnte, reckte die Glieder und trat aus dem Nebel.

»Nein!«, zischte Wagrim und taumelte benommen umher. Ein kaltes Brennen breitete sich langsam in ihm aus und betäubte seine Brust; es sickerte in seine Glieder, prickelte auf seiner Haut, ließ die Welt um ihn in Flammen aufgehen.

Er kämpfte sich hoch, stieß seine Vordermänner aus dem Weg und arbeitete sich zu den Soldaten, die in den Morast gezogen wurden. Einer unten ihnen war ein Bursche mit blondem Haar.

Nicolás.

Beim Schlächter!

Wagrim packte den jungen Soldaten am Arm. Eine Ranke wickelte sich wie ein Wurm um dessen Bein und zog an ihm.

»Stabsoffizier«, krächzte Nicolás mit kreidebleichem Gesicht. »Werde ich sterben?«

»Rede keinen Unsinn, Soldat!« Je fester Wagrim zog, desto enger schnürte sich die Ranke zu. Nicolás keuchte und stöhnte, bis sein Wimmern zu erstickten Schreien wurde.

»Mein Bein! Es zerquetscht mir mein Bein!«

Wagrim blickte über die Schulter. »Helft mir, verdammt!«

Die Soldaten wichen zurück.

Der Berserker trat an die Tür und lugte durch einen geöffneten Spalt. *Ich kann ihn retten.*

»Nein!«, knurrte Wagrim.

Du weißt, dass ich es kann!

»Du richtest ein Blutbad an! Das lasse ich nicht zu!«

Du musst mich nur rauslassen ...

»Stabsoffizier ...« Nicolás keuchte. »Bitte lasst mich nicht los. Ich will nicht sterben ...«

»Das wirst du auch nicht!« Wagrim hielt ihn mit der Linken gepackt, zog mit der Rechten sein Rapier und stach auf die Ranke ein. Dicke Flüssigkeit quoll aus den Löchern hervor, aber mit jedem Stich zog die Ranke sich noch enger zusammen.

Wagrim gab den Versuch auf und schleuderte die Waffe in einem Anfall von Wut davon. Gehetzt blickte er sich um und suchte. Aber er wurde nicht fündig.

Lass mich raus ...

Der Kragen löste sich aus Wagrims Finger. Er schob die Füße schulterbreit auseinander und suchte im Schlamm nach einem festen Stand, wurde jedoch immer tiefer in den Morast gezogen. Entweder ließ er los, oder er wurde ebenfalls verschlungen.

»Ihr Feiglinge!«, brüllte er.

Die Soldaten schauten beschämt auf ihre Füße. Drei weitere, die das Pech hatten, nicht von Wagrim festgehalten zu werden, verschwanden im Schlick.

Lass los ...

»Nein!«

Lass los!

Das kalte Brennen breitete sich aus, überzog Wagrims Haut mit Feuer und betäubte sein Inneres. Es wäre so leicht, einfach loszulassen, aber er konnte nicht. In Nicolás' Augen lag Verständnis. Es war derselbe Blick, mit dem ihn auch sein Junge angesehen hatte, als er über der Leiche seines Weibes gekniet hatte. Genau das trieb Wagrim dazu, nicht loszulassen. Er musste den jungen Mann retten. Er musste es einfach tun! Vielleicht auch, um eine alte Schuld zu sühnen.

LASS LOS!

Etwas zischte durch die Luft und zerplatzte zwischen den Bäumen. Ein Feuer loderte auf und verspritzte umhertanzende Flammen. Mit einem tiefen Röhren lösten sich die Ranken.

Wagrim holte tief Luft. Dann zog er mit aller Macht.

Langsam, ganz langsam wurde Nicolás aus der Schlinge befreit. Mit einem lauten Schmatzen glitt er aus der braunen Brühe und landete neben Wagrim im Dreck. Er trat die Ranke weg, die wie wild umherzuckte, packte den Jungen am Kragen und schleuderte ihn hinter sich.

Morrigan trat neben ihn, ein zutiefst nachdenklicher und zugleich abwesender Ausdruck im schneebleichen Gesicht. Die Luft flimmerte um sie und dort, wo sie auftrat, schoss Frost in blumigen Mustern über den Boden.

Enttäuscht zog sich der Berserker zurück.

Hoch konzentriert schritt Morrigan an ihm vorbei und näherte sich den Bäumen, deren Wurzeln wieder nach einigen Männern griffen. Sie bückte sich zu einer Ranke, die das Bein eines Mannes gepackt hielt. Als sie diese berührte, erzitterte diese und gab das Glied frei. Der Mann kroch durch die schlammige Erde davon. Dann setzte sich die Wurzel in Brand und zerfiel zu Asche.

Wagrim kniete sich neben sie. »Ich sollte wohl eher dich fürchten.«

Sie lächelte dünn. Ihre tief liegenden Augen flackerten ein wenig und auf ihrer Stirn perlte der Schweiß. Der rote Kristall an ihrem Handschuh bekam einen Riss, während der weiße aufglühte. Sie murmelte etwas, das er nicht verstehen konnte.

Plötzlich lag eine Veränderung in der Luft. Die Männer im Morast hoben ab, ruderten wild mit den Armen herum, während sie immer höher stiegen. Als wäre unten zu oben geworden.

»Beim Schlächter …«, raunte Wagrim und trat zurück.

Morrigan machte eine Geste. Die Männer fielen nieder und klatschten in den Schlamm – sie waren nun so weit von den Wurzeln entfernt, dass sie sich selbst befreien konnten. Doch Wagrim hatte keine Augen für sie. Er war ganz gebannt von dieser unscheinbaren Frau, die gerade etwas bewirkt hatte, das alles überstieg, was er jemals gesehen hatte.

»Kannst du mir einen Gefallen tun, Wagrim?«, fragte sie dünn.

»Alles.«

»Halte mich.«

Er hielt sie ganz vorsichtig am Arm fest, denn er fürchtete, sie sonst zu zerbrechen. »Was ist das hier?«

»Etwas, das nicht sein sollte.« Sie warf ihm einen durchdringenden Blick zu, dem er sich kaum entziehen konnte. »Etwas, das dir bekannt sein sollte.«

Dann ging sie weiter, berührte eine Wurzel nach der anderen, die daraufhin in Flammen aufgingen, bis sie zu den Bäumen gelangt war, die sich sanft im Wind wiegten. Schweigsam trat er neben sie, hielt ihr einen Arm zur Stütze hin, den sie dankbar entgegennahm, und wusste immer noch nicht ganz, was er hier sah.

»Die Erde«, raunte sie und wies schwacher hinab, »ist voller Hass. Fäulnis breitet sich dort aus und verschlingt alles. Im Hochland geschieht dasselbe. Nur auf andere Weise.«

Er nickte grimmig. »Wie verhinderst du, dass uns die Bäume weiter angreifen?«

»Die Erde ist ein Element.«

»Element?«

»Ja. Das bedeutet …« Sie unterbrach sich, als unter einer Wurzel ein Arm zum Vorschein kam. Keine Uniform, sondern nackte, blau tätowierte Haut.

Wagrim griff zu, befreite den Körper von Schlamm, spinnennetzartigen Ranken und Blättern, bis er einen nackten, jungen Mann mit dreckig blondem Haar und dichtem Bart gepackt hielt. Er war bewusstlos.

»Ein Wilder«, sagte Morrigan.

»Wieso ist er nackt?«

»Warum fragst du mich?«

»Weil du ihn befreit hast.«

»Und deshalb kenne ich den Grund dafür?«

»Warum nicht?«

»Du redest Blödsinn, Wagrim.«

»Liegt wohl daran, dass ich nicht oft sehe, wie eine Frau über das Element gebietet.«

»Vier.«

»Was?«

»Ich gebiete über die vier Elemente.«

»Beim Schlächter, wo bin ich hier reingeraten?«

Sie lächelte schwach. »Wollen wir das ausdiskutieren?«

»Verzichte«, brummte Wagrim und schwang den Mann wie einen Sack Lumpen über seine Schultern. »Du bist keine gewöhnliche Frau, oder?«

»Sie ist besonders«, erklang eine wohltönende Stimme. »Genau wie du.«

Wagrim war nicht überrascht, José zwischen den Soldaten vorzufinden, wie stets seinen Gehstock elegant vor sich abgestellt und ein wissendes Lächeln im Gesicht, als wäre er über alles und jeden im Bilde. Man sollte ihn einen grausamen Propheten nennen.

»Ihr lasst Euch auch mal blicken, was?«, fragte Wagrim.

»Folge mir mit dem Gefangenen, Stabsoffizier!«

»Wohin?«

José wandte sich ab. Mit einem mulmigen Gefühl in der Magengrube stapfte Wagrim ihm hinterher, schob sich an den Männern vorbei, denen immer noch der Schrecken im Gesicht stand und war nicht überrascht, dass José einen abseits gelegenen Weg durch das Immergrün nahm. Er begab sich zu einem von Kletterpflanzen bewachsenen Bau, der noch etwas besser erhalten war.

Als Wagrim sich durch den Eingang duckte und eintrat, kam es ihm vor, dass er ein Heiligtum betrat. Licht fiel durch hohe Fenster herein und tanzte über Pilzflechten, Wurzeln und Äste, die durch Löcher in der Fassade ragten. An einigen Stellen waren noch Steinbildnisse im Mauerwerk erkennbar, allerdings derart vom Zahn der Zeit gezeichnet, dass nur noch Umrisse erkennbar waren.

José wies auf ein Moosbett, das sich zwischen zwei Steinblöcke drückte. »Leg ihn hierhin!«

Wagrim tat wie ihm geheißen und musterte den jungen Mann, dessen Körper mit dunklen Schwellungen und langen Kratzern übersät war. »Kennt Ihr ihn?«

»Nein.«

»Aber?«

»Ich habe ihn erwartet.«

Also doch ein grausamer Prophet. »Warum?«

»Weil er ein Druide ist.«

Wagrim beugte sich tiefer und versuchte herauszufinden, was an dem Mann so besonders war. In den vergangenen Wochen hatte er viel über die Druiden gehört. Die Soldaten im Lager hatten mit Furcht von ihnen gesprochen, teils nur geflüstert. Er hatte sich vorgestellt, wie sie grausame Mächte entfesselten und sich im Blutrausch auf die Lebenden warfen. Aber der Mann vor ihm wirkte keineswegs Furcht einflößend. Sondern wie ein gewöhnlicher Mensch.

»Ein Druide«, murmelte er. »Sollten wir ihn nicht besser ...«

»Nein. Dieser junge Mann ist der Schlüsselstein für das, was kommt.«

Wagrim hatte auf einmal einen trockenen Hals und musste unruhig schlucken. Er betrachtete den verfallenen, vom Wald zurückeroberten Ort, den ein Geheimnis umgab. Die Bildnisse waren zwar kaum noch zu erkennen, aber das, was er sah, erinnerte ihn an schlanke, edle Menschen, die in stillen Prozessionen irgendwelchen Ritualen folgten. An einer Stelle fuhren sie zu Hunderten über die hohe See der Dämmerung entgegen. An einer anderen saßen an einem Brunnen an der Wurzel eines gigantischen Baumes zusammen. Dann wiederum waren sie in elegante Rüstungen gekleidet und kämpften gegen gebückte Gestalten oder gegen riesenhafte Wesen.

Neugierig näherte er sich einem Bildnis, das einen dieser Menschen zeigte. Ein Weib. Sie war groß und schlank, trug hauchdünne

Gewänder, ihr Haar war sehr lang und ihre Ohren ungewöhnlich spitz. Der Mann daneben war wesentlich interessanter. Er trug einen Mantel und in der Hand einen Stab, dessen Spitze wie ein Falke geformt war. Irgendwie war es dem Künstler gelungen, in den Augen einen Ausdruck von Besorgnis, Traurigkeit und Weisheit einzufangen, als könnte dieser Mann ihm bis tief in die Seele blicken.

Wagrim folgte dem Bildnis, das sich über die gesamte Wand zog. An einer anderen Stelle stand der Fremde vor einem Monolithen innerhalb eines Steinkreises. Um den Hügel, auf dem er stand, tobte eine gewaltige Schlacht, deren schattenhafte Gestalten kaum erkennbar waren. Mythische Wesen bekämpften einander am Fuße des Hügels. Und an der Spitze drohte der Mann mit dem Stab.

José trat neben Wagrim und betrachtete konzentriert das Bildnis. »Die Welt war einst eine andere«, sagte er mit melancholischer Erzählerstimme. »Calindor. So nannte man das Weltenrund in einer Zeit, die sehr lange zurückliegt. Eine Welt der Mythen und Legenden, in der Licht und Schatten um die Vorherrschaft kämpften. Ein dunkler Herrscher, der das Gleichgewicht wahren wollte. Eine Kraft, Magie genannt, die in tief verborgenen Quellen gebannt war. Und ein Mann, der Einfluss auf die Geschichte nahm.«

José wies auf das Bildnis daneben. Ein Licht drang in den Mann ein und er ließ etwas wachsen, das man nicht deutlich erkennen konnte. Dort endete das Bildnis, als hätte der Künstler selbst nicht gewusst, was danach geschehen war.

»Wer ist dieser Mann?«, fragte Wagrim.

»Merlin. Ein Wort in einer sehr alten Sprache. Ich widmete mich viele Jahre der Suche nach Hinweisen auf ihn und sein Wirken. So erfuhr ich auch vom Artus-Mythos und seinen Paladinen.«

Wagrim runzelte die Stirn. »Lichttrinker?«

»Nein, die wahren Paladine.« José nickte still in sich hinein. »Auch das liegt sehr lange zurück. Die Geschichte wiederholt sich. Wir existieren aus einem bestimmten Grund.« Die Stimme des Dons klang schwer und rau, als sähe er Dinge, die Wagrim verborgen blieben. »Im Laufe des Lebens erkennen wir ihn allmählich. Warum ich? Manchmal hat es viele Gründe. Meistens jedoch nur einen. Einen Grund für *alles*.«

José berührte das Bildnis mit dem Mann, dem Monolithen und dem Licht. »All die Jahre wandeln wir im Dunkeln, ohne unsere Bestimmung zu kennen. Wir suchen, doch wir finden sie nicht. Wir bringen das höchste Opfer, wenden uns der Finsternis zu, um Erleuchtung zu erfahren und die Wahrheit hinter allem zu ergründen. Wir opfern uns selbst für einen Sonnenaufgang, den wir nie erleben werden. Bis zu einem einzigen Moment.« Er holte hörbar Luft und ein Lächeln glitt über seine Lippen. »Eine Bestimmung, die größer ist als alles, was wir uns nur vorstellen können. Vielleicht ist das der Sinn. Der Sinn von alldem. Der Weltensturm naht und es gibt nichts, was ihn aufhalten kann. Nur das Überleben.« José blickte ihn nun an. »Wir wissen nun, die Zeit unserer Erhebung ist endlich gekommen.«

Wagrim brannte eine Frage auf der Zunge, die er nicht länger zurückhalten konnte. »Wer seid Ihr wirklich?«

»Der Einzige, der auf das vorbereitet ist, was kommt.«

Der junge Mann stöhnte.

Wagrim wandte sich von dem Bildnis ab und stapfte zu ihm.

Blinzelnd öffnete der Fremde die Augen.

Väter und Söhne

Schimmernde Lichtdolche bohrten sich in Cuchulains Augen. Er stöhnte, schirmte mit den Händen das Gesicht ab und setzte sich auf. Sein Körper stand in Flammen. Jede Stelle brannte und zwickte, biss und juckte, als steckte er in einem Nest voller Dornen. Die Glieder waren taub und steif und seine kältegeplagte Haut war mit Blutergüssen und Kratzern übersät. Als er sich recken wollte, zuckte er sofort wieder zusammen.

Was war geschehen?

Zögerlich kehrten die Erinnerungen zurück. Die Derwyd. Muirach. Seine Flucht. Der Sumpf, der ihn verschlungen hatte. Aber er lebte. Bei allen Geistern, er hatte überlebt!

Myrddin. Der Gedanke schickte eisige Stiche durch seine Eingeweide. Myrddin hatte die Druiden der Dämmerung gegen die Verheerung geführt. Er war etwas anderes.

Ein Zauberer.

Wieder regte sich Cuchulain. Langsam klärte sich sein Verstand und er konnte mehr von seiner Umgebung ausmachen. Er lag auf dem Steinboden einer Ruine. Die Decke war von Rissen durchzogen, die Wände zierten Freskenbilder, die von Pflanzen und Grünzeug überwuchert waren, und es lag ein beißender Geruch nach Moder und Staub in der Luft.

»*Beannachdan*«, sagte jemand. »Sei gegrüßt.«

Cuchulain blinzelte. Vor ihm standen zwei Menschen. Der eine war groß und breit wie ein Riese. Die méridorische Uniform wirkte viel zu klein und eng an seiner Brust. Das Gesicht ähnelte einem Schlachtfeld: zerschlagen, zernarbt und mit traurigen Augen. Der Mann daneben war eindeutig ein Méridorer. Seine Haut hatte eine gesunde Bräunung, ein Knebelbart umrahmte seinen Mund und der Blick, mit dem er Cuchulain musterte, erinnerte an ein Raubtier, das die Beute in die Enge getrieben hatte. Auffällig war der goldene Gehstock, den er elegant vor sich abgestellt hatte. Etwas Seltsames

umgab diesen Mann, bei dem sich Cuchulains Nackenhärchen auf-
richteten. *Gefahr*, ertönte es in ihm. In seiner Gegenwart verspürte
Cuchulain das unbändige Verlangen, wegzulaufen. Aber er war zu
zerschlagen, um überhaupt zwei Schritte weit zu kommen.
»*Tha thu a' bruidhinn mo chànan?*«, fragte er. »Du sprichst meine
Sprache?«

»*Tha iomadh cànan agam.* Ich spreche viele Sprachen.« Der Edelmann lächelte. »Cuchulain.«

Mit gerunzelter Stirn richtete sich Cuchulain auf, brauchte einige
Versuche, bis er sicher stand und zuckte zusammen, als er sein linkes
Bein belastete. Aus irgendeinem Grund wusste er, dass diese Begeg-
nung wichtig war; sie war richtungsweisend für seinen weiteren Weg.
»Woher?«

»Alles der Reihe nach. Zuerst werden wir uns dem zuwenden, was
ich möchte, dann kommen wir darauf zurück, was dich belastet.« Der
Mann deutete auf den Riesen. »Du verdankst Wagrim dein Leben.«

Cuchulain musterte den ungeschlachten Hünen mit zusammengekniffenen Augen. Offenbar versuchte der einem Méridorer nach-
zueifern, stellte sich dabei aber nicht sonderlich geschickt an. Ihn
umgab etwas Bestialisches, das in Cuchulain das Verlangen weckte,
ihn anzugreifen.

»Du bist ein Barbar aus dem Hochland«, grollte er.

»*Tha, tha mi a' tighinn bhon Ghàidhealtachd*«, sagte der Barbar fast
akzentfrei. »Ja, ich stamme aus dem Hochland.«

Cuchulain spuckte aus. Ihm war egal, dass er nackt und unbewaffnet war. »Willst du einen Dank?«

»Der Dank gebührt nicht nur mir. Morrigan …« Der Barbar
straffte sich. »Nein, das verlange ich nicht.«

Verstohlen blickte Cuchulain sich um und hielt nach einem
Fluchtweg Ausschau. »Wo bin ich?«

»In Sicherheit«, sagte der Edelmann und wirkte so unbekümmert,
als wären sie zu einem netten Plausch zusammengekommen. »Mein
Name ist Don José de la Fuego. Ich bin der Generalkapitän der Armada Méridors, die hier ist, um den Rachepakt zu erfüllen. Um aber
gleich vorweg einige Missverständnisse aus dem Weg zu räumen,
möchte ich betonen, dass meine Absichten allein dem

Zusammenhalt des Weltenrunds dienen. Diese Absichten betreffen unter anderem dich, Hüter von *Túr Dúin*, und deinen Meister. Myrddin.«

Cuchulains Herz schlug langsamer. Er war bereit, die beiden anzugreifen. Den Edelmann könnte er vielleicht übertölpeln, aber der Barbar wäre ein zäher Brocken. Wenn er doch wenigstens noch einen Kristall hätte!

»Keine Fragen, Cuchulain?«

»Woher kennst du Myrddin?«

»Ah! Das *ist* eine fantastische Frage! Sagen wir einfach, ich bin sehr an alten Mythen, Sagen und Legenden interessiert. Die meisten davon drehen sich um deinen Meister, der mehr ist, als er zu sein vorgibt.« José beugte sich vor. »Aber das weißt du sicherlich bereits, nicht wahr?«

Cuchulain ballte die Fäuste, bis die Knöchel knackten. »Bin ich ein Gefangener?«

»Sei unbesorgt. Ich bin mit deiner Wesensart vertraut. Deshalb weiß ich, dass dein Misstrauen allein durch Taten aus der Welt geschafft werden kann.« Bedächtig zückte José etwas aus seiner Brusttasche und warf es ihm zu. Cuchulain fing das Etwas auf und hielt es verwundert ins Licht. Ein Kristall. Ein *grüner* Kristall, wie er nur an wenigen Orten zu finden und dazu geeignet war, den Funken eines Wesens aufzufangen.

Völlig verblüfft sah er auf.

In Josés Augen glomm ein tiefes violettes Licht wie das letzte Dämmerungslicht, bevor die Nacht heraufzog. »Ja, ich weiß, was das ist. Ich weiß sogar mehr, als du dir vorstellen kannst.«

»Wer bist du?«

»Das sagte ich bereits. Ich bin …«

»Nein! Wer bist du *wirklich*?«

»Darauf kommen wir später zurück. Du bist aus einem guten Grund hier, Cuchulain. Einem Grund, der Einfluss auf das nehmen wird, was kommt.« José wies den Korridor entlang. »Deshalb steht es dir jederzeit frei zu gehen.«

Cuchulain behielt den Riesen im Blick. Der Gang verlor sich zwar in der Dunkelheit, aber er war sich sicher, dass die beiden nicht allein waren. Von draußen hörte er gedämpfte Geräusche, die auf viele Menschen hinwiesen. Metall schepperte, Holz klapperte, Stiefel trappelten und leises Stimmengewirr erklang.

»Aber?«, fragte er leise und rau wie eine gewetzte Klinge.

»Was ist es, was dich am meisten antreibt?«

Er schwieg.

»Ich verrate es dir.« Josés Augen funkelten wie Amethyste im Mondschein. »Du willst Einfluss auf die Zukunft nehmen, denn das, was du am meisten fürchtest, ist das Vergessen. Ein Leben ohne Inhalt.«

Cuchulain öffnete den Mund, aber er bekam keinen Laut heraus.

»Die Zukunft deines Volkes befindet sich auf Messers Schneide.« José machte einen Schritt auf ihn zu und sofort spannte Cuchulain jeden Muskel an. Gefahr ging von dem Mann aus – wie ein Wolf im Schafspelz. »Du bist der Wahrheit verpflichtet. Diese Wahrheit möchte ich dir bieten. Die Armada begibt sich nach Mag Mell zum Thing, um mit Silberhand zu verhandeln.«

»Warum?«

»Frieden«, brummte der Riese.

José nickte. »Der kriegerische Akt deines Volkes macht uns in einer Zeit schwach, in der wir zusammenstehen sollten. Denn das, was auf uns zukommt, wird uns überrollen wie ein Sturm.«

Cuchulain drückte den Kristall fest zusammen. Angst, Zweifel und Fluchtinstinkt rangen in ihm miteinander. Er könnte gehen, aber er wollte mehr über das erfahren, wovon der Fremde sprach. Vielleicht gab es doch eine Möglichkeit, einen Krieg zwischen Tirnanog und Méridor zu verhindern. Vielleicht gab es … Hoffnung.

Während das sanfte Tageslicht, das durch die Spalten in den Wänden drang, ihn umfing, lag ein merkwürdiger Geruch in der Luft, den Cuchulain stets in Myrddins Nähe wahrgenommen hatte. Er erinnerte ihn an eine Veränderung, wie die Zeit vor dem Hereinbrechen eines Unwetters. Ein Widerhall eines bevorstehenden Ereignisses.

»Woher weißt du so viel über mich und mein Volk?«, fragte er.

»Ich bin ein sehr wissbegieriger Mann, der sich nicht dem verschließt, wovor sich die meisten Menschen fürchten.« José senkte seine Stimme zu einem rauen Flüstern. »*Veränderung.*«

Unwillkürlich zuckte Cuchulain zusammen. Er konnte es sich nicht erklären, aber der Fremde ließ seine Sinne vibrieren, als säße ihm ein Derwyd im Nacken. »Artio«, raunte er.

José lächelte wissend. Dann wandte er sich ab und marschierte davon. Als Cuchulain ihm nicht folgte, sandte der Mann ihm einen scharfen Blick über die Schulter zu. »Komm!«

Cuchulain behielt den Barbaren im Auge, als er sich in Bewegung setzte. Ihm gefiel es gar nicht, den schweigsamen Hünen im Rücken zu haben, aber er wusste auch, dass sich ihm hier die Möglichkeit bot, Einfluss auf das zu nehmen, was der Edelmann angesprochen hatte.

Die Zukunft.

*

Wenn alle anderen Druiden genauso gefährlich waren wie Cuchulain, dann sorgte sich Wagrim um die Zukunft und was sie ihnen bringen würde. Die Art und Weise, wie der Druide sich bewegte oder wie er sich umsah, erinnerte ihn an die Jäger. Ein geheimer Bund aus Menschen, die weit abgelegen im Norden des Hochlandes lebten und immer dort auftauchten, wo man ihren überbordenden Sinn für Gerechtigkeit nicht gebrauchen konnte. Zum Beispiel wenn man die Mauern einer Stadt nahm, hinter denen sich jener Mann versteckte, der Wagrims Weg gezeichnet hatte.

Cuchulains Bewegungen waren geschmeidig wie ein Wolf, kraftvoll wie ein Bär und wachsam wie ein Falke. Etwas daran verriet ihm, dass der Krieger genau wusste, *wer* Wagrim war.

Eine höchst unschöne Wendung der Ereignisse.

Wagrim achtete kaum auf die verblassten Wandbildnisse in den Korridoren, während er José und Cuchulain aus der Ruine folgte. Selbst als sie den Pfad durch den Wald zum Heer zurücknahmen, behielt er den Druiden im Blick. Und der Druide anscheinend ihn ebenso.

»Mor Dulra?«

Vagrim schreckte hoch. »Was?«

»Mor Dulra?«, knurrte Cuchulain. »Acan Dor? Oder …«

»Kor Anklam.«

Der Druide nickte. »Muss zu dieser Jahreszeit kalt sein.«

Wagrim brummte. »Es ist dort *immer* kalt.«

»Du bist weit weg von zu Hause, Barbar.«

»Das stimmt. Ich bin hier ...«

»... um mein Volk abzuschlachten?« Es stand so viel Hass in Cuchulains Zügen, dass Wagrim sich unwillkürlich fragte, ob er dessen Familie vielleicht im Blutrausch abgeschlachtet hatte. Aber dann fiel ihm ein, dass er zum ersten Mal in Tirnanog war und diese Taten eher seinen Ahnen zugeschrieben werden konnte.

»Nein«, erwiderte leise.

»Unsere Häuser niederzubrennen, unsere Frauen zu schänden, in der Asche unserer Kinder tanzen?«

Wagrim blieb ganz ruhig. »Mein Vater sagte immer, dass man die Fehler der Vergangenheit verstehen muss, um die Zukunft formen zu können.« Er hielt inne, als ein Bild in seinem Geist aufblitzte. Vater am Lagerfeuer, umgeben von seinen Getreuen. Er selbst als junger Bursche, der sich in der Schlacht erproben wollte. Wie stolz Vater damals ausgesehen hatte. Welch heroische Worte er gesprochen hatte. Und dann war alles anders gekommen.

SCHREIE.

Wagrim schloss die Augen. Für einen Moment ließ er zu, dass die Erinnerungen ihn durchströmten, alte Wunden aufrissen, ihm die Brust zuschnürten und sein Herz mit Kälte füllten. Und dann blies er all das in einem langen Atemzug davon.

Der Druide musterte ihn neugierig. »Du bist anders.«

»Weil ich nicht brüllend und mordend um mich schlage?« Wagrim zwang sich zu einem freundlichen Lächeln. »Die Krux ist, dass sich viele Menschen bei der ersten Begegnung von ihren Vorurteilen blenden lassen.«

Der Druide kniff misstrauisch die Augen zusammen.

»Vor Urteilen stehen Vorurteile. Es hat lange gedauert, bis ich das erkannt habe.«

»Hübsche Sprüche hast du da. Sagst du die immer auf, bevor du im Blut badest?«

Wagrim zuckte mit den Schultern. »Manchmal. Da kann man nichts machen, was?«

»Dieser Krieg geht die Barbaren aus Kor Anklam nichts an!«

»Leider geht dieser Krieg uns alle an, Druide.«

Sie erreichten den Lagerplatz. Die Soldaten sahen auf, musterten Cuchulain verwirrt. José befahl Nicolás, ein paar Klamotten für den Gast zu besorgen, woraufhin der junge Mann davoneilte und nur einen Moment später mit einem Stapel Leinen und einem Paar hoher Stiefel zurückkehrte. Schweigend schlüpfte Cuchulain in Hemd, Hose und Stiefel.

»Cino!«, bellte José.

Der schmuddelige Mann schälte sich aus der Soldatenmenge, die verloren dastand wie unbewachte Schafe. Er salutierte nachlässig. »Na, wen haben wir denn da? Einen waschechten Druiden, was?«

José wies auf den jungen Mann. »Cuchulain wird uns zum Thing begleiten.«

»Ach, wird er das? Herzallerliebst, dann sind wir ja fast vollständig, wie?« Cino hielt dem Druiden die Hand hin. »*Seamos amigos!* Lass uns Freunde sein!«

Der Druide rührte sich nicht, sagte nichts. Sein Blick sprach von derselben Verwirrtheit und Vorsicht, die Wagrim inzwischen vertraut war. Auch er war von José vor vollendete Tatsachen gestellt worden, als wäre er ein Esel, der einer Karotte hinterhertrottete.

»Stabsoffizier Wagrim!« José zeigte auf die Soldaten, von denen einige ein Lagerfeuer anzündeten und ihr provisorisches Lager errichteten. »In einer Stunde will ich die Soldaten abmarschbereit sehen. Pünktlich zum Morgengrauen möchte ich Mag Mell erreicht haben.«

»Wir haben Männer verloren«, erwiderte Wagrim. »Gute Männer. Männer, die im Namen ihres Gottes beerdigt werden sollten.«

»Das Palindrom ist …« José schien eine Veränderung zu durchleben und er machte eine nachlässige Handbewegung. »Begrabt die Toten und richtet ein Stück von hier entfernt ein Lager für die Nacht her. Wir marschieren im Morgengrauen weiter.«

Wagrim hätte salutieren sollen, aber er brachte es nicht über sich und starrte José bloß hinterher, während dieser gemeinsam mit dem

Druiden und Cino einen der Versorgungswagen erreichte, die der Don als Transportmittel verwendete. Er stand da, wie festgewachsen, und fragte sich, ob es all das wert gewesen war. Um die Zukunft zu formen, sollte man sich ihr nicht verschließen. Doch die Frage war, ob seine Zukunftsvorstellungen überhaupt mit Josés übereinstimmten.

»Was habe ich gesagt?«, flüsterte jemand neben ihm.

Wagrim konnte sich ein unzufriedenes Grollen nicht verkneifen. »Willst du weiter so tun, als wüsstest du nicht, was hier gespielt wird?«

Morrigan hob belustigt eine Braue. »So dankst du also deiner Retterin?«

»Dann sind wir jetzt wohl quitt, was?« Er wandte sich ihr zu. »Was bist du?«

Morrigan kräuselte die Lippen. »Eine Frau.«

Sein langer Schatten fiel auf sie, als er sich vor ihr aufbaute. Der Berserker regte sich und trat aus dem Nebel. »Ich habe genug!«

Trotz seiner bedrohlichen Gegenwart blieb sie völlig gelassen. »Wovon?«

Wie von selbst landete seine Pranke auf ihrer schmächtigen Schulter. Der Berserker wollte sie zerquetschen. Wut war ein gutes, erfüllendes Gefühl – darin konnte er sich fallen lassen, ohne nachdenken zu müssen. Vielleicht war es besser, sich ihr hinzugeben?

Wellengleich schwappten Bilder über ihn hinweg. Anstelle von Morrigan stand jemand anderes dort und blickte ihn furchtsam an. Worte drangen an seine Ohren. Stimmen umwölkten seinen Verstand.

SCHREIE.

»Ich sehe dich, Wagrim.« Morrigan berührte seine Hand, löste sie von ihrer Schulter und drückte sie so zärtlich, dass die Schreie leiser wurden. »Du trägst solch eine schwere Last auf dem Herzen.«

Er atmete tief durch. »Was bist du?«

»Ich bin wie du.« Sie lächelte sanft. »Aber mein Funke ist anders. Er verbindet mich mit dem Gleichgewicht. Mit dem, was uns alle umgibt. Erde. Wasser. Luft. Feuer.«

Schreie.

Sie waren *immer* da. Dies war seine Bürde. In Morrigans Nähe wurden sie jedoch leiser.

Er atmete tief durch. »Was willst du von mir?«

»Es heißt, Méridors König stehe in Josés Schuld.« Sie schwieg kurz. »Seinetwegen sitze Pablo de Aguilar auf dem Thron. Seinetwegen sei die Gilde der Assassinen aus den Schatten getreten. Seinetwegen«, sie zögerte, »seien der Knes der Hochlande und eine Gesandte Valanors hier.«

»Worauf willst du hinaus?«

»Er trägt einen Funken.« Kurz blickte sie an ihm vorbei, ehe sie ihn wieder anschaute. »Allerdings einen, der viel mächtiger ist als unserer. Er könnte die Antwort sein, nach der ich suche.«

»Und was passiert jetzt?«

Auf ihrem knochenbleichen Gesicht lag ein verführerisches Lächeln. »Wer weiß?« Sie löste sich von ihm und marschierte davon.

*

Am liebsten wäre Cuchulain davonmarschiert. Er war in ein Spiel geraten, dessen Regeln er nicht kannte. Ein Teil in ihm schrie, dass er seinem Instinkt folgen sollte, doch die Neugier trieb ihn dazu, erst abzuwarten, was bei alldem herauskam.

»Orujo?« Der schmuddelige Kerl mit dem gewachsten Schnurrbart und der nachlässig gekleideten Uniform hielt ihm eine silberne, flache Flasche hin.

Cuchulain schwieg.

»Bleibt eben mehr für mich, Amigo.« Der Kerl nuckelte an der Flasche, als söge er an der Titte seiner Mutter. Als er absetzte, seufzte er zufrieden und stank nach Alkohol.

Sie saßen zu dritt in dem überdachten Wagen, der über den unebenen Boden polterte und hüpfte. Die Rückbank war bequem, mit Kissen gepolstert und durchs Fenster konnte man hinausblicken. Cuchulain mochte es nicht, den Wald aus der Ferne zu beobachten – er wollte lieber dort draußen sein und ihn *spüren*. Das Rascheln der Blätter, wenn der Wind hindurchfuhr. Das Gluckern eines Bachs.

Das Zwitschern der Vögel in den hohen Kronen. Aber er war zweifellos am Ende. Es war ein Wunder, dass er noch am Leben war.

Muirach ... Sofort schreckte sein Unterbewusstsein vor der Erinnerung zurück. Dort lauerten Schmerz und Versagen.

José legte seine Hände auf den Stockknauf und wirkte so gelassen, als hätte er diese Begegnung längst vorausgesehen. »Deine Vorurteile blenden dich, Cuchulain. Du könntest von Wagrim noch viel lernen.«

»Barbaren sind Tiere.«

»Komisch«, bemerkte Cino und zwirbelte seinen Bart zwischen zwei Fingern. »Zuletzt hat man das von deinesgleichen behauptet.«

Cuchulain beugte sich zu dem Mann. »Was weiß schon ein Säufer davon?«

Cino machte eine wegwerfende Geste. »Sieh, ich tue gar nicht so, als wäre ich etwas anderes, Amigo. Selbsterkenntnis. Es kommt wohl immer auf den Blickwinkel an, was?« Er lachte. Cuchulain verstand nicht, was daran lustig sein sollte. Ein Mann, der seine eigenen Gelüste nicht im Griff hatte, war ein schwacher Mann. Und schwache Männer knickten wie Zweige unter dem geringsten Druck ein.

»Im Hochland ist Wagrim ein berühmter Mann.« José hob einen Finger und machte auf sich aufmerksam. »Je nachdem, wen man fragt, wird er entweder gefürchtet oder geachtet. Allerdings nicht aufgrund seiner Taten.«

Cuchulain lehnte sich zurück und war insgeheim dankbar für die Kissen. »Sondern?«

»Während sich die Knes vor ihm blutiger Taten rühmten und die Tradition und Bräuche ehrten, um dem Schlächter zu huldigen, denkt Wagrim an die Zukunft. Er steht für Veränderung.«

José wies durch das Kutschenfenster hinaus. Nicht weit von ihnen redete der Barbar mit einer kleinen, bleichen Gestalt in grünschwarzen Gewändern. Cuchulain konnte sie von hier aus nicht erkennen, was er hingegen deutlich sah, war, dass die umstehenden Soldaten ihn beobachteten. Einer von ihnen, ein junger, blonder Soldat, überreichte dem Barbaren eine Botschaft. Sie waren schon fast vorüber und Cuchulain konnte es nur noch aus der Ferne erkennen, aber als der Barbar den Soldaten wegschickte, verbeugte sich dieser tief und gab die Instruktionen weiter.

Die Kutsche rollte weiter. Nach und nach ordnete sich der lose Haufen, bis sich der gesamte Zug in Bewegung setzte, um eine geeignete Fläche für ein Nachtlager zu finden. Erstaunlich, dass die Soldaten auf den Barbaren hörten. Nein, sie *schätzten* ihn und seine Meinung.

»Du hast mir immer noch nicht gesagt, was du von mir willst«, sagte er, ohne seinen Blick zu lösen.

»Es geht nicht darum, was ich will, Cormags Sohn«, antwortete José.

Cuchulains Eingeweide zogen sich krampfhaft zusammen.

»Ja, ich kenne deinen Vater. Er befindet sich derzeit in einer Zelle unterhalb der Kathedrale von Candaloz. Vor Kurzem vertraute er König Pablo an, warum seinesgleichen …«

»Um zu beweisen, dass Méridor bluten kann.«

»Möchtest du mehr über ihn erfahren? Darüber, warum er fortging?«

»Cormag hat sich entschieden.« Cuchulain atmete tief durch und sah José an. »Ich habe das ebenso getan.«

Das Heer setzte sich in Bewegung. Die Männer trotteten über den Wildpfad, die Pferde wieherten und schnaubten, die Wagen hinterließen Furchen im Schlamm und das Gerassel und Geklapper der Armee warnte bestimmt jeden Krieger Tirnanogs in zehn Meilen Entfernung.

»Willst du die ersten Worte erfahren, die Cormag an König Pablo richtete?«

Er wagte kaum zu atmen. Seit Vater verschwunden war, hatte es keinen Tag gegeben, an dem er nicht an ihn gedacht hatte. Zwillingsgefühle aus Enttäuschung und Zorn hatten ihn dazu verleitet, über sich hinauswachsen zu wollen. *Alles endet irgendwann.* Die Worte des uralten Geistes. Jetzt, da er dem Grund, warum Vater ihn verlassen und einfach im Stich gelassen hatte … warum er ihm diese Bürde als Hüter auferlegt hatte … näher gekommen war, wollte er ihn nicht mehr wissen. Seltsame Sache das. Je mehr einen nach etwas verlangte, desto weniger wollte man es, wenn man es endlich in den

Händen hielt. Als hätte sein Dasein keinen Zweck mehr, wenn er sein Ziel erreicht hatte.

»Was hat er gesagt?« Die Worte verließen Cuchulains Mund, ehe er sie zurückhalten konnte.

Lange Zeit schwieg José. Als er schließlich sprach, klang seine Stimme ungewohnt einfühlsam. »Sagt meinem Sohn, dass ich mich geirrt habe.«

Dritter Teil

Von Erwartungen und Hoffnung

In den Hochlanden pflegte man zu sagen, dass es nur eines gebe, was besser sei als eine Schlacht. Nämlich ein ordentlicher Fick. Wagrim konnte dem nicht widersprechen. Und sie offenbar auch nicht. Schließlich erwartete sie ihn, als er in das dämmrige Zelt trat. Morrigan lag splitterfasernackt ausgestreckt auf der Pritsche, ein langes, bleiches Bein ihm zugewandt. Ihr schwarzes Haar umfloss ihren schmalen Körper wie ein Nachtschleier.

»Du hast lange gebraucht.« Sie wiegte die Hüften von einer Seite zur anderen, wobei die Kristalle an ihrer Halskette leise klackerten.

Vom Knes von Kor Anklam behauptete man, er sei ein helles Bürschchen mit einem wachen Verstand. Aber in diesem Moment war er völlig überrumpelt. »Was machst du hier?«

Sie lächelte verführerisch. »Wonach sieht es denn aus?«

»Ich weiß nicht ... Na ja ...« Brummend ging er zu ihr hinüber. Er wurde einfach nicht schlau aus dieser Frau. »Spielt keine Rolle, oder?«

»Nicht wirklich.« Sie glitt vom Bett, streifte seine Uniformjacke ab, knöpfte sein Hemd auf und tat dabei so, als hätten sie das alles abgesprochen.

»Kann nicht sagen, dass ich das hier erwartet habe.« Er streckte eine Hand nach ihr aus und hatte Angst, sie zu berühren. Dann könnte sich vielleicht herausstellen, dass er alles nur träumte. Sanft ließ er seine Fingerspitzen über ihre Arme gleiten – raue, zernarbte, schwielige Finger über zarter, glatter Haut.

Sie stellte sich auf die Zehenspitzen, packte sein Kinn und zog seinen Kopf zu sich hinunter. Ihr Atem war auf seinem Gesicht. »Ich nehme mir, was ich will.« Sie küsste ihn auf den Hals – erst auf die eine, dann auf die andere Seite und zum Schluss auf den Mund. »Jetzt will ich dich.«

»Es ist lange her.« Seine Stimme war kaum mehr als ein Krächzen. »Soll ich wieder gehen?«

»Ich … Ich könnte dich verletzen und …«

Sanft saugte sie an seinen Lippen. »Ich bin stärker, als ich aussehe.«

Er fasste sie an den Schultern, packte sie fester und die Lust erwachte in ihm. Kurz fürchtete er, sie zu zerbrechen wie Keramik, aber er hatte gesehen, wozu sie im imstande war. Es würde ihn nicht wundern, wenn er bei ihr bislang nur an der Oberfläche gekratzt hatte.

Sie öffnete seinen Gürtel, griff zu, während seine Hosen langsam hinunterrutschten, an seinen Knien hängen blieben, und die Gürtelschnalle auf den Boden schabte. Ihre Lippen berührten seine Brust und sie packte beinahe schmerzhaft seine Muskeln.

»Ich hatte ein Weib.«

Morrigan sah ihn an. »Wenn Menschen einen heiligen Bund eingehen, hinterlässt das einen Widerhall. Wie ein Fußabdruck im Sand. Ich sehe bei dir auch den eines Kindes.«

Er öffnete den Mund und schloss ihn wieder. Drei Anläufe brauchte er, bis es leise und zittrig aus seinem Mund erklang: »Sie sind tot.«

Ihr Blick durchbohrte ihn. »Ist das für uns wichtig?«

»Nein … Seitdem habe ich nicht mehr … Es ist für mich …«

Sie legte ihm einen Finger auf die Lippen. »Du bist ein guter Mann, Wagrim. Aber du redest zu viel.«

Er lächelte.

Und der Berserker lächelte mit ihm.

*

Als Cuchulain die Zeltklappe zur Seite schlug, eine Hand fest um den Kristall gepresst, lächelte José ihn aus dem gedämpften Kerzenschein im Zelt an. Die Nacht war dunkel – nicht einmal der Mond zeigte sich, und Nieselregen bedeckte die Welt mit einem feuchten Vorhang. Eine gute Nacht für die Jagd. Doch José hatte ihn offenbar längst erwartet. Er saß an einem Tisch, über dem er allerlei Karten, Blätter und Bücher ausgebreitet lagen.

»Worauf wartest du?« José tunkte eine Feder ins Glas und schrieb einige Zeilen nieder.

Cuchulain blieb leicht vornübergebeugt stehen. Das Nass tropfte von seinem Haar, seinem Gesicht, seiner Kleidung. Die Hand um den blutigen Kristall zitterte. Die zwei Soldaten, die das Zelt bewachen sollten, lagen im Schlamm. Vielleicht waren sie tot. Es würde nicht lange dauern, bis man sie entdeckte. Nicht viel Zeit für Mord. Aber je länger er dort stand, desto mehr zerrann seine Überzeugung wie Sand zwischen seinen Fingern.

Donner grollte. Ein Blitz tauchte das Zeltinnere in Licht.

José legte die Feder ab, stützte die Ellenbogen auf den Tisch und musterte ihn über zusammengefaltete Hände. »Ist es das, was du begehrst? Mich töten? Deinen ungezügelten Zorn herauslassen?«

»Du führst das Heer nach Mag Mell.« Cuchulains Stimme ertönte wie das Knurren eines Wolfs. »Du bist der Kopf der Schlange.«

»Ja.«

Cuchulain trat ein, die Klappe rollte hinter ihm runter, und Zwielicht umfing ihn. »Wenn die Verhandlungen scheitern, wirst du den Angriff befehlen.«

»Ja.«

»Alle Stammesführer werden dort versammelt sein. Alle werden sterben.«

»Ja.«

»Tausende.«

»Zehntausende.«

Seine Hand zitterte stärker. »Tirnanog wird sich nie wieder davon erholen.«

»Niemand wird das.«

»Frieden.« Cuchulain drückte den Kristall fester zusammen. Es knackte leise. Noch wurde der Wolf darin, den er vor einer Stunde gebannt hatte, nicht befreit.

»Was ist deine Frage?«

»Willst du Tirnanog vernichten?«

»Nein.«

»Willst du es unterwerfen?«

»Nein.«

Cuchulain knurrte leise. »Was willst du?«

»Was willst *du*?«

Er biss die Zähne zusammen, atmete zischend. »Die Derwyd aufhalten. Die Paladine aufhalten.« Seine Stimme wurde lauter, während er einen Schritt in das Zelt wagte. »Tirnanog vereinen.«

Ein dünnes Lächeln umspielte Josés Lippen. »Das Thing findet traditionell am Stein des Schicksals statt. Die Legende besagt, wenn der wahre Erbe der alten Blutlinie ihn berührt, wird der Stein ihn auserwählen. Eine Blutlinie, die zu den Tagen des letzten Königs zurückreicht, bevor das Reich zerfiel. Was ich will«, José stand auf und stützte die Hände auf den Tisch, »ist eine Einheit. Eine Einheit, die sich dem Schutz unserer Welt verschreibt.«

»Schutz gegen was?«

»Alle anderen Welten.«

Ein eiskalter Schauder jagte über Cuchulains Rücken. »Welten?«

José nickte langsam. »Welten. Ein Sturm wird kommen und uns alle hinwegfegen. Dafür brauche ich Tirnanogs wahren Thronerben.«

»Wie willst du ihn finden?«

Ein violettes Zwielicht glomm in Josés Augen. »Das habe ich bereits.«

Langsam reckte Cuchulain die Faust, aus der ein grünes, nebliges Licht floss. »Du lügst!«

»Warum sollte ich das tun?«

»Das weiß ich nicht, aber ich kann dir nicht glauben!«

»Es ist egal, was du glaubst, Druide. Wichtig ist nur, dass du dein Ziel nicht aus den Augen verlierst.«

Der Kristall splitterte. »Du weißt nichts von meinen Zielen!«

»Oh, ich glaube, ich kenne dich besser als du selbst. Sagen wir, ich habe dein Leben mit großem Interesse verfolgt.«

Das Gespräch verlief eindeutig nicht wie geplant. Cuchulain sollte es jetzt hinter sich bringen, ehe die Soldaten seine Anwesenheit im Zelt bemerkten, aber Josés Worte ließen ihn zögern. »Du weißt, was in diesen Wäldern lauert?«

»Die Fäulnis.«

»Und die Derwyd. Sie …«

»Sie rotten sich zusammen und ziehen nach Mag Mell, um den Zusammenschluss der Stämme beim Thing zu verhindern. Die Wahrheit ist, dass sie von der Fäulnis geleitet werden.«

Cuchulain blies den Atem tief aus. »Andere Druiden behaupten anderes.«

»Andere. Aber nicht du. Du hast es *gesehen*. Beim Thing wird sich mehr als nur ein Schicksal entscheiden. Vieles hängt davon ab, in welcher Position die Figuren stehen.«

»Woher weißt du das alles?«

»Es ist meine Aufgabe, das zu wissen. Das Weltenrund ist hauchdünn wie eine Glasscheibe. Ein Riss an der falschen Stelle und alles bricht zusammen.« José suchte in seinen Unterlagen und zog ein Blatt hervor, das er ihm über den Tisch hinschob. Das Pergament war abgegriffen, rissig und die Schrift darauf kaum noch ersichtlich. Aber Cuchulain erkannte sie sofort. Es war jene Schrift, die in Tradition an längst vergangene Tage von seinem Volk in Erinnerungen behalten wurde.

»Die Macht des Gleichgewichts erwählte mich zu ihrem Gefäß, denn in mir existierten Licht und Schatten zugleich«, las Cuchulain. »Ich war nicht der große Held, wie die Geschichtsbücher so gerne glauben machen wollen. Ich war ein Mann, der mit seinen Fehlern und Zweifeln haderte. Aber ich war auch ein Mann, der sich dazu entschied, gottgleiche Kräfte aufzugeben, anstatt sie für sich zu beanspruchen. Und dies ist es auch, was ich den Erben vermachen werde: Alles beginnt und endet mit Entscheidungen.«

»Sie sind es, die zeigen, wer wir wirklich sind.« José sagte dies, als hätte er die Worte verinnerlicht wie ein Mantra.

Cuchulain konnte sich nicht von dem Papier lösen. Die Niederschrift erinnerte ihn an etwas, das sich seinem Geist verschloss. »Was bedeutet das?«

»Der Schlusssatz aus einem uralten Kompendium, das ich auf meinen Reisen fand. Ich glaube, es stammt aus den Beständen der Bibliothek von Valanor.«

»Der versiegelte Turm in den Verlorenen Bergen?«

»Du weißt um ihn?«

Cuchulain schob das Papier weg. »Mein Volk ist sehr an den alten Sagen interessiert.«

»Diese Passion teile ich mit den Túatha dé Danann.« José schob ihm andere Blätter hin. Darauf waren Berichte von Sichtungen der Fäulnis aufgeführt, sowie Landkarten mit Markierungen und Skizzen von Ereignissen. Einige zeigten befallene Waldgebiete, andere ganze Landstriche, in denen die Fäulnis wucherte. Je länger Cuchulain die Berichte las und die Markierungen betrachtete, desto tiefer sank ihm das Herz.

»So viele Dörfer?« Hektisch suchte er in den anderen Aufzeichnungen, fegte Blätter zur Seite und versuchte die Kälte zu verdrängen, die sich in seinem Herzen ausbreitete. José war erstaunlich gut informiert. Die Karte, die er besaß, war zwar nicht ganz vollständig, aber wer auch immer sie ihm übermittelt hatte, musste aus Tirnanog stammen. »Woher hast du das?«

»Das einzig Wichtige ist das hier.« José sortierte die Zettel und schob ihm ein anderes Blatt hin, dessen Anblick Cuchulain einen tiefen Stich versetzte. Das Dorf, das in dem Bericht als gefallen gemeldet wurde, war *Túr Dúin.*

Er taumelte zurück und verlor den Kristall. Sein Herz setzte für einen Schlag aus. Seine Brust schnürte sich so fest zusammen, dass er glaubte, zu ersticken. Er bekam keine Luft mehr. Der Raum drehte sich um ihn und er sackte nieder. Keine Kraft mehr. Kein Atem. Kein …

Doch dann stand *er* vor ihm. Eine Präsenz, die den gesamten Raum einnahm. José blickte auf ihn herab wie ein Gott auf seinen Gläubiger. Schatten tanzten über die Wände, als wären sie mit Pech überzogen worden. Alles versank in Schwärze, während violetter Dunst aus dem Boden aufstieg und sie umgab.

Dann schlug es zu. Wie Wolken, die sich vor die Sonne schoben. Eine Urangst, die sich Cuchulain bemächtigte. Sie kroch in seine Knochen, engte seine Brust ein, ließ ihn Dinge sehen, die nicht hier waren.

José bückte sich und hielt ihn am Arm fest. Die Angst verflog; sie löste sich einfach auf, als hätte der Mann sie mit richtender Hand vertrieben. José war kein Mensch. Er war irgendetwas anderes.

Etwas viel Mächtigeres.

Cuchulain kämpfte sich auf die Füße. Der violette Nebel verging. Die Dunkelheit wich. Er fand sich im Zelt wieder und die Schuld nagte an ihm. Er hätte dort sein sollen, um sein Dorf zu beschützen. Doch stattdessen war er ausgezogen, um zwei Lichttrinker nach Mag Mell zu geleiten. Aber selbst dabei hatte versagt. Ohne Myrddin wäre er ... tot.

Aber dann wäre ich wenigstens bei ihnen ...

»Ich weiß, wie es ist, eine Bürde zu tragen und das größte Opfer zu bringen«, sagte Josés warm und bedauernd – wie ein sorgenvoller Vater. »Ich weiß, wie es ist, für einen Sonnenaufgang zu kämpfen, den man selbst nie erleben wird, Sétanta.«

Sétanta. Das Wort schickte lähmende Stiche durch Cuchulains Körper. Wie lange hatte er seinen wahren Namen nicht mehr gehört?

José führte ihn zum Tisch, wo er ein Dokument hervorzog und es entrollte. Die Schrift darauf war so sehr verblasst, dass sie kaum noch zu entziffern war. Die Buchstaben waren geschwungener und in einem Dialekt verfasst, den heute kaum noch jemand beherrschte. Als Hüter musste er um ihn wissen, aber seine Ausbildung war zu kurz gewesen, um alles zu verstehen. Viel interessanter war der Stammbaum, der auf der Rückseite festgehalten war. Die Blutlinie des ersten Königs von Tirnanog reichte weit hinab, bis sie sich irgendwann verlor.

Er strich über das Pergament und las Namen, die für ihn weder Gesichter noch Geschichten besaßen. So viele. So viel vergangene Zeit. So vieles, was vergessen war.

»Was ist geschehen?«, flüsterte er.

»Dieses Land, Sétanta, war einst genauso groß und mächtig wie Méridor.« Josés Stimme klang ehrfürchtig. »Ein gewaltiges Königreich von unvergleichlich großer Macht. Kein Palindrom, das sich zum Gott aufschwingt. Keine Kirche, die nach Gehorsam trachtet. Kein Weltreich, das andere Länder erobert. Doch diese Zeit liegt sehr lange zurück. Noch vor der Verheerung wurde dieses Königreich zerschlagen. Niemand erinnert sich heute daran, was vor alldem war. Dabei war die Verheerung nur die Folge dessen, was hier einst geschehen ist. Wir müssen nun mit den Nachwirkungen leben.«

José nahm eine Ledermappe unter dem Stapel hervor und klappte sie auf. Blätter mit Bildern und Zeichnungen, die eine Festung zeigten, Städte, Menschen, Soldaten, ganze Landschaften. Ein runder Tisch in einer Halle. Sogar ein Kupferstich befand sich darunter, der einen bärtigen, stolzen Mann mit einer Krone im Haar zeigte. Er hielt ein Schwert mit beiden Händen gepackt, dessen Klinge er vor sein Gesicht hielt. Dieses Schwert wirkte *besonders*, auch wenn Cuchulain sich keinen Reim daraus machen konnte, woher dieser Eindruck kam. Und hinter dem Mann ...

Cuchulain erstarrte. Mit zitternden Fingern griff er nach dem Kupferstich. »Wer ist das?« Seine Stimme war so leise, dass er sich selbst kaum verstand.

»Der erste König, Träger des Lichtschwertes und Herr von Camelot. Der ursprüngliche Name von Tirnanog, bevor das Reich zerfiel.« Josés Erzählerstimme war beruhigend und es gefiel ihm offenbar, über derlei Dinge zu sprechen. »Er war ein großer Mann, der sich mit einer Schar aus treuen Gefolgsleuten zu einem Abenteuer aufmachte, um das Mythische zu entschlüsseln. Sie waren die ersten Paladine. Nicht jene, die der Kirche dienen. Die *wahren* Paladine.«

Cuchulain zeigte auf die Stelle im Hintergrund. »Der Mann dahinter ...«

José nickte verständnisvoll. »Der Meister und Berater der Könige. Der Mann, der Tirnanogs ersten Königen stets zur Seite stand. Meister und Schüler. Die Geschichte wiederholt sich. Wieder und immer wieder.«

Derselbe Kapuzenmantel. Dieselbe leicht gebeugte Haltung. Derselbe wachsame Blick. Derselbe gewundene Stab mit der Falkenspitze.

Cuchulain ließ den Kupferstich fallen.

Der Mann war Myrddin.

*

»Wer bist du?«, fragte Wagrim.

»Gefällt es dir nicht, das Geheimnisvolle?« Ihre Halskette mit den leuchtenden Kristallen klackerte leise, als sie sich zu ihm hinüberrollte.

»Doch.« Er brummte leise. »Aber ich weiß kaum etwas über dich.«

»Und dabei sollte es auch bleiben.« Sie drehte sich auf den Rücken, verzog das Gesicht und massierte die Handgelenke. »Ich wollte dir nicht wehtun.«

»Oh, ich bin nicht so zartbesaitet, wie du denkst.« Sie lächelte, aber es reichte nicht bis zu ihren Augen. »Nein.«

»Was?«

»Ich kenne deine Frage und werde sie nicht beantworten. Um Macht zu erlangen, bedarf es Opfer. Jede Ursache hat eine Wirkung. Das einfachste Prinzip, dem alles auf der Welt untersteht. Wenn ich an einer Stelle etwas nehme, muss ich es an einer anderen Stelle entfesseln. Das sollte dir genügen. Aber ich will ehrlich zu dir sein. Ich brauche dich.«

Das kitzelte an Wagrims Stolz. Offenbar hatte sie es ziemlich gut raus, andere zu überzeugen. »Wofür?«

»Ich bin eine Außenseiterin, kenne die gesellschaftlichen Regeln nicht.«

»Welche Regeln?«

»Alle.« Sie sagte dies so merkwürdig, dass er sich fragte, ob er es nicht mit einem Engel zu tun hatte. »Außerdem bin ich eine Frau«, sprach sie weiter, »da fällt es mir nicht leicht, Verbündete zu finden.«

»Du wirkst nicht, als bräuchtest du Schutz.«

Sie lächelte schmal. »Manchmal ist es schwer, zwischen Freunden und Feinden zu unterscheiden. Vor allem an diesem Ort.«

»Das ist wohl wahr.« Das musste man ihm nicht sagen. Er hatte es viel zu oft am eigenen Leib erfahren müssen.

Zart fuhr sie mit der Fingerspitze über die Narben auf seiner Brust. »Der Ort, wo ich herkomme, war sehr lange Zeit von der Außenwelt abgeschnitten. Die Tore waren mit mächtigen Runen versiegelt, erschaffen von den Runenschmieden eines Volkes, an das sich niemand mehr erinnert. Ich habe viele Geschichten über sie gelesen. Geschichten, die dich nur verwirren würden.«

»Warum sollte man sich selbst einsperren?«

»Sollte ich diese Frage nicht besser dir stellen?«

Er stutzte. Was wusste sie über ihn und den Berserker? Bevor er antworten konnte, redete sie bereits weiter: »Meine Herrin hat diese Entscheidung einst getroffen. Ich wusste nichts von der Außenwelt, bis die Siegel brachen.«

»Das muss sehr einsam gewesen sein.«

Sie hob die Brauen. »Was?«

»Ein Leben in einem Turm. Das stelle ich mir einsam vor.«

»Ich war nicht allein. Nicht ganz.« Ihre Stimme wurde leiser und ihr abwesender Blick schweifte in die Ferne. »Valanor ist kein Ort. Es ist etwas, das viel größer ist, als es den Anschein weckt.«

»Muss ich das verstehen?«

Sie lachte leise. »Nein. Meine Herrin ist ... sonderbar. In ihr lebt ein tief vergrabener Zorn, den nur die wenigsten erkennen. Ich wusste nichts von der Verheerung, bis ich den Turm verließ. Bis ich die Nachwirkungen mit eigenen Augen sehen konnte.«

Er setzte sich auf. »Die Verheerung hat auch in den Hochlanden gewütet. Noch immer sieht man allerorts zu Statuen erstarrte Verheerungsriesen und Kreaturen.«

Morrigan richtete sich ebenfalls auf und schlang das zerknüllte Laken um ihre Schultern. »Als die Runen an den hohen Pforten Valanors ihre Macht verloren, öffneten sich die Tore. Lange Zeit hatte ich das unbändige Verlangen, in die Welt hinauszutreten, doch nun, da sie zum Greifen nahe war ...«

»Hast du dich davor gefürchtet.«

»Nein. Und ja.« Sie atmete hörbar ein. »Meine Herrin glaubt, dass das Weltenrund ein grausamer Ort voller Leid und Schmerz ist. Sie denkt, dass wir alleinstehen und die Welt es nicht verdient, dass wir sie an unserer Gabe teilhaben lassen.«

Wagrim regte sich unruhig »Die Gabe der Elemente.«

Morrigan stand auf, tänzelte auf Zehenspitzen zu ihrer Kleidung und schlüpfte in Gewand und Stiefel. Als sie die Hand nach ihrem gefiederten Mantel ausstreckte, hob der wie von einem nicht spürbaren Wind getragen vom Boden ab und legte sich von selbst um ihre Schultern.

Wagrim griff nach seinen Sachen und zog sie an. »Du sagtest bei unserem ersten Treffen, dass du etwas suchst. Was suchst du?«

»Einen Mann.«

Er brauchte ein paar Versuche, bis er in seinen Klamotten steckte, und band sich die Hose fest. »Was für einen Mann?«

»Den Ersten unseres Ordens. Er hat sich viel Mühe gegeben, seine Spuren zu verwischen. Tatsächlich hat er sogar allen, die ihn jemals gekannt hatten, die Erinnerungen genommen. Für das Wohle des Weltenrunds.« Sie sagte dies verächtlich, als hätte er ihr den eigenen Willen geraubt. »Aber meine Herrin hat den Fluch gebrochen und uns die Wahrheit gezeigt. Sie weiß, was geschehen ist. Und deshalb weiß ich es auch.«

»Und was ist geschehen?«

Langsam schüttelte sie den Kopf. »Noch nicht. Wenn das hier vorbei ist, werde ich darüber berichten und meine Geschichte erzählen.«

»Also was? Willst du ihn töten?«

»Nein. Nicht, ehe er mir geholfen hat. Bis dahin tu mir bitte einen Gefallen, Wagrim. Bleib am Leben.«

Er grummelte in sich hinein. »Muss ich mir Sorgen machen?«

»Der kommende Krieg wird alles übersteigen, was wir uns vorstellen können. Wie er auch ausgehen wird, die Welt wird danach nicht mehr dieselbe sein.«

Ihm war lieber gewesen, als sie nicht so viel gesprochen hatte. Aber das war jetzt auch egal. »Was hat das alles mit mir zu tun?«

Als sie ihn nun ansah, wirkte sie hoch konzentriert, wie eine Juwelenhändlerin, die seinen Wert abschätzte. »Wenn ich dir helfe, den Funken in dir zu kontrollieren, stehst du in meiner Schuld.«

»Wie willst du …?«

Sie hob die Hand und gebot ihm zu schweigen. »Lass das meine Sorge sein. Ich werde dir helfen, damit du ihn nicht länger fürchten musst. Und du wirst am Schluss das tun, was ich von dir verlange.«

Hatte er das nicht gerade erst getan? Eine Weile dachte er darüber nach, während er zum Spiegel auf der Kommode ging und den Fremden darin betrachtete. Dahinter starrte ihn der Berserker herausfordernd an. Er wartete auf den richtigen Zeitpunkt.

»Was soll ich tun?«, fragte er und wandte sich ihr zu, dieser seltsamen Frau, die er zugleich begehrte und fürchtete.

In ihrem Blick lag ein Hunger, den er von sich selbst kannte. Aber er bezweifelte, dass ihrer die Rettung seiner Heimat betraf. »Das wirst du bald erfahren, Knes von Kor Anklam.«

»Eine Hand wäscht die andere, was?«

Sie warf sich die Kapuze über und ging auf den Zeltausgang zu. »Wir sollten das wiederholen. Ich werde jetzt schlafen und rate dir, dasselbe zu tun. Uns steht ein langer Tag bevor.«

*

Am nächsten Tag hatte Cuchulain immer noch nicht verdaut, was er erfahren hatte, als er an der Spitze des Heeres nach Mag Mell gezogen war. Er hatte darauf bestanden, die Gegend auszuspähen, weil er wusste, wie gut die Gebiete rund um die Hauptstadt gesichert waren. Außerdem hielt er die méridorischen Späher für unfähig, nachdem niemand mitbekommen hatte, wie er sich in der vergangenen Nacht davongestohlen hatte.

Am liebsten würde er den Funken aufnehmen und als Wolf durch die Wälder pirschen. Allerdings hieße das, dass er den Kristall leichtfertig benutzen musste und wer wusste, wofür er ihn noch einmal brauchte? Den Menschen aus seinem Dorf … dem Dorf, das die Derwyd überfallen hatten … Er schuldete es ihnen, alles zu tun, um ein größeres Unheil zu verhindern.

Den Blick nach vorn richten. Er kletterte den Stamm einer Esche hinauf, zog sich am Ast empor und überblickte die Gegend. *Stärker werden.*

Hinter ihm klapperte, rasselte und polterte es. Das Heer machte solch einen Lärm, dass bestimmt ganz Mag Mell inzwischen Bescheid wusste, was sich auf die Stadt zubewegte. Aber das ließ sich nunmehr nicht mehr verhindern.

Mächtiger werden.

Cuchulain schwang sich vom Ast, landete im Dreck und pirschte geduckt weiter. Kurz ging er auf ein Knie und untersuchte die Spuren. Vor weniger als einer Stunde waren hier Wildschweine unterwegs gewesen. Falls er Fußabdrücke von einem Wächter erwartet hatte, würde er die so leicht nicht finden. Das hieß …

Er reckte die Nase und schnupperte.

Gefahr!

Zu spät. Etwas Spitzes drückte in seinen Nacken. »*Gun ghluasad!* Keine Bewegung!«

Cuchulain rührte sich nicht. »*Tha mi gun armachd.* Ich bin unbewaffnet.«

Jemand tastete ihn ab und trat dann wieder zurück. »Langsam aufstehen und die Hände heben!«

Er folgte der Anweisung und wartete, bis der Krieger ihn umrundete. Der Mann war groß und hager, ein wirrer Bart bedeckte das halbe Gesicht und der linke Arm, die Hand, die Schulter, sogar die Füße waren mit blauen Schriftzeichen bedeckt.

»Wer?«, knurrte der Wächter.

»Cuchulain.«

»*Túr Dúin* ist gefallen. Der Hüter von *Túr Dúin* ist tot.«

»Ich lebe.«

Der Wächter spuckte vor ihm aus. »Lügner!«

Cuchulain knurrte. »Than Rònan hat mich auf eine Mission geschickt. Ich soll die Lichttrinker nach Mag Mell führen.«

Ein zweiter Krieger schälte sich aus dem Unterholz und steckte seinen Speer in den Boden. »Stattdessen führst du ein feindliches Heer nach Mag Mell.«

Cuchulain schüttelte den Kopf. »Eine Armee aus Derwyd ist auf dem Weg hierher. Sie bringen die Fäulnis.«

»Die Fäulnis, Derwyd und Verheerung … das ist alles die Schuld der Lichttrinker! Und du«, der Krieger trat näher und schwenkte die Speerspitze zu seiner Kehle, »führst sie auch noch an? Du hast Schande über dich …«

Schneller als ein Funkenregen wirbelte Cuchulain zur Seite, schlug den Speer aus der Hand des Kriegers, fing ihn in der Bewegung auf und rammte ihm das Stabende gegen die Stirn. Der Mann klappte zusammen wie ein Tisch ohne Beine. Rasch tauchte er zur Seite weg, spürte einen Luftzug über seinem Kopf und sprang wieder hoch. Dabei riss er den Speer nach oben und fing den nächsten Stich ab, wobei der Aufprall seine Arme bis auf die Knochen durchschüttelte. Mit einer Seitwärtsbewegung hebelte er die Waffe dem Widersacher aus der Hand, machte eine rasche Drehung und ließ seine Speerspitze vor dessen Kehle zum Stillstand kommen.

Der Hüne grollte ihn an und ruckte zurück. Er wollte sich auf ihn stürzen, aber Cuchulain hatte damit gerechnet, zog ihm mit dem Speerende die Füße weg und brachte ihn zum Stolpern. Mit einer eingeübten Bewegung schlug er ihm den Stab gegen die Schläfe und der Krieger wurde ohnmächtig.

Es war seinem Instinkt geschuldet, dass er sich zur Seite warf. Gerade rechtzeitig, denn einen Lidschlag später zischte ein Speer aus dem Wald und bohrte sich in den Dreck. Cuchulain rollte herum, sprang hoch und duckte sich leicht.

Wo?

Der zweite Speer zischte heran. Wieder entkam Cuchulain haarscharf und rannte in die Richtung, aus der die Waffe geworfen worden war. Er fand einen dritten Krieger im Unterholz und stürzte sich zähnefletschend auf ihn. Beim ersten Schlag verrutschte das Hirschgeweih. Beim zweiten flog das dreckbeschmierte Gesicht zur Seite und die dunkel umrandeten Augen weiteten sich vor Entsetzen. Drei. Vier. Fünf. Immer wieder prügelte er auf den Kerl ein.

Kurz hielt er inne und knurrte den Mann an, dessen Gesicht mit Platzwunden übersät war. »Mein Name ist Cuchulain!«

»Du ... Du bist tot!«

»Ich lebe!« Er löste sich von dem Mann, rollte seinen Ärmel hoch und zeigte die Tätowierungen auf seinem linken Arm.

»Hund des Culann.« Die Augen des Kriegers weiteten sich. »Du bist der Druide von *Túr Dúin*!«

»Ja.« Cuchulain stand auf. »Das méridorische Heer, das durch diese Wälder streift, kommt nicht, um einen Krieg zu bringen. Es ist hier, um einen Krieg zu *verhindern*.«

Der Krieger stand schwankend auf und spuckte roten Rotz zur Seite. »Ich glaube dir nicht!«

»Mir scheißegal! Aber du wirst die anderen davon abhalten, das Heer noch mal zu überfallen!«

»Und wenn nicht?«

Cuchulain nickte mit dem Kinn nach hinten. »Dann endest du wie die anderen.«

Der Krieger zögerte. »Schwörst du im Namen der Waldgötter, dass deine Worte der Wahrheit entsprechen?«

Mit dieser Frage hatte Cuchulain nicht gerechnet. Er konnte es nicht schwören, aber er hatte inzwischen Dinge erfahren, die alles erschütterten, woran er glaubte. Zögerlich griff er nach dem Messer im Dreck, das der Krieger verloren hatte, und ritzte sich die Handfläche. Er hob die Faust, aus der Blut herauströpfelte, und ließ sich von dem süßen Schmerz durchströmen.

»Der Schwur eines Druiden«, sagte der Krieger nachdenklich. Dann ging ein Ruck durch ihn und er legte sich eine Hand auf die Brust. »Catran. Wächter von Mag Mell.«

»Catran, ich bringe das Heer zum klagenden Hügel. Kein Méridorer wird die Hand gegen das Volk Tirnanogs erheben. Darauf mein Wort.«

»Dein Vater war ein großer Mann, Cuchulain. Cormag ...«

»... tat, was er für richtig hielt. Und ich tue das ebenfalls.« Er hielt kurz inne, versuchte die Worte zurückzuhalten, aber längst hatte er begriffen, dass er nicht länger Herr über sein Schicksal war. »Ich spreche beim Thing für Méridor.«

Catran behielt ihn im Blick, während er einen lauten Pfiff ausstieß. »Ich hoffe, du weißt, was du tust, Cuchulain.«

»Ja«, murmelte er. »Das hoffe ich auch. Das hoffe ich für uns alle.«

Das Thing

Mag Mell«, sagte Artio und atmete erleichtert auf. Dort lag die Stadt unter den drohenden Wolken, und glänzte im Regen, der gerade erst aufgehört hatte. Scharfe Umrisse hoher Mauern hoch über der steilen Klippe jenseits des schnell fließenden Wassers, dort, wo sich die Flussgabelung im weiten Tal *Mag Tuired* traf. Ein endloses Gewirr aus Schilf- und Steinhäusern mit Schiefer- und Strohdächern drängte sich auf dem langen Abhang eng aneinander, bildete am Fuß des Hügels ein Rund, das von einer weiteren Mauer umgeben war. Artio konnte nicht sagen, ob sie froh war, wieder hier zu sein. In ihrer Erinnerung war Mag Mell gewaltig und beeindruckend. Doch im Vergleich zu Candaloz kam sie ihr seltsam belanglos vor. Als hätte das kindliche Staunen ihr etwas vorgespielt.

»Die Stadt hat sich kaum verändert.« Sie packte das Schwertheft fester. Seit sie ihn aus Danus Stamm gezogen hatte, ließ sie es nicht mehr los. »Damals war sie nicht von Mauern umgeben.«

»Nein.« Cernunnos verwurzelte neben ihr, die Arme vor der Brust verschränkt. »Allerdings auch nicht von Méridorern, Derwyd und der Fäulnis. Vieles ist nicht mehr so, wie es einst war.«

Artio konnte nicht leugnen, dass sie dieser Umstand beunruhigte. Die Vorhut der méridorischen Armada verließ die umliegenden Wälder, eine wackelige Linie aus schlammbespritzten Gestalten, hinter denen weitere Männer in loser Formation zum Vorschein kamen. Das matte Sonnenlicht glänzte hier und da auf einem Stück Metall und noch ein Stück dahinter ratterten Wagen, schwer beladen mit Fässern, Waffen und anderen Dingen, um eine Armee zu versorgen. Es waren viel zu wenige und einige blieben stecken. Die Soldaten kostete es viel Mühe, bis sie die Radachsen wieder aus dem Schlamm befreit hatten.

»Wie viele Soldaten sind das?«

»Achttausendvierhundertzweiundachtzig Soldaten«, sagte Cernunnos prompt.

Sie runzelte die Stirn. »Hast du sie gezählt?«

Er machte eine wegwerfende Geste.

Artio konnte kaum glauben, dass sie einst ein Teil dieses Heeres gewesen war. Seit sie es das letzte Mal gesehen hatte, hatte sich vieles verändert. *Sie* hatte sich verändert. Die Soldaten arbeiteten sich durch die verlassenen Felder rund um die Stadt. Tausende Männer, gut bewaffnet und rachelüstern. Das Wetter, das Land, selbst Überfälle durch Einheimische hatten sie nicht daran hindern können, Mag Mell zu erreichen. Artio konnte es wie eine Vorahnung in der Luft riechen. Mit ihrem Auftauchen verwandelte sich das Tal in einen brodelnd heißen Topf, der jeden Augenblick überlaufen konnte.

»Das ist also das gefürchtetste Heer des Weltenrunds«, sagte der Waldgott.

»Den Gerüchten nach.«

»Die fallen doch beim kleinsten Lüftchen um wie Pappfiguren.«

Artio musste ihm recht geben. Auch sie betrachtete die Armada nun aus einem ganz anderen Blickwinkel. »Wir waren nicht auf die Kolonie vorbereitet.«

»Und das Wetter.«

»Und den Kampfgeist meines Volkes.«

»*Deines* Volkes?« Er grinste sie an. »Das sind ja ganz neue Töne, Paladin.«

»Ich bin keine Paladin mehr.«

Er reckte sich neben sie. »Und wer bist du jetzt?«

Ein Zittern erfasste ihre Glieder. Sie umklammerte das Heft und suchte daran Halt. »Eine Schwurbrecherin. Eine Ausgestoßene.« Sie atmete tief ein. »Eine Mörderin.«

»Du hast dich verteidigt.«

»Ich wollte es so!«, brüllte sie ihn an und musste sich zwingen, Finger für Finger vom Heft zu lösen. »Verstehst du?«, fragte sie etwas leiser. »Kein Schild der Rechtschaffenheit. Kein Schwert der Vergeltung. Kein Feuer der Reinigung. Nur ich und meine Taten.«

Verständnis lag in Cernunnos Blick. »Zuweilen sind wir zu Taten gezwungen, die wir erst später verstehen. Wir alle bringen Opfer. Dieses war deines.«

»Was sage ich, wenn ich dem Missionar begegne?«

»Die Wahrheit. Rafael wollte dich töten und deshalb hast du dich verteidigt.«

»Das wäre gelogen.«

»Er hat auch gelogen.«

Ein eiskalter Stich zuckte durch ihre Eingeweide. Langsam wandte sie sich Cernunnos zu und sprach das aus, was ihr die ganze Zeit wie ein Stein auf dem Herzen lag. »Du warst dort und hast zugesehen.«

»Ich bin überall, Tochter der Wälder.«

Sie schwenkte *claiomh solais* zu ihm. »Du hättest es verhindern können.«

»Du wolltest es doch so.«

»Ja, aber …«

»Aber?«

Sie suchte nach einer Erklärung. Und fand keine.

Der Baumgeist wuchs aus dem Untergrund, bis er wie ein Riese über ihr emporragte. »Was wäre geschehen, wenn ich es verhindert hätte? Wie hättest du weitermachen können, nachdem er dich belogen hat? Nachdem du die Wahrheit erkannt hast? Nachdem er dich geliebt …«

»Das war keine Liebe!« Die Schwertspitze schwankte in ihrer zittrigen Hand. »Trotz seiner schändlichen Taten trug er einen Glaubensfunken. Während ich …«

»Während du begriffen hast, dass die Welt nicht schwarz und weiß ist.« Cernunnos nickte verständnisvoll. »Es muss Schatten geben, damit das Licht hell scheinen kann.«

»Was?«

Er schrumpfte wieder auf Augenhöhe und machte eine wegwerfende Geste. Dann wies er auf die Armada, die im Tal von Mag Tuired weiter ausschwärmte. »Das sind weniger als gedacht, wie?«

Artio ließ das Schwert sinken und packte es so fest, dass ihre Knöchel weiß hervortraten. Das sanfte Vibrieren berührte etwas in ihr; es drängte sie, weiterzumachen. »Wir haben alle weniger als früher.«

»Aber wir sind nicht allein.«

Die Armada war nicht das einzige Heer im Tal von Mag Tuired. Vor den Toren lagerten Hunderte Zelte, deren Bewohner in weiser Voraussicht Linien aus Erdwällen, Pfählen und Zäunen rund um die Stadt gezogen hatten. Dahinter bewegten sich hochgewachsene Gestalten in Pelzen, Leder und mit bemalten Gesichtern. Hunderte Krieger der Stämme aus ganz Tirnanog, die für das Thing zusammengekommen waren.

Die Luft war erfüllt von ihrem Lärm. Banner flatterten im Wind, Männer stapften umher, fluchten und brüllten, während Frauen und Kinder durch die Tore in die Stadt geschafft wurden, Wagen durch die engen Gassen polterten und tiefe Furchen hinterließen und Speerspitzen in den Himmel zuckten. Tirnanog bereitete sich auf den Krieg vor.

»Das wird eine Schlacht, die niemals vergessen wird«, flüsterte sie.

»Nicht die erste, die dieses Tal sieht«, bemerkte Cernunnos.

»Wir werden das verhindern.«

Er hob eine Ranke. »Wir können nicht aufhalten, was bereits begonnen hat. Aber wir können Einfluss nehmen auf das, was *danach* kommt. Wir werden die Welt verändern.«

Artio überblickte die Stadt den Hügel hinauf, auf dem die Steinkreise thronten – das größte Heiligtum von Tirnanog. Ein Bauwerk längst vergessener Zeit, an dessen ursprünglichen Zweck sich niemand mehr erinnern konnte. Artio rief sich die Worte ihres Vaters und ihren ersten Aufenthalt in Mag Mell in Erinnerung. Das lag nun schon so lange zurück, dass die Bilder längst verblasst waren, aber einiges bekam sie noch zusammen. Dreißig stehende Quader, die an ihrer Oberseite einen weiten, geschlossenen Ring aus dreißig Decksteinen trugen. In ihrer Mitte das große Hufeisen, zehn solcher Säulen, die durch je einen aufgelegten Deckstein zu fünf Paaren miteinander verbunden waren. Die Trilithen. In ihrer Mitte überragte ein Menhir alle anderen und strebte wie ein Pfeiler gen Himmel. Es hieß, er habe einst als Opferstätte gedient. Andere behaupteten, tote Götter hätten dort ihre Spuren hinterlassen. Und dann gab es noch jene, die sagten, dort seien die Könige alter Tage im Angesicht der Götter ernannt worden.

Lia Fáil. Der Stein des Schicksals.

»Als das Heiligtum erbaut wurde, war hier alles grün und voller Leben.« Cernunnos Stimme klang blass und knarrend wie eine gespaltene Kiefer, durch die der Wind fuhr. »Ein Land der Mythen und Wunder. Das war vor … Na ja, vor allem.« Unwillkürlich fragte sie sich, wie alt der Baumgeist wirklich war. Dabei fiel ihr ein, dass er ja als Gott verehrt wurde und deshalb nicht mit gewöhnlichen Maßstäben vergleichbar war.

»Siehst du das?« Er schwenkte zu einem weiteren Hügel ein wenig abseits der Stadt, dessen Klippen so steil waren, dass sie niemand erklimmen konnte. Verfallene Ruinen, längst vom Zahn der Zeit gezeichnet und völlig von der Natur zurückerobert, erstreckten sich dort. Man konnte nicht sagen, ob es einst eine Burg, eine Festung oder eine Stadt gewesen war und es gab viele Sagen darüber, dass dort einst ein mächtiger Herrscher gethront haben sollte. Deshalb nannte man diesen Ort auch den *klagenden Hügel*. Eine große Brücke hatte das gesamte Tal überspannt und zu den hohen, verfallenen Toren geführt, aber sie war schon vor langer Zeit eingestürzt.

»Du hättest es sehen sollen.« Cernunnos schrumpfte zu einem Rankenwust. »Ich bin oft in den Gärten umhergewandert, bevor ich … anders wurde.«

»Du meinst, bevor du ein Dryade wurdest?«

Er bildete ein Gesicht – es wirkte bedrückt und bedauernd. »Je älter wir werden, desto mehr wandelt sich unser Blick auf die Welt. Wir beginnen, Fragen zu stellen, denen wir uns stets verschlossen haben.«

Etwas regte sich in ihr; etwas, das sie lange nicht wahrgenommen hatte. Wie ein schlummerndes Wesen. »Welche Frage?«

»Die einzig wichtige.« Er seufzte schwer. »War es das alles wert?«

Da sie keine Antwort darauf fand, schwieg sie.

»Das Weltenrund, das du wahrnimmst …« Er zögerte, als suchte er nach den richtigen Worten. »Es ist nur ein Teil von etwas viel Größerem.«

»Worauf willst du hinaus?«

Er schaute in die Ferne, als sähe er dort etwas, das sich ihr entzog. »Noch hat die Welt Wunder zu bieten. Noch können wir sie zurückbringen.« Sein Blick wanderte zu dem Schwert. »Jetzt sollten wir aber aufbrechen, bevor die Situation völlig eskaliert. Was meinst du?«

Er hatte recht. In der Stadt brach Unruhe aus, nachdem die Armada entdeckt worden war. Menschen schrien und wedelten mit den Armen, verließen die Straßen und zogen sich in ihre Häuser zurück. Krieger strömten aus den Gassen durch das Tor und verteilten sich in langen Reihen vor den Zelten, um den Feind zu empfangen. Wenn niemand etwas unternahm, würde die Schlacht beginnen, ehe überhaupt das Thing zusammengekommen war.

*

Wenn Wagrim eines im Leben gelernt hatte, dann, dass immer erst gequatscht wurde, bevor eine Schlacht begann. Er befand sich ganz vorn bei den ersten Soldaten, die ins Tal ausschwärmten, und versuchte so viel Selbstsicherheit zu verströmen, wie es ihm möglich war. Das hatte er schon damals bei der Schlacht von Kor Anklam getan, als er mit seinen Getreuen auf die Stadtmauern zugeschritten war. Kurz vor seinem letzten Zweikampf, bevor er zum Kriegsfürsten ernannt worden war. Selten hatte er mehr Blut gesehen.

»Ruhig!«, sagte er. Aber im Grunde wusste er gar nicht, was er hier tat. Der Krieg sollte ihm egal sein. Die Männer, Josés Pläne, der Druide, selbst diese Stadt sollten ihm egal sein. Das Einzige, was wirklich zählte, war seine Heimat. Wenn er hier kämpfte, wenn er Méridor dabei half, Tirnanog wieder unter Kontrolle zu bringen, dann wäre das Hochland gerettet. Er könnte als Held zurückkehren und vielleicht alles ungeschehen machen, was vorgefallen war. Dafür musste er jedoch zuerst einmal überleben.

»Stabsoffizier!« Nicolás eilte auf ihn zu. »Der Feind hat uns entdeckt!«

»Ganz ruhig, Soldat!«

Nicolás beugte sich schwer atmend vornüber, das Gesicht verschwitzt und die Uniform schlammbespritzt. »Was sollen wir tun?«

»Einen kühlen Kopf bewahren. Wenn der Feind bis jetzt nicht bemerkt hat, dass eine zehntausend Mann starke Armee durch seine Heimat zieht, dann wären sie wohl kaum eine Gefahr für uns.« Der Soldat schluckte schwer. »Sind sie denn eine Gefahr?« Wagrim wies über die Pfähle, Gräben, Mauern und die Stadt dahinter, die rund um den Hügel erbaut war. »Sie haben das Schlachtfeld gewählt und sind vorbereitet. Das beweist taktisches Verständnis. Wir wären also naiv, wenn wir den Feind nicht ernst nehmen würden.«

»Selbstverständlich, Stabsoffizier!« Der junge Soldat salutierte zackig. Daran hatte Wagrim sich noch nicht gewöhnen können.

»Eure Befehle?«, schnarrte Gonzalo neben ihm. Der fettleibige Mann war nicht sonderlich gut auf Wagrim anzusprechen. Verständlich, immerhin war er seinetwegen degradiert worden.

Wagrim überblickte die angrenzenden Wälder und die Mauern, die Mag Mell in einem großen Rund ergaben. Die Spitze des Hügels, an dessen Fuß die Stadt errichtet war, stellte das Ziel ihrer Reise dar. Endlich. »Ein erschöpfter Soldat ist ein schwacher Soldat. Die Männer sollen in sicherem Abstand ein Lager aufschlagen und sich von der Reise erholen. Stellt Wachtposten auf.« Er zeigte auf bestimmte Stellen. »Hier, hier und hier! Ich will, dass die Männer kampfbereit sind, wenn es zum Äußersten kommt. Deshalb …«

Gonzalo räusperte sich.

»Ihr habt etwas einzuwenden?«

»Wenn Ihr mich fragt …«

»Ich frage Euch aber nicht.« Wagrim wandte sich ihm zu und verschränkte die Hände hinter dem Rücken. »Hauptmann.«

Agustín, der zweite degradierte Hauptmann, zog ein Gesicht, als würde er gleich platzen.

»Was?«, fragte Wagrim.

Der schlaksige Mann wies mit rascher Geste über das Zeltlager. »Die Tore stehen offen. Es herrscht Chaos. Unsere Paladine stehen bereit.« Er zeigte auf eine Gruppe hoher Gestalten, deren Weiß und Gold der Rüstung unter all dem Braun kaum noch zu sehen war. Sie wirkten nicht weniger von den Strapazen der Reise angestrengt als der Rest. »Wenn es den besten Zeitpunkt zum Angriff gibt, dann jetzt.«

»Wir sind aber nicht hier, um anzugreifen.« Wagrim beobachtete jenen älteren Paladin, der als Einziger kein Visier trug und die Stadt mit solch einer Abscheu betrachtete, als wollte er sie ganz alleine einnehmen.

»Und warum sind wir hier?«

»Wir sind hier, um zu verhandeln, Hauptmann.«

»Bei allem gebotenen Respekt, aber …«

»Mein Vater sagte stets, dass alles, was nach einem Aber kommt, das Vorangehende unbedeutend macht.«

Agustín furchte die Stirn. »Der Kriegspakt sieht vor …«

»Dass wir unseren Verstand gebrauchen.«

»Aber wir sind zahlenmäßig weit überlegen!«

»Hauptmann Agustín, ich schätze Eure Meinung, allerdings teile ich sie nicht. Die Befehle des Generalkapitäns waren eindeutig. Wir verhandeln. Wir warten. Erst wenn der Befehl kommt, werden wir zu den Waffen greifen. Verstanden?«

»Pah! Was weiß schon ein Barbar davon?«

Nicolás hielt hörbar den Atem an, aber Wagrim blieb ganz ruhig. Er wandte sich dem Hauptmann zu, woraufhin der einen furchtsamen Schritt zurück machte. »Sagt, wie viele Stadtmauern habt Ihr genommen?«

»Nun, ich war in Saville, als …«

»Wie viele?«

Agustín schwieg.

Wagrim schaute nun Gonzalo gelassen an. »Ihr?«

Der Hauptmann wand sich. »Keine.«

Wagrim nickte. »Wie viele Versorgungswagen haben wir verloren?«

»Wieso fragt Ihr …?«

»Beantwortet die Frage, Hauptmann!«

Gonzalo furchte die Stirn. »Die Hälfte.«

»Die Hälfte.« Wagrim wies auf die heruntergekommenen Karren, die von ausgehungerten und wild schnaubenden Pferden durch den Schlamm gezogen wurden. »Diese Vorräte reichen noch für drei, höchstens vier Tage. Was glaubt Ihr, über wie viele Vorräte die Stadt verfügt?«

Die Furche auf Gonzalos speckiger Stirn wurde tiefer. »Mehr.«

Wagrim nickte. »Ich habe schon auf beiden Seiten der Mauern gestanden und sage Euch, dass wir für eine Belagerung nicht vorbereitet sind. Hungrige Männer sind unzufriedene Männer. Es braucht nicht viel und wir gehen uns alle gegenseitig an die Gurgel. Es ist eine Märchenvorstellung, dass eine Armee, so groß sie auch sein mag, eine verbarrikadierte Stadt einnehmen kann.«

»Nichts hält eine méridorische Streitmacht auf!«, sagte der Hauptmann voller Überzeugung.

Wagrim betrachtete die erschöpften, schlammbespritzten Männer, die kaum noch stehen konnten und so schnell keine Mauer nehmen würden. Selten hatte er einen schwächeren Haufen angeführt. »Habt Ihr schon einmal in einer Schlacht gekämpft?«

»Nun, bislang … Nein.«

Wagrim sah zu Agustín, der weiterhin stumm blieb. »Das ist keine Schande. Meine erste Schlacht erlebte ich mit acht Jahren. Das Dorf, in dem ich aufwuchs, wurde von einem aufstrebenden Kriegsfürsten niedergebrannt.« Die Erinnerungen übermannten ihn. Der beißende Gestank von Blut und Asche klebte in seiner Nase. »Das war der Moment, in dem ich zum ersten Mal tötete. Ich schwor ihm Rache. In den Jahren danach habe ich viele Schlachten geschlagen und manchmal schlimmere Dinge getan, als der Kriegsfürst mir jemals hätte antun können. Damals erwachte *er* in mir.«

»Wer?«, fragte Nicolás.

Bedauernd schüttelte Wagrim den Kopf. »Ich musste viele harte Lektionen lernen und habe öfter verloren als gewonnen, bis ich eine Weisheit meines Vaters begriff.« Er atmete tief durch. »Krieg verhindert man nur, indem man ihn nicht macht.«

Gonzalo räusperte sich. »Nun, das ist richtig. Aber ist nicht ein schnell gewonnener Krieg besser als ein aufgeschobener?«

»Wie lange besteht ein Heer, das sich gegen die eigene Kommandostruktur stellt?«

»Nicht lange«, antwortete Nicolás prompt und schaute zu Wagrim auf, als könnte er Gold scheißen.

Wagrim nickte langsam. »Deshalb erwarte ich, dass Ihr meine Befehle befolgt. Verstanden, Hauptmänner?«

Gonzalo und Agustín salutierten, dann wirbelten sie herum – offenbar wollten sie möglichst schnell davoneilen – und gaben die Anweisungen weiter.

»Darf ich fragen, weshalb Ihr keinen Angriff fürchtet?«, fragte Nicolás.

Lächelnd klopfte Wagrim dem schmächtigen Mann auf die Schulter, woraufhin der fast einsackte. »Zum einen kann man davon ausgehen, dass die Krieger Tirnanogs genauso viel Schiss vor einer Schlacht haben wie wir. Während sie aber Heim und Herd verteidigen, befinden wir uns auf fremdem Boden, auf dem man garantiert nicht das Zeitliche segnen möchte.«

»Und zum anderen?«

»Zuerst wird mit Worten gekämpft.« Er verspürte auf einmal ein mulmiges Gefühl in der Magengrube. Es war ihm so vertraut wie ein Schluck Met. »Dann beginnt das blutige Gemetzel.«

Nicolás schwieg eine Weile. Er war ein aufmerksamer, wissbegieriger Mann, der es weit bringen könnte, und dadurch erinnerte er Wagrim sehr an seinen Sohn, bevor alles anders gekommen war.

»Stabsoffizier, habt Ihr wirklich schon so viele Schlachten gesehen?«

Nachdenklich blickte Wagrim den Hügel hinauf zu den Steinkreisen, hinter denen die aufgehende Sonne das Tal mit purem Gold übergoss. Etwas regte sich in ihm. Der Berserker streckte die steifen Glieder – bloß Umrisse im Nebel. Aus irgendeinem Grund wusste Wagrim, dass er ihn brauchen würde. Vielleicht hatte Morrigan recht und er musste lernen, den Berserker zu akzeptieren.

»Und ob er das hat!«, rief jemand mit fröhlicher Stimme. Wagrim hatte die Alkoholfahne bereits gerochen und war nicht überrascht, als Cino neben ihn trat und einen kräftigen Zug aus seinem Flachmann nahm.

»Also!« Der Glücksritter wischte sich den Mund an seinem Ärmel ab. »José will, dass wir auf das Zeichen warten.«

»Welches Zeichen?«, fragte Wagrim.

Cino zuckte mit den Schultern. »Keinen blassen Schimmer.«

»Und wie soll uns das jetzt weiterhelfen?«

»He! Ich halte doch bloß ein wenig Konversation! Also, jetzt sitzen wir hier auf dem Präsentierteller, wie ein Stück Scheiße beim Bankett, was? Höchste Zeit, sich einen hinter die Binde zu kippen. Denn wenn es erst einmal losgeht«, wieder nahm er einen Zug, »will ich lieber mit der Flasche in der Hand sterben.«

Wagrim brummte leise. »Du rechnest mit einer Schlacht?«

Cino zwinkerte ihm zu. »Hat die nicht bereits begonnen?«

*

Die Luft roch nach Beginn. Wie ein Gefühl von Aufbruch und Veränderung, das darin hing wie ein feiner Duft. Zwar fürchtete Cuchulain die Begegnung mit den Stammesfürsten, aber er wusste auch, dass es der einzige Weg war, ein größeres Blutvergießen zu verhindern.

Er ging an der Spitze neben José und einem Priester in sandfarbener Robe auf die Mauern der Stadt zu, während das Heer im Tal zurückblieb. Die ganze Umgebung hatte klarere Umrisse als sonst, als der Tag anbrach. Sie kamen an Bäumen vorbei, deren feuchte Blätter kurz davor standen zu fallen – goldgelb, leuchtend orange, purpurrot, in allen Farben des Feuers. Unten am Boden des Tals hing noch ein kleiner Hauch des Herbstnebels in der schweren Luft und biss in seine Kehle. Dumpf drangen die Geräusche der schmatzenden Stiefel, der herumbrüllenden Männer, polternden Fässer und klappernden Ausrüstungen an sein Ohr. Er wanderte über die leeren Felder, die aufgewühlte Erde mit Unkraut gespickt, entlang der Reihen angespitzter Pfähle, in dreifacher Bogenreichweite vor den Mauern errichtet. Hübsches Willkommensgeschenk.

Die gegerbten Tierhäute, die jeweils mit zwei Pfosten zu einem Dach gestützt wurden, taugten kaum als Zelte. Ein deutlicher Gestank nach Scheiße und Pisse, Maultieren und Fleisch hing dick und schwer über dem Lager. Zum ersten Mal erkannte Cuchulain die Unterschiede zwischen Tirnanog und Méridor. Es wunderte ihn nun keineswegs, weshalb die Südländer sie als Wilde bezeichneten.

Vor dem Tor erwartete sie eine Hundertschaft grimmiger Krieger. Die geschmückten Speere in ihren Händen funkelten gefährlich und die linken Körperhälften waren mit Schriftzeichen bedeckt. Ihre kleine Gemeinschaft blieb in angemessenem Abstand stehen. Cuchulain trat vor, die Rechte fest um den Kristall zusammengepresst, und erwiderte die feindseligen Blicke der Krieger. Zweifellos erkannten sie die Schriftzeichen an seinem Arm, aber da er an der Seite der Méridorer die Stadt aufsuchte, schätzten sie wohl ab, was sie von ihm halten sollten.

Er holte tief Luft, dann sagte er die Worte, mit denen es begann: »*Is mise Cuchulain o Thúr Dúin agus gabhaidh mi pàirt Thing ann.* Ich bin Cuchulain aus Túr Dúin und nehme am Thing teil.«

Schweigen.

»*Tha mi a' bruidhinn air a shon Thúr Dúin!* Ich spreche für Thúr Dúin!«

Bewegung ging durch die Männer. Sie traten zur Seite und aus der Gasse trat ein Berg von einem Mann hervor, bei dem man nicht sagen konnte, wo das schwarze Fell begann und wo es aufhörte. Sein stämmiger Oberkörper war völlig mit Haaren bedeckt, als wäre er mitten in der Verwandlung zu einem Werbären stecken geblieben. Außerdem ragte sein mächtiger Bauch über den eng geschnallten Gürtel seines Lederrocks, an dem allerlei Beutel, Messer, Knochenstücke und Kristalle baumelten. Ein jeder glomm in sattem Grün.

»Cu?«, fragte der Mann und musterte ihn ungläubig.

Cuchulain lächelte. »Onchu.«

Der Druide umarmte ihn so fest, dass er kaum noch Luft bekam.

»Onchu ... ich kriege keine ...«

»Oh, 'tschuldige.« Der Druide ließ ihn los, schob ihn an den Schultern auf Abstand und grinste breit. »Bei den alten Göttern! Ich dachte, du bist tot!«

»Enttäusche dich nur ungern.«

Onchu warf den Kopf zurück und lachte dröhnend. Die Krieger wirkten weiterhin angespannt, aber nun richtete sich die Feindseligkeit in ihren Augen nicht mehr auf ihn. »Cu«, Onchu beugte sich vor und sah ihm geradewegs in die Augen, »hab gehört, was in Thúr Dúin geschehen ist. Schlimme Sache das. Sehr schlimme Sache.«

»Ich war nicht dort, als die Derwyd kamen. Onchu, ich war nicht dort!«

»Aber du lebst.«

»Hast du etwas von Rònan …«

»Nein.« Der Druide schüttelte das zottlige Haupt. »Das Dorf ist völlig zerstört worden.«

Die Worte bohrten sich wie brennende Dornen in Cuchulains Herz. Er verschloss sich ihnen. Das Thing war jetzt alles, was zählte. »Wir werden sie rächen!« Onchu ließ ihn los und stieß wildes Kriegsgeheul aus. »Wir werden sie alle vernichten! Aber zuerst«, der Druide legte ihm eine Hand auf den Arm, »werden wir die Stämme vereinen.«

Cuchulain straffte sich. »Silberhand ist hier?«

Onchu nickte bedeutungsschwer. »Er weiß, was zu tun ist. Dein Vater hat an ihn geglaubt. Du auch?«

»Deshalb bin ich hier. Ich will beim Thing sprechen.«

»Auf keinen Fall!« Sionn der Hund trat vor. Er war der Hüter eines Dorfes im Norden von Tirnanog. Wo Onchu groß und breit war, war der Mann dürr und schmächtig mit grauem, verfilztem Haar und ausgezehrtem Gesicht. Aber den Gerüchten nach gab es keinen anderen Druiden, der die Verwandlung in einen Hund so gut beherrschte wie er.

»Maul halten, Köter!«, blaffte Onchu und führte Cuchulain herum. »Cu wird für Túr Dúin sprechen!«

»Der Verräter bringt die Lichttrinker hierher! Er wird nicht …«

»Maul halten, hab ich gesagt! Und damit das klar ist.« Onchu funkelte die umstehenden Krieger an. »Cu steht unter meinem Schutz.«

Cuchulain klopfte ihm auf den Arm. »Schon gut, Onchu.« Dann wandte er sich den anderen zu und blickte sie nacheinander an. »Ich habe mit den Geistern gesprochen.«

Die Krieger hielten den Atem an.

»Sie sprachen von den Paladinen und von *Lia Fáil.* Der wahre König von Tirnanog wird sich offenbaren.«

»Lügner!«, bellte Sionn. »Die Geister sprechen schon lange nicht mehr!«

»Ich war nicht allein.« Cuchulain senkte seine Stimme. »Myrddin war bei mir.«

Der Name verursachte eine Veränderung in den Gesichtern der Krieger. Auf einmal wirkten sie weniger grimmig und zurückhaltend, sondern … erwartungsvoll? Ob sie die Wahrheit um ihn wussten? *Ich kenne sie ja nicht einmal selbst.*

Auffordernd blickte er Onchu an. »Ist Myrddin hier?«

Der Druide verzog überrascht das Gesicht. »Er wurde schon lange nicht mehr in Mag Mell gesehen. Ist er denn nicht mit dir hierhergekommen?«

»Wir wurden getrennt. Hör zu. Ich glaube, dass er …«

Ein helles *Klick* ertönte, als jemand neben ihn trat und einen Gehstock schwungvoll vor sich abstellte. »Onchu der Schwarzbär, Hüter von Mag Mell«, sagte der Edelmann höflich. »Ich bin José de la Fuego, der Generalkapitän der Armada von Méridor, und komme in friedlicher Absicht.«

»Friedlicher Absicht?« Onchu lächelte böse. »Das sehe ich, Méridorer.«

»Ich begebe mich in deinen Gewahrsam, wenn du mir nicht glaubst.«

»Und weshalb solltest du das tun?« Der Bär verschränkte die Arme vor der fassförmigen Brust.

»Um am Thing teilzunehmen.«

Der Druide musterte José eine gefühlte Ewigkeit. Fast erwartete Cuchulain, dass er ihn wie Papier in der Luft zerriss. Überraschenderweise trat er zur Seite und nickte zu den Steinkreisen hinauf. »Silberhand erwartet dich bereits.«

»Was?«, rief Sionn. »Er ist der Feind! Niemals …«

»Silberhand hat gesprochen!«, brüllte Onchu und wirbelte herum. Er packte den schmächtigen Mann an der Kehle und hob ihn hoch, sodass er mit den Füßen über dem Boden schlackerte. »Willst du das mit ihm ausdiskutieren?«

Sionn keuchte und strampelte. »Nein … Ich …«

»Gut!« Onchu ließ ihn los und knurrte dann die restlichen Umstehenden an. »Das Thing ist heilig! Erst reden wir.« Nun blickte er die Méridorer an. »Dann werden wir entscheiden, was die Geister für uns vorgesehen haben.«

*

Artio fragte sich, was der Generalkapitän für Mag Mell vorgesehen hatte, als sie zum Tor marschierte. In ihrer Nase hing der Geruch nach Blut und Eisen und sie spürte die Verachtung der Krieger, wie diese sie musterten und abschätzten. Aber als sie Cernunnos entdeckten, senkten sie demütig das Haupt.

»Waldgott«, raunten sie.

»Ein Waldgott ist gekommen.«

»Warum ist er hier?«

»Die Geister sind mit uns!«

Artio hörte nicht weiter zu. Ihre Stiefel polterten auf der Brücke, die zum Tor führte, und der Fluss unter ihr gurgelte nach dem herbstlichen Regen. Dann ging es eine leichte Steigung empor, während die Mauer über ihr aufragte. Hoch, steil, dunkel und solide sah sie aus. Eine so bedrohliche Mauer, wie Artio sie selten zuvor gesehen hatte. Vermutlich war sie schon hier gewesen, bevor Mag Mell errichtet worden war.

Oben an den Schießscharten konnte sie keine Männer entdecken, aber sie ging davon aus, dass dort trotzdem welche waren. Sie schluckte und die Spucke rann ihr zähflüssig durch die Kehle. Die Torflügel standen einladend weit offen und erlaubten einen Blick auf die Stadt – einem Durcheinander aus Schilf, Rohr, Stein und Stroh. Häuser, die sich dicht aneinanderdrängten, als wären sie gerade dort hochgezogen worden, wo es ihren Erbauern in den Sinn gekommen war. Schlammige Gassen zweigten von der Hauptstraße ab, die als einzige mit Schotter und Kies bedeckt war und sich durch die gesamte Stadt den Hügel hinaufwand, auf dem das Thing stattfinden sollte.

Als sie eintrat, standen Tausende Gestalten wie zu einer heiligen Prozession am Wegesrand. Menschen jedes Standes und Alters waren in angespanntes Schweigen verfallen und beobachteten die

Méridorer, die den Hügel hinaufgingen. Nun richteten sich die Blicke auf Artio und Cernunnos.

Als sie losging, spürte Artio eine tiefe Wärme in sich.

Es war ihr Schicksal, hier zu sein.

*

Das sollte also Wagrims Schicksal sein? An der Seite von fremden Menschen in einem fremden Land gegen einen fremden Feind kämpfen – wobei er noch nicht einmal sicher war, welcher Feind das überhaupt sein sollte – und dabei auch noch möglichst stolz aussehen? Wenn ihn seine alten Getreuen nun sehen könnten, würden sie sich vor Gelächter am Boden kringeln.

Er schob die Vorstellung beiseite und stapfte durch das provisorische Lager, das allmählich hochgezogen wurde. Dabei behielt er Tirnanogs Krieger im Blick, die sich vor den Stadtmauern versammelt hatten. Sie wirkten kampfbereit, aber nicht so, als wollten sie im nächsten Augenblick angreifen. Eher machten sie den Eindruck von in die Enge getriebene Schafe mit Reißzähnen. Aber wenn er einmal ehrlich zu sich selbst war, würde er auch darauf warten, bis sich dieser heruntergekommene und ach so stolze Haufen selbst das Licht ausblies.

Die Männer murrten und fluchten, während sie Zelte hochzogen, Wagen entluden, Fässer schleppten und im Dreck herumrutschten. Einige wollten ein Lagerfeuer entzünden und hatten ihre Waffen abgelegt, als Morrigan wie ein Geist an ihnen vorbeischwebte und sie schnell die Köpfe einzogen. Als sie nun Wagrim und Cino entdeckten, traten sie die Flammen aus und taten so, als wären sie mit wichtigen Dingen beschäftigt.

»Im Hochland erzählt man sich Geschichten«, sagte Wagrim und hielt auf das Ende der Männerkolonne zu, die sich allmählich auflöste.

»Ah, ich liebe Märchen!«, sagte Cino. »Wovon handeln sie?«

»Vom mächtigsten Reich im Weltenrund. Ein Reich, bei dessen Anblick jeder Krieger erzittert. Ein Reich, vor dem man entweder das Haupt neigt oder es abgeschlagen bekommt.«

»Und was ist die Moral dieser Geschichte?«

»Wenn ich Knes von Kor Anklam wäre, würde ich eine Hundertschaft meiner besten Männer nehmen und das Heer in diesem Tal einkesseln.« Er zeigte zur Stadt. »Hier würde ich nur einen Bruchteil meiner Gefolgsleute sammeln. Hier«, er zeigte zum Waldrand, »würde ich den Hauptangriff führen. Schon häufig habe ich erlebt, wie eine Unterzahl aufgrund des gewählten Schlachtfeldes eine wesentlich größere Armee besiegt hat.«

»Wir stecken fest wie ein Stück Kacke zwischen zwei Arschbacken, Amigo.«

Er nickte Morrigan knapp zu, die sich zu ihnen gesellte, und sah den Stabsoffizier finster an. »Wir sind eingekesselt. Wenn wir von beiden Seiten angegriffen werden, dann war's das mit uns.«

Cino schlug sich mit der Faust in die Hand. »Platt wie eine Flunder!«

»Du stehst José nahe, deshalb sag mir: Will er sein Heer opfern?«

»Das Heer ist ihm völlig egal«, erwiderte Morrigan leise.

Wagrim runzelte die Stirn. »Ist das wahr?«

Cino zuckte mit den Schultern. »Kann sein.«

»Was, beim Schlächter, tun wir dann hier?«

»Nichts.«

»Versteh ich nicht.«

Cino versuchte einen Arm um seine Schulter zu legen, bemerkte aber, dass er zu klein war. Also begnügte er sich damit, Wagrims Unterarm zu tätscheln. »Zerbrich dir darüber nicht den Kopf. Der Krieg, die Armada, all das ist ihm völlig egal. Es geht um etwas ganz anderes. Etwas viel, viel Größeres.«

»Und worum geht es ihm?«

*

Hierum ging es. Um das Thing an der Spitze des Hügels, wo Dutzende Steine zu Kreisen angeordnet waren. Cuchulain hatte keine Ahnung, welchem Zweck sie dienten, aber als er in ihre Schatten trat, wusste er, dass sie etwas Besonderes umgab. Seine Nackenhärchen richteten sich auf, die Spucke steckte in seiner ausgedörrten Kehle fest und seine Knie waren ganz weich. Selbst dem Priester fiel auf, dass den Steinkreisen etwas Seltsames anhaftete, denn er blickte sich mit gerümpfter Nase um, als hätte ihm jemand ins Gesicht geschissen.

»Dieser Ort ist uralt«, sagte José neben ihm.

Cuchulain sparte sich die Worte. Er tauchte aus dem Schatten der Steine ins Zentrum des Heiligtums, einer zwanzig Schritt breiten grasbewachsenen Fläche, die um einen großen Menhir angeordnet war. Die Geräusche der Stadt, der Soldaten vor den Mauern, selbst der Wind waren hier nicht zu hören, als existierten sie an einem Ort fernab von der Welt, die sie bislang gekannt hatten.

Zwei Dutzend Männer und Frauen erwarteten sie. Die Frauen hatten Bänder und Kristallsplitter in den Haaren, ihre Augen waren dunkel umrandet und ihre Lederpanzer wirkten kampfbereit. Die Männer waren von hohem Alter, dennoch lag kalter Stahl in ihren Augen. Die Thans der Stämme von Tirnanog.

Ein wahrer Krieger stand vor dem Menhir und wandte sich langsam den Neuankömmlingen zu. Das grimmige, bärtige Gesicht war von einem lockigen Haarschopf gekrönt, über den breiten Schultern lag ein grauer Pelz. Er war groß, Berge von zernarbten Muskeln wölbten sich über seinem mächtigen, nackten Brustkorb, und die linke Körperhälfte war mit blauen Schriftzeichen tätowiert, so dicht an dicht, dass sie vor Cuchulains Augen verschwammen. Ein blau bemalter Riese, schlachterprobt und erhaben zugleich. Gab es Zweifel daran, wer er war, so war sein gesamter rechter Arm in genietetes, gehämmertes, silbernes Metall gehüllt, von den Fingerspitzen über den Arm bis zur Schulter.

Dort stand der Anführer der Rebellion. Der Mann, in dessen Namen Candaloz überfallen worden war. Der Mann, der einen Krieg heraufbeschworen hatte. Der Mann, der der Grund für all das war.

Silberhand.

*

»Silberhand ist dort«, flötete Cernunnos.

»Bist du sicher?«, fragte Artio.

»Bin ich, bin ich! Wir haben es fast geschafft. Endlich können wir die Welt verändern.«

»Das werden wir.« Mit jedem Schritt näherte sie sich ihrem Ziel. Mit jedem Schritt spürte sie die Erschöpfung der Reise wie ein tonnenschweres Gewicht auf ihren Schultern. Mit jedem Schritt kam sie mehr zu dem Ergebnis, dass nichts so war, wie sie geglaubt hatte. Damit kehrten auch die Erinnerungen zurück. Inzwischen wusste Artio, dass sie sich ihnen stellen müsste. Sie hatte getötet und ihren Schwur gebrochen. Nun war sie keine Paladin mehr.

Das Schwert in ihrer Hand summte. Es wusste, dass der Moment gekommen war.

Es war Zeit, das Abenteuer zu beenden.

*

Das Abenteuer neigte sich dem Ende zu, als Cuchulain das Thing betrat und die vorwurfsvollen Blicke der Thans ertrug. Einige wirkten verwundert, andere waren freundlich gesinnt, aber die meisten ungehalten.

»Seid willkommen beim Thing von Tirnanog«, sagte der große Krieger mit voller, tiefer Stimme, als zerkaute er Kieselsteine. »Man nennt mich Silberhand. Ein Name als Erinnerung an den Träger des Lichtschwertes *claiomh solai*, dem Nachfahren des letzten Königs von Tirnanog.« Er machte eine gewichtige Pause. »Ich wurde dazu ernannt, für den Verbund der Unterdrückten, der Ausgebeuteten und Unterworfenen zu sprechen.«

José neigte den Kopf. »Wir fühlen uns geehrt, Silberhand. Habt Dank, dass ihr mich empfangt. Wir respektieren das Thing und sind deshalb unbewaffnet.«

Silberhand winkte sie näher. »Ihr werdet geduldet. Wisset jedoch, dass ihr keine Stimme habt. Nur ein Kind der Wälder und Auserwählter eines Stammes darf sprechen.«

José lächelte. »Oh, jemand anderes wird für mich sprechen.«

Silberhand stutzte. »Wer?«

José wies auf Cuchulain. »Er.«

Raunen und Gemurmel. Onchu klappte der Mund auf. Ein Than stand auf. Ein anderer schwenkte die Faust. Unruhe kam auf, bis Silberhand beschwichtigend die Hände hob und die Menge übertönte. »Das Thing ist heilig!«, rief er. »Beruhigt euch! *Beruhigt euch!*« Die Stimmen erstarben, aber die Thans waren weiterhin aufgebracht.

»Cuchulain!« Silberhand richtete seinen grimmigen Blick auf ihn. »Spricht er wahr?«

Cuchulain straffte sich. Dies war der Moment, den er gefürchtet hatte. Jetzt gab es kein Zurück mehr. »Das tut er. Ich spreche nicht nur für *Túr Dúin*, sondern auch für Méridor.«

»So sei es! Wir werden nun …«

José räusperte sich. Alle Blicke richteten sich auf ihn. »Verzeiht die Unterbrechung, aber wir sind noch nicht vollzählig.«

»Erwartet Ihr noch jemanden?«

»Ja.«

Es begann mit einer Veränderung in der Luft. Sie wirkte auf einmal schwer und uralt, als hätte sich eine tiefe Gruft unter ihnen geöffnet. Der Boden vibrierte leicht und schwere Schritte erklangen hinter ihnen.

Aus dem Schatten der Steine trat eine Frau hervor, wie eine verwundete, schlachterprobte Bärin, die sich ihren Weg hierher erkämpft hatte. Zuerst sah man ihr Gesicht, übersät mit Kratzern, Wunden und Schlamm. Danach das schimmernde Schwert in ihrer verkrampften Hand, das mit der Spitze auf dem Boden schleifte und eine tiefe Furche in der Erde hinterließ, als wäre es tonnenschwer.

»Artio?«, fragte Cuchulain.

Rasselnd schob sie sich an ihm vorbei und blieb in der Kreismitte stehen. Sie straffte sich und schaute die Anwesenden nacheinander an, wobei sie offenbar Mühe hatte, das Schwert zu heben.

Allerdings war sie nicht der einzige Neuankömmling, der sich zu ihrer kleinen Zusammenkunft gesellen wollte. Wieder vibrierte der Boden, bevor ein Rankenwust daraus hervorbrach, sich umeinanderwickelte und sich zu Cernunnos' menschlicher Gestalt verästelte.

Ein Than nach dem anderen glitt von seinem Stein und senkte demütig das Haupt. Cuchulain blieb als Einziger sitzen.

»Mein Name ist Artio!« Sie drehte sich langsam im Kreis. »Ich bin hier, um einen Krieg zu verhindern. Denn die Gefahr, die sich dort draußen auf uns zubewegt, ist größer als alles, was ihr jemals erlebt habt.« Artio hob das Schwert und es erzeugte ein hohes, widerhallendes Summen. »Also reden wir!«

Silberhand

A rtio blinzelte in die Sonne. Einen Moment versuchte sie an nichts anderes zu denken als an das Thing. Sie hatte gelitten und alles verloren, was ihr wichtig gewesen war. Ihren Glauben. Aber sie hatte es rechtzeitig geschafft.

Jetzt würde alles gut werden.

Zu ihrer Überraschung war ein méridorischer Don anwesend. Der goldene Stock, den er elegant vor sich hielt, schimmerte im aufkommenden Tageslicht wie ein Relikt des Palindroms. Sie wusste sofort, wer er war. Seit der Ernennung des neuen Königs gab es niemanden, der ihn nicht kannte. Viel mehr war Artio allerdings vom Priester vereinnahmt. Ihr Ziehvater verharrte still und starr wie eine Statue am Rand des Steinkreises und musterte sie wie damals in der Kathedrale von Candaloz, als sie vor ihm gekniet und das reine Licht sie umfangen hatte, um ihr die Absolution für ihre Taten zu erteilen. Es war ein Blick, der bis in ihre Seele reichte, als bliebe ihm keine Sünde verborgen. Verdrängte Taten in ihren Erinnerungen. Taten, die sie verleugnet hatte.

Nach Artios Eröffnung herrschte für einen Moment Schweigen. Dann stellte der Priester die Frage, die sie gefürchtet hatte: »Wo ist Hochpaladin Rafael?«

Die Hand am Heft war taub, so fest umklammerte sie das Schwert. Es gab ihr Kraft. Es ließ sie durchhalten. »Tot.«

»Wie?«

»Er wurde ermordet.«

Seine Stimme wurde eine Spur kälter. »Von wem?«

Sie atmete tief durch. »Mir.«

»Du hast einen Auserwählten des Palindroms ermordet?«, schnarrte der Priester wie eine Peitsche, die langsam aufgerollt wurde.

»Ich tat, was ich für richtig hielt. Außerdem ...«

»Was du für richtig hieltst?«, rief er.

»Es ist weder der Ort noch die Zeit dafür, meine Taten zu erklären.« Sie hob das Lichtschwert, das auf einmal so schwer war, dass sie es kaum noch tragen konnte. »Ich wollte den Thingfrieden nicht brechen, indem ich eine Waffe hierherbringe. Doch dies ist keine gewöhnliche. Dies ist *claiomh solais*.«

Raunen.

»Das Lichtschwert des Dagda. Einer seiner Schätze, von dem die Legende der Túatha dé Danann berichtet, dass der Gott Dagda es aus dem Herzen einer sterbenden Welt schmiedete.« Sie drehte sich im Kreis, während ihr Dutzende erstaunte Blicke folgten. »Ich zog es aus dem Stamm einer Dryade. In ihr hatte sich ein *Fäulnisherz* ausgebreitet, das ein ganzes Dorf zerstört hat. Ein Fäulnisherz, das den Boden unserer Heimat mit Bosheit tränkt. Der Name der Dryade war ...«

»Danu«, sagte José.

Die Anwesenden holten scharf Luft.

»Ist das wahr?«, fragte der Druide, der aussah wie ein Bär.

José neigte leicht den Kopf. »Das ist es.«

Verwundert wandte sie sich ihm zu. »Ihr wusstet es?«

Er wirkte wie die Ruhe selbst, als er sie anschaute. »Deshalb bist du hier.«

»Worauf wollt Ihr hinaus?«

»Die Kirche hat dich nicht grundlos nach Tirnanog entsendet. Es geschah auf meine Bitte hin.«

Das verschlug ihr glatt die Sprache.

»Die geheime Mission, auf die Generalkapitän Julliau dich schickte, war ebenfalls von mir erdacht. Ich fürchte, ich bin für alles verantwortlich, was dir widerfahren ist.«

Plötzlich erwachte etwas in ihr. Wie ein Ungeheuer reckte sich ein tief vergrabener Zorn in ihr. Sie hatte schon zwei Schritte auf ihn zu gemacht, als ein junger Druide dazwischentrat. Er trug Leinenhemd und Hose und wirkte geschwächt, aber zweifellos war er Cuchulain.

»*Chan eil!*«, sagte er. »Nein!«

»Tritt zur Seite!«

Das Lichtschwert vibrierte; es stieß ein hohes, widerhallendes Summen aus und knisterte vor Energie. Als das Tageslicht sich auf dem schimmernden Weiß brach und hell wie die Sonne schien, wusste Artio nun, warum sie es hierhergebracht hatte.

*

Die Sonne schien. Aber wenn Wagrim ehrlich war, dann hatte er bei Tageslicht genauso viele Menschen sterben sehen wie im Regen. Und so, wie sich alles entwickelte, würden an diesem Tag noch viele Menschen sterben.

Aus der Ferne, noch hinter dem Wald, erklang ein geistloses, klagendes Geheul. Ein wilder, primitiver Laut, der ihn mit Eiseskälte durchfuhr. Das waren nicht die Rufe von Menschen.

Sondern von Bestien.

Wagrim schob sich an den drängelnden Männern vorbei, die ihre Hälse reckten und den Hang zum Waldsaum hinaufblickten. Schon vor einer Weile hatte er den Geruch wahrgenommen, aber sich nichts dabei gedacht hatte. Nun hing der süßlich-bittere Verwesungsgestank wie ein ausgeklopfter Teppich über dem gesamten Tal.

Nicolás eilte zu ihm. »Stabsoffizier! Unsere Späher sind nicht zurückgekehrt.«

Wagrim blinzelte zu den Bäumen und glaubte, darin Bewegung auszumachen. Wie huschende Schatten.

»Stabsoffizier, was sollen wir …?«

Er hob die Hand, schloss die Augen und lauschte. So verharrte er drei Atemzüge. »Cino?«, murmelte er.

»Anwesend!«, rief der Glücksritter zackig.

Wagrim öffnete die Augen. »Die Männer sollen sich bereithalten.«

»Also werden wir doch noch ein paar Ärsche von den Wilden aufreißen?«

»Nein.«

»Sondern?«

»Morrigan?«

Die geheimnisvolle Frau schloss zu ihm auf. Sie war blasser als sonst. »Sie sind hier.«

»*Wer* ist hier?«, fragte Cino eine Spur unsicherer.

Wagrim stapfte er zum Lager zurück. »Macht euch bereit!«

Cino holte zu ihm auf. »Bei den Nüssen des Palindroms, wofür?«
Der Berserker regte sich, denn er spürte, dass seine Zeit nahte.
»Die Schlacht.«

*

»Wir müssen eine Schlacht um jeden Preis verhindern!«, sagte
Cuchulain und blickte zu Silberhand, der reglos dastand. »Während
wir reden, breitet sich die Fäulnis in unseren Wäldern immer weiter
aus. Die Druiden der Dämmerung kämpfen längst nicht mehr für
ihre Freiheit. Sie sind *Teil* der Fäulnis.«

Er ging auf den Menhir zu. Ein scheinbar unbedeutender Stein,
der mit Symbolen und Schriftzeichen übersät war – dünne und dicke
Linien, Knoten, Bögen, tiefe Einritzungen, viele, viele mehr aus uralter Zeit. »Diese Bedrohung ist größer als alles, was wir bisher erlebt
haben. Und sie kommt hierher.«

Die Thans steckten flüsternd die Köpfe zusammen.

»Er hat recht«, sagte Artio. »Deshalb müssen wir uns unter einem
Banner sammeln. Wir alle!«

»So einfach ist das nicht«, erwiderte ein älterer Than mit einem
Bart, der ihm bis zum Bauchnabel reichte. »Wir können nicht so tun,
als gäbe es kein Blut zwischen unseren Völkern.«

»Ihr hört nicht zu!« Sie blickte die Anwesenden nacheinander an.
»Längst geht es nicht mehr um Méridor oder Tirnanog. Es geht um
unser aller Überleben!«

Silberhand trat einen Schritt vor. Cuchulain war immer noch verwundert, dass dies der Mann sein sollte, der all diese Veränderungen
in Gang gesetzt hatte. Zweifelsohne wirkte er wie ein wahrer Krieger.
Aber zugleich war er so *gewöhnlich*. »Du trägst einen sehr alten Namen, Artio. Wer bist du?«

*

»Wer ich bin?«, fragte Artio. »Ich bin … Ich *war* eine Paladin
Méridors.« Kurz hielt sie inne und reckte ihr Gesicht ins warme Morgenlicht, während sie alles durchlebte, was ihr in den vergangenen

Wochen widerfahren war. »Doch mein Herz schlägt für Tirnanog. Ich will meine Heimat retten. Ich will uns alle retten. Das ist alles, was ich begehre.«

»Ich kenne dich.« Der Sprecher war ein fettleibiger Druide in schwarzem Pelz. Er stand auf und näherte sich ihr langsam. Während er sie umrundete, schnupperte er wie ein Bär an ihr. Er packte ihre Hand, drehte sie und drückte seine Nase daran, als hätte er eine Fährte aufgenommen. »Hy na Beatha.«

»Woher wisst Ihr …?«

Er schüttelte bedauernd das wirre Haupt. »Eine traurige Geschichte. Ich habe die Ruinen gesehen.«

»Das ist lange her. Mein Dorf wurde von einem Derwyd überfallen.«

»Nein.« Sanft drückte er ihre Hand. »Kein Derwyd.«

Sie erstarrte. »Was wollt Ihr damit andeuten?«

»Druide zu sein ist eine Bürde. Nicht nur für uns, sondern auch für alle, die dir nahestehen. Es tut mir leid.«

»Ich bin keine …«

»Doch, das bist du!«, rief José und trat näher. Er lächelte wie ein Fischer, dem der größte Fang ins Netz gegangen war. »Du bist die Letzte der Hy na Beatha, eines Stammes, der an einem einzigen Tag ausgelöscht wurde. Durch deine Hand.«

Das Schwert rutschte aus ihrer Hand und klapperte zu Boden.

»Erinnere dich daran, wer du bist! Erinnere dich, was du beim Erwachen deiner Gabe getan hast!«

»Tomás …« Das Wort war bloß ein geisterhaftes Krächzen in ihrer Kehle.

Der Priester regte sich nicht. »Du warst schon verloren, als ich dich fand.«

Artio stolperte zurück. Auf einmal hatte sie keine Kraft mehr und sackte auf die Knie. Sie krallte die Finger in die Erde, während ihr ganzer Körper erzitterte. Tränen brannten in ihren Augen.

Ein Stock bohrte sich vor ihr in den Boden. Sie sah auf. José stand über ihr und sah auf sie herab. »Damals bist du erwacht.«

»Nein …« Aber ihr Nein war so unbedeutend wie ihr Wunsch, jemals etwas anderes zu sein als eine Mörderin.

»Damals wusstest du nicht, was du tust.«

»Bitte …« Salzige Perlen rannen über ihre Wangen. Sie wollte sich den Erinnerungen verschließen, doch sie konnte es nicht. Bilder durchströmten unaufhaltsam ihren Geist. Sie sah sich selbst, wie sie vor der Esche ihres Dorfes saß und der Opferung beiwohnte, um die Gunst der Götter zu erlangen. Wie der Tierkadaver auf dem Altar lag, das Blut die Steine hinabrann und sich darunter zu Pfützen sammelte. Wie der letzte Lebensfunke des sterbenden Tieres in Artio Zuflucht suchte.

Dann war etwas in ihr erwacht.

Artio sah, wie sie ihre Brüder in einem wahnsinnigen Wutanfall zerfetzte, ihrem Vater die Kehle durchbiss und ihrer Mutter die Eingeweide herausriss. Wie sie im Dorf gewütet und solch einen Zorn verspürt hatte, den sie nicht hatte bändigen können. Bis die Paladine sie gefunden hatten.

Artio riss sich die Fingernägel blutig. Der Schmerz war besser, als diese tiefe Schuld zu verspüren. So konnte sie wenigstens die Leere in sich füllen.

»Ich war nie eine Paladin?«, hauchte sie.

»Die Streiter des Palindroms sind keine *Paladine*.« José ging vor ihr auf ein Knie und stützte sich dabei auf den Stock. »In dir lebt seit diesem Tag ein Funke. Er existiert nun schon so lange dort aus Furcht vor dem Tod, dass er zu einem Teil von dir wurde. Du bist die Druidin. Du bist eine *wahre Paladin* und wirst dabei helfen, den kommenden Sturm aufzuhalten.«

»Die Fäulnis.«

»Unter anderem. Nun musst du die richtigen Worte finden.«

»Worte?«

»Für das Ideal.«

Sie versuchte diesen rätselhaften Mann aus einem anderen Blickwinkel zu betrachten. Er wusste mehr, als er preisgeben wollte, und offenbar hatte er all das von langer Hand geplant. »Wer seid Ihr wirklich?«

José stand auf und ging an ihr vorbei. »Es ist Zeit.«

»Seid Ihr sicher?«, fragte Silberhand.

»Ja, das bin ich.«

Zur Verwunderung aller ging der Hüne auf ein Knie und senkte das Haupt. Gemurmel kam auf. Der fettleibige Druide rief etwas, das im darauffolgenden Lärm unterging, als alle anderen aufsprangen.

»Was tust du da?«, schrie ein schmächtiger, zottliger Mann.

»Ich beuge das Knie«, sagte Silberhand.

»Vor wem?«

Der Hüne blickte zu José. »Vor ihm.«

»Aber warum? Du bist Silberhand! Wir haben dir vertraut!«

»Ich weiß. Das war damals.«

»Das war damals?«, echote der Bär, der ungläubig den Mund aufsperrte. »Was ist mit der *Narbe*? Mit dem Blut, das wir vergossen haben? Mit den Männern, die hierfür starben? Mit Cormag und seinen Gefolgsleuten?«

»Du hast uns Freiheit versprochen!«, brüllte ein anderer Than und schwenkte die Faust. »Freiheit für Tirnanog unter deinem Banner!«

Artio hatte noch nie einen Mann so unbeteiligt dreinschauen sehen wie jetzt Silberhand. »Ich weiß, was ich getan und gesagt habe. Aber ich treffe nicht die Entscheidungen.«

Der Bär riss die Hand hoch, um Schweigen zu gebieten. »Und wer trifft die Entscheidungen?«

*

»*Er*«, sagte Cuchulain und wandte sich José zu, der wie eine Spinne im Netz hockte. Das große Puzzle setzte sich in seinem Kopf zusammen und das letzte Teil fand seinen Platz. »Du bist Silberhand.«

»Ah, ihr müsst mir diese kleine Täuschung verzeihen.« José klang ruhig und beherrscht, als hätte er mit keinem anderen Ausgang gerechnet. Mit großen Schritten ging er auf den Mann zu, der immer noch mit gesenktem Haupt im Kreis kniete, und schickte ihn mit einem Wink davon. Als wäre Silberhand bloß ein Diener. José stellte den Stock vor sich ab und lächelte feierlich in die Runde. »Sie war notwendig, um das Kommende vorzubereiten. Die wahren Paladine müssen …«

»Du elender Lügner!«, brüllte Cuchulain und riss den Kristall aus seinem Beutel. Er reckte die Faust und presste sie so fest zusammen, dass sich die Kanten in sein Fleisch bohrten. »Mein Vater hat dir vertraut!«

»Cormag wusste, worauf er sich einlässt.«

»Wie?« Die Frage kam von dem älteren Than, der einen Stock brauchte, um stehen zu können. »Wir haben Silberhand in unseren Hallen empfangen. Wir haben seinen Worten gelauscht und an ihn geglaubt.«

»Der Schlüssel zu diesem Unterfangen war Glaube. Ich brauchte etwas Beständiges. Etwas, das die Tradition bewahrt und den Hass schürt.« José machte eine weit ausholende Bewegung. »Ein Symbol, das für Freiheit und Kampf gegen Unterdrückung steht. Silberhand.«

»Aber wie ist dir das gelungen?«

»Erinnere dich an meine Worte, Than Baewyn. Wir alle …«

»… sind Silberhand.« Baewyn wirkte völlig vor den Kopf gestoßen. »Dieser Mann war bloß ein Handlanger?«

José machte eine nachlässige Geste zu dem silberarmigen Hünen. »Ihr habt das in ihm gesehen, was ihr sehen wolltet. Ohne ihn wären wir heute nicht hier.« Seine Stimme nahm einen dunklen Klang an. »Wir können die Fäulnis nur gemeinsam aufhalten. Mit einem weiteren Symbol der Einheit.«

Daraufhin herrschte Schweigen und jeder dachte offenbar über die Bedeutung der Worte nach. Cuchulains Gedanken rasten. José hatte Cormag angestiftet. Alles war erlogen. Der Krieg war unter falschen Voraussetzungen ausgebrochen. Menschen waren grundlos gestorben. Was wollte José? Was wusste Myrddin von alldem?

Es summte leise. Er hörte es, seit Artio das Thing betreten hatte. Nun wurde es lauter, als *riefe* es nach ihm. Aber es kam nicht von ihr. Sondern von dem Schwert.

Die Anwesenden redeten durcheinander. Einer wollte das Thing verlassen, aber der falsche Silberhand versperrte ihm den Weg. Noch war niemand handgreiflich geworden, doch das war nur eine Frage der Zeit.

José hat alles geplant. Der Mann beobachtete Cuchulain, als wartete er auf etwas.

Das Summen wurde schmerzhaft laut. Cuchulain hörte es jetzt ganz deutlich.

Stimmen.

Fernes Donnern.

Eine Erinnerung durchzuckte seinen Geist. Die Worte in dem uralten Wälzer. Der Bronzestich. Die Abschriften aus vergessenen Tagen. Ein Mann, dem Myrddin beratend zur Seite gestanden hatte. Ein König, der einst über Tirnanog geherrscht hatte, als es noch einen anderen Namen getragen hatte. Ein zerfallenes Reich.

Ein Zustand der Klarheit breitete sich in Cuchulain aus, wie der Winter, der die Täler Tirnanogs mit einer feinen Frostschicht überzog. Der Menhir in der Mitte des Heiligtums war der Stein des Schicksals. *Lia Fáil.* Doch nicht er würde den wahren König von Tirnanog verkünden. Sondern ein Schwert.

Dieses Schwert.

*

Wagrim hielt seine Rechte auf dem Griff des Schwertes, während sich eine seltsame Ruhe über dem Tal, über den Männern, die dort lagerten, und den Stadtmauern ausbreitete. Die Art von Ruhe, wie sie manchmal vor einer Schlacht in der Luft lag, wenn beide Seiten wissen, was ihnen bevorstand. Dieselbe Ruhe, die Wagrim in Kor Anklam verspürt hatte, bevor er rachelüstern auf den Mörder seiner Eltern losgegangen war. Bevor der Berserker in ihm erwacht war. Bevor er seinem Sohn voller Stolz auf die Schulter geklopft hatte. Bevor sein Name zu einem Fluch geworden war. Vor langer Zeit, als die Dinge noch einfacher gewesen waren.

Die Soldaten gehorchten seinen Befehlen und hielten sich kampfbereit. Nun waren sie zu langen Reihen ausgerichtet. Die Speerträger in der ersten, dahinter die Rapierträger und im Anschluss die Bogenschützen. Ganz in der Nähe verharrten die Paladine, ein Dutzend hoher, gerüsteter Gestalten, deren weiße Rüstungen von leuchtendem Nebel umgeben war. Einige hielten goldene Waffen in den Händen, um die sich das Licht kräuselte. Diese Waffen waren so wuchtig und groß, dass er sich fragte, wie diese Menschen sie überhaupt halten konnten. Er war gespannt, sie in der Schlacht zu erleben.

Die Soldaten scharrten mit den Füßen im Dreck, stützten sich auf ihre Speere, tuschelten und flüsterten miteinander und wussten offenbar noch nicht, was ihnen bevorstand. Morrigan war nicht weit von Wagrim entfernt; sie hielt sich in den hinteren Reihen, um von dort aus anzugreifen. Die Kristalle an ihrem Handschuh und der Kette um ihren Hals leuchteten wie winzige, bunte Sonnen. Cino stand lässig neben ihm und nuckelte an seiner Flasche, als fürchtete er, später nicht mehr dazu zu kommen. Vielleicht war er ein Säufer, aber er stand an vorderster Front.

»Wenn José scheitert«, sagte Wagrim. »Was geschieht dann mit uns?«

»Wir sterben, Amigo.«

»Dann sollten wir lieber zu deinem Gott beten, dass es nicht so weit kommt.«

Cino machte eine wegwerfende Geste. »War nie ein sonderlich gläubiger Mensch. José behauptet, er hätte den Krüppel getroffen und wäre nicht sonderlich beeindruckt.«

»Krüppel?«

»Lange Geschichte.«

»Vertraust du ihm?«

»Dem Krüppel?«

»José.«

Cino grinste breit. »Ich vertraue nicht einmal meiner Unterhose. Aber José … Sagen wir, er steht zu seinem Wort. Sein Ziel dient dem Zusammenhalt des Weltenrunds. Er will die wahren Paladine finden.« Cino wischte sich den Mund ab, betrachtete traurig die Flasche, als müsste er sich von einer Geliebten trennen, und warf sie schließlich weg. »Aber das ist jetzt wohl egal, wie?«

Der Säufer hatte recht. Es war egal. Und nicht zum ersten Mal fragte Wagrim sich, was, zur Hölle, er hier verloren hatte.

Ein Paladin schritt die Reihen ab und verteilte den Segen des Palindroms an die Soldaten, die ehrfürchtig das Haupt senkten. Die Standarten flatterten und raschelten sanft im Wind. In der Ferne schlug ein Hammer, einmal, zweimal, dreimal. Ein Vogel zwitscherte hoch über ihren Köpfen. Ein Mann flüsterte irgendwo, dann war er still.

Wagrim schloss die Augen und legte den Kopf in den Nacken; die warme Sonne und die kühle Brise kitzelten auf seiner Haut. Um ihn herum war es still, als wäre er ganz allein und es gäbe keine zehntausend Männer in der Nähe. Nicht einmal eine bevorstehende Schlacht. So still, so ruhig, so ausgeglichen. Er musste lächeln. Wäre sein Leben vielleicht so verlaufen, wenn er nicht Rache geschworen hätte, um am Ende seines blutigen Weges nichts in den Händen zu halten?

Für etwa drei Atemzüge war Wagrim ein Mann des Friedens.

Er hörte ein Rascheln und Rasseln und öffnete die Augen. Ein Wesen trat hoch oben aus dem Waldsaum hervor. Es wirkte seltsam falsch. Der Unterkörper war bocksfüßig und behaart, der Oberkörper in Leder gehüllt. Klauen krümmten sich um einen Speer mit Widerhaken. Das Gesicht ähnelte dem eines Menschen, aber die Augen loderten in einem gleißenden Grün und aus der Stirn ragten zwei riesige, gewundene Hörner. Das Wesen war so groß wie ein Mann und bei jedem Atemzug stieg dampfender Atem aus den Nasenschlitzen.

Es rammte den Speer in den Boden, reckte die Faust und stieß ein wildes Geheul aus, das im ganzen Tal hallte.

Bewegung ging durch die Männer und sie reckten die Hälse.

Aus dem Wald drangen Hunderte dieser Wesen wie Ameisen aus einem zerstörten Bau, wimmelten den Hang hinab und hielten mit verdrehten Gliedern, fauchenden Mäulern und krallenden Klauen auf die Armee zu.

Druiden der Dämmerung.

Derwyd.

Nicht alle waren Ziegenmenschen. Es gab auch Werwesen aus Wölfen, Hunden, Bären, Hirschen und anderen Gestalten.

»Beim Palindrom!«, flüsterte jemand.

»Wie viele sind das?«

»Das ist der Feind?«

»Ungeheuer … Ungeheuer!«

»Palindrom, por favor protégenos …«

Wagrim fragte sich, ob er den Männern, die um ihn herumstanden, etwas zurufen sollte. Aber was würde das schon ändern, wenn solche Bestien auf sie zustürmten?

Lass mich raus ...

Er biss die Zähne zusammen und verrammelte die Tür. »Bogen bereit machen!«, brüllte er.

»Bogen!«, wiederholte Cino.

»Pfeile!«, ertönte der raue Schrei eines Hauptmanns von links, und jemand rief dasselbe auf der anderen Seite. Rings um Wagrim knarrten die Bögen, als sie gespannt wurden und die Männer zielten.

Unaufhaltsam drängten die Derwyd weiter voran, mit blitzenden Zähnen, heraushängenden Zungen, leuchtenden Augen, in denen der Hass funkelte, und gewundenen Hörnern und Krallen. Nur noch ein kurzer Moment. Gleich. Gleich war es so weit.

*

Es war so weit. Die Derwyd hatten Mag Mell erreicht. Alles, was sie noch davon trennte, waren die Armada und die Mauern der Stadt.

Cuchulain achtete nicht auf die anderen, die in Panik verfielen. Das Schwert, das mit der Spitze im Gras steckte, zog ihn magisch an. Artio stand daneben und starrte zur nahenden Armee. Cernunnos verbeugte sich und rückte zur Seite. José beobachtete ihn ganz genau.

Schritt um Schritt kam Cuchulain näher. Das Summen *umfing* ihn. Es wollte, dass er das Schwert packte und aus der Erde zog.

Plötzlich stand die Luft unter Spannung wie vor einem niedergehenden Blitz. Ein blaues Licht entstand vor ihm. Es wuchs und entzog der Sonne, dem Himmel, allem auf dem Hügel die Helligkeit; dabei bildete es eine Kuppel, in der zahllose winzige Sternschnuppen umherflitzten, die allmählich die Form einer großen Blume bildeten.

Die Rufe erstarben. Die Anwesenden verfielen in Stille und starrten die Lichtblume gebannt an.

Mit einem Knall entlud sich die Energie und in der Mitte stand ein Mann, dessen Augen von Blitzen beherrscht waren. Dort, wo sich die Finger seiner erhobenen Hand berührten, krümmten sich

Funken. Helle Lichtbänder flossen davon ab, wanden sich in wirbelnden Mustern um sie und lösten sich auf.

Der gewundene Holzstab schimmerte nun golden. »Es ist Zeit«, sagte der Mann.

Er sah aus wie auf dem Kupferstich.

Ein weiser, alter Mann.

Ein Ratgeber.

Ein Zauberer.

»Myrddin«, sagte Cuchulain heiser.

»Cuchulain«, sagte der Zauberer warm.

»Ihr hättet es mir sagen sollen!«

»Ja, das hätte ich. Stets wollte ich dich auf diesen Tag vorbereiten. Doch ich fürchtete, was geschehen könnte, wenn du die Wahrheit erfährst.«

Cuchulain trat einen zögerlichen Schritt näher. Die Schwertklinge schimmerte nun perlmuttfarben, als wäre darin ein Licht gefangen. »Er war mein Vorfahr, nicht wahr?«

Myrddin lächelte milde. »Wann immer ich konnte, habe ich Einfluss genommen.«

»So wie die Druiden, die du gegen die Verheerung geführt hast.«

Er nickte bedauernd. »Ich ahnte nicht, dass sie sich in ihrer Gabe verlieren könnten. Die Fäulnis ist die Konsequenz unserer Taten.«

»Ich trage sein Blut in mir.« Langsam hob Cuchulain die Hände. Eine ballte er um den Kristall. Blut tröpfelte daraus hervor. »Ich trage das Blut der Könige.«

»Artus«, erklang Josés wohltönende Stimme. »So war der Name des letzten Königs. Der Anführer der Paladine der Tafelrunde, die auszogen, um einen Gegenstand von unbändiger Macht zu finden.«

Myrddin seufzte. »Als die Paladine ihr Ziel erlangten, zerfiel das Reich. Dies ist mein Versagen.«

Von überallher erschollen Hörner. Menschen unten in der Stadt schrien, Metall rasselte und klapperte und wurde vom Geheul der nahenden Derwyd übertönt. Cuchulain sah nicht hin. Er war ganz auf den Zauberer konzentriert.

»Wer seid Ihr?«, fragte er leise.

Myrddin klammerte sich an seinem Stab fest. »Einst hieß ich Árn. In Tirnanog kannte man mich als Dagda. Irgendwann wurde ich zu Myrddin. Es scheint mein Fluch zu sein, immer wieder neue Namen und Gestalten anzunehmen und ich bin sicher, dass mein wahrer Name nicht der letzte sein wird. Er erklingt jedoch nur in der Sprache der *sídhe*.« Er lächelte sanft. »Merlin.«

José stampfte seinen Stock auf. »Es ist Zeit, Cuchulain! Du bist der Erbe von König Artus. Damit bist du der rechtmäßige Thronerbe von Tirnanog.«

Cuchulain horchte in sich hinein. Aus irgendeinem Grund wusste er, dass Merlins Worte wahr waren. Er hatte es immer gewusst – und nun ergab auch alles Sinn, was Vater immer zu ihm gesagt hatte: »Auf dich wartet ein ganz besonderes Schicksal, mein Sohn.«

In diesem Moment war Cuchulain nicht mehr zornig. Er verachtete Vater nicht länger dafür, dass er ihn im Stich gelassen hatte. Alles war geschehen, wie es hatte geschehen müssen. Jemand musste die Stämme von Tirnanog einen. Jemand, der bereit war, sein Leben dafür aufs Spiel zu setzen, weil er daran glaubte.

Er.

»Ergreife das Schwert, Cuchulain«, sagte José drängend. »Recke es in den Himmel, um alle Stämme zu einen und deine Heimat zu retten.«

Cuchulain sandte ihm einen scharfen Blick zu. »Was gewinnt Ihr dabei?«

Ein gefährliches Lächeln umspielte die Lippen des Dons. »Möglichkeiten.«

Cuchulain blickte den Hügel hinab. Das Tal von Mag Mell hatte sich inzwischen gefüllt. Immer mehr schwarze Punkte ergossen sich aus dem Wald und waberten als formlose Masse auf die Stadt zu. Es waren weniger als erwartet, aber genügend, um der Armada schwer zuzusetzen. Was es jetzt brauchte, war ein geeintes Reich. Ein Bündnis mit jenen Menschen, die hierhergekommen waren, um das Land zu unterwerfen.

Ein Bündnis mit Méridor.

Cuchulain näherte sich dem Schwert. Jeder Schritt fiel ihm leichter als der vorherige. Als er seine Finger um das Heft schloss, überkam ihn ein Eindruck von Verständnis. Das Schwert gehörte zu ihm. Das war der Grund, weshalb José den Krieg provoziert hatte und Vater in sein eigenes Verderben gestürzt war. Der Grund, weshalb zwei Völker erst entfremdet worden waren, um wieder zueinanderzufinden. Der Grund, um einen wahren König zu finden. Nur so konnten die Derwyd und die Fäulnis aufgehalten werden.

Ich bin mehr als ein Druide. Der Gedanke besaß etwas Befreiendes. Sein Leben lang hatte Cuchulain sich Sorgen um die Zukunft gemacht. Er hatte etwas Großes vollbringen wollen, um sich zu beweisen. Nun musste er sich keine Sorgen mehr machen.

Er wusste, was zu tun war.

Langsam zog er das Schwert aus der Erde; es schillerte in den Farben des Regenbogens. Er hob es an und war zum ersten Mal in seinem Leben mit sich im Reinen. Die Reiche vereinen. Die Fäulnis aufhalten. Das Weltenrund retten.

Er war bereit.

Seine Brust explodierte vor Schmerz, als etwas durch seinen Rücken rammte. Zuerst rutschte Cuchulain der Kristall aus der Hand, dann verlor er das Schwert, das neben ihm aufs Gras fiel und nicht länger leuchtete.

Der wahre Feind

Die Derwyd brüllten und kreischten. Wie eine reißende Flut brachen die Ungeheuer über die ersten Reihen herein, wurden von Speeren aufgespießt und drängten weiter. Klauen blitzten im Sonnenlicht. Waffen zuckten und sirrten. Blut spritzte und Männer starben. Geschrei und Geklapper hallten über das gesamte Tal wie die Götterdämmerung.

Es ist Zeit ...

Wagrim ignorierte die Stimme. Wie lange noch? »Die Bogenschützen sollen sich zurückziehen und an der linken Flanke neu formieren!«

Nicolás salutierte und gab den Befehl weiter.

Von ihrer Position aus hatten sie einen guten Überblick. Und es sah schlimm aus. Wie viele dieser Ungeheuer waren das? Zweihundert? Dreihundert? Mehr? Jedenfalls waren es so viele, dass die ersten Reihen bereits aufgesprengt waren. Viele der Wesen stürzten durch die Bresche und trieben die Männer auseinander, zertrampelten und zerfetzten sie wie im Wahn.

Du weißt, dass es Zeit ist ...

»Schließt die Lücken!«, brüllte Wagrim. »Schließt die verdammten Lücken!«

Immer mehr der Bestien drängten hinterher und rissen Dutzende Männer in den Tod. Der Boden bebte unter ihren Hufen und Pranken, unter dem Fallen sterbender Soldaten und durchbohrter Derwyd.

Wagrim blickte zurück zur Stadt. Ein paar Krieger standen auf der Mauer und beobachteten die Schlacht. Würden sie ihnen in den Rücken fallen? Oder wären sie sogar bereit, die Armada zu unterstützen? Wenn er an ihrer Stelle wäre, würde er die Gelegenheit nutzen, um der Armada in den Rücken zu fallen. Er wusste das aus Erfahrung, denn er hatte es schon erlebt. Damals in Mor Dulra, als er an vorderster Front gekämpft und die Getreuen seines Sohnes zurückgeblieben waren. Sie hatten auf den richtigen Moment gewartet, um dann jenen einen Dolch zwischen die Rippen zu rammen, die sie getäuscht hatten.

Er hat uns verraten ...

Wagrim atmete schwer und versuchte in dem chaotischen Geschehen den Überblick zu behalten. Die linke Flanke wurde zwar verstärkt, war aber inzwischen fast aufgerieben. Dort kamen immer mehr Derwyd hinterher und stießen auf kaum Gegenwehr.

Alle haben uns verraten. Aber wir haben überlebt. Wir überleben immer.

Der Berserker regte sich. *Meinetwegen* ...

»Stabsoffizier!«

Wagrim nickte Nicolás zu. »Soldat?«

»Hauptmann Gonzalo fragt, ob er mit seinen Männern das Tor zur Stadt sichern soll.«

»Das Tor?« Er reckte sich und entdeckte den fettleibigen Soldaten in den hintersten Reihen, wohin die Derwyd noch nicht durchgedrungen waren. »Dieser Feigling will bloß nicht ins Schlachtgetümmel geraten. Gonzalo soll schön bleiben, wo er ist.«

Der Soldat zögerte.

»Noch etwas?«

»Stabsoffizier ...« Nicolás druckste herum. »Ich habe noch nie in einer Schlacht gekämpft. Ich ... habe schreckliche Angst.«

Wagrim ging auf ein Knie und berührte ihn väterlich an der Schulter. »Das ist keine Schande. Für alles gibt es ein erstes Mal.«

»Wie könnt Ihr so selbstsicher wirken?«

»Erfahrung, mein Junge. Bleib in meiner Nähe. Dir wird nichts geschehen.«

Der Soldat straffte sich. »Ist das ein Befehl?«

»Das ist es, Soldat!« Schwerfällig stand Wagrim auf. Er drückte die Hand so fest zusammen, dass sie taub wurde.

*

Cuchulains Glieder füllten sich mit Taubheit. Seine Augen fühlten sich an, als sprängen sie gleich aus den Höhlen. Kraftlos prallte er auf die Knie, während sein ganzer Körper erschauderte.

Diese Schmerzen …

Ein rot verschmierter Dorn ragte aus seiner Brust. Flüssigkeit drang in seine Lungen und Eiseskälte durchströmte seine Adern. Er klappte gurgelnd und würgend zusammen.

Kalte Luft.

Morgenlicht.

Schreie.

Wie durch einen Nebel sah er jemanden, der an ihm vorbeiwanderte. Eine Gestalt aus Wurzeln und Ranken, in einem Knäuel umeinandergewickelt und ineinander verschlungen. Wie ein göttliches Wesen.

Cernunnos.

»Warum?«, fragte José, der am Rand des Things stand. Zornesfalten zogen sich durch sein Gesicht und in seinen Augen loderte es in tiefem Violett.

Mehr und mehr Ranken brachen aus dem Boden, wickelten sich um Cernunnos und ließen ihn *wachsen*. Diese Ranken waren teerschwarz und mit einem schmierigen Film überzogen. Außerdem pulsierten sie und erinnerten auf schreckliche Weise an die Fäulnis.

»Ich erlebte, wie die Welt auseinanderbrach.« Cernunnos' Stimme rasselte wie der Tod. »Ich erlebte die Verheerung. Die Geburt des Palindroms. Das Geschenk des freien Willens. Und wie hat die Menschheit es gedankt?« Seine Stimme hallte über den Hügel. »Jahrhunderte des Krieges. Jahrhunderte, in denen das Mythische an den Rand der Auslöschung getrieben wurde. Jahrtausende, die stets dem Kreislauf aus Entstehung und Vernichtung folgen.«

Blutblasen blubberten bei jedem Atemzug aus Cuchulains Mund. Er spürte es ganz deutlich. Das Leben sickerte aus ihm heraus.

Der Untergrund vibrierte. Überall um Cernunnos wimmelten schwarze Wurzeln hervor wie Maden. »Habt ihr wirklich gedacht, dass ich zulasse, wie ihr diese Welt ihrer Seele beraubt?«

»Was tust du, alter Freund?«, fragte Merlin heiser.

Cernunnos hob die Arme. Der gesamte Hügel erwachte zum Leben. »Die Menschheit ist unkontrollierbar geworden. Deshalb werde ich den Fehler des Palindroms korrigieren.«

»Die Fäulnis.« Merlin klang erstaunt, als erschlössen sich ihm gerade alle Zusammenhänge. »Du hast sie erschaffen!«

Eine Ranke wickelte sich um das Lichtschwert. Die Rinde platzte und dampfte und die Klinge summte so laut, dass es in Cuchulain vibrierte. Cernunnos nahm das Schwert auf, schwenkte es empor und führte es dann langsam zu seiner Brust. Die Ranken dort krochen zur Seite und entblößten einen Hohlraum, in dem ein teerschwarzes Etwas pulsierte wie ein schlagendes Herz.

»So lange habe ich auf diesen Moment gewartet«, sagte er mit blasser, hallender Stimme. »Geschmiedet aus dem Herzen einer anderen Welt. Ein Schlüssel, um Pfade zu öffnen. Jetzt wird das Schwert seinen wahren Zweck enthüllen. Der Augenblick ist gekommen.«

Der Waldgott rammte sich das Schwert hinein. Nun war die Klinge von pochenden, dunklen Adern überwuchert, die ihr Leuchten und zerfließendes Perlmutt tranken.

»Das war also meine Bestimmung?«, fragte Artio. Ihr bleiches Gesicht glänzte wie Elfenbein. »Du hast mich die ganze Zeit nur benutzt, damit ich das Schwert hierherbringe?«

»Ich sagte dir, dass wir die Welt verändern werden, Tochter der Wälder. Nun wird sich Lichtschwert wieder seiner alten Macht erinnern. Macht, die verbindet. Macht, die ich benötige, um das Unvorstellbare zu vollbringen.«

Merlin schritt langsam auf ihn zu. »Cernunnos, bitte …«

»Du flehst? Habe ich gefleht, als meine Töchter ermordet wurden? Habe ich gefleht, als ich mitansehen musste, wie die Menschheit wieder und wieder die Welt, die Natur und alles Mythische in ihrer unersättlichen Gier und ihrem Hunger nach Krieg vernichtete? Habe ich gefleht, als Paladium aus unserem Fleisch geraubt wurde? Weißt du überhaupt, was Paladium ist?«

»Die Macht toter Götter, gesickert in die Erde, verfestigt in dem härtesten Material, das im Weltenrund existiert.«

»Du weißt es und dennoch stehst du an ihrer Seite.«

»Alter Freund, wir finden einen anderen Weg.«

»Nein.« Cernunnos klang bedauernd, wie ein tragischer Held, der sich in der Dunkelheit verloren hatte. »Während Jahreszeiten dahinzogen, Kriege die Welten erschütterten und Tod und Vernichtung in einem immerwährenden Kreislauf das Schicksal der Lebenden beherrschten, habe ich über alles nachgedacht. Und irgendwann musste ich mir die Wahrheit eingestehen, dass es keinen anderen Weg gibt.«

»Du bist besser als das. Das Lichtschwert …«

»Lichtschwert?« Gewundene Hörner sprossen aus Cernunnos' Stirn und überall zuckten Rankenwuste wie die Tentakel eines Meeresungeheuers. »SAG DEN WAHREN NAMEN!«

»Excalibur«, flüsterte Merlin.

»Excalibur, ein Splitter einer längst vergessenen Zeit.« Cernunnos schwieg kurz. »Ich bedaure nicht, was ich getan habe. Nun werde ich die Welt verändern.« Cernunnos' Züge verhärteten sich wie verwitterter Felsen und ein Schatten glitt darüber – auf einmal wirkte es völlig kalt und finster. »Ich mache sie besser.«

Seine Ranken wickelten sich um den Menhir im Zentrum und *zerbrachen* ihn. Steinsplitter bröckelten ab und enthüllten darunter einen Bernstein. Der Kristall erzitterte, dann erstrahlte er in einem weißen, reinen Licht.

Kurz herrschte Stille. Dann schoss wummernd eine Säule daraus hervor und entzündete sich. Das Licht entfaltete sich in schillernde Farben, als fiele es durch ein Prisma.

Die Säule durchbrach den Himmel und reichte zu einem gigantischen Umriss, der sich aus nebligem Dunst schälte. Dort, wo eben noch nichts gewesen war, erschien ein *Baum*. Die Äste, Zweige, Blätter und die Krone überspannten den gesamten Horizont. Er ragte mit dem Stamm aus der Mitte der Welt, als wäre er die ganze Zeit dort gewesen.

Cuchulains Augenlider flatterten. Sein Atem ging stoßweise und er versuchte das Blut an seiner Brust zurückzuhalten, das durch seine Finger rann. Er musste hinsehen und verstehen, was dort geschah.

Cernunnos streckte seine Wurzeln gen Himmel, drehte sie in Spiralen um die Regenbogensäule und wuchs daran empor. Als wollte er zu der Baumkrone gelangen, um sie zu beherrschen.

»Genug!«, rief Merlin. Er hob die Hand, um die sich die Luft kräuselte, während sich das Gras am Boden mit Frostblumen überzog.

»Es kann nicht mehr aufgehalten werden«, erwiderte Cernunnos. »Tut mir leid.«

Merlin schleuderte dem Waldgott einen Flammenstoß entgegen und riss qualmende Löcher in die Borke. Doch das schien Cernunnos nicht weiter zu stören. Er wuchs entlang des Lichtes und kam seinem Ziel immer näher.

*

Das war also Cernunnos' Ziel gewesen. Er war der wahre Feind.

Ich wurde die ganze Zeit benutzt.

Seit ihrer Ankunft in Tirnanog hatte sich alles, woran Artio geglaubt hatte, als Lüge erwiesen. Damit sie … was genau tat? Das Schwert hierherbringen? Sich gegen die Paladine stellen? Beweisen, wie absonderlich sie war?

Etwas regte sich in ihr. Ein rasender Zorn, den sie kaum kontrollieren konnte. Er loderte in ihrem Herzen wie Feuer, kroch ihre Kehle empor und wollte hinausgelangen.

Ich habe meine Familie ermordet.

Der Gedanke war befreiend. Jetzt musste sie sich nicht mehr dagegen wehren, was sie war. Sie konnte all das hinter sich lassen und ein eigenständiges Leben ohne Verpflichtungen führen. Doch aus irgendeinem Grund wollte sie das nicht. Sie wollte sich ihren Taten stellen.

Das Chaos griff um sich. Thans irrten umher. Cuchulain lag schwer verwundet am Boden. Merlin schleuderte Feuerbälle; bei jedem Aufprall schlug Artio geballte Hitze entgegen. José umgab ein bedrohliches violettes Glühen.

Keine Zeit, über die Bedeutung nachzudenken.

Eine baumdicke Wurzel brach aus dem Untergrund und zertrümmerte herumstehende Steine. Splitter und Erdbrocken flogen umher wie Papierschnipsel im Wind. Ein Than wurde darunter zerquetscht.

Ein Knall. Merlin schoss an ihr vorbei und krachte gegen einen Stein, wo er ohnmächtig liegen blieb.

Wie von selbst setzte Artio sich in Bewegung. Sie hockte sich neben Cuchulain und untersuchte seine Wunden. Es sah schlimm aus.

»Wie … schlimm ist es?«, krächzte er.

»Das wird schon wieder.«

»Schlechte Lügnerin.« Er hustete Blut. »Du bist … eine Druidin?«

»Nicht sprechen!«

Er hielt ihre Hand fest. »Hast du ihn wirklich getötet?«

Regen. Schreie. Rafaels blutbesudeltes Gesicht. Scham und Schuld. Dann tiefer Schmerz.

»Ja«, flüsterte sie.

»Ich habe … ihn belauscht. Er wollte dich die ganze Zeit in eine Falle locken. Sein Auftrag … Er wollte dich …«

»Unwichtig!« Sie schüttelte den Kopf.

»Ich …« Er krümmte sich zusammen. »Ich wollte, dass du es weißt. Hilf mir!«

»Das versuche ich ja!«

»Nein, ich meine … hilf mir, dass ich … dass ich mich nicht verliere.« Er verzog das Gesicht und hustete wieder. »Ich will nicht in die … Dämmerung.«

Es knackte. Splitter rieselten aus seiner Hand. Ein grüner Funke wirbelte um sie herum.

Erinnerungen fluteten Artios Geist. Das Dorf. Die Bärin. Die Opferung. Die Furcht in den Augen ihrer Familie. Dann der grüne Funke.

Langsam hob sie die Hand. Der Funke tanzte zwischen ihren Fingern und wirkte *vertraut*. Es war wahr. Alles war wahr.

Sie war eine Druidin.

Wie ein Geschoss durchdrang der Funke Cuchulains zerstörte Brust und verwandelte seine Augen in leuchtende Smaragde. Ein tiefer Zorn erwachte in ihm.

Ein Zorn, um zu töten.

*

Töten. Wagrim versenkte das Rapier im Maul des Ziegenmenschen und ließ die Waffe wie eine Peitsche zurückschnellen. Warme Blutströpfchen benetzten sein Gesicht, gerieten ihm in die Augen und brachten ihn zum Blinzeln. Der Derwyd starb noch im Fallen.

Töten. Der nächste Feind nutzte Wagrims Zögern aus und schlug mit der krallenbewehrten Faust zu. Er tauchte zur Seite, machte in der Aufwärtsbewegung einen Ausfall und stach dem Wesen die Klinge ins Auge, das platzte wie ein voller Weinschlauch. Töten. Wieder tauchte er weg, gerade rechtzeitig, bevor die Keule eines Stagtaurs herunterkrachte und seinen Kopf wie ein Ei aufgeschlagen hätte. Mit beiden Händen bekam er das Handgelenk des Hirschwesens zu fassen, das die Keule noch einmal schwang. Es spie ihm stinkenden Atem ins Gesicht, drückte und presste, spuckte und schäumte mit zurückgezogenen Lippen und starrte ihn mit grün leuchtenden Augen an, als wäre er schuld daran, wie hässlich es war. Dann scherte es aus und stieß ihm die Vorderhufe gegen die Brust. Wagrim rutschte nach hinten und rang nach Atem. Schlächter, er bekam kaum Luft!

Er stieß sich ab, warf sich mit der Schulter gegen die Flanke des Stagtaurs und packte das Geweih, das dem Wesen aus der Stirn spross. Mit Schwung warf er das Wesen daran herum und riss ihm das Geweih mit einem kräftigen Ruck heraus. Dann schlug er zu. Eins. Zwei. Drei. Beim vierten Hieb zerschmetterte er den Schädel mit dem Geweih.

Töten. Wagrims Leben lang hatte er nichts anderes getan. Männer, Frauen, Greise, Kinder – er hatte vor nichts halt gemacht. Wenn es die Hölle gab, dann hielt der Schlächter für ihn dort ein warmes Plätzchen frei. Aber das hier war etwas anderes. Hier ging es nicht um Rache. Auch nicht um die Befriedigung seiner Blutlust. Es ging um das Überleben einer ganzen Nation.

Längst hatte er den Überblick verloren. Überall sirrte und klapperte es, wenn Waffen gegeneinanderschlugen, dicht gefolgt vom Gebrüll der Derwyd und den Schreien der Sterbenden. Die Schlachtreihen waren inzwischen völlig aufgelöst, die Bogenschützen schossen unkoordiniert und spickten manchmal sogar einen Verbündeten mit Pfeilen. Speere zuckten, Stahl sang und Klauen und Zähne blitzten auf, bevor sie tief in Fleisch versenkt wurden. Zwar war die Armada zahlenmäßig überlegen, aber was den Derwyd an Truppenstärke fehlte, machten sie allein durch ihre Kampfkraft wett. Außerdem stand die Armada mit dem Rücken zur Wand. Wenn Tirnanogs

Krieger entscheiden sollten, sie anzugreifen, würden sie zerrieben werden wie Korn in der Mühle. Das hier war keine Schlacht mehr. Das war ein blutiges Gemetzel.

Wagrim nahm sein Rapier auf und griff den nächsten Derwyd an. Der Ziegenmensch drehte den Kopf und die dünne Klinge schrammte am Horn entlang. Instinktiv sprang Wagrim zurück, ließ die Waffe kreisen und hieb erneut zu. Wie beiläufig schleuderte das Biest sie ihm mit einem Schlag der Klaue aus der Hand.

»Dann eben anders!« Wagrim packte die Hörner. Er stemmte den Fuß gegen die breite Brust und trat zu. Die Beine knickten weg und der Derwyd grunzte Wagrim verwundert an. Das Wesen holte mit den Klauen aus, aber er schleuderte es mit einem Kriegsschrei herum, ließ es zu Boden krachen, und warf es dann zur anderen Seite, wo es sich überschlug und zwei weitere Ziegenmenschen umstieß.

Wagrim federte hinterher, packte den Derwyd an einem Horn, während die anderen sich wieder auf die Hufe rappelten, und brach es mit einem kräftigen Ruck ab. Dann riss er den Kopf an den Haaren in den Nacken und rammte das Horn mitten ins Gehirn.

Ein Speer ritzte ihn am Oberschenkel und hinterließ einen brennenden Schnitt. Er knickte ein, aber das rettete ihm das Leben.

Ein zweiter Speer bohrte sich knapp vor ihm einem Derwyd durch den Hals. Wagrim zögerte nicht, zog ihn heraus und versenkte ihn im Brustkorb eines anstürmenden Stagtaurs. Rasch setzte er hinterher, stieß ihn mit der Schulter zu Boden, nahm dabei den Speer wieder heraus und versenkte ihn in der Bewegung im weit aufgerissenen Rachen des dritten.

Mühsam stemmte er sich hoch und überblickte das Tal, während die vielen Schnitte seine Glieder allmählich ganz schwer machten. Die Sonne stand hell und freundlich am Himmel, damit man die gesamte Grausamkeit erkennen konnte. Als erfreute sie sich an dem Anblick.

Ein wunderschöner Tag zum Sterben.

Der Boden war glitschig vom Blut. Überall lagen Leichen verstreut, blitzte Metall auf und krochen Gefallene davon. Einem Mann waren die Beine knapp unterhalb des Knies abgeschlagen und er hinterließ eine lange rote Spur. Ein anderer versuchte die Gedärme in den Bauch zurückzuschieben und murmelte dabei etwas vor sich hin. Wieder ein anderer saß auf dem Boden und betete schweigend. Es brauchte einen Moment, bis Wagrim erkannte, dass er von einem Derwydspeer festgenagelt worden war. Jede Stelle im Tal war Teil des Schlachtfeldes. Druiden der Dämmerung in allerlei tierischen Gestalten sprengten die méridorischen Reihen auseinander und brachten Hunderten den Tod. Und was taten die Krieger Tirnanogs? Sie standen auf ihren Mauern und sahen zu.

Wagrim spuckte aus. Wenn die Armada fiel, waren sie die nächsten.

Plötzlich war die Welt schnell und laut, und Schmerz pochte in seinem Kopf. Er lehnte sich gegen einen Pfahl und starrte in ein dreckiges, bestialisches Gesicht, das sich dicht an das seine drängte.

Wagrim griff in seinen Gürtel, um das Messer herauszureißen. Er fand es nicht. Das verdammte Ding steckte in dem hässlichen Biest, das irgendwo im Dreck lag.

Lass mich raus ...

Wagrim biss die Zähne zusammen und griff nach den Hörnern. Aber das waren eher riesige Hauer, die aus dem Unterkiefer wuchsen. Und das vor ihm war auch kein Ziegenmensch. Eine Kreuzung aus Wildsau und Mensch. Ein Schweinemensch. Schlächter, die Welt war verrückt geworden!

Du weißt, dass du mich brauchst ...

Er zog, aber die Bestie war stärker und riss ihn herum. Wagrim rutschte im Schlamm aus, suchte mit den Stiefeln nach einem festen Stand, aber wieder schleuderte das Wesen ihn herum. Er klatschte auf die Seite, rollte herum und suchte panisch am Boden nach irgendeiner Klinge. Mit der Rechten ertastete er den Griff eines Messers. In diesem Augenblick packte der Derwyd ihn im Nacken, drehte seinen Kopf herum und spie ihm stinkenden Atem entgegen. Genauso hatte Steinbeißer ihn angesehen, bevor Wagrim ihm das Messer ins Hirn gerammt hatte. Aber das hier war nicht das Hochland. Und das war auch kein feindlicher Barbar.

Wagrim stach dem Derwyd mitten ins Gesicht, und die Klinge fuhr in die eine borstige Wange hinein und zur anderen hinaus. Das Brüllen des Derwyd verwandelte sich in ein hohes Kreischen, er ließ

Wagrim los und stolperte mit hervorquellenden Schweinsaugen davon. Wagrim glitt hinterher, rammte ihm den Stiefel ins Kreuz und warf ihn zu Boden. Dann packte er von hinten einen Hauer, während er immer noch den Stiefel im Rücken fixierte und zog mit aller Kraft. Der Rücken wurde durchgebogen und der Derwyd kämpfte mit aller Macht dagegen an, aber Wagrim gab nicht nach, zog und zog, bis seine Muskeln protestierten und seine Knie zitterten. Ein quälender Augenblick verging, dann knackte es laut und das Rückgrat brach.

Befreie mich!

Wagrim ließ die Leiche fallen und sackte auf ein Knie. Keine zehn Schritt entfernt war Cino in großen Schwierigkeiten. Drei Derwyd gingen ihn an und ein weiterer näherte sich von hinten. Ein Werwolf. Cinos Leute waren alle in eigene Kämpfe verwickelt. Er zuckte zusammen, als der Hieb eines Werbären ihm die Klinge aus der Hand schlug. Kurz ging Wagrim der Gedanke durch den Kopf, dass ihn das Leben von Josés Vertrauten egal sein sollte. Aber so, wie die Lage stand, würde er dann vermutlich der Nächste sein.

Meinetwegen sind wir so weit gekommen!

»Sei still!«, knurrte Wagrim. Er holte tief Luft und ging zum Angriff über.

Der erste Derwyd drehte sich zu ihm um, gerade im rechten Augenblick, damit ihm das Gesicht und nicht der Hinterkopf eingeschlagen wurde. Der zweite riss den Arm hoch, aber Wagrim duckte sich und trat ihm gegen das bocksfüßige Knie, sodass der Derwyd schreiend auf den Rücken fiel und aus dem gebrochenen Gelenk Blut in die Wasserpfützen spritzte. Der dritte war ein großer Drecksack, ein roter Werbär, bei dem man nicht sagen konnte, ob die Farbe vom Blut oder vom Fell herkam. Vor ihm war Cino wie betäubt zu Boden gesunken.

Meinetwegen haben wir überlebt!

Der Werbär stieß Wagrim donnerndes Gebrüll ins Gesicht und überragte ihn um einen Kopf. Er taumelte zurück und duckte sich leicht, während er nach einem Schwachpunkt suchte. Aber er entdeckte keinen.

Etwas zischte aus der Ferne heran, brachte die Luft zum Kochen und krachte in die Seite des Derwyd. Der Gestank nach verbranntem

Horn stieg Wagrim in die Nase. Er blinzelte. Der Werbär lag als verkohlter Haufen vor ihm.

»Ich brauche dich nicht!«, zischte Wagrim zwischen zusammengebissenen Zähnen und nickte Morrigan dankbar zu. Sie lächelte schwach, das bleiche Gesicht mit tropfendem Blut besudelt und die meisten Kristalle an ihrem Handschuh zerbrochen.

Du kannst mich nicht belügen!

Ein schneeweißer, vernarbter Werwolf stürzte sich auf ihn und versenkte die spitzen Hauer in seiner Schulter. Schreiend prallte Wagrim zu Boden, prügelte auf die wilde Bestie ein, aber die gab seine Schulter nicht preis.

Ich kann ihn aufhalten!

»Nein!«, brüllte Wagrim und hämmerte wie verrückt auf den Schädel ein. »Du hast sie getötet! Du hast alle getötet!«

Ich habe getan, was du nicht konntest!

»Warum sie? Warum alle?«

Du weißt, warum ...

Plötzlich ließ der Werwolf von ihm ab und richtete seine glühenden Augen auf eine kleine Gestalt neben ihm.

Nicolás stand dort mit schwankendem Rapier und war kreidebleich im Gesicht. Von der Klinge tropfte Blut.

»Nicolás!«, krächzte Wagrim und hielt sich die blutende Schulter. »Hau ab!«

Doch der Soldat dachte offenbar nicht daran, sondern stellte sich dem Werwolf in all seinem scheißméridorischen Stolz entgegen.

»Lauft, Stabsoffizier! Ich werde das Ungeheuer aufhalten!«

»Ungeheuer?«, grollte der Werwolf mit tiefer, dröhnender Stimme. »Ich war einst wie du, dummer Mensch!«

Wagrim überwand die Überraschung, dass der Werwolf sprechen konnte, schneller als der Soldat und wollte sich auf die Bestie werfen. Aber der Werwolf schüttelte ihn wie beiläufig ab und hinterließ drei lange Kratzer auf seiner Brust. Wagrim prallte auf den Boden, krallte seine Finger in die Erde und stemmte sich hoch. Seine Brust brannte wie verrückt, aber das durfte er nicht zulassen! Er *musste* den jungen Soldaten beschützen!

Ein scharfes Reißen erklang, als die Klaue des Werwolfs Nicolás Brust durchbohrte. Der Soldat ließ das Rapier fallen und starrte das Biest mit offenem Mund an. Blut quoll über seine Lippen. Er hustete und blubberte und dann setzte die Erkenntnis in seinen Augen ein. Die Erkenntnis des Sterbenden.

TU ES!

Wie ein Stich fuhr Kälte durch Wagrims Eingeweide. Ein hartes, leeres Gefühl. Seine Knöchel knackten, als sich die Muskeln seiner Hand versteiften und er die Finger schmerzhaft fest im Boden verkrallte. Er kniete in einer kleinen Pfütze und atmete rasselnd ein und aus. Ein und aus. Während der Funke in seiner Brust höher und höher loderte, wie der Glutofen durch einen Blasebalg.

JETZT!

»Nein!«

JA!

Wut durchströmte seine Adern wie flüssiges Feuer. Sein Mund schmeckte salzig und in seiner Nase war der Gestank von Blut. Er rotzte bittere Spucke auf den Boden und starrte die Leiche des jungen Soldaten an. Sie überlagerte sich mit einer anderen.

Mit der seines Sohnes.

»Nein …« Doch das Wort war bloß ein wildes Knurren wie von einer Bestie. Wagrim schloss die Augen …

… und der Berserker öffnete sie.

*

Cuchulain öffnete die Augen. Eine animalische Kraft erfüllte ihn mit neuer Energie. Die Kälte wurde zurückgedrängt, aber er blutete immer noch – selbst seine Gabe konnte das nicht verhindern.

Das unerträgliche Ziehen in seiner Brust verging. Er richtete sich auf und sträubte das Nackenfell vor Anspannung. Seine Knöchel knackten, als er die Klauen krümmte. Schwerer, heißer Atem stieg aus seiner Kehle. Düfte drangen in seine Nasenschlitze – metallisch, beißend, klamm. Ein Odem des Todes.

Der Werwolf war erwacht.

Das Bewusstsein flüsterte ihm zu, drängte ihn, etwas zu tun. Und Cuchulain hörte zu. Er reckte das Maul und stieß ein lang gezogenes Heulen aus.

Artio stand neben ihm. Überraschenderweise wirkte sie *neugierig.* Cuchulain wandte sich dem Waldgott zu, dessen Wurzeln inzwischen den gesamten Hügel bedeckten; sie verwuchsen zu einer mächtigen, blätterlosen, schwarzen Baumkrone empor, die sich miteinander, ineinander und umeinander verwickelte. Teile davon reckten sich dem gigantischen Baum entlang der Regenbogensäule entgegen.

»Geister, gebt mir Kraft!«, knurrte Cuchulain.

Eine Gestalt trat neben ihn, brachte bei jedem Schritt den Boden zum Beben. Ein schwarzer Werbär. Onchu. Auf der anderen Seite näherte sich ein grauer Werhund mit zottligem Fell. Sionn.

»Was auch immer du vorhast.« Onchu leckte sich genüsslich über die Hauer. »Jetzt!«

Cuchulain machte einen Riesensatz auf den Waldgott zu. Er landete auf einer Wurzel, die wild um sich peitschte, und schlug mit den Krallen zu. Tief drangen sie durch die raue Haut, rissen klebrige Flüssigkeit heraus. Dann versenkte er sein Maul darin.

Beißen! Beißen! Beißen!

Der Waldgott schüttelte ihn ab wie einen räudigen Köter und Cuchulain landete auf allen vieren. Er warf sich herum, entging dem Peitschenhieb, der den ganzen Hügel erbeben ließ und sprang den Waldgott wieder an. Blitzschnell hetzte er am Stamm hinauf und vergrub seinen Kiefer in der Borke. Es knackte und splitterte, als er sie zerfetzte, um zu Cernunnos wahrer Gestalt vorzudringen. Irgendwo dort drinnen. Irgendwo innerhalb dieses Gottes, der sich erst als Freund und dann als Widersacher erwiesen hatte, befand sich die verkümmerte Gestalt eines menschenähnlichen Wesens.

Der Wolf teilte sein Wissen mit ihm. Cernunnos gehörte zu einem uralten Volk, das vor langer Zeit durch diese Wälder gestreift war. Ein Volk mit geheimnisvollen Gaben, das nach Jahrhunderten des Krieges und der Teilung der Welt in ihre Heimat zurückgekehrt war.

Die *sídhe.*

Zwei Ranken schossen nieder und wickelten sich um Cuchulains Arme. Ehe er sie abschütteln konnte, schnürten sich zwei weitere um seine Beine und dann schlang sich eine fünfte wie eine Stahlfessel um seinen Hals und drückte ihm die Luft ab.

Onchu eilte ihm zu Hilfe, aber er wurde wie ein lästiges Insekt davongeschleudert. Sionn wurde unter einem Wurzelwust begraben. Cuchulain knurrte und brüllte, biss, zog und zappelte herum. Er konnte sich nicht befreien. Die Ranken wickelten sich fester um seinen Körper und hielten ihn gefangen wie eine Maus in den Krallen einer Katze. Vor ihm erzitterten die Wurzeln. Die Rinde platzte und rollte zur Seite. Ein Gesicht kam darunter zum Vorschein – eine finstere Version des Waldgottes.

»Warum kämpfst du, Druide?«, fragte Cernunnos.

»Weil es jemand tun muss!«

»Ich kann uns befreien. Niemals wieder müsste jemand leiden. Frieden …«

Cuchulain spuckte ihm Blut ins Gesicht. »Kontrolle!«

Der Gott verzog bitter den Mund. »Ich werde das Mythische retten. Ich werde uns alle retten.«

Eine Ranke wuchs neben Cuchulain empor und formte sich zu einem spitzen Dorn.

»Retten? Du hast die Fäulnis erschaffen! Deinetwegen sterben Menschen! Mein Dorf … meine Familie!«

Schwarze Ranken wuchsen um Cernunnos' Gesicht herum und ihre Spitzen zuckten dort wie Würmer hin und her. Langsam schwenkte er Cuchulain zu dem fernen Baum herum, den der Waldgott fast erreicht hatte.

»Merlin wollte dich krönen.« Cernunnos' Stimme hallte über den Hügel. »Der erste König von Tirnanog seit Jahrhunderten. Du solltest das Lichtschwert führen, ein Artefakt von einer Macht, die zu groß für einen Menschen ist.« Er seufzte und klang nun traurig. »Du solltest Frieden bringen. Doch es wird niemals Frieden geben. Niemals … Niemals …«

Cuchulain befreite einen Arm. Sofort schossen Dutzende Schlingen nieder, wuchsen aus dem Boden und wickelten sich immer schneller, immer enger um seinen Körper, bis er vollkommen gefangen war.

»Du denkst in Jahren, Druide. Ich jedoch durchlebe die Jahrtausende. All die Gräuel. Der Tod. Der Schmerz. Das Leid.« Cernunnos machte eine Pause. »Ich werde uns alle retten.«

»Wo… Wovor?« Cuchulain keuchte.

»Vor dem Ende.«

Wie ein Speer rammte der Dorn in Cuchulains Brust.

Zorn der Wildnis

Der Funke loderte wie ein frisch geschürter Schmiedeofen. Die Adern und Sehnen des Berserkers traten dick hervor, seine Muskeln festigten sich und platzten beinahe vor Kraft. Das Hemd, die Uniform, selbst die Hose zerrissen.

Rot.

Die Welt badete in Blut und überzog seine Haut mit brennenden Mustern. Sein Atem kochte heißer als siedender Dampf. Wie ein Schmiedehammer wummerte das Herz in seiner Brust und pumpte Wut durch seinen Körper.

Töten.

Der Berserker atmete tief ein, genoss den süßlichen Gestank nach Blut und Tod. So schön, so rein, so erfüllend. Er hatte keine Waffe. Keinen kalten Stahl, um seinen heißen Zorn zu verkünden. Aber das brauchte er auch nicht. Das angemessene Werkzeug für die Arbeit, die auf ihn wartete, waren seine Hände.

So viel Arbeit.

Aber gute Arbeit ist sich selbst der beste Lohn. Der Boden konnte ihn nicht abschütteln und die wogende, lebendige, wunderbare Schlacht dort unten im Tal streckte sich ihm entgegen und umschloss ihn in warmer Umarmung.

Er war zu Hause.

Jetzt war es Zeit. Er konnte die Welt endlich an seiner Wut teilhaben lassen.

Mit einem wilden Schrei stürzte er sich auf den schneeweißen Werwolf. Ein Knall ertönte, als er seine Faust auf dessen Maul krachen ließ. Der Kopf wurde mit einem lauten Knacken herumgerissen und das Ungeheuer prallte zu Boden, wo es sich mehrfach überschlug und im Dreck liegen blieb.

Der Berserker sah nicht hinterher. Später. Den Tod des Werwolfs wollte er genießen. Er fing den jungen Mann auf und legte ihn vorsichtig ab. Die Augen waren gebrochen und der blutbesudelte Mund stand offen.

Der Berserker empfand keine Reue, kein Mitgefühl, keinen Schmerz. Doch in diesem Augenblick durchlebte er eine Veränderung. Ein Teil von ihm ließ Wagrim hinter der Tür hervorspähen. Und hörte auf ihn.

»Beschütze!«, sagte Wagrim und lächelte.

Und der Berserker lächelte mit ihm.

Er warf den Kopf in den Nacken und ließ sich von den Geräuschen der Schlacht, dem Kreischen der Sterbenden und dem Gebrüll der Derwyd umfangen. Denn er *lebte* für die Schlacht.

Menschen wimmerten und duckten sich weg, als er an ihnen vorüberstapfte. Ihre Gesichter verschwammen um ihn herum. Seine Wut galt nicht ihnen. Sondern den Derwyd. Wesen, die ihm im Weg standen. Druiden der Dämmerung. Verlorene. Der Berserker verzog die Lippen zu einem blutlüsternen Grinsen.

Tote.

Ein Werbär stürmte auf ihn zu. Die donnernden Schritte klangen wie fallende Ambosse.

Der Berserker schob die Füße auseinander und spannte jeden Muskel an.

Es knallte, als er die Pranken abfing. Seine Füße wurden in die Erde gepresst, aber er hielt stand. Der Werbär spie ihm all seinen Hass entgegen und versuchte ihn niederzuringen. Weiterer Hass für das Feuer der Wut in der Brust des Berserkers – es machte ihn stärker. Nichts konnte ihn bezwingen. Nicht einmal der Tod.

Er drückte zu. Sein Griff war stark wie die Wurzeln der Berge. Es knackte wunderschön und lieblich, als die Handgelenke brachen.

Der Berserker warf den Feind herum, schleuderte ihn zu Boden und wartete, bis der Derwyd sich wieder aufgerichtet hatte. Dann stürmte er los. Mit voller Wucht rammte er das Wesen nieder und drosch auf es ein. Bei jedem Schlag stieß er einen Schrei aus. Eins. Eine Delle im Schädel. Zwei. Die Haut riss auf und Blut floss. Drei. Der Schädel zerplatzte und Hirnmasse verteilte sich in alle Richtungen.

Aber die Wut des Berserkers war noch lange nicht verraucht. Er blickte sich um und starrte in kreidebleiche Gesichter. Menschen krochen vor ihm weg wie Getier.

Der Nächste? Wo war der Nächste? Wo war …

Ein Speer durchbohrte seinen Oberschenkel und ließ ihn in einem Schmerzgewitter erbeben.

Wagrim schrie, aber der Berserker warf die Tür zu und ließ sich von dem kalten Brennen durchströmen. Er packte den Speer und zog ihn heraus. Ein Schwall Blut spritzte heraus, rann seine Wade hinab, vermischte sich mit dem Grün der Pflanzen, Braun der Erde und Rot vom Blut all der anderen Opfer dieser Schlacht. Es dauerte nicht länger als zwei Atemzüge, bis die Blutung nachließ und durch Wut ersetzt wurde. Jedoch merkte er, dass sie langsam nachließ. Wenn die Wut erlosch, wenn sein Funke schrumpfte, wurde er langsam und behäbig.

»Mehr!«, grollte der Berserker und stand auf.

Brüllend rannten die Derwyd auf ihn zu.

*

Artio hörte Gebrüll, nur schwach und weit weg. Licht drang in ihr halb geschlossenes Auge, als zöge sich das Chaos wie ein Vorhang vor ihr auf. Schatten flackerten. Überall war Bewegung, viel zu schnell für ihren wirren Geist. Ein Stiefel trat in den Dreck vor ihrem Gesicht. Über ihr bellten Stimmen.

Mit einem tiefen Rumpeln erschütterte der Boden und sie wurde herumgeworfen. Dabei wurde sie an jeder Stelle ihres Körpers getroffen und landete zwischen drei zuckenden Wurzeln, die wurmartig aus der Erde krochen.

Keuchend versuchte sie sich hochzustemmen. Ihr Körper gehorchte nicht.

Jemand ging vor ihr in die Hocke, während um sie herum Füße und Beine traten und keinen Ausweg ließen. Sie sah in den Himmel, schmerzhaft hell, blinzelte. Noch immer lag sie still und schlaff wie ein Sack Lumpen da.

Was war geschehen?

»Artio.« Das Wort umschwirrte ihren Verstand.

Sie krächzte und hustete.

»Artio, steh auf!«

Diese Stimme! Sie konnte sich ihr nicht entziehen, als wäre sie ein Fluss, der dort seine Quelle fand. Schwach sah sie auf und bemühte sich einen zähen Gedanken festzuhalten. Eine ehrwürdige Gestalt sah auf sie herab, dunkel gegen den viel zu hellen Himmel. José. Er stützte sich auf den goldenen Stock. So, wie er dastand, wirkte er nicht wie ein Mensch. Was, beim Palindrom, tat er noch hier? Denken tat weh. Je mehr sie dachte, desto heftiger packte sie der Schmerz. Ihr Schädel brummte und fühlte sich doppelt so groß an wie sonst. Jeder Atemzug war ein erschauerndes Keuchen.

Über ihr bewegte sich Josés Mund und die Worte dröhnten und klingelten gegen Artios Ohren, aber sie waren nichts als Geräusche. Ihr eigener Herzschlag hüpfte und pochte in ihrem Kopf. Sie hörte weitere Geräusche, Krachen und Rasseln, das von allen Seiten auf sie eindrang. Selbst das tat weh und verstärkte das Brennen in ihrem Schädel.

Hinter José peitschten gewaltige Wurzeln umher; sie brachen aus dem Boden, zuckten hinauf und bedeckten den gesamten Himmel in einem dichten Knäuel. Eine davon – sie war so groß wie ein ganzes Dorf – schoss aus dem Untergrund und riss mehrere Gebäude auf einmal mit sich. Menschen schrien, Trümmer und Erdbrocken flogen umher wie Blätter im Wind. Teile der Steinkreise wurden zerschmettert und der Rest mit spinnartigen Ranken bedeckt, die in einem gleichmäßigen Rhythmus pulsierten.

»Dein Name ist Artio«, sagte José. Warum war er noch hier? Warum ließ er sie nicht in Ruhe?

»Ich …« Ächzend und stöhnend wie eine alte Frau stemmte sie sich auf Hände und Knie. Etwas hatte sie am Kopf erwischt und dann war sie gefallen. Das war alles, woran sie sich erinnerte.

*

Cuchulain erinnerte sich nicht, jemals solche Schmerzen verspürt zu haben. Der Wolf in ihm versuchte ihn davon abzuschirmen, aber seine Kräfte versiegten. Der Funke schrumpfte. Die verwirrenden Erinnerungen, die geschärften Sinne, die unbändige Kraft – all das verblasste allmählich wie Nebel im Sonnenschein.

»Nein …« Cuchulain keuchte. »Bitte nicht!«

Rums.

Der Wurzeldorn rammte durch seinen Bauch.

Rums.

Wieder durchschlug ihn der Dorn, plagte seinen Körper, zerstörte ihn.

Tötete ihn.

Rums.

Er strampelte herum, kämpfte, doch trotz seiner Gabe war er zu schwach. Es kam ihm vor, als wären es die Bemühungen eines Kleinkindes, sich seinem Schicksal zu entziehen. Schlaff hing er da, unfähig, sich zu bewegen, während sich die Kälte allmählich in seiner Brust ausbreitete. Seine Glieder spürte er längst nicht mehr.

Cernunnos führte ihn vor sein Gesicht und musterte ihn bedauernd, als müsste der Waldgott sich selbst zu seiner grausamen Tat zwingen. »Es ist unvermeidbar, Druide. In jeder Geschichte gibt es den Jungen, der zum Helden heranwächst und die Menschheit eint.« Der Waldgott zögerte, glitt mit seinem traurigen Blick über Cuchulains zerstörten Körper. »Einst war es Artus, der von Merlin aufgezogen wurde. Nun sollst du es sein. Begreifst du nicht? Es ist ein Kreislauf.«

Cuchulain war nicht einmal mehr in der Lage zu erschaudern. Er war betäubt und sein Geist umwölkte sich. »Du … Du bist das Böse!«

Cernunnos schwenkte ihn herum und blickte zu der Säule aus Licht, die immer noch aus dem Kristall hervorschoss. »Ich bin das notwendige Böse.«

Der Funke des Wolfes erlosch. Cuchulain verwandelte sich. Das Fell fiel ihm aus, seine Knochen brachen, schrumpften und setzten sich neu zusammen. Die Zähne kullerten aus seinem Mund und neue wuchsen nach. Schließlich hing er blutüberströmt und kraftlos in den Schlingen des Waldgottes.

»Ich durchbreche den Kreislauf«, flüsterte Cernunnos.

Cuchulain schöpfte nach den letzten Kräften. »Die Hoffnung … Sie ist die letzte Flamme.«

Cernunnos lächelte bedauernd. »Die Hoffnung wird uns vernichten.«

*

»Worauf hoffst du?«, krächzte Artio und versuchte sich aufzusetzen, aber sie knickte wieder ein.

»Du bist die Druidin!«, erwiderte José.

»Hau …«

»Sag es!« Seine Stimme schnitt unerbittlich und kalt wie eine Klinge in ihren Verstand.

»Ich bin … die Druidin.«

»Was ist dein Ideal?«

»Ich … weiß nicht …«

Er packte sie am Arm und hievte sie auf die Füße, als wäre sie bloß ein Blatt Papier. Artio taumelte kurz, bis sie endlich die Welt um sich richtig wahrnahm. Chaos. Das war alles, was sie wahrnahm. Vernichtung. Schmerz. Tod und Chaos.

Cernunnos war zu einem abscheulichen, baumartigen Ding aus schwarzen Ranken gewachsen, der sich über den gesamten Hügel spannte. Cuchulain hing in Menschengestalt vor ihr. Seine Brust, sein Bauch, selbst seine Glieder waren durchlöchert. Leichen häuften sich auf dem Boden. Die Thans. Zwei Druiden kämpften gegen Cernunnos, aber auch sie gingen unter. Der Einzige, der sich noch gegen ihn zur Wehr setzte, war Merlin. Der Zauberer badete in Blitzen und hantierte mit Mächten, die größer waren als alles, was Artio jemals erlebt hatte. Doch gegen ihn konnte er nicht bestehen.

Nicht gegen einen Gott.

*

Wenn es einen Gott gab, dann musste er grausam sein, dass er dem Berserker diese Gabe vermacht hatte. Er fing einen Speer in der Luft auf und zerbrach ihn einem Zahnstocher gleich. Mit einem Satz ging er zwischen den Derwyd wie eine Naturgewalt nieder. Ihr Gekreische und das Entsetzen, das in ihren hässlichen Fratzen stand, waren das Öl für sein Feuer. Er labte sich daran, wollte mehr!

Dem ersten Stagtaur riss der Berserker den Kopf samt Geweih ab. Den zweiten Ziegenmenschen packte er an beiden Armen und trat zu. Der armlose Torso überschlug sich im Dreck, bevor der Derwyd qualvoll verendete. Für den dritten hatte der Berserker jedoch etwas anderes geplant. Schnell wie eine Schlange wirbelte er an ihm vorbei und durchbohrte mit der Rechten dessen Rücken bis zum Rückgrat.

Dann zog er.

Es schmatzte und knackte. Er hielt einen Knochensplitter gepackt. Dann zog er den Knochen heraus. Der Ziegenmensch kreischte, bevor der Berserker wieder seine Hand darin versenkte und nun einen Lungenflügel herausriss.

Anstatt das glibberige Fleisch wegzuwerfen, band er es sich um die Schulter und lächelte die anderen Derwyd voller Erwartung an. Er liebte die Schlacht, denn in ihr war er geboren worden. Und an dieser Liebe wollte er die ganze Welt teilhaben lassen.

Langsam hob er seinen Fuß. Dann rammte er ihn nieder und zertrümmerte den Boden. Ein Riss breitete sich von seinem Stiefel aus, zuckte im Zickzack durch den Untergrund und weitete sich unter einem Dutzend von ihnen. Schreiend fielen sie in den Spalt.

Der Berserker suchte nach dem nächsten Opfer. Keine Feinde. Keine Opfer. Keine Schlacht.

»Nein!« Er stieß zwei Soldaten aus dem Weg, die ihn dümmlich anglotzten. »Nein!« Die Männer duckten sich weg, krochen durch den Schlamm, erzitterten und wimmerten, wenn sie ihn sahen. »Nein!«

Leichen. Überall. Menschen und Derwyd in stiller Umarmung. Hier und da ging noch ein Soldat umher und besiegelte mit dem Rapier das Schicksal eines Derwyd. Menschen schwankten über das

Schlachtfeld. Kummerschreie und Schmerzensgestöhne hingen dick wie dunstiger Nebel darüber.

Der Berserker ging weiter und trat Leichenteile aus dem Weg. »NEIN!«, brüllte er. Aber er wusste, dass sein Nein so unsinnig war, wie die Suche nach einem weiteren Feind. Das konnten unmöglich alle gewesen sein! So wenige? Er hatte mit viel mehr gerechnet. Wo war der Feind? Wo war der Schrecken, von dem alle erzählt hatten? Er wirbelte herum, rasselte wie ein sterbender Bulle und wollte irgendwo seine Wut rauslassen. Aber kein Feind bedeutete kein Kampf. Die Wut sickerte aus ihm heraus wie Bier aus einem zerbrochenen Krug. Krampfhaft klammerte er sich daran fest, doch er konnte sie nicht festhalten.

Es ist vorbei ...

Der Berserker schäumte und knurrte, packte einen Ziegenmenschen und hob ihn hoch über den Kopf. Dann warf er ihn davon und sackte langsam auf die Knie. »Nein ...«, flüsterte er.

»Doch«, sagte Wagrim und stand auf.

*

José stand vor ihr. Er wirkte nicht länger wie ein Mensch, sondern wie etwas, das aus den Legenden getreten war. In seinen Augen war ein Zwielicht gebannt und dunstig violetter Nebel umwehte ihn.

»Dein Ideal, Artio! Du musst es aussprechen!«

»Warum?«, fragte sie.

»Horche in dich hinein. Fühle den Funken, der dich mit der Natur verbindet. Er war schon immer dort und hat dir geholfen, wenn du ihn gebraucht hast. Denn du bist die Druidin. Eine wahre Paladin.«

Ein Schatten senkte sich über sie. Der große Schatten des Waldgottes.

»Ich bin die Druidin«, flüsterte sie.

»DAS IDEAL!« Wie ein Sturm fegte Josés Stimme über sie hinweg.

Etwas erwachte in ihr; es reckte sich und öffnete die Augen. Und sah Artio an. Eine Präsenz, die immer dort geschlummert hatte. Die Bärin. Sie waren beide Teile von etwas Ganzem.

Sie waren eins.

Auf einmal wusste Artio die Worte. Sie hatte sie die ganze Zeit gekannt, schon seit jenem verhängnisvollen Tag am Heiligtum ihres Stammes. Obwohl sie die Bärin hasste, liebte Artio sie. Allein der Bärin war es zu verdanken, dass sie die Stärke gehabt hatte, zu überleben.

»Ich behüte und bewahre«, sagte Artio langsam. »Dies ist mein Ideal.«

Fernes Donnern.

José trat erleichtert zur Seite. »Nutze deine Macht, Druidin!«

Artio holte tief Luft.

Wind blies ihr entgegen, fegte über den Hügel und ließ die Welt erzittern. Ein Ruf erklang – das Rauschen der Flüsse, das Rascheln der Blätter, das Knarren der Bäume. Und das Atmen der Wälder.

Der Ruf der Wildnis.

Ätherische Schemen lösten sich aus dem Boden und schwebten auf Artio zu. Ein durchscheinender Wolf näherte sich verstohlen von links. Instinkt. Auf der anderen Seite ging ein Vogel nieder und spreizte das Gefieder. Intelligenz. Von vorn stapfte ein Bär näher. Stärke. Die Geister umringten sie wie zu einer Prozession. Die Seelen jener Wesen, die über die Wälder Tirnanogs geboten.

Die Geister der Natur.

Sie verneigten sich vor ihr. Dann lösten sie sich zu Funken auf, die umherwirbelten – schneller und schneller. Wie winzige Sternschnuppen durchdrangen sie in ihre Brust.

Artio keuchte auf, als sie zum ersten Mal seit langer Zeit vollkommen wach wurde. Es kam ihr wie ein Augenblick und die Ewigkeit zugleich vor, als sie das Bewusstsein der Geister der Natur durchlebte. Nicht länger wehrte sie sich gegen das, was sie war.

Sie akzeptierte.

Einen Wimpernschlag lang verharrte sie in diesem Einklang. In ihrer Seele breitete sich Ruhe aus. Ihr Atem beruhigte sich, gleich einer sommerlichen Meeresbrise.

Dann erwachte die Gabe in ihr und der gesamte Hügel erzitterte.

In ihrem Geist blitzte das Bild der Bärin auf und erfüllte sie mit ungeahnter Stärke. Artio machte einen Schritt nach vorn und nutzte den lodernden Funken. In der Bewegung verwandelte sich ihr Bein, wurde stämmig und massiv und zerschmetterte den Boden. Der nächste Schritt und wieder zerplatzte die Erde. Ihr Körper wuchs. Fell brach aus ihrer Haut, spannte sich über ihre Glieder, ihren Brustkorb, ihren Kopf.

Auf einmal kam ihr die Welt zu klein vor. Ihre Schmerzen verdampften wie Nebel an einem warmen Tag. Ätherischer Dunst löste sich aus den Spalten und Rissen und umwirbelte sie.

»NEIN!«, schrie Cernunnos und peitschte nach ihr.

Artio schob die Pfoten auseinander für einen festen Stand.

In dem Augenblick, als die Ranke auf sie niederfuhr, schlug Artio zu und zerschmetterte sie in tausend Stücke. Sie öffnete das Maul und stieß donnerndes Gebrüll aus.

Dann stürmte los und entfesselte den Zorn der Wildnis.

Auserwählt

Wagrim hockte in einer Pfütze aus Blut, eine Hand auf das Knie gestützt und starrte wie betäubt über das Schlachtfeld.

»Wir haben gewonnen«, sagte Julliau ohne jedes Gefühl in der Stimme. Mit demselben Ausdruck hätte er auch sagen können:»Wir haben verloren.«

Einige zerzauste Standarten standen noch aufrecht, ragten in seltsamen Winkel über den Staubnebel, der sich allmählich setzte. Doch die Wimpel hingen schlaff an ihnen herunter. Der Rest war heruntergerissen und unter den Hufen der Derwyd zertrampelt worden. Ein passendes Sinnbild für den Zustand der Königlichen Armada.

»Stabsoffizier.« Der ehemalige Generalkapitän hinkte neben ihn. Sein linkes Bein war verbunden und seinen Kopf zierte ebenfalls ein dicker Verband. »Wie haben wir uns geschlagen?«

»Ihr sagtet es bereits, Hauptmann.« Schwerfällig wuchtete Wagrim sich auf die Füße. Er fühlte sich wie durch den Fleischwolf gedreht und wusste, dass er nicht mehr weitermachen könnte, wenn er jetzt nicht aufstand. »Wir haben gewonnen.«

Gonzalo schloss zu ihnen auf, dicht gefolgt von Agustín. Beide hatten die Schlacht ohne Verletzungen überstanden – ihre Uniformen hatten nicht einmal einen Schlammspritzer abbekommen –, weil sie sich nahe bei den Stadtmauern in der letzten Reihe herumgedrückt hatten, um die Schlacht zu delegieren. Einer der Unterschiede zwischen dem Hochland und Méridor. Während die einen die Schlacht suchten, um Ehre zu erlangen, nahmen sich die anderen die Ehre, um die Schlacht zu meiden.

»Ahhh!« Gonzalo seufzte und warf dem Schlachtfeld ein sprödes Lächeln zu, wie ein Schulmeister einem ordentlich aufgeräumten Klassenzimmer. »Der Geschmack des Sieges!«

»Köstlich, fürwahr!«, sagte Agustín.»Ein meisterlicher Streich, die Ungeheuer hier zu stellen.«

Als ob wir eine Wahl gehabt hätten. Aber Wagrim schwieg. Die Schlacht war vorbei, jetzt ging es darum, die Überlebenden zu zählen.

»Ein kühnes und entschlossenes Manöver!« Agustín ließ Stolz anklingen. »So wissen die Wilden nun, was ihnen im nächsten Kampf blüht.«

»Nächster Kampf? Es wird keinen nächsten Kampf geben.«

»Stabsoffizier, das hier ist ein ruhmreicher Tag für die Heere Méridors! Der König wäre stolz, wenn er das hier mitangesehen hätte.«

Wagrim schnaubte. »Das waren keine Heldentaten. Höchstens Heldenscheiß. Wir haben ein Drittel unserer Männer verloren.«

Gonzalo hob den Zeigefinger. »Aber der Feind hat alle verloren.«

Wagrim war schrecklich müde, sein Kiefer schmerzte, weil er die Zähne so fest zusammengebissen hatte, seine Haut brannte und seine Glieder waren schwer wie Blei. Außerdem sah die Wunde im Oberschenkel übel aus. Wenigstens hatte er im Blutrausch keine Verbündeten umgebracht.

»Stellt sicher, dass alle Derwyd tot sind, die Verwundeten versorgt werden und die Männer sich wieder sammeln. Das hier ist noch nicht vorbei.« Er wies hoch zum sonnigen Himmel, an dem bereits die Krähen kreisten. Die Sonne schien hell und freundlich, als hätte das Sterben noch überhaupt nicht begonnen.

»Recht so, Stabsoffizier.« Damit marschierten Agustín und Gonzalo davon. Julliau folgte ihnen mit gezogenem Rapier.

»Man kann nie vorsichtig genug sein, wie?« Cino trat neben ihn und hatte irgendwoher eine Flasche gestohlen, an der er sich mit großen Schlucken gütig tat. Er rülpste so laut, dass es sogar die Einschläge aus der Stadt übertönte. Sein gezwirbelter Schnurrbart war etwas in Unordnung geraten und ein übler Kratzer zog sich quer über seine Brust. Davon abgesehen fehlte ihm offenbar nichts.

»Nein«, murmelte Wagrim, »das ist wohl wahr.«

»Und schon gar nicht, wenn man so etwas sieht, was?« Nachlässig zeigte Cino zu dem Rankenwust, der wie ein riesiger Baum über dem Hügel wuchs. Eine Regenbogensäule schoss von dort in den Himmel und verlor sich im Dunst.

»Sollten wir uns Sorgen machen?«

Cino zwinkerte ihm zu. »Man kann nie vorsichtig genug sein.«

Wagrim hielt Ausschau nach Morrigan, die er während seiner Raserei ganz vergessen hatte. Das Tal war mit Männern, lebenden wie toten, übersät. Die Leichen der Soldaten lagen da, wo sie gefallen waren, und dazwischen häuften sich Derwyd in unterschiedlicher Gestalt. Ziegenmenschen, Werbären, Werwölfe, Schweinewesen und viele mehr. Es waren Hunderte und jeder von ihnen hatte mehr als dreifach so viele Soldaten mit in den Tod gerissen. Wagrim konnte nicht glauben, dass es wirklich vorbei war. Das sollte das Heer sein, vor dem sich alle gefürchtet hatten? Die Druiden der Dämmerung, deren Namen die Wilden nur mit Furcht ausgesprochen hatten? Da stimmte etwas ganz und gar nicht. Aber er beschwerte sich nicht. Das tat er nie, wenn das Morden endete und man sich einen Überblick verschaffen musste, wie schlimm es um das eigene Heer stand. Und sich daran erfreuen konnte, noch unter den Lebenden zu weilen.

Er ging mit Cino los, der so unbeschwert dahinmarschierte, als wäre er die vergangenen Stunden lediglich mit Kacken beschäftigt gewesen. »Du hast so etwas schon erlebt.«

Cino salutierte zackig. »Konquistador der hohen Ärsche von Méridor! Hatte stets die Ehre, ein paar Wilde bekehren zu dürfen, um den Ruhm des tollen Weltreichs zu mehren.«

»Du klingst verbittert.«

»Ach, komm!« Cino lachte hell. »Man gewöhnt sich an den Anblick.«

»Nein«, brummte Wagrim. »Man glaubt, es wird leichter, aber Vater hatte wohl recht. Wenn man einmal den Gestank des Todes in der Nase hat, vergisst man ihn nicht mehr.«

Feldscher kümmerten sich mit blutigen Händen und grimmigen Gesichtern um die Verwundeten. Manche Männer saßen da und weinten, vielleicht neben ihren gefallenen Kameraden. Manche starrten wie betäubt auf die eigenen Wunden. Andere heulten und gurgelten, schrien nach Hilfe oder nach Wasser. Wieder andere eilten, um es ihnen zu bringen. Eine letzte freundliche Geste für die Sterbenden. Und dann gab es noch jene, die mit kalkbleichen Gesichtern den Hügel hinaufsahen. Vermutlich ahnten sie bereits, dass ihnen noch etwas weitaus Schlimmeres bevorstand.

Dazwischen stapften die Paladine umher. Ihre weißen Panzer waren rot vor Blut und die Stoffbahnen zwischen ihren Beinen hingen nun schlaff, nass und schwer herab. Sie hatten wie goldene Teufel gekämpft und es war allein ihnen zu verdanken, dass die Derwyd aufgehalten worden waren. Ohne die Paladine ... darüber wollte Wagrim nicht nachdenken.

Stell dir vor, wie es wäre, einen von ihnen zu töten ... Wagrim verschloss sich den Worten des Berserkers, aber er kam nicht umhin, sich dasselbe zu fragen.

Der einzige Paladin, der kein Visier trug, musterte Wagrim neugierig. Die anderen stapften umher, suchten noch nach zuckenden Derwyd, um ihnen mit einem goldenen Schwert oder Hammer das Leben zu nehmen. Wagrim war überrascht, denn er hatte erwartet, dass sich die Leichen der Tierwesen in Menschen zurückverwandeln würden. Aber das war nicht der Fall. Offenbar stimmte doch nicht alles, was sich die Männer am Lagerfeuer erzählten. Waren Druiden Menschen oder Tier? Oder waren sie etwas ganz anderes?

Lasse die Gedanken zu. Wäge sie ab. Dann nimm die nützlichen und lass die anderen fallen. Würde jemals die Zeit kommen, da er Vaters Weisheiten nicht mehr in seinem Kopf hörte?

Die Kämpfe hatten sich bis über die Zeltlager ausgedehnt und sie in ein riesiges Trümmerfeld verwandelt. Die verdrehten Leichen von Menschen, Pferden und Derwyd lagen zwischen den niedergetrampelten Zeltstangen, zerfetzten und weggerissenen Segeltüchern, geborstenen Fässern, kaputten Kisten und allerlei Waffen, die verbogen im Boden steckten. Alles in den Dreck getreten und mit den verschmierten Abdrücken von Hufen und Stiefeln versehen.

Inmitten des Irrsinns gab es seltsame Inseln der Ruhe, in denen alles ungestört weiter seinen Lauf nahm, so wie es vermutlich gewesen war, bevor die Schlacht begonnen hatte. Ein Zelt stand noch und daneben war ein Bündel Speere sorgfältig nebeneinander aufgestellt, mit Hocker und Wetzstein daneben, und wartete darauf, geschärft zu werden. Eine Suppe brodelte unter einem Kochtopf und bei jeder Erschütterung innerhalb der Stadt erzitterte er.

Zwei Paladine saßen um das Feuer und sprachen gedämpft, während ein weißes Licht sie in einer Mandorla umgab. Als Wagrim und Cino an ihnen vorüberkamen, verfielen sie kurz in Schweigen. Diese Menschen waren ihm nicht geheuer.

Sie näherten sich den felsigen Stadtmauern, die wie leer gefegt waren. Die Krieger Tirnanogs hatten das Gemetzel eine Weile stumm beobachtet und sich entschieden, nicht in die Schlacht einzugreifen. Irgendwann, als die ersten Erschütterungen zu spüren gewesen waren, waren sie verschwunden.

Wagrim wagte einen Blick den Hügel hinauf zu dem Baum, der dort wie aus dem Nichts gewachsen war.

»Die haben ihre eigenen Probleme, was?«, fragte Cino.

Wagrim zögerte. »Das Thing.«

»Ist wohl nicht ganz wie geplant gelaufen.«

»Sollten wir nicht …«

»Die kommen schon zurecht.«

»Und wir?«

Cino zog einen Flachmann aus seiner Uniformjacke. »Wir trinken!«

*

Cuchulain ertrank am eigenen Blut. Deutlich hörte er das Pulsieren des Schwertes. Es rief nach ihm, damit er es aus dem Baum zog und in den Himmel reckte. Inzwischen spürte er jedes Pochen wie einen zweiten Herzschlag. Doch sein eigener wurde schwächer und schwächer.

Er hatte den Kampf aufgegeben.

Sein Leben erlosch. Die Wunden waren zu schwer, als dass ein Wunder ihn jetzt noch retten könnte. Er bekam nicht einmal mehr mit, wie der Waldgott die Schlingen um ihn löste und er zu Boden sackte. Still lag er da, starrte in das Wurzeldach und genoss die Sonnenstrahlen auf dem Gesicht.

Ein riesiger Baum, verborgen vor den Augen der Welt, durchbrach das Land und verband es mit anderen … Orten? Bei den Geistern, wenn er gewusst hätte, dass er auserwählt war, Tirnanog zu einen. Aber das war jetzt nicht länger von Bedeutung. Nichts war mehr von Bedeutung.

Gebrüll hallte über den Hügel, fern und dumpf. Eine Druidin in Bärengestalt, umgeben von ätherischen Lichtern, kämpfte gegen den Waldgott und es sah aus, als könnte sie ihm trotzen. Sie schmetterte auf ihn nieder und verwandelte sich blitzschnell in einen Wolf, der Cernunnos' Peitschenhieben auswich. So etwas hatte Cuchulain noch nie zuvor gesehen. Offenbar brauchte sie keine Kristalle, um die Funken jener Tiere zu sammeln, in die sie sich verwandeln konnte. Diese Funken lebten *in* ihr.

Sein Atem wurde schwächer. Schwärze füllte seine Sichtränder.

Ein Stab bohrte sich neben seinem Kopf in die Erde. Ein alter Mann in blauem Federmantel beugte sich zu ihm, die Augen voller Reue und Trauer, die Finger nach ihm ausgestreckt, zwischen denen blaue Funken tanzten.

»Es tut mir leid«, sagte Merlin mit dünner Stimme.

»Der Baum …« Jedes Wort verlangte Cuchulain alles ab.

Der Zauberer blickte in die Ferne. »Die Weltenesche wahrt das Gleichgewicht.« Er seufzte. »Zum Wohle des Friedens.«

»Hebt mich an!«

Merlin tat ihm den Gefallen. Die Bärendruidin kämpfte wie vom Zorn der Wildnis erfüllt gegen den Waldgott, riss Wurzeln entzwei, zertrümmerte Ranken, zerschmetterte die Borke und wich jedem Angriff aus. Der Hügel trug zahlreiche Wunden, war mit spinnetzartigen Wurzeln überwuchert, die rhythmisch pulsierten. Und der Regenbogen war ebenfalls von diesen teerartigen Dingern überwachsen, die sich zum Weltenbaum hin reckten.

»Merlin …« Cuchulain hustete und spuckte Blut hinterher. »Was, wenn es ihm gelingt? Er will … alles kontrollieren. Das Schwert … Es ruft nach mir.«

»Es ruft nach seinem Träger, mein Junge. Einst erschuf ich es aus dem Herzen einer toten Welt. Das Leben, die Wünsche und Träume, die Macht von allem, was dort existierte, ist darin gebannt.«

Cuchulains Augenlider flatterten, seine Sicht verschwamm, sein Herz schlug so langsam, dass er es kaum noch spürte. Verzweifelt kämpfte er darum, am Leben bleiben zu dürfen. »Bist du ein … Gott?«

Merlin schloss die Augen. Als er sie wieder öffnete, waren sie von einem tiefen Schmerz erfüllt. »Nicht diese Frage, mein Junge.«

»Bitte …«

»Ich weiß es nicht.« Der Zauberer blickte zu dem Waldgott. »Vielleicht ist das meine Aufgabe. Herausfinden, was ich bin und wie ich dem Weltenrund helfen kann. Auch ich muss mich meiner Verantwortung stellen.« Gram erfüllte jetzt seine Züge. »Und meinem prophezeiten Schicksal.«

»Du … kannst ihn nicht aufhalten, nicht wahr?«

Kurz waberte Nebel an Cuchulains Sichträndern. Als er sich wieder lichtete, konnte er das traurige Gesicht des alten Mannes sehen. »Nein, das kann ich nicht, mein Junge. Du hättest der Auserwählte sein sollen, der das Gleichgewicht erneuert, um die Erinnerungen an die Verheerung zu tilgen.« Merlins Stimme zitterte. »Du hättest das tun sollen, was ich nicht konnte.«

Die Wahrheit sickerte wie Kälte in Cuchulains sterbendes Herz. »Wir haben verloren …« Mit diesen Worten auf den Lippen verging sein letzter Atemzug.

*

Artio schwor sich, bis zum letzten Atemzug zu kämpfen. Doch der Waldgott war zu mächtig. Jedes Mal, wenn sie auf ihn einprügelte und sich mit ihren Klauen zu seiner wahren Gestalt vorgrub, entwich er ihr.

Sie stieß sich in Bärengestalt ab, die ätherischen Bänder aus Licht umwirbelten sie, und krachte gegen den Stamm. Dann hieb sie zu – wieder und wieder.

Eine Schlinge schlang sich um ihre Pranke. Eine zweite und eine dritte folgten. Sie wollte die Schlingen durchbeißen, aber dadurch zurrte sie sich nur noch fester.

Die Wölfin heulte. Sie trat aus dem Nebel ihres Verstandes und ihr Funken loderte auf, während die Bärin sich zurückzog. Artio nickte und überließ der Wölfin die Führung.

Ihr Körper schrumpfte. Massive Glieder wichen sehnigen Muskeln, Artios Blick wurde schärfer und ihr Spürsinn wacher. Nun schöpfte sie nicht mehr nach Schärfe.

Sondern nach Instinkt.

Sie rutschte aus den Schlingen, landete geschickt auf einer Wurzel und stieß sich ab. Links, rechts, dann wieder links und stürzte nach vorn. Sie genoss es, wie wendig die Wölfin jede ihrer Bewegungen anleitete. Es gab keine Fesseln mehr – nichts, was sie noch halten konnte. Dies war wahre Freiheit.

Sie sprang, landete am Stamm und bohrte ihre Krallen tief in die Borke hinein.

Tiefer.

Wilder.

Wütender.

So wie sie gegen Danu gekämpft hatte, um sie vom Schwert zu befreien. Dabei hatte sie sich selbst verflucht, um die Klinge vor dem Antlitz der Welt zu bewahren. Der Waldgott war der Grund. Er war der Grund für alles, was in Tirnanog geschah.

In der Ferne schrien die Menschen, viel zu weit weg und dumpf. Artio achtete nicht darauf. Es splitterte und knackte, als ein riesiges Stück Rinde am Stamm abplatzte. Darunter kam etwas zum Vorschein. Eine ausgemergelte Gestalt blinzelte sie an.

Cernunnos bestrafte ihr Zögern, indem ein Rankenwust ihn wieder wie ein Kokon einhüllte. Dann hieb er dreimal in rascher Abfolge mit einem Ast auf Artio ein. Einer der Schläge erwischte sie am Arm und ein Schmerzspeer zuckte hindurch. Sie verlor den Halt.

Verdammt. Artio fiel vom Baum und wappnete sich gegen den Fall. Instinktiv zog sich die Wölfin zurück und überließ dem Vogel die Kontrolle. Jeder einzelne Knochen in Artios Leib brach, zersplitterte und schob sich in eine andere Position, wie ein Puzzle, dessen Teile sich neu zusammensetzten. Fell wurde zu Gefieder. Das Maul zu einem Schnabel. Krallen und Pfoten zu Füßen und Klauen. Das alles geschah so rasch, dass in der Wirklichkeit kaum ein Atemzug vergangen war.

Artio spreizte das Gefieder und ihr Fall endete knapp vor dem Erdboden. Schnell wie ein Pfeil hob sie ab. Gerade rechtzeitig, denn einen Lidschlag später krachte eine Wurzel dort nieder. Unter großen Mühen zwang sie das ätherische Licht, das sie umwirbelte, in ihren Flügel, der nicht richtig gehorchte, und heilte ihn. Der gebrochene Knochen rückte ins Fleisch und die Wunde schloss sich. Der Zorn der Wildnis konnte sie heilen? Das bedeutete aber auch, dass eine Wunde durch die Verwandlung erhalten blieb.

Die Kraft kehrte in ihren Flügel zurück; die Wunde war fast vollständig verheilt, aber da viel von dem ätherischen Licht sie durchflossen hatte, war sie nun ganz erschöpft. Sie flog höher, ließ sich dann fallen und flitzte zwischen den Peitschenhieben hindurch. Dann landete sie und erhob sich in Wolfsgestalt. Sie stürmte zur Seite, versuchte Abstand zu halten, doch der Waldgott verfolgte sie und schnitt ihr immer wieder den Weg ab, um sie an der Flucht zu hindern.

»Du trägst den Zorn der Wildnis«, rief Cernunnos. »Doch du bist noch ungeübt im Umgang. Du weißt nicht, welche Macht dich durchströmt.«

Ein Ast schoss vor und Artio tauchte darunter weg. Im Zickzack schoss sie auf den Baum zu, während die Welt um sie laut und voller Bewegung war. Ranken, Wurzeln, Dornen – überall zuckten sie nieder, brachen aus dem Boden, hieben nach ihr und versuchten sie zu zerquetschen. Eine Ranke hielt auf sie zu und wurde von einem Blitz auseinandergesprengt, ehe sie Artio traf. Merlin. Er war ein Zauberer.

Konzentriere dich!

Sie stieß sich ab, landete auf einer Wurzel und lief darauf entlang, als die herumzuckte und immer mehr Schwung bekam. Dabei grub sie ihre Krallen tief hinein, um nicht abgeschüttelt zu werden, sprang auf die nächste Wurzel, kam kaum zum Tritt, ehe sie mit hechelndem Atem weiterstürmte. Der Instinkt der Wölfin warnte sie vor jedem Angriff und so konnte sie mühelos ausweichen. Aber sie brauchte die Bärin. Sie brauchte Stärke!

Artio sprang zur Seite, als eine Ranke nach ihr hieb und die, auf der sie rannte, allmählich wieder zu Boden fiel. Als sie die höchste Stelle erreicht hatte, drückte sie sich ab und verwandelte sich im Sprung in die Bärin.

Wie eine Naturgewalt donnerte sie gegen den Stamm und ließ einen Teil der Borke abplatzen.

»Ich tue das nicht für mich, Druidin«, sagte Cernunnos.

»Jedes Wort aus deinem Mund ist eine Lüge, Waldgott!«, brüllte sie.

»Ihr werdet schon noch begreifen, dass ich die härteste Entscheidung zum Wohle aller treffe.«

Sein Gesicht verschwand. Gleichzeitig ertönte aus der Ferne ein Rumpeln.

Artio riss den Bärenkopf herum. Der Hügel am Rande des Tals, über dem sich die Ruinen erhoben, erwachte zum Leben. Spalten weiteten sich in den Hängen, Steine und Trümmer flogen umher und der gesamte Untergrund wurde auseinandergerissen, als sich ein Umriss unter dem Schutt befreite.

*

Wagrim starrte gebannt auf den Umriss, der sich aus dem Hügel befreite. Nein, er *war* der verdammte Hügel!

Spalten schossen im Zickzack durch den Untergrund. Ein donnerndes Röhren hallte über das gesamte Tal. Aus einem Spalt schoss eine riesige Hand empor; sie klatschte auf den Boden und verkrallte sich in der Erde. Sehnige Finger, mit Steinsplittern, Dreck und Horn bedeckt. Dann folgte ein Arm, hässlich und verdreht, mit sehnigen Muskeln und abgeplatzter Haut.

Die Soldaten blieben wie festgefroren stehen. Wagrim konnte ebenfalls nicht anders. Er musste sehen, was dort geschah, welche Sagengestalt ihnen jetzt an den Kragen wollte.

Der gesamte Hügel platzte auseinander, schüttelte Ruinenbruchstücke umher und richtete sich dann zu voller Größte auf. Ein riesiger Schatten fiel auf die Soldaten und Paladine, auf die Leichen, Pfähle und Zelte, auf die letzten Zeugen der Schlacht.

Ein Verheerungsriese.

Der Körper war mit schwärenden Wunden übersät. Aus der rechten Flanke ragten vergilbte Rippenbögen hervor. Gehirnmasse und dicke, ölige Flüssigkeit quoll aus dem Loch im Kopf hervor, rann durch den strähnigen Bart und tropfte vom zernarbten Kinn. Die Kleidung war lediglich eine Ansammlung Lumpen, die sich um den ausgemergelten Körper wickelten, und in den Augen loderte kein Lebensfunke. Da war einfach nichts außer schwarzen, leeren Löchern.

Wagrim stand da und wusste nicht, ob er wegrennen oder irgendeinen Gott um Hilfe anflehen sollte. Der Riese war mehr tot als lebendig, eine Leiche, die Jahrhunderte unter dem Hügel begraben gelegen hatte. Nun war sie wieder zum Leben erweckt worden.

Männer ließen alles stehen und liegen und rannten davon. Schreie, Panik, Chaos.

Jetzt entdeckte Wagrim auch die teerartigen Wurzeln, die sich durch die Haut, das schwärende Fleisch und das aufgebrochene Gesicht gruben. Sie sammelten sich im Bein des Riesen und hoben es an.

»Lauft!«, brüllte jemand.

»Wo ist mein Schwert? Wo ist …?«

»Aus dem Weg!«

»Palindrom, hilf mir!«

Cino trat neben ihn und schaute zu dem Ungetüm hinauf. »Das nenne ich mal einen Fleischberg.«

»Kannst du mich mal kneifen?«

»Wenn das ein Traum ist, wo sind dann die nackten Weiber, Amigo?«

»Siehst du die Wurzeln?« Wagrim deutete dorthin. »Sie sind das einzige Lebendige an diesem … Ding.«

»Das ist ein … Wiedergängerriese? Und ich dachte, ich hätte schon alles gesehen.«

Der Berserker trat aus dem Nebel und war bereit.

Wie eine Naturgewalt ließ der Riese den gewaltigen Fuß niedergehen. Der Boden bebte und zerbrach. Die Männer, die eben noch dort gestanden hatten, wurden zerquetscht wie Insekten.

»Beim Sack des Palindroms«, raunte Cino. »So habe ich mir mein Ende nicht vorgestellt.«

Wieder hob der Riese den Fuß und rammte ihn nieder.

*

Artio rammte ihre Bärenpranke gegen die Borke. Wie im Wahn grub sie ihre Krallen hinein, riss Rinde ab, zerschmetterte den Stamm und ließ klebrige, schwarze Flüssigkeit umherspritzen. »Du bist der wahre Feind!«

»Der Feind?« Ein Gesicht bildete sich knapp über ihr. »Du weißt nicht, was ich für den Zusammenhalt der neun Welten geopfert habe! Was ich tun musste, um mein Volk zu beschützen. Wie viel ich gelitten habe, um das Böse zu vertreiben!«

»Und dann hast du entschieden, selbst das Böse zu werden?« Dutzende Ranken wickelten sich um ihren Körper und zogen ihre Glieder straff. »Das Böse wird immer existieren, denn ihr Menschen tragt es in euren Herzen! Was es braucht, ist Kontrolle.«

Mit einem Knurren verwandelte sie sich in einen Wolf, fiel nieder und sprintete zum Stamm zurück. Als sie zuschlug, verwandelte sich ihr Körper wie von selbst in den der Bärin. »Das Palindrom hat uns den freien Willen vermacht, weil es an das Gute in unserem Herzen glaubt.«

»Ja, denn dieser Gott war ebenfalls ein Mensch.« Er klang verbittert. »Was ihr auch berührt, ihr vernichtet es.«

Ein Schlag und der gesamte Baum erzitterte. Cernunnos' wahre Gestalt kam darunter zum Vorschein. Ein dürrer, abgemagerter Mensch mit pfeilspitzen Ohren und runzliger Haut. Ein Geweih ragte aus der Stirn. Seine Augen waren schwarz wie die Nacht.

»Es ist zu spät«, wisperte er. Sein Blick schwenkte erst zu dem gigantischen Wesen im Tal, das er irgendwie kontrollierte, und dann zu Boden, wo Cuchulain leblos in einer Blutpfütze lag. Neben ihm stand Merlin, umhüllt von Funken.

Artio umschloss Cernunnos' dürren Hals. »Wir werden einen anderen Weg finden, Waldgott! Die wahren Paladine ...«

Er lachte; ein krächzendes, trockenes Lachen, das über den Hügel hallte. »Die Legende der Paladine? Wie die Ritter der Tafelrunde? Frag Merlin, was sie getan haben! Frag ihn, wie das Reich in Krieg, Blut und Tod zerbrechen konnte, nachdem sie angeblich ihren Auftrag erfüllt hatten!«

Die Bärin war erschöpft und zog sich deshalb zurück. Artio verwandelte sich wieder in ihre menschliche Gestalt, die Hand immer noch um seinen Hals gekrümmt, und beugte sich langsam zu ihm. »Es ist vorbei.«

»Ihr mögt die Derwyd niedergerungen haben, aber es ging nie um sie.«

Artio wagte einen Blick zurück. Der Riese wütete, brachte Dutzenden den Tod. Überall lagen Leichen verstreut und dazwischen rannten die Überlebenden umher. Pfeile, Speere, Schwerter – nichts konnte etwas gegen ihn ausrichten. Keine Klinge der Welt vermochte das.

»Du kontrollierst ihn.« Sie sah Cernunnos wieder an. »Wie?«

Ein Anflug eines fröhlichen Lächelns umspielte seine Lippen. »Es ist zu spät.«

»WIE!«

»Hiermit beginnt es. Ich bin überall. Ich bin …«

Artio drückte zu und brach ihm das Genick.

Die Wahrheit

Langsam kippte der Kopf zur Seite. Cernunnos lächelte, als amüsierte er sich über einen Scherz, den nur er verstand. Ein milchiger Schleier legte sich über seine Augen und er zuckte noch ein paar Mal.

Schließlich erschlaffte der Körper und *zerfiel*. Cernunnos' Körper zersetzte sich einfach zu Staub, als wäre er bloß ein Traum gewesen, der vom Wind verweht wurde. Kein Baumgeist. Kein Widersacher, der nach Kontrolle trachtete. Kein Wesen von unbändiger Macht.

Der gesamte Baum erzitterte. Ranken lösten sich aus der Baumkrone, die allmählich zerfiel, als wäre jegliches Leben daraus gebannt. Unten fern der Stadt ging der Riese ebenfalls nieder, als wäre sein Lebensfaden durchtrennt worden, und ließ das ganze Tal erbeben.

Artio rief nach der Wölfin und überließ ihre die Kontrolle. Sie grub ihre Krallen in die Borke, drehte sich halb um, und dann stieß sie sich ab. Geschickt landete sie auf dem zerbrochenen Hügel zwischen zwei zerschmetterten Menhiren und stemmte sich in menschlicher Gestalt wieder hoch. Je öfter sie die Verwandlungen vollzog, desto leichter fiel es ihr. Als wäre es ihr bestimmt, die Geister der Natur zu behüten.

Überall gingen Ranken nieder und begruben den gesamten Hügel. Artio wollte ausweichen, aber sie war zu gebannt von dem Anblick. Das hier war der Beweis, dass alles sterben konnte.

Selbst ein Gott.

Eine Ranke fiel auf sie zu. Bevor Artio zerquetscht wurde, bildete sich eine blitzende Kuppel um sie, über dessen Oberfläche blaue Funken tanzten.

Die Ranke prallte daran ab und schickte Staubwolken in den Himmel. Die Kuppel zerfiel und aus dem grauen Vorhang schälte sich ein Mann in blauem Federmantel. Er ging langsam und behäbig und trug dabei einen jungen Mann auf den Armen, den er kaum halten konnte.

Artios Herz gefror. Sie eilte mit rasselndem Atem und schmerzenden Gliedern zu ihm. Sie fühlte sich, als wäre sie auf einem Amboss zerschmettert werden, um dann in der Esse neu geschmiedet zu werden. Es würde Zeit brauchen, all das zu verarbeiten und zu verstehen.

Merlin stolperte auf die Knie. Sie bückte sich zu ihm, nahm ihm Cuchulain ab und legte ihn vorsichtig ab. Der Lebensfunke hatte den Krieger verlassen. »Er ist tot«, flüsterte sie.

»Schon wieder«, murmelte der Zauberer, als nähme er sie gar nicht wahr.

»Was?«

»Ich habe so etwas schon einmal erlebt. Ein junger Mann namens Tristan. Und dann Artus.« Merlin starrte auf seine blutbesudelten Hände. »Die Ritter der Tafelrunde, die nach etwas suchten, was nicht zu finden war. Viele Jahre waren er und seine Paladine fort. Jahre des Wartens, in denen ich darum rang, das zerfallende Reich zusammenzuhalten. Doch der junge Mann, den ich aufwachsen sah, den ich begleitete und beriet … Er kehrte nie zurück.«

Vorsichtig berührte sie ihn an der Schulter. »Merlin?«

Der Zauberer sah sie an; nein, er sah durch sie hindurch. »Ein gebrochener Mann, der von seinesgleichen mit Verrat bestraft wurde. Nun … Nun halte ich den Leichnam meines Schützlings in den Händen. Erneut.« Er legte den Kopf in den Nacken und Tränen schimmerten in seinen Augen, als durchlebte er seine Erinnerungen. »Dies ist meine Strafe. Die Einsamkeit.«

»Reißt Euch zusammen! Was tun wir jetzt?«

»Ich weiß es nicht. Ich sollte es wissen, aber … dort ist nur Leere.«

Sie strich Cuchulain die blonden Haare aus der Stirn, während sich der Staub allmählich legte. »Er sollte Tirnanog einen?«

»Seine Bestimmung war weitaus größer. Er sollte *alle* Völker einen. Alle Völker aller Welten.«

Artio wagte einen Blick zurück. Von Cernunnos war nur noch ein Wust aus Wurzeln übrig geblieben, wie zu groß geratene, erschlagene Würmer im Dreck. Der Kristall im Zentrum der Steinkreise hingegen war als Einziger unversehrt geblieben, genauso das farbige Licht zu dem gigantischen Baum im fernen Dunst reichte. Der Strang, mit dem Cernunnos sich dort entgegengereckt hatte, war verschwunden.

»Was sehe ich dort?«, fragte sie leise.

»Yggdrasil«, erklang eine tiefe Stimme hinter ihr.

Ein helles *Klick* ertönte, als José zu ihnen aufschloss. Er war völlig unversehrt, nicht einmal sein Gehstock hatte einen Kratzer abbekommen. Aber seine Züge waren grimmig und ihn umgab etwas, das ihr wie ein Hauch des Todes in den Nacken blies.

Merlin erhob sich langsam. »Ihr wisst Dinge, über die kein Mensch Bescheid wissen sollte.«

José lächelte milde. »Ich habe mein Leben den Sagen und Mythen gewidmet. Bis mir ein Buch in die Hände fiel. Ein Buch, das jemand einst geschrieben hat, bevor er etwas getan hat, das alles veränderte.«

*

Etwas hatte sich für Wagrim verändert. Der Riese lag auf der Seite. Das eingeschlagene Gesicht war ihm zugewandt und die Rippenbögen an der zerstörten Flanke reichten in den Himmel. Das, was das Wesen eben noch beherrscht hatte, war verschwunden.

Totes Fleisch und ein beißender Verwesungsgestank, der ihm die Luft abschnürte, waren alles, was zurückgeblieben war. Fliegenschwärme hatten sich bereits um die Leiche versammelt und die Krähen kreisten darüber, pickten im aufgebrochenen Körper herum, nagten das Fleisch von den Knochen.

Inzwischen hatte Wagrim die Schnauze gestrichen voll und wollte nur noch nach Hause. Anfangs hatte er geglaubt, dass José ihm tatsächlich helfen könnte, den Berserker zu kontrollieren. Doch das Gegenteil war der Fall.

Der Berserker war näher denn je.

Wagrim bückte sich zu einem Soldaten, dem ein Speer quer im Hals steckte. Der junge Mann gurgelte und blubberte Blutblasen aus der zerstörten Kehle und versuchte einen Satz zu formulieren. Vielleicht war er siebzehn Winter alt, höchstens. Vielleicht wollte er eine letzte Nachricht an sein Liebchen übersenden, oder eine Entschuldigung für seine Taten. Vielleicht hoffte er auch auf Gnade, auf jemanden, der ihm sagte, dass das alles nur ein Traum war. Wahrheit. Danach dürsteten viele Soldaten; nach der Wahrheit, warum sie wirklich hier waren und den Löffel für etwas abgeben sollten, das sie nicht verstanden. Doch die Wahrheit war das Erste, was im Krieg starb.

»Es tut mir leid«, murmelte Wagrim und zog den Speer heraus, um den Soldaten zu erlösen. Als er dessen Augen schließen wollte, blickte ihm dort der Berserker entgegen. Er wusste, dass seine Zeit wieder kommen würde.

»Verschwinde!« Wagrim wandte sich ab. Doch wann immer er eine Pfütze am Boden betrachtete, eine Blutlache, eine nasse Klinge oder ein schimmerndes Stück Metall, schaute ihm von überall dort der Berserker entgegen. Dieses Ungeheuer wartete darauf, wieder die Kontrolle zu übernehmen. Wagrim wusste nicht, ob er ihn noch einmal wegsperren konnte.

»Du musst das nicht tun, Amigo.«

Wagrim zog eine Leiche unter den Kadavern von zwei Ziegenmenschen hervor. Die Leiche war so schwer zugerichtet, dass man nicht einmal mehr sagen konnte, ob das einst ein Mensch gewesen war. Er rollte den Fleischhaufen auf den Rücken und schleppte ihn dann zu den anderen Leichen, die sauber aneinandergereiht auf dem Schlachtfeld lagen. Es wirkte beinahe so, als schliefen sie.

»Wirklich, Amigo. Lass das die Männer tun.«

»Nein«, murmelte Wagrim.

Schaufeln kratzten über die Erde, Männer hoben Gruben aus und die Schaufeln fuhren wieder nieder, um neue Gräber auszuheben. Soldaten schwitzten und stöhnten, schmissen die Toten in die Löcher, häuften Erde darüber und wandten sich den nächsten Leichen zu. Totes Fleisch. Nahrung für die Würmer. Schlamm. Begraben in einem fremden Land, in fremdem Boden mit ein paar warmen Worten der Paladine, die umherschritten, um die Toten im Namen des Palindroms zu segnen. Als wäre ihr Tod ein notwendiges Opfer für die große Sache gewesen. Aber das waren Menschen mit Geschichten, Wünschen und Träumen gewesen, die im Namen einer Sache gestorben waren, die ihnen nichts bedeutete. Jetzt waren sie tot.

Er nahm einem Soldaten, der kaum noch stehen konnte, die Schaufel ab. Mit dem Fuß aufsetzen, das rostige Metall kratzte und biss über die Erde, und dann einen Haufen ausheben. Graben – was sonst sollte man nach der Schlacht tun? Graben, darin war Wagrim gut. Als letzte Ehrenbezeugung derer, die nicht wie er mit dem Fluch des Lebens behaftet waren. Graben. Es widerte ihn an.

Cino trat neben ihn und wippte leicht auf den Fersen. »Ich kapier's nicht.«

»Ich grabe.«

»*Tapado*. Verstanden. Aber warum?«

»Irgendjemand muss es tun.«

»Weißt du, normalerweise ist man Stabsoffizier, damit man *nicht* arbeiten muss.«

Wagrim trieb die Schaufel in die Erde. »Was sonst sollte ich tun?«

»Nicht arbeiten?«

»Und das macht mich zu einem besseren Menschen?« Er packte eine Leiche an den Füßen, nickte Cino auffordernd zu und wartete, bis der Mann mitanpackte. Dann schmissen sie die Leiche in die Grube, bedeckten sie und wandten sich den nächsten Toten zu.

»In meiner Heimat …« Wagrim ächzte, als er die Schaufel wieder tief in den Boden steckte. »… dient ein Anführer seinem Volk. Hier ist sich jeder selbst der Nächste.«

»Willkommen in Méridor, Amigo.«

Er wischte sich über die Stirn, spürte das Zittern und die Anspannung seiner Muskeln, und machte weiter. Immer wieder ertappte er sich, wie er zu dem Ungetüm sah. Dreißig Schritt lang – mindestens. Wie konnte so etwas überhaupt existieren? Was musste der Riese alles gesehen haben, bevor er gestorben war? Er hatte Geschichten von den Riesen und ihren Hinterlassenschaften gehört. Aber das hier überstieg alles Dagewesene.

»Das Hochland gehört ebenfalls zu Méridor, Cino. Es ist eine Kolonie.«

»Worauf willst du hinaus, Amigo?«

Wagrim wies mit ausholender Armbewegung über das Tal, den toten Riesen, die stöhnenden Männer, die Toten, die Kadaver der Derwyd, die teilweise zerstörte Stadt und den Hügel, wo der Rankenbaum zerfallen war. »Wofür haben wir gekämpft?«

Cino zwirbelte seinen gewachsten Bart. »Vaterland, Ruhm und Ehre.«

Wagrim schnaubte so laut, dass ihm Rotz aus der Nase schoss.

Der Glücksritter hob den Finger. »Wenn ich mich recht entsinne, bist du freiwillig der Armada beigetreten. Also, worüber beschwerst du dich?«

»Das war mein erster Fehler.« Wagrim gab die Schaufel einem anderen Mann und stapfte weiter. Im Grunde wusste er nicht, was er hier tat. Er wusste nicht einmal, warum er überhaupt noch hier war und nicht ins Hochland zurückkehrte, um seine letzten Tage an einem warmen Feuer im Kreise seiner Getreuen zu verbringen, bis das, was hier in Tirnanog geschehen war, auch über seine Heimat herfiel. Aber die Wahrheit war, er kannte den Grund, warum er nicht nach Hause zurückkehrte.

Endlich fand er sie. Unbewusst hatte er die ganze Zeit nach ihr Ausschau gehalten, aber von einem Anführer erwartete man stets, dass er diesem lahmen Haufen ein Vorbild war. Wenigstens hier wollte er seine Pflicht erfüllen, wenn er es schon nicht in seiner Heimat geschafft hatte.

Morrigan kniete vor einem Soldaten, dem ein Pfeil im Bauch steckte. Sie redete beruhigend auf ihn ein, während drei andere Männer mit bitteren Gesichtern um sie herumstanden. Obwohl sie nicht besser dran war als die anderen, gab sie dem jungen Mann Hoffnung. Dabei kannte Wagrim solche Wunden. Sie waren tödlich.

Morrigan redete immer noch auf den Soldaten ein, obgleich er sich längst nicht mehr bewegte. Wagrim schob die Männer zur Seite, trat hinter sie, berührte zärtlich ihre Schulter und spendete ihr Trost. Sie atmete zitternd ein, legte ihre Hand auf seine und verharrte so eine gefühlte Ewigkeit, bis sie sich von ihm auf die Füße helfen ließ.

»Ich habe noch nie jemanden sterben sehen«, flüsterte sie.

»Es verändert einen Menschen.«

»Menschen.« Sie betonte das Wort, als träfe es nicht auf sie zu. »Wird es jemals leichter?«

Er wollte etwas sagen – irgendetwas –, aber er war noch nie ein Mann großer Worte gewesen. Alles, was er in seinen tollen Reden, von sich gegeben hatte, bevor er die Männer in den Tod geschickt hatte, waren Vaters Weisheiten gewesen. Er brachte es nicht über sich, auch nur eine davon auszusprechen.

»Ich habe dich gesehen.« Traurig blickte sie zu ihm auf. Kratzer bedeckten ihr Gesicht, ihre grün-schwarze gefiederte Robe war blutbesudelt und wies klaffende Risse auf, und die Kristalle an ihrem Handschuh – sogar jener in ihrem Ausschnitt – waren zerbrochen.

»Du hast *ihn* kontrolliert.«

Ihm lag eine Erwiderung auf der Zunge. Er wollte ihr die Wahrheit erzählen, sie in den Arm nehmen, festhalten und ihr sagen, dass sie von hier verschwinden sollten. Vielleicht könnten sie in den Hochlanden sich ein Fleckchen suchen. Eine Hütte bauen. Etwas anpflanzen und ein paar Schafe hüten. Er stellte sich dieses Leben sehr ruhig und abgeschieden vor. Was interessierte sie der Krieg? Das Weltenrund? Alles, was hier geschehen war?

Aber der Berserker ließ es nicht zu. Also lächelte Wagrim bloß.

*

José lächelte, um sich nicht anmerken zu lassen, welcher Sturm in ihm tobte. Wie oft hatte José sich diese Begegnung vorgestellt? Und nun stand Merlin vor ihm. Der Mann, dem er nachgeeifert hatte. Eine Sagengestalt aus Fleisch und Blut, noch älter als das Palindrom. Dagda. Der Allvater Tirnanogs. Nachkomme der *sídhe*, Träger eines Funkens, mit dem er über die Elemente gebot und Erster seines Ordens.

Ein Gott.

Und José hatte versagt.

Cuchulain, der auserkorene König, der Schlussstein in seinen Plänen und der Lehrling des Zauberers, der das Schwert ergreifen und eine Legende erneuern sollte, war tot.

»Das Buch, das ich fand, gehörte Euch«, sagte José feierlich.

»Mein Kompendium.« Etwas in Merlins Worten schien eine Veränderung in ihm zu bewirken. Als erinnerte er sich an eine altvordere Zeit, die nun wieder von Bedeutung war. Er trat einen Schritt näher und musterte José aufmerksam. »Euren Funken umgibt ein mächtiger Widerhall. Voller Schmerz, Trauer und Verlust. Wie das Echo eines Schreis.«

José wappnete sich gegen die Worte, die er sich lange zurechtgelegt hatte. »Ich habe einen Seelenstein zerbrochen.«

Merlin weitete entsetzt die Augen. »Wie konntet Ihr so etwas Törichtes tun?«

»Ich hatte leider gerade keinen *goldenen Apfel* zur Hand.«

»Der Preis dafür ...«

»...ist meine Seele. Ja, *er* klärte mich bereits darüber auf.«

»Das Palindrom.« Merlin zögerte. »Wie war er?«

José gestattete sich ein mildes Lächeln. »Er ist nicht das, was man erwartet. Sagen wir, er ahnte nicht, dass seine Gottwerdung eine Kirche mit religiösem Eifer und der Absicht nach totaler Kontrolle auslösen würde.«

Der Zauberer krümmte die Hand; Funken zuckten darin und formten mit einem blauen Blitz einen Falkenstab. »Deshalb sucht Ihr nach den wahren Paladinen. Ihr wusstet, was geschehen würde. Ich«, er zögerte und ein besorgter Ausdruck zeichnete seine Züge, »wusste, was geschehen würde.«

»Cernunnos ist besiegt«, bemerkte Artio. »Was auch immer er vorhatte, er ist gescheitert.« Wenigstens bei ihr waren Josés Pläne aufgegangen. Sie würde noch viel Übung brauchen, um ihre Gabe zu beherrschen, aber schon jetzt hatte sie bewiesen, dass sie eine wahre Paladin war.

»Nein, er hat gewonnen.« José war selbst erstaunt, wie gelassen seine Stimme war. Mit einem Armschlenker wies er über die Regenbogensäule zu den gewaltigen Ästen, die sich über den gesamten Himmel spannten. »Verborgen vor den Augen Sterblicher gab es Zugänge zwischen den neun Welten. Nun sind diese offen und jedes Wesen, unerheblich, in welcher Welt es existiert, kann hierher in unsere Welt gelangen. Ins Weltenrund. Damit beginnt der Weltensturm.«

Als niemand antwortete, kniff die Druidin die grünen Augen zusammen, in denen ein geisterhaftes Licht aufleuchtete. »Was heißt das?«

»Noch nichts«, erwiderte der Zauberer beruhigend. »Zuerst müssen wir verstehen, welche Auswirkungen Cernunnos' Taten haben. Dafür müssen wir uns auch den Taten unserer eigenen Vergangenheit stellen.«

José nickte langsam. »Valanors Pforten wurden geöffnet.« Merlin stützte sich schwer auf seinen Stab. »Ich fürchtete schon lange, der Tag würde kommen.«

»Eine Zauberin befindet sich im Heer.« José kostete den Augenblick wie einen Schluck erlesenen Orujos. »Morrigan behauptet, dass der Bann des Vergessens in Valanor gebrochen wurde.«

Merlins Blick flackerte. »Der Bann des Vergessens.«

»Die Zeit der Veränderung wird sich nun überall im Weltenrund zeigen, unerheblich, ob in Valanor, Méridor oder an ganz anderen Orten.« José wandte sich ab und schritt inmitten des Chaos auf das Zentrum der Wurzelstränge zu. »Cernunnos hat all das von langer Hand geplant.«

»Ich habe ihn überzeugt, uns zu helfen«, sagte Merlin.

»Wir hatten bereits verloren, als Ihr Cuchulain auserkoren habt.«

»Aber *ich* habe Excalibur befreit«, erwiderte Artio heiser. »Es ist meine Schuld.«

»Nein«, entgegnete José bestimmt. »Danu hat lange genug die Macht des Schwertes vor den Augen der Welt verborgen.

»Sie hat es bewahrt«, er wandte sich Merlin zu, »wie Ihr es von ihr verlangt habt, nicht wahr?«

Der Zauberer schwieg.

»Ihr habt es Danu anvertraut, da Ihr wusstet, dass das Schwert, das ihr einst aus dem Herzen einer anderen Welt geschmiedet habt, irgendwann einmal wieder von Bedeutung wäre. Excalibur. Das Schwert von Artus, dem ersten Menschenkönig. Doch es war stets weitaus mehr als das.« Jose straffte sich und sein geklärter Blick richtete sich in weite Ferne. »Es war ein Schlüssel. Ein Schlüssel, um etwas zu öffnen und zu verbinden.« Er wies mit ausholender Geste zu dem Baum. »Yggdrasil.«

»So ist es.« Merlins Stimme klang bedauernd, aber auch eine Schärfe lag darin, als wollte er nicht wahrhaben, was geschehen war.

»Cernunnos hat nur darauf gewartet, dass Excalibur sich wieder zeigt. Er kannte unsere größte Schwäche.« José nickte Merlin bedächtig zu. »Auch Eure.«

Daraufhin schwieg der Zauberer wieder.

José begab sich zu dem weißen Kristall, dessen farbige Säule immer noch den Horizont durchbrach. Der Weltenbaum war nun klar erkennbar und so gigantisch, dass es keine Worte dafür gab.

»Ihr spracht von *Welten*«, bemerkte Artio.

Beruhigend legte José seine Hände auf den Knauf seines Stocks.

»Neun Welten. Neun Paladine. Neun, die göttliche Zahl. Die Äste verbinden die gesamte Schöpfung miteinander.« Er wies in die Ferne. »Das Totenreich unter den Wurzeln. Darüber das Reich jener Wesen, die aus dem Blut der Menschen entstanden sind. Und dort«, er zeigte in den Himmel, wo die Baumkrone kaum erkennbar war, »die Welt der *sídhe*.«

»Es gibt sie wirklich?«, fragte Artio.

»Oh ja.« Merlin musste sich offenbar zu den Worten zwingen. »Einst haben sie das gesamte Weltenrund bevölkert. Noch heute kann man ihre Spuren sehen. Ihre Welt ... Sie ist wichtig für das Kommende.«

José versuchte mehr von diesen anderen Welten auszumachen und der Bedrohung, die dort lauerte. Niemand wusste, was nun auf sie zukam. Niemand, außer ihm. Er hatte es gesehen.

Alles.

*

»Alles«, murmelte Wagrim, während er an Morrigans und Cinos Seite über das Schlachtfeld wanderte. Einfach alles hatte sich verändert, seit er einen Fuß nach Tirnanog gesetzt hatte. Wilder – so hatten sie ihn stets genannt. Mittlerweile fragte er sich, ob da nicht etwas dran wäre.

Allmählich kehrte Ruhe ein. Immer noch wurden Gräben ausgehoben und Leichen reingeworfen, Derwydkadaver gehäuft und angezündet, wodurch beißende Rauchwolken in den Himmel stiegen, sich mit dem Gestank der Riesenleiche mischten und Wagrims

Augen zum Tränen brachten. Übermüdete Feldscher versorgten die Verwundeten, Paladine spendeten Segen, um dem Palindrom für seinen Beistand zu danken. Vier von ihnen waren gefallen.

Weiter vorne saßen Soldaten um kleine Feuer zusammen, redeten, lachten, kochten Suppen oder starrten abwesend in die Flammen. Sie lagerten immer noch vor den Mauern einer Stadt. Die Hauptstadt des Feindes. Der Grund, weshalb die Armada überhaupt hierhergekommen war. Aber da sich dort kaum etwas rührte, die Tore weiter geschlossen waren und sich keine Menschenseele auf den Mauern blicken ließ, gingen wohl alle davon aus, dass von den Wilden keine Bedrohung mehr ausging. Seltsame Sache das. Der tatsächliche Grund, weshalb der Krieg begonnen hatte, war in Vergessenheit geraten, und jetzt waren sie einfach nur froh, noch am Leben zu sein.

Eigentlich hätte Wagrim für Ordnung sorgen müssen, da die Gefahr noch nicht gebannt war. Aber er wollte nicht. Die Schlacht, das Sterben, das Töten und der Kontrollverlust hatten ihm gezeigt, dass niemand, unerheblich, was er auch tat, vor seinen Taten davonlaufen konnte. Er konnte sich einreden, er wäre ein Held. Ein Anführer, dem das Wohl seines Volkes am Herzen lag. Ein Mann, der in einem Krieg gekämpft hatte, der ihn nichts anging, weil er an die Zukunft des Hochlandes dachte. Doch die Wahrheit war eine andere.

»Morrigan«, sagte er und blieb in zehn Schritt Entfernung vor den geschlossenen Stadttoren stehen. Ein paar Soldaten lungerten hier herum und beobachteten sie, aber niemand näherte sich. Cino verstand den Wink und marschierte davon, wobei er etwas von *Orujo* murmelte.

»Ich muss dir etwas gestehen, Morrigan. Etwas Wichtiges. Etwas, das ich schon lange mit mir herumschleppe und dir längst hätte anvertrauen sollen.«

»Warum?«, fragte sie leise.

»Weißt du das denn nicht?«

Sie schenkte ihm einen langen Blick. Die ganze Zeit hatte er gehofft, dass da mehr zwischen ihnen war. Ein Strohhalm, an dem er sich festgehalten hatte, um sich nicht seinen Taten stellen zu müssen.

Damit er davonlaufen konnte. Doch bei ihr fand er keine Wärme, bloß kühle Berechnung.

»Ich kann dir nicht geben, was du suchst, Wagrim.«

Eiskalte Finger schlossen sich um sein Herz. »Wieso?«

»Ich weiß, wer du bist. Ich weiß *alles* über dich, Wagrim. Es tut mir leid.«

»Alles?«

»Alles. Du bist davongelaufen, nachdem du alle umgebracht hast, die sich dir in den Weg gestellt haben.« Ein harter Glanz trat in ihre Augen. »Verbündete. Freunde. Familie. Weil du die Kontrolle verloren hast. Das, was du am meisten fürchtest, ist nicht der Tod.« Sie machte eine Pause. »Sondern dich selbst.«

Jedes Wort verstärkte den Griff um sein Herz. »Monster. So nannten sie mich. Sie wollten mir meinen Titel rauben und mich ermorden. Sie haben mich in eine Grube geworfen. Mich gehängt. Gefoltert. Aufgeschlitzt. Gebrochen!« Jedes Wort ging nieder wie ein Schmiedehammer. »Wieder und wieder und wieder.«

Morrigan stellte sich auf die Zehenspitzen und berührte tröstend seine Wange. »Stattdessen haben sie *ihn* geweckt.«

»Das Monster.« Er atmete tief durch. »Es ist unkontrollierbar.«

Morrigan ließ seine Wange los und umschmiegte seine Hand. So wie im Zelt, als sie sich geliebt hatten. »Du kannst es.«

»Wie?«

»Indem du dich nicht länger wehrst.«

»Das verstehe ich nicht.«

»Ich weiß. Weil du dich der schmerzlichen Wahrheit verwehrst.«

Er schloss die Augen. »Sag es!«

»Du bist der Falsche.«

Er riss die Augen wieder auf. »Was?«

»Das Geheimnis ist, dass du ihn nicht kontrollieren *willst*. Denn nicht der Berserker ist dein Schatten. Sondern Wagrim.«

Ihm klappte der Mund auf, aber er brachte nichts über die Lippen.

»Wagrim ist eine Lüge. Ein Schein. Ein Schild, hinter dem du dich versteckst.« Bedauern zeichneten ihre Züge. »Der wahre Mann, der vor mir steht, ist der Berserker.«

»Nein!« Er ließ sie los und trat einen Schritt zurück. »Das ist nicht wahr!«

Ein entschuldigendes Lächeln, als hätte er sie auf frischer Tat bei einem Streich erwischt, huschte über ihre Lippen. »Meine Aufgabe ist erfüllt.«

»Sei still!«

»Ein wahrer Paladin.« Sie kam näher und tauschte die zerbrochenen Kristalle an ihrem Handschuh aus, die in Regenbogenfarben aufleuchteten. »Einer der Neun, die das Weltenrund schützen sollen. Das Monster, das sich hinter der Fassade verbirgt. Das Ungeheuer, das in den Feuern des Hochlandes geschmiedet wurde und selbst dem Tod trotzt.«

Ein Aufblitzen an Erinnerungen, die seit jenen Tagen Wagrims Verstand peinigten. Die Grube. Der Gestank von Erde, Moder, Blut und Pisse in seiner Nase. Das helle Viereck über ihm, während Dunkelheit um ihn herrschte. Männer, die zu ihm hinunterblickten und sich an seinem Leid berauschten. Stacheln in seinem Leib. Schmerz, der ihn in brennenden Wellen durchfuhr.

Dann ein Strick um seinen Hals, als er über einem schwindelerregenden Abgrund baumelte, unter ihm das tosende Meer, das zornig an den Klippen nagte. Hinter ihm das Gelächter der Männer, die ihn nicht töten konnten.

Und dann der Tod.

Schreie.

Nur war es sein Gelächter.

Wagrim blinzelte, taumelte, suchte nach einem Halt. »Bitte sei still.«

»Ich sollte den Berserker finden. Das habe ich getan.«

Eis breitete sich von seinem Bauch bis in seine Fingerspitzen aus. »Alles Lüge?«

»Nicht alles. Aber … ja. Ich bin nicht gut, Wagrim. Nicht für dich. Nicht für mich selbst. Mein einziges Bestreben gilt der Macht.«

»Macht, die José dir versprochen hat.«

Sie zuckte mit den Schultern und streckte ihm eine Hand entgegen, um die sich die Luft kräuselte und flimmerte. »Er hat mich in seiner Hand.«

»Wie?«

Sie ruckte mit ihrem Kopf hin und her. »Das ist nicht Teil dieser Geschichte.«

»Unsere Begegnung war also kein Zufall?«

»José überlässt nichts dem Zufall.« Ihre Stimme klang bitter, aber das tröstete Wagrim in diesem Moment nicht. Schwäche erfasste seine Glieder. Er sackte auf ein Knie und hatte keine Kraft mehr aufzustehen. Die Erinnerungen gruben sich wie Würmer durch seinen Verstand. Seine Flucht vor sich selbst. Sein Volk, das ihn verstoßen hatte. Er war kein Kriegsfürst. Sondern ein Mörder, der das Licht suchte.

»Wer bist du?« Doch es kam nicht mehr als ein ersticktes Keuchen aus seinem Mund.

»Morrigan.« Das Wort klingelte in seinen Ohren wie die Glocken von Candaloz. »Die Tochter der Herrin von Valanor. Nun begleiche ich eine Schuld.« Sie trat vor ihn, sah grausam auf ihn herab und verpasste ihm eine saftige Ohrfeige. »Ich wecke den Berserker!«

Das Gesicht der Veränderung

Es war still auf dem Hügel. Nach allem, was geschehen war, fühlte sich diese Stille für Artio befremdlich an. Sollte die Welt nicht zumindest einen Laut von sich geben? Eine Regung oder irgendetwas anderes, nachdem sich das Schicksal aller Wesen im Weltenrund von nun an ändern würde? Die Geister in ihr schliefen und nun war alles in Artio betäubt. Sie war erschöpft, übermüdet und emotional aufgebraucht. Es brauchte nicht viel, um einen der drei Funken zu rufen, um nicht länger diesen Zweifeln ausgesetzt zu sein. Doch sie wusste auch, dass sie sich wie die Derwyd darin verlieren konnte.

Ich muss nicht nur lernen, meine Gabe als Druidin zu meistern, sondern auch den Zorn der Wildnis.

Obwohl sie für den Tod ihrer Familie verantwortlich war, nicht länger an das Palindrom glaubte und alles, was ihr jemals wichtig gewesen war, keine Bedeutung mehr hatte, fürchtete sie sich nicht länger davor, was sie war. Ihre Gabe war Fluch und Segen zugleich und der einzige Halt in ihrem Leben. Denn niemals zuvor hatte sie sich so lebendig gefühlt.

»Der Jäger weiß nichts von seinem Schicksal.« José blickte zu den verzweigten Ästen des Weltenbaums empor. »Er wird der Nächste sein.«

Merlin stützte sich schwer auf seinen Stab. »Was kann ich tun?«

»Euer Pfad führt Euch dorthin, wo Eure Reise einst begonnen hat. Ein Ort, an dem Ihr Euch Euren Taten stellen müsst. Ein Ort, an dem sich ein weiterer wahrer Paladin zeigen wird.«

Schmerz und Bedauern lagen in Merlins Augen, als er in die Ferne blickte. »Valanor.«

José nickte bedeutungsschwer. »Der Turm der Zauberer in den Verlorenen Bergen.«

Die Worte des Waldgottes hafteten in Artios Geist wie Spinnweben. Sie musste sie laut aussprechen. »Ich bin überall. Was hat Cernunnos damit gemeint?«

Die beiden Männer tauschten einen vielsagenden Blick, aber falls sie die Bedeutung verstanden, ließen sie Artio nicht daran teilhaben.

José bückte sich nach einem Gegenstand, der halb begraben zwischen verdorrten Wurzeln lag. Er zog ihn heraus, befreite ihn vom gröbsten Schmutz und hob ihn ins Licht. Die Schneide schimmerte nicht länger wie Perlmutt. Das Schwert hatte sein Leuchten verloren und wirkte nun vollkommen gewöhnlich.

»Tirnanog muss geeint sein«, sagte er und hielt ihr das Schwert hin.

Als Artio ihre Hand um das Heft schloss, erklang kein Ruf – nicht einmal mehr ein sanftes Summen. »Es hat sich verändert«, murmelte sie. »Es summt nicht länger.«

Merlin hielt eine Hand über die matte Klinge. »Es ist tot. Die Macht darin ist auf ewig gebannt.«

José stampfte seinen Stock auf. »Aber es ernennt noch immer die wahre Königin Tirnanogs.«

Artio sah überrascht auf. »Mich?«

»Ich wüsste nicht, wer sonst dafür infrage kommen würde.«

Mit schwerem Herzen überblickte sie den zerstörten Hügel, die Leichen, die dort verstreut lagen und die Stadt, von der ganze Bezirke Cernunnos' rasenden Angriffen zum Opfer gefallen waren. Häuser waren zu Ruinen verfallen, zerschmettert oder lagen unter Schutt und Geröll begraben. Menschen krochen durch den Staub, hievten gemeinsam Trümmer zur Seite, um andere zu befreien, oder packten ihr Hab und Gut zusammen und verließen die Stadt. Über alldem hingen die Kummerschreie und das Schmerzensgestöhne wie dicker Nebel.

»Nein.« Sie ließ das Schwert sinken. »Ich kann diese Bürde nicht für Euch tragen.«

»Also willst du Tirnanogs Volk sich selbst überlassen? *Dein* Volk?«

Die Geister der Natur regten sich. Der Vogel flatterte hervor und sah sie vor ihrem geistigen Auge aufmerksam an. Es wäre dumm, diese Möglichkeit auszuschlagen, aber Artio war schon zu lange wie eine Figur hin und her geschoben worden. »Der Thingfriede wurde gebrochen. Die Stammesführer von Tirnanog sind tot. Viele Tausend Menschen mehr sind gestorben. Die Erde ertrinkt im Blut. Ein Waldgott hat sich als Widersacher herausgestellt. Und wir sehen«, zögerlich blickte sie zum Weltenbaum, »das da. Ich habe mein ganzes Leben in Candaloz verbracht und kenne die Bräuche und Traditionen der Kinder Danus nur aus Geschichten. Ich bin die Falsche.«

»Genau deshalb bist du die Richtige, Artio«, erwiderte Merlin. Ein Glanz trat in seine Augen, als fasste er neuen Mut. »Ich werde dir helfen, dich beraten und dich an meinem Wissen teilhaben lassen.«

»Wer wird schon auf mich hören? Wer wird …?« Inmitten des Chaos entdeckte sie eine sandfarbene Robe. »Nein!«, rief sie und stolperte dorthin. Vorsichtig zog sie Tomás' Leiche unter einer Schlinge hervor und hielt sie wie betäubt im Arm. Trotz allem, was ihr widerfahren war, hatte sie gehofft und gebangt, dass er überlebt hatte. Trotz allem war er ihr Ziehvater gewesen.

Die beiden Männer traten neben sie. Merlin legte eine Hand auf ihre Schulter. »Hoffnung ist die letzte Flamme, die niemals erlischt«, sagte er warm.

Artio warf den Kopf zurück.

Und weinte.

Dicke, schwere Tränen rannen über ihr Gesicht. Sie heulte, zitterte und erbebte, bis keine Kraft mehr in ihr steckte. »Er hat mich benutzt!«, brüllte sie und ließ Tomás Leiche fallen. Auf einmal verspürte sie den unbändigen Drang, ihre Gabe zu benutzen. »Die Kirche hat mich benutzt! Cernunnos hat mich benutzt! *Alle* haben mich benutzt!«

»Jetzt wird das niemand mehr können«, sagte José. »Du wirst Königin sein und Entscheidungen treffen, die maßgeblich für die Zukunft des Weltenrunds sind.«

Sie baute sich mit gebleckten Zähnen vor ihm auf und überragte ihn um einen ganzen Kopf. »Ihr wollt mich ebenfalls für Eure Zwecke missbrauchen!«

»Korrekt.«

»Ihr leugnet es nicht einmal!« Da war ein schreckliches Ziehen in ihrer Brust und hinter ihren Augen. Die Bärin erwachte und erfüllte sie mit berauschendem Zorn. »Wer sagt denn, dass Ihr nicht der Feind des Weltenrunds seid?«

José blieb überraschend ruhig. »Du wirst mir wohl vertrauen müssen.«

Sie wollte ihn angreifen. Das Leben aus ihm herausquetschen. Ihn dafür bestrafen, dass er sie auf diesen Pfad geführt hatte. Aber wenn sie eines im Leben gelernt hatte, dann, dass Blut nur noch mehr Blut brachte. »Dafür werdet Ihr irgendwann büßen, José!«

»Ich büße bereits.« Die Art, wie er das sagte, schickte ihr eine Gänsehaut über den Nacken. »Wenn das aber der einzige Weg ist, um uns alle zu retten, dann werde ich ihn bereitwillig gehen. Genau wie er.« Er wies auf Merlin, dessen Blick in die Ferne gerichtet war. Wenn es stimmte, dass er wirklich die Sagengestalt war, dann war sie in ein Spiel hineingeraten, das alles überstieg, was sie sich überhaupt vorstellen konnte.

Artio packte das Schwert und steckte es mit der Spitze in die Erde. »Ihr wollt, dass ich führe? Eine Frau? Eine Mörderin? Eine Schwurbrecherin? Eine gefallene Paladin?«

Ein Zwielicht erfüllte Josés Augen. »Ja, das will ich.«

»Dann sagt mir, wie soll ich die Stämme vereinen nach allem, was geschehen ist?«

*

Die nächste Ohrfeige sagte ihm, dass alles, was geschehen war, Teil eines großen Plans war. Wagrims Kopf flog herum und die Wange brannte wie Feuer. Morrigan hatte nicht allein mit der Hand zugeschlagen. Sondern mit ihrer Gabe.

Er drehte langsam den Kopf und kämpfte gegen das kalte Brennen in seiner Brust an. »Tu das nicht!«, zischte er.

»Es wird Zeit, dass du dich der Wahrheit stellst.« Sie hob die Hand, um die die Luft wie verrückt flimmerte. »Du bist der Berserker, der aus dem Blut und dem Tod Tausender Menschen geboren wurde. Du bist das Monster, das aus der Finsternis emporsteigt, um alles Dunkel der Welt zu vernichten. Du bist die Klinge der Rache und der Wut, die jeden Feind des Weltenrunds das Fürchten lehrt.« Sie holte tief Luft. »Du bist der Berserker.«

»Du hast mich benutzt.«

Ein Anflug von Bedauern huschte über ihr Gesicht und verschwand genauso schnell. »Wir alle sind bloß Werkzeuge in den Händen anderer. Ich bin Josés Werkzeug. Genau wie du!«

Das war wohl das Stichwort für die Soldaten. Dutzende traten näher, umringten sie und richteten ihre Waffen auf ihn. Wagrim kannte jeden Einzelnen von ihnen – mit einigen hatte er sogar während der Reise gesprochen und lachend am Lagerfeuer zusammengesessen. Nun fiel der Vorhang und er konnte dahinter blicken. Für sie war er nie etwas anderes gewesen als der Barbar.

Als Wagrim auch Cino entdeckte, der sich unter die Menge gemischt hatte und mit einem entschuldigenden Lächeln sein Rapier zog, tat sich vor ihm ein Abgrund auf. Ein falscher Schritt und die Tiefe würde ihn verschlingen. Erst jetzt wurde ihm bewusst, *wie* weit Josés Einfluss wirklich reichte.

»Wie hat er dich in der Hand?«, fragte er.

Morrigan schüttelte den Kopf. »Das geht nur mich etwas an.«

»Ich könnte …«

»Was? Ihn umbringen? Ihn vernichten? Du hast keine Ahnung, mit welchen Mächten du es zu tun hast, Wagrim!«

»Nein«, flüsterte er und biss sich die Lippe blutig. Das Eis breitete sich weiter aus und nun war alles in ihm betäubt.

Ein roter Kristall leuchtete an Morrigans Handschuh auf. Frost schoss rings um sie im Zickzack über Erde und Stein, während ein Funke zwischen ihren Fingern entzündet wurde. Die Hitze war so enorm, dass sie Wagrims Augenbrauen versengte.

»Nein …« Er trat einen Schritt näher zu ihr, ballte die Fäuste so fest, dass er sie nicht mehr öffnen konnte.

»Lass ihn raus!« Morrigan schleuderte ihm das Feuer entgegen; es krachte gegen seine Brust, verbrannte die Überreste seiner Uniform und hinterließ geschwärzte Haut. Er spürte den Schmerz nicht. Er spürte gar nichts mehr.

»Nein …«

»Ich biete dem Berserker Freiheit, damit er all die Feinde des Weltenrunds auslöschen kann. Damit er Richter und Henker sein kann.«

Wieder ein Feuerstoß. Wieder spürte Wagrim nichts.

»Berserker, ich biete dir all das, wonach du dürstest. Freiheit!«

»Ja!« Wagrim lachte und der Berserker lachte mit ihm, bevor er nach vorn stürzte und Morrigans Hals umschloss. Sofort traten die Soldaten näher, aber Morrigan schickte sie mit einem harschen Wink zurück.

»Gut«, sagte sie. »Und jetzt wirst du mich loslassen.«

Feuer pulsierte in der Brust des Berserkers. Das Eis brach auf und schmolz. Und nun brannte die Welt. Er wuchs, Kraft flutete seinen Körper und die Wut loderte hell wie ein Leuchtfeuer.

Wie von selbst lösten sich seine Finger ein wenig.

Morrigan lächelte selbstsicher. »Ich biete dir Macht, Berserker!«

Der Berserker hob sie an, führte sie ganz nahe an sein Gesicht und lächelte grausam. »Ich habe Macht.«

»Nicht solche Macht. Du kannst das andere Ich für immer wegsperren. Dafür musst du nur die Worte aussprechen.«

»Worte?«

»Das Ideal des Barbaren.«

Langsam beugte er sich zu ihr und sprach die Worte, die aus dem Hass in seinem verkohlten Herzen emporstiegen. »Ich wüte und zerstöre. Dies ist mein Ideal.«

Ferner Donner.

Für einen Augenblick war es vollkommen still. Dann explodierte der Funken in der Brust des Berserkers und flutete ihn mit unbändiger Kraft. Er war auf einmal so wach, als wäre er in einen kalten Regenguss im hohen Norden getreten; als hätte der Schlächter ein Feuer in ihm entzündet, das er nur noch ergreifen musste wie eine Fackel, um es zu nutzen. Und alles um sich zu verbrennen und niederzureißen.

»Du bist es!«, raunte Morrigan.

Der Berserker konnte die Hoffnung in ihren Augen sehen. Dieser kleine Funke, der sie zu dieser Täuschung getrieben hatte. Und der Annahme, sie hätte Macht über ihn erlangt.

Er spannte seine Finger um ihren Hals an.

Und drückte zu.

Ihre Augen weiteten sich vor ungläubigem Entsetzen, als sie begriff, was sie angerichtet hatte. Der Berserker ergötzte sich daran, labte sich darin, nahm die süßlichen Düfte der Furcht auf wie ein leises Versprechen, das nur ihm gehörte. Wer den Berserker kontrollieren wollte, konnte genauso gut versuchen, den Tod zu kontrollieren.

»Du ...«

Der Berserker lachte. Zu Anfang klang es ein bisschen wie ein Schluchzen, ein schluckendes Kichern, schrill und seltsam, aber es wurde lauter, härter, kälter, als er stärker zudrückte. Er kippte den Kopf zur Seite wie bei einem Gehängten, und sog tief die Furcht ein, die aus ihr herausquoll wie aus einer aufgeplatzten Wunde.

Die umstehenden Männer schauten sich verunsichert an. Einige nahmen langsam Abstand und nicht wenige Rapierspitzen zitterten in nervösen Händen.

Allmählich verstand Morrigan, wen sie entfesselt hatte, und zappelte wild herum. Sie schlug auf seine Hand ein, keuchte und rasselte. Blut färbte ihre Zähne rosa, sickerte über ihre zurückgezogenen Lippen, als sie in seine Hand biss. Feuer kroch über ihren Leib, verbrannte die Haut des Berserkers, ließ sein Fleisch platzen und verkochte sein Blut. Aber er ließ nicht los. Schmerz konnte ihn nicht berühren.

Schreie. Stiefel trappelten, Männer riefen und Klingen blitzten. Soldaten griffen an.

Der Berserker fing ein Rapier auf, verbog die Klinge und riss sie dem erstarrten Mann aus der Hand. Er knurrte die anderen an, die zurückzuckten. Furcht pulsierte in ihnen, strömte aus ihnen heraus und verstärkte das Feuer der Wut in seinem Herzen.

Er war frei.

Endlich.

Das Gelächter gurgelte nun lauter aus ihm heraus, lauter und lauter, riss an ihren Ohren wie ein Sturm, gezackt wie ein Sägeblatt. Es klang gequälter als jeder Schrei und wilder als jedes Kriegsgeheul. Wie damals, als er seinen Vater erschlagen hatte. Schrecklich

Übelkeit erregend falsch. Wie das Kichern angesichts eines Gemetzels, als er seinen Sohn ausgeweidet hatte.

Lass los!, schrie Wagrim.

Der Berserker packte die Tür und schmiss sie zu. Er schloss sie ab, zertrat den Schlüssel und sperrte Wagrim weg.

Vorsichtig öffnete der Berserker ein wenig seine Hand, ließ Morrigan zu Atem kommen, damit sie ein wenig Hoffnung schöpfen konnte, es wäre hiermit erledigt. Dabei wollte er sich nur an ihrem Leid aalen wie ein Fisch im Wasser.

»Ich musste das tun«, krächzte sie. »Verstehst du?«

»Ja.«

»Warum tust du das?«

Der Berserker lächelte. Und der Tod lächelte mit ihm. »Weil ich es kann.«

Ein Aufblitzen in seinen Gedanken. Anstelle von Morrigan hing eine andere Frau in seiner Hand, strampelte, zuckte und weitete bestürzt die Augen. Sein Weib, das er getötet hatte.

Jemand trat neben ihn. Alkoholgeruch, gezwirbelter Bart, besorgter Gesichtsausdruck. Cino legte eine Hand auf seinen Arm. »Das reicht, mein Großer.«

Der Berserker wollte drücken, drücken, drücken. Morrigans Genick brechen wie einen dürren Zweig. Sie bestrafen dafür, dass sie ihn benutzt hatte. Aber sie hatte ihn auch befreit. Sie war bloß das Werkzeug.

Er war selbst verwundert, als er losließ und Morrigan hustend und keuchend zu Boden ging. Dann wandte er sich ab und ging davon.

Gut und Böse

Ein grauer Morgen im Tal. Artio stand da und dachte daran, dass die Dinge früher leichter gewesen waren, als sie noch geglaubt hatte, eine Paladin zu sein und für eine gerechte Sache einzustehen; als sie nichts von Göttern, Verpflichtungen und ihrer Druidengabe gewusst hatte.

Der Nieselregen tropfte von ihrem Kinn, tränkte ihren Pelz und das Hemd darunter, und plagte sie mit Kälte. Sie befand sich inmitten des Kreises brauner Gräber und starrte auf die frisch aufgeworfene Erde über Cuchulain. Seltsam, dass ein junger Mann, den sie kaum gekannt hatte, eine so große Lücke hinterlassen konnte.

Es war eine lange, eigenartige Reise, die sie zurückgelegt hatte. Sie hatte als Paladin begonnen und im Grunde nichts gehabt, und war dann in ihre Heimat zurückgekehrt, um wieder nichts zu haben. Zwar hatte sie nun akzeptiert, dass sie eine Druidin war, die das Weltenrund beschützen musste, doch dabei hatte sie viele Verluste erleiden müssen. Verbündete waren zu Widersachern geworden, Feinde zu Freunden und Erinnerung zu Wirklichkeit.

Sie umfasste die Metallscheibe an ihrem Hals und wusste nun, wofür die drei Arme des Kreuzes standen: Vergangenheit, Gegenwart und Zukunft. Geburt, Leben und Tod. Körper, Geist und Seele. Bär, Wolf und Falke …

Sie packte das Amulett fester. Das verschlungene Symbol hatte sie die ganze Zeit getragen, während sie für die Zwecke anderer missbraucht worden war. Das Zeichen einer Göttin, bevor sie in einer Schlacht gekämpft hatte, die von Beginn an zum Scheitern verurteilt gewesen war. Am Ende war sie dorthin gelangt, wo sie begonnen hatte: im Regen, umgeben von Fremden, mit mehr Schmerz im Herzen, als ein ganzes Leben ihn vergessen könnte. Und wieso? Wer hatte jetzt etwas davon gehabt? Es reichte, damit man am Ende feststellen musste, dass man trotz aller Herausforderungen keinen Einfluss auf sein Schicksal hatte.

Man war bloß Wachs in den Händen höherer Mächte.

Sie zwang sich, ihre verkrampfte Hand zu lösen, band das Amulett los und legte es auf die Erde. Nicht länger brauchte sie das Zeichen, um sich zu vergewissern, wer sie war. Dafür genügte schon das kalte, leblose Ding an ihrer Hüfte. Excalibur. claiomh solais. Das Lichtschwert. Nichts weiter als ein Symbol.

Die Túatha dé Danann standen schweigsam hinter ihr – ein Teil jener, die überlebt hatten. Der Rest war immer noch damit beschäftigt, die Leichen aus den Trümmern zu bergen und die Stadt wiederaufzubauen. Stock für Stock. Stein für Stein. Gebäude für Gebäude. Wenn man eines über ihr Volk sagen konnte, dann, dass sie immer wieder aufstanden.

Inzwischen waren Hunderte Menschen aus ganz Tirnanog im Tal vor den Mauern der Stadt versammelt, um die Gefallenen zu ehren und in den Schoß der alten Götter zurückzuführen. Für Artio waren sie bloß Fremde. Sie nannten das vergangene Ereignis *Cath Maige Tuired*, die Schlacht von Mag Tuired, dem Tal von Mag Mell, und schon jetzt wusste Artio, dass man sich noch viele Jahrhunderte später daran erinnern würde.

Wir alle werden uns daran erinnern …

Sie hörte Schritte auf dem nassen Gras, begleitet vom dumpfen Aufprall eines Stocks. José kam durch den Nieselregen und der Atem stand weiß vor seinem abgehärmten Gesicht. Er trat neben sie und blickte auf das Grab.

Drückende Stille breitete sich zwischen ihnen aus. Was hätte man auch sagen sollen? Alle hatten erlebt, was geschehen war. Um das zu erkennen, musste man nur den dreißig Schritt langen Leichnam betrachten, der mitten im Tal vor sich hin vegetierte. Der Gestank war so intensiv, dass sie ihn gar nicht mehr wahrnahm. Wenn der Winter auch die Täler erreichte, dann würde der Riese bis zum Schmelzen des Eises hier liegen. Unübersehbar, damit sich jeder an den Verlust und Schmerz ihres Versagens erinnern könnte.

Artio wagte einen Blick nach oben zu dem fernen Baum, der im Zentrum des Weltenrunds emporwuchs. Irgendwo dort in einer der neun Welten fanden die Riesen ihren Ursprung. Und was war mit den anderen? Welche Scheusale lauerten dort? Alleine bei der Vorstellung schnürte sich ihr die Brust zusammen.

»Durch Silberhand habe ich viel über Cuchulains Leben erfahren«, sagte José. »Die Entdeckung seiner Gabe. Der Schmerz über das Verschwinden seines Vaters. Die Schuld, die er empfand. Er hatte Besseres verdient.«

»Wie wir alle«, murmelte sie.

»Während ich in Candaloz in andere Angelegenheiten verwickelt war, habe ich geglaubt, dass er den Zorn der Wildnis entfesseln kann. Ich glaubte, er wäre der Druide. Der wahre Paladin. Einer der neun.« Er machte eine Pause. »Merlin hat in ihm ebenfalls mehr gesehen.«

»Wie wir alle.«

»Aber du bist die Druidin.« Er blickte sie unverhohlen von der Seite an. »Du bist nun die erste Königin von Tirnanog.«

»Königin.« Das Wort klang seltsam falsch in ihren Ohren. »Eine Königin von was? Einem gefallenen Volk, das im eigenen Blut ertrinkt.«

»Sie akzeptieren dich.«

Die Erinnerung an das gestrige Ereignis ihrer Ernennung trieb wie Nebel in ihrem Kopf. Sie hatte den Schwur gesprochen, hörte ihre eigenen Worte, den stummen Zuspruch der Überlebenden und spürte die Bürde, die nun auf ihr lastete. Irgendwie war sie nicht wirklich dort gewesen, als schreckte ihr Geist davor zurück. War es das, was zu viel Schmerz und Leid irgendwann aus einem Menschen machten, wenn er nicht mehr fähig war, es zu ertragen?

»Du glaubst, das ist das Ende.« Er nahm etwas Erde vom Grab auf und ließ sie auf den Haufen rieseln. »Es ist erst der Anfang.«

»Woher wusstet Ihr von mir?«, flüsterte sie.

Lange sagte er nichts, bis er schließlich einen Laut ausstieß, der ein Schnauben oder ein Seufzen sein könnte. »Ich wurde vom ersten Paladin des Palindroms ausgebildet und war dabei ...«

»... als meine Gabe erwacht ist.«

Er nickte. »Als Priester Tomás dich mitnehmen wollte, ahnte ich, dass du wichtig bist. Ein Kind zweier Welten.«

Das ergab sogar Sinn. Dennoch gab es noch vieles, was ungeklärt war. »Ich spüre den Zorn der Wildnis wie einen zweiten Herzschlag in meiner Brust.« Sie horchte in sich hinein. »Ich könnte auf der Stelle den Funken eines der drei herbeirufen und mich verwandeln. Innerhalb eines Augenblicks durchströmt mich ihr gesamtes Leben, von der Geburt bis zum Tod.«

»Es benötigt Stärke, diesem Drang zu widerstehen.«

Sie betrachtete das Amulett auf dem Grab. »Warum bin ich anders?«

»Du sprichst mit der Stimme der Natur und deiner Heimat. Du behütest. Dies ist dein Ideal.«

»Mein Ideal«, murmelte sie gedankenverloren vor sich hin. Kurz verfiel sie wieder in Schweigen, bevor sie den Mut fasste, eine wichtige Frage zu stellen, die ihr die ganze Zeit im Kopf herumgeisterte.

»König Pablo de Aguilar ist ebenfalls ein wahrer Paladin.«

Wieder nickte José. »Er wird die Neun anführen. Valeria de Costa ist die Assassine, das richtende Messer in der Nacht. Wagrim«, er zögerte, als fiele ihm das Nächste schwer, »er ist der Barbar. Der Krieger, der jeden Feind mit seiner Wut zerschmettert. Ein jeder von euch muss seinen Weg finden, um bereit zu sein.«

»Wofür?«

»Das Ende von allem.«

»Und Ihr?«

Er starrte in den grau verhangenen Himmel, während die Nässe sein Gesicht benetzte. »Ich vereine sie.«

Wieder verfielen sie in Stille, während das *Plitsch-Platsch* des Regens sie einhüllte. Es gab so vieles, was Artio nicht verstand, und so viele Fragen, dass sie nicht wusste, welche sie zuerst stellen sollte.

»Die Antworten müssen warten«, sagte José und eine bis dahin unbekannte Schwere lag in seiner Stimme. Er klang auf einmal müde, als lastete das Schicksal der gesamten Welt auf ihm. »Die Armada hatte nie den Auftrag, dein Volk anzugreifen, auch wenn die Kirche, die Dons von Méridor, die Stählerne Bank und andere Institutionen in dem Glauben gelassen wurden. Du musst verstehen, dass es viel Unterstützung brauchte, um diesen Heereszug zu ermöglichen. Unmengen an Gold, Einfluss und … Maßnahmen. Denn jeder erhoffte sich einen Vorteil davon. Jeder …«

Sie wandte sich ihm ganz langsam zu. Sofort spürte sie ein Ziehen hinter den Augen und in der Bauchgegend. Es brauchte nicht viel, um einen der drei in ihr zu wecken. Die Bärin reckte sich, gähnte und grollte tief. »Ihr habt keine Macht über mich! Ihr kontrolliert Tirnanog nicht! Dieses Land ist frei!«

Drei Männer traten vor. Der eine war groß wie ein Bär und in einen dicken, schwarzen Pelz gehüllt. Onchu hatte als einer der wenigen überlebt und war Cuchulains Leiche nicht von der Seite gewichen. Der andere hieß Catran und war ein Grenzwächter von Mag Mell. Sie nickte ihnen zu und die Männer entfernten sich wieder.

Zu ihrer Überraschung neigte José den Kopf. »Diese Forderungen akzeptiere ich.«

Sie entspannte sich etwas. Insgeheim hatte sie diesen Moment gefürchtet und bis eben nicht gewusst, was geschehen würde. »Ich bezweifle, dass die Hohen Méridors das so einfach hinnehmen werden.«

»Tirnanog muss wieder seiner Aufgabe nachkommen und Paladium schürfen. Daher werde ich …«

»Nein.«

Ein violettes Feuer loderte in seinen Augen. Instinktiv schreckte die Bärin in Artio zurück. »Nein?«, fragte er leise und rau.

»Ihr verschweigt mir etwas. Weshalb Paladium?«

»Uns steht ein Weltensturm bevor, Artio. Wir werden alle Vorteile gebrauchen können, die das Weltenrund zu bieten hat. Paladium ist einer davon.«

Artio zückte das Schwert und hielt es unsicher in der Hand. Nicht länger kam es ihr vor, als gehörte es zu ihr. Es war bloß noch ein Ding, das sie zur Königin der Stämme machte.

Sie entfernte sich vom Grab und schritt auf die Menge zu, die sich vor ihr teilte und wellengleich auf die Knie ging. Druiden, Männer, Frauen, Greise, Kinder – so viele Menschen, die darauf vertrauten, dass Artio sie behütete; sie und alle Wesen ihrer Heimat. Dies war ihr Ideal.

Sie marschierte auf den Riesen zu und blieb vor dem seitlich liegenden Kopf stehen, der so groß war wie ein Scheunentor. In den leeren Augenhöhlen pickten die Krähen in das verwesende Fleisch.

»Tirnanog ist nicht länger eine Kolonie«, sagte sie mit allem Trotz, den sie aufzubringen vermochte. »Tirnanog wird als eigenständiges Königreich anerkannt, mit dem Méridor Handel zu fairen Konditionen betreibt.« Sie ließ ihren Blick über den Riesenkörper wandern und fragte sich, wie es sein musste, gegen so etwas zu kämpfen. »Im Austausch wird Tirnanog so viel Paladium liefern wie nötig.«

»Nahe der Küste wird eine Siedlung für den Handel errichtet, um das Paladium sicher nach Candaloz zu verschiffen. Wer die Hand gegen die Siedler erhebt, erhebt auch die Hand gegen die Krone Méridors.«

»Unser Glaube ist der Schild der Rechtschaffenheit«, murmelte sie wie ein Mantra. »Unser Wille das Schwert der Vergeltung. Und unser Zorn das Feuer der Reinigung.« Manchmal geschahen Veränderungen in einem besonderen Moment, der die Wahrheit in all ihrer Grausamkeit zeigte. Dann gab es jedoch viele kleine Schritte und Entscheidungen, die schließlich zur Selbsterkenntnis führten. Dies war Artio widerfahren.

Sie atmete tief durch und war bereit, die Worte auszusprechen, die den letzten Glaubensfunken in ihr tilgten: »Kein Priester, kein Missionar und kein Streiter des Palindroms wird Tirnanogs Boden betreten.«

»Die Kirche wird dem nicht zustimmen. Vor allem nicht, nachdem ein anerkannter Missionar und mehrere Paladine gefallen sind.« José wies mit dem Stock nach Süden, wo die Armada lagerte. Zelte wurden abgebaut, Ausrüstung verstaut, während Soldaten Fässer, Kisten und Segeltuch auf die Versorgungswagen luden. Missgelaunt und geduckt eilten sie unter der Aufsicht der Paladine durch den Regen und konnten gar nicht schnell genug alles zusammenpacken. Überall in diesem Chaos waren die Männer unterwegs, von oben bis unten verdreckt, suchten nach einem Ausweg aus diesem Land, das ihnen nichts als Leid gebracht hatte. Feldscher, Arbeiter, Soldaten, Hauptmänner, wer wusste das schon?

»Der König ist ein Paladin«, sagte sie mehr zu sich selbst. »Wenn er …«

»Seine Möglichkeiten sind begrenzt. Dies ist mein Angebot.«

Sie knurrte in ohnmächtiger Wut. Die Bärin in ihr drängte zum Angriff, während der Wolf geduckt umherschlich, um nach einer Schwachstelle zu suchen. Die weisen Knopfaugen des Vogels hingegen teilten ihr mit, dass José ihr das bestmögliche Ergebnis bot. »Wir werden die Kirche im Auge behalten«, sagte sie, ehe sie weiter darüber nachdachte.

»Daran hege ich keinen Zweifel. Außerdem wird ein Bankhaus in der neu entstandenen Siedlung errichtet. Die Stählerne Bank von Amdra möchte in Tirnanog investieren und sich am Wiederaufbau der Dörfer beteiligen.«

»Ich werde das mit den Thans besprechen müssen. Zumindest mit denen, die noch leben. Dennoch denke ich, dass ich diesem Abkommen zustimmen kann. Wann wird die Armada abreisen?«

»Im Morgengrauen. Wir erbitten Vorräte für die Überfahrt.«

»Was auch immer wir erübrigen können, werdet ihr erhalten.« Sie straffte sich. »Hoffnung ist die letzte Flamme, die niemals erlischt. Hoffen wir, dass Merlin recht hat.«

Er schwieg.

»Ist er wirklich Dagda?«, fragte sie bedächtig. »Einer der Gründer meines Volkes? Ein Druide und Zauberer? Der Allvater? Ein …« Sie biss die Zähne zusammen und atmete zischend aus. »Unsterblicher?«

»Ein Gott.« José hob die Mundwinkel. »Das wolltest du doch sagen, oder?«

»Ist er es?«

Der Don wollte die Frage offenbar nicht beantworten, als er abwesend in die Ferne schaute. »Merlin befindet sich auf dem Weg nach Valanor.«

»Und Morrigan?«

»Ihre Pfade werden sich kreuzen. Noch ist sie keine wahre Paladin. Noch ist sie nicht die Zauberin, die wir brauchen. Aber Merlin und die hohe Zauberin von Valanor werden sie bei ihrer Bürde stärken.«

»Du spielst mit dem Leben anderer Menschen wie bei einer Partie Schach.«

»Ich tue, was nötig ist, um das Weltenrund zu bewahren.« Und dabei pflasterte er seinen Weg mit Leichen. Er vereinte Gut und Böse in sich. Selten war Artio von einem Menschen so abgestoßen wie von ihm.

»Der Krieg, die Toten, das Leid ... Ihr habt als Silberhand das gesamte Königreich getäuscht und beinahe die Auslöschung eines ganzen Volkes verschuldet. Und wofür?«

»Die Druidin und den Barbaren zu finden. Und Jetzt werden wir uns die Hand reichen, Königin von Tirnanog.« José hielt ihr die hin. »Damit du verstehst.«

Erst zögerte sie. Als sie schließlich zugriff, traf es sie wie ein Schock.

Bilder durchströmten ihren Geist. Sie sah sich selbst, wie sie im Blut ihrer Familie hockte. Dann war sie in der Kathedrale und kniete vor einem Priester. Anschließend fand sie sich in Tirnanog wieder, wie sie vor Tomás das Knie beugte. Zuletzt neigte sie vor Merlin das Haupt, als er sie zur Königin ernannte.

Der Himmel zog sich zu; Wolken türmten sich dort oben in riesigen Spiralen auf. Dunkelheit senkte sich über das Tal und ein Zwielicht tauchte alles in kalten Dämmer. Violetter Nebel stieg um sie empor – wirbelte und wirbelte schneller.

GLAUBE. Das Wort hallte wie ein Donnerschlag durch ihren Verstand.

Josés Blick durchbohrte sie. In seinen violetten Augen erkannte sie sich selbst – ihre Ehrfurcht im Angesicht einer unbegreiflichen Macht. Seine Aura presste gegen sie und sie verspürte das unbändige Verlangen, wahrhaft und aus voller Überzeugung, zu knien.

Langsam zwang seine Macht sie nieder. »NEIN!«, brüllte sie und entfesselte den Zorn der Wildnis. Wellengleich durchflutete er ihren Körper bis in die Fingerspitzen. Sie biss die Zähne zusammen, atmete rasselnd und stand mit zitternden Knien wieder auf. Die Bärin bäumte sich auf, drängte danach, die Kontrolle zu übernehmen.

»Ich knie vor niemandem!«, knurrte sie.

GLAUBE! Das Wort hämmerte auf sie ein, erdrückte sie, raubte ihr allen Willen.

»Ich ... glaube ...« Sie keuchte.

»Diese Worte werden angenommen«, sagte er und ließ sie los.

Als hätte sie die Schwelle von der Finsternis ins Licht übertreten, fand sie sich im Tal wieder. Der Himmel war grau und schwer, Nieselregen platschte auf ihren Kopf, durchtränkte ihre Kleider und ließ sie frösteln, und das Volk von Tirnanog stand um sie versammelt. Was auch immer eben geschehen war, es war nicht *echt* gewesen.

Ein schmuddeliger Soldat trat an José heran und flüsterte ihm etwas ins Ohr. José schickte ihn davon. »Der Rachepakt endet hiermit. Tirnanog wird mit sofortiger Wirkung als unabhängiges Königreich anerkannt.«

Artio nickte stumm. Sie war zu aufgewühlt, um überhaupt einen klaren Gedanken zu fassen.

»Wenn die Neun versammelt sind, wirst du meinen Ruf erhören, Druidin.«

Wieder nickte sie, unfähig, den Mund zu öffnen.

Er verbeugte sich vor ihr und machte dann auf dem Absatz kehrt. Während er davonging, ließ sie eine Frage nicht los: Woher wusste der Teufel, dass er ein Teufel war?

*

Der Teufel war befreit und nun waren die Dinge leichter. Der Berserker konnte tun, was auch immer er wollte. Er war wie der Ruf der Berge. Ein Echo, das seine Opfer erst hörten, wenn sie bereits starben. Wie der eiskalte Griff des Winters, der langsam und schleichend kam, um dann mit voller Härte zuzuschlagen.

Er war frei.

Mit Genuss sah der Berserker dem Wesen zu, das sich in seiner Hand wie eine Schlange wand und um sich biss. Die Mütze, die mit dem schrumpeligen Gesicht verwachsen war, sog sich mit blutroter Farbe voll. Der Berserker kannte den Namen dieser Wesen nicht und er war ihm auch egal. Viel erfüllender war der Anblick, wenn das Licht aus den Augen wich.

Jetzt war der Moment gekommen. Ein letztes Zucken. Das Wesen röchelte und keuchte, bevor es erschlaffte.

Der Berserker nahm den kostbaren Augenblick auf wie einen süßlichen Hauch, der von dem Wesen aufstieg und den Körper verließ. Dann löste er seine Finger und das Wesen landete zwischen den Dutzend anderen, die im Schlamm um ihn verstreut lagen wie Blätter im Herbst. Ihr Tod war angenehm, aber längst nicht so befriedigend wie der eines Menschen. Sie waren … unzureichend.

»Es wird niemals genug sein, oder, Berserker?«

Der Berserker bückte sich und betrachtete die Blutlache, die sich um seine Stiefel gebildet hatte. Aus der vom Nieselregen zernarbten Oberfläche schaute ihm ein anderer Mann entgegen. Dieser Mann beobachtete ihn, wartete auf den richtigen Moment, um wieder die Kontrolle zu erlangen.

»Wagrim«, flüsterte er und verzog die Lippen zu einem scheußlichen Grinsen.

Wagrim starrte ihn an. Langsam trat er aus dem Nebel und näherte sich dem Spiegel. »Du kannst mich nicht ewig wegsperren.«

»Ich bin frei.«

»Ich bin du!«

»Meinetwegen haben wir überlebt.«

Wagrim schüttelte den Kopf. »Ohne mich wirst du dich selbst verlieren. Du versinkst in deiner eigenen Wut, bis du nicht einmal mehr weißt, wofür du kämpfst. Du brauchst mich.«

»Ich brauche niemanden!«

»Was hast du vor?«

Der Berserker knurrte. »Töten!«

»Alle? Das sind viele. Und wenn du alle getötet hast, was dann? Wer kann dein Feuer löschen? Deinen Schmerz lindern? Dich auffangen?«

Der Berserker sah zu dem Weltenbaum auf, der in der Ferne unübersehbar den Himmel teilte. »So viel Arbeit.«

»Du kannst mich nicht ewig wegsperren, Berserker. Ich werde immer da sein. Ich bin das Gute in dir. Ich bin …«

»SCHWACH!«, brüllte der Berserker und spie dem Himmel, dem Regen und der ganzen Welt seinen Hass entgegen. »Du entscheidest nicht, wer stirbt. Ich tue das! Ich entscheide! Ich! Und auf den Rest scheiße ich!«

»Du hast sie alle getötet.« Die Worte klangen leise und verletzlich, als hätte Wagrim soeben etwas erkannt. »Sogar meinen Sohn.«

Der Berserker knurrte sein Spiegelbild an. »Er hat sich gegen uns verschworen. Aber wer den Berserker herausfordert ...«

»... fordert den Tod heraus. Ich weiß. Aber er war unser *Sohn*! Derselbe Blutrausch in der Schlacht. Derselbe Stolz. Derselbe Drang, sich zu beweisen. Ich hätte ihn nie auf diesen Pfad führen sollen.«

»Das war nicht unsere Entscheidung.«

»Aber wir hätten es, verdammt noch mal, verhindern können!«

Der Nieselregen hüllte sie allmählich ein, tropfte vom Kinn des Berserkers, und es war gut so. Regen auf seiner verschwitzten Haut. Regen, der ihn kaum berühren konnte. Die Nässe konnte das Feuer nicht löschen, den Schmerz nicht lindern. Aber er konnte die Wut ein wenig dämpfen.

»Sie waren schwach«, murmelte der Berserker und ein wenig mehr seiner Wut verrauchte. Sie brannte immer lichterloh, aber er konnte sie auch nicht die ganze Zeit aufrechterhalten. Er musste sie schüren wie das Feuer in einer Esse und wenn der Moment gekommen war, sollte sie ausbrechen, um die ganze Welt an seinem Hass teilhaben zu lassen. So wie Morrigan. So wie alle, die sich ihm in den Weg gestellt hatten.

»Wann ist es genug, Berserker?«

Er stand auf, bog den Rücken durch und hielt sein Gesicht in den Regen. Die Nässe rann über seine Glatze, durch seinen Bart, über seinen nackten Oberkörper und bedachte ihn mit einem kühlenden Kuss, bevor sie verdampfte.

»Niemals«, raunte er und blies weißen Dampf auf.

»Ich kenne deine Gedanken, Berserker.« Wagrims Stimme nahm einen drängenden Klang an. »Du willst zu José. Du willst, dass er dich dorthin führt, wo du noch mehr Tod bringen kannst. Aber du kannst jetzt entscheiden, diesen Pfad zu verlassen. Kehr um und geh nach Hause.«

»Nach Hause.« Der verfrorene Atem stob um sein Gesicht auf. »Du bist weggelaufen. Der Kriegsfürst mit den großen Reden von Zusammenhalt hat sie alle im Stich gelassen.«

»Ja …« Wagrim klang nun traurig. »Sie haben uns vertraut, aber ich konnte mein Versprechen nicht halten. Deshalb bin ich hierhergekommen, weil …«

»WEIL DU EIN FEIGLING BIST!«

»Wir konnten sie nicht retten! Nicht vor dem *Tod*. Aber wenn du jetzt umkehrst, wenn du nach Kor Anklam gehst und deine Pflicht erfüllst, dann können wir vielleicht einige wenige Überlebende noch retten. Wir könnten die Jäger um Hilfe bitten und all jene retten, die an uns geglaubt haben.«

Der Berserker schenkte der Blutpfütze ein Lächeln. Das Grinsen eines Totenschädels, in dem nichts als der Tod war. »Nein.«

Wagrim nickte mehr zu sich selbst. »Du bist ein Monster, das sich von José benutzen lässt.«

»José hat sein Versprechen erfüllt. Ich habe erhalten, wonach ich mich sehne.«

»Du darfst ihm nicht vertrauen! Hast du die Furcht in Morrigans Augen gesehen? Wir kennen die Dunkelheit in ihm. Wir *spüren* sie.«

»Vielleicht.« Der Berserker trat in die Pfütze und zerstörte das Spiegelbild. »Am Ende wird er durch meine Hand sterben. Aber bis dahin gibt es noch viel Arbeit.«

Damit drehte er sich um und ging den Weg zurück, den er gekommen war.

In die Dunkelheit.

*

Die Dunkelheit zog allmählich herauf. Ein violetter Streifen am Horizont, durchzogen von dunklem Blau. Ein paar zerzauste Wolken hingen noch dort, brachten gelegentliche Regenschauer, und enthüllten den Mond, der langsam seine Bahn zog. Dies war Josés liebste Zeit. Das Sterben des Tages und das Heraufziehen der Dämmerung, bevor sich ein schwarzer Mantel über alles senkte. Weder Tag noch Nacht. Weder Licht noch Dunkelheit. Ein Gleichgewicht.

Er stand abseits der Küste von Tirnanog, während Männer damit beschäftigt waren, die Pferde, die wild auskeilten, in Boote zu verfrachten, Kisten zu stapeln und Fässer zu verladen; während Paladine zum stillen Gebet auf den Knien hockten und das Palindrom um eine sichere Rückkehr baten.

Bootsrümpfe kratzten über den Sand, Wellen schmatzten am Ufer, Stiefel trappelten, Seile surrten, Soldaten riefen durcheinander. Fünftausend Männer von anfänglich zehntausend. Fünftausend Leben, die unter falschem Vorwand von einem Feind genommen worden waren, von dem sie nicht einmal geahnt hatten, dass er überhaupt existierte. Fünftausend Seelen im Austausch gegen zwei wahre Paladine.

Das war längst nicht genug.

José stützte sich schwer auf seinen Gehstock. Keine elegante Pose und kein achtsamer Blick, um sich den ihm gebührenden Respekt zu nehmen. Tatsache war, er war müde. Die Reise und die Geschehnisse hatten ihm alles abverlangt. Er hätte gegen Cernunnos kämpfen und viele Leben retten können. Doch er hatte es nicht getan, denn noch war der Moment nicht gekommen, die Welt an seiner Macht teilhaben zu lassen. Noch musste er in den Schatten stehen, verborgen vor uralten Kräften, die nun ins Tageslicht traten, um die Neun zu vereinen.

»War es das wert?«

José sah nicht zur Seite. Er hatte Cino bereits gerochen, bevor er an ihn herangetreten war. »Das, was ich vorhabe, ist jedes Opfer wert.«

»Das sagen alle Tyrannen.«

José runzelte die Stirn.

»Sag mir, wusstest du, was passieren würde?«

Soldaten diskutierten lautstark. Ein Paladin trat an sie heran, Licht verwirbelte um ihn, und dann hielt er mit einem Glockenschlag einen Hammer in der Hand. Die Männer verfielen sofort in Schweigen und zogen ihrer Wege.

»Nein«, sagte José ehrlich. »Und ja.«

»Silberhand. Wirklich? Ich habe dich für einfallsreicher gehalten. Aber was weiß ich schon davon, wie? Eins muss ich aber noch wissen, alter Amigo. Als du mich damals in meinem beschaulichen Heim aufgesucht hast ...«

»Du meinst in diesem Drecksloch.«

Cino grinste. »Als du mich in meinem Palast aufgesucht hast, warum ich?«

»Du hast eine Gabe.«

Der Glücksritter schnaubte.

»Aber der wahre Grund ist, dass es keinen gibt.«

»Mittel zum Zweck?« Cino plusterte die Backen auf und prustete. »Manchmal wünsche ich mir, ich wäre nicht so leicht zu ködern. Ich stelle mir vor, ich wäre kein Säufer.«

»Und wie wäre das?«

Cino zog die Stirn kraus. »Verdammt langweilig. Also, hast du mittlerweile herausgefunden, was in dem Seelenstein war?«

»Nein. Aber ich werde es erfahren.«

»Wann?«

»Jetzt.«

»Du meinst …?«

»Er kommt.«

»Hör mal, du kannst mir doch nicht die Torte vor die Nase stellen und dann …«

»*Geh!*«

Ein deutliches Widerstreben lag in Cinos Blick, als er einen dicken Finger hob. Und ein Hunger, den er niemals zugeben würde. Aber der Mann konnte es nicht vor José verbergen. »Du schuldest mir was, Amigo!«

»Die Schuld wird bald beglichen. Hab Geduld.«

»Schreib's dir hinter die Ohren! Oder auf den Sack! Oder … Mir scheißegal! Ja, ja, ja! Jetzt sieh mich mal nicht so an. Ich beweg ja schon meinen fetten Arsch.« Dann marschierte er davon und ging zu den Männern, um einen Witz zu reißen, die Stimmung zu heben und das zu tun, was er immer tat. Er brachte Freude in ihr Leben. Obwohl er es nicht bemerkte, machte ihn das zu einem großen Mann, der noch einen interessanten Weg vor sich hatte. Denn es gab viele Möglichkeiten, Göttlichkeit zu erlangen, so unscheinbar sie zuweilen auch sein mochten.

Klick. Klack. Schlurf.

José blieb ganz ruhig. Er hatte diese Begegnung vorausgesehen.

Klick. Klack. Schlurf.

Etwas näherte sich hinter ihm. Es war ein Rhythmus, den José die ganze Zeit hörte. Einst hatte er ihn im Herzen gespürt, doch das war lange her.

Ein alter Mann trat neben ihn, brennend heiß wie die Sonne, strahlend wie das Tageslicht und durchsetzt von zahllosen weißen Sandkörnern, die seine Gestalt bildeten und ihn umwirbelten. Mit krummem Rücken beugte er sich schwer auf einen Gehstock – denselben Stock, den José hielt.

Bei ihrer ersten Begegnung war die Aura des Palindroms wie ein Sturm über José hinweggefegt. Nun konnte sie ihn kaum berühren.

»Du hast dir Zeit gelassen«, sagte José.

»DU HAST DIESEN WEG GEWÄHLT.«

Er sah das Palindrom an. Der Blick aus seinen Augen war hellwach und voller Wissen. »Du warst ebenfalls ein Mensch, bevor du die Macht an dich gerissen hast, um als Gott zu herrschen, Kalak.«

Der alte Mann verzog das Gesicht. »ICH TAT ES NICHT AUS MACHTHUNGER.«

»Sondern?«

»AUS PFLICHT.«

»Selbst jetzt willst du mich maßregeln?«

Kalak stampfte den Stock auf. »ICH URTEILE NICHT.«

»Was auch immer du von mir hältst, du hast keine Macht mehr über mich.«

Der Gott richtete seine glühend weißen Augen auf ihn, die so fern wirkten, als wären die Sterne darin gebannt. »ICH HABE NIE MACHT ÜBER STERBLICHE AUSGEÜBT!«

José nickte langsam. »Ich habe lange gebraucht zu verstehen, warum du nicht handelst. Warum du zulässt, was die Kirche in deinem Namen anrichtet. Ich verstehe jetzt, warum du dich nie eingemischt hast.«

»DENNOCH MISCHST *DU* DICH EIN.«

José betrachtete das Ufer und die Menschen dort, die sich nicht mehr bewegten, als wären sie festgefroren. Die Wellen waren erstarrt, ein Seevogel hing knapp über ihm mitten in der Luft, selbst der Wind konnte sie nicht berühren. Es war völlig still, als existierten sie außerhalb der Zeit.

»Wusstest du von den Plänen des Waldgotts?« Er ließ eine Spur Unsicherheit anklingen. Ohnehin konnte er vor Kalak nichts verbergen.

»GÖTTLICHKEIT BEDEUTET NICHT ALLWISSENHEIT. UNSTERBLICHKEIT BEDEUTET NICHT MAKELLOSIGKEIT.«

»Eine Eigenschaft, die Götter offenbar mit Sterblichen teilen.« Kalak wirkte auf einmal abwesend und bedrückt, als wären auch ihm die Hände gebunden. »ICH SAH DEN SCHICKSALSFADEN, DEN DIE DREI MIEDEN. ICH SAH DIE MÖGLICHKEIT EINER VERÄNDERUNG. DOCH JEDE EINMISCHUNG KANN ALLES VERÄNDERN.«

»Du hast die Macht, die alles und jeden durchströmt, verändert. Du hast *Magie* gebunden. In Funken.«

»DIE NEUN WELTEN BRAUCHEN HELDEN.«

José schnaubte. »Was wir brauchen, sind Krieger, die bereit sind, das zu tun, was nötig ist!«

Daraufhin schwieg Kalak, was bewies, dass er trotz allem so *unwissend* war.

»DER EINFLUSS DER KIRCHE ERLISCHT. DIE ZEIT DER VERACHTUNG WIRD DIE NEUN WELTEN INS CHAOS STÜRZEN.«

»Deshalb versammle ich die Paladine.«

»DU KANNST NICHTS ERZWINGEN.«

José marschierte los. Er kam an erstarrten Bäumen und verwirbelten Regentropfen vorbei, die vor ihm in der Luft schwebten wie winzige Perlen. Der feuchte Sand klebte an seinen Stiefeln, als er zum Ufer schritt, an Hunderten Soldaten vorüberging und über das stille Meer hinausblickte, wie eine mit Frost überzogene Glasscheibe.

»Wenn sie nicht bereit sind, wird ein Weltensturm über alles hinwegfegen«, murmelte er. »Ich kann nicht einfach zusehen und darauf vertrauen, dass eine übergeordnete Macht es schon richten wird.«

Ein Aufwallen von Licht, dann stand Kalak neben ihm. Die Sandkörner ließen ihn leuchten wie eine Fackel. »DEINE TATEN HABEN KONSEQUENZEN. MERLIN ...«

»… wird nach Valanor zurückkehren und sich seiner Vergangenheit stellen.«

»DU WEIßT NICHT, WAS GESCHEHEN WIRD. SCHON EINMAL ZERBRACH DER BUND DER PALADINE. SCHON EINMAL VERSUCHTE JEMAND DAS SCHICKSAL ZU BETRÜGEN.« José trat auf das Wasser und wanderte dahin wie auf einem zugefrorenen Fluss. »Jeder Paladin hat eine Aufgabe. Ich werde sie vereinen.«

Kalak schüttelte den Kopf. »DU HAST KEINE AHNUNG, WELCHE MÄCHTE DU GEWECKT HAST. DER ZERFALL WIRD DAS WELTENRUND ERFASSEN. IN DER DUNKELHEIT DER SCHÖPFUNG WURDEN DINGE ERSCHAFFEN.« Der Gott zögerte, als wäre selbst er davon gebannt. »DINGE, DIE SELBST MEINEN VERSTAND ÜBERSTEIGEN.«

Unwillkürlich erzitterte José, aber die Zeit, sich damit zu befassen, war noch nicht gekommen. »Ich bin vorbereitet.«

»ES GIBT REGELN.« Kalak blickte ihn in all seiner grimmigen Herrlichkeit an. »REGELN, DIE AUCH *UNS* BETREFFEN.«

José atmete tief durch. »Welche Seele barg der Seelenstein?«

»DU WEIßT NICHT, WAS DU GEWECKT HAST?«

»Was habe ich geweckt?«

Kalak schwieg und José glaubte, er würde nicht mehr antworten. Doch dann drangen die Worte verletzlich und beinahe scheu zu ihm: »SEIN NAME WAR BELIAL.«

»Belial …«, flüsterte José und lauschte dem Klang. Nachdenklich kehrte er zum Ufer zurück, blickte von dort aus wieder auf das ruhige Meer. Kein Rauschen, nicht einmal der Wind wehte. Als er bereit war, die Wahrheit auszusprechen, erwachte seine Umgebung mit einem Donnerschlag zum Leben.

Auf einmal war die Welt wieder hell, laut und chaotisch. Männer schrien, Pferde wieherten, Stiefel trappelten und Wellen rauschten. Boote wurden beladen und unter lautem Gebrüll auf das Meer hinausgerudert, um zu den Schiffen zu gelangen, die dort draußen vor Anker lagen.

Das Palindrom war fort.

José stand wie eine Insel der Ruhe inmitten dieses Treibens und begriff nun, welche Bürde er sich selbst auferlegt hatte, als er den Seelenstein zerbrochen hatte. Einzuschreiten war leicht. Aber es nicht zu tun, um den einen Moment der Rettung heraufzubeschwören, war viel schwerer. Nie hatte ihn die Moral davon abgehalten, das zu tun, was richtig war. Jetzt verstand er endlich, welche Auswirkungen seine Entscheidungen auf das Schicksalsgefüge haben könnten.

Er war nicht nur zu einem dunklen Paladin geworden, der Licht und Dunkelheit in sich vereinte.

Er hatte die Seele eines toten Gottes in sich aufgenommen.

Epilog

Pablo stand auf dem Balkon des Königsschlosses, die Hände ruhig auf das Geländer gelegt, und überblickte Candaloz, die Hauptstadt Méridors. Ein Königreich, dessen Name im gesamten Weltenrund gefürchtet wurde und das er mit Weisheit und Voraussicht führen sollte.

In Anbetracht dessen, was er am Horizont entdeckte, kam ihm das nun völlig belanglos vor.

Während ihm die Hitze des anbrechenden Tages den Schweiß aus den Poren trieb und zwei Alicantos mit golden schimmerndem Gefieder in der Vogeltränke unter dem Balkon herumplanschten und krächzten, traute er immer noch seinen Augen nicht ganz. Von hier aus überblickte er die angrenzenden Quinten der Dons, deren imposante Bauten einander zu übertrumpfen versuchten, das rote Meer aus Ziegeldächern, das Gewirr verwinkelter Gassen und sogar die Kathedrale, deren strahlend weiße Türme lange Schatten über den großen Platz warfen. Dahinter, noch ein ganzes Stück entfernt, glitzerte der Ozean am Rande des Hafens im Licht der Morgensonne.

Ein wunderschöner Tag in der Hauptstadt Méridors; ein neuer Tag voller Herausforderungen und Hürden als König des größten Reiches im Weltenrund.

Wäre da nicht etwas, das ganz und gar befremdlich war. Keine Tusche, kein Bronzestich, nicht einmal der Pinselstrich eines Künstlers konnte den Anblick festhalten. Denn das, was er fern des Meeres entdeckte, war etwas nie Dagewesenes, das sich nicht einmal ein Verrückter hätte ausdenken können. Selbst nach mehreren Wochen hatte er sich nicht daran gewöhnen können.

»Was sehe ich da?«, fragte er zum dritten Mal.

»Schon wieder diese Frage?« Sola schwebte in weißer, engelsgleicher Gestalt neben ihm. Die Flügel brauchte sie nicht, aber sie legte dennoch darauf Wert, und ihr Kleid und ihr langes Haar trieben in einem nicht vorhandenen Wind.

»Ich muss es *verstehen*, Sola.«

»Du siehst einen Baum.«

»Weiß ich doch.«

»Warum stellst du dann immer wieder dieselbe Frage, Dummerchen?«

Er runzelte die Stirn. »Was ist los?«

»Nichts.«

»Wenn du mir jetzt sagst, dass der Baum schon immer da war, fresse ich einen Besen.«

»Ich glaube nicht, dass man das tun sollte.«

»Was?«

»Einen Besen fressen.«

»Das war eine Metapher.«

Sie zog einen Schmollmund. »Dass man Besen fressen kann?«

Pablo atmete tief durch. »Bleiben wir bitte beim Thema. Warum sehe ich dort hinten einen Baum, der den Himmel überragt?«

Sie zögerte, was ungewohnt für sie war. Sonst musste sie ihm immer mit allem in den Ohren liegen. »Weil es *der* Baum ist.«

»So weit waren wir gestern schon.«

In einem Lichtband flitzte sie um ihn herum, landete zwischen seinen Händen und ließ sich auf dem Geländer nieder. Ihr Gesicht wirkte besorgt. Seltsam. Obwohl sie sein Glaubensfunke war, konnte sie so eigensinnig sein, dass er sie meistens überhaupt nicht verstand.

»Du hörst nicht richtig zu, Pablo«, flüsterte sie.

»Dann erkläre es mir doch einfach.«

»Das da ist der Baum, der alle Welten miteinander verbindet.«

»Moment!« Pablo nahm sie auf und hielt sie vor sein Gesicht, damit sie ihm nicht mehr ausweichen konnte. Sie war so federleicht, als wäre sie aus Nebel gemacht. »*Welten?*«

Sola nickte scheu. »Welten.«

»Das ist also der große Sturm, von dem José uns gewarnt hat?«

»Ich … bin nicht sicher.« Sie wand sich. Dann wirbelte sie herum und ging durch die Luft, wobei bei jedem Schritt eine Säule unter ihr wuchs – als wanderte sie eine Treppe hinab.

Er stützte sich mit den Ellenbogen ab und stellte sich vor, wie das nächste Gespräch mit seinem Hofstaat wohl aussehen würde, nachdem dieses Ding am Horizont erschienen war. Schon jetzt hatte er den Kronrichter im Ohr, wie er ihn an seine königlichen Pflichten erinnerte, während Pablo weiterhin nach einer Erklärung für die Erscheinung suchte. Wenigstens waren die Geschehnisse in Tirnanog ein Erfolg gewesen. Für Pablo klang es allerdings eher nach einem faulen Kompromiss, bei dem José mal wieder seine eigenen Interessen durchgesetzt hatte.

»Weißt du, ich habe mich inzwischen damit abgefunden, König zu sein.«

»Abgefunden?« Sie kicherte. »Du beschwerst dich andauernd.«

»Ich beschwere mich nicht.«

Sie sah ihn an und hob eine Augenbraue.

»Das ist keine Beschwerde.«

»Sondern?«

»Ein Ausdruck meines derzeitigen Befindens, wenn ich in Arbeit ertrinke, mir den Unsinn irgendeines Kaufmanns anhören muss, ein Bankier wieder einmal meine Anwesenheit verlangt, nachdem ich der Stählernen Bank dank Josés Plänen Immunität vor dem Gesetz hatte gewähren müssen ...« Er seufzte. »Egal! Konzentrieren wir uns auf das Wesentliche. Den Weltenbaum. Wie verhindere ich, dass das Chaos meine Regentschaft zu einem vorzeitigen Ende bringt?« Er konnte nicht verhindern, dass eine Spur Hoffnung in seiner Stimme mitschwang. König zu sein hatte Vorteile. Einige. Zumindest hatte er das mal gehört.

GONG! Die Glocken der Kathedrale dröhnten. *GONG! GONG! GONG ...*

Stimmen erklangen von der Stadt her. Menschen riefen, strömten durch die Straßen und am Hafen hatte sich eine große Menge eingefunden – bloß schwarze Punkte in der Ferne –, die auf den Baum zeigte und gestikulierte. Paladine schritten umher und versuchten die Menschen unter Kontrolle zu bringen. Ein klägliches Unterfangen, das schon in den Tagen zuvor gescheitert war. Wie wollten sie das Auftauchen dieses zeitlosen Gebildes erklären?

Als Sola nicht antwortete, beugte er sich neben sie. »Also?«

»*Er* hat davon gesprochen. Aber ich … erinnere mich nicht an seine Worte. Vieles liegt im Nebel, bevor ich zu dir gekommen bin. Du musst führen, Pablo.« Sie lächelte ihn an. »*Wir* müssen führen.«

»Die wahren Paladine.«

Sie blickte mit zusammengekniffenen Augen an ihm vorbei. Er hatte es ebenfalls bemerkt. Eine Präsenz, die ihm einen eiskalten Schauder über den Rücken jagte. Wie der Atem des Todes, der ihm in den Nacken hauchte. Es war eine Weile her, seit er sie wahrgenommen hatte, und erst jetzt begriff er, dass sie in irgendeiner Art und Weise, die er sich nicht erklären konnte, mit ihr verbunden war. Wie ein Vibrieren in seiner Brust, die intensiver wurde, je näher *sie* ihm kam. Als wären sie Teile einer Einheit. Wie Bruchstücke einer zerborstenen Klinge.

Er ließ eine strahlend goldene Klinge in seiner Hand mit einem Glockenschlag gerinnen, lang und dünn, dessen eine Seite sich kräuselte wie Nebel. Dann wandte er sich um und streckte das heraufbeschworene Schwert der schmächtigen, schwarz gewandten Gestalt hinter sich entgegen.

»Val«, raunte er.

Ihr knochenweißes Haar umrahmte ihr blasses Gesicht, dessen untere Hälfte ein Tuch verbarg. Der Mantel, in den sie gehüllt war, wirkte wie Nebel und Rauch, floss wellengleich dahin und trieb in einer schwachen Brise. Vermutlich war er aus Schatten gewebt. Er wollte gar nicht wissen, wie sie unbemerkt hierhergekommen war. Ihm fiel jedoch sofort auf, dass sie in ihrer Gewandung den perfekten Gegensatz zu ihm in seiner weißen, verbrämten Uniform und den goldenen Knöpfen an Ärmelumschlägen und Revers darstellte.

»Pablo«, sagte sie geisterhaft, als wäre sie bloß eine Erinnerung, und ignorierte die Klinge, als sie neben ihn trat.

Er trieb es neben sich mit der Spitze in den Boden, hielt aber die Verbindung aufrecht, falls er es trotzdem brauchte. »Warum wundert es mich nicht, dass du ausgerechnet jetzt auftauchst«, er machte eine knappe Geste in die Ferne, »nachdem das hier erschienen ist.«

»Es beginnt.«

»Schön. Dann kann ich mich ja jetzt glücklich schätzen, das noch zu erleben. Ich hatte schon Sorge, dass ich im Schloss versauere und mich nie wieder meiner wahren Leidenschaft …«

»Leidenschaft?« Eine blasse Furche erschien auf ihrer Stirn. »Du redest Unsinn.«

»Kommt vor, wenn ich im Dunkeln gelassen werde.« Er schnaubte unwirsch, obwohl er das Wiedersehen eigentlich nicht mit solchen Lappalien belasten wollte. Aber die Frustration sprach aus ihm. »José treibt wieder seine Spielchen. Das letzte Mal sollte ich ihm die Kontrolle der gesamten Armada übertragen. Und jetzt bin ich immer noch dabei, mir einen Plan zurechtzulegen, wie ich die Kirche davon überzeugen kann, dem Kriegsfürsten aus dem Hochland eine Armee aus Paladinen zur Seite zu stellen.«

Val schwieg. Richtig, sie war nicht die Gesprächigste.

»Also gut, die Gilde der Assassinen.« Er schämte sich fast für seinen Ausbruch. Man hätte meinen können, dass sie nach all der Zeit mehr einander zu erzählen hätten. »Du bist ein Tuch der Nacht?«

»Ja.«

»Wie ist es so, eine Meistermörderin zu sein?«

Wieder schwieg sie.

»Hör mal, Val …«

»Ich bin nicht gut darin.«

»Im Reden?«

Sie nickte schwach.

Er ließ das Schwert in Lichtstaub zerfallen, wodurch ein wenig der Helligkeit und Farbe in die Umgebung zurückkehrte, und stützte sich wieder auf das Geländer. »Willst du mir wenigstens sagen, warum du hier bist? Oder wolltest du mich nur vorwarnen, bevor du mir ein Messer in die Brust rammst?«

Die Furche auf ihrer Stirn wurde tiefer. »Ich will dich nicht töten.«

»Was will dann die Gilde von mir?«

»Die Gilde weiß nicht, dass ich hier bin. Aber die anderen vertrauen mir. Alle.«

»Meinen Glückwunsch.«

Sie senkte den Blick. »Ich brauche deine Hilfe.«

Jetzt war er es, der die Stirn runzelte. »Warum?«

Schweigen.

Sola flitzte zu ihr und musterte sie sorgenvoll. »Du musst es ihm sagen, Valeria.«

»Mir was sagen?«, fragte Pablo.

Man konnte Val nicht ansehen, dass sie innerlich mit sich rang, aber ihr Zögern sprach Bände. »Ich glaube, dass ich einen großen Fehler gemacht habe.«

Er zuckte mit den Schultern. »Die machen wir alle.«

»Nicht solche.« Ihr Mantel erschlaffte und sah nun wirklich aus wie ein Stück Stoff. »Das Versteck der Assassinen befindet sich in einem uralten Heiligtum voller Geheimnisse. Dort gibt es einen Raum mit einem Gebilde über einem Tisch. Es besteht aus Ringen. Und einem großen Stein. Der Stein«, sie hob die Hand und formte aus schwarzem Dunst einen Kristall, »er leuchtet.«

Pablo regte sich. »Lass mich raten: Seit der Baum erschienen ist.«

Ihr Nicken war so unscheinbar, dass es kaum als solches durchging. »Erst war dort nichts. Aber vor wenigen Tagen ist jemand aufgetaucht.«

»Jemand?«

»Männer.«

»Was für Männer?«

»Kleine Männer. Sie rochen seltsam.« Sie schloss die Augen, als riefe sie es sich in Erinnerung. »Nach Steinmehl, Eisen und Feuer.«

Er lächelte gezwungen. »Klingt nicht ungewöhnlich.«

»Das war es aber. Die Männer waren *gefährlich*.«

In der Ferne wurden die Rufe lauter. Ja, das versprach ein langer Tag mit vielen Gesprächen zu werden. »Wofür brauchst du meine Hilfe, Val?«

»Das Heiligtum …« Sie öffnete wieder die Augen und packte das Geländer, als suchte sie nach einem Halt. »In einem Raum gibt es *Dinge*.«

Die Ungeduld machte ihn beinahe verrückt, aber er wusste, dass man Val nicht bedrängen durfte. »Dinge?«

»Besondere Dinge, die im Heiligtum gesammelt wurden, weil die Gilde wusste, dass sie irgendwann einmal wichtig sein würden. Eines dieser Dinge verlangten die Männer.«

»Die Männer, die plötzlich aus dem leuchtenden Kristall getreten sind?«

Val kniff ungehalten die Augen zusammen. »Sie sind nicht aus dem Kristall getreten, sondern kamen über eine Regenbogensäule aus dem Himmel.«

»Klar.«

»Der eine, er trug einen seltsamen Helm und wirkte sehr gefährlich, sagte, sie kommen aus einer anderen Welt, die über den Baum mit unserer verbunden ist.«

»Was will er?«

»Etwas wiederhaben, das aus seiner Welt gestohlen wurde.«

»Und was?«

»Einen Hammer.«

»So wie ein … Schmiedehammer?«

»Ja.«

Pablo verlagerte das Gewicht. »Und weiter?«

»Wir haben abgelehnt.«

»Warum?«

»Weil der Hammer nicht mit ihm kommen wollte.«

»So?« Pablo atmete tief ein. Die Gespräche mit ihr waren schon bei ihrer ersten Begegnung anstrengend gewesen. »Val, sag mir einfach, was passiert ist!«

Valeria machte eine Geste zur Seite. In ihrem Schatten wuchs etwas empor und die Dunkelheit perlte nur zögerlich davon ab, als wollte sie den Gegenstand nicht preisgeben. Eine Schlaufe befand sich am lederumwickelten Griff und er war sehr kurz, als wäre er durch unsaubere Arbeit entstanden. Der Kopf mit den abgeflachten Kanten hingegen wirkte wuchtig. Gezackte, geradlinige Symbole überzogen das schimmernde Metall, so dicht an dicht, dass sie kaum voneinander zu unterscheiden waren. Ein Summen hallte in der Luft, als stünde sie unter Spannung. Mit jedem Lidschlag wurde es lauter.

Val traute sich offenbar nicht, den Hammer anzuheben. Auch Pablo schreckte davor zurück, als hätte sich vor ihm ein Abgrund aufgetan.

»Du bringst ihn hierher?«, hauchte Sola. Panik zeichnete ihr Gesicht.

»Wir wussten nicht, wohin wir ihn bringen sollten«, sagte Val. Wie von einem anderen Willen gelenkt, streckte Pablo seine Hand dem Hammer entgegen. Er umschmiegte den Griff. Plötzlich wurde das Summen so laut, dass es ihn wie eine kalte Welle überspülte. Ein Funkenschlag.

Er zuckte zurück und hielt sich die qualmende Hand. Der Hammer summte immer noch. Dort, wo er stand, zerbrach der Stein. Der Marmor vibrierte, das Geländer, der gesamte Palast. Drohende Wolken erschienen wie aus dem Nichts und brauten sich zu einem Gewitter zusammen. Der Wind blies und heulte über die Stadt, riss den Menschen Körbe aus den Händen, schleuderte Fensterläden gegen die Fassaden, wirbelte Blätter empor und zerrte an Pablos Uniform. Ein Sturm brach über den Stein herein.

Der Tag wurde zur Nacht.

Im Mittelpunkt dessen befand sich der Hammer.

»Was geschieht hier?«, rief Pablo.

Blitze zuckten. Donner grollte.

Die Symbole auf dem Hammerkopf leuchteten auf, wurden greller und greller.

Mit einem Knall schlug ein Blitz in ein Gebäude ein und sprengte es auseinander. Draußen auf dem Meer fegte ein Orkan auf die Küste zu, erfasste Boote und Schiffe und schleuderte sie wie Papierfetzen umher.

Ein weiterer Blitz. Wieder explodierte ein Haus. Menschen schrien und rannten durch die Straßen.

»Beende das!«, brüllte Pablo und krallte sich am Geländer fest. Instinktiv streckte er den Arm zu Seite und nutzte seine Gabe. Sola drang durch seine Brust. Mit einem Glockenschlag gerann in seiner Hand ein wuchtiger Zweihänder, der viel zu groß und viel zu schwer für einen Mann sein musste. Der Widerschein der Funken und Blitze reflektierte auf dem schimmernden Gold.

Pablo leuchtete.

Er rammte das Schwert in den Boden, klammerte sich mit einer Hand daran fest, während er die andere gen Himmel reckte und das letzte Tageslicht trank; er rief es zu sich, nahm es auf und entfesselte es in einer Aura der Reinigung.

Ein mächtiges Auflodern an Helligkeit.

Der Sturm verging schlagartig. Die Wolken verschwanden, der Wind flachte ab und die Sonne stand wieder hell und klar am Himmel. Gleichzeitig erloschen die Symbole auf dem Hammer und er summte nicht länger.

Val stand noch immer neben ihm, so unbekümmert, als wäre sie nicht überrascht gewesen. Ihr schattengewebter Mantel umhüllte sie. Anscheinend hatte er sie beschützt.

»Ich wusste, dass er hier sicher ist. Zira ...« Sie schüttelte den Kopf. »Als der Fremde den Hammer mitnehmen wollte, ist das Gleiche passiert. Dieses Ding ist böse. Es hat die Männer böse gemacht, weil sie ihn unbedingt haben wollten. Ich wusste, dass sie den Hammer nicht mitnehmen dürfen.«

Pablo erhielt das Licht aufrecht; es stieg aus seiner Haut, verwirbelte um ihn und drängte danach, benutzt zu werden. Er bemerkte, dass Val nun Abstand zu ihm hielt, als fürchtete sie es.

»Nimm ihn mit! Ich will ihn nicht in meiner Stadt haben.«

»Nein.« Sie hielt seinem Blick trotzig stand. »Der Hammer ist hier sicherer.«

»Warum?«

»Weil die Fremden uns den Krieg erklärt haben.«

Er ließ das Licht los und es verdampfte um ihn und kehrte in die Umgebung zurück. Einen Moment lang war er völlig sprachlos.

»Val«, er holte tief Luft, »das ist jetzt ganz wichtig. Was genau haben sie gesagt?«

»Der Hammer ernennt den Erben ihres Königreichs. Solange er hier ist, kann ihr Volk keinen Frieden finden.«

Pablo machte eine knappe Geste zu dem Hammer, der so unscheinbar dastand, als hätte er nicht gerade fast den Weltuntergang heraufbeschworen. »Dann geben wir seinem Volk diesen Hammer eben zurück.«

»Du hörst nicht zu.« Sie zog die Kapuze tiefer in ihr Gesicht und wirkte nun traurig. »Der Hammer will nicht. Er *spürt*, dass keiner der Fremden ihn tragen darf. Er *weiß*, dass sie ihn für sich nutzen wollen.«

Pablo war versucht, erneut danach zu greifen, aber dann erinnerte er sich daran, was eben geschehen war. »Du konntest ihn doch auch hierherbringen.«

»Durch die Schatten. Weil er weiß, dass ich ihn nicht führen will.«

»Und wer will ihn führen?«

»Der rechtmäßige Herrscher seiner Heimat.«

In einem Schwächeanfall musste sich Pablo am Geländer abfangen. Sola verließ ihn wieder als Lichtband und nahm auf seiner Schulter die gewohnte Gestalt eines Engels an. »Wir haben gerade einen Krieg beendet und schon steht der nächste vor der Tür.« Er schickte einen Seufzer hinterher. »José schiebt mich wie eine Schachfigur hin und her.«

Val verzog die blassen Lippen. »Ohne ihn wärst du am Strick geendet.«

»Er hat mich überhaupt erst in die Lage gebracht. Der Auftrag in meiner Werkstatt ... die Statue des Palindroms ... Er hat ihn mir unter falschem Vorwand gegeben!«

»Ohne ihn wärst du als mittelloser Künstler verhungert.«

Pablo lächelte gequält. »Du findest auch auf alles eine passende Antwort.«

»Weil du dich nicht auf das Wesentliche konzentrierst!«

»In Ordnung, konzentrieren wir uns auf das Wesentliche.« Er trat ganz nahe vor sie und suchte in ihren Augen nach einem verräterischen Hinweis. »Hat die Gilde der Assassine meinen Vater ermordet?«

»Ja.«

Sein Herz erstarrte. »Weißt du überhaupt, was du ...?«

»José hat ihn getötet, seine Meisterin verraten und die Gilde verlassen.«

»... gerade gesagt ... *Was?*«

Sola flitzte vor ihn. »Zieh nicht so ein Gesicht! Wir haben die ganze Zeit vermutet, dass er das alles geplant hat.«

»Ich ziehe kein Gesicht!«

Sie zog die winzigen Brauen zusammen.

»Ich ziehe kein ... Gesicht?« Er hob die Hand und atmete tief durch. »Alles der Reihe nach. Zuerst der Hammer, der einen Krieg mit einer anderen Welt provozieren will. Ich glaube selbst kaum, dass ich das gerade gesagt habe. Also, wie können wir das verhindern?«

»Das können wir nicht«, ertönte eine tiefe Stimme hinter ihm, die seine Nackenhärchen aufrichten ließ. Wofür, zur Verheerung, hatte er eigentlich seine Wachen, wenn sie nicht mitbekamen, wer sich so durch den Palast schlich?

Ein helles *Klick* begleitete José auf seinem Weg über den Balkon, als er seinen Gehstock schwungvoll aufsetzte. Er trug ein schwarzes Brokatgewand, das mit goldenen Mustern durchzogen war. Sein grauer Knebelbart war gepflegt und das Haar mit einer Schleife zu einem strengen Zopf nach hinten gebunden. Außerdem wirkte er verändert. Ihn umgab etwas, das wie eine Aura auf Pablo eindrang. Er konnte kaum dagegen bestehen und bemerkte schon, wie seine Knie weich wurden. In Josés Augen jedoch loderte ein Zwielicht.

Der Don umrundete den Hammer, der immer noch mit dem Metallkopf auf dem Boden stand, und wirkte keineswegs verwundert, ihn hier zu sehen. Die Gefühle kochten in Pablos Brust wie ein Topf mit zu vielen Zutaten. Er konnte sich nicht entscheiden, ob er ihn angreifen, anbrüllen oder ihm danken sollte. Also schwieg er und wartete, bis José einmal mehr seine großen Pläne erläuterte.

»Haben die *dvergá* gesagt, wie viel Zeit uns bleibt?«, fragte José an Val gewandt, die stumm den Kopf schüttelte. »Dann müssen wir schnell handeln. Der Krieg wird kommen. Ich werde die restlichen Paladine versammeln.«

José nickte ihnen knapp zu, dann wirbelte er herum und marschierte über den Balkon davon. Pablo war so verwirrt, dass er gar nicht dazu kam, ihm etwas hinterherzurufen, bevor der Don auch schon verschwunden war.

»Also«, sagte er und straffte sich. »Dann sind wohl nur noch wir beide …«

Val war ebenfalls fort.

Er seufzte, stützte sich wieder auf das Geländer und blickte dem Baum entgegen, dessen Äste die gesamte Welt überspannten. Sola landete auf seiner Schulter und schaute ebenfalls über das Meer hinaus. Wo auch immer er hineingeraten war, die anderen wahren

Paladine waren irgendwo dort draußen in den neun Welten. Er war nicht allein.

Er war einer der neun Paladine.

Ende

Nachwort

Ich nutze das Nachwort stets, um die Geschichte Revue passieren zu lassen, meine Gedanken zu sortieren und einige Inhalte näher zu beleuchten. Das möchte ich auch dieses Mal wieder tun, denn die Saga um die Paladine hat sich als echte Herkulesaufgabe herausgestellt. Was anfangs als Idee begann, entwickelt sich nun zu einer umfassenden Geschichte, die viele meiner Abenteuer miteinander verbindet – das allerdings in der Form, dass neue Leser den Ereignissen problemlos folgen können. Eine Herausforderung besteht darin, dass ich in jedem Band drei neue Protagonisten und Protagonistinnen einführe, um sie mit der übergeordneten Geschichte der Paladine zu verknüpfen. Es wird neun Klassen geben, von denen bislang erst vier an José gebunden sind. Ich möchte diese Geschwindigkeit beibehalten und mir ausreichend Zeit für die einzelnen Figuren nehmen, um die übergeordneten Geschehnisse wie hinter einem Vorhang nach und nach zu enthüllen. Außerdem folgt jeder Band einem Thema in einem bestimmten Erzählrhythmus, was die dritte Herausforderung dieser Saga darstellt. Jede Geschichte ist eine Reise. Wir befinden uns erst am Anfang.

In Band 3 werden neue Klassen eingeführt bzw. näher beleuchtet, darunter insbesondere der Jäger und der Runenschmied. Auch Morrigans Geschichte als Zauberin ist von größerer Bedeutung. Gleichzeitig wird es neue Handlungsorte geben, welche diese Geschichte auf eine höhere Ebene befördern. Ich freue mich sehr darauf, denn es macht extrem viel Spaß, all diese wunderbaren Elemente miteinander zu verknüpfen.

Ein solches Buch ist ohne die Unterstützung zahlreicher besonderer Menschen nicht möglich. Deshalb möchte ich meiner Lektorin Katrin Gönnewig für Rat und Tat danken. AstroSheep Art danke ich ebenfalls für das fantastische Cover und Arturo von Nerdy maps für die fantastische Kartenillustration. Dann möchte ich mich bei dem

Podcast-Duo Jessica & Jason bedanken, deren Input mir jedes Mal hilft. Zuletzt danke ich dir, dass du dieses Buch gelesen hast. Ohne dich wäre ich kein Autor!

Pascal Wokan, Februar 2024

Glossar

Personen

Agustín: Stabsoffizier
Baewyn: Than
Artio: Paladin
Catran: Wächter
Cernunnos: Waldgott
Cino: Glücksritter
Cormag: Druide, Cuchulains Vater
Cuchulain: Druide
Mikele: Paladin
Gonzalo: Stabsoffizier
José: Kaufmann
Julliau: Generalkapitän
Rafael: Hochpaladin
Morrigan: Fremde aus Valanor
Muirach: Derwyd
Myrddin: Großdruide
Nicolás: Soldat
Pablo: König von Méridor
Rònan: Than
Silberhand: Rebellenanführer
Sionn: Druide
Sola: Funke
Tomás: Missionar, Priester
Valeria/Val: Assassine
Wagrim: Barbarenfürst

Länder und Städte

Amdra: Kaiserreich, Sitz der Stählernen Bank

Candaloz: Hauptstadt von Méridor

Hy na Beatha: Insel des Lebens, Stadt in Tirnanog

Hochland: nördliche gelegene Länder fern der Meerenge

Kor Anklam: Stadt in den Hochlanden

Mag Mell: Lichte Ebene, Ort in Tirnanog

Mag Tuired: Tal rund um Mag Mell

Méridor: das Königreich

Svartalfheim: Reich der dvergá

Tír na nÓg/Tirnanog: wildes, sagenumwobenes Land im Norden jenseits der Meerenge, alte Kolonie

Tír na mBeo: Land der Lebenden, Gebiete rund um die Küste

Túr Dúin: Dorf am Rand der Gebiete der Derwyd

Valanor: Zaubererturm

Verlorene Berge: Gebiete weit im Nordosten

Begriffe, Gegenstände und Wesen

Alicanto: mythischer Vogel, dessen Gefieder in jener Farbe schillert, deren Metall sie aufgenommen haben

Assassine: Attentäter

claiomh solais: Lichtschwert des Dagda, auch Excalibur

Derwyd: verwandelter Druide, der sich in seiner Gabe verloren hat

Don/Dona: Adliger/Adlige

Dukat: Währung

dvergá: Zwerg

Knes: Fürst in den Hochlanden

Konquistadoren: Sammelbegriff für Eroberer, Abenteurer und Soldaten, die im Auftrag der Krone neue Länder erkunden

Lia Fáil: Stein des Schicksals

Mandorla: mandelförmige Aureole aus Licht, die einen Paladin umgibt

Ornat: Rüstung eines Paladins

Orujo: seltener und kostbarer Schnaps

Sleg: Speer des Lugh, erschaffen von Dagda

Stagtaur: Werwesen aus Mensch und Hirsch

Undry: Kessel des Dagda

Lexikon
Sprache Méridors:
El camino de la luz: Der Weg des Lichtes
En el nombre del palíndromo y del luz: Im Namen des Palindroms und des Lichtes
Hágase tu voluntad en la tierra como en el cielo: Dein Wille geschehe, wie im Himmel so auf Erden. Herrlichkeit in Ewigkeit
Hola: Hallo
Hola, Buen hombre: Hallo, guter Mann
Lo comprendo. Por favor, perdóname si te he molestado: Das verstehe ich. Verzeiht, wenn ich Euch gestört habe
Por favor, acércate: Bitte, tretet näher
por favor protégenos: Bitte, beschütze uns
Que la luz te bendiga: Möge das Licht dich segnen
Reconquista: Ausdehnung des Reiches
Sirvo a la luz y honro al palíndromo: Ich diene dem Licht und ehre das Palindrom
Tapado: Verstanden
Y el palíndromo te oirá: Und das Palindrom wird dich erhören
¿Tienes agua?: Habt Ihr Wasser?

Sprache Tirnanogs:
A-rithist: Noch mal
Agus esan: Und er
Beannachd leat: Seid gegrüßt
Beannaichidh na spioradan thu, Than: Die Geister segnen dich, Than.
Bendito seas, creyente: sei gesegnet, Gläubiger
Cath Maige Tuired: Schlacht von Mag Tuired
Cha tachair dad dhut: Dir wird nichts geschehen
Chan eil: Nein
Cuir sìos an gunna: Runter mit der Waffe
Dè tha fios agad mu dheidhinn Argatlám: Was wisst ihr über Silberhand
Eirich: Steh auf
Gèilleadh: Ergib dich

Gun ghluasad: Keine Bewegung

Is mise Cuchulain o Thúr Dúin agus gabhaidh mi pàirt Thing ann: Ich bin Cuchulain aus Túr Dúin und nehme am Thing teil

Socair: Ruhig

Tha e a-nis an urra riut fhèin dè cho cruaidh sa tha am peanas seo: Es hängt jetzt von euch ab, wie hart eure Strafe ausfällt.

Tha iomadh cànan agam: Ich spreche viele Sprachen

Tha m' ainm Wagrim: Mein Name ist Wagrim

Tha mi a' bruidhinn air a shon Thúr Dúin: Ich spreche für Thúr Dúin

Tha mi gun armachd: Ich bin unbewaffnet

Tha mi nam leanabh aig Méridor: Ich bin ein Kind Méridors.

Tha thu a' bruidhinn cànan na Túatha dé Danann?: Du sprichst die Sprache der Túatha dé Danann?

Tha thu a' bruidhinn mo chànan: Du sprichst meine Sprache

Tha thu nad leanabh don bahn-dia: Du bist ein Kind der Göttin.

Thurt mi, gèilleadh: Ich sagte, ergib dich

Túatha dé Danann: Stamm der Göttin Danu

Der Autor

Foto: privat

Pascal Wokan gehört mit einer Million verkaufter Bücher zu Deutschlands erfolgreichsten Fantasy-Autoren. Um in seine sagenhaften Welten eintauchen zu können, reist er an die entlegensten Orte der Welt und untersucht dort alte Mythen und untergegangene Kulturen. Als Hybrid-Autor veröffentlicht er seine fantastischen Romane sowohl im Selfpublishing als auch bei Verlagen. Zu seinen erfolgreichsten Werken gehören »Die Sandmagier«, »Der Nekromanten-Zyklus« und »Calindor«. Pascal Wokan lebt mit seiner Familie in Weilburg, Hessen.